LA RESURRECCIÓN MAYA

LA RESURRECCIÓN MAYA

STEVE ALTEN

Grijalbo

La resurrección maya
Título original: *Resurrection*

Primera edición en España: septiembre, 2007
Primera edición en México: marzo, 2009
Sexta reimpresión: noviembre, 2009

D. R. © 2004, Steve Alten
D. R. © 2007, Mª Cristina Martín Sanz por la traducción
D. R. © 2006, ViaMagna 2004 S.L. Editorial ViaMagna

Publicado bajo acuerdo con el autor, c/o Baror International Inc., Anmonk, New York, USA.

D. R. © 2006, Editorial ViaMagna
          Avenida Diagonal 640, 6ª Planta
          Barcelona 08017
www.editorialviamagna.com
email: editorial@editorialviamagna.com
www.laresurreccionmaya.com

D. R. © 2008, derechos de edición en lengua castellana
          para América Latina y Estados Unidos:
          Random House Mondadori, S. A. de C. V.
          Av. Homero núm. 544, col. Chapultepec Morales,
          Delegación Miguel Hidalgo, 11570, México, D. F.

www.rhmx.com.mx

Comentarios sobre la edición y el contenido de este libro a:
literaria@rhmx.com.mx

ISBN 978-607-429-266-4

Impreso en México / *Printed in Mexico*

Para Kim...

...y para los valerosos hombres y mujeres del 36º Escuadrón
de Control Aéreo Expedicionario Aerotransportado
y las Fuerzas en el Pacífico AEF 7.

Entonces hubo una batalla en el cielo: Miguel y sus ángeles lucharon contra el dragón. El dragón y sus ángeles combatieron, pero no pudieron prevalecer, y no hubo puesto para ellos en el cielo.
Y precipitado el gran dragón, la serpiente antigua, que se llama Diablo y Satanás, el seductor del mundo entero, y sus ángeles fueron precipitados con él.

Apocalipsis 12, 7

Ninguno de los que nacieron en la luz, de los que fueron engendrados en la luz, será vuestro...
Los Héroes Gemelos, a los señores del Mundo Inferior Extracto del *Popol Vuh* de los mayas

El universo no sólo es más desconocido de lo que pensamos, es más desconocido de lo que podemos imaginar.

J. B. S. Haldane

Agradecimientos

Como escritor, he descubierto que la experiencia creativa de llevar al papel las novelas de la serie *El testamento maya* es una tarea mentalmente agotadora y estimulante a la vez; estimulante en cuanto que la investigación que a menudo ha sido necesaria para dar forma al relato ha resultado tan fascinante como aterradora; agotadora en cuanto que el telón de fondo es el pasado y el futuro de la humanidad, un futuro incierto, sin duda. Un pequeño detalle futurista puede tener un efecto dominó sobre decenas de otros detalles, y ha habido ocasiones en las que he tenido la impresión de estar consumiendo un iceberg desde la punta hacia abajo, porque cuanto más creía haber digerido, más me parecía que me aguardaba debajo. Por suerte, he llegado a conocer un círculo cada vez más amplio de lectores de talento cuya propia inteligencia y experiencia rebasan con mucho las mías, y las aportaciones que han hecho para que mi trabajo continuara siendo «afinado» desde el punto de vista científico han sido de un valor incalculable.

Así pues, vaya mi agradecimiento más sincero al equipo de *Resurrección*: Parkyn, *Bill Interestelar* (ciencia y mitología); al doctor Lowell Krawitz (meteorología); al doctor David Mohr (ciencia de cohetes); a Bill McDonald de Argonaut-, Grey Wolf Productions/página web www.alienUFOart.com (ciencias paranormales y mitología, así como los documentos MAJESTIC y las imágenes de la Balam y de la ballena de Nazca); al profesor Barry Perlman (física); al profesor Stephen

Davis (química); a Barbara Esmedina (investigación); a Konstantin Leskov y Pat Weiler (ciencias); a Bill Raby (editor argumental); al rabino Richard Agles; y a Kevin Williams, cuyos estudios sobre el más allá y página web (www.near-,death.com) me han proporcionado valiosas aportaciones sobre experiencias cercanas a la muerte y sobre el mundo espiritual.

Como siempre, muchas gracias a mi agente literario y editor, Ken Atchity, el ejecutivo creativo de AEI, a Brian Fagan y al resto del equipo de Atchity Editorial/Entertainment International por lo mucho que han trabajado y por su perseverancia, así como a Danny Baror de Baror International. Mi aprecio a Tom Doherty y a las estupendas personas de TOR/FORGE Books, sobre todo a los editores Bob Gleason y Greg Cox, y también a Heather Drucker de publicidad. Un agradecimiento especial a Ed Stackler de Stackler Editorial, que siempre está disponible cuando lo necesito, y a los revisores Bob y Sara Schwager.

Mi agradecimiento a Matt Herrmann por el increíble diseño de la cubierta original y a Leisa Cotner Cobbs por la página www.SteveAlten.com, que mejora la experiencia de leer para mis administradores, y por su entusiasmo y esfuerzo incansable en el programa Adopt-An-Author (www.AdoptAnAuthor.com).

A mi esposa y alma gemela, Kim, por todo su apoyo, y, como siempre, a mis lectores. Gracias por vuestra correspondencia y vuestras aportaciones. Vuestros comentarios son siempre bienvenidos, vuestra opinión me importa mucho, y seguís siendo el bien más valorado por este autor.

Steve Alten

Para ponerse personalmente en contacto con el autor o saber más acerca de sus novelas, entre en www.SteveAlten.com.

Una leve ráfaga de pensamiento en la conciencia de la existencia

Soy la ira.
Un agujero negro de ira.
Perdido en la eternidad.
La criatura abandonada de Dios.
Hirviendo de furia, aprisionada entre sus paredes
invisibles.
La confluencia de la amargura hace fermentar mi alma.

Soy el producto de la injusticia, el egoísmo y la avaricia.
Soy el vacío que probó el amor y lo perdió para siempre.
Aborrezco la existencia.
Estoy flotando a la deriva en mi propio océano de odio.

Soy el fin de la humanidad y su principio.
Soy Hun-Hunahpú y el universo se ríe de mí.
Soy... Michael Gabriel.

PRÓLOGO

EL DIARIO DE JULIUS GABRIEL

Extracto de la grabación en vídeo realizada en el simposio de Harvard.[1]
24 de agosto de 2001

El fin de la humanidad. ¿Quién tiene tiempo para pensar en semejante locura? La seguridad en el empleo, la lluvia radiactiva, las facturas por pagar, la disminución de las pensiones; éstas son las preocupaciones cotidianas que ocupan nuestra mente, no la extinción de la humanidad.

Me llamo Julius Gabriel. Soy arqueólogo, un científico que estudia el pasado de la humanidad en busca de la verdad. Durante los últimos 32 años, mi familia y yo hemos estado buscando la verdad que se halla detrás del calendario maya, un instrumento de dos mil años de antigüedad para medir el tiempo y el espacio que goza de mayor precisión que sus homólogos europeos de hoy en día. Según se cree, dicho calendario fue creado por el misterioso sabio maya llamado Kukulcán, y termina abruptamente con la desaparición de la humanidad en una fecha que equivale al 21 de diciembre del año 2012. Como si se nos quisiera recordar este acontecimiento, dentro de 29 días aparecerá de nuevo la sombra de una serpiente gigante en la pirámide de Kukulcán, que se encuentra en Chichén Itzá, igual que ha ocurrido todos los equinoccios de otoño y de primavera durante más de mil

1-El profesor Gabriel sufrió un infarto de consecuencias fatales momentos después de pronunciar este discurso. Todas las becas que financiaban las investigaciones arqueológicas del calendario maya se suspendieron tres semanas después, tras los ataques terroristas del 11 de septiembre de 2001. (N. del a.)

15

años. Les aseguro que este desconcertante efecto especial no fue previsto como atracción turística.

¿Quién era el gran Kukulcán? Los mayas lo describen como un individuo de raza caucásica, con cabello largo y blanco, barba también blanca y unos deslumbrantes ojos azules como el agua. Un verdadero misterio, teniendo en cuenta que los primeros hombres blancos no llegaron a Mesoamérica hasta principios del siglo XVI, ¡quinientos años después de que muriera Kukulcán! A este misterio hay que sumar el hecho de que en todas las culturas que triunfaron en la Antigüedad hubo un gran maestro cuya descripción es casi idéntica a la de Kukulcán. En Giza, los egipcios adoraban a este sabio con el nombre de Osiris, en Stonehenge era Merlín; en Nazca y Sacsayahumán los incas lo veneraban como Viracocha, y entre los aztecas era Quetzalcoatl.

Sabios misteriosos… Todos ellos llevaron la ciencia y la civilización al pueblo que les fue asignado. La Biblia los describe como gigantes, hombres de renombre. Yo los he identificado como extraterrestres, humanos de otra época y otro lugar. Y vinieron aquí para salvarnos del cataclismo que tendrá lugar en el solsticio de invierno de 2012.

No estoy aquí para debatir la existencia de extraterrestres y ovnis con el señor Borgia. Como arqueólogos que somos, sabemos que a lo largo de toda la historia los habitantes de nuestro planeta se han visto abrumados por sucesos verdaderamente apocalípticos. Como científicos, sabemos que la Tierra se encuentra situada en una galería de tiro cósmica de asteroides y cometas. Sabemos que hace 65 millones de años un asteroide de once kilómetros de diámetro chocó contra nuestro mundo en la zona cero que con el tiempo llegaría a ser la tierra de los mayas, y que acabó con los dinosaurios, que habían reinado durante doscientos millones de años. ¿Fue algo predestinado o se trató de un accidente? ¿Podría suceder otra vez algo así? Se ha calculado que existen dos mil objetos, asesinos de civilizaciones, que continúan cruzando la órbita de la Tierra, aunque hasta la fecha sólo se conocen uno de cada diez.

El calendario maya nos fue legado hace dos mil años a modo de advertencia. Si le hacemos caso, tal vez podamos salvarnos del cataclismo que nos aguarda, sea el que sea.

O bien, dada la naturaleza de nuestra especie, podemos limitarnos a ignorar las señales de aviso hasta que suceda algo terrible...

PRIMERA PARTE

CONCEPCIÓN

El tiempo no es en absoluto lo que parece,
no fluye en una única dirección,
y el futuro existe simultáneamente con el pasado.
Albert Einstein

No podemos cambiar nada hasta que lo aceptamos.
Carl Jung

1

21 de enero de 2013
30 días D.S.C.A.
(Después del Suceso Casi Apocalíptico)
Wellington, Florida

El *dojo* mide veinte metros de largo y diez de ancho, sus paredes están cubiertas de espejos, el suelo es de madera bruñida. El maestro Gustafu Pope, cinturón negro quinto dan y ex campeón de kárate de Argentina, se gira hacia sus guerreros «Bushi», que están sentados contra una pared en la postura del loto.

—Richard Rappaport. Andrea Smith.

Al oír su sobrenombre, Dominique Vázquez, de treinta y un años de edad, se pone en pie. Al igual que los demás alumnos del maestro Pope, esta belleza hispana de cabello negro como el ébano va vestida con el *Bogu* completo, su armadura protectora. Lleva el pecho y el estómago cubiertos por el *Do*, la cintura por el *Tare*, las manos y las muñecas por unos guantes llamados *Kote*. Se coloca en la cabeza, por encima de su larga cola de caballo, el casco conocido como *Men*, cuya base fuertemente almohadillada le protege el rostro, la garganta y ambos lados del cráneo.

En la mano sostiene el *shinai*, una espada que consiste en cuatro varas de bambú unidas en la empuñadura y en la punta por unas tiras de cuero. Diseñada para flexionarse al golpear un objeto, la *shinai,* aunque es infinitamente más segura que sus predecesoras la *Fukurojinai* y la *Bokuto,* sigue siendo un arma capaz de matar.

Se sitúa en su sitio, frente a su adversario. Rich Rappaport es más corpulento, más fuerte y más experto que Dominique, pero no tiene su tenacidad.

El maestro Pope exclama:

—*Rei.*

Los dos alumnos combatientes se miran el uno al otro y se saludan inclinándose.

—En sus marcas.

Asiendo con fuerza sus espadas de bambú, los dos adoptan una postura semiagachada.

—¡Comiencen!

Dominique ataca, gritando:

—¡*Men*!

Al mismo tiempo lanza un golpe por lo alto sobre la cabeza de su adversario. Rappaport lo bloquea, pero ella continúa con su furiosa arremetida y su shinai se vuelve borrosa mientras descarga golpes contra los antebrazos y el pecho del hombre. Antes de asestar cada mandoble, Dominique va gritando las partes del cuerpo, con sus ojos castaños clavados en su adversario, estudiante de Kendo como ella, a través de los barrotes de su casco.

—¡Ush! —El maestro Pope concede un punto a Dominique por un golpe dirigido a la coronilla.

Los dos alumnos regresan a sus puestos.

—Uno a cero. En sus marcas… ¡comiencen!

—¡*Kote*! —Dominique avanza de un salto con la shinai levantada para descargarla sobre los antebrazos de Rappaport…

—¡*Men*! —La punta de la espada de su adversario la alcanza en la garganta.

—¡Ush!

Dominique cae sobre una rodilla y traga saliva para aliviar el agudo dolor.

El maestro Pope se inclina sobre ella.

—¿Puede continuar, señorita Smith?

Ella afirma con la cabeza.

—Uno a uno. Vuelvan a sus marcas.

Ella se apresura a ocupar de nuevo su puesto, notando cómo le ha aumentado la presión arterial.

—Y… ¡comiencen!

Dominique es un volcán en erupción. Hierve de rabia, los músculos del brazo y del hombro se abultan bajo la armadura cuando hace girar la *shinai* contra Rappaport, que se repliega y que para hábilmente todos sus golpes hasta que por fin termina propinándole un tajo en la cintura.

—¡Ush! —El maestro Pope señala a Rappaport—. Dos a uno, punto y partido. Salúdenme a mí, ahora el uno al otro… y estréchense la mano.

Rappaport tiende la mano con el semblante carente de toda expresión por la victoria.

Dominique estrecha la mano del alumno de más experiencia, pero evita su mirada.

—Señorita Smith, ¿tiene un momento?

Dominique guarda su casco en la bolsa de gimnasia y se reúne con el maestro Pope en su despacho.

—¿Sí, señor?

—¿Qué tal la garganta?

—Bien.

El maestro Pope sonríe.

—Menos mal que llevaba puesto el *Bogu*, de lo contrario ahora estaría hablando por una segunda boca.

Ella asiente cortésmente, con las mejillas sonrojadas bajo su cutis hispano.

—Andrea, es usted una alumna excelente, de verdad, nunca he conocido a nadie que se entrene con tanto ahínco como usted. Pero en la batalla, la técnica no lo es todo. El Kendo nos enseña a observar a nuestro adversario e idear la estrategia apropiada para lograr la victoria. Usted lucha con rabia, usted lucha para matar, y al hacerlo revela su debilidad a su oponente.

—Sí, señor.

—El Camino de la Espada es la enseñanza moral del samurai. El arte del Zen debe ir de la mano del arte de la guerra. La iluminación es la comprensión de la naturaleza de la vida ordinaria.

«¿La vida ordinaria? ¡Ja! Yo daría mi mano derecha por tener una vida ordinaria…»

El maestro Pope se la queda mirando como si le leyera la mente.

—La enseñanza del *Ai Uchi* consiste en frenar al adversario igual que él la frena a usted, entrenar sin rabia, abandonar la vida o dejar a un lado el miedo.

—¿Le parezco asustada?

—Lo que yo perciba no tiene importancia. Cada uno de nosotros tiene sus demonios, Andrea. Espero que algún día el Kendo la ayude a enfrentarse a los suyos.

* * *

Dominique se pone una vieja camiseta del estado de Florida, pantalón corto y zapatillas de correr, a continuación mete su bolsa con el equipo en una taquilla y se encamina hacia la sala de musculación.

Chris Adair, su entrenador personal, la está esperando junto a la fila de las pesas, con su temido cuaderno en la mano.

—¿Qué tal te ha ido el Kendo?

—Bien —miente ella.

—En ese caso, es el momento de sufrir un poco. —Coloca el banco con cierta inclinación y le entrega a Dominique las dos pesas de quince kilos cada una—. Quiero que hagas veinte repeticiones, y después pasaremos a las de veinte kilos.

Dos horas después, tras un masaje y una ducha, Dominique sale del gimnasio con el cuerpo todavía temblando de cansancio. La bolsa de gimnasia, llena con el equipo y la ropa húmeda, le provoca un dolor en el hombro derecho, y se apoya contra el pesado bastón de bambú buscando apoyo.

La mujer, mayor que ella y con el cabello quemado y de color naranja recogido en un moño, está de pie junto al Jeep, con una sonrisa de miembro de alguna secta pegada en la cara. Lleva los ojos ocultos tras unas gafas de sol anchas y envolventes, de las que prefieren las personas mayores.

Dominique se aproxima con paso cansino, aferrando con fuerza el mango del bastón de bambú en su mano derecha. Escondido en el interior de ese falso estuche de bambú hay una *katana*, la mortal espada japonesa de acero al carbono y de doble filo.

—Hola, Dominique.

—Perdone, debe de confundirme con otra persona.

—Relájate, querida, no voy a hacerte daño.

Dominique se queda a una distancia de un golpe de espada de la otra mujer.

—¿Desea alguna cosa?

—Simplemente hablar, pero aquí no. Quizá puedas acompañarme a mi casa de St. Augustine.

—¿St. Augustine? Señora, ni siquiera la conozco. Ahora, si me disculpa…

—No soy periodista, Dominique. Soy más bien una mensajera.

—Está bien, voy a morder el anzuelo. ¿De quién es el mensaje?

—De María Gabriel, la madre de Michael.

En su visión periférica, Dominique repara en los dos agentes de Homeland Security que se acercan, cada uno desde una esquina del aparcamiento.

—Lo siento, pero no conozco a nadie que se llame Michael, y tengo que irme.

Se da media vuelta y echa a andar.

—María sabe que llevas en tu vientre a sus dos nietos, aún por nacer.

Dominique se queda petrificada y la sangre huye de su rostro.

—La energía de María atraviesa el mundo espiritual para entrar en contacto contigo. Corres un grave peligro, querida. Permite que te ayudemos.

—¿Quién es usted? —susurra—. ¿Por qué he de fiarme?

—Me llamo Evelyn Strongin. —La mujer se quita las gafas de sol y deja ver unos brillantes ojos de un intenso color azul—. María Rosen-Gabriel era mi hermana.

Dallas, Texas

A pesar de las tres mil localidades del auditorio, sólo hay sitio para estar de pie, así viene sucediendo noche tras noche a lo largo de las cuatro últimas semanas. Las cámaras de televisión y las videocámaras de Internet están ya atendidas por operadores y preparadas, el público presente en el estudio ya ha sido advertido.

Las luces se atenúan y comienza a oírse un silbido de energía.

Las cortinas, de un vivo color rojo sangre, se agitan y a continuación se separan dejando ver el centro del escenario y una cruz chamuscada de más de dos metros de altura.

Imitando a ese símbolo, con los brazos extendidos, se encuentra el evangelista televisivo.

Peter Mabus es un corpulento individuo caucásico de cincuenta y pocos años. Su acento de Alabama es muy pronunciado, y lleva el cabello negro, en recesión, fijado con gomina y peinado hacia atrás. Su cutis claro y pastoso hace juego con el traje, la corbata y los zapatos.

El público guarda silencio progresivamente cuando alza una mano para hablar.

—Voy a contarles una historia, señoras y señores, una historia sobre un hombre cuya existencia se vio dominada por la enfermedad, una enfermedad que afecta al cuerpo, la mente y el espíritu. Una enfermedad que contamina el alma. Una enfermedad que estuvo a punto de destruir la sociedad. Sí, amigos míos, voy a hablar de la enfermedad conocida como avaricia. Este hombre tenía todos los síntomas: egoísmo, falta de sinceridad, rencor, celos, envidia. Era mentiroso y tramposo, y tan corrupto como se puede ser. Era el presidente de una de las empresas contratistas de defensa más grandes del mundo y había hecho fuertes inversiones en petróleo. Era un hombre que trataba a las mujeres como objetos y se bañaba en el néctar de su sexo hasta que su flor se marchitaba y moría. Y entonces llegó un día, señoras y señores, en que ese despreciable ser humano se encontraba tumbado en su cama adornada con cuatro postes de madera de caoba, en su mansión de mil trescientos metros cuadrados, cuando se le apareció un ángel. Y el ángel trajo consigo una visión. Y el hombre vio aquella visión, y en ella estaba el Éxtasis. Y vio devastación, peste y muerte. Y vio el final de la humanidad, quemada y destrozada, enterrada bajo escombros humeantes. Y entonces vio al Señor.

Peter Mabus levanta la vista al tiempo que un foco proyecta un haz de luz celestial sobre su rostro.

—Y el Señor dijo a ese hombre: «Hijo mío, ¿ves adónde te ha llevado la vida pecaminosa? Mis hijos me han abandonado y han permitido que la serpiente echara raíces en su jardín». Entonces el hombre fue presa del pánico, cayó de rodillas y se arrepintió. Y el Señor le dijo: «Como me has implorado perdón, salvaré a la humanidad de su destrucción, pero sólo si tú accedes a guiar al rebaño». Y el hombre inclinó la cabeza y el Señor le tocó el corazón. Desaparecieron la avaricia y el odio que habían corrompido a ese hombre durante tanto tiempo. Desaparecieron las mentiras y los engaños. Y el hombre se levantó y fue abrazado por la luz, y el pacto quedó sellado.

Mabus se aparta del crucifijo.

—Yo era ese hombre, señoras y señores, y esa visión vino a mí hace cuatro meses, noventa días antes del solsticio de invierno de 2012. A partir de ese día, sirvo al Señor humildemente, llevando su palabra al rebaño. Y cuando llegó el Éxtasis y cayeron las bombas, el Señor cumplió la palabra que me había dado y salvó a nuestro pueblo.

Un coro de voces dicen amén.

—Y cuando la serpiente mostró su rostro, aquel taimado demonio, el Señor lo golpeó con su luz y nos salvó de nuevo.

—Amén, amén.

—Intervención divina, hijos míos, fue intervención divina. Y el que se presenta ahora ante vosotros es un hombre nuevo, un siervo del Señor, que pide vuestro apoyo. Fueron nuestros líderes de Washington los que trajeron el Éxtasis, fueron las políticas de Clinton y Bush y Maller y Chaney las que casi nos destruyeron. Dios me ha dado una visión, amigos míos, y esa visión consiste en llevar su palabra a Washington y luego al resto del mundo. Lo que está en juego es la fuerza de Estados Unidos como nación cristiana, junto con nuestros valores como seres humanos. El Señor Jesucristo nos ha concedido una segunda oportunidad que no podemos dejar pasar. Apoyadnos. Levantaos conmigo, alzaos…

Se levantan pequeñas porciones de fieles, y animan a otros a que hagan lo mismo.

—…Tomad de la mano a vuestro prójimo, hijos míos. Adelante. Alzad vuestras manos hacia el cielo y alabad a Dios. ¿Queréis alabarlo conmigo?

—¡Sí!

—¿Queréis elevaros por encima de vuestros pecados conmigo?

—¡Sí!

—¿Queréis apoyar mi campaña para restaurar la bondad en nuestra nación, para que nunca volvamos a enfrentarnos a nuestra aniquilación?

—Sí… Alabado sea Dios.

—Porque hay mucha labor por hacer, mucho bien que esparcir por todo el mundo, para que por fin podamos conquistar las enfermedades que siguen atormentando a la humanidad.

Un pequeño ejército de hombres de traje blanco aparece en los pasillos, portando unos cubos vacíos orientados hacia la masa enfervorizada.

Mabus mira directamente al objetivo de la cámara.

—Ha llegado la hora de dar el paso y difundir el mensaje, señoras y señores. Llamen esta noche y hagan su donación, que podrán deducir de sus impuestos. Llamen esta noche y únanse al partido de Dios, para que juntos podamos crear un mar de amor que nos arrastre hasta la Casa Blanca. Ésta es la visión que me concedió nuestro Señor y Salvador, éste es el pacto que hizo Él cuando nos salvó de la muerte. Recordemos de nuevo aquel día, busquemos en nuestros bolsillos y demostremos al Hombre de arriba que merecemos esta segunda oportunidad. Permaneced a mi lado, hijos míos, apoyad al Señor para que podamos caminar juntos, mano con mano en el espíritu de Jesucristo, nuestro Salvador, hasta el Más Allá.

—Amén.

La maquilladora retoca por última vez los brillos que tiene bajo los ojos Richard K. Phillips, presentador del foro político, tras lo cual éste ocupa su sitio frente a Peter Mabus.

El productor de televisión hace una pausa mientras su jefe le pasa instrucciones por el auricular que lleva en el oído.

—Muy bien, caballeros, entramos dentro de tres… dos…

Richard Phillips mira a la cámara uno.

—Buenas noches. Hoy, *World News* habla con Peter J. Mabus, ex presidente ejecutivo de Mabus Enterprises y candidato a la presidencia para las elecciones de 2016.

—Buenas noches, Richard, y buenas noches a todas las personas que nos apoyan. Dios os ama.

—Señor Mabus, vayamos directamente al grano. Aún faltan tres años para las próximas elecciones presidenciales; ¿por qué iniciar tan pronto la campaña?

—Richard, el mensaje que yo transmito no sabe de calendarios políticos. Éste es el momento de aplicar los grandes cambios, y aunque todavía no estamos en el cargo, creemos que la administración actual necesita sentir la voluntad del pueblo norteamericano. Ennis Chaney no ha logrado restaurar la fe en el gobierno de Estados Unidos, y sin fe esta administración se hundirá, y el país con ella. Simplemente, no podemos esperar cuatro años para cambiar las cosas.

—Para ser justos, el presidente Chaney sólo lleva poco más de un mes en el cargo.

—O se cuenta con la fe del pueblo o no se cuenta. Y Chaney no la tiene.

—Señor Mabus, usted ha culpado abiertamente de que la sociedad haya estado a punto de desaparecer a las políticas de la administración anterior, que condujeron al aislamiento global. Y sin embargo, su propia empresa se ha beneficiado en gran medida de los nuevos regímenes que han subido al poder en Oriente Medio y en Asia.

—Richard, ¿y quién mejor para instituir un cambio que una persona que conoce lo que es avanzar por el camino negro de la sociedad? Dado que yo ya he pasado por eso, sé lo que va a hacer falta para erradicar el mal que ensombrece nuestra sociedad. Más que ninguna otra cosa, estoy convencido de que ésa es la razón por la que Dios me escogió a mí para conducir a este país tras el Apocalipsis.

—Interesante. No obstante, ¿no es también posible, como se apresuran a señalar sus detractores, que su súbita incursión en la política tenga más que ver con el hecho de ver que las cosas estaban cambiando? Chaney ya está hablando de cancelar la Iniciativa de Defensa del Espacio, a la que se ha acusado de fomentar el crecimiento del arsenal nuclear en Rusia y China, y su empresa era el principal proveedor de la misma.

—Querrá decir mi antigua empresa. Hace semanas que presenté mi dimisión.

—Con todo y con eso, usted se marchó con casi doscientos millones de dólares.

—Se trataba de opciones sobre acciones que me llegaron. El vicepresidente de George Bush recibió veinte millones de Haliburton cuando se fue, y bajo su dirección perdieron dinero. El dinero que recibí lo gané yo mismo. Dios no tiene problemas a ese respecto, sobre todo cuando estoy invirtiéndolo en una campaña que está haciendo mucho bien.

—Hablemos de su nuevo partido político, El Pueblo Primero.

—Creo que nuestro nombre ya lo dice todo.

—Algunos lo han etiquetado de extremista.

—¿Extremista? Richard, si la mayoría de los norteamericanos comparte nuestras creencias, ¿cómo se puede decir que eso es extremismo? Nosotros creemos en la fuerza de la unidad familiar. Pensamos que los tradicionales valores cristianos que dieron forma a este país han sido reemplazados en gran medida por la promiscuidad y por una generación de niños que no devuelven nada a la sociedad.

—Al decir valores cristianos, ¿es consciente de que esos términos asustan a la mayoría de los norteamericanos no cristianos?

—No es más que una expresión, Richard. Yo amo a todos los estadounidenses, ya sean judíos o hindúes, o lo que sea, siempre que ellos respeten los valores de una sociedad cristiana, que es lo que predicamos nosotros.

—Se dará cuenta de que lo que está diciendo va contra la Constitución.

—Yo creo en la Constitución, pero hay que afrontar los hechos. Hace menos de cuarenta y cinco días que nuestros líderes políticos estuvieron a punto de barrer del mapa a nuestra especie entera. Si eso es lo que protegía la Constitución, entonces necesita unas cuantas enmiendas serias. Nuestro Señor y Salvador no nos salvó el pellejo sólo para vernos cometer una y otra vez los mismos pecados. Tenemos que aprender de los sucesos de 2012 y seguir adelante.

—Una vez más, usted atribuye a Jesucristo el mérito de salvar a la humanidad, y no concede ningún crédito a los informes de la administración acerca de Michael Gabriel.

—¿Esa sandez de que quienes construyeron las pirámides fueron seres humanos de una raza superior? Por favor. —Mabus se inclina hacia delante y frunce el entrecejo—. Permítame que le diga una cosa acerca de ese Michael Gabriel. He hablado con muchos clérigos que están absolutamente convencidos de que es el Anticristo.

—Señor Mabus, a todas luces, Michael Gabriel murió como un héroe.

—¿Según quién? ¿Según el gobierno responsable de que casi fuéramos todos destruidos por armas nucleares? Está bien documentado que el padre de Gabriel, Julius, era un trastornado, y también lo era Gabriel. Pasó once años en un psiquiátrico por agredir al ex secretario de estado Pierre Borgia. ¿Eso le parece propio de un héroe? Que nosotros sepamos, es posible que Michael Gabriel fuera el responsable de haber causado que despertara aquel alienígena. Afirmó que había penetrado en su nave, situada en el Golfo, ¿no? Hasta dijo que estaba en comunicación con aquel demonio.

—Cierto, pero…

—Pero nada. Todos hemos visto las imágenes grabadas. Gabriel entró en la boca de la serpiente, y los dos desaparecieron. ¡Paf!

—¿Qué está insinuando?

—No estoy insinuando nada. Estoy diciendo sin rodeos que nuestro Señor y Salvador intervino en nuestra hora más siniestra y envió a Gabriel y a su serpiente de vuelta al Infierno, de donde habían venido. Intervención divina, Richard, no paparruchas mayas. Ahora la humanidad se encuentra en una encrucijada: o aprendemos algo de esta leve visión que hemos tenido de la extinción y elegimos a dirigentes que nos ayuden a convertirnos en las personas temerosas de Dios que Jesús siempre quiso que fuéramos, o volvemos a meter la cabeza bajo la guillotina y esperamos a que llegue el próximo día del Juicio Final.

Peter Mabus firma tres autógrafos más y después embarca en su avión privado.

Los organizadores de la campaña se ponen en fila para saludarlo en el pasillo.

—Un trabajo estupendo, Peter. Las últimas encuestas demuestran que nos estamos acercando al veintidós por ciento.

—El índice de audiencia del discurso de Dallas llegó a casi los dos millones. Bien hecho.

—Salt Lake City nos ha contratado para tres viajes más. Los mormones te adoran.

Mabus saluda a cada uno de sus ayudantes de camino a su despacho particular, situado en la parte trasera del Airbus 707.

Un caballero algo mayor y de cabellos blancos lo está esperando dentro.

El director de la campaña de Mabus, el multimillonario tejano Joseph H. Randolph, levanta la vista de la pantalla en la que está siguiendo las noticias de la CNN.

—Lo has hecho muy bien con las chorradas esas de los valores de la familia, pero perdiste puntos cuando dijiste que Gabriel era el Anticristo. Es posible que el éxito de esta campaña se nutra de una iniciativa basada en la fe, pero el público todavía considera a Gabriel un héroe. Al final, puede que sus estrechos vínculos con Chaney sean nuestra perdición.

—Para las primarias de New Hampshire en el 2015, Michael Gabriel será ya una noticia desfasada.

—Quizá, pero su hijo no.

—¿Su hijo?

Randolph afirma con la cabeza y le entrega el informe.

Mabus examina el documento sintiendo cómo le sube la presión arterial.

—¿La tal Vázquez está embarazada?

—Sí, y cuando el público se entere de ello, y se enterará, acudirá a su lado como si fuera la segunda venida de la Virgen María y adorará al recién nacido como si fuera el Niño Jesús. Chaney ni siquiera tendrá que hacer campaña; se quedará tranquilamente en la Casa Blanca durante un segundo mandato, y nosotros jamás les arrebataremos el poder.

—¡Dios! —Mabus da un puñetazo a la pared más cercana y seguidamente se frota los nudillos, al tiempo que se derrumba en un sillón—. Bueno, ¿y entonces qué hacemos?

—Sólo hay una cosa que hacer: librarnos de esa tal Vázquez antes de que el público descubra que está embarazada. Ya he puesto a trabajar a mis fuentes para dar con ella. Por suerte, Homeland Security está pasando por alto su caso, así que debería sernos relativamente fácil encontrarla.

—Hacedlo. No reparéis en gastos. Quiero ver a esa perra y a la semilla del diablo que lleva dentro muertos antes de este fin de semana.

2

25 de enero de 2013
St. Augustine, Florida

ATENCIÓN. VEHÍCULO DE CABECERA APROXIMÁNDOSE AL DESTINO FINAL. QUE TENGA UN BUEN DÍA.

El sonido del piloto automático del Jeep despierta a Dominique. Se estira, inclina el asiento y echa un vistazo al reloj digital.

«Las siete y media. He dormido dos horas.»

El Toyota negro de Evelyn Strongin se encuentra a una distancia de tres coches por delante de ella, y ambos vehículos están abandonando la Autopista Inteligente 95, por la rampa de salida que conduce a St. Augustine, la ciudad más antigua de Estados Unidos.

Fue en 1513 cuando el afamado explorador y buscador de tesoros Juan Ponce de León llegó por primera vez a Florida y reclamó aquella «Tierra de Flores» para España. Cincuenta y dos años más tarde, el rey Felipe II nombró al almirante Pedro Menéndez de Avilés gobernador de Florida a fin de proteger dicha colonia de los franceses. Menéndez llegó el 28 de agosto de 1565, el día de San Agustín, y rápidamente fortificó aquella ciudad costera y le puso el nombre del santo.

La historia de St. Augustine fue sangrienta. En 1586, Sir Francis Drake atacó la ciudad y prendió fuego a buena parte de la misma. En 1668 el pirata John Davis la saqueó y asesinó a sesenta personas. Cuando los británicos crearon colonias en las Carolinas y en Georgia, España autorizó la construcción del castillo de San Marcos, un fuerte de piedra que rodeó la ciudad para impedir que fuera capturada.

En 1763, la Florida fue cedida a Inglaterra a cambio de Cuba, pero veintitrés años más tarde le fue devuelta a España. La revolución americana obligó a España a renunciar a Florida y entregársela a Estados Unidos, y con el tiempo se convirtió en el estado número veintisiete que fue admitido en la Unión. La ciudad más antigua de Estados Unidos fue presa de una epidemia de fiebre amarilla, y más adelante sus fronteras fueron ocupadas por el ejército de la Unión durante la Guerra de Secesión.

La racha de mala suerte de St. Augustine cambió en 1885, con la llegada de Henry Flagler.

El cofundador de Standard Oil vio el potencial de aquella ciudad como lugar turístico para el invierno, y pronto empezó a invertir fuertes sumas de dinero en hoteles lujosos y en un ferrocarril que uniera la localidad con Nueva York. Después vinieron un ayuntamiento nuevo, un hospital y varias iglesias, con lo cual convirtió aquella ciudad, fundada cincuenta y cinco años antes de que los peregrinos desembarcaran en Plymouth Rock, en la joya del sur.

Más de un siglo después, St. Augustine sigue siendo una popular atracción turística, pues conserva buena parte de su antiguo ambiente español. El fuerte de piedra continúa en pie, al igual que muchas de las viviendas y calles de adoquines originales. Hay una casa que tiene unos cuatrocientos años de antigüedad, y los lugareños afirman que las partes más viejas de la ciudad están habitadas por las almas de los muertos. En el barrio antiguo se organizan por la noche visitas guiadas para ver «fantasmas» pasando por calles oscuras y cementerios en los que se dice que los espíritus se muestran especialmente activos.

Dominique desconecta el piloto automático y dirige el Jeep por Orange Street, dejando atrás las dos imponentes columnas de piedra que en otro tiempo sirvieron de postes de entrada a la ciudad fortificada. El Toyota continúa avanzando varias manzanas más, y acto seguido se introduce en un aparcamiento situado frente a un viejo almacén de ladrillo.

Dominique aparca al lado del coche de Evelyn.

La otra mujer se apea del vehículo y se estira para aliviar la rigidez de la espalda.

—No estoy acostumbrada a pasar tantas horas sentada. Ven, querida, vamos a presentar nuestros respetos y después cenaremos juntas.

Dominique acompaña a Evelyn hasta el otro lado de la calle y las dos entran en el centenario almacén.

—Este edificio y el aparcamiento fueron construidos encima de un lugar de enterramiento sagrado de los indios. Las almas de los masacrados continúan bastante inquietas.

Señala la ventana de la fachada en la que descansa la lápida del jefe seminola Tolomato. Junto a la tumba hay un letrero de madera.

Dominique lee la inscripción:

AVISO. ESTE CUIDADO MONTÓN DE TIERRA SE ERIGIÓ EN MEMORIA DE TOLOMATO, UN JEFE INDIO SEMÍNOLA CUYA TIENDA SE ENCONTRABA EN ESTE LUGAR Y SUS ALREDEDORES. LO RECORDAMOS CON AFECTO PORQUE FUE UN JEFE DE BUEN CORAZÓN. NO ARRANCABA LA CABELLERA A NADIE SI UNO NO SE LO PEDÍA ANTES O LE PAGABA DINERO. SIEMPRE ACTUÓ MÁS COMO UN BUEN CRISTIANO QUE COMO UN INDIO SALVAJE. DESCANSE EN PAZ.

—Encantador.

Evelyn permanece unos instantes frente a la tumba, con los ojos cerrados y musitando algo incomprensible con los labios. Al cabo de unos momentos abre los ojos y abandona el lugar sin pronunciar palabra.

Dominique la sigue al exterior.

—Oiga, puede que esto no sea tan...

—Hay que respetar el protocolo, pequeña. Vamos andando, mi casa no está muy lejos de aquí.

Continúan hasta la esquina y giran para tomar la calle Córdova, cuyas aceras están bordeadas de robles. Pasados unos minutos llegan a las puertas metálicas y selladas de un cementerio antiguo.

Evelyn señala con la cabeza.

—El cementerio Tolomato, uno de los camposantos más antiguos de Norteamérica. Antes de 1763, este lugar estuvo ocupado por el pueblo indio cristiano de Tolomato. El primer obispo de St. Augustine está enterrado en la capilla mortuoria que hay en la parte de atrás del cementerio. La mayoría de los colonos españoles preferían que los depositaran en criptas de piedra, porque nuestro «Nuevo Mundo» nunca fue considerado terreno sagrado.

Evelyn sigue caminando.

Dominique permanece a su lado. La idea de que haya tantas personas muertas enterradas tan cerca de ella le provoca escalofríos por la espalda.

«¿Qué estoy haciendo yo aquí? Debería volver al coche y marcharme a casa, a Palm Beach, donde los viejos todavía están vivitos y coleando.»

Evelyn cierra los ojos y lanza una carcajada extraña, como si compartiera un chiste privado con un fantasma.

«Cielo santo, es una lunática. Maravilloso. He desperdiciado toda la tarde acompañando a una chiflada a su guarida.»

—¿Evelyn? Hola, la Tierra llamando a Evelyn…

La mujer se gira hacia ella con sus ojos azul oscuro radiantes.

—Mire, se está haciendo tarde y yo tengo una clase de defensa personal. ¿Qué tal si dejamos esto para otra ocasión?

—Tu abuela dice que echa de menos trabajar contigo en los campos de cebollas de las montañas de Guatemala. Y que las rodillas y la espalda siempre se le aliviaban mucho después de vuestro baño de por las tardes en el lago Atitlán.

A Dominique se le pone la carne de gallina.

—Yo tenía seis años. ¿Cómo es que usted…?

—Mi casa está justo ahí. —Señala una casa de ladrillo rojo de dos plantas que tiene un camino de entrada pavimentado y bordeado de flores blancas y moradas.

La casa tiene más de doscientos años, pero el panel del sistema de alarma es nuevecito. Evelyn toca con los dedos el blando panel de caucho.

Se oye un chasquido y a continuación se abre la puerta principal.

Dominique acompaña a la mujer por un pasillo de techo arqueado que desemboca en una biblioteca. Los suelos son de madera de haya y el mobiliario es contemporáneo. Hay un centro de ocio que ocupa una pared entera y que se activa en ese momento emitiendo un boletín informativo de la CNN:

«…y en la Antártida, se ha separado otro glaciar de la cornisa de hielo Ross, el cual se calcula que tiene una superficie equivalente al triple de Irlanda. Los científicos de medio ambiente que están trabajando en las Naciones Unidas insisten en que el calentamiento global no ha aumentado por encima de las cifras calculadas para este año, a pesar de las múltiples detonaciones de fusión pura que hace tres meses vaporizaron grandes secciones de Australia y Asia. En otras noticias…»

—Ciérrate, por favor.

La pantalla se queda en negro.

—Eso está mejor. —Evelyn se vuelve hacia Dominique—. Debes de estar famélica. Durante el viaje de ida me tomé la libertad de encargar unas cuantas cosas, ya deben de estar en la despensa.

Demasiado hambrienta para discutir, Dominique la acompaña hasta la cocina, una estancia que alberga los electrodomésticos más modernos activados por voz.

—Hum, ¿eso que huelo es pan de ajo recién hecho?

—Sí. Y pasta con salsa marinara.

Evelyn abre la puerta de la despensa. La pared exterior lleva incorporado un cajón de acero inoxidable de un metro por un metro y medio, con un extremo abierto hacia la despensa y el otro hacia el exterior de la casa, a fin de permitir el acceso a los repartidores.

La mujer retira la bolsa caliente que contiene la cena de ambas y la deposita sobre la mesa de la cocina, de granito perlado de color negro.

—Ven. Charlaremos mientras cenamos.

Dominique toma asiento mientras su anfitriona pone la mesa y va abriendo los recipientes de poliestireno y liberando el aroma de la comida italiana por toda la habitación.

—Le echas de menos, ¿verdad?

Dominique parte un pedazo de pan y se lo mete en la boca.

—¿A quién?

Evelyn sonríe y posa su mano sobre la de Dominique.

—Querida, intentando evitar la verdad no conseguiremos otra cosa que desgastarnos las dos. ¿Sabes lo que es la necromancia?

—No.

—La necromancia es el arte de comunicarse con las almas de los muertos. Algunas personas creen que es magia negra, pero todo depende de quién lleve a cabo la comunicación. Es una práctica que se remonta a los antiguos egipcios y a su líder, Osiris, el creador de Giza, que acudió a los muertos para obtener consejos de gran valor.

—Entonces, ¿está diciendo que usted se comunica con las personas que han muerto?

—Con sus almas.

Dominique coge un poco de pasta con el tenedor.

—No es mi intención ser escéptica, pero…

—El cuerpo está hecho de materia física. En el momento de la creación, cada uno de nosotros está vinculado a una alma específica, nuestra fuerza vital, o espíritu, la energía que fortalece la conexión entre el cuerpo y el alma.

—Vale, vamos a detenernos ahí. En primer lugar, yo no soy una persona muy religiosa. Segundo, los tableros de *Ouija* y todas esas bobadas me ponen los pelos de punta.

—Pero en cambio los has utilizado recientemente, ¿no es así?

·Dominique traga saliva.

—Porque estás buscando respuestas a algo.

—Sí.

—Quieres saber si Michael aún está vivo.

Dominique reprime las lágrimas.

—Sólo necesito tener la seguridad de que esto ha terminado. Ya sabe, para poder continuar adelante.

—¿Y qué te dice el corazón?

Dominique se reclina en su asiento retorciéndose las manos nerviosamente contra los muslos.

—El corazón me dice que está vivo. Pero mi cerebro me dice otra cosa.

Por espacio de largos instantes, Evelyn se limita a mirarla fijamente.

—Yo puedo guiarte durante una parte de tu viaje, Dominique, pero no puedo proporcionarte todas las respuestas. Si así fuera, podría alterar el futuro.

—¿Qué viaje? ¿Qué futuro? ¿De qué demonios está hablando?

Evelyn la mira, pero no dice nada.

—Le he preguntado qué viaje.

—Tu viaje, Dominique. Tu destino, y también el destino de tus hijos.

—¿Sabe una cosa? Me he equivocado. No estoy preparada para esto. —Se pone en pie con la intención de marcharse.

—Puedes irte si quieres, pero eso no va a cambiar nada; de hecho sólo servirá para empeorar las cosas. Por la razón que sea, un poder superior te ha elegido a ti para que formes parte de un bien mayor, igual que yo he sido elegida para guiarte. No soy tu enemiga, Dominique, el enemigo es el miedo, el miedo a lo desconocido. Si me permites, yo puedo encender una luz en el vacío y ayudarte a eliminar ese miedo. Puedo proporcionarte los conocimientos que buscas.

Dominique se detiene un momento y después se sienta.

—Diga lo que tenga que decir.

—Lo primero que debemos superar es tu falta de confianza. Yo no soy ninguna chalada, sino una psiquiatra que se basa en la ciencia y en la observación científica para guiarse. Al mismo tiempo, provengo de una familia cuyos antepasados maternos siempre tuvieron facultades para la comunicación interdimensional.

Evelyn levanta un dedo en el aire para suprimir la pregunta de Dominique.

—Para comprender la comunicación interdimensional, antes debes aceptar que estamos rodeados de energía, y que la energía lo es todo, lo que cambia es tan sólo nuestra percepción dentro de este universo de energía. Esta mesa, por ejemplo, parece maciza, pero en cambio está compuesta por átomos que se encuentran en movimiento constante. Si examináramos un átomo de esta silla bajo un microscopio potente, veríamos sobre todo espacio vacío. Las partículas rápidas, los electrones, pasarían raudos como asteroides, y si pudiéramos profundizar un poco más veríamos unas partículas todavía más diminutas llamadas *quarks*, que oscilan y se expanden a otras dimensiones. Todo es energía, y todo está en movimiento constante.

»La velocidad a la que un ser humano vivo percibe la energía nos coloca en el mundo de lo físico, el mundo de la tercera dimensión. Como la densidad física ocupa espacio, la percepción de la misma debe ser procesada mediante el tiempo. Para la mayoría de nosotros, nuestro entorno físico se percibe dentro de las limitaciones de nuestros cinco sentidos. Pero hay dimensiones superiores que existen más allá de esas capacidades. Empleando las matemáticas, se han propuesto teóricamente once dimensiones, lo cual nos lleva a reinos de lo que muchos han denominado lo «espiritual». Una vez más, el vínculo común de todas esas dimensiones es la energía.

»Como digo, la energía nos rodea por todas partes. Puede que nuestros sentidos no lo perciban, pero esta habitación está llena de energía; emana de nuestros cuerpos en forma de calor y de ondas cerebrales. Rebota por este espacio en multitud de frecuencias. Al discernir una pauta de energía, podemos hacer uso de ella empleando instrumentos tales como radios y televisiones, videoteléfonos, antenas parabólicas... herramientas que habrían sido tachadas de obras del diablo cuando esta ciudad fue cristianizada por primera vez. Pero la mente también es un instrumento, y sintonizándolo debidamente podemos comunicarnos con aquellos seres que han pasado a dimensiones de energía más elevadas. Los espíritus son aspectos de Dios, Dominique, y son los espíritus los que crean almas. La muerte no es el final, sino el principio de una fase de transición. Cuando morimos, nuestras percepciones cambian y se expanden conforme vamos adquiriendo dimensiones superiores.

—¿Cómo sabe usted estas cosas?

El rostro de Evelyn se arruga en una sonrisa.

—Porque, querida, yo he estado ahí. He cruzado al otro lado.

Dominique siente que se le pone el vello de punta.

—Sucedió hace muchos años, cuando vivía en Miami, justo después del huracán *Andrew*. Una vez que hubo pasado la tormenta, salí a pasear a mi perro Óscar. Pisé un charco de hojas mojadas y ¡zas!, ni siquiera me di cuenta de que había un cable eléctrico caído. La descarga debió de golpearme igual que una tonelada de ladrillos que me hubieran caído encima.

Dominique observa a la mujer como si la estuviera viendo por primera vez.

—¿Y qué pasó? ¿Murió de verdad?

—Como dicen, estaba más muerta que mi abuela. Lo primero que recuerdo es una sensación de libertad, todas las cargas físicas desaparecieron al instante. Mi conciencia flotaba por encima de mi cuerpo, y me causó un sensación muy extraña mirarme a mí misma, despatarrada en la acera como una marioneta sin hilos. Un cuerpo sin vida nunca resulta muy seductor. Y el pobre Óscar estaba desgañitándose a fuerza de ladrar. Sabes, creo que de hecho notó que mi espíritu flotaba en lo alto.

—¿Sintió miedo?

—Ni el más mínimo, y desde entonces no he sentido miedo jamás.

—¿Qué ocurrió después?

—Mi conciencia empezó a moverse a través de un túnel oscuro, y allá en lo alto vi una luz. Era la luz de Dios, y me envolvió en una especie de amor que no había experimentado nunca. —Calla unos instantes—. ¿Te sientes incómoda con esto?

—Un poco. Si esto es una especie de estrategia comercial para convertirme...

—Créeme, soy la última persona en predicar la religión. El hecho es que morí siendo atea, y no una atea muy contenta. Naturalmente, nunca me había ocurrido nada de todo aquello, hasta que experimenté la visualización de mi vida.

—¿La visualización de su vida?

—Es la existencia en su totalidad, todos los momentos, todos los actos, todos los pensamientos y sentimientos de todas las personas con las que uno ha estado en contacto, y uno no lo experimenta sólo desde su propia perspectiva, sino desde la de los demás, las personas a las que ha hecho daño, las personas a las que ha ayudado. Fue algo asombroso y de una intensidad increíble, triste en parte, pero más que nada maravilloso, como verse inmerso en un mar de amor incondicional. Con todo, vi mis defectos, y eso resultó muy revelador. Entonces me di cuenta de que no estaba sola, de que tenía a mi lado las almas de mis padres. No quería irme, pero ellos me dijeron que todavía no había llegado mi hora, que aún tenía cosas que hacer para cumplir mi misión en la vida. Y de repente, sin más, regresé a mi cuerpo. Sentí una gran pesadez, como si llevara puesto un traje de plomo, y un terrible dolor por dentro. Oía y sentía a los sanitarios que me atendían, y experimenté tristeza porque lo que deseaba en realidad era estar con mis padres.

—¿Dice que regresó para cumplir una misión?

Evelyn se reclinó en su silla.

—Durante años supuse que mi misión era simplemente ayudar a la gente a comprender la muerte. Cuando me recobré de mis heridas me puse a trabajar en mi primer libro. Hasta la fecha he entrevistado a ochenta y siete personas, todas ellas habían tenido experiencias cercanas a la muerte, como yo. He compilado una biblioteca de datos pertinentes y he escrito dos superventas. A pesar de estos éxitos posteriores a mi muerte, siempre tuve la impresión de que me faltaba algo. Y entonces falleció mi hermana.

Evelyn se pone de pie y cruza la cocina. Abre un cajón y vuelve con una fotografía en color.

—María y yo éramos inseparables de pequeñas, pues habíamos nacido con sólo trece meses de diferencia. Las dos fuimos juntas a Cambridge. Jamás olvidaré la noche en que me dijo que iba a partir en una expedición sobre los mayas con Julius y aquel idiota de Pierre Borgia. Aquella noticia me rompió el corazón.

Dominique observa fijamente la foto de las dos hermanas, tomada cuando ambas estaban en Inglaterra.

—En esta foto, usted tiene los ojos negros, como los de su hermana.

—Sí. Me cambiaron después del accidente. De hecho, fue después de electrocutarme cuando me convertí en nigromante.

—Antes ha dicho que ha estado en contacto con su hermana.

—Ella ha sido mi compañera espiritual, me guía a dimensiones superiores, a estados de conciencia más elevados.

Los estados más elevados son las fuerzas de la luz de Dios, las fuerzas del bien. Cuanto más elevadas son nuestras frecuencias del bien, más fácil nos es entrar en sintonía con su luz.

—¿Existen las fuerzas del mal?

Evelyn hace una pausa para escoger las palabras con cuidado.

—Al crear un mundo con libre albedrío, Dios permitió que existieran tanto las fuerzas del bien como las del mal, la luz y las tinieblas. Esas «luces menores», como las llamo yo, tienen diversas categorías. Los fantasmas son las personas fallecidas que permanecen demasiado confusas para entrar en la luz. A veces nuestros pensamientos negativos o nuestra ignorancia los invitan a entrar en nuestras vidas. Por ejemplo, los tableros de Ouija nos hacen vulnerables a las bromas de los fantasmas. Cuando rezamos por esas entidades confusas, podemos ayudarlas a comprender la realidad de su situación y guiarlas hacia la luz.

»Más peligrosos son los *poltergeists*. Éstos tienen su agenda propia. Son siniestros y malvados, y creen que pueden servirse de su conocimiento del universo para manipular nuestro mundo. Los *poltergeist* son los falsos profetas contra los que nos advierte la Biblia. Nos tientan con su conocimiento, pero no hay que fiarse de ellos, porque pueden causarnos gran daño.

»Las fuentes más puras de luz nos llevan más cerca de Dios. Son los espíritus. Los espíritus son amigos nuestros; nunca nos juzgan ni nos manipulan, están aquí sólo para ayudarnos a ver la verdad. Los ángeles son las luces más brillantes del mundo espiritual, los mensajeros de la esencia de Dios. Siempre están dispuestos a ayudarnos, pero nos corresponde a nosotros solicitar su ayuda. Entre los ángeles se encuentran los querubines, los serafines, los ángeles de la guarda y los arcángeles.

—¿Y usted los ve? ¿Puede ver a su hermana?

—No, pero siento su presencia cuando nos comunicamos.

—¿Y ella le ha hablado de Mick?

Evelyn asiente.

—Coge mis manos en las tuyas y cierra los ojos. Aquieta tu mente. Aspira por la nariz, despacio y todo lo profundo que puedas, y después exhala por la boca. Concéntrate en lo que sientes por Michael. Suprime tu tristeza y siéntelo en tu corazón. Céntrate en tu amor hacia él.

Dominique respira. Piensa en Mick y en lo mucho que lo echa de menos.

Evelyn registra cómo va incrementándose el flujo de energía de Dominique con la meditación. Entonces se centra en sí misma y profundiza un poco más en su propia meditación.

Llegado el momento dice:

—Señor, recíbenos en tu amorosa luz. Permite que tus ángeles nos guíen, para que nuestras experiencias sean para el mayor bien posible. Te damos las gracias por todo lo que has hecho y te suplicamos que nos reveles a nuestro ser querido que partió, María Rosen-Gabriel.

Una larga pausa, y después Evelyn vuelve a hablar, esta vez con una voz más aguda y áspera que no es en absoluto la suya.

—Mi hijo no ha pasado al reino espiritual. Michael se ha encerrado él mismo en el purgatorio.

Dominique abre los ojos de golpe.

—Dios mío… ¿Mick está en el Infierno?

—El Infierno no existe. El alma de Michael se encuentra aprisionada por la ira, una ira que procede de una vida desprovista de amor. Se le pidió que hiciera un gran sacrificio. Ahora aborrece dicha decisión y maldice su existencia, abandonado en una isla del espacio-tiempo rodeada por un océano de maldad.

—¿Está… está a salvo?

—Corre un gran peligro. Hay un potente *poltergeist* que lo está torturando a él y también a los Nephilim, un pueblo de almas perdidas. Michael está cegado por su rabia interior, que le impide derrotar al *poltergeist*, y sin embargo se siente impulsado a permanecer donde está, porque es su luz celestial lo que consuela a los *Caídos*. Todos están atrapados en un equilibrio de existencia, un plano temporal superior, que vosotros llamaríais Infierno. Es la presencia de Michael en esa existencia la que ha creado un bucle tridimensional del espacio-tiempo. Dicho bucle debe romperse para salvar a Michael, a las almas de los Caídos y a la humanidad.

A Dominique le duelen los dedos, aplastados por el fuerte apretón de Evelyn, y observa las lágrimas que resbalan por la cara de ésta.

—María… ¿volveré a verlo algún día?

—La historia de la creación profetizada por el *Popol Vuh* de los mayas se reescribe a sí misma. La batalla definitiva habrá de librarse de nuevo. El viaje del bien y el mal comienza otra vez con el renacimiento de tus hijos. Te corresponde a ti prepararlos para una batalla que se libró y se perdió hace varios eones. Si triunfan, Michael será resucitado; si fracasan, la humanidad está perdida.

»Pero ten cuidado, porque en el día del alumbramiento de los gemelos nacerá otra criatura. De ella fluirá energía negativa que contaminará su alma al mismo tiempo que fortalecerá su espíritu. Es esa abominación lo que tiene encerrado a mi hijo y altera el continuo espacio-tiempo. Es esa fuerza impía la que tortura a los Nephilim y les resta la fuerza vital.

»Guárdate de la Abominación, Dominique. No permitas que engendre nada.

3

26 de enero de 2013
la Casa Blanca
Washington DC

Ennis Chaney, el segundo vicepresidente de toda la historia que ha ascendido al cargo más alto del país, entra en el Despacho Oval sintiendo todo el peso de sus sesenta y siete años. Afro-americano, con unos ojos de mapache muy hundidos, el ex senador de Pensilvania lleva cuarenta y dos días siendo el comandante en jefe, desde que su predecesor, Mark Maller, se quitó la vida en un intento de evitar un holocausto nuclear global.

Desde entonces, cada amanecer ha sido una bendición, y cada día veinticuatro horas pasadas en el Infierno.

Chaney apenas tiene tiempo para situarse detrás de su escritorio cuando su jefe de estado mayor, Katherine Gleason, lo llama por el interfono.

—Por Dios, Kathy, por lo menos dame la oportunidad de sentarme.

—Lo siento, señor. Ha llegado su cita de las siete.

—Bien, hazlos entrar y tráeme unas cuantas de esas galletas de chocolate que tomé ayer en la reunión del G-9. Mi esposa dice que estoy engordando, pero no me importa, necesito la cafeína.

—Sí, señor.

Momentos después, Kathy abre la puerta del despacho de fuera y acompaña a dos hombres a la siguiente sala. El primero es el amigo de Chaney, Marvin Teperman, un exobiólogo canadiense de baja estatura, bigote fino como un lápiz y sonrisa irritantemente cálida. El segundo es un individuo de lo más serio, un coronel de cabello gris vestido de uniforme. Chaney advierte una leve cojera en su manera de caminar. Lleva un maletín esposado a la muñeca izquierda.

Marvin exhibe su sonrisa habitual.

—Buenos días, señor presidente. Un gran día para estar vivos, ¿eh? Permítame que le presente al coronel Jack McClellan, de las Fuerzas Aéreas de Estados Unidos.

—Coronel. —Chaney señala la pierna de McClellan—. ¿Una antigua herida de guerra?

—Una prótesis. La maldita diabetes.

—Qué faena. —Por un instante fugaz, Chaney se siente culpable por haber pedido las galletas—. Tomen asiento. Me va a perdonar, coronel, pero ésta es mi primera reunión de MAJESTIC-12. A lo mejor podría usted ponerme al corriente. Nunca se me han dado bien esos espectáculos del tipo *Expediente X*.

El coronel se sacude el insulto con un encogimiento de hombros.

—Señor, la operación MAJESTIC—12 se creó el 24 de septiembre de 1947 obedeciendo una orden presidencial especial y confidencial tras la recuperación de varios objetos aerotransportados que cayeron sobre Roswell, Nuevo México, entre el 4 y el 6 de julio de ese mismo año.

—¿Al decir objetos aerotransportados se refiere usted a ovnis?

—Así es, señor, y dejando Hollywood a un lado, puedo asegurarle que aquello no fueron en absoluto efectos especiales. Técnicamente hablando, nuestra unidad nació en 1941 con un caso de recuperación de un ovni que tuvo lugar en Cape Girardeau, Missouri. Pero no fue hasta el 47 cuando

Truman fundó oficialmente la organización. Con el paso de los años, MAJESTIC-12 ha utilizado los servicios de algunas de las mentes más brillantes del mundo, incluidas las de Albert Einstein y Robert Oppenheimer. Incluso después de todo este tiempo, continúa siendo el programa más supersecreto de nuestro gobierno.

—Supongo que eso explica ese pequeño adorno que lleva en la muñeca.

El coronel afirma con la cabeza.

—Estas esposas tampoco son de las que se fabrican en serie, señor. La pulsera monitoriza mi pulso. Si mi corazón dejara de latir, si la cadena se cortara o si se introdujera un código de acceso erróneo, el contenido del maletín se incineraría inmediatamente, desde el interior.

—Bueno, dado que en mi despacho no está permitido fumar, supongo que más me vale introducir el código correcto.

Chaney se levanta, se inclina sobre su escritorio y teclea con sumo cuidado el código de acceso en el panel de seguridad del maletín.

El mecanismo de cierre se desactiva y permite que el coronel abra la tapa.

McClellan saca una libreta computerizada de un centímetro y medio de grosor, sellada con plástico, y se la entrega al presidente.

—Gracias, coronel. Ahora, caballeros, si me disculpan durante unos minutos…

—Por supuesto, señor. —El coronel vuelve a recostarse en su asiento.

Marvin se limita a contemplar a Chaney con una amplia sonrisa.

El presidente suspira. Saca sus gafas de leer del primer cajón del escritorio, retira el envoltorio de plástico, introduce su código de acceso cotidiano en la delgadísima pantalla y empieza a leer en el monitor LED.

MÁXIMO SECRETO/MAJESTIC-12

ADVERTENCIA: *Todo intento de acceder a este documento o verlo sin las debidas autorizaciones tendrá como consecuencia prisión permanente o una sanción mediante el uso autorizado de la fuerza letal.*

INFORME SOBRE LA MARCHA DEL PROGRAMA ESPECIAL DE ACCESO

<u>VELLOCINO DE ORO</u>

21 de enero de 2013

<u>ORÍGENES</u>

1. *El 14 de diciembre de 2012, aproximadamente a las 14.30 horas según el horario de la Costa Este, se activó por todo el planeta un campo de fuerza electromagnética equivalente a varios miles de millones de amperios que destruyó más de un millar de misiles rusos ICBM y SLBM que iban dirigidos a Norteamérica y logró salvar a Estados Unidos. Varios equipos de MAJESTIC exploraron dicha configuración electromagnética y hallaron exóticos dispositivos cristalinos biomiméticos que servían como nodos transformadores y uniones de relés en el interior o debajo de ciertas estructuras antiguas de Angkor Wat, la Gran Pirámide de Giza, Stonehenge, la Pirámide del Sol de Teotihuacán, México, y bajo el complejo de Tiahuanaco, en Perú.*

2. *Los equipos de MAJESTIC consiguieron situar el origen común de la configuración electromagnética en una nave enterrada siete metros por debajo de la pirámide de Kukulcán en Chichén Itzá (península del Yucatán). El pulso de dicha configuración fue transmitido a los relés por medio de una antena que salía del eje vertical de la nave enterrada y atravesaba el centro de la superestructura maya, de mil años de antigüedad.*

Este extremo fue confirmado más tarde por Michael Gabriel y su compañera Dominique Vázquez, que lograron acceder a la nave a través de un acuífero de agua dulce (cenote) situado un kilómetro y medio al norte de la pirámide.

3. Michael Gabriel es hijo único de los arqueólogos Julius y Maria Gabriel (ambos fallecidos), cuyo trabajo se centró en el calendario maya y su profecía del fin del mundo, previsto para el 21 de diciembre de 2012. El 24 de agosto de 2001, Julius Gabriel presentó el fruto de sus 32 años de investigación en un simposio celebrado en Harvard al cual asistió su rival (y futuro secretario de estado) Pierre Robert Borgia, quien agredió verbalmente al profesor e interrumpió su ponencia. Julius Gabriel sufrió un infarto de consecuencias fatales y falleció en los brazos de su hijo y único vástago, Michael, el cual a continuación atacó a Borgia. El incidente le costó a Borgia el ojo derecho y a Michael el internamiento en un hospital psiquiátrico de Massachusetts, donde pasó los once años siguientes, la mayoría de ellos confinado en solitario. Posteriormente, en el verano de 2012, fue trasladado a un centro de Miami, en el que fue puesto bajo los cuidados de la interna estudiante de posgrado de la Universidad del Estado de Florida, Dominique Vázquez. La señorita Vázquez ayudó a Gabriel a escapar a primeros de diciembre de 2012.

4. El 21 de diciembre de 2012 apareció una forma biológica extraterrestre «transdimensional», similar a una serpiente gigante, que salió de su propia nave, enterrada bajo el cráter de Chicxulub, en el golfo de México, punto de impacto de un objeto parecido a un asteroide que chocó contra la Tierra hace 65 millones de años. Dicha forma biológica se dirigió inmediatamente hacia el origen de la configuración electromagnética, en Chichén Itzá, y se desplazó hasta allí siguiendo una serie de acuíferos. Las Fuerzas Armadas de Estados Unidos fueron incapaces de detener a dicho ser, el cual

parecía existir en dos planos dimensionales al mismo tiempo. Michael Gabriel logró desactivar dicha forma biológica empleando un rayo de energía que se originó en la antena de la nave enterrada bajo la pirámide de Kukulcán. Acto seguido penetró en el triple orificio de dicho ser. Después de eso, desaparecieron tanto Gabriel como la forma biológica. Su situación sigue siendo desconocido.

EL VELLOCINO DE ORO

5. Tras los sucesos del 21 de diciembre de 2012, el presidente firmó un nuevo acuerdo comercial con México que incluía un añadido secreto que colocaba Chichén Itzá bajo la jurisdicción de Estados Unidos. El parque público fue cerrado de inmediato y adjudicado a MAJESTIC-12 dentro del recién creado programa VELLOCINO DE ORO. El director del proyecto, el doctor David Mohr (anteriormente de la NASA), y el exobiólogo Marvin Teperman dividieron el personal del VELLOCINO DE ORO en los siguientes programas independientes:

ESTRUCTURA PRINCIPAL DE SEGURIDAD Y CAMUFLAJE:

Responsable de construir una cubierta de uretano prefabricada a modo de camuflaje, a imitación del exterior de la pirámide de Kukulcán. En la noche del 18 de enero de 2013, dicha cubierta fue colocada en el lugar indicado, encima de la pirámide existente, a fin de evitar que se descubrieran posteriores operaciones del VELLOCINO DE ORO mediante reconocimiento por satélite.

EXCAVACIÓN A:

Responsable de retirar, etiquetar y almacenar de modo sistemático todas y cada una de las piedras utilizadas en la construcción de la pirámide de Kukulcán, con la supervisión de arqueólogos mexicanos. La retirada de la pirámide se espera que quede concluida para el 15 de marzo de 2013.

EXCAVACIÓN B:

Excavar un pozo de acceso a la nave enterrada al finalizar la Excavación A.

EXCAVACIÓN C:

Acceder a la nave enterrada a través del acuífero que discurre por debajo de la pirámide de Kukulcán. El Equipo de Valoración Subacuática (EVS) compuesto por personal autorizado del MAJESTIC comprende físicos de láser, físicos teóricos, metalúrgicos, ingenieros aeroespaciales, psiquiatras, varios neurofisiólogos destacados y miembros seleccionados del equipo del proyecto Física Avanzada de Propulsión (BPP) de la NASA. Todos los integrantes del EVS poseen el título de buceador con botella y cuentan con un mínimo de cien horas de inmersión.

INFORME PRELIMINAR DE LA EXCAVACIÓN C: ESTRUCTURA EXTERIOR

6. *La nave enterrada mide veintidós metros de largo, y la mejor manera de describirla es diciendo que tiene forma de daga, si bien es una definición que se queda corta. El casco presenta una forma ahusada en su parte anterior, similar a los dos tercios delanteros de una tabla de surf, y se asemeja a la configuración del fuselaje de los aviones espía A-123 HABU («Blackbird»). La «empuñadura» se prolonga hacia fuera como una esfera muy pronunciada, con dos estructuras bulbosas gemelas en forma de góndola terminadas en unas aspas triangulares que albergan dos «tubos de escape» de cámaras múltiples situados en la popa de la nave. A lo largo de la panza hay otros tubos de escape impulsores, transversales y más pequeños. Varios ingenieros han propuesto la teoría de que esta nave espacial aerodinámica fue configurada para «surfear» una atmósfera o posiblemente hasta una hidrosfera, de forma similar a un vehículo aeroespacial capaz de «ca-*

balgar» olas, pero a mayor escala. El enorme tamaño de esta nave estelar rivaliza con el de un navío de crucero entre mediano y grande, y presenta un «corte» de diseño que le da la impresión de ser una nave de guerra. La quilla es pronunciada y recuerda la hoja nervada del hacha de un guerrero celta.

7. El revestimiento exterior de la nave enterrada se describe como un metal dorado y reluciente, como un espejo, compuesto por un material de extrema dureza, superior a la del carbono del diamante. No se puede seccionar mediante corte por arco eléctrico ni empleando láseres de alta intensidad. Es resistente al calor y a la fricción, y resulta tan liso al tacto que desafía cualquier intento de describirlo. Aunque es posible distinguir múltiples paneles (supuestamente acumuladores semitranslúcidos de células solares), el casco, de hecho, parece haber sido construido como una unidad íntegra y sin junturas. Varios miembros del BPP han teorizado que todo el casco de la nave enterrada podría funcionar como un sistema magnetoaeroeléctrico de propulsión y levitación que se sirve del pozo de gravedad de un planeta. El campo magnético de la Tierra o de cualquier otro planeta que posea un pesado núcleo de hierro sería suficiente para proporcionar energía a ese modo de propulsión atmosférica, y, de hecho, es posible que se trate del sistema empleado por la nave espacial volante de Roswell.

8. De especial interés para los científicos del VELLOCINO DE ORO fue la porción ventral, la que lleva la quilla, del casco exterior de la nave enterrada. Justo un poco más allá de la proa en forma de «daga» se encuentran un anillo aerodinámico y cuatro góndolas unidas entre sí. Los científicos del BPP suponen que debe de ser una estructura estabilizadora, posiblemente empleada para la propulsión mediante «distorsión del espacio-tiempo» o en túneles de gravedad cuántica (véase la teoría de los agujeros de gusano), también denominados conductos de «Transtorsión» o «Torbellinos del tiempo cuántico» a través del espacio no einsteiniano. Las estructuras que se encuentran detrás del anillo pueden haber servido de amplificadores o modificadores de fase, que quizá tengan la capacidad de generar «pliegues en el espacio». Al variar la configuración del denominado «campo de distorsión» en el vuelo superlumínico, la nave podría, teóricamente, cambiar de dirección (alterar el rumbo).

9. Sobre el casco exterior de la nave enterrada hay dos símbolos inscritos. El primero parece ser un conjunto de glifos de origen maya, que recorre la proa de la nave, traducido como BALAM, un nombre que se refiere al antiguo dios Jaguar de los mayas y que muy probablemente es el nombre adjudicado a la propia nave alienígena. La segunda serie de símbolos consta de unos dibujos de color rojo en forma de candelabro, que los arqueólogos han identificado como el «Tridente de Paracas». En la ladera de una montaña de Perú hay una insignia idéntica a ésta. A lo largo del casco exterior hay cuatro paneles con «tridentes», dos en la zona ventral y dos en la dorsal. Cada uno de ellos parece ser una escotilla de acceso. Ninguno ha podido ser abierto.

INFORME PRELIMINAR SOBRE LA EXCAVACIÓN C: ESTRUCTURA INTERIOR

10. Todos los intentos de acceder al interior de la BALAM han sido infructuosos hasta la fecha.

RECOMENDACIONES

11. REUBICACIÓN DE LA BALAM:

Es esencial reubicar la BALAM en un lugar seguro de Estados Unidos, a fin de poder acceder al interior de la nave y desmontarla a la inversa. Debido a las consideraciones de se-

guridad y al enorme peso de la nave, el único medio de transporte aceptable serían barcazas pesadas de la Marina de Estados Unidos y diques secos remolcables de los que se utilizan actualmente para trasladar destructores convencionales de la Marina en una sola pieza. Con el fin de utilizar dicho medio de transporte, se ha de dragar y excavar un canal que una Chichén Itzá con la costa del Yucatán a través de los acuíferos de agua dulce.

12. Se ha trazado la hipótesis de que Michael Gabriel logró acceder a la BALAM porque era portador de la identidad genética de los Hunahpú. El 6 de enero de 2012, un equipo de MAJESTIC-12 exhumó los restos de Maria Gabriel, la madre biológica de Michael Gabriel, de su tumba situada en Nazca, Perú, y halló un marcador genético similar presente en su ADN.

13. El 17 de enero de 2013, Dominique Vázquez fue examinada por un médico de MAJESTIC-12, el cual verificó que se encontraba embarazada de cuatro semanas. La paciente afirma que el padre biológico es Michael Gabriel.

14. Es teóricamente posible que el hijo que espera Dominique Vázquez posea el marcador genético de los Hunahpú y que un día pueda acceder al interior de la BALAM y quizá hasta pilotar la nave, suponiendo que su planta de energía siga estando en uso.

CONCLUSIONES

15. Los potenciales avances tecnológicos en propulsión, armas y sistemas de energía o potencia asociados con la BALAM hacen que la operación VELLOCINO DE ORO sea de vital interés para Estados Unidos. Se recomienda proceder inmediatamente al traslado de la nave a una ins-

talación de seguridad de Estados Unidos. También se reco-
mienda poner a Dominique Vázquez bajo vigilancia las
veinticuatro horas del día.

Presentado por:
W. Louis McDonald
VELLOCINO DE ORO

21 de enero de 2013

—Increíble. —Chaney teclea su código de seguridad
para borrar el archivo—. Dime, Marvin, ¿qué tal lleva Dominique la noticia de estar esperando un hijo de Gabriel?

—Para ser sincero, no muy bien. Continúa abrumada
por todo lo sucedido, y echa terriblemente de menos a Michael. Por desgracia, además, está bastante asustada por todo
eso de la herencia genética. En estos momentos, supongo que
estará planteándose abortar.

—No puede usted permitir que suceda tal cosa, señor
presidente —protesta el coronel—. El hijo de Gabriel podría
ser nuestro único medio de acceder a la Balam.

—Tranquilícese, coronel, démosle un respiro a esa
muchacha. Dominique ha pasado mucho en estos últimos
meses. Se trata de su vida y es a ella a quien corresponde decidir, no a nosotros.

—Homeland Security le ha proporcionado una nueva
identidad —interviene Marvin—. Está viviendo en el sur de
Florida con el sobrenombre de Andrea Smith. Hemos intentado mantenerla vigilada las veinticuatro horas del día.

El coronel menea la cabeza en un gesto negativo.

—Debería encargarse de ella MAJESTIC-12. Homeland Security tiene más agujeros que una fábrica de queso
suizo.

—Por ahora, dejaremos que se ocupen ellos —dice
Chaney—. Dominique no corre peligro inmediato, y ence-
rrarla en un búnker bajo tierra podría tener un efecto negativo en su decisión de quedarse con el niño. ¿Algo más?

—Sólo una cosa más —dice Marvin—. Al revisar el diario de Julius Gabriel encontré un pasaje que hacía referencia a un nigromante.

—¿Un qué?

—Un nigromante. Viene de la palabra griega *necro*, que significa muerte, y de *mancia*, que quiere decir adivinación. Un nigromante es una persona que afirma ser capaz de comunicarse con las almas de los muertos con el propósito de obtener información de utilidad. Unos años antes de su muerte, el profesor Gabriel solicitó los servicios de una nigromante llamada Evelyn Strongin, con la esperanza de comunicarse con su difunta esposa, Maria. Hemos intentado localizar a la señora Strongin esperando que pudiera arrojar alguna luz sobre las capacidades genéticas de Michael Gabriel, pero por desgracia la última dirección que se tiene de ella es una de Perú. Al parecer, no podemos localizar información actual acerca de ella ni de su paradero.

Chaney sacude la cabeza.

—Extraterrestres. Gente que habla con los muertos. Benditos aquellos tiempos en que lo único por lo que tenía que preocuparse un presidente eran los informes económicos y la guerra en Iraq.

4

3 de febrero de 2013
Chichén Itzá
península del Yucatán

El Dodge 2001 color crema con el parachoques trasero abollado abandona la autopista mexicana 180 para tomar una carretera secundaria que atraviesa la empobrecida localidad de Pisté.

Dominique, al volante del coche de alquiler, aminora la velocidad y recorre con sus ojos oscuros las desvencijadas viviendas de estuco que jalonan la carretera. El pueblo es igual que otros mil pueblos esparcidos por toda Centroamérica a lo largo de la «Ruta Maya», un área de 300.000 kilómetros cuadrados que se extiende desde el istmo de Tehuantepec hacia el este, atravesando la península del Yucatán, y abarca Belize, Guatemala, y parte de Honduras y El Salvador.

Hace mil años, los mayas eran la civilización dominante de toda Centroamérica. Incapaces de enfrentarse a sus opresores españoles, los indios se quedaron atrás, pues sus mermadas cosechas no podían competir en el mercado. Su cultura aún sobrevive hoy en día, pero los mayas se encuentran en el peldaño más bajo de la sociedad.

Los antepasados de Dominique por parte de madre eran yucatec, descendientes directos de los mayas, y ella posee el cutis oscuro y los pómulos marcados característicos de su pueblo.

La polvorienta carretera se ensancha para dar paso a una autovía de cuatro carriles que conduce a la entrada de Chichén Itzá, capital de los antiguos mayas y la atracción turística más visitada de todo México. Escondidos dentro de ese parque de diez kilómetros cuadrados rodeado de jungla hay varios templos y santuarios de intrincados relieves, cuya pieza central la constituye la pirámide de Kukulcán, un perfecto zigurat de piedra que se alza veintitrés metros sobre la explanada cubierta de hierba.

A Dominique se le acelera el corazón al pensar en esa estructura... y en la nave alienígena que se halla enterrada bajo sus cimientos.

Durante casi una semana, Dominique ha permanecido en St. Augustine, en casa de Evelyn Strongin. Pero tras su contacto inicial con el espíritu de María Rosen-Gabriel, la energía se cerró y se negó a continuar la comunicación. Ese «tratamiento de silencio» hizo que Dominique tuviera dudas acerca de la validez del primer mensaje... y de la fuente del mismo.

—No te ofendas, Evelyn, ¿pero cómo puedo tener la seguridad de que de verdad ha sido la madre de Michael la que ha hablado conmigo?

—¿Y quién iba a ser si no, pequeña?

—A lo mejor has sido tú, fingiendo comunicarte con tu hermana, o puede ser que ni siquiera hayas sido consciente de lo que estaba ocurriendo. Yo tengo formación en psiquiatría. A lo largo de los años he visto varios casos graves de esquizofrenia.

—La fuente de energía era María.

—Si eso es cierto, ¿por qué no ha vuelto a hablar a través de ti? Han pasado días desde la última comunicación. No puedo quedarme en esta ciudad el resto de mi vida, sin hacer nada. Has conseguido asustarme de veras, hasta el punto de que estoy pensando seriamente en abortar.

—Si eliges ese camino, no sólo condenarás a Michael, sino también al futuro de la humanidad.

—Eso lo dices tú. Necesito respuestas auténticas, Evelyn, no acertijos.

—Dominique, María percibe tu miedo, y por eso ha puesto fin a la comunicación. El miedo es una de las emociones negativas más fuertes de la humanidad. Las emociones negativas crean energía negativa, y la energía negativa atrae a los espíritus negativos. Comunicarse con los muertos no es como hacer una llamada telefónica. Puede responder cualquiera, incluidos demonios como la Abominación, que es tan poderoso como taimado. Al notar tu miedo, María ha considerado que lo mejor era interrumpir la comunicación en lugar de darle la mano al enemigo. El éxito de futuras sesiones dependerá de tu capacidad para controlar tus emociones negativas. Pero antes debes comprometerte plenamente a hacer el viaje.

—Otra vez lo del viaje. ¿Qué viaje? ¿Cómo voy a comprometerme en algo que ni siquiera entiendo?

—Adquiriendo conocimientos. Estudia el *Popol Vuh* de los mayas. Familiarízate con la historia de la creación. Busca respuestas en las personas en quienes confías.

—Ahí está el problema, que no me fío de nadie. Jamás en toda mi vida me he sentido más asustada.

—Julius y María sintieron lo mismo cuando iniciaron su viaje, y estoy segura de que a Michael le sucedió igual. En ocasiones perdieron de vista el camino, y sin embargo persistieron, con una resolución fortalecida por la fe, sabiendo que estaban siguiendo su destino.

—¿Qué haría Mick si estuviera en mi lugar?

—Buscaría respuestas en las personas que las tienen. Regresaría a la tierra del rayo verde.

Dominique gira hacia la entrada de Chichén Itzá. Para su sorpresa, el aparcamiento se halla desierto y las puertas de entrada cerradas, vigiladas por un pelotón de soldados estadounidenses fuertemente armados.

El capitán Luke Magierski abandona su puesto y se acerca a ella con las manos apoyadas en su M-16.

—Estaba buscando a los vendedores ambulantes que antes trabajaban dentro del parque.

Magierski contempla a esa atractiva mujer de cabello negro como el ébano y pómulos altos, y le resulta vagamente familiar.

—Han instalado las tiendas en las inmediaciones del hotel Mayaland. Está a unos diez minutos de aquí. —El soldado se saca un escáner de identidad del cinturón—. Tengo que escanearla, es el procedimiento rutinario.

—Claro.

Dominique saca la mano izquierda por la ventanilla. El dispositivo de Magierski hace un barrido de la palma abierta y le toma una foto digital.

Smith, Andrea M.
Domicilio: Wellington, Florida
No hay órdenes de búsqueda.

—Gracias, señorita Smith. Que tenga un buen día.

Dominique se despide agitando la mano y se va.

Magierski se queda mirando la foto. «Un momento, a ésta yo la he visto antes.» Saca su Palm Pilot y examina los correos electrónicos antiguos. Localiza la página web People-First.com. Compara la foto con la que figura en la red. «¡Dios santo, es ella!»

Tras echar una mirada a su espalda para cerciorarse de que no hay nadie mirando, envía la foto de Andrea Smith por correo electrónico al partido político de Peter Mabus.

Dominique entra con el coche en la gran zona de acceso del hotel Mayaland y aparca. Enfrente del aparcamiento se ha montado un mercadillo de campesinos, el cual permite a los lugareños vender sus productos a los turistas.

Observa las mesas y cuenta menos de una docena de visitantes entre los vendedores.

«El cierre del parque está perjudicando a todo el mundo.»

Se aproxima al primer puesto, y de inmediato se ve rodeada por un enjambre de niños que le tironean de la falda intentando atraerla hacia su mesa.

—¿Un collar de jade, señorita? Sólo diez dólares, americanos.

—Venga, señorita, tenemos unos anillos preciosos. Cinco dólares.

—Señorita, tiene que comprar una hamaca de seda. Le haremos un buen precio, ¿eh?

—Está bien, está bien, os propongo una cosa: compraré al primero que sepa decirme dónde puedo encontrar a un anciano que se llama Ocelo.

Los niños retroceden.

—No conocemos a esa persona, señorita. Más bien debería irse, ¿eh?

Los niños abandonan a Dominique para abordar a una pareja canadiense y su hija adolescente.

—¿Una bandana, señor? Dos dólares.

* * *

El capitán Magiersky se queda mirando su Palm Pilot como si acabara de tocarle la lotería.

CONFIRMADA VERIFICACIÓN DEL SUJETO. SE TRANSFERIRÁ UN MILLÓN CUANDO EXISTAN PRUEBAS DE LA CAPTURA DE VÁZQUEZ, EL RESTO SE ENTREGARÁ CUANDO LLEGUE EL EQUIPO ESTA NOCHE. NO HABLE DE ESTO CON NADIE. ENHORABUENA Y GRACIAS POR SERVIR A SU PAÍS.

Dominique va pasando de una mesa a otra, deteniéndose de vez en cuando para examinar un abrecartas de obsidiana o un jaguar de adorno.

—Disculpe. ¿Cuánto?

—Treinta dólares, señorita. Para usted, veintitrés.

—Estoy buscando a un hombre llamado Ocelo.

El otro desvía la mirada.

—Aquí no hay nadie que se llame así, señorita.

Dominique levanta la vista cuando entra en el aparcamiento un jeep del ejército derrapando con los neumáticos en la gravilla del suelo hasta detenerse del todo, bloqueando el coche de alquiler de Dominique.

El capitán Magierski escruta las mesas sirviéndose de una lente telescópica del tamaño de un dedo.

Dominique se agacha detrás de un tablero atestado de mantas mexicanas de lana, con el corazón frenético, y observa furtivamente al soldado. «Aquí pasa algo, está claro que me busca a mí. ¿Dónde demonios están los de Homeland Security cuando una los necesita?»

Magierski salta del jeep y se dirige a grandes zancadas hacia el mercadillo.

—¡Pist! ¡Aquí!

Dominique se da la vuelta. Un hombre de raza maya y cabello rizado le hace señas desde un puesto de fruta.

—¡Venga rápido!

—Nos conocemos, ¿no es así?

—Soy Elías Forma, amigo de Mick. Ustedes estuvieron en mi casa. Rápido…

Magierski se abre paso por entre un grupo de niños y va pasando de mesa en mesa.

—La mujer americana, ¿dónde está?

Elías Forma se encoge de hombros.

—No hablo inglés.

—A lo mejor sí que hablas esto. —Magierski levanta su M-16 y apoya el cañón del arma contra la cara del maya—. Vamos, ¿dónde está esa condenada mujer?

Elías no dice nada; sus ojos oscuros sostienen la mirada furiosa del soldado mientras los demás mayas van formando un corrillo alrededor, susurrando.

Magierski agarra a Elías por el cuello de la camisa, lo saca a rastras del puesto de fruta y lo arroja al suelo. A continuación quita el seguro al arma y dispara una ráfaga de balas en círculo sobre los aterrorizados lugareños.

—Escuche bien, Dominique Vázquez, ¡o sale ahora mismo o le vuelo la puta cabeza a este tipo!

—¡Espere! —Dominique se baja del tejadillo inclinado del puesto de fruta y se acerca al soldado con las manos extendidas a los costados y la blusa abierta hasta el ombligo—. No tenía más que preguntar.

A Magierski se le acelera el corazón al mirar fijamente el provocativo escote de Dominique.

Dominique le guiña un ojo.

—Me gustan las esposas. ¿Tienes un par?

—Pues claro. —Magierski saca las esposas que lleva en el cinturón y las coloca alrededor de las muñecas que ella le tiende—. Por lo que parece, usted y yo vamos a pasar unas horas juntos, a solas.

—Suena divertido. ¿Crees que a lo mejor podríamos coger una habitación en el hotel? Tengo calor y quiero quitarme esta ropa sudada. Si eres bueno, te dejaré que me esposes a la cama.

Magierski sonríe.

—Bueno, ¿qué te parece si yo...

¡*Fump*! El pie derecho de Dominique se alza del suelo igual que una cobra y clava la punta de la bota en la ingle del soldado. Cuando éste se desploma de rodillas, Dominique le estampa el pie izquierdo en la cara y le echa la cabeza hacia atrás.

El soldado se desmorona en el suelo.

Elías registra el cinturón de Magierski en busca de las llaves de las esposas. Se las lanza a Dominique mientras tres vendedores mayas arrastran al soldado inconsciente hacia la frondosa hierba.

Otra docena más empujan el jeep para sacarlo del camino y lo arrojan a una zanja.

Salt Lake City, Utah

Peter Mabus se encuentra reclinado en el sillón del camerino, dejando que su maquillador termine de empolvarle las ojeras que le rodean los ojos.

Alguien llama a la puerta. Ésta se abre y entra Joseph Randolph seguido de un individuo de raza caucásica y de sesenta y muchos años, constitución menuda y cabello gris. Es un hombre de aspecto timorato, tocado con unas gafas de montura metálica y vestido con un traje de lana y corbata de pajarita negra.

—Ya lo has acicalado bastante. —Randolph hace salir al maquillador y cierra la puerta—. Pete, éste es Solomon Adashek, el hombre del que te he hablado.

Mabus se incorpora a medias y escudriña al visitante con sus ojos porcinos.

—No te ofendas, Joe, pero se parece más a mi jodido contable que a un asesino a sueldo.

Solomon Adashek permanece impasible.

—Para apretar un gatillo sólo se necesita la fuerza de un niño, señor Mabus. La clave para eliminar al objetivo consiste en acercarse a él sin levantar sospechas. Si prefiere contratar a un matón, iré a otra parte a ofrecer mis servicios.

—No, usted servirá. La chica está en el Yucatán, estoy seguro de que Joe ya lo ha puesto al corriente de todo. Quiero que ella y el soldado que la encontró sean eliminados sin que quede rastro.

Solomon asiente, y acto seguido sale del camerino y cierra la puerta sin hacer ruido.

—Un tipo un poco escalofriante, ¿no?

—Lo importante es que llevará a cabo el trabajo sin complicaciones —replica Randolph—. Antes trabajaba para la CIA, es más frío e insensible que un reptil. Pasó mucho tiempo en la Unión Soviética, haciendo de topo, luego regresó a casa al acabar la Guerra Fría y perdió el contacto con la realidad. Incendió la casa de su madre, la mató a ella y a la enfermera que la acompañaba. Cumplió seis años y salió en libertad condicional. Es un poquito pedófilo, pero con los años se ha ido calmando.

—¿No deberíamos ordenarle que fuera a por Chaney?

—Cada cosa a su tiempo, amigo mío. Cada cosa a su tiempo.

Chichén Itzá
península del Yucatán
10:17 de la noche

De noche, la jungla está llena de vida debido a la humedad, el gorjeo de los pájaros y los fantasmas de los muertos. La densa vegetación araña los tobillos de Dominique y le roza constantemente el cuello. Los mosquitos le zumban en los oídos. Un batir de alas cruza el aire allá en lo alto, por debajo de las copas de los árboles.

La presión de la selva pesa sobre ella, susurrándole al oído. Aprieta con más fuerza la mano de Elías Forma, temiendo perderlo en la oscuridad, y sin embargo aquí se siente más segura que en el mundo real, porque sabe que ahí fuera hay alguien que quiere verla muerta.

«Tanto si te gusta como si no, eres Alicia en el País de las Maravillas, yendo detrás del conejito blanco hasta su madriguera, y ya no hay vuelta atrás.»

Por fin llegan a un claro. Dominique ve a un grupo de mayas de piel oscura agachados en cuclillas en torno a un fuego de campamento. Los reconoce: son los H'Menes, los mismos que seis semanas antes la ayudaron a ella y a Mick a bajar al pozo sagrado de Chichén Itzá.

«Hace toda una vida…»

Esos sabios son descendientes de los hermanos Sh'Tol, una sociedad secreta maya que escapó de la ira de los españoles en el siglo XV.

Elías saluda con un abrazo al jefe del grupo, un hombre de aspecto frágil y pelo blanco.

—Dominique, éste es mi abuelo, Ocelo, el hombre al que buscas.

Dominique extiende la mano.

—Espero que se acuerde de mí, soy amiga de Michael Gabriel. Necesito hablar con usted acerca del Mito de la Creación.

Ocelo toma la mano de Dominique entre las suyas y a continuación le dice algo a Elías en una lengua que ella no entiende.

—Mi abuelo dice que hará todo lo que pueda para ayudar a la Primera Madre.

—Verá, ése es el motivo por el que he venido. ¿Quién es la Primera Madre, y por qué me llama así a mí?

Ocelo esboza una sonrisa sin dientes y toca el estómago de Dominique.

—*Yaya ba'l.*

«Dios mío, ¿también éste sabe que estoy embarazada? ¿Habrá alguien por ahí enviando mensajes?» Dominique se siente mareada. Los sonidos de la noche se disipan en el chasquear y crepitar del fuego cuando termina desmayándose sobre el húmedo suelo.

Elías y el anciano la llevan hasta un tronco colocado en el borde del claro. Uno le ofrece una botella de agua, otro un cuenco de madera lleno de frutas y bayas. Ella come y bebe, y empieza a sentirse un poco mejor.

Sin soltarle la mano, Ocelo la mira a los ojos y comienza a hablar. Elías va traduciendo:

—La historia de la creación es la lección más importante que se halla registrada en el *Popol Vuh*. El protagonista es Hun-Hunahpú, un valiente guerrero más adelante venerado como el Primer Padre. La gran pasión de Hun-Hunahpú en vida era jugar al antiguo juego de pelota conocido como Tlachtli. Un día, los Señores del Mundo Inferior, Xibalba, retaron a Hun-Hunahpú a jugar un partido en el que se decidía el futuro de su pueblo. Hun-Hunahpú aceptó y entró en *Xibalba Be*, el camino negro que conduce a Xibalba, que según se dice era la boca de una gran serpiente.

Dominique siente un escalofrío al recordar la figura de Mick penetrando en el orificio del ser alienígena.

—Pero los Señores de Xibalba no tenían ninguna intención de jugar. Valiéndose de trucos y engaños, derrotaron a Hun-Hunahpú y lo decapitaron, y después colgaron su cabeza de la rama de un árbol de la calabaza, como advertencia para otros que quisieran desafiarlos.

»Al cabo de muchos años, una valiente mujer llamada Luna Negra se aventuró por el Camino Negro. Al acercarse al árbol a coger el fruto, la sorprendió encontrar la cabeza de Hun-Hunahpú. El guerrero abrió los ojos y le escupió en la palma de la mano y así la impregnó de magia. La mujer huyó, pues los Señores del Mundo Inferior y sus sirvientes no pudieron destruirla antes de que lograra escapar.

»Luna de Sangre, que más adelante es venerada como la Primera Madre, dio a luz dos hijos gemelos. A medida que fueron pasando los años, los dos niños se convirtieron en guerreros fuertes y capaces. Cuando alcanzaron la edad adulta, su vocación genética los empujó a seguir los pasos de su padre y hacer el viaje hasta *Xibalba*, con el fin de desafiar al Dios de la Muerte y vengar la muerte de Hun-Hunahpú.

»Una vez más, los Señores del Mundo Inferior se sirvieron de la habilidad y el engaño, pero esta vez triunfaron los héroes gemelos, que se habían preparado para aquella traición, y lograron desterrar el mal y resucitar a su progenitor.

Ocelo sonríe a Dominique y le toca otra vez el estómago.

—No, un momento, nada de eso tiene sentido. El *Popol Vuh* no es más que mitología, habla de cosas del pasado. ¿Cómo voy a ser yo la Primera Madre?

Elías traduce para su abuelo.

El anciano responde de un tirón:

—Los conocimientos que recoge el *Popol Vuh* nos han llegado de nuestro gran maestro, Kukulcán. El *Popol Vuh* fue escrito quinientos años después de su muerte. El tiempo distorsiona la historia de la creación, pero no su significado en última instancia. Lo que sucedió una vez sucederá de nuevo cuando se repita el ciclo de la humanidad. Ha llegado Hun-Hunahpú, nos ha librado del mal y para ello se ha sacrificado él mismo. Ahora espera a sus hijos en Xibalba.

La mano de Dominique tiembla en la mano de Ocelo. Éste se la acaricia con la otra mano y se la aprieta con fuerza al tiempo que vuelve a hablar.

—Mi abuelo dice que hay que tener fe. Usted fue elegida por Hun-Hunahpú por su fuerza.

—Si Mick es en realidad el personaje de Hun-Hunahpú, ¿dónde se encuentra ahora? ¿Cómo puedo yo encontrar Xibalba?

—El camino negro a Xibalba aparecerá antes de que los Héroes Gemelos cumplan el año veinte. Hasta entonces, su destino como Primera Madre consiste en prepararlos. La aguardan grandes desafíos. Los aliados del Señor de la Oscuridad harán todo lo que esté en su mano para detenerla.

Ocelo se pone en pie y conduce a Dominique hasta el borde del claro, donde se alza un inmenso ciprés. Atado al tronco y amordazado se encuentra Luke Magierski. Sólo lleva encima los calzoncillos y una camiseta.

Dominique le quita la mordaza.

—Oh, gracias a Dios. ¡Le importaría decirles a estos zulúes que soy americano!

—¿Por qué me perseguía?

—Usted es Dominique Vázquez, la mujer de Michael Gabriel. Todo el mundo quiere hablar con usted.

—Está mintiendo —afirma Elías—. ¿Quién lo ha contratado para buscar a Dominique?

Magierski deja la mirada perdida en la jungla.

—Nombre, rango y número de serie, eso es lo único que van a sacarme. A Estados Unidos no le gusta que secuestren a sus soldados. A menos de una docena de pasos de aquí hay quince mil hombres y mujeres armados que no dudarán en rociar con napalm toda esta selva y convertirla en una pradera polvorienta si me ocurre algo a mí.

Ocelo hace una seña a sus compañeros. Dos de los hombres obligan a Magierski a abrir la boca, mientras un tercero le introduce un trozo pequeño de bambú entre los molares superior e inferior para evitar que cierre la mandíbula.

Aparece un cuarto hombre portando un recipiente de madera y saca de él un ciempiés de cuarenta y cinco centímetros cuyo cuerpo, negro azabache, luce la cabeza y las patas de color amarillo.

Dominique da un paso atrás.

—Por Dios, ¿qué es esa cosa?

Elías toma el animal que le entrega el anciano.

—El nombre largo es Escolopendromorfo, una especie tropical que crece bien en nuestras junglas. Algunos de los más grandes se alimentan de ratones y lagartos.

—¿Los hay todavía más grandes que éste?

—Sí. ¿Ve estas patas delanteras? Se llaman prensoras. Las usa para inyectar veneno a sus víctimas. Vamos a ver si nuestro amigo es capaz de convencer a nuestro valiente soldado americano de que nos diga lo que queremos saber.

Elías sostiene el ciempiés, que no deja de moverse, delante de la cara de Magierski.

—Esta tarde, en el mercadillo, usted actuaba obedeciendo órdenes de alguien. ¿De quién?

El soldado aparta la vista.

Dos de los ancianos mantienen la cara de Magierski en su sitio mientras Elías le introduce la cabeza amarilla del ciempiés en la boca abierta.

Magierski forcejea contra sus ligaduras, gimiendo y resollando mientras la repulsiva criatura se agita y va penetrando en su boca, cortándole la respiración conforme avanza hacia el esófago.

Dominique, asqueada, desvía el rostro.

Elías se acerca un poco más.

—Quince centímetros más, y la cola desaparece. Cuando ocurra eso, ya no podré salvarlo. El ciempiés se le instalará en el intestino y depositará sus huevos. Siete centímetros más… quedan cinco. Si tiene algo que decir, dígalo ya.

Magierski afirma vigorosamente con la cabeza, con los ojos como platos y el rostro cada vez más congestionado.

Elías retira cuidadosamente el ciempiés y a continuación extrae el trozo de bambú.

Magierski se inclina hacia delante y vomita.

—Denos un nombre, o de lo contrario vuelvo a metérselo en la boca, y esta vez pienso dejarlo bajar y bajar hasta que le salga por el culo.

—Mabus. Peter Mabus. Ofrece una recompensa de dos millones de dólares por la cabeza de la chica.

Dominique se vuelve para mirarlo.

—¿Por qué? ¿Qué quiere de mí ese chiflado?

—No lo sé. Culpa… culpa a Gabriel de buena parte de todo eso del juicio final; supongo que usted se le ha atragantado en su campaña política. Va a enviar a uno de sus hombres desde Estados Unidos a buscarla.

—Más probablemente, a matarla —afirma Elías—. ¿Dónde tenía que encontrarse usted con ese hombre?

—No lo sé.

Elías hace una seña a los ancianos mayas, los cuales agarran la cabeza de Magierski.

—No… espere. Se reunirá conmigo mañana por la mañana, en el pequeño aeropuerto que hay a las afueras de Pisté.

Un anciano maya devuelve el ciempiés a su recipiente de madera. Elías vuelve a amordazar a Magierski mientras Ocelo conduce a Dominique de regreso al campamento.

Dominique se fija en que el anciano que porta el recipiente de madera ensarta al ciempiés con un pincho y lo pone a asar en la fogata.

Elías le guiña un ojo.

—Un antiguo manjar de los mayas. A mí me gusta más con mantequilla.

Dominique se siente inquieta.

—El abuelo tiene razón, hay enemigos por todas partes.

—¿Cree que debería quedarme aquí?

—Por desgracia, aquí tampoco está a salvo. Entre los mayas hay miembros del culto a Tezcatilpoca que practican la magia negra. Fue Tezcatilpoca el que venció a nuestro gran maestro, Kukulcán, hace más de mil años. Cuando esos seguidores suyos se enteren de que está usted aquí, no se detendrán hasta matarla y sacrificarla... por ese orden.

—Bien. Entonces, mañana volveré a Estados Unidos, pero antes hay una cosa más que necesito saber. ¿Qué es la Abominación?

Elías se esfuerza en traducir.

Ocelo lo escucha, y al momento se anima de nuevo.

—Mi abuelo dice que la Abominación es el Señor de la Oscuridad en su forma humana. La leyenda afirma que la Abominación es el origen de todo el mal del hombre, nacido de nuevo en el día del alumbramiento de los Héroes Gemelos.

—No lo entiendo. ¿Por qué lo llaman Abominación?

—Porque, al igual que Michael y los hijos que espera usted, la Abominación también es Hunahpú.

Aeropuerto de Pisté
7.25 de la madrugada

El Learjet privado toma tierra y comienza a rodar por la pista de asfalto recalentado.

Luke Magierski está aguardando en su jeep. «Conserva la calma. Tienes que marcharte ganando algo, aunque sólo sea cien de los grandes.» Observa cómo desciende la escalerilla de la cabina de pasajeros del avión.

Una oleada de calor seco abofetea a Solomon Adashek en la cara. Se limpia la humedad de las gafas con un pañuelo y seguidamente comienza a bajar por los estrechos peldaños de la escalera.

Magierski sacude la cabeza en un gesto negativo. «Una recompensa de dos millones de dólares, ¿y éste es el tipo que envían?»

—¿Capitán Magierski?

—Sí. ¿Trae mi dinero?

—Todo está preparado para la transferencia. ¿Dónde está la chica?

—La he perdido. Un grupo de mayas de aquí la ha ayudado a escapar. A mí me golpearon y me torturaron, pero logré huir.

—Qué suerte ha tenido usted.

—Sí, pero no está todo perdido. Ahora usted cuenta con su identidad, de modo que no le costará mucho dar con ella.

—Las identidades pueden sustituirse más fácilmente que los soldados, capitán.

—Oiga, amigo, yo sigo mereciendo algo por las molestias que me he tomado, al menos cien de los grandes. Eso no es más que calderilla para un tipo como Peter Mabus.

—Con gusto le pagaré ese dinero. ¿Le importaría acompañarme al avión? Voy a necesitar su ayuda para realizar la transferencia bancaria a su cuenta.

Desde la selva adyacente, Elías Forma observa a los dos hombres a través de sus prismáticos.

Magierski acompaña al hombrecillo con pinta de mojigato, ambos suben la escalerilla y entran en el avión.

—Vamos a darnos prisa, amigo, tengo que estar de vuelta en mi puesto antes de las 08.00.

—Naturalmente. Haga el favor de pasar al fondo del avión y situarse sobre el plástico.

—¿Un plástico? —Magierski camina hasta una zona en la que se ha extendido un grueso plástico de pintor en el pasillo central—. ¿Para qué es todo esto?

—Por mera comodidad.

La nueve milímetros de Solomon Adashek escupe dos balas, las cuales impactan de lleno en el corazón del capitán del ejército.

SEGUNDA PARTE

NACIMIENTO

La casa está en silencio.
La puerta está cerrada.
Entra una persona.
La ventana se abre de par en par.
El Yang penetra en el Yin.
Ha nacido un niño.

Tao Te Ching

5

22 de septiembre de 2013
hospital West Boca
Boca Ratón, Florida
12:53 del mediodía

Dominique Vázquez mira a través de unos ojos febriles a su madre adoptiva, Edith Axler, al tiempo que le viene otra contracción. La oleada de dolor crece... y crece...

Gime apretando los dientes:

—¡Calmantes! ¡Tráeme... calmantes!

Edith se vuelve hacia el rabino Steinberg, la otra persona que se encuentra en la sala de partos.

—Richard, ve a buscar al médico.

El rabino, barbudo y de cabellera color castaño rojizo, abre la puerta, pasa por entre los dos guardias de seguridad armados y echa a correr a través del caos del corredor principal.

Una docena de policías han formado barricadas humanas delante de cada una de las tres escaleras, a fin de impedir el paso a la nube de periodistas. Dos enfermeras y un celador discuten en el puesto de enfermería con varios miembros del séquito de la gobernadora, mientras la gobernadora Grace Demers continúa agrediendo verbalmente a la enfermera particular de Dominique.

—Teníamos un acuerdo, señora Klefner.

—Mire, señora, yo la he llamado, tal como prometí. No es culpa mía que la embarazada no quiera tener en la sala de partos más que a la anciana y al judío. Si no le gusta, puede coger su dinero y metérselo por el agujero que le hizo Dios en el cuerpo.

—Ahora escúcheme usted a mí…

—¿Enfermera Klefner? —El rabino Steinberg agarra a la enfermera por el brazo y la aparta de la gobernadora—. ¿Dónde está el doctor Wishnov?

—¿Quién es usted?

—Soy el judío. ¿Dónde está el médico?

—Pues… está intentando cerrar un quirófano.

Steinberg echa a andar por el pasillo.

La gobernadora se apresura a alcanzarlo.

—Rabino, espere, quiero hablar con usted. Déjeme entrar en la sala para presenciar el parto, y le prometo que se lo compensaré.

Steinberg descubre a Bruce Wishnov, el obstetra de Dominique, que camina a toda velocidad por el pasillo contrario.

—Seguro que a su sinagoga le vendría muy bien un aparcamiento nuevo. —Luego baja la voz—. ¿O prefiere mejor créditos?

Steinberg siente que le hierve la sangre.

—*Geh feifen ahfen yam.*

—¿Perdón?

—En yiddish quiere decir «váyase con la música a otra parte».

El rabino se hace a un lado de pronto para dejar pasar a un corpulento policía hispano que viene tirando de dos periodistas esposados para llevarlos a una improvisada sala de espera. Corriendo pasillo abajo, Steinberg intercepta al doctor Wishnov, que va vestido de arriba abajo de verde quirófano.

—¿Dónde estaba? Dominique está pasándolo mal, necesita la epidural.

—Puede que lo que necesite Dominique sea una cesárea. Ya está preparado el quirófano, pero el gentío es cada vez más insufrible. Creía que Chaney iba a enviar a la Guardia Nacional.

—Así es. —Steinberg se esfuerza en seguirle el paso—. Eso es lo que nos han dicho.

Los guardias de seguridad se hacen a un lado para dejar pasar al médico y al rabino otra vez a la sala de partos privada.

Edith está junto a la ventana, observando por entre las persianas de madera la escena que tiene lugar tres pisos más abajo. La noche es surcada por el aullido de las sirenas y las luces giratorias que lanzan destellos azules y rojos sobre la ingente multitud formada por indios mesoamericanos, periodistas y fanáticos religiosos que han atascado el aparcamiento y la entrada del hospital peleándose con la policía local. El intenso zumbido de los helicópteros de la prensa reverbera en el aire húmedo al tiempo que las luces de los faros, de un blanco cegador, hacen un barrido por las frondas de las palmeras proyectando sombras caprichosas sobre la fachada de vidrio del edificio.

—Ahí fuera debe de haber diez mil personas. ¿Dónde estará la Guardia Nacional?

—¡Aaaaah! —gime Dominique al notar otra contracción. El sudor le ha pegado los mechones de cabello negro a la frente, le resbalan gotas por las mejillas. Aferra el brazo del médico y le clava las uñas en la piel—. ¡Sáqueme estos bebés del cuerpo!

El doctor Wishnov suelta los frenos de la cama con ruedas.

—Aguante un poco, vamos a trasladarla a un quirófano.

—¡No! ¡No quiero una cesárea! Ha llegado el momento, sáquemelos… ¡Aaaah!

El médico se arrodilla entre las piernas de Dominique y le levanta la bata.

—Tiene razón, ha dilatado diez centímetros.

—¡No me diga!

El ruido de la muchedumbre se vuelve más intenso.

—De acuerdo, olvídese de la cesárea, vamos a hacerlo al modo antiguo. ¿Dónde está esa enfermera?

—Vendiéndonos a los medios de comunicación —contesta el rabino—. No quiero que esté aquí.

El doctor Wishnov lanza una mirada severa al rabino.

—Pues entonces lávese, necesito que me ayude.

La limusina negra continúa en dirección norte por la carretera 441, cada vez más cerca del hospital, avanzando lentamente entre el denso tráfico. Diseñada por el Ejército de Estados Unidos, esta «limusina inteligente» contiene una serie de sistemas ofensivos y defensivos. Lunas tintadas a prueba de balas y blindaje ligero de Kevlar para proteger el chasis. En las portezuelas, tiradores de alto voltaje y rociadores de aerosol urticante para mantener a raya a las multitudes hostiles. Paneles adaptados de luces LED superbrillantes en la parte frontal, los costados y la trasera para cegar a un enemigo que las mire directamente o pretenda subirse al vehículo. Antena retráctil y una plataforma, plegable desde el interior del maletero, para armas del tamaño de una bola de bolera , equipada para proporcionar imágenes de visión nocturna y con capacidad para localizar objetivos mediante el láser.

Delante van sentados dos hombres. El que lleva la escopeta y luce barba recortada y bigote negro es Mitchell Kurtz. Con su metro setenta y sus setenta y dos kilos de peso, este caucásico de cuarenta años de edad parece cualquier cosa menos peligroso, pero es un asesino entrenado por la CIA que ha matado una docena de veces en el transcurso del cumplimiento del deber.

Lo que le falta en estatura física a Kurtz, lo compensa con creces con los avanzados artilugios que lleva encima. Sus estilizadas gafas de sol, envolventes e «inteligentes», contienen minúsculos láseres encajados en la montura que envían un rayo de luz a sus ojos y le ofrecen imágenes muy nítidas y en gran angular tomadas por las cámaras miniaturizadas. Los objetivos de las cámaras son telescópicos, por lo cual le permiten acercarse a objetos situados a grandes distancias empleando visión diurna o nocturna.

Oculto bajo la camisa de este ex agente del FBI, sujeto mediante una correa a su antebrazo derecho y alimentado por un paquete de pilas que lleva a la cintura, se encuentra un «cañón de dolor». Diseñado para controlar disturbios, esta arma dispara pulsos de ondas milimétricas que provocan un calentamiento en la piel de la víctima similar al que experimentaría si hubiera tocado una bombilla encendida. El cañón de dolor es capaz de dispersar a todo ser vivo que se encuentre dentro de un radio de trescientos metros o lanzar un disparo mortal a un objetivo concreto situado hasta ochocientos metros de él.

Al volante de la limusina se encuentra Ryan Beck, un inmenso afro-americano cuyo corpachón de un metro noventa y cinco sostiene una masa de ciento veintinueve kilos de duro músculo. Este antiguo Boina Verde cuenta con varios cinturones negros en artes marciales, es un experto con los cuchillos y las armas de fuego, y en una ocasión recibió una bala que iba dirigida al gobernador de California, Arnold Schwarzenegger. La cicatriz aún está presente bajo el cuello de su camisa.

Afectuosamente conocidos en los alrededores del Despacho Oval como *Sal* y *Pimienta,* los dos han pasado los diez últimos meses protegiendo a un único cliente.

El presidente Ennis Chaney observa lo que pasa a través de la luna tintada del asiento trasero de la limusina, gruñendo para sus adentros. Una vez más se ha violado la seguridad, a pesar de que Homeland Security ha cambiado la identidad de Dominique tres veces en los últimos siete meses, y los medios de comunicación han convertido el suceso en algo así como «el Circo de los Ringling Brothers saluda al Segundo Advenimiento». Varias amenazas terroristas, interceptadas en línea por el FBI en la NREN (siglas en inglés de Red Nacional de Investigación y Educación) han obligado al presidente a evitar el trayecto previsto en helicóptero del aeropuerto de Fort Lauderdale al hospital , mientras que Homeland Security ha sufrido el ataque de un virus informático que ha ocasionado un retraso de dos horas a la Guardia Nacional.

El presidente se frota sus hundidos ojos de búho para ahuyentar el sueño en el momento en que la limusina se detiene enfrente de la barricada de la policía.

Pimienta, desde el asiento del conductor, baja la ventanilla.

Un policía cuyo aliento huele a ajo mete la cabeza al interior del coche.

—Lo siento, amigo, pero esta área está cerrada. Dé la vuelta a este barco y salga de aquí.

Pimienta le enseña su identificación.

—¿La Casa Blanca? Ya, claro.

Chaney se inclina hacia delante y dirige al policía una de sus infames miradas de «tuerto».

—¿Necesita gafas, hijo, o es que simplemente es tonto?

El policía palidece al reconocer esa voz áspera.

—¿Señor presidente? Dios santo, lo siento mucho, señor…

—Cierre la boca y déjenos pasar antes de que tengamos que pegarle un tiro.

Pimienta sonríe de oreja a oreja y sube el cristal en las narices del policía. Acto seguido, la limusina atraviesa la barricada y continúa otros cinco kilómetros hacia el norte por la carretera 441 hasta que por fin gira para tomar una calle que lleva al hospital.

El camino de acceso está abarrotado de gente, de una pared a la otra.

Pimienta menea la cabeza negativamente.

—Menuda panda de pirados. Esto es peor que una de sus malditas convenciones del partido Republicano.

Chaney se inclina hacia delante para mirar por el parabrisas. Allá enfrente hay un grupo de manifestantes que portan pancartas con el mensaje: «MUERTE AL ANTICRISTO».

—Maldito sea Peter Mabus. *Sal*, dispérsalos.

—¿A todos? ¿A los policías también?

—A todos.

Con una sonrisilla malévola, Kurtz activa el techo solar y se pone de pie asomando el torso por la abertura. Examina la turba con sus gafas computerizadas, que realizan un cálculo de la distancia.

De repente se les acerca un muchacho, un varón caucásico de dieciséis años de edad con una perilla azul y una docena de *piercings* faciales, llevando sendas niñas de catorce años esposadas a sus tatuadas muñecas. Las chicas, atiborradas de *éxtasis*, se suben al capó de la limusina.

—Eh, doctor Gafotas —exclama el chico—, ¿ha venido a presenciar el nacimiento de los Mesías Gemelos?

Kurtz se remanga la camisa dejando ver el arma.

—Pues sí. Yo y los otros dos tipos que vienen en la limusina hemos traído el incienso. Abre la boca, que aquí viene la mirra.

Sal dispara el cañón, y su rayo invisible de ondas milimétricas arranca chillidos a la multitud. Varias decenas de fanáticos se lanzan al canal más cercano, el resto se dispersan en todas direcciones lanzando aullidos como si fueran presa de las llamas.

El adolescente tatuado llora como un cachorrillo, intentando, al igual que las dos chicas, quitarse los anillos de la lengua y las esposas, que les abrasan la piel.

—Hoy es día de colegio, pequeño. Vete a casa a estudiar.

Kurtz vuelve a meterse en el vehículo al tiempo que *Pimienta* llega hasta la entrada del hospital, ahora desierta.

—Ya veo la cabeza del primero… Vaya despacio mientras yo le giro los hombros. Muy bien, ¡empuje!

Dominique empuja con un fuerte gruñido para expulsar al recién nacido a través del canal de parto.

—Es precioso.

El doctor Wishnov sostiene en ambas manos al niño, rubio y cubierto de sangre, momentáneamente deslumbrado por los brillantes ojos del pequeño, de un azul intenso.

—¡Eh, no se pare ahora! —chilla Dominique.

—Lo siento.

El obstetra se apresura a introducir un tubo de succión en la boca y la garganta del recién nacido, a fin de despejar las vías respiratorias antes de cortar el cordón umbilical y pasárselo a Steinberg.

El rabino deposita al niño de grandes ojos en la incubadora, tal como se le ha ordenado. Murmura una plegaria en hebreo mientras contempla cómo el calor de esa cámara semicerrada hace que la piel del bebé adquiera un saludable tono sonrosado.

De forma increíble, el recién nacido parece observarlo a él.

El rabino se quita de la cabeza ese ridículo pensamiento y vuelve a centrar la atención en Dominique, que está pariendo a su segundo hijo.

Belle Glade, Florida
1:32 de la madrugada

Setenta y cinco kilómetros al norte de allí se encuentra Madelina Aurelia, una joven de diecisiete años, debatiéndose desnuda bajo una sábana empapada en sudor y gritando a su padre adoptivo:

—¡Sácame a este maldito bebé!

Quenton Morehead, ministro baptista, aprieta la mano de la muchacha con sus ojos oscuros fijos en su pelvis.

—No blasfemes, niña, la comadrona ya viene de camino.

—¡Que le jodan! —Madelina se aferra a los brazos del ministro haciendo brotar la sangre—. ¿Dónde está Virgil?

—No lo sé...

—¡Búsquelo!

El ministro se encoge cuando el agudo chillido de la muchacha le perfora el cerebro como si fuera un taladro. En ese momento oye que se abre la puerta de la calle y suspira un rápido amén.

—¿Virgil? —Madelina deja de forcejear—. ¿Virgil, cariño? ¡Eres un... un cabrón mentiroso, putero hijo de puta!

Entra una corpulenta mujer de color.

—Cálmate, pequeña, todo va a salir bien.

Madelina se agarra al colchón al sentir otra contracción que le agarrota el torso.

—¡Vir... gil!

La comadrona se vuelve hacia el ministro.

—Vaya a buscarlo. Ya me ocupo yo de esto.

Quenton sale del dormitorio y a continuación echa a correr hacia la puerta de la sofocante vivienda de estuco y se pierde en la noche.

Madelina Aurelia, hija única de Miguel y Cecilia Aurelia, nació en la pequeña localidad mexicana de Morelos. El matrimonio de Cecilia con Miguel había sido arreglado por el tío de él, don Alejandro Rafael, un hombre temido por todos por ser un *Ojo mak* (hombre malvado) que se había enterado de que el linaje materno de la muchacha era de sangre azteca pura y de que sus antepasados se remontaban hasta el reinado de Moctezuma.

La mala suerte pareció acompañar a la joven pareja desde que nació Madelina. Cecilia estuvo a punto de morir en el parto y Miguel sufrió un ataque un mes después del nacimiento de su hija. Los familiares cuchicheaban diciendo que don Alejandro había echado mal de ojo a la familia Aurelia con la esperanza de quedarse con la hija. En secreto, aconsejaron a la joven pareja que se fuera de Morelos y se alejara lo antes posible de *Ojo mak*.

Los Aurelia aguantaron hasta que Madelina cumplió los cuatro años, y después se unieron a un grupo de obreros que se dirigían a Estados Unidos a trabajar en la cosecha. Durante los dos años siguientes, siendo inmigrantes ilegales, se trasladaron de Florida a Texas siguiendo las cosechas de temporada.

Para los Aurelia, la vida en Estados Unidos al parecer fue tan desgraciada como en Morelos. Cecilia perdió la vista del ojo derecho a causa de una picadura de abeja, y Miguel sufrió un segundo ataque. Cuando su cabaña se quemó hasta los cimientos, la supersticiosa pareja se fue de Belle Glade dejando abandonada a su hija en la puerta del servicio de adopción de la ciudad.

Un mes después, Madelina, que por entonces tenía seis años, fue enviada a vivir con una familia adoptiva, la del reverendo Quenton Morehead y su esposa Rachel.

Pronto se hizo evidente que a la joven inmigrante mexicana le ocurría algo grave. Una conducta infantil extraña, incluido masturbarse en público y pintar con los dedos manchados con sus propias heces, llevó al devoto Quenton a declarar que la niña estaba poseída. Su esposa, más con los pies en el suelo, sospechó que sufría algún desequilibrio químico y concertó una cita con un psiquiatra infantil.

Al cabo de dos visitas y una batería de pruebas, los médicos diagnosticaron que el problema de Madelina era una forma de esquizofrenia desorganizada, probablemente heredada de uno de los padres biológicos. Le recetaron medicamentos y le recomendaron una terapia.

Dos semanas más tarde, Rachel Morehead se descubrió un bulto en el pecho izquierdo. No duró un año.

Profundamente deprimido por la muerte de su esposa, Quenton se vio obligado a soportar él solo la carga adicional de la enfermedad de Madeline. Incapaz de aceptar las estupideces psiquiátricas del médico, decidió que lo mejor era simplemente exorcizar él mismo a la niña para sacarle los demonios del cuerpo.

La oración, reforzada por sus peroratas sobre el fuego eterno, limpiaría el alma de Madelina. Las lecturas de la Biblia durante el día y los servicios administrados por la noche llenarían los ratos de ocio de la pequeña al volver del colegio e impedirían que su mente divagara de nuevo hacia Satanás. Jesucristo alumbraría con su luz el valle de tinieblas de la niña.

El «camino de la salvación» fue largo y agotador, y además se vio complicado por la enfermedad del propio Quenton: el alcoholismo.

Después de llegar a casa borracho y tambaleándose, el ministro a menudo se desnudaba y se metía en la cama con su hija adoptiva de nueve años, aterrorizada. Las noches buenas, Quenton simplemente se quedaba dormido.

Pero en algunas noches de horror... permanecía despierto.

Varias semanas después del primer episodio, la niña empezó a tener conversaciones con amigos imaginarios. Las voces «cesaban» con las palizas de Quenton.

Para cuando cumplió los dieciséis, Madelina ya había sufrido abusos de su padre adoptivo en decenas de ocasiones. Mientras tanto, su esquizofrenia había empeorado, y el ministro temió verse obligado a cuidar de su hija adoptiva hasta el final de sus días.

Lo que necesitaba era un yerno que lo aliviara de dicha carga.

Antes de la introducción de las «apuestas de barcos en el río» legales de Lake Ockeechobee en 2009, Belle Glade había sido predominantemente una localidad agrícola cuya mano de obra estaba compuesta mayormente por minorías, sobre todo afro-americanos e hispanos. Las grandes compañías azucareras contrataban a individuos de espaldas fuertes que usaran poco el cerebro, un hecho que perjudicó a las escuelas locales, que se vanagloriaban de tener las peores calificaciones en los exámenes de todo el condado. Para la mayoría de los chicos del instituto que vivían en la zona, la universidad no era una opción. En Belle Glade, uno trabajaba en el campo, o vendía drogas, o practicaba algún deporte.

Virgil Robinson, a sus diecisiete años, practicaba deporte, sobre todo el fútbol americano. Después de tres años jugando en el instituto, se ganó el codiciado título de «el Defensa más Desagradable del Estado». Si bien el instituto de Belle Glade tenía muy mala fama debido a las bajas calificaciones en los exámenes, en cambio ocupaba el puesto más alto en todo el país en lo que se refería a deportes, y de él salían más atletas profesionales que de ninguna otra escuela de Estados Unidos. Virgil era la flor y nata de la clase de fútbol americano del 2011, un niño-hombre de ciento dieciséis kilos de peso y con una imponente envergadura de uno noventa y dos, capaz de recorrer cuarenta metros en menos de 4,4 segundos y saltar hasta una altura de un metro treinta en vertical. Lo que es más, este rapidísimo defensa juvenil adoraba los choques frontales a lo bestia, cuanto más salvajes, mejor. «No quiero limitarme a golpear a ese tío, lo que quiero es destrozarle las tripas.»

Los otros jugadores temblaban. A los ojeadores que buscaban chicos para los equipos universitarios se les hacía la boca agua.

Los padres del joven Virgil habían muerto cuando él contaba seis años, y desde entonces trabajaba en las tierras de su tío. Apenas sabía leer y escribir, y él mismo reconocía que no sabía «mucho de nada», pero lo que sí sabía era que el fútbol americano era su pasaporte para salir de Belle Glade. Ahora que ya estaba en el último año, por fin disfrutaba de los primeros efluvios del éxito. Había comenzado el ritual de reclutar jugadores, los ayudantes universitarios de la División I-A lo tentaban con promesas de dinero, coches de lujo y chicas guapísimas. Virgil Robinson era el tipo de atleta capaz de dar la vuelta totalmente a un programa que estaba perdiendo y volver a casa con un campeonato nacional en la mano. Todos los entrenadores estaban enterados de que su calificación media era de 2,13, aun maquillada, y de que leía como un niño de tercer grado, pero, por lo visto, aquello no le importaba a nadie. Era más fácil encontrar profesores particulares que jugadores capaces de formar parte de las ligas mayores, y las calificaciones se podían conceder sin exigir un esfuerzo a cambio. En el peor de los casos, el chico de Belle Glade podría aguantar por lo menos el primer año en la universidad.

Por supuesto, Virgil no tenía más interés en obtener un título universitario del que tenía en abrir por primera vez un libro. Uno o dos años en un programa de fútbol de las mejores figuras, a la vista de todos, y se convertiría en profesional. Al cabo de otros dos años empezaría a lloverle el dinero. Publicidad para zapatillas deportivas, patrocinadores de bebidas energéticas, todo ello formaba parte del juego. Los millonarios no necesitaban tener estudios. Mientras conservara su apetito por la violencia, el éxito en la cancha le vendría solo.

Por desgracia, Virgil también tenía apetito por las mujeres y las drogas, y éstas últimas aumentaban su propensión a la violencia. En la víspera de la firma de una carta de intenciones con la Universidad de Florida, la estrella del instituto decidió pasar la noche en la ciudad, de juerga con varios amigos y compañeros del equipo. Cuando ya estuvieron colocados, los chicos se encaminaron hacia la cercana localidad de Clewiston con la intención de colarse en el baile de bienvenida de su rival. Una de las animadoras de Clewiston había llamado la atención de Virgil durante el último partido, y el defensa estrella sintió las ingles doloridas al pensar en verla de nuevo.

Allí estaba la chica, bailando con su novio, uno de los corredores del equipo. Virgil se aproximó a la pareja luciendo su sonrisa llena de fundas de oro.

—Eh, nena, ¿por qué no te vienes aquí a menear esa cosita?, voy a enseñarte lo que es un hombre de verdad.

El novio golpeó primero, y su puñetazo impactó en la nariz de Virgil haciendo brotar la sangre. Pero Virgil no se encogió en ningún momento, tan sólo cambió la expresión de la cara, que se transformó en una mueca burlona y demente que su coordinador de defensa había descrito con el nombre de «furia de Robinson». En un solo movimiento, el gigantesco defensa agarró por el cuello al adolescente, más pequeño que él, y le propinó dos cabezazos seguidos, el segundo de los cuales lo dejó sin conocimiento. Terminó el trabajito con un rápido rodillazo en la boca.

Mientras la gente iba retrocediendo, Virgil concentró su atención en la chica. La agarró de la muñeca, se la echó sobre el hombro y se la llevó afuera, al aparcamiento, igual que un neandertal eligiendo pareja.

Ya dentro de su furgoneta, Virgil tuvo que abofetear dos veces a la muchacha para poder desgarrarle las bragas. Para entonces ya se había formado un pequeño corro de espectadores alrededor del vehículo, entre ellos Wes Hobart, el entrenador de lucha libre del instituto. Hobart abrió la portezuela de un tirón, pero Virgil arremetió contra él, lo aferró por el pelo y lo lanzó de cabeza contra el parabrisas de otro coche. A continuación se volvió para hacer frente al siguiente agresor, el padre de la chica, un profesor de lengua…

…que empuñaba una escopeta.

La carga de perdigones hirió a Virgil en la rodilla izquierda, le destrozó la rótula y le rompió en pedazos la mayoría de los ligamentos cruzados y de los músculos. Tras pasar seis horas en el quirófano, Virgil Robinson despertó en una cama de hospital con su sueño de convertirse en jugador profesional hecho trizas y la pesadilla de la edad adulta a punto de empezar.

La ex estrella salió del hospital una semana más tarde, y fue encerrado en el calabozo a la espera de juicio. El juez lo condenó a tres años de cárcel.

Cuando el reverendo Morehead se enteró de la caída en desgracia de Virgil, acudió al juez y se ofreció a llevarse al chico como parte del programa de empleo para reclusos de la iglesia. En la ex estrella del instituto, Quenton vio otro joven descarriado cuya alma necesitaba la salvación… y también un potencial yerno en ciernes.

Y así fue cómo Virgil Robinson se mudó a vivir con el reverendo Morehead y la hija adoptiva de éste, Madelina. Incitados por el «celestino», ambos comenzaron a salir. Al cabo de tres semanas, el reverendo prometió a Virgil que se serviría de su influencia para que se le conmutara el resto de la condena, pero sólo si accedía a casarse con Madelina.

Ante la posibilidad de tener que cumplir dos años más de cárcel, Virgil aceptó de todo corazón.

Una breve ceremonia un domingo y la cosa quedó zanjada. Como regalo de bodas, Quenton cedió a la pareja el uso de una desvencijada casa de estuco propiedad de la iglesia, que no había logrado alquilar a nadie. Antes de que alguien pudiera protestar por que se hubiera adelantado la libertad condicional, los recién casados empezaron a vivir juntos, agraciados con todas las penurias que la pobreza y la falta de estudios podían ofrecerles.

Durante un breve período de tiempo las cosas parecieron ir bien. Con la ayuda de Quenton, Virgil consiguió el puesto de ayudante del gerente en una de las grandes compañías azucareras. Por el día supervisaba a los obreros que trabajaban en la caña de azúcar; por la noche regresaba a casa y hallaba consuelo en las ingles de su joven esposa. En cuanto a Madelina, ahora que Quenton había salido de su vida, por fin se sentía a salvo. La medicación mantenía a raya las «voces», y empezó a ahorrar dinero para comprar un hogar mejor. Incluso se comenzó a hablar de formar una familia.

Y entonces fue cuando apareció de nuevo el vicio de Virgil por las drogas.

Empezó de manera bastante inocente: unas cuantas reuniones de Narcóticos Anónimos a las que no asistió, unas cuantas rayitas de coca por aquí y por allá. Pero la drogadicción es una enfermedad que sólo se puede frenar mediante la abstinencia, y antes de que Madelina se diera cuenta de lo que estaba pasando, su marido ya se había gastado los ahorros de ambos en sus juergas nocturnas.

Madelina se vio obligada a recurrir al dinero reservado para su medicación simplemente para poder comprar comida. Le sobrevino una depresión, y con ella todos los antiguos miedos de su infancia.

—Recuerda, pequeña —le decía siempre Quenton—, que si no eres fuerte el diablo se llevará tu alma…

Para empeorar las cosas, estaba a punto de empezar la temporada de fútbol universitario, la época del año en que la rabia de Virgil alcanzaba su punto máximo. Cuando veía en la televisión los partidos de la Universidad de Florida, la furia que sentía por dentro iba aumentando poco a poco hasta que sentía la necesidad de desahogarla con lo que fuera… o con quien fuera.

Madelina le dijo a Quenton que el brazo se lo había roto reparando el tejado. La perforación de pulmón había sido a consecuencia de una desgraciada caída de la bicicleta. Al médico de la clínica le dijo que la nariz se la había partido tras sufrir un resbalón en la bañera.

Las palizas cedieron brevemente a finales de enero de 2013, cuando Virgil se enteró de que su mujer estaba embarazada. Aquella noticia pareció calmar a la ex estrella del fútbol. A un hijo se le podía poner a trabajar en el campo; a un hijo se le podía enseñar a jugar al fútbol. Virgil hijo viviría la vida que se le había negado a su padre, devolvería la gloria a su viejo llegando a jugar en la liga nacional. Dentro de veinte años, el viejo Virgil Robinson podría retirarse rico y vivir de la fortuna de su pródigo hijo.

En el hogar de los Robinson la vida se estabilizó… por el momento.

Entonces el mundo pareció perder el equilibrio, y al sobriedad dejó de ser una opción.

El reverendo Morehead entra en el club de *sriptease* y sus sentidos se ven asediados de inmediato por el olor a alcohol, humo y sexo. Tarda varios minutos en encontrar a su yerno, que se encuentra en un reservado con una chica sentada en sus rodillas y frotándose provocativamente contra él.

—¡Virgil! ¡Mueve el culo y vete para casa, está naciendo tu hijo!

—Mierda, Quenton, dame un par de minutos más.

—¡Ven ahora mismo!

—¡Qué hijo de puta! —Virgil se deshace de la bailarina, le da un pellizco en una teta que lleva al aire y le susurra—: Luego te llamo, nena.

Y a continuación se va con Quenton en dirección al aparcamiento.

Boca Ratón, Florida
2:13 de la madrugada

El aparcamiento está silencioso, pues la Guardia Nacional ha despejado el hospital y el recinto que lo rodea. Tan sólo se permite la entrada a personal autorizado, y nadie puede pisar la maternidad de la tercera planta sin el permiso expreso del presidente Chaney.

Dominique se incorpora en la cama y contempla con ojos cansados a su nueva familia. Edith, con una sonrisa radiante de abuela orgullosa, tiene en brazos al gemelo de pelo oscuro. Ennis Chaney está sentado en un sillón, acunando al pequeño de cabello rubio; de su curtido y envejecido rostro ha desaparecido todo rastro de rudeza.

El rabino Steinberg está sentado en el borde de la cama de Dominique, asimilándolo todo.

—Bueno, ¿has decidido ya qué nombres vas a ponerles? Ya sabes que la costumbre judía es usar la primera inicial de un ser querido fallecido para honrar a los muertos.

—Al moreno voy a llamarlo Immanuel, por Isadore.

Edie levanta la vista al oír mencionar a su difunto marido, y enseguida se le humedecen los ojos.

—Tu padre se sentiría muy honrado.

—Lo llamaremos Manny, para abreviar. Por sus venas corre sangre hispana, se le nota en la mirada.

—¿Y este muchachote de ojos azules? —pregunta Chaney—. ¿Qué tal un nombre que empiece por M, en recuerdo de su padre?

—¡El padre no está muerto! —exclama impulsivamente Dominique en una inesperada explosión de cólera.

—Cariño, cálmate. —Edie entrega a Immanuel al rabino y después coge la mano de Dominique.

—Perdona… es que estoy cansada. Ha sido una noche muy larga, y también un embarazo muy largo.

—No pasa nada.

Dominique contempla al recién nacido que duerme en brazos de Chaney.

—El padre de Michael se llamaba Julius. He pensado que al niño lo llamaré Jacob.

El rabino sonríe en un gesto de aprobación.

—Muy bien escogido. En hebreo, Jacob significa «el que suplanta».

—Y también quiero el apellido de Mick. Rabino, ¿puedes casarnos *in absentia*?

Steinberg afirma con la cabeza.

—Creo que sí podemos hacerlo. Ya eres Dominique Gabriel.

—Y, Ennis, me gustaría que usted fuera el padrino de los niños.

—¿Un viejo chiflado como yo? —Sonríe—. Para mí será un honor. Bien, escuchen un momento. —Carraspea—. Lo he organizado todo para que usted y su familia se trasladen a un complejo privado situado en la costa del Golfo, un lugar en el que podrán vivir sin ser constantemente el objetivo de los medios de comunicación. Es un recinto vallado y con una verja de entrada, con un cocinero personal, amas de llaves y un equipo de seguridad presente las veinticuatro horas del día. Los gemelos tendrán profesores particulares cuando se hagan mayores, y a partir de hoy mismo pienso asignar mis guardaespaldas personales a su familia. Usted y los suyos no necesitarán nada en ningún momento. Eso fue lo que le prometí a Mick.

—Gracias. —Dominique sonríe a través de las lágrimas de alivio—. Sólo hay una cosa más que necesito de usted. Julius Gabriel tenía un diario que me fue confiscado después de que Mick... desapareciera. Quiero que los gemelos lo tengan. Quiero que estén... preparados.

Belle Glade, Florida
2:13 de la madrugada

Al entrar de nuevo en la desvencijada casa de estuco, el reverendo Morehead oye llorar a un niño.

—¿Madelina?

La corpulenta comadrona se encuentra en la cocina, con un recién nacido en brazos.

—Mira, aquí llega tu abuelo. Dile: ¡hola, abuelito!

—Dios mío, ¡pero qué ojos tiene este niño! Nunca había visto unos ojos tan azules.

—Tonto, no es niño, es niña.

—¿Niña? —Quenton siente que se le eriza el vello de la nuca.

—¿Dónde está el padre?

—Vomitando como un descosido. Rápido, llévese a la niña y…

En ese momento se abre de golpe la puerta de rejilla y entra Virgil, con un hilo de baba colgándole del labio inferior y manchándole la camiseta. Alrededor de la fosa nasal izquierda se le ve un anillo de polvo blanco.

—Muy bien, quiero ver a mi chico.

Quenton y la comadrona intercambian miradas de miedo.

—Virgil, verás…

El ministro se sitúa delante del niño, que gimotea.

—Déjame pasar, Quenton, he dicho que quiero ver a mi hijo.

—Virgil, el Señor… el Señor te ha bendecido con un retoño. Una hija.

Virgil se para en seco. Los músculos de su cara se contorsionan en una mueca de cólera.

—¿Una niña?

—Cálmate, hijo…

—¡Una niña es una mierda! ¡Una niña no es más que otra puta boca que alimentar! Hay que vestirla y oírla lloriquear. —Señala con el dedo a la recién nacida, que sigue gritando—. ¡Entrégamela!

—No. —Quenton no se mueve del sitio. La enfermera se pone en pie, preparada para salir huyendo con la pequeña.

—Quiero que te despejes la borrachera, Virgil. Quiero que te vayas a mi casa y…

De pronto Virgil propina a Quenton un puñetazo en el estómago que lo hace caer de rodillas.

La comadrona se pone a la niña bajo un brazo y con la otra mano agarra un cuchillo de cocina.

—Sal de aquí, Virgil. ¡Fuera!

Virgil observa fijamente el cuchillo que tiembla en la gruesa mano de la mujer. Con un solo movimiento la agarra de la muñeca y se la retuerce para hacerla soltar el arma.

La comadrona lanza un chillido y retrocede.

Virgil mira a la recién nacida, y en eso oye gemir a Madelina desde el dormitorio.

—Maldita puta de mierda…

Sale de la cocina y se mete en el dormitorio cerrando con un portazo.

—Ay, Dios, Señor… ¡Quenton, levántese! ¡Levántese, Quenton!

El ministro se incorpora trabajosamente, mientras retumban por toda la casa las bofetadas y los gritos de Madelina. Quenton se vuelve hacia la comadrona.

—¡Váyase! ¡Lleve a la niña con los vecinos y llame a la policía!

La mujer se apresura a salir por la puerta de atrás.

Quenton aporrea la puerta del dormitorio.

—¡Virgil! ¡Virgil Robinson, déjala en paz! ¿Me oyes?

De repente cesan los gritos, un súbito silencio que resulta ensordecedor.

El ministro se aparta de la puerta al oír unos pasos que se aproximan.

Entonces emerge Virgil con la camiseta blanca llena de manchones de color escarlata. Lanza una mirada ojerosa al ministro y a continuación sale de la casa dando tumbos.

Quenton Morehead se asoma al interior del dormitorio. Reprime una arcada y se hace la señal de la cruz.

La policía de Belle Glade detendrá a Virgil Robinson horas más tarde, en el apartamento de Luanda Meléndez, una «bailarina» de treinta y nueve años de edad.

El cuerpo mutilado de Madelina Lilith Aurelia será enterrado dos días después.

TERCERA PARTE

INFANCIA

El mundo es un lugar peligroso en que vivir;
no a causa de las personas malvadas,
sino a causa de las personas
que no hacen nada al respecto.

Albert Einstein

MÁXIMO SECRETO/MAJESTIC-12

ADVERTENCIA: *Todo intento de acceder a este documento o verlo sin las debidas autorizaciones tendrá como consecuencia prisión permanente o una sanción mediante el uso autorizado de la fuerza letal.*

INFORME SOBRE LA MARCHA
DEL PROGRAMA ESPECIAL DE ACCESO
<u>VELLOCINO DE ORO</u>

27 de octubre de 2013

LA GENÉTICA HUNAHPÚ

Una exploración a fondo fisiológica y genética de los Gemelos Gabriel ha dado como resultado varios hallazgos singulares. Los genetistas han aislado una mutación en el cromosoma seis, del segmento 6p21 al 6p26. Esta anomalía genética (marcador Hunahpú) es dominante en Jacob Gabriel (el gemelo de cabello blanco y ojos azules). Aunque sólo tienen cinco semanas de vida, ya son aparentes las disparidades físicas y mentales de ambos hermanos. Si bien los dos se encuentran muy por encima de la media, las reacciones de Jacob al reconocimiento de la voz están a la par con las de un niño de tres años. De forma increíble, Jacob ya sabe andar y soportar el peso de su cuerpo durante más de dos minutos agarrándose a una barra horizontal. Los educadores de VE-

LLOCINO DE ORO asignados al complejo de los Gabriel como profesores del desarrollo afirman que día a día se aprecian avances en este niño prodigio.

Por desgracia, es posible que las capacidades físicas y mentales de Jacob se vuelvan discutibles a medida que vaya creciendo. El gen Hunahpú forma parte del mismo cromosoma que conduce a la esquizofrenia paranoide. (Nota: Michael Gabriel fue encerrado en un psiquiátrico por este mismo diagnóstico). Si bien los gemelos todavía no tienen edad suficiente para mostrar esa clase de conducta desviada, se recomienda que se avise de esto a todo el personal de VELLOCINO DE ORO asignado al complejo de los Gabriel.

Presentado por:
W. Louis McDonald
VELLOCINO DE ORO

27 de octubre de 2013

6

TRES AÑOS DESPUÉS

27 de octubre de 2016
Longboat Key, Florida

La isla barrera de Longboat Key es una extensión de tierra de diecisiete kilómetros situada entre las aguas tropicales de la bahía de Sarasota y el golfo de México. Considerada una paradisíaca isla privada, es el hogar de ocho mil residentes permanentes y ciento cincuenta miembros realojados de la Guardia Nacional y sus familias.

Si se sigue la playa de prístino alabastro hacia el sur, pasada la Estación de Bomberos número dos, se llega a una zona restringida. Lo que en otro tiempo era la reserva natural de Quick Point, se ha transformado en una base del ejército. Todo el perímetro de la valla electrificada es supervisado durante las veinticuatro horas del día mediante cámaras de seguridad, y cuenta con un conjunto de helicópteros armados que mantienen alejados a los intrusos. La isla entera y las aguas que la circundan constituyen una zona en la que está prohibido volar y navegar, una restricción impuesta por las metralletas de veinte milímetros montadas en torretas a ambos lados de la reserva, tanto el del golfo como el de la bahía. Dos lanchas guardacostas patrullan las aguas del golfo. Los barcos y los buceadores tienen prohibido el paso al sur de la Estación de Bomberos número 2.

El extremo sur de la isla está ocupado por tres viviendas de acero y hormigón dispuestas formando una amplia H. El edificio de la derecha es un centro de formación provisto de aulas, los más modernos simuladores de combate por realidad virtual, una sala de musculación, una cancha de baloncesto y una cámara Faraday, impermeable a las ondas electromagnéticas. El edificio de la izquierda es una residencia de tres plantas cuyas lujosas dependencias están ocupadas por los guardaespaldas *Sal* y *Pimienta* y por el personal privado que atiende a los ocupantes del edificio central.

La vivienda situada en el centro de la H, con seis dormitorios y ocho cuartos de baño y mirando a la playa, pertenece a Dominique Gabriel y sus dos hijos. La casa tiene dos alas separadas por una cocina enorme, un comedor, un salón, una cámara de realidad virtual y un estudio.

Dominique aguarda pacientemente mientras el equipo de filmación del programa *20/20* de la cadena ABC monta todo en su salón bajo la atenta mirada de los guardaespaldas. Hoy va a tener lugar la primera aparición que haga su familia ante las cámaras. Faltando tan sólo una semana para las elecciones presidenciales, y con Ennis Chaney por detrás de Peter Mabus en las encuestas, Dominique considera importante abordar el tema que ha venido dividiendo a la opinión pública durante los últimos treinta y seis meses.

Barbara Walters se abre paso con cuidado pisando la moqueta del salón, ahora cubierta por una miríada de cables eléctricos. Esta renombrada periodista ha salido de su jubilación sólo para hacer esta entrevista.

—Hola, Dominique, me alegro mucho de conocerla por fin.

—Yo también. Agradezco de verdad que su cadena haya acudido q pesar de haber sido avisada con tan poca antelación. Las mentiras de Mabus se han ido un poco de la mano.

—Nuestros espectadores querrán saberlo todo. ¿Cuándo voy a conocer a los gemelos?

—Tienen una clase de kárate dentro de veinte minutos. He pensado que podría ser entonces.

—Estupendo. Un momento… ¿ha dicho una clase de kárate? Sólo tienen tres años; ¿no son un poco jóvenes?

Dominique se limita a sonreír.

Dominique nota en la cara el calor de los focos cuando toma asiento frente a la presentadora de la ABC en el sofá color crema en forma de L.

—Dominique, díganos por qué, después de vivir todos estos años recluida, le ha parecido importante mostrar su familia y su casa a nuestros espectadores.

—Peter Mabus lleva demasiado tiempo valiéndose del miedo del público para vomitar el odio que lleva dentro y propagar mentiras. Ese hombre es un farsante, toda su campaña política se está aprovechando de un renacimiento religioso que ha barrido el país desde lo sucedido en diciembre de 2012. Lo que ocurrió en esa fecha no fue algo religioso ni sacrílego, sino simplemente un suceso extraterrestre. Hace miles de años vino a nuestro mundo una raza avanzada de humanos con la intención de preparar al hombre moderno para poder hacer frente a la amenaza de 2012. Esos humanos, que se denominaron a sí mismos el Guardián, ayudaron a instruir al hombre antiguo. Eran nuestros aliados, nuestros amigos, nuestros líderes. Enseñaron a nuestros antepasados astronomía y arquitectura, construyeron grandiosos templos y santuarios donde escondieron estaciones repetidoras que se emplearían en el año 2012 para emitir una baliza electromagnética de alta energía. Fue dicha baliza la que desactivó los misiles nucleares que estuvieron a punto de destruirnos. Mi esposo, Michael Gabriel, era uno de los humanos elegidos genéticamente por el Guardián, uno de los pocos entre nosotros capaces de acceder a la nave del Guardián para activar la configuración. No era el Anticristo, como lo están retratando los fanáticos discípulos de Peter Mabus; era un hombre confuso acerca de su destino, pero un héroe, y arriesgó la vida para salvarnos a todos.

—¿Y qué le sucedió a Michael? ¿Dónde está ahora?

—No lo sé. La entidad biológica en la que penetró era capaz de moverse entre dimensiones, al menos eso es lo que me han dicho. Tanto la entidad como Mick desaparecieron.

—Pero existe también otra posibilidad, ¿no es cierto, Dominique? ¿No podría ser que esa entidad se autodestruyera?

—Sí, es posible.

—Hablemos de sus hijos. Peter Mabus afirma que son demonios.

—Peter Mabus es un gilipollas egoísta y santurrón que se aprovecha de la ignorancia del público. Mis hijos son unos niños maravillosos, superdotados, sí, pero niños inocentes.

—¿Podemos verlos?

—Naturalmente.

—No cambien de canal, *20/20* volverá enseguida con las primeras imágenes en exclusiva de los gemelos Gabriel.

—Y... ¡corten!

Barbara palmea a Dominique en la rodilla.

—Lo está haciendo muy bien. Ya tenemos los equipos montados en el gimnasio. ¿Necesita unos momentos de descanso?

—No, me encuentro bien.

Dominique acepta una botella de agua de un técnico y a continuación conduce a Barbara al exterior de la casa. Una fresca brisa marina le alborota el cabello al cruzar el complejo en dirección a las instalaciones deportivas.

Entran en el edificio vigilado y toman un pasillo que lleva al gimnasio principal. Dentro se oyen los gruñidos y resoplidos de unos niños pequeños.

Dominique empuja la puerta.

Los pequeños gemelos Gabriel llevan el atuendo de kárate, camisa blanca y pantalón negro. El del pelo blanco y ojos azules, Jacob, luce un cinturón negro, mientras que su hermano, de ojos oscuros y cabello color ébano, lleva un *obi* verde.

Con las cámaras rodando, el maestro Gustafy Pope coloca una losa de hormigón de cinco centímetros encima de dos ladrillos de ceniza, uno a cada lado.

—Muy bien, Jacob, recuerda que debes concentrar la mente. Busca el momento y haz uso de tu fuerza interior.

El pequeño de cabellos blancos se acerca a la losa y adopta una postura inclinada hacia delante, con el peso perfectamente apoyado en la rodilla izquierda, flexionada, y el brazo derecho ligeramente doblado para a continuación pasarlo despacio por encima de la cabeza, ensayando el movimiento de romper. Apoya el canto de la mano derecha en el centro de la losa y pregunta:

—¿Permiso para romperla, señor?

—Permiso concedido.

Barbara Walters y su equipo observan asombrados al pequeño, que cierra los ojos para meditar. Su respiración superficial se transforma gradualmente en un ronco gruñido a medida que va cobrando fuerza. Su mano derecha continúa ensayando el movimiento, subiendo y bajando una y otra vez, ejerciendo mayor presión cada vez contra el hormigón.

De repente abre de golpe sus ojos azules y su semblante adopta una mueca de rabia. Entonces, con un tremendo «¡ki-yaaa!» descarga un golpe con el canto de la mano abierta sobre la losa. Su delgada muñeca impacta contra el hormigón igual que una bala que chocase con un cristal.

La losa cae a la alfombrilla protectora partida por la mitad.

El equipo aplaude ruidosamente.

El niño ni siquiera sonríe. Se inclina ante su instructor y seguidamente ocupa su sitio al lado de su hermano.

El maestro Pope se vuelve hacia el gemelo de cabello oscuro.

—Immanuel.

El niño de ojos castaños no hace caso, pues está demasiado ensimismado en jugar con los dedos de sus pies.

—Immanuel, ven aquí, por favor.

El pequeño rueda hacia un costado y se pone de pie, y a continuación va hacia su instructor dando saltitos.

—Manny, estas personas tan simpáticas quieren ver lo bien que sabes romper una tabla. ¿Quieres enseñárselo?

El chico corre hacia su madre y se abraza a sus piernas. Dominique lo levanta en brazos.

—Perdonen, es que es un poco tímido.

Barbara le acaricia el pelo.

—Es encantador, pero muy diferente de su hermano. Jacob parece muy maduro, quiero decir, ya sé que sólo tiene tres años, pero...

—El gen Hunahpú es dominante en Jacob y recesivo en su hermano. Hay ocasiones en las que Jacob posee la percepción de un adulto.

—¿Puedo hablar con él?

—Claro. Maestro Pope.

El maestro Pope indica a Jacob con una seña que se ponga en pie. Maestro y alumno se saludan el uno al otro y después el niño de cabellos blancos corre hacia su madre.

—Jacob, ésta es Barbara.

—Hola.

—Hola. ¿Te importa que os haga unas pocas preguntas a tu hermano y a ti?

—Vale.

—¿Cómo has hecho para romper esa losa de hormigón tan gorda con tu manita?

El niño le señala un hueso situado en el canto de la muñeca derecha.

—Golpeamos este hueso sin parar hasta que se calcifica y los nervios pierden la sensibilidad. Luego aprendemos a concentrarnos.

—Vaya. Para tener sólo tres años, hablas como una persona mayor.

Jacob se encoge de hombros.

—Cuéntanos qué más sabes hacer.

—Me gusta nadar.

—¿Y cuánto aguantas nadando?

—En la piscina hago un kilómetro y medio todas las mañanas, antes de desayunar.

Barbara se queda boquiabierta

—¿Un kilómetro y medio?

—Yo también sé nadar —interviene Manny.

—¡No me digas! ¿Y cuánto aguantas tú?

Manny esconde la carita en el pecho de su madre.

Dominique le acaricia el cabello negro azabache.

—Manny hace diez largos en la piscina, ¿verdad, Manny?

—A mí me gusta leer —dice Jacob con los ojos azules muy brillantes.

—¿Ya sabes leer? Eso es maravilloso —dice Barbara—. ¿Y qué te gusta leer? ¿Los libros de *Barrio Sésamo*?

Jacob suelta una risita.

—Eso es para bebés.

Barbara levanta la vista para mirar a Dominique.

—¿Qué es lo que lee?

—Acaba de terminar *Huckleberry Finn*. Pero se baja muchas cosas de Internet.

—Increíble.

Están de vuelta en el salón, grabando la última parte de la entrevista. Los niños están fuera, jugando en la piscina de cincuenta metros bajo la atenta mirada de *Sal* y *Pimienta*.

—Dominique, ¿cuál es el cociente intelectual de Jacob?

Ella sonríe incómoda.

—No lo sé. Me han dicho que se sale de la escala convencional. El de Manny también es alto…

—¿Pero no tanto como el de su hermano?

—No.

—¿Qué le dice a Jacob cuando pregunta por su padre?

—Que está con los ángeles.

—Mientras usted estaba atendiendo a Manny, he preguntado a Jacob por su padre, ¿y sabe qué es lo que me ha dicho?

—No. —Dominique siente que el corazón le retumba en el pecho.

—Me ha dicho que su padre está en un sitio que se llama Se-bal-ba. Y también me ha dicho que un día su hermano y él viajarán a ese tal Se-bal-ba, derrotarán al señor malvado y rescatarán a Mick.

Dominique se muerde el labio inferior.

—Tiene mucha imaginación, ¿no cree?

—Ese lugar llamado Se-bal-ba, ¿qué es?

—Nada. Folclore maya. Odio poner restricciones de acceso en Internet, pero supongo que voy a tener que hacerlo.

—Dominique, esto no parece cosa de Internet, más bien se parece a los estudios sobre los mayas a los que los abuelos paternos de los pequeños dedicaron una vida entera de investigación. ¿Se-bal-ba? ¿Señores malvados? Quiero decir, esto es grave.

—¿Quiere saber lo que es grave de verdad? En los tres últimos meses ha habido dos atentados contra la vida de mis hijos. En agosto, lograron llegar a la playa cuatro miembros de la Nación Aria vestidos de buzos y armados con Uzis y granadas de mano. Se acercaron hasta cien metros de nuestra casa antes de que los de seguridad pudieran dispararles. Y después, hace dos semanas, una chusma incitada por Peter Mabus y su régimen radical irrumpió por la verja de la entrada con siete vehículos militares y un camión lleno de explosivos. Murieron siete personas, entre ellas dos soldados americanos que tenían la misión de vigilar el complejo.

Dominique se vuelve hacia la cámara.

—Soy una madre sola que hace todo lo que puede por criar a dos niños maravillosos en un entorno encantador. Daría lo que fuera por que pudieran llevar una vida normal, pero no son ésas las cartas que me ha repartido la vida. Ennis Chaney ayudó a salvar el mundo, él apoyó a Mick cuando lo hicieron muy pocos. El presidente es una mano firme al timón en esta época de aguas turbulentas, exactamente lo que necesitamos. Lo que no nos hace ninguna falta es una reacción ciega, típica de fanáticos temerosos de Dios, basada en la táctica de amedrentar a la gente. Si eligen a un monstruo fanático como Peter Mabus, este país dejará de ser un crisol de la libertad y se convertirá en un refugio para unos pocos privilegiados, una nación de mentalidad tan estrecha como esos países dominados por musulmanes que durante tantos años nos han enseñado a odiar.

En eso, llega Jacob y se pone al lado de su madre. La coge de la mano y mira fijamente a la cámara.

—Por favor, no voten a Peter Mabus. Quiere matar a mi familia.

Belle Glade, Florida

La pequeña Lilith Eve Robinson, de tres años, está de pie junto al televisor, con la mirada fija en los brillantes ojos de ese niño de cabellos blancos.

—¡Abuelito Quenton, mira! Tiene los ojos azules como yo.

El ministro apura lo que le queda de ginebra mientras hojea las facturas mensuales.

—¿Cuántas veces tengo que decírtelo, pequeña? ¡Apaga esa maldita televisión y acuéstate!

—Sí, señor.

Lilith desconecta la televisión con el mando a distancia y después se sube al sofá y se extiende la manta por encima de la cabeza.

Quenton tira la botella vacía al cubo de la cocina.

—Voy a salir. Ni se te ocurra mover el culo del sofá, o sabrás lo que es bueno.

—Sí, señor.

El ministro sale por la puerta tambaleándose y la cierra de golpe al salir.

Lilith escucha unos instantes. Aguarda hasta que el coche sale del camino de entrada de la casa y después vuelve a encender el televisor. La entrevista ya ha terminado y la mujer está de nuevo sentada a su mesa hablando con un colega.

Al pie de la pantalla aparece la dirección electrónica del programa *20/20*.

Lilith se la graba en la memoria, apaga el televisor, se sube a la silla de su abuelo adoptivo y arranca el ordenador. Entra en Internet y teclea la dirección que ha memorizado.

QUERIDO JACOB:

YO TAMBIÉN TENGO LOS OJOS AZULES Y MUY BRILLANTES, IGUAL QUE TÚ, Y SÉ LEER Y ESCRIBIR, IGUAL QUE TÚ, Y TE QUIERO MUCHO.

POR FAVOR, DÉJAME VIVIR CONTIGO.

CON CARIÑO, LILITH EVE.

7

17 de enero de 2017
colina del Capitolio
Washington DC

El presidente reelegido Ennis Chaney sube al estrado, estrecha la mano del presidente de la Cámara y de la vicepresidenta Marion Rallo, la primera mujer de la historia en ocupar un cargo ejecutivo, y seguidamente, en medio de aplausos, se vuelve hacia los miembros del Congreso y el pueblo norteamericano.

—Gracias, señor presidente, vicepresidenta Rallo, miembros del Congreso, distinguidos invitados, ciudadanos. La causa de Estados Unidos es, en gran medida, la causa de toda la humanidad. Han surgido y todavía surgirán numerosas circunstancias que no son locales sino universales y en las cuales se ven afectados los principios de todos quienes aman a la humanidad. La sociedad, en cualquier estado en que se encuentre, es una bendición, pero el gobierno, hasta en su mejor estado, no es sino un mal necesario; en su peor estado, un mal intolerable, porque cuando sufrimos o nos vemos expuestos por parte de un gobierno a las mismas desgracias que cabría esperar en un país sin gobierno, nuestro infortunio se ve aumentado si pensamos que nosotros mismos hemos aportado los medios que nos hacen sufrir.

Chaney levanta la vista de sus notas.

—Estas palabras fueron registradas por primera vez en Filadelfia el 14 de febrero de 1776, por Thomas Paine, en su persuasivo documento titulado «Sentido común», en el que intentó abordar el miedo al cambio y exhortar a los colonos americanos a romper los lazos con Inglaterra. Al igual que nuestros patrióticos padres, nosotros nos enfrentamos a miedos similares. Miedos que también han sido causados por una acción de guerra. Lo sucedido el 11 de septiembre de 2001 hizo que todos iniciásemos un viaje peligroso, un viaje que teníamos que realizar, y sin embargo nuestras mejores intenciones nos llevaron hasta el borde del Infierno. Pasamos de ser un mundo unido contra el terrorismo a casi encontrar nuestro fin como una especie dividida por la globalización, la paranoia y la avaricia. Nuestros dirigentes nos pidieron que hiciéramos sacrificios para proteger nuestra libertad, pero al final fue la libertad lo que estuvimos a punto de perder.

»Igual que hicieron nuestros padres en 1776, nosotros también nos hallamos en una encrucijada de la historia de este país. El 8 de noviembre pudimos haber permitido que nuestros miedos nos obligasen a salirnos del camino de la democracia; pero en cambio nos alzamos como un solo pueblo, unido ante Dios, y plantamos cara a quienes pretendían desafiar nuestra Constitución. Gracias a eso, saldremos de esta prueba más fuertes como nación y como especie.

Chaney hace una pausa para ceder unos instantes a la ovación que el Congreso, en pie, le dedica.

—Por espacio de una década, el mundo se debatió en la sombra de la guerra; ahora vamos a conducir al mundo, mano con mano, hacia la luz del sol. La igualdad, la educación y la tecnología serán las que impulsen nuestras economías, la paz y la prosperidad serán nuestra tarjeta de presentación para todas las naciones. Pero antes de poder alzarnos, hemos de librar a nuestro país de las trabas que nos llevaron por la senda de la destrucción. La primera de esas trabas es nuestra continua adicción a los combustibles fósiles. Nuestros dirigentes aplaudieron las promesas de buscar fuentes de energía renovables, más limpias y más verdes, pero al final escogieron que nuestro país continuara siendo adicto a la OPEP debido a sus inversiones personales en la industria del petróleo. Ya es hora de poner fin de una vez por todas a dicha adicción. Nuestro nuevo grupo de trabajo para la Energía y el Futuro de Estados Unidos ha determinado que actualmente, de forma demostrada y probable, quedan en el mundo menos de medio billón de barriles de reservas de petróleo, un setenta y cinco por ciento de las cuales se encuentran en países con gobiernos autoritarios. Para el 2025, se espera que se cuadruplique el precio del petróleo. Para el 2040 se volverá prohibitivo y nos precipitaremos en una crisis económica mundial. Al mismo tiempo, la industrialización del tercer mundo está haciendo aumentar todavía más la demanda y veremos cómo las necesidades se incrementarán de los actuales 15 billones de vatios hasta 40 billones en tan sólo dos décadas. Mientras tanto, infectamos nuestro medio ambiente con más lluvia ácida, más contaminación y un mayor aumento de los gases invernadero, que terminarán fundiendo lo poco que queda del hielo del Ártico y de la Antártida.

Los ojos hundidos de Chaney se clavan en el objetivo de la cámara que tiene más cerca.

—A partir de 2017, nuestra visión está clara: aire más limpio y energías más verdes.

Los demócratas se levantan de sus asientos y aplauden, la mayoría de los miembros del partido republicano de Chaney permanecen sentados.

—La solución más prometedora para nuestra crisis energética ha sido y será siempre la energía solar. Es ilimitada y limpia, pero el coste ha sido alto porque nunca nos hemos comprometido a dedicar todos nuestros recursos a desarrollar dicha tecnología. Hace varias décadas, el gobierno federal invirtió más de cien mil millones de dólares en investigación nuclear para impulsar dicho sector, por no mencionar el dinero empleado en subvencionar negocios que tenían que ver con los ciclos del combustible uranio. Ahora vamos a dedicar los mismos recursos a la energía solar y la eólica, así como a las celdas de combustible hidrógeno. Para ayudar a pagar estos cambios, mi nuevo presupuesto suprimirá la Iniciativa de Defensa Estratégica, un programa fracasado y costoso que abrió una brecha entre Estados Unidos, China y Rusia y condujo a los ataques nucleares de 2012.

Calurosa ovación.

—El cambio real requiere compromiso, no sólo doble lenguaje. Las administraciones de Clinton y de Bush incluyeron en su presupuesto fondos para fabricar automóviles que empleasen combustible hidrógeno, pero dieron el dinero a los fabricantes de coches. La promesa del presidente Bush de un nuevo futuro energético requería extraer hidrógeno de combustibles fósiles y potencia nuclear, con lo cual se mantenía el programa *Big Oil*, una política a la que también se adhirió mi predecesor. Este año, nuestro nuevo plan energético dedicará cincuenta mil millones de dólares a desarrollar automóviles de hidrógeno utilizando fuentes renovables como la energía eólica, la solar y la biomasa. Además, dentro de treinta días la Casa Blanca va a presentar una ley destinada a prohibir los vehículos de gasolina para el año 2023.

El presidente hace una pausa para permitir que su última frase cale en el público en medio de los aplausos.

—Las celdas de combustible, por ley, sustituirán a la gasolina. Se crearán nuevos puestos de trabajo conforme vayamos renovando nuestras fábricas de coches y estaciones de servicio. La economía prosperará, mejorará la calidad de nuestro aire y Estados Unidos se unirá de nuevo al esfuerzo global de reducir los gases de efecto invernadero.

La sala estalla en aplausos.

—Los cambios nunca son fáciles, pero son necesarios. La guerra contra el terrorismo dio lugar a grandes cambios, cambios que afectaron a nuestros derechos civiles y a las libertades en las que se fundó este país. Dentro de noventa días, pediré al Congreso que desmantele el monolítico departamento de Homeland Security y restaure las restricciones anteriores al 11-S respecto de la vigilancia de los hogares.

Chaney efectúa nuevamente una pausa y los miembros de ambos partidos se levantan y estallan en vítores.

Belle Glade, Florida

La pequeña de tres años y medio, Lilith Eve Robinson, se encuentra en el asiento trasero del Buick 2003 de Quenton Morehead, sujeta por el cinturón al dispositivo de seguridad infantil. El reverendo ha abierto un poco las ventanillas y le ha dejado la radio encendida mientras él visita a Sherry Ann Williams, que ha enviudado recientemente.

Lilith se rebulle en su asiento, con la vejiga llena y el estómago haciéndole ruidos, mientras oye por la radio el discurso sobre el estado de la Unión. No ha comido nada desde el almuerzo, de eso hace ya siete horas, y sabe que no comerá otra vez hasta que su abuelo salga de la casa de la viuda a eso de las once y media.

De repente la pequeña deja de revolverse, pues su cerebro se concentra en las palabras del presidente y su subconsciente las absorbe como si fuera una esponja.

—Conciudadanos americanos, la humanidad tiene un futuro, y es un futuro luminoso, tan luminoso como las estrellas que brillan en el cielo por la noche. Y ahí es donde reside nuestro futuro, porque es la exploración del espacio lo que hará avanzar y unirse a nuestra especie. Este año, pondremos fin a la moratoria de la NASA sobre proyectos nuevos y fijaremos nuevos objetivos al margen de la política para la colonización de Marte. Animaremos al sector privado a que se una a nosotros y abriremos las fronteras del espacio a todas las personas para poder regocijarnos en nuestra humanidad, unirnos en armonía y mejorar como especie. Gracias a todos. Que Dios les bendiga, que Dios bendiga a América, y buenas noches.

Lilith se desabrocha el cinturón de seguridad y se baja del asiento infantil. Abre la portezuela de atrás, salta del coche y mira alrededor.

En la casa de la viuda las luces están apagadas. Por una ventana del dormitorio ve a su abuelo y a la señora William moviéndose.

Lilith se baja las braguitas, se agacha y orina en el camino de entrada de la casa. Al levantar la vista, sus deslumbrantes ojos azules se abren como platos al descubrir la luna llena y un millón de estrellas titilantes.

—Abuelo, cuando sea mayor voy a viajar al espacio en un cohete.

Quenton se pasa una señal de STOP de un cruce, y casi atropella a un adolescente que circula en un monopatín motorizado.

—¿Al espacio? No digas estupideces.

—¿Por qué no puedo ir al espacio?

—El espacio es para los astronautas. Y tú no vas a ser astronauta.

—¿Por qué?

—Porque para ser astronauta tendrías que ir a la universidad, y yo no pienso mandarte a la universidad.

—¿Por qué?

—Porque cuesta dinero, un montón de dinero. Si quieres ir a la universidad, sal y cásate con un chico rico.

—Pues lo haré.

—Bien. Cuanto antes, mejor. Y ahora déjate ya de tanto parloteo, estoy intentando conducir.

Complejo Gabriel
Longboat Key, Florida

Las olas van a morir a la playa del Golfo con un leve chisporroteo. Los cangrejos que viven en la arena salen de sus escondrijos en busca de comida.

Jacob Gabriel, que está mirando por el telescopio, se aparta del mismo para dejar que su tía Evelyn eche un vistazo.

Evelyn Strongin pega el ojo derecho a la pieza de caucho que protege el visor.

—Vaya. Hasta se ven los detalles de la superficie de la luna.

—Cuando mi hermano y yo seamos mayores, iremos al espacio.

Evelyn se retira del telescopio, sorprendida por el tono resuelto de dicha afirmación.

—¿Por qué dices eso, Jacob?

—Allí se encuentra *Xibalba*. Y en *Xibalba* está mi papá. Mamá dice que cuando seamos mayores, le veremos.

—¿Y cómo sabes tú que allá arriba está *Xibalba*?

Jacob se encoge de hombros.

—Sabiéndolo. —Vuelve a mirar por el telescopio—. Mamá dice que tú hablas con los muertos.

—Puedo comunicarme con las almas de los que han fallecido.

—Enséñame cómo se hace.

—Tal vez cuando seas mayor. ¿Qué más puedes mostrarme por este telescopio?

—¿Me puedes enseñar a hablar con mi papá?

—No sé si eso será posible.

—¿Porque no está muerto?

—Eso es, porque no está muerto.

—Pero tiene sangre Hunahpú como nosotros, ¿verdad?

—Bueno, supongo…

—Entonces sí puedo comunicarme con él. Enséñame.

—Cuando seas mayor.

—Pero es que quiero hablar con él ahora.

—No estás preparado. A veces, cuando nos comunicamos en frecuencias interdimensionales, puede ocurrir que nos respondan otros espíritus. Si uno no es lo bastante fuerte, pueden llevarlo a creer que lo que nos están diciendo es auténtico. Procura tener paciencia, Jacob, ya llegará el momento.

—Es de lo más inquisitivo —dice Evelyn sirviéndose otra taza de café—. Posee un sentido del universo casi innato. Es como hablar con un adolescente atrapado en el cuerpo de un niño que todavía no sabe andar.

Dominique levanta la vista del ordenador.

—Jacob me tiene preocupada. Su intelecto está desarrollándose demasiado deprisa.

—A lo mejor es que tú le estás contando demasiadas cosas.

—De eso se trata precisamente, yo no le he dicho nada. Ha estado buscando en Internet, leyendo cosas sobre sí mismo. Está totalmente absorto en la leyenda maya.

—¿Y su hermano?

—Manny se parece más a un niño normal. Las leyendas mayas le importan un comino, lo cual molesta mucho a Jacob. Por desgracia, tengo la sensación de que la brecha entre sus dones genéticos se va ensanchando cada día que pasa. Dios sabe cómo voy a hacer para controlar a Jacob cuando se haga mayor.

Evelyn mira más allá de Dominique.

—Cariño, ¿qué es eso en lo que estás trabajando?

—Es un programa que hace estadísticas de natalidad. ¿Sabías que el 22 de septiembre de 2013 nacieron 723.891 niños?

—¿Estás buscando a la Abominación?

—Al separar a todos los niños que tienen ojos azules, he reducido la lista a menos de trescientos mil nombres. Claro que este programa sólo recoge aproximadamente el sesenta y ocho por ciento del mundo, pero no está mal para empezar.

—¿Para empezar qué? ¿Asesinar?

—Tú me has dicho que hay que tener cuidado con el niño que nació en el mismo día que los gemelos. La Abominación tiene prisionero a Mick y altera el continuo espacio-tiempo. Si yo puedo matarla dentro de este período de tiempo...

—Basta. —Evelyn se inclina hacia delante y cierra el ordenador—. Jamás encontrarás al que buscas de esa forma,

Dominique, y aunque lo encontraras, ¿qué ibas a hacer? ¿Asesinar a una criatura inocente?

—¿Y qué se supone que debo hacer, Evelyn? ¿Sentarme y permitir que algún engendro de la naturaleza aceche a mis hijos?

—A diferencia de tus hijos, que estarán preparados, el Hunahpú que haya nacido en el mismo día que los gemelos no tendrá ni idea de lo que le aguarda más adelante. Como todos los recién nacidos, es un ser inocente, el barro de Dios listo para ser moldeado. Las influencias que reciba a lo largo de su viaje son las que lo llevarán a convertirse en la Abominación de la que nos advirtió mi hermana. Tu misión, Primera Madre, consiste en preparar a tus hijos para la batalla, no en jugar a ser Dios.

CUARTA PARTE

INFANCIA

La Tierra es la cuna de la humanidad,
pero uno no puede quedarse en la cuna para siempre.
Konstantin Tsiolkovsky

Después llamó Jacob a sus hijos y les dijo:
«Reuníos, que quiero anunciaros
lo que os sucederá en los días venideros».
Génesis, 49, 1

8

CUATRO AÑOS DESPUÉS

2 de septiembre de 2020
Complejo Gabriel
Longboat Key, Florida

El amanecer ilumina desde detrás, en tonos grises con matices de bronce, el dormitorio del pequeño Immanuel, de siete años de edad. El niño, de cabello oscuro y ojos color ébano, ronca suavemente.

Junto a él se halla Jacob de pie, sonriendo con malicia.

—¡Levántate, so holgazán!

Manny se incorpora con un sobresalto y el corazón acelerado.

—¿Qué?

—Has apagado la alarma. Venga, levántate, que tenemos que entrenar.

—¡Vete! —Immanuel se echa la sábana por encima de la cabeza.

Jacob introduce las manos por debajo de la manta y levanta a su hermano en volandas.

—¡Socorro! ¡Mamá!

—Estás quedándote rezagado, Manny. Se supone que eres mi igual, pero no estás…

—¡Déjame en paz, monstruo!

—No eres más que un peso ligero.

—¡Mamá! ¡Mamá, Jacob ya está otra vez igual!

Llegan primero los guardaespaldas, todavía con el albornoz puesto.

—¿Otra vez? —*Sal* menea la cabeza negativamente y se guarda el arma en la funda.

—Vamos, Jacob —prueba *Pimienta* en tono persuasivo—, deja a tu hermano en la cama.

En ese momento, Dominique se abre paso por entre los dos guardaespaldas.

—¡Jacob Gabriel, baja a tu hermano en este instante!

Manny cae al suelo produciendo un ruido sordo al chocar de bruces contra la moqueta. Después se queda sentado, con lágrimas en los ojos y sangrando por la nariz.

Dominique enrojece de furia.

—Maldita sea, Jacob, mira lo que has…

—Ha sido culpa suya. Debería haber rodado al caer. El *sensei* se lo enseñó hace ya meses.

—¡Son las seis de la mañana!

—Cuando venga a por nosotros el Dios de la Muerte, dará igual la hora que sea. Tenemos que estar preparados.

—¡Te odio! —grita Immanuel—. ¡Eres un pirado enfermizo!

—Soy Supermán. Y tú sólo eres Clark Kent, una nenaza de mierda.

Dominique intenta agarrar a Jacob, pero el gemelo rubio es demasiado rápido y salta por encima de la cama.

—Necio mortal. ¡No puedes atrapar a Supermán!

Sal le corta el paso, y entonces empieza el juego.

Jacob finta a la izquierda, después da un salto por encima del mueble cajonera y resbala cayendo en las manos del otro guardaespaldas.

Pimienta se niega a jugar y planta su considerable corpachón enfrente de la salida.

—Se acabó el juego, Jacob.

Sin pausa, el pequeño da un brinco e intenta echar a correr, pero sus piernas patalean en el aire igual que las de un saltador de triple valla hasta que por fin su pie derecho conecta con el macizo pecho desnudo del afro-americano. El chico hace caer al grandullón de espaldas a través del hueco de la puerta.

A continuación, Jacob ejecuta un salto mortal hacia delante, aterriza corriendo y sale disparado por el pasillo en dirección a la cocina y la puerta trasera.

—Supermán... da-da-tada...

Pimienta se incorpora masajeándose el esternón dolorido.

—Maldición. ¿Cómo ha hecho eso?

Dominique está lívida.

—Juro por Dios que ese niño va a acabar conmigo. Ven, Manny, vamos a ponerte un poco de hielo en la nariz.

Lo ayuda a ponerse de pie y lo conduce fuera del dormitorio.

Michael Kurtz observa a su gigantesco camarada.

—Ahora ya sabes por qué Karla y yo no hemos tenido hijos.

Belle Glade, Florida
6.17 de la madrugada

Los rayos del amanecer se reflejan en la superficie de las aguas del lago Okeechobee, besando con un intenso color anaranjado los cascos blancos y relucientes de las embarcaciones de recreo y los barcos de juego amarrados el uno junto al otro en las gradas recién construidas. Hoteles y casinos, restaurantes y tiendas quedan en silencio tras otra prolongada noche de turismo; los pelícanos y otras aves marinas se hacen cargo del botín que supone tanta basura.

Si se siguen las calles iluminadas por la luz dorada en dirección sur, más allá del renovado ayuntamiento y del nuevo centro cívico, en el extremo oeste de la ciudad, se encuentra una señal en la carretera, junto al puente del canal, que advierte de que uno está saliendo de la zona turística, seguido de otro letrero situado al otro lado del puente que da la bienvenida a Belle Glade propiamente dicho.

Los barrotes que se ven en las viviendas de las casas y en los escaparates de las tiendas advierten de otra cosa distinta.

Los dólares procedentes del juego no tan tenido un gran impacto en este enclave de los pobres, a no ser que uno tenga en cuenta el mayor número de policías locales y la nueva ala del calabozo como mejoras para los ciudadanos. La escuela elemental sigue siendo mugrienta, las ventanas de sus sobrecargadas unidades portátiles todavía soportan aparatos de aire acondicionado que purgan las oleadas de aire templado con olor a rancio. Si se avanza un par de manzanas más, se llega a la iglesia del reverendo Morehead, la cual sigue necesitando urgentemente una mano de pintura. Al otro lado del aparcamiento sin asfaltar, en el que las ratas se dan festines por la noche, se encuentra una vivienda de estuco de cuatro habitaciones, de paredes ya amarillentas ribeteadas por una franja de pintura negra que comienza a desconcharse.

La pequeña Lilith Eve Robinson, que tiene siete años, despierta el día de su cumpleaños con un sobresalto. Mira fijamente el ventilador del techo. Se concentra.

—Las seis y diecisiete.

Se gira hacia un costado y mira el reloj despertador. Las seis y diecisiete.

Se baja del sofá cama, dobla la sábana y la colcha, vuelve a colocar los cojines y entra en la cocina. Saca dos huevos del frigorífico, los bate en un cuenco y a continuación los vierte en una sartén y enciende el quemador.

Luego se dirige al cuarto de aseo. Orina. Se lava la cara y las manos. Estruja el tubo de pasta de dentífrico para extraer lo último que queda y lo extiende sobre las gastadas cerdas del cepillo de dientes, consciente de que dicho tubo tiene que durarle por lo menos otra semana más. Se enjuaga la boca. Luego se pone el vestido que cuelga detrás de la puerta y contempla su imagen en el espejo del baño.

Piel color cacao. Pómulos altos. Ojos deslumbrantes, de un azul intenso, enmarcados por una cabellera negra como el ébano, larga y ondulada. La hija de la difunta Madelina Aurelia-Robinson es una belleza en ciernes, aunque sus compañeros de clase la desprecien.

—¡Lilith Eve! —Se abre la puerta de golpe y la pequeña se ve arrastrada al exterior por alguien que la agarra del brazo—. ¿Ves esto? —Quenton Morehead agita delante de sus narices la sartén con los huevos revueltos—. Es la tercera vez en esta semana. ¿Se puede saber qué es lo que te pasa, niña?

Lilith no dice nada. Decir algo supondría una invitación para que el ministro baptista dé rienda suelta, físicamente, a su cólera.

—Estoy hablando contigo, pequeña bruja. ¡Contéstame!
Silencio.

—Maldita seas, eres igual que tu madre. Te has ganado seis azotes, y esta vez no quiero oír ni un solo lloriqueo. —Lilith ve el cable eléctrico anudado que tiene el ministro en la mano derecha, mientras con la izquierda la sujeta con fuerza—. No consigo —latigazo— entender —latigazo— por qué —latigazo— el Señor —latigazo— me ha hecho cargar —latigazo— con alguien —latigazo— como tú.

Ella lo mira con los ojos llenos de lágrimas y exclama, dolorida y sin aliento:

—Lo siento, abuelo.

—Y una mierda. Venga, márchate al colegio. Se acabó el desayuno.

Lilith pasa junto a él cojeando, coge la mochila del colegio y se dirige hacia la puerta de la casa.

Fuera la está esperando Brandy Townson. Las dos caminan juntas y en silencio.

—Le odias, ¿verdad?

—Ha sido culpa mía —responde Lilith.

—No te quiere, Lilith. No te quiere nadie.

—¿Me quieres tú, Brandy?

—¿Con quién hablas, pirada?

Lilith levanta la vista y ve a Dounte y a sus amigos, de cuarto grado. Nota el calor de la orina que le escapa por las bragas.

—Corre —le susurra Brandy.

Lilith echa a correr y cruza a toda velocidad dos tramos de césped en dirección al aparcamiento de la iglesia.

Los chicos la persiguen a lo largo de una manzana, pero luego desisten.

Lilith Eve Robinson es una pirada, pero una pirada muy rápida. No hay nadie en el colegio capaz de alcanzarla.

Complejo Gabriel
Longboat Key, Florida

El UAV (Vehículo Aéreo No Tripulado) Sikorsky Vigilancia-3000 aminora para situarse a seis metros encima de la playa, proyectando una sombra en movimiento sobre la arena mojada. Con su metro de diámetro, este platillo volante en forma de rosquilla alberga en su orificio central una serie de aspas cortas que rotan horizontalmente como las palas de un rotor. Diseñado para labores de vigilancia a baja velocidad, el SS-3000 está alimentado por celdas de combustible y posee una autonomía de diecisiete horas con un solo reabastecimiento.

En el interior del casco de aluminio del UAV hay tres cámaras selladas que proporcionan imágenes de vídeo en un ángulo de 360 grados.

La cámara de la popa se enfoca sobre dos sujetos que corren siguiendo la orilla del agua.

Jacob Gabriel lanza una mirada furtiva al helicóptero al tiempo que sus piernas van surcando el implacable oleaje.

Correr en ángulo con el agua hasta las rodillas supone un esfuerzo agotador, sobre todo cuando uno va respirando por un regulador de bucear, lo cual forma parte de su entrenamiento como nadador de combate. Hoy, la cadencia de las olas que llegan es errática, y obliga al chico a salirse constantemente de su ritmo. En sus músculos se acumula el ácido láctico, lo cual va agobiando cada vez más su ágil cuerpo.

Pero lo que Jacob busca precisamente es el ácido láctico. Ha de incrementar su tolerancia a la privación de oxígeno si quiere tener alguna esperanza de sobrevivir en *Xibalba*. Vuelve a mirar fugazmente el helicóptero, y a continuación fija la vista en su cronómetro digital.

19:07... 19:08... 19.09...

«Once minutos más. Haz un esfuerzo...»

El gemelo de cabellos blancos se gira hacia su izquierda. Manny corre por la arena mojada, agotado y con el rostro congestionado, pero manteniendo el ritmo. Jacob aprieta un poco más y aumenta la velocidad.

Immanuel ve cómo su hermano se le adelanta. Le duelen los pies, tiene las rodillas agarrotadas, pero su orgullo, herido hace tiempo por los logros de su hermano, se niega a permitirle abandonar.

Así que, aspirando trabajosamente el aire salado al interior de su reseca garganta, se emplea más a fondo para alcanzar a su hermano.

Las imágenes del UAV son enviadas a ochocientos metros de allí, a un monitor de televisión digital de pantalla plana y circuito cerrado, forrado de madera de roble, situado en el salón familiar de Dominique. Sentados en un amplio sofá de cuero verde aceituna, observando la escena, se encuentran el rabino Steinberg y su esposa Mindy.

Llega Dominique de la cocina y les entrega a cada uno un vaso de té helado al melocotón aderezado con el más moderno bioelixir diseñado para reducir la presión arterial y el colesterol, y a continuación toma asiento en su sillón reclinable.

Al registrar su presencia, los electroimanes del sillón se activan al instante, y los pulsos magnéticos devuelven el vigor a los tensos músculos de la espalda y del cuello.

—Fijaos —dice señalando la pantalla—, Jacob siempre empujando, Manny siempre rezagado. Me tiene preocupada. Me cuesta verdadero trabajo que se esfuerce un poco más en el *dojo*.

El rabino sacude la cabeza en un gesto negativo.

—No lo entiendo. ¿Para qué estás entrenando a los chicos? ¿Para las Olimpiadas?

—No espero que lo entiendas —replica Dominique—. Lo que Dios tiene planeado para ellos requiere preparación.

—¿En serio? ¿Te ha hablado Dios?

—Rabino, por favor.

—Esto tiene que ver con la tontería esa del *Popol Vuh* maya.

—¿Tontería? —Dominique se vuelve hacia él—. ¿Estabas tú presente cuando aquellos zánganos empezaron a aterrizar, o cuando aquella nave alienígena emergió del Golfo? ¿Estabas tú presente cuando desapareció Mick?

Mindy intenta rodearla con un brazo.

—Tranquilízate, querida. Estás llevando a cabo una labor magnífica al educar a los chicos. Nadie duda de ti, ¿no es así, Richard?

El rabino se encoge de hombros.

—No es mi intención molestarte. Los dos son un par de atletas muy bien desarrollados. Por lo menos piénsalo mejor y permíteles jugar en las Pequeñas Ligas.

—Ni hablar. ¿Tienes idea de lo que sucedería si compitieran en público?

—Imagino que conocerían amigos de su edad y harían muy felices a más de un entrenador.

—Por favor. Provocarían disturbios en todas partes.

—Aun así, tal vez fuera bueno para ellos, sobre todo para Manny —sugiere Mindy—. Necesitan tener amigos de su edad. Hoy es su cumpleaños, y aquí no hay ningún niño. No está bien. Manny es un niño muy cariñoso, en cambio siempre está triste.

—No le gusta nada estar aquí —admite Dominique—. Claro que también puede ser que simplemente no le guste su hermano. Sea como sea, todavía me da demasiado miedo permitir que salgan del complejo.

—¿No estarás empezando a ser un poquito sobreprotectora?

—¿Sobreprotectora? Ahí fuera hay muchos lunáticos, Mindy, miles. Algunos quieren adorar a mis hijos, otros quieren matarlos. Seguridad recibe cientos de cartas a la semana, algunas de ellas de lo más gráfico. Es algo enfermizo.

—No tenía ni idea.

—Estamos prisioneros en una jaula de lujo. A Jacob no le importa lo más mínimo, pero el pobre Manny… lo único de lo que habla es de que cuando sea mayor va a jugar al fútbol americano y al baloncesto. Me parte el alma.

—¿Y Jacob? —pregunta Mindy—. ¿A qué quiere dedicarse cuando sea mayor?

—Jacob quiere entrenar. Yo nunca tengo que obligarlo, él sabe de forma intuitiva lo que le espera en el futuro. Antes del amanecer hace unos cuantos largos en la piscina, luego pasa dos horas al ordenador memorizando Dios sabe qué. Después de desayunar está en el gimnasio, estudiando con su monje tibetano hasta la hora de comer…

—Tiene siete años —protesta el rabino—. Debería leer tebeos y… echarse la siesta.

—¿No lo entiendes? Jacob no es como los demás niños. Sus siestas consisten en sesiones de meditación trascendental. A veces echa una «siesta» colgándose boca debajo de esas botas especiales, otras veces se sumerge en una bañera de agua fría.

—¿Agua fría?

—Eso se lo ha enseñado el monje. Dice que así se obliga al cerebro a reconducir la sangre hacia los órganos internos. Al principio sólo aguantaba en la bañera treinta segundos, pero ahora llega a quince minutos. Una de esas veces le tomé el pulso, y te juro que no pude encontrárselo.

—En fin, ¿y qué podemos hacer nosotros para ayudar? —pregunta Mindy.

—Me preocupa estar criando a los niños sin que en sus vidas esté presente la figura de un padre. *Sal* y *Pimienta* algo contribuyen, pero son más bien como hermanos mayores. —Mira al rabino.

—Está bien, está bien, hablaré con ellos. Puede que incluso le sugiera a Jacob una manera de concentrar de otro modo una parte de esa energía que tiene.

Jacob entra en el estudio.

—Sí, señor, ¿quería verme?

El rabino levanta la vista del ordenador.

—¿Qué? ¿No hay un abrazo?

Jacob abraza al rabino con actitud fría.

—Si eso es todo, señor... Es que dentro de media hora tengo una clase de jujitsu, y debería...

—El jujitsu puede esperar. Quiero hablar contigo de ju... daísmo. —Una sonrisa timorata.

No hay reacción alguna.

—Verás, tu abuela paterna era judía, y también los padres de tu madre.

—En realidad, señor, mi madre fue adoptada. Su madre auténtica era maya quiché. Su padre era...

—No importa. Lo importante es la historia. Tu madre me ha dicho que te interesa mucho el *Popol Vuh* de los mayas.

—Sí, señor. Es un pergamino sagrado.

—Sí, señor, sí, señor... Llámame rabino o tío Rich, ¿de acuerdo, *tate-leh*? Sea como sea, supongo que el *Popol Vuh* es un pergamino sagrado, pero sólo tiene... ¿cuántos años, unos quinientos? Por otra parte, el origen de la Biblia se remonta a miles de años. —Se gira en la silla para hablar al micrófono del ordenador—. Ordenador, accede a la Torá, texto hebreo.

La pantalla se llena de caracteres hebreos.

—Tu madre dice que sabes leer y escribir varios idiomas. ¿Sabes leer hebreo?

—No, señor... esto, rabino. —Los ojos azules del chico se desvían fugazmente hacia el reloj holográfico que flota sobre el monitor del ordenador—. La verdad es que no me interesa el...

—¿Que no te interesa? Me sorprendes. Y yo que pensaba que eras una persona que ansiaba el conocimiento, que buscaba la verdad.

—El *Popol Vuh* es...

—El *Popol Vuh* no es exacto, Jacob, se escribió mucho después de que ese tal Ku-ku...

—Kukulcán.

—Exacto. Después de que muriera Kukulcán. En cambio, los cinco libros de Moisés fueron escritos hace más de tres mil años por Moisés en persona.

Una chispa de reflexión excita el cerebro de Jacob.

—¿Moisés escribió la Biblia?

—La mayor parte de ella. ¿Y sabías que todas y cada una de las biblias que existen o han existido fueron transcritas exactamente de la misma forma, palabra por palabra, letra por letra? Si una sola letra está fuera de su sitio, esa biblia no se puede utilizar. ¿Sabías eso?

—No... rabino. —Jacob se toca la sien y cierra los ojos.

—*Tata-leh*, ¿te encuentras bien?

El pequeño asiente.

—Es que acabo de tener un fuerte *déjà vu*. Ya he vivido este momento.

—¿Perdona?

—Este momento. Ya lo he vivido antes. Lo hemos vivido los dos.

El rabino se queda atónito.

—¿Quién te ha enseñado eso?

—Nadie. Simplemente, es así.

Jacob se sube a las rodillas del rabino y observa fijamente la pantalla.

No sabe leer hebreo, y sin embargo mira las palabras sin pestañear, extasiado.

—Aquí hay algo.

—¿Qué quieres decir?

—Que las letras están saltando. Pero cuesta trabajo verlo.

Steinberg se acerca un poco más a la pantalla y lee un pasaje.

—A mí me parece correcto. ¿Qué te parece si ponemos una hora para estudiar juntos? Puedo enseñarte el alfabeto hebreo y...

—Son los espacios entre las palabras. Está revolviéndose todo, trastocando las cosas, y resulta más difícil leer los patrones. Ordenador, cierra todos los espacios entre palabras y frases.

El texto de la pantalla se recicla.

—Uf... —Los brillantes ojos azules de Jacob se agrandan al ver formarse patrones tridimensionales entre las letras del texto—. ¿Ves? ¡Ahora se entienden las cosas mucho mejor!

A Steinberg se le acelera el corazón.

—¿Qué cosas?

El chico señala una frase.

—Como estas letras. ¿Dicen algo?

—WRWRIzRrPaA. —El rabino lo mira, ligeramente pálido—. Significa «Fin de los Días». ¿Cómo te las has arreglado para seleccionar...?

—Y ahora estas letras. —Jacob señala una letra con el dedo índice y acto seguido salta tres líneas más abajo y señala otra a la izquierda. Después sigue el patrón hasta formar una palabra.

—zRWJQaIaRL. Holocausto atómico. Jacob, ¿cómo has...?

—Y estas letras de aquí.

—Ya entiendo, estás jugando conmigo a uno de tus famosos juegos mentales. Muy listo.

—¡Tú dime qué significan estas letras!

El rabino lo mira, inseguro. Observa la pantalla con los ojos entornados.

—zLmA. Es un año. El 5772.

—¿En el futuro?

—No, en el calendario hebreo. La fecha equivale al año... 2012.

Jacob cierra los ojos y recita:

—Fin de los Días. Holocausto atómico. Año 2012. Está todo aquí...

—Muy bien, Jacob Gabriel, se acabó la diversión. ¿Quién te ha dicho que hagas esto?

—Nadie.

—Has leído lo del Código de la Biblia en clase, ¿verdad?

—¿La Biblia tiene un código?

—Ya basta. No pienso creerme estas tonterías.

Jacob salta al suelo.

—¡Dímelo!

El rabino ve desesperación en los ojos del chico. «Lo dice en serio...»

—Dentro del texto hebreo original de la Torá hay criptogramas, mensajes ocultos en clave que pertenecen a la historia del hombre. El primero en sospecharlo fue Isaac Newton, pero no fue hasta los años noventa, con la llegada del ordenador, cuando un matemático israelí consiguió descifrarlo.

—¿Entonces el Código de la Biblia es auténtico?

—No lo sé.

—Estás mintiendo. Dime la verdad.

—Yo no miento. Según los descifradores de códigos, sí, es auténtico. Según los eruditos religiosos, no es más que una tontería. —Steinberg examina el semblante del pequeño—. En realidad no lo sabías, ¿no es así?

—Pero si predice el futuro, ¿por qué no...

—No predice el futuro. Según el Talmud, «todo está previsto, pero se nos da libertad para actuar». Dicho de otro modo: lo que está codificado en el texto de la Biblia puede que sea una advertencia acerca de un futuro posible. Lo que hacemos, las decisiones que tomamos, es lo que determina el resultado.

—Pero aun así…

—Pero nada. El problema que entraña el Código de la Biblia radica en que uno tiene que saber las palabras o la frase concreta que busca para poder establecer si existe un patrón o no. Ahora confiesa, ¿en realidad sabías lo que estabas buscando?

—No. Simplemente, me saltaron a la vista algunas palabras.

El rabino Steinberg siente que la sangre le huye de la cara. «Si de verdad es capaz de reconocer patrones con sólo mirar el texto… Dios mío.»

—Enséñame a leer hebreo, tío Rich. Enséñame ahora.

9

10 de octubre de 2020
Belle Glade, Florida

—No me malinterprete, reverendo Morehead, su nieta es una niña notablemente dotada...

—Nieta adoptiva —corrige el ministro.

—Sí, desde luego. —El orientador escolar toma nota mentalmente—. Según los test, Lilith es la niña más lista de su clase, tal vez de todo el colegio.

—¿Entonces por qué saca todo aprobados y bienes?

—En mi opinión, se debe a la baja autoestima. El segundo día de colegio, se encerró en el cuarto de baño durante casi una hora después de que un ayudante de la maestra la reprendiera por hablar en clase.

—Sí, siempre está hablando. Parlotea sin parar.

—La maestra de Lilith ha descubierto varios hematomas en las piernas de la niña. ¿Sabe usted dónde se los ha hecho?

—¿Cómo voy a saberlo yo? Ya sabe cómo son los niños, se caen de los árboles, se suben a las vallas. Esto... ¿qué ha dicho Lilith?

—Que Chester le dio una patada.

—¿Chester? ¿Quién es ése?

—No lo sabemos. En nuestro colegio no hay ningún niño que se llame Chester. Pero la señora Walker se fijó en un recreo en que Lilith estaba hablando con una amiga imaginaria llamada Brandy.

A Quenton le rechinan los dientes.

—No parece usted sorprendido.

—La madre de la niña sufrió similares... delirios. Déjeme el asunto a mí, ya me encargo yo.

—Reverendo, si se trata de alguna forma de enfermedad mental, a Lilith debería verla un profesional.

—Créame, señora, ya puestos a eso, soy verdaderamente un profesional.

Longboat Key, Florida

Immanuel Gabriel tiene la mirada fija en la pantalla del ordenador de su hermano. Las filas de letras hebreas se le vuelven borrosas.

—Sigo sin ver ningún patrón.

—Pues están —replica Jacob con orgullo personal—. Apuesto a que hay un millón de advertencias codificadas por toda la Biblia. Referencias a los dinosaurios y a extinciones, a Martin Luther King y los Kennedy, a las guerras en Oriente Medio, al World Trade Center, al estallido de ébola en 2008...

—Cállate. —El gemelo de pelo oscuro se tapa los oídos—. Te vuelvo a decir que todo eso no me importa.

—Pues debería importarte. También he encontrado nuestros nombres. —Jacob hace avanzar el texto hasta otra página en la que hay una serie de letras resaltadas, como en rompecabezas—. Leído de través, aquí dice **Gemelos Gabriel**. ¿Ves estas letras que se cruzan de arriba abajo? Significan **Túnel del Tiempo**.

—¿Túnel del Tiempo?

—Así es como se nombra en la Biblia a un agujero de gusano. Así viajaremos a *Xibalba*.

Immanuel niega con la cabeza.

—Yo no voy a ir a *Xibalba*.

—Sí que vas a ir.

—No voy a ir.

—Es nuestro destino, Manny. —Sus ojos se agrandan—. Lo llevamos en la sangre… ¡el Fin de los Días!

—Puede que lo lleves tú en tu sangre de pirado, pero yo en la mía no.

—Tú también llevas en la sangre el gen Hunahpú, cerebro de mosquito, y te lo puedo demostrar. He descubierto un sitio, un lugar de mi mente en el que todo se ralentiza. Es como una dimensión superior.

—Cállate.

—Estoy hablando en serio. Nuestro ADN Hunahpú nos confiere capacidades especiales. Al concentrar nuestros pensamientos hacia dentro, podemos pasar a ese reino superior.

—Te lo estás inventando.

—No.

Immanuel está asustado, pero siente curiosidad.

—Vale, cuéntame cómo es.

—Era raro, pero de lo más guay. Todo lo que me rodeaba dio la sensación de ir más despacio. Pero dentro de mi cabeza sentía… no sé, era como si lo controlase todo mejor. Podía hacer cosas, ver en todas direcciones a la vez, controlar mi cuerpo de formas distintas. Podía hacer que el corazón me latiera más despacio, o incluso seguir a las células sanguíneas que viajaban por mis venas. Era como tener otro sentido, un sentido que permite ver dentro de uno mismo. Lo único es que no se puede permanecer así demasiado tiempo, porque se empieza a acumular mucho ácido láctico en los músculos. Creo que es porque la mente se encuentra en el nexo, pero el cuerpo sigue estando en la tercera dimensión y se mueve superrápido.

—¿El nexo?

—Así es como lo llamo yo.

—Enséñame cómo se hace.

—Ven.

Manny sigue a Jacob al exterior, a la piscina de cincuenta metros.

—¿Qué vas a hacer?

—Enseñarte de la misma manera en que he aprendido yo, aguantando la respiración. Sale mejor cuando uno está asustado, que es cuando aumenta de verdad la adrenalina. —Jacob se desnuda y se queda en calzoncillos—. Tienes que bajar hasta el fondo y agarrarte a la escalerilla. Luego cierras los ojos y buscas un punto de luz blanca. Cuando lo veas, concéntrate en él pero no entres. La luz irá haciéndose más grande, y después todo empezará a ralentizarse. Lo distinguirás porque dejarán de dolerte los pulmones de tanto aguantar la respiración. Sólo acuérdate de que tienes que ver la luz blanca pero no dejarte arrastrar por su calor.

—¿Por qué no puedo meterme dentro de ella?

—Porque no.

—¿Por qué no?

—Imagino que podría ser una dimensión superior.

—¿Tú lo has hecho ya?

—Todavía no, pero un día lo haré.

—¿Tienes miedo?

—Lo haré cuando esté preparado. Tú concéntrate en meterte en el nexo.

—Si consigo meterme en él, ¿cómo hago para salir?

—Di para tus adentros: «quiero salir», y saldrás.

—¿Y si se me olvida y me ahogo?

—No te vas a ahogar. Cuando empieces a quedarte sin aire, tus manos soltarán la escalerilla y subirás flotando a la superficie. Eso es lo que siempre me ocurre a mí. Cada vez que intento quedarme abajo, mi cuerpo se suelta y el nexo me expulsa.

El gemelo moreno observa fijamente el fondo de la piscina.

—No sé.

—Venga, Manny, deja de actuar como un bebé.

Immanuel se queda en ropa interior y se mete en el agua. Nada hacia abajo ayudándose de la escalerilla, se aferra al último barrote y cierra los ojos.

Negrura.

El corazón le retumba en los oídos.

Los pulmones le arden.

Immanuel se suelta del barrote y patalea para salir a la superficie. Nada más sacar la cabeza, exhala el aire.

—Eres un mentiroso. Te juro que no sé por qué he dejado que me convenzas de estas cosas.

—No te he mentido…

—¡Cállate! —Immanuel sale de la piscina temblando—. Me voy adentro.

Jacob lo agarra del brazo y señala el reloj digital que cuelga en la pared.

—Son las 2:04, ¿no? Observa y aprende.

Y sin esperar respuesta, se zambulle y baja hasta el fondo.

Immanuel ve que su hermano se engancha por el codo al barrote más profundo de la escalerilla. «Es un verdadero pirado.»

Jacob se serena. Cierra los ojos. Deja que sus pensamientos se pierdan en la negrura que se abre detrás de sus párpados.

Mentalmente, se desliza por el interior de su laringe y baja a toda velocidad por el bronquio que se introduce en su pulmón derecho. Sigue una rama más pequeña que lo lleva a uno de los bronquiolos, hasta que su mente desemboca en un callejón sin salida: un conjunto de racimos de alvéolos, sacos diminutos que contienen moléculas de aire. Como si fuera una abeja, va picando cada uno de ellos para extraer minúsculas inhalaciones que reconduce hacia su cerebro, ansioso de oxígeno.

La constricción que siente en el pecho va cediendo. Aparece el punto de luz, cuyo calor va incrementándose a medida que se expande.

«Muy bien, puedo hacerlo… puedo hacerlo…»

La mente de Jacob Gabriel se desliza al interior del brillante agujero y siente el alma envuelta en el calor del mismo.

Entonces ve la sombra.

Immanuel observa el reloj. «Lleva casi tres minutos...» Siente un hormigueo cuando se le tensa la vejiga. «¿Qué hago? ¿Y si se ahoga?» Se concentra en el rostro de su hermano. Ve la sonrisa melancólica. «Dios... lo está haciendo de verdad.»

Más allá de la bruma hay una ágil figura que flota en la periferia. La mente de Jacob hace un esfuerzo para comunicarse con ella.

—¿Hola?

—¿Quién está ahí? —Es una voz femenina. Asustada.

—No te asustes. Me llamo Jacob. ¿Quién eres tú?

—Lilith. ¿Dónde estamos?

—En un lugar especial que yo llamo el nexo. ¿Cómo lo has encontrado?

—Me lo ha enseñado Brandy. Ella me ha dicho que me escondiera aquí.

—¿Y por qué te escondes?

—No... no te lo puedo decir. Quenton se enfadará.

—¿Quién es Quenton?

—Mi abuelo. Dice que soy una bruja y que mi alma necesita ser purificada.

—Lilith, tengo que irme.

—¡Espera! Por favor, no te vayas, estoy tan... sola.

—Tengo que irme, pero podemos hablar otra vez.

—¿De verdad? ¿Quieres ser mi amigo, Jacob?

—Claro, pero ahora tengo que irme.

El reloj digital avanza nuevamente: las 2:11.

Immanuel Gabriel se encuentra al borde del pánico. Está a punto de lanzarse a la piscina cuando ve que los dedos de Jacob se aflojan del barrote de la escalerilla.

El gemelo de pelo blanco sube flotando a la superficie, y de pronto se despierta de golpe. Su cabeza emerge del agua y sus intensos ojos azules buscan el reloj digital.

—Siete minutos. ¿Te convences ahora?

Immanuel niega con la cabeza.

—Yo no puedo hacer eso. No soy como tú.

—Sí eres.

Jacob sale de la piscina, y en ese momento alcanza a ver un avión de pasajeros que cruza el cielo de la tarde en dirección norte.

¡ZAP!

Luz blanca… sello presidencial… la cabina interior de un avión privado… Ennis Chaney sentado a su mesa… se abre la puerta de la cabina de los pilotos… un hombre de uniforme a los mandos… una placa identificativa… un destello de acero… sangre que salpica sobre el panel de control… el morro cae en picado… un descenso terrorífico… todo explota en llamas…

¡ZAP!

—Jacob… Eh, Jacob, ¡despierta!

Jacob abre los ojos. Está tendido de espaldas sobre el suelo de la piscina. Se incorpora aturdido y mira a su hermano.

—¿Qué ha pasado?

—Te has desmayado, pedazo de idiota. Te está bien empleado, por pasar tanto tiempo debajo del agua.

—No… no ha sido por eso. He tenido una visión.

—¿Qué visión?

—Un accidente de avión. Creo que era el avión del presidente.

—Eres un auténtico pirado.

Immanuel emprende el regreso al interior de la casa.

—Manny, espera… —Jacob corre detrás de su hermano—. Esto no me había sucedido nunca. Debe de tener algo que ver con la luz. Por primera vez he entrado en la luz. ¡La visión me ha agarrado de forma espontánea!

—¡Déjame en paz!

El detector de calor de la puerta de seguridad trasera sigue al gemelo de cabello oscuro conforme se va acercando.

Tras identificarlo positivamente como Immanuel, el sistema abre las puertas deslizantes a prueba de balas.

Immanuel entra en la cocina, con Jacob pisándole los talones.

—No puedes pasar de esto, Immanuel, eres mi hermano gemelo. En algún momento estas cosas te ocurrirán también a ti.

—Cállate.

—Tenemos que estar preparados. Dentro de unos años tú y yo vamos a abandonar este mundo y…

—¡He dicho que te calles! —Immanuel echa a correr por el pasillo, se mete en su dormitorio y cierra de un portazo.

—¡Es nuestro destino, Manny! —Jacob pega el rostro a la puerta cerrada—. Si eres demasiado nenaza para ir, ¡a lo mejor me voy yo con Lilith!

—¡Jacob Gabriel! —Dominique agarra a su hijo por el brazo y lo aparta a rastras de la puerta del dormitorio de su hermano—. ¿Qué te he dicho acerca de gastar bromas a Manny?

—No le estaba gastando una broma.

—Ve a tu habitación.

—No.

—¿Perdona?

—Tengo que llamar al tío Ennis. Tengo que advertirle de…

—¡Jovencito, estás castigado! —Lo arrastra hasta su dormitorio—. Quédate aquí hasta que yo diga que puedes salir. —Dominique cierra la puerta de golpe y a continuación llama a la puerta del cuarto de Immanuel—. ¿Manny? Manny, cielo, ¿te encuentras bien?

Al oír los sollozos, entra.

En un rincón del dormitorio está Immanuel Gabriel sentado en el suelo, arrancándose mechones de cabello negro.

Belle Glade, Florida

—…Arcángel San Miguel, defiéndenos en la batalla, sé nuestra defensa contra la maldad y las tretas del demonio…

Lilith Robinson abre sus ojos, de un azul intenso. Ya no se encuentra en el nexo. Está tumbada en el camastro, desnuda y con las delgadas muñecas y los tobillos sujetos con cuerdas de plástico.

Sobre ella se yergue Quenton, con la Biblia en una mano y una cruz en la otra y la blanca túnica de ministro empapada en sudor, mientras arremete verbalmente contra la niña con más amenazas del Infierno.

—…Oremos para que el Dios de la Paz aplaste a Satanás bajo nuestros pies para que ya no pueda tener cautivos a los hombres ni causar más males a la Iglesia. Ofrezcamos nuestras plegarias al Altísimo, para que sin tardanza derrame sobre nosotros su misericordia …

Brandy se encuentra junto a la ventana del fondo, imitando con gestos lo que hace Quenton, sin que la vea éste.

Lilith ríe suavemente.

El ministro abre mucho los ojos. Abofetea a la pequeña y acto seguido rocía sobre ella agua bendita.

—Sujeta al Dragón, la vieja serpiente, que es el diablo y Satanás. Amárralo y arrójalo al pozo sin fondo para que ya no pueda seducir más a las naciones.

Lilith cierra los ojos y se echa a temblar.

10

11 de octubre de 2020
Residencia Mabus, Hamptons, Nueva York

Es el lugar de veraneo más de moda en todo Estados Unidos, un punto de la costa ocupado por mansiones palaciegas en la playa, propiedad de los ricos y famosos.

Peter Mabus, vestido con un albornoz, está de pie en el desierto tramo de playa privada, contemplando el agitado mar del otoño y el amanecer que empieza a romper por el horizonte del este. Estos últimos años han pasado factura a este empresario en otro tiempo robusto. Después del batacazo que supuso perder contra Ennis Chaney en las elecciones presidenciales, la que había sido su esposa durante treinta años presentó los papeles del divorcio tras pillarlo en la suite de un hotel en compañía de dos de sus secretarias. Las nuevas iniciativas de Chaney respecto de combustibles no fósiles le están costando decenas de millones de dólares, y su partido político de base religiosa está siendo investigado por evasión de impuestos.

—¡Eh, papá!

Mabus ve a su hijo Lucien, que le hace señas con la mano desde la plataforma de madera.

—Ha venido una persona a verte.

Mabus le indica a su invitado que se acerque.

Solomon Adashek recorre la pasarela de madera y se dirige a la playa que se extiende más allá de las herbosas dunas.

—Buenos días.

—No veo que tengan nada de bueno. Lo contraté para que hiciera un trabajo, señor Adashek. ¿Por qué no se ha terminado?

—Usted me contrató para acabar con el personaje mejor protegido de todo el mundo. Estas cosas llevan su tiempo. No obstante, en este momento mi operativa se encuentra en situación de completar la tarea que tenemos entre manos.

—¿Cuándo será?

—Hoy. Nuestro amigo deberá estar muerto antes de los informativos del mediodía.

La Casa Blanca
Washington DC
9:02 de la madrugada

Ennis Chaney levanta la vista de su mesa y se traga el último bocado de los huevos en escabeche que constituyen su almuerzo, al tiempo que su secretaria acompaña al rabino y a una mujer de cabello rojo anaranjado al Despacho Oval.

—Rabino Steinberg. Me alegro de verlo otra vez. Ha pasado… ¿cuánto, tres años?

—Seis. Nos vimos en el primer cumpleaños de los gemelos.

—Siento haberme perdido los demás. He estado ocupado en hacer campaña para mi vicepresidente. Ojalá pudiéramos conversar, pero dentro de diez minutos salgo para Detroit. La próxima vez, llámeme con más antelación y concertaremos una cita.

El rabino dirige una mirada de preocupación a la pelirroja.

—¿Qué puede ser tan importante para que haya venido hasta Washington en avión en vez de utilizar el videoteléfono?

—Su asesinato.

Por espacio de unos instantes, los ojos de mapache de Chaney se entrecierran, luego el presidente lanza una carcajada.

—¿Eso es todo? Diablos, he recibido más amenazas de muerte de las que es capaz de contar el FBI.

—Señor presidente, le presento a Kimberly Ward, profesora universitaria de Washington College, especialista en parapsicología.

—Me ocupo de fenómenos paranormales, señor presidente.

—Bien, si alguna vez me tropiezo con un fantasma, no dude que la llamaré.

Kimberly Ward no se ríe.

—Soy una científica, señor. Estudio la ciencia de la percepción extrasensorial, la clarividencia, la telepatía y la precognición, y le aseguro que mi tiempo es tan valioso como el suyo.

Chaney da un respingo; su ego siempre está presto para una lucha de voluntades.

—Prosiga, señorita...

—Ward. Kimberly Ward.

Chaney les indica que tomen asiento y a continuación se instala en su sillón preferido.

—Muy bien, señorita Ward, tiene cinco minutos.

—¿Alguna vez ha oído hablar de la teoría del dualismo cuerpo-mente?

—No.

—Los investigadores de la psicoquinesis, como yo, estamos convencidos de que en los seres humanos existen dos facetas individuales pero simultáneas: el cuerpo físico, que no sobrevive a la muerte material, y la mente no física, o alma, que vive eternamente.

—Si esto tiene que ver con la religión...

—Esto es ciencia, señor presidente, y hay estudios que se remontan a finales de la década de 1930. Nuestras investigaciones más recientes pueden medir la radiación electrostática que expele un ser humano cuando tiene una experiencia extracorporal. El estudio de los fenómenos paranormales ha avanzado enormemente en los diez últimos años. Junto con las fuerzas materiales como la gravedad, el electromagnetismo y la interacción nuclear fuerte y débil, actualmente los científicos están convencidos de que es posible que exista en el universo conocido una quinta fuerza, una fuerza que guarda relación con la psicoquinesis. Su ahijado Jacob muestra capacidades en ese campo que vuelven ridículo a cualquier otro sujeto que hemos estudiado.

—Es por el gen Hunahpú —interviene el rabino Steinberg—. De alguna manera, el chico es capaz de pasar a dimensiones superiores de la conciencia.

—¿En serio? —Chaney echa un vistazo a su reloj—. Verán, me parece que mi reloj se retrasa. —Se pone en pie con la intención de marcharse.

Pero Steinberg le cierra el paso.

—Jacob ha visto algo. Ha tenido una visión, una precognición. Esta tarde no conseguirá llegar a Detroit, Ennis. La tripulación del avión presidencial tiene previsto estrellar el aparato en el monumento a Washington momentos después de despegar.

El presidente mira ceñudo al rabino.

—¿Cómo va un niño de siete años a…?

—Jacob afirma haber visto la placa de seguridad de ese individuo —tercia Kimberly—. Y hasta nos ha dado un nombre: Fred Botnick.

Chaney duda un instante, y acto seguido pulsa el intercomunicador.

—Kathy, tráigame una lista de la tripulación de vuelo que va a subir esta tarde al avión presidencial.

—Sí, señor. Le transfiero la información a su monitor.

De pronto la estantería que hay a la izquierda de Chaney desaparece y es reemplazada por un monitor de gran tamaño. En la pantalla aparece una docena de nombres.

Kimberly Ward señala el séptimo nombre de la lista.

Botnick, Fred. Rango: Mayor. Asignación: Piloto.

Chaney se queda mirando la pantalla durante largos instantes.

—¿Kathy?

—¿Sí, señor?

—Póngame con el director del FBI y cancele mi discurso de Detroit.

—¿Señor?

—Hágalo.

MÁXIMO SECRETO/MAJESTIC-12

ADVERTENCIA: *Todo intento de acceder a este documento o verlo sin las debidas autorizaciones tendrá como consecuencia prisión permanente o una sanción mediante el uso autorizado de la fuerza letal.*

INFORME SOBRE LA MARCHA DEL PROGRAMA ESPECIAL DE ACCESO VELLOCINO DE ORO

14 de octubre de 2020

JACOB GABRIEL

1. Las superiores capacidades, debido a su genética especial, de JACOB GABRIEL (hijo de Michael Gabriel, véase GEN HUNAHPÚ), continúan desarrollándose. El 3 de septiembre de 2020 y nuevamente el 18 de septiembre de 2020, el agente MITCHELL KURTZ fue testigo presencial de que Jacob permaneció más de cuatro minutos bajo el agua. Cuando se le interrogó, Jacob respondió diciendo que se había trasladado a una «dimensión superior» de la conciencia, situada más allá de nuestros sentidos tridimensionales.

2. El 10 de octubre de 2020, tras otra «inmersión» similar, Jacob conversó con el rabino RICHARD STEINBERG y le contó que había experimentado una visión en la que presenció un acto de terrorismo a bordo del avión presidencial. *Steinberg se reunió personalmente con el presidente el 11 de octubre de 2020. Varios agentes del FBI arrestaron al mayor FRED BOT-NICK (piloto), que formaba parte de la tripulación, el cual fue posteriormente identificado como miembro de un régimen terrorista denominado Nación Aria. Cosidos al forro de su uniforme se hallaron tres kilos de explosivo plástico C-4. Se procederá a nuevos arrestos con carácter inminente.*

<u>CONCLUSIONES</u>

3. La capacidad de Jacob para la «visión remota» lo convierte en un recurso de inestimable valor para las fuerzas antiterrorismo de Estados Unidos. Se recomienda que tanto el chico como su hermano gemelo (IMMANUEL) sean evaluados de inmediato con vistas al PROYECTO TRINITY.

4. Los genetistas de VELLOCINO DE ORO están ahora de acuerdo en que es poco probable que el ADN HUNAHPÚ se limite sólo al clan de Gabriel. Se ha de intentar por todos los medios identificar a otros miembros de esta línea de sangre. Un necesario primer paso sería «etiquetar» genéticamente a los recién nacidos, así como al uno por ciento mejor de todos los atletas y estudiantes, y también a los enfermos mentales diagnosticados de esquizofrenia paranoide.

Presentado por:
W. Louis McDonald
VELLOCINO DE ORO
14 de octubre de 2020

11

17 de octubre de 2020
Belle Glade, Florida

A Lilith se le pone la carne de gallina de puro miedo cuando su abuelo se mete con ella entre las sábanas. Percibe el tufo a alcohol en su aliento…

…y el olor penetrante de su sexo.

—Ha llegado el momento de recibir otra lección, niña.

Ella vuelve la cara y mira fijamente su casa de muñecas.

—Cuando te vayas haciendo mayor, los chicos intentarán meterte cosas dentro. No debes permitírselo. ¿Entiendes?

—Sí. —El tejado de la casa de muñecas es de un amarillo luminoso.

—Es mejor que yo te lo enseñe otra vez, sólo por si acaso. Vamos, abre las piernas.

El césped de cartón de la casa de muñecas tiene un color verde musgo.

—Niña, no te lo estoy pidiendo. ¡He dicho que abras las piernas!

Las ventanitas de la casa de muñecas están ribeteadas de un anaranjado calabaza.

Los dedos intrusos de su abuelo están fríos como el hielo.

La chimenea es de color marrón pardo, igual que los muros de fuera.

Siente sobre sí un aliento caliente y rancio que le llega en oleadas. La sombra de las cinco en punto se roza contra la cara interna de sus muslos inmaculados.

La mente de Lilith se escapa hacia el interior del nexo cuando la húmeda lengua de Quenton viola una vez más su inocencia.

Longboat Key, Florida

El helicóptero del presidente traza dos círculos sobre el complejo antes de aterrizar en el césped delantero.

Dominique sale de la cocina y saluda con la mano a Ennis Chaney. No reconoce al alto y rubio funcionario de Inteligencia que trae un montón de regalos en los brazos.

Chaney la saluda con un abrazo de oso.

—Dominique, cada vez que te veo estás más guapa.

—Y tú mientes cada vez más.

—¿Dónde están los gemelos?

—Manny, en el laboratorio del SOSUS. Jacob está nadando.

—Bien. Vamos a un sitio tranquilo donde podamos hablar.

A Dominique le da un vuelco el corazón.

—¿Hablar? ¿Por qué? ¿Qué sucede?

—Nada. ¿Es que no puedo visitar a mis ahijados sin que pase nada malo?

Un tanto irritada, Dominique conduce a los dos hombres al interior de la casa.

Jacob se ata la cuerda alrededor de la cintura y seguidamente pasa el otro extremo por el orificio central de la pesa de veinte kilos y la sujeta bien con un nudo. Una vez satisfecho, levanta la pesa de hierro del suelo y comienza a bajar por la escalerilla de la piscina hasta que el agua le llega a la altura del cuello.

El gemelo de cabellos blancos hace una inspiración profunda y a continuación se sumerge hasta el fondo.

La pesa de hierro se hunde y lo arrastra consigo.

Flotando a escasos centímetros del fondo, Jacob cierra los ojos y se relaja para buscar los oscuros recovecos de su cerebro.

Llegado el momento ve el punto de luz. Su mente se concentra en él y lo hace aumentar de tamaño.

El dolor del pecho va cediendo. Al concentrarse en la brillante luz, permite que su mente se deslice hacia el interior de su blanca luminosidad.

—*Lilith, ¿estás ahí?*

Chaney está sentado en un mullido diván, tomándose un té helado y contemplando a través del cristal antibalas las tentadoras aguas del golfo de México.

—Siempre me ha encantado esta vista. Espera y verás, uno de estos días me retiraré y me vendré a Florida.

—Ya, seguro —dice Dominique—. ¿Y bien? ¿Vas a presentarme a tu amigo?

—Dominique Gabriel, éste es el mayor Richard Phillips. El mayor Phillips es el director del proyecto TRINITY.

El mayor intenta desarmarla con una sonrisa amistosa.

Pero Dominique es inmune.

—¿Qué es exactamente el proyecto TRINITY, y qué tiene que ver con mis hijos? Y no me venga con cuentos chinos, ya tengo bastante con el personal de aquí.

—Está bien, señora, lisa y llanamente: TRINITY es el nombre secreto de un programa de Inteligencia cuyo origen se remonta a 1978, cuando se llamaba Proyecto GRILLFLAME. Su propósito era, y sigue siendo, reclutar, entrenar y utilizar a videntes para recabar información para el ejército.

—¿Me está diciendo que el gobierno de Estados Unidos recluta videntes?

—Sí, señora. La DIA, Agencia de Inteligencia de Defensa, se hizo cargo de dicho proyecto a finales de los ochenta y le cambió el nombre por el de STARGATE. El programa fue renovado y rebautizado como TRINITY tras las interacciones con los extraterrestres de 2012. Yo me hice cargo del programa hace cuatro años. Entre mis cualificaciones cuento con dieciséis años en el STARGATE como vidente remoto.

—¿Y qué es un vidente remoto?

—La videncia remota es una facultad mental que permite describir un objetivo o un suceso que se encuentra oculto a nuestros sentidos normales a causa de la distancia, de un escudo de protección o del tiempo. En esencia, es el fenómeno de la clarividencia o telepatía.

—A mí eso me suena a abracadabra.

—Es la típica reacción inicial. La hipótesis que subyace a dicha capacidad es la de que todo conocimiento existe en un vacío de energía pura. Los videntes remotos poseen la capacidad de penetrar en ese reino. Puedo asegurarle, basándome en mis propias experiencias en STARGATE, que dicho fenómeno es de lo más real y se rige por un protocolo científico bien estructurado.

Dominique siente un escalofrío por la espalda al recordar lo que le dijo Evelyn Strongin: *Para comprender la comunicación interdimensional, antes debes aceptar que estamos rodeados de energía, y que la energía lo es todo, es tan sólo nuestra percepción dentro de este universo de energía lo que cambia.*

—Usted ha venido a reclutar a Jacob.

—Tranquila —interviene Chaney—. Sólo quería que el mayor conociera a los chicos y los evaluara.

—¿Por qué? ¿Por qué tienen que evaluarlos? ¿Por qué no pueden dejarlos en paz?

—Dom, hace unos días Jacob envió al rabino Steinberg a que me avisara de un intento de asesinato.

—¿Qué?

—La información que le proporcionó llevó a la detención de un miembro de la tripulación del avión presidencial, un chiflado racista que hubiera hecho estallar el avión y saltar por los aires a todos lo que íbamos a viajar a bordo.

—Dios mío…

—No es ningún secreto que los gemelos son especiales. No tiene nada de malo ver hasta qué punto lo son.

—Señora, es muy posible que sus hijos posean el don de la percepción *psicotrónica*. Si lo poseen, mi departamento puede ayudarlos a aprovechar dicho don al máximo.

—¿Con qué finalidad? ¿Para que puedan pasar el resto de su vida encerrados en una cámara sin ventanas, diciendo a la CIA qué está tramando Corea del Norte? No, no pienso aceptar eso.

—Dominique, abre los ojos. Ahí fuera hay grupos de todo tipo: exaltados religiosos, fanáticos mesoamericanos… que quizá en este momento estén planeando lanzar un ataque sobre este complejo. Si Jacob o Manny los vieran venir…

—Dios, cómo odio todo esto. Estoy muy cansada… Está bien, háganlo, hagan lo que tengan que hacer, sométanlos a pruebas, pínchenlos todo lo que quieran, tomen más muestras de ADN, métanlas en un maldito frasco…

—Dominique…

—Mis hijos se han convertido en una atracción para el mundo, Ennis, y es culpa mía. ¡Así que haz lo que tengas que hacer y terminemos de una vez!

Sale furibunda de la habitación y deja a los dos hombres solos.

* * *

—¿Lilith?

—¿Jacob? —Dos puntos de un azul intenso le devuelven un parpadeo desde el otro lado de la neblina blanca—. ¿Dónde has estado? Te llamo todos los días.

—Es que no siempre me resulta fácil entrar. Evelyn dice que para eso tengo que alcanzar un nivel muy alto de adrenalina.

—¿Quién es Evelyn?

—Evelyn Strongin. A ti te caería bien. Es psiquiatra, y hace años vivió una experiencia cercana a la muerte. Quiero que me enseñe a comunicarme con mi padre muerto.

—¿Cuándo se murió tu padre?

—Hace mucho tiempo. Antes de nacer yo.

—El mío está en la cárcel. Mató a mi mamá cuando yo nací.

—Santo cielo...

—Jacob, cuando estamos juntos en el nexo, tengo la sensación de que nuestras almas son una sola.

—Está haciéndote daño otra vez, ¿a que sí?

—Sí.

—Deberías decírselo a la policía.

—No puedo.

—¿Por qué?

—Porque no.

—Te ha dicho que si llamas a la policía te hará daño, ¿verdad?

—Si se lo cuento a la policía, se lo llevarán, y entonces sí que me quedaré sola de verdad. A no ser que pueda vivir contigo. ¿Puedo?

—No, Lilith. Ojalá pudiera ser, pero por aquí también hay mucho peligro.

—¿Tú me quieres, Jacob?

—Sí.

—Tú nunca me harías daño, ¿verdad?

—¿Por qué iba a hacértelo?

—Prométeme que no me lo harás.

—Te lo prometo.

* * *

—¿Jacob?

Dominique entra en el área de la piscina y ve la figura que yace inmóvil en el fondo de la misma.

—Mierda...

Se zambulle en el agua, nada hasta el fondo y saca a su hijo y la pesa de hierro a la superficie.

—¡Jacob! ¡Jacob! ¡Despierta!

La conciencia de Jacob es arrancada de la neblina blanca del nexo y empujada hacia la brillante luz del sol. Con la mente confusa, se esfuerza por retomar el hilo de lo que acaba de suceder.

—...loco? ¡Contéstame!

—¿Qué?

—He dicho que si estás loco. ¿Intentabas ahogarte?

—No, sólo estaba... estaba entrenándome.

—¡No quiero volver a sorprenderte haciendo eso! ¿Entendido?

—Sí, señora. No volverás a sorprenderme.

—No juegues conmigo, jovencito. Sé perfectamente lo que quieres decir.

—Sí, señora.

Dominique sale de la piscina con todos los músculos estremecidos por el súbito torrente de adrenalina.

—Vístete. Ha venido a verte tu padrino.

Chorreando agua, da media vuelta y se encamina hacia la casa con los nervios destrozados.

La cámara Faraday, ubicada en el sótano del edificio de entrenamiento de los gemelos Gabriel, es un recinto metálico dotado de una red de circuitos empotrados en las paredes y diseñados para bloquear todas las señales electromagnéticas entrantes. A prueba de ruidos y carente de ventanas, está pintada de un color neutro, y los paneles de iluminación del techo van conectados a un atenuador que se activa por voz. En el interior del recinto hay una mesa rectangular de acero con dos sillas colocadas en los extremos. A lo largo del techo cuelgan discretamente una videograbadora y una cámara de circuito cerrado.

Jacob Gabriel está sentado en uno de los extremos de la mesa, de cara a la puerta cerrada, haciendo garabatos con un bolígrafo negro sobre un cuaderno, a la espera de que comience la sesión.

Chaney y el mayor Phillips lo observan en un monitor situado en otra habitación.

—Muy bien, el ejercicio es el siguiente —dice Phillips—. Mientras yo trabajo con Jacob, usted mantiene ocupado al otro gemelo en el laboratorio del SOSUS.

—¿Cree que los dos son capaces de comunicarse telepáticamente entre sí?

—No cabe duda de que es posible. Si algo sé por experiencia personal es que la videncia remota en líneas interdimensionales depende en gran medida de la frecuencia. Dado que el hecho de utilizar longitudes de onda de una conciencia similar puede afectar a la credibilidad de la sesión…

—Entiendo.

Jacob levanta la vista cuando el mayor entra en la sala antiséptica y cierra la puerta.

—Hola, Jacob. Soy el mayor Phillips, el tipo del que te ha hablado el presidente.

—¿Ha venido para hacerme una prueba?

—Lo dices como si fuera algo malo. Lo cierto es que la videncia remota es muy divertida. Yo llevo mucho tiempo haciendo uso de ella.

—Lo primero que he visto yo ha sido un accidente.

—Lo cual quiere decir que sin duda reaccionarás muy bien a un entrenamiento sistematizado.

—¿Qué tengo que hacer?

—De momento, relajarte. Tu madre me ha dicho que practicas el yoga. Concéntrate en la respiración. Deja la mente en blanco. Ordenador, atenúa las luces un sesenta por ciento.

La sala se oscurece.

—Jacob, quiero que cojas una hoja de papel en blanco y que escribas tu nombre y la fecha de hoy en el ángulo superior derecho.

El mayor Phillips introduce una mano en el bolsillo interior del traje y saca seis sobres opacos de forro doble. En el interior de cada uno de ellos hay un papel doblado con unas letras escritas en tinta.

—La videncia remota consta de seis fases. Siempre empezamos por la fase uno. ¿Sabes cómo funciona la telepatía?

—Una mente sintoniza con otra.

—Correcto. La videncia remota funciona del mismo modo. La información, ya se encuentre en nuestro pasado o en nuestro futuro, se almacena en forma de energía en el reino de lo psíquico. Para adquirir bits de dicha información se necesita una pista o una línea de señal. Tu mente puede sintonizarse de manera inconsciente con el significado de esas pistas o, en el caso de tu hermano y tú, vuestras mentes pueden ser mejoradas genéticamente para evocarlas o llamarlas. Las pistas vendrán a ti en forma de flujos rápidos y significativos. Tu sistema nervioso preconsciente transmitirá esas ideas a través de los músculos y los nervios de tu brazo y de tu mano y los expresará como trazos sobre el papel. Es muy importante que no intentes analizar esos trazos; simplemente déjalos salir. Mientras tanto, es posible que tengas una visión o una videncia remota de las pistas con formas imaginarias diferentes. Cuando ocurra eso, dime qué es lo que ves. Una vez más, no intentes interpretar nada. Bueno, ¿no te parece divertido?

El gemelo de cabellos blancos se encoge de hombros.

—Eso ya sé hacerlo.

—Ah, ¿sí? En ese caso, la primera coordenada ha de resultarte fácil.

Phillips coloca el primer sobre enfrente de Jacob.

—Comunícate con el objeto. Dime de qué se trata.

El chico toca el sobre y a continuación cierra sus ojos azules.

—Esto es demasiado fácil. Es una playa, la playa que hay detrás de nuestro complejo.

Phillips mantiene el rostro impasible, pero por dentro se siente bastante impresionado.

—Probemos con otro.

Se salta el segundo sobre y pasa directamente al tercero.

Jacob cierra los ojos.

—Es algo fabricado por el hombre... de bronce y acero... rodeado de agua. Oigo ecos de una ciudad.

—¿Dónde estás?

—Junto a la Estatua de la Libertad.

Phillips no dice nada, pero el corazón le retumba como un tambor.

—Vamos a probar otro más.

Le pone delante otro sobre.

Jacob se concentra en su interior.

Una montaña... la cumbre de un volcán que se eleva hacia lo alto...

Las pistas de la Cabeza de Diamante de Hawai se tensan en su mente...

...y de pronto se evaporan para transformarse en un amenazante mundo alienígena.

Carbones de un rojo carmesí que brillan a lo largo de un techo bajo tierra, ascuas que se refractan debajo, sobre la superficie líquida de un lago plateado. Erguido, solitario, junto a los bordes de arena volcánica del lago, se alza un árbol que no se parece a ningún otro que haya visto jamás. Ancho como un silo y blanco como la nieve, sus ramas desnudas y su extraña corteza rezuman una especie de baba de color alabastro.

Situado en la V que forma el gran tronco hay un objeto.

La conciencia de Jacob se acerca un poco más.

Es una cabeza humana, cuyo cuello cercenado se funde con el líquido color marfil que rezuma el árbol.

De repente, los ojos de la cabeza se abren, refulgentes de un intenso color azul.

—¿Quién está ahí? ¡Quienquiera que seas, no te acerques!

Ennis Chaney sale del ascensor en el primer piso y seguidamente gira a la izquierda por el pasillo principal para llegar a las puertas marcadas con el rótulo de: LABORATO-RIO SOSUS.

El sistema de vigilancia sónica subacuática conocido como SOSUS es una red de micrófonos y cables submarinos configurada originalmente por la Marina de los Estados Unidos durante la guerra fría para detectar submarinos enemigos. Cuando los militares lo fueron necesitando cada vez menos, los oceanógrafos solicitaron, y consiguieron, que la Marina les permitiera acceder a dicha red acústica. Sirviéndose del SOSUS, los científicos pudieron oír las vibraciones subsónicas que provocaban los témpanos de hielo al quebrarse, los temblores del lecho del mar y los volcanes submarinos en erupción, sonidos que se encuentran muy por debajo del espectro auditivo del ser humano.

El padre adoptivo de Dominique, el fallecido Isadore Axler, había sido un biólogo marino que utilizó su laboratorio privado del SOSUS para estudiar las pautas migratorias de las ballenas en el golfo de México. En el invierno de 2012, Isadore, sirviéndose de una información que le proporcionó Michael Gabriel acerca del cráter Chicxulub, descubrió una extraña acústica cuyo origen detectó bajo el lecho del golfo. Su investigación de dicho lugar condujo a su muerte... y al posterior descubrimiento de los restos de una nave de transporte alienígena enterrada bajo el lecho marino del golfo de México.

A petición de Edith Axler, el presidente Chaney dispuso que se instalara una estación repetidora del SOSUS en el complejo Gabriel. A Manny le encantaba trabajar en el laboratorio, y su abuela Edith disfrutaba enormemente enseñando al tocayo de su esposo a grabar y analizar las huellas acústicas de las ballenas, identificar a qué especie pertenecían y hasta seguir la trayectoria de determinados cetáceos por el golfo de México.

El presidente penetra en el laboratorio. Manny se encuentra sentado en su sillón favorito con los auriculares puestos, escuchando a las ballenas.

—Vaya… Abuela, escucha, ¡me parece que he dado con una ballena azul!

Edith examina la intensidad de la fuente del canto de la ballena.

—Ciento ochenta y seis decibelios. Es una azul, correcto.

Indica a Chaney con una seña que se acerque y le entrega unos auriculares.

El presidente empieza a sentir en los oídos unos gemidos de baja frecuencia.

—Esto es… en fin… muy interesante.

De pronto se abre la puerta del laboratorio y entra a toda prisa el mayor Phillips.

—Lo siento, señor, pero tenemos un problema.

Jacob Gabriel está tendido en el suelo de la cámara Faraday, inconsciente. El médico del complejo está auscultándole el corazón mientras Ryan Beck y una enfermera intentan consolar a la madre del niño, visiblemente alterada.

—¿Qué ha pasado? —pregunta Chaney con voz ronca.

El mayor se encoge de hombros.

—Sinceramente, señor, no lo sé. Jacob tiene una concentración mental increíble, que le proporciona acceso directo a la pista, mejor que ningún otro vidente con el que yo haya trabajado. Todo iba bien hasta que de repente se desmayó.

Dominique se abre paso hasta el mayor y le pone un dedo en el pecho.

—Sea lo que sea lo que le ha hecho…

—Señora, le juro… que no he sido yo. Jacob está haciendo esto él solo.

—La presión arterial es normal —anuncia el médico—. El pulso es fuerte, pero muy lento. Al parecer, se encuentra en una especie de estado trascendental. Que todo el mundo intente conservar la calma, vamos a concederle unos minutos.

—¿*Padre?*

—**¿Quién está ahí?**

—*Soy Jacob, tu hijo.*

—**¡Vete, bestia inmunda! ¿Crees que vas a engañarme con tu...?**

—*Padre, por favor, soy yo de verdad. Soy Jacob. Jacob Gabriel. Padre...*

—¿Jacob? Jacob, ¿eres tú de verdad? He soñado contigo, hijo, pero... ¿pero esto es real? ¿Está sucediendo de veras?

—*Yo también he soñado con ello. Y está sucediendo, padre, es real.*

—¿**Pero cómo puede ser? ¿Cómo es que podemos comunicarnos?**

—*Los pensamientos son energía. Ambos somos Hunahpú, y por eso compartimos frecuencias similares. Padre, ¿dónde estás?*

—**No lo sé. Ni siquiera estoy seguro de existir. No tengo forma física, pero de alguna manera puedo pensar y sentir emociones. Es como si existiera en un vacío de energía, sólo que no puedo escapar.**

—*Ahí fuera hay algo, ¿verdad? Algo que te aterra. Casi puedo saborear tu miedo. Padre, ¿de qué se trata?*

—**Es la Abominación... percibo su presencia. Es como hielo, flota en la periferia, me rodea como una sombra de muerte, siempre está esperando a que baje mis defensas.**

—*¿Pero qué es?*

—**Una presencia del mal en estado puro. Quiere darse un banquete con mi alma.**

—*¡Dime qué tengo que hacer! ¿Cómo puedo ayudar?*

—**Ya has ayudado, hijo, más de lo que te imaginas. Llevo mucho tiempo perdido, ahogándome en la soledad y la desesperación. Tu energía mental... para mi alma es como la luz de un faro. Me has fortalecido, me has dado esperanza. Ahora sé que no he sido abandonado, que no estoy solo. Tú has dado un nuevo sentido a mi existencia.**

—Padre, hay muchas cosas que necesito preguntarte. El mito maya de la creación... ¿es cierto? ¿De verdad soy el hijo de Hun-Hunahpú? ¿De verdad es posible que mi hermano y yo viajemos a Xibalba? ¿Puedes tú... ser resucitado?

—No existe una respuesta fácil para todo eso. Hay muchas cosas que tengo que contarte y que quiero contarte, necesariamente, pero es peligroso. El esfuerzo de comunicarme me debilita y la Abominación sigue estando presente... aguardando a que yo baje la guardia. Aun así debo intentarlo, hay mucho en juego. Jacob, ¿qué edad tienes ahora?

—Siete.

—Dios mío...

—¿Padre?

—Sea cual sea el lugar en que me encuentro, es impermeable al tiempo. ¿Dices que tienes siete años?

—Sí.

—El viaje que hice yo... también comenzó cuando tenía siete años. De hecho, fue a esa edad cuando me encontré con el mal por primera vez.

—¡Enséñame, por favor! Cuéntame cómo empezó todo.

—Lo intentaré. Los recuerdos... son muy fuertes, muy vívidos. Todavía me acuerdo de cómo olía la pluviselva, todavía siento su aire denso en los pulmones. Aún oigo su sinfonía nocturna zumbando en mis oídos. Y el desierto del Perú... Cuando recuerdo la desolación de aquella meseta de Nacza, casi me parece sentir la sangre acumulándose en mis extremidades cuando el calor de la tarde me cocía la piel en su abrazo abrasador.

»Así fue mi infancia, Jacob, una existencia que transcurrió en las junglas de Mesoamérica y en la áspera meseta de Nazca. Mis padres, Julius y María, tus abuelos paternos, eran estudiantes de arqueología que se conocieron en Cambridge. Nació el amor entre ellos durante su propio viaje, cuando decidieron resolver el misterio del calendario maya y la profecía de dos mil años de antigüedad contenida en el

mismo sobre el día del juicio. ¿Yo? Fui el resultado de su pro-
fética unión, y nací, al igual que tú, como víctima del destino.

—Yo no me siento víctima. Durante la mayor parte
del tiempo me siento Supermán.

—Ten cuidado, hijo. Hasta Supermán tiene su kripto-
nita. Aunque mis genes Hunahpú no estaban tan desarrollados como deben de estar los tuyos, también me sentía superior. A los siete años ya era bastante travieso y me rebelaba
contra todo lo que intentaban enseñarme mis padres.

—¿Dices que te encontraste con el mal?

—Sí. En aquella época vivíamos en una casa de estuco
de una sola habitación, en Pisté, una pequeña aldea que está
a las afueras de Chichén Itzá. Recuerdo el día en que sucedió,
una mañana típica del clan Gabriel. Julius acababa de casti-
garme sin salir por haber regalado sus mejores prismáticos a
cambio de un guante de béisbol y una pelota, y estaba furioso, iba por toda la casa pataleando y lanzando juramentos.
En cuanto mis padres se fueron a las ruinas, preparé una pequeña bolsa, cogí mi pasaporte y unos cuantos pesos que sa-
qué de la cartera de mi madre y me marché para empezar
una nueva vida.

—¿Te escapaste de casa?

—Tenía que hacerlo. Me sentía encerrado, sin poder
luchar, sin poder ser yo mismo. Pero tenía un plan. Mérida y
su aeropuerto se encontraban a ciento diez kilómetros, hacia
el oeste. Ya me las arreglaría para subirme a un avión que se
digiriera a Estados Unidos. Aunque sólo tenía siete años, ya
había aprobado con creces el examen equivalente al instituto
y me habían aceptado varias universidades. Si lograse simplemente llegar a Estados Unidos, sabía que podría sobrevivir.

»Calculo que llevaría caminando menos de una hora
cuando se paró a mi lado un taxi en la carretera. Reconocí inmediatamente al conductor: era T'quan Lwin Canul, un hombre de mediana edad y de ascendencia maya pura. Tenía la nariz larga y los ojos oscuros, y un pelo negro y grasiento que

llevaba largo y trenzado. Lucía tatuajes por todo el cuerpo, y joyas en las orejas y en las pobladas cejas. Más rara todavía era su lengua; se la había partido en dos y con el tiempo había ido separando ambas mitades por la fuerza, de tal modo que la punta aparecía bifurcada, como la de una víbora.

»La «lengua de serpiente» le daba a T'quan un fuerte ceceo al hablar. Se asomó por la ventanilla del taxi y me dijo: «¿Va a alguna parte, señor?» «A ver a un primo lejano», mentí yo. «¿Cuánto me cobraría por llevarme hasta Mérida?» T'quan propuso un precio y después mencionó que necesitaba un poco de ayuda para talar un árbol. Hicimos un pacto: si yo le ayudaba, él me llevaría a Mérida antes de que se hiciera de noche.

—¿Y tú le creíste?

—Yo era muy ingenuo, y la verdad siempre se ve disfrazada por lo que deseamos oír. Antes de que me diera cuenta, ambos avanzábamos dando tumbos por una carretera sin asfaltar que atravesaba la densa jungla. Por fin llegamos a un pequeño claro en el que se hallaba la cabaña de T'quan, levantada junto a un pozo de agua dulce.

»El viejo me condujo al interior de la cabaña y me ofreció algo de beber. Observé cómo metía la taza en un barril de madera y capté el olor de la bebida fermentada ceremonial que contenía, denominada pulque. «No, gracias», le dije. «¿Dónde está el árbol?» «Olvídate del árbol», me replicó él, «necesito que me ayudes en un ritual. Dime, ¿has oído alguna vez la historia de Tezcaplipoca?» «Querrá decir Tezcatilpoca», le corregí yo, como si lo supiera todo acerca de los antiguos. «Ésa es la pronunciación azteca», dijo. «Para los nahuas era Tezcaplipoca, el dios de la noche, el dios del mal, una criatura de magia negra.» Conforme hablaba, T'quan abrió un recipiente de algo que parecía ser tinte escarlata y procedió a pintarse una franja sobre el puente de la nariz. «Tezcaplipoca era el espejo que despedía humo. Fue su presencia lo que hizo salir a Kukulcán de Chichén Itzá. Fue nuestro dios más grande y más temido.»

»*T'quan me contó que sus antepasados nahua habían vivido en aquella misma selva mil años antes. Mientras Kukulcán construía templos, el clan de T'quan seguía a Tezcaplipoca, el dios del conflicto y de los tumultos, el dios del poder. Después se quitó la camiseta y dejó al descubierto su pecho, huesudo y moreno, cubierto de tatuajes. Se echó una capa negra sobre los hombros y me condujo afuera, al pozo, el mismo cenote que habían utilizado sus antepasados para rendir culto a Tezcaplipoca.*

»*Yo me asomé al borde. Tenía una caída de más de diez metros y sus aguas estancadas, de color oliváceo, se veían oscuras y presagiaban algo. Y entonces, Jacob, fue cuando comprendí por fin lo que pretendía T'quan: sacrificarme a mí a Tezcaplipoca, igual que habían hecho sus antepasados mil años antes.*

»*Di media vuelta para huir, pero el viejo fue demasiado rápido. Me agarró del brazo, me arrojó al suelo y me sujetó aplastándome el pecho con la bota. Seguidamente, de una funda que llevaba al cinto, sacó un cuchillo ceremonial de obsidiana. Yo me puse a chillar, forcejeando inútilmente al borde del cenote, pero él alzó los ojos al cielo y empezó a entonar un cántico.*

—*¿Y qué hiciste?*

—*Al principio me entró pánico, pero a medida que fui segregando adrenalina noté una extraña sensación que se apoderó de mi alma y oí una vocecilla en mi cerebro que guió mi conciencia hacia un remanso de profunda calma. Dejé de forcejear y permití que mi mente se deslizara al interior del mismo.*

—*¿El nexo?*

—*Así es. Recuerdo que miré los árboles, que de pronto me parecieron más luminosos y ya no se movían con la brisa. Los objetos en sombra se hicieron más claros en mi visión, mientras que las palabras del viejo parecieron amortiguarse en un eco lejano. Oí latir mi corazón bombeando sangre, un retumbar lento y prolongado. Sentí que mis músculos se vol-*

vían más fuertes, como si todos los vasos de mi cuerpo estuvieran inundándose de adrenalina. El peso de la bota del viejo en mi pecho se hizo más liviano, y me di cuenta de que si lo intentase podría quitármelo de encima sin ningún esfuerzo... y eso fue lo que hice.

»En un solo movimiento me vi otra vez de pie, avanzando a través de invisibles olas de resistencia, como si el aire mismo se hubiera cristalizado. T'quan apenas pareció reaccionar. Seguí su mirada, que se posó lentamente sobre mí, y vi que alzaba las cejas con un gesto de incredulidad. Entonces, me situé rápidamente detrás de él y, con todas mis fuerzas, propiné al viejo maya una patada en medio de su espalda huesuda.

»Debió de ser un golpe muy fuerte aun a través de aquel aire tan denso, porque el viejo salió volando a cámara lenta y se levantó del suelo como si la gravedad lo hubiera abandonado. Después cayó agitando inútilmente los brazos y las piernas mientras su cuerpo se precipitaba en silencio hacia las aguas del pozo.

—Se lo merecía. ¿Qué ocurrió después?

—Sentí una fuerte quemazón que me recorría las entrañas. Caí de rodillas, sacudí la cabeza violentamente... y entonces volví a percibir los sonidos de la jungla. Durante unos momentos me quedé tumbado en el suelo, con los músculos inundados de ácido láctico, tembloroso, hasta que un ruido de chapoteo me incitó a asomarme al cenote.

»El viejo se debatía para permanecer a flote, con su demacrada figura enredada en la capa. Me incorporé y contemplé al que había pretendido ser mi asesino, contemplé cómo se hundía bajo la superficie. Cuando cesaron las burbujas de aire, me subí a su taxi y salí de la selva, de regreso a Pisté.

»Nunca había conducido un coche. Apenas alcanzaba los pedales, y sin embargo me pareció perfectamente natural. Una hora después volví a la cabaña del viejo acompañado de mis padres y de la policía, que recuperó el cadáver del T'quan del fondo de fango del pozo... junto con los restos de no menos de una docena de niños a los que había asesinado a lo largo de los años.

»Aquél fue mi primer encuentro con el mal y con los poderes que poseemos, Jacob, pero no sería el último.

—Necesito saber más acerca del mal. ¿De dónde proviene? ¿Cómo empezó?

—Ésa, hijo mío, es una pregunta que tu abuelo Julius no dejó de hacerse hasta el final de sus días. ¿Es el mal algo programado genéticamente en nuestra especie, o es una conducta aprendida? ¿Es de naturaleza espiritual, tal vez el Yin contra el Yang del alma, o es una enfermedad que infecta la mente? Cuando T'quan fue a por mí, traía una mirada especial que no olvidaré nunca; era como si su alma hubiera abandonado el cuerpo y se hubiera separado del calor colectivo de nuestra especie. Julius lo llamó reptil impío, y durante mucho tiempo yo estuve de acuerdo con él, hasta la noche en que presencié cómo mi propio padre sujetaba a mi madre y la asfixiaba con una almohada.

—¿Julius asesinó a la abuela?

—Él afirmaba que fue eutanasia, pero a los ojos de un niño de doce años fue un asesinato. Mirándolo ahora en retrospectiva, me doy cuenta de lo mucho que amaba Julius a mi madre, de lo difícil que fue hacer lo que hizo. Ella estaba sufriendo tanto a causa del cáncer, que le suplicó que se apiadara de ella, y él le concedió ese deseo. Al mismo tiempo, también comprendo cómo se crea el mal, porque a partir de aquel momento odié a Julius por lo que había hecho y permití que mi ira fermentara hasta que por fin terminó explotando detrás de aquel escenario, cuando tuve a mi padre entre mis brazos y agredí a Pierre Borgia.

—Durante todo aquel tiempo que pasaste confinado en solitario, ¿cómo conseguiste evitar, ya sabes, volverte loco?

—Durante un tiempo creí que me había vuelto loco. Luego, en el octavo mes, pasé a un estado de semilucidez, una experiencia extracorporal a todos los efectos.

—No lo entiendo.

—Ni yo tampoco lo entendí entonces. Fue mi ADN Hunahpú. No sé cómo, pero dicho gen estaba programando mi mente para llevar a cabo un reconocimiento visual del pasado de la humanidad. Mi primer viaje depositó mi conciencia en una playa del Mediterráneo, en algún punto de Oriente Medio. Surgió del mar un gigantesco varón humanoide cuyo aspecto físico rayaba lo estrafalario. Tenía la piel oscura como el cacao, lo cual contrastaba vivamente con su cabello y su barba, largos y sedosos, que eran de color blanco. Sus ojos eran intensamente azules y se hallaban encajados en un cráneo inhumano por lo alargado. Me enteré de que su nombre era Osiris.

—Pero eso no fue más que un sueño.

—No, hijo, fue de lo más real. Estaba experimentando una videncia remota de un suceso auténtico que había tenido lugar en el pasado, diez mil años antes. En el estado trascendental en el que me encontraba, mi conciencia había entrado en una matriz de energía similar a la que estamos experimentando ahora tú y yo. Como esos sucesos habían tenido lugar en el pasado, pude presenciarlos como si estuviera allí, como si fuera uno de los discípulos nómadas de Osiris. Osiris transformó a mi pueblo en una sociedad capaz de funcionar. Nos instruyó para que construyéramos una presa en el delta del Nilo y formáramos un lago artificial. Nos enseñó a cortar inmensas piedras de diez toneladas de peso en canteras de basalto. Me maravillé al verlo usar su cetro como instrumento para levantar los bloques de piedra y cargarlos a bordo de las barcazas transmitiendo extrañas armonías sónicas que parecían invertir el efecto de la gravedad. De esa manera se trasladaron más de dos millones de piedras y se transportaron a través del valle inundado previamente hasta su emplazamiento definitivo, empleando la superficie del lago como un perfecto plano de referencia.

»Osiris dirigió la construcción de tres de los cimientos estructurales más grandes del mundo: las bases de las pirámides de Giza, ¡y no sé cómo, pero yo me convertí en uno de sus obreros! El hecho de ver esas experiencias fue lo que en última instancia protegió mi mente. Porque mientras mi cuerpo permanecía confinado en aquella celda oscura y decrépita, mi conciencia era libre para vagar. A medida que fueron transcurriendo los años, mi mente acompañó a otros sabios más en sus viajes. En Inglaterra formé parte de una secta que seguía las enseñanzas de un extraterrestre que nos dijo que se llamaba Merlín. Este «mago» se servía de su propio instrumento, semejante a una varita mágica, para ayudarnos a transportar las grandes piedras sarsen que se usaron para erigir Stonehenge. En Sudamérica apareció otro sabio, Viracocha, que se ayudó de un instrumento similar para esculpir inmensos dibujos en la meseta de Nazca, las mismas formas de animales cuyo significado se nos escapó a mi padre y a mí durante varias décadas.

»Lo que no sabía yo en aquella época era que aquellos sabios de cráneos alargados, majestuosos ojos azules y cabellos y barba blancos eran en realidad miembros del Guardián. Sintonizado con su señal por medio de mi genética Hunahpú, me estaban preparando.

—¿Para qué te estaban preparando?

—Para el cuatro Ahau, tres Kankin, el solsticio de invierno del año 2012, el día que señala el fin de la humanidad, profetizado en el calendario maya. Comprendí que no me estaba haciendo ningún bien el hecho de revolcarme en mis sentimientos. Tenía que concentrarme. Tenía que permanecer fuerte. Mi vida servía a un propósito más grande. Si de verdad se acercaba un holocausto, supe sin asomo de duda que tenía que impedirlo.

»Mi celda se convirtió en una sala de guerra. Se estableció un régimen que combinaba vigoroso ejercicio físico, meditación y sesiones de videncia remota. Comenzaron a colocarse en su sitio las piezas de un antiguo rompecabezas. Existía un modo de salvarnos, sólo tenía que encontrarlo. Pero antes tenía que escapar. Durante el último año que pasé confinado en solitario, el estado de Massachusetts decidió cerrar las anticuadas instalaciones que yo denominaba Infierno. Pierre Borgia, que para entonces era ya el secretario de estado de Estados Unidos, dispuso inmediatamente que el doctor Foletta, mi guardián personal, se trasladara, llevándome a mí consigo, a un psiquiátrico de Miami.

»Era el verano de 2012. Las normas del hospital de Miami eran diferentes, cada interno tenía asignado un equipo de personas. Como ya no podía seguir imponiendo su régimen autocrático, el doctor Foletta necesitaba una persona a la que pudiera manipular para que respaldara mi evaluación anual. Su peón llegó una semana después, disfrazada de estudiante graduada en prácticas.

—¿Mi madre?

—Sí. Era tan hermosa, tan atractiva... Consumía todos mis pensamientos, me descentraba de la misión que tenía entre manos. Intenté ahogar el amor que sentía por ella, pero a medida que se iba acercando el día del juicio nuestras almas se tocaron. Luego, en su hora más difícil, tu madre sacrificó todo lo que era importante para ella y me ayudó a escapar.

»Juntos descubrimos la Balam, una nave espacial enterrada hace mucho tiempo bajo la pirámide de Kukulcán, el último vestigio de una raza de humanoides más avanzada denominada el Guardián. El Guardián había llegado a nuestro planeta mucho tiempo atrás, huyendo del surgimiento del mal que había esclavizado a su pueblo y lo había reducido a una existencia infernal. El Guardián había eludido la esclavitud refugiándose en una de las lunas de su planeta. Pero los malvados no estaban satisfechos de su conquista. En su planeta habitaba una criatura alienígena en forma de serpiente capaz de salvar la distancia que separa las dimensiones del tiempo y del espacio. Atraparon a dicha criatura a bordo de una nave de transporte y la enviaron al espacio a través de un agujero de gusano. Varios miembros de la hermandad del Guardián persiguieron a dicha nave de transporte en la Balam. Su presencia en el agujero de gusano alteró la trayectoria del mismo y depositó ambas naves en nuestro sistema solar, hace 65 millones de años. Ese histórico viaje no sólo tuvo como consecuencia un cataclismo que acabó con los dinosaurios, sino que además creó una laguna temporal en el espacio tridimensional.

»La mayor parte del transporte quedó destruida tras el impacto, pero el receptáculo de soporte vital que albergaba a la criatura quedó intacto. Sabedor de que una transmisión de radio del espacio profundo podría despertar a la criatura, el Guardián programó la Balam para que permaneciera en órbita alrededor de la Tierra. Esta nave bloquearía toda señal entrante mientras los miembros del Guardián estuvieran dormidos en cámaras especiales. En algún momento alrededor del 11000 a. C., la Balam aterrizó en la densa selva de la península del Yucatán, no lejos del lugar en que se hallaba enterrado su enemigo, en el golfo de México.

»Fue más o menos en aquella época cuando sobrevino el Diluvio Universal, originado por el deshielo de la última glaciación, y cuando el Homo sapiens se convirtió en la especie dominante del planeta. El Guardián tenía un plan en dos fases para la humanidad. Sus miembros fueron despertando a intervalos, y a cada uno se le adjudicó la tarea de construir una estación electromagnética repetidora en puntos clave de todo el globo. Una vez completado, ese conjunto astrogeodético de relés se conectaría con la Balam creando una rejilla electromagnética que cubriría el planeta entero. Dicha rejilla evitaría que la criatura hiciera uso de sus armas para alterar la atmósfera de la Tierra a favor de sus amos, que respiraban dióxido de carbono. Cada Guardián adquirió el reto de camuflar su estación repetidora para que todas las estaciones que formaban la configuración global no sufrieran molestias durante miles de años. La solución consistió en enterrar las antenas debajo de monumentos de piedra tan colosales en su tamaño y su estructura, que para siempre permanecerían a salvo del hombre moderno.

»*Surgieron grandes civilizaciones, y con ellas se erigieron las pirámides de Giza, Stonehenge, la pirámide del Sol y los templos de Angkor Wat. Uno de los últimos miembros de la hermandad en despertar fue Kukulcán. Bajo su tutela, los mayas subieron al poder y se construyó la pirámide de Kukulcán, directamente encima del emplazamiento subterráneo de la Balam. Lo único que hacía falta era que alguien activase el dispositivo en el año 2012. Ésa era la segunda fase del plan del Guardián. Cada miembro de la hermandad no sólo debía instruir a su pueblo, sino también esparcir su semilla genética sirviéndose de nuestras mujeres. Al mezclar el superior ADN del Guardián con el ADN del Homo sapiens, nuestra especie dio un salto genético de gigante en la escala evolutiva.*

—*¿El ADN del Guardián es el famoso eslabón perdido?*

—*Sí. Pero los miembros del Guardián eran capaces de hacer mucho más que simplemente engendrar una subespecie nueva; también sabían manipular su ADN de tal modo que las anomalías genéticas que les eran propias alcanzaran su madurez alrededor de la fecha del día profetizado para rendir cuentas. A esos seres superiores los llamaron Hunahpú. En aquel momento no lo sabía, pero yo era portador del gen Hunahpú, heredado de mis antepasados maternos. Al activar la configuración desde la Balam, no sólo impedí que la criatura hiciera uso de sus armas, sino que además detuve una guerra nuclear total entre las superpotencias.*

»*Al cabo de unos días, la criatura alienígena ascendió desde el lecho del Golfo con la intención de destruir la configuración electromagnética de la Balam. Yo la estaba aguardando en Chichén Itzá. Haciendo uso de los poderes de Hunahpú que acababa de descubrir, logré acceder al arma de la Balam, la cual desactivó a la bestia cibernética.*

—*Pero entraste en la boca de esa criatura. ¿Por qué?*

—*Para evitar que los Señores del Mundo Inferior de Xibalba llegaran a la Tierra. La criatura había conseguido rechazar la configuración de la Balam abriendo un pasillo del* nexo que salvaba la distancia entre la Tierra y el Mundo Inferior de Xibalba. Dentro de dicho pasillo había dos demonios, disfrazados de mi madre y Dominique. Como el Guardián me había advertido del engaño, maté a aquellas dos almas malvadas y así completé mi misión. O eso pensé yo.

»El Guardián me dio a escoger: Podía terminar mis días siendo Michael Gabriel o continuar evolucionando como Hun-Hunahpú y viajar a Xibalba para salvar a las almas perdidas de los Nephilim.

—¿Quiénes son los Nephilim?

—Los Caídos, almas humanas que estaban siendo torturadas en Xibalba. Ya había contemplado por videncia remota su terrorífica situación. Miles de hombres, mujeres y niños, todos sufriendo a manos de sus opresores. Como Michael Gabriel, podría haberlos ignorado, pero como Hun-Hunahpú comprendí que era su única esperanza. Con dolor de corazón, miré por última vez el rostro de tu madre y me subí al transporte del Guardián. Momentos después estaba recorriendo el espacio a toda velocidad, dejando la Tierra para siempre... viajando a través de un agujero de gusano en dirección a Xibalba, donde me aguardaba el origen del mal de la humanidad.

—¿El origen del mal de la humanidad? Padre, no lo entiendo.

—La humanidad se encuentra presa en una burbuja del espacio-tiempo, y cada viaje sucesivo a través del agujero de gusano supone una repetición de la historia. Lo que ha sucedido antes sucederá otra vez, a menos que se rompa esa paradoja. De algún modo, mi presencia en Xibalba refuerza dicha paradoja, y en cambio también sirve para mantener abierta la puerta de la salvación para la humanidad. Verás, Jacob, hay dos encrucijadas que esperan a la humanidad: una en 2012 y otra en tu propio futuro cercano. No puedo decirte nada acerca de ese segundo holocausto, pero si no se controla, supondrá el fin de la vida en la Tierra, con tanta seguridad como estuvo a punto de ocurrir con los sucesos de 2012.

—¿Y de qué se trata?

—Una vez más, no puedo decírtelo, pero tan sólo un Hunahpú podrá impedirlo.

—¿Es mi destino impedirlo?

—No veo cómo. Según el Popol Vuh, tú y tu hermano haréis el viaje a Xibalbá a bordo de la Balam poco después de vuestro vigésimo cumpleaños, mucho antes del segundo suceso.

—¿Y si no hacemos ese viaje?

—Entonces el segundo holocausto barrerá a la humanidad.

—Padre, ¿Manny es Hunahpú? Sé que comparte nuestro ADN, pero en él el gen parece ser recesivo.

—Los poderes de tu hermano tal vez sean más fuertes en los años venideros, o puede que no lleguen a aparecer nunca. Lo único que sé es que...

—¿Padre? Padre, ¿qué ocurre?

—La Abominación, está percibiendo nuestra comunicación.

—¿Qué he de hacer?

—Debería haberlo sabido. Eres demasiado joven, a la Abominación le resulta demasiado fácil utilizarte. Incluso en este preciso instante se hace más fuerte en un campo de energía. Antes de poder comunicarnos de nuevo, tendrás que aprender a disfrazarlo.

—Enséñame ahora.

—No puedo, es una fuerza que llega con la edad. Búscame otra vez cuando seas mayor.

—¿Cómo de mayor?

—Espera por lo menos otros siete años. Tus poderes Hunahpú irán fortaleciéndose a medida que vayas creciendo.

—Padre, no puedo esperar tanto tiempo...

—No tienes más remedio. No pasa nada, el tiempo no es igual aquí que en la Tierra. ¡Ahora vete, rápido, antes de que la Abominación mine mis defensas!

—*Padre, te quiero. ¿Padre?*

* * *

Jacob despierta y lo primero que ve son los ojos arrasados de lágrimas de su madre.

—¡Jacob! ¿Qué ha pasado?

—He hablado con… —«No se lo digas, sólo conseguirás que se preocupe», piensa—. No pasa nada, madre, estoy bien.

Dominique se vuelve hacia el presidente.

—Ya basta, Ennis. Se acabaron las videncias remotas, ¿entendido? ¡Se acabaron el entrenamiento y las pruebas! —Mira a su hijo—. Y no quiero que se hable más de dioses mayas de la muerte ni de Xibalba. Ya nos las arreglaremos para buscar la manera de que Manny y tú llevéis una vida normal.

12

23 de octubre de 2020
Residencia Mabus
Hamptons, Nueva York
8.37 de la tarde

La furgoneta de reparto se detiene frente a la verja de la entrada de la residencia Mabus.

Mitchell Kurtz baja la ventanilla del lado del conductor para hablar con el guardia de seguridad.

—Oiga, amigo. Traigo un pedido para su jefe. Tres hamburguesas especiales y una botella de vino. ¿Se lo dejo a usted o lo llevo hasta la casa?

El guardia armado sale de su caseta.

—¿Dónde está Murphy?

—Lesionado. Probablemente entrenando.

—Ponga la comida donde dice «Mabus» y déjemelo todo a mí. Ya lo subiré yo en el carrito.

—Conforme. —Kurtz entrega al guardia una bolsa isotérmica—. Hágame el favor de coger la bandeja que viene dentro, tengo que llevarme la bolsa.

El guardia introduce la mano en la bolsa isotérmica y coge la bandeja metálica…

…y al instante sufre una descarga eléctrica de diez mil voltios que lo deja inconsciente.

Kurtz abre la portezuela de la furgoneta, pasa por encima del cuerpo caído y se quita la chaqueta, bajo la cual lleva un uniforme marrón y gris idéntico al del guardia de seguridad. A continuación se echa al hombre inconsciente sobre el hombro, lo lleva al interior de la caseta y lo deja sin contemplaciones en el suelo.

Después, mirando a la videocámara, marca el número de la casa principal.

Por el telefonillo ladra la voz de Peter Mabus, mientras que la pantalla de Kurtz permanece en negro, por seguridad.

—¿Qué pasa?

—Ha llegado un pedido de comida para usted, señor, se lo subo en el carrito.

—Ya era hora, hace cuarenta minutos que hemos llamado.

La línea enmudece.

Kurtz guarda la bandeja metálica en la bolsa isotérmica y reinicia el aturdidor; acto seguido activa el minúsculo dispositivo de comunicación que lleva oculto en el oído izquierdo y dice hablando a su reloj de pulsera:

—Todo bien por aquí. ¿Estás en posición?

Un centenar de metros detrás de la casa de la playa, Ryan Beck emerge del oscuro Atlántico vestido de la cabeza a los pies con un traje de buceo negro. Ayudándose de sus gafas de visión nocturna, verifica que el área está desierta y seguidamente cruza la playa, rebasa las dunas y la zona herbosa y se dirige a la pasarela de madera.

—Espera.

Beck pasa al escáner térmico y orienta el rayo invisible hacia la parte trasera de la mansión de Mabus.

—Detecto tres personas. Un niño arriba, en un dormitorio de la tercera planta. El criado te está esperando en la puerta. Nuestro objetivo se encuentra en el porche acristalado, tomando una copa.

—Roger, voy para allá.

Kurtz arranca el carrito de golf y sube por un estrecho sendero que conduce a la entrada principal de la mansión.

Belle Glade, Florida
8.45 de la tarde

—Llevo siete largos años cuidando de ti, y durante más tiempo todavía cuidé de tu madre. —Quenton Morehead entra dando traspiés en el dormitorio de su nieta, con el torrente sanguíneo inundado por el alcohol como si fuera veneno—. Las dos no habéis hecho más que tomar y tomar de mí... me habéis exprimido como a una puta.

El corazón de Lilith Eve Robinson se agita igual que las alas de una paloma.

—Estás en deuda conmigo, eso lo sabes, ¿no? Me debes siete años, sí.

Con la adrenalina a tope, Lilith busca desesperadamente la luz blanca mientras Quenton se quita los pantalones y se desploma de costado sobre el sofá-cama en el que duerme ella.

—De acuerdo, está bien, no empieces a lloriquear. Últimamente has sido muy buenecita. Esta noche ha llegado el momento de hacerte disfrutar.

Lilith cierra los ojos con fuerza y su conciencia busca refugio en el interior del nexo.

—¿Jacob?

—Estoy aquí, Lilith, pero no puedo quedarme. Me está llamando mi madre. Tengo que irme.

—¡Por favor, no te vayas todavía, va a volver a hacerlo! —La energía de la pequeña intenta alcanzar a Jacob y se enrosca a su mente igual que una enredadera.

—Eh, suéltame, eres... eres demasiado fuerte para mí. Suéltame...

—Quédate conmigo... ¡por favor! ¡Esta noche te necesito de verdad!

—Volveré lo antes que pueda, te lo prometo.

—Jacob, me está haciendo daño.

—Siempre te hace daño. Deja de ser una víctima, Lilith. Llama a la policía. Huye. ¡Haz algo!

—*Para mí no es tan fácil. No tengo adónde ir.*

—*Se acerca mi madre, Lilith…*

—*Ya no me quieres, ¿es eso?*

—*Sí te quiero, pero es que en este momento no puedo seguir con esto. Volveré lo antes que pueda.*

—*Jacob, ¡espera! ¡No te vayas, por favor!*

—*Lilith, ¿no confías en mí?*

—*Sí.*

—*Pues entonces quiero que hagas una cosa: Di a Quenton que si vuelve a acercarte esa cosa, se lo contarás a todo el mundo en la iglesia.*

—*Me ha amenazado con matarme si se lo digo a alguien.*

—*Pues mátalo. Espera a que se quede dormido, y luego coge un cuchillo bien afilado y córtale el cuello.*

—*No… no puedo hacer eso.*

—*Pues entonces no puedo ayudarte. Lo siento, tengo que irme.*

—*Jacob, espera…*

La mente de Jacob se libera y sale del inframundo. El vacío que deja lanza la conciencia de Lilith de nuevo a la realidad.

La niña abre los ojos a tiempo de ver a Quenton quitarse los calzoncillos y quedarse desnudo ante ella.

—No te preocupes. ¿Ves esto? Es vaselina. La vaselina hace que ahí dentro todo vaya como la seda.

«Jacob, ayúdame…»

—¡Jacob!

Longboat Key, Florida

—¡Jacob!

El pequeño de cabellos blancos abre los ojos. Está en la playa y su madre lo está llamando. Se apresura a regresar a la casa.

—Jacob, quiero que conozcas a una persona —dice Dominique—. Éste es Craig Basedorfer. El señor Basedorfer va a encargarse de supervisar la seguridad interna mientras se encuentren ausentes *Sal* y *Pimienta*.

Jacob saluda con una inclinación de cabeza al maduro caballero, que parece más un bibliotecario que un experto en seguridad.

Solomon Adashek devuelve el saludo al chico y sus delgados labios se curvan en una sonrisa forzada.

—Es un placer conocerte por fin, jovencito. El señor Kurtz y el señor Beck me han contado muchas cosas de ti.

—¿Como qué?

—¿Perdón?

—¿Qué le han contado?

—Bueno, para empezar, que eres todo un atleta. Señora Gabriel, ¿le importaría llamar a su otro hijo? Hay una serie de procedimientos nuevos que necesito repasar con ustedes antes de que se vayan a la cama.

—Seguramente Manny estará en el laboratorio del SOSUS.

—No —replica Jacob—. Lo he visto jugando al baloncesto.

—Muy bien, enseguida vuelvo.

Dominique sale de la casa y deja a su hijo a solas con el asesino entrenado por el gobierno.

—Jacob, tengo una cosa para ti, un pequeño obsequio de la CIA.

Solomon Adashek se saca del bolsillo de la chaqueta un tubo del tamaño de un cigarrillo, abre el sello de la tapa presurizada y lo apunta hacia el niño.

—¿Qué... es...

Jacob oye rebotar en su cerebro el eco obsesivo de sus propias palabras al tiempo que la habitación le da vueltas, y termina desmoronándose en los brazos del psicópata, fríos como los de un reptil.

Residencia Mabus
8.47 de la tarde

Mike Renyze, el «ayudante personal» de Peter Mabus de ciento dieciocho kilos de peso, recibe a Mitchell Kurtz en la puerta principal.

—¿Quién coño eres tú? ¿Dónde está Maurice?

—Maurice se ha puesto enfermo por un mal rollo. Su turno lo cubro yo. —Kurtz entrega al otro la bolsa isotérmica.

Desde su escáner térmico, Beck observa divertido cómo se enciende una chispa muy brillante en la puerta principal y cómo se derrumba el grandullón. Se toca el comunicador y dice:

—Van dos veces que usas el mismo truquito. ¿Qué es lo que tienes en mente para nuestro hombre?

—Le espera una sorpresa especial. —Kurtz arrastra al ayudante inconsciente hasta el seto y después entra en la mansión. Atraviesa el suelo de mármol pulido hasta la parte posterior de la casa y sale por la cocina al porche de atrás—. ¿Señor Mabus?

Peter Mabus, reclinado en su tumbona, levanta la vista.

—¿Quién diablos es usted?

—Phillip, el primo de Maurice. El chef de La Vielle Maison le envía algo especial esta noche, junto con su pedido. Su guardaespaldas me ha dicho que si usted no se lo termina, se lo termina él.

Mabus se acerca, intrigado.

—Bueno, ¿y qué es?

Kurtz introduce la mano en su bolsa isotérmica y saca una langosta de siete kilos sujetándola por la cola.

—No me diga que no es una belleza.

A Mabus se le hace la boca agua.

—Me gusta, démela.

Kurtz aprieta un gatillo escondido en el vientre de la langosta.

Dos dardos salen disparados de las mandíbulas del bicho y se clavan en el pecho de Mabus.

El multimillonario pone los ojos en blanco y se desploma sobre el entarimado de madera.

Kurtz vuelve a guardar la langosta-pistola en la bolsa y a continuación se inclina sobre Mabus para tomarle el pulso.

—Perfecto, está fuera de combate.

—Más vale que te muevas deprisa, el niño ha salido del dormitorio.

Kurtz recupera los dos dardos y los mete en la bolsa. Después se saca una aguja hipodérmica que lleva en el cinturón.

—Está bajando la escalera.

Kurtz le quita una sandalia a Mabus y le inyecta el elixir transparente entre los dedos del pie.

—Primera planta, se dirige a la cocina.

Kurtz vuelve a calzarle la sandalia y recoge su bolsa isotérmica.

—Cinco segundos… ¡vete!

Kurtz sale rápidamente por el porche de atrás y echa a correr por la pasarela sin hacer ruido, en dirección a la playa.

Lucien Mabus, de doce años, apaga el cigarrillo en un cenicero y sale de la casa.

—Espero que ya esté lista la cena, me muero de hambre. ¿Papá? Oh, mierda…

El chico se inclina sobre su padre, tendido en el suelo, y pega el oído a su pecho.

—Rempe, ven aquí. ¡A mi padre le ha dado un infarto! ¿Walker? ¿Maurice?

El pulso de Peter Mabus desaparece mucho antes de que llegue la ambulancia.

Desde la cubierta del yate de alquiler que se encuentra a media milla de la costa, Beck y Kurtz se dan un festín a base de langosta y filete, un ligero agasajo cortesía del Departamento de Policía de Hampton.

Complejo Gabriel
9.02 de la noche

A Jacob le estalla la cabeza de dolor. Tiene los brazos sujetos a la espalda y las muñecas y los tobillos esposados.

Hace un esfuerzo para abrir los ojos, y siente cómo le sube la bilis a la garganta al asimilar la escena.

Su madre se encuentra sentada al otro extremo de la habitación, amarrada a una silla con cinta aislante. Tiene el pelo revuelto y la mirada enloquecida por encima de la mordaza. El depredador, de cuerpo menudo y de mediana edad, está terminando de atarle los tobillos con gestos metódicos y a continuación centra su atención en el hermano gemelo de Jacob.

Manny está inclinado boca abajo sobre la mesa de la cocina, con los brazos extendidos sobre la encimera de granito y atados, y la parte inferior del cuerpo colgando.

Solomon Adashek acerca una silla de la cocina y se sienta al lado de él. Sus manos salpicadas de manchas acarician suavemente las piernas del pequeño inconsciente, musculosas y desprovistas de vello, saboreando el momento antes de bajarle los calzoncillos y dejarle las nalgas al descubierto.

Jacob y Dominique gimen y se quejan como si recibieran descargas eléctricas, debatiéndose contra sus ligaduras.

Solomon levanta la vista y les dirige una mirada fría y brillante y una sonrisa de serpiente.

El corazón de Jacob late igual que un tambor, sus glándulas adrenales bombean como un torrente...

...y entonces la sala parece iluminarse y el tiempo de pronto comienza a pasar muy lentamente.

A través de oleadas de energía invisible, se obliga a sí mismo a despegarse del suelo haciendo equilibrio y forcejea con toda su alma contra las esposas de acero.

«Es inútil... ¡no puedo soltarme!»

Entonces mira fijamente a su madre y da un salto hacia ella al tiempo que Solomon Adashek gira lentamente la cabeza hacia él con una expresión de sorpresa.

Jacob da un salto y propina al asesino una doble patada en el pecho todo lo fuerte que puede. Solomon sale despedido de cabeza por encima de la mesa de la cocina.

Con todos los músculos bañados en ácido láctico, se inclina sobre su madre y, todavía con las esposas puestas, empieza a tirar de sus ligaduras con los dedos hasta conseguir desgarrar la cinta aislante.

Una vez libre, Dominique salta de la silla y se arranca la mordaza de la boca. Luego corre hacia la repisa de la chimenea y coge la katana, la más grande de las dos espadas japonesas que hay ahí colgadas.

Jacob se derrumba en el suelo con todos los músculos agotados y temblorosos y el cuerpo empapado en sudor.

Solomon Adashek se sacude las telarañas que le ofuscan la mente, rueda sobre el suelo de la cocina…

…y ve a Dominique Gabriel, que se yergue sobre él con los ojos echando chispas.

Dominique levanta la katana por encima de la cabeza y da una orden con voz ronca:

—Jacob, no mires. Mamá no quiere que veas esto.

Pero Jacob mira fijamente la escena y sus ojos intensamente azules se agrandan de pura alegría cuando la katana que empuña su madre desciende en un mandoble magnífico y separa la cabeza de Solomon Adashek del cuerpo.

QUINTA PARTE

ADOLESCENCIA

No hay nada en la vida que debamos temer,
sino tan sólo entender.

Marie Curie

La disciplina es la forma más elevada de inteligencia.

Ennis Chaney

13

SIETE AÑOS DESPUÉS

23 de octubre de 2027
Complejo Gabriel
Longboat Key, Florida

El psiquiatra nombrado por el gobierno continúa tomando apuntes en un cuaderno inteligente. Su presencia en el salón de Dominique resulta más que irritante.

—Prosiga, señora Gabriel.

A Dominique le tiembla la mano cuando realiza el gesto de pasarse el pelo por detrás de las orejas.

—Jacob piensa que es Supermán, y varios de sus entrenadores, ya sabe, todos esos Smith y Jones de la CIA, creo que lo animan para que se lo crea. El ego de Jacob se encuentra un poco desbordado, y no hay manera humana de discutir con él a no ser que uno esté dispuesto a aguantar un discurso acerca de los Señores del Mundo Inferior y los Dioses de la Muerte. Cita interminables pasajes del maldito *Popol Vuh*. Xibalba esto, Xibalba lo otro...

—¿Xibalba? —El doctor Shyam Tanna levanta la vista de su cuaderno inteligente—. Perdone, ¿qué es Xibalba?

—El Mundo Inferior de los mayas, un lugar al que fue exiliado el padre de Jacob, está convencido de eso. Todo esto es culpa mía. He sido una idiota al permitir que su tía Evelyn me lavase el cerebro. No debería haber dado a Jacob el diario de su abuelo ni haberle dejado leer todas esas chorradas mayas. He creado un… un monstruo maya.

—Señora Gabriel, si bien lo que me concierne son las fantasías de Jacob, la razón principal por la que he venido a verla a usted hoy es hablarle del cociente intelectual de su hijo. Decir que se sale del gráfico es casi un insulto para Jacob.

—Ya lo sé. Su cerebro es como una esponja, lo absorbe todo.

—De eso no me cabe la menor duda. No obstante, lo que nos causa mayor preocupación es su genética Hunahpú. Los extensos análisis que hemos llevado a cabo en los cromosomas afectados por dicho gen indican que el problema de Jacob tiende por sí solo a una forma extrema de esquizofrenia. Me he tomado la molestia de revisar el expediente médico de su padre y…

—¡Mick no era un esquizofrénico!

—Dos importantes instituciones le diagnosticaron esquizofrenia paranoide.

—Todo fue un montaje. Pierre Borgia quería encerrarlo de forma permanente.

—Quizá. Pero tiene que tomar en cuenta la posibilidad de que Michael Gabriel mostrara signos de una demencia incipiente, signos que, emocionalmente, usted se negó a sí misma. Y en el caso de Jacob, el gen Hunahpú parece mucho más dominante.

—¿Qué me está diciendo? ¿Que debería ingresar a mi hijo en una institución?

—Si no ahora, debería ingresarlo cuando aparezca el primer signo de demencia.

—Olvídelo, no pienso hacerlo, y de todas maneras él jamás lo consentiría.

—Y eso ya es en sí un problema. Un adolescente con la fuerza y la inteligencia de Jacob equivale a una persona muy difícil de criar, y no digamos ya controlar. ¿Qué va a hacer usted cuando la esquizofrenia se apodere de él y Jacob empiece a responder a las órdenes de esos guerreros mayas? ¿Y si afirma que recibe mensajes de su padre desaparecido? Usted estudió psiquiatría, señora Gabriel; conoce las ramificaciones del problema que se creará si usted no actúa. Jacob podría fácilmente hacerse daño a sí mismo, o lo que es peor, podría hacer daño a su hermano.

—Podemos medicarle. Hay muchos fármacos nuevos que...

—No hay nada lo bastante fuerte para controlar lo que le ocurre a él. Señora Gabriel, Jacob necesita estar en un entorno controlado en el que podamos vigilar su enfermedad como es debido y al mismo tiempo protegerle de sí mismo.

—Dígalo por su nombre real, doctor. Lo que quieren es encarcelarlo en uno de sus modernos laboratorios.

2.17 de la madrugada

Unas pequeñas olas besan la playa bajo un cielo nocturno cubierto de nubes.

Jacob Gabriel, de catorce años de edad, adopta la postura del loto y cierra los ojos para concentrarse en su interior.

—Jaaaacob. —La voz de mujer lo seduce desde el otro lado de la niebla.

—Déjame, Lilith. Ahora no puedo hablar contigo.

—Últimamente nunca tienes tiempo para mí —se queja ella.

—Oye, la que tiene un montón de amigos eres tú.

—¿Estás celoso?

—No.

—Mentira. Yo tengo muchos amigos y tú sólo tienes a tu tonto hermano, que no te soporta.

—Lo que tú digas.

—A propósito, Brandy dice que quiere acompañarme cuando tú y yo nos conozcamos. Ya ha estado mirando los billetes de autobús.

—Lilith, ya te he dicho que mi madre no te dejará entrar en el complejo. Si llegase a sospechar que he estado hablando con alguien que lleva sangre Hunahpú, no volvería a dejarme solo nunca más.

—Bueno, eso no podemos permitirlo. No podrías jugar contigo mismo.

—Cállate.

—¿Piensas en mí cuando te masturbas?

—Por Dios, Lilith... Me parece que llevas demasiado tiempo saliendo con Brandy.

—¿Acaso tu madre espera que seas célibe toda tu vida?

—Ya te he dicho otras veces que es por lo de la Abominación. La vuelve paranoica.

—Jacob, no hemos sido creados en un laboratorio. Tiene que haber otras mil personas que lleven sangre Hunahpú. Puede que diez mil. Y en cuanto a esa bobada de la Abominación, yo nací ocho meses enteros después de tu hermano y de ti. ¿Quieres que vuelva a enviarte mi partida de nacimiento?

—No.

—Pues entonces sal del complejo sin que se den cuenta y reúnete conmigo en un hotel.

—No puedo, Lilith. Quiero estar contigo, pero en estos momentos las cosas están desmadrándose un poco por aquí.

—¿Y cómo vamos a casarnos si ni siquiera podemos organizar una simple cita?

—¿Por qué estás tan segura de que quiero casarme contigo?

—Porque somos almas gemelas y tú me quieres... y además te gustan las chicas de pelo largo y pechos grandes. ¿Quieres que te envíe otra foto por correo electrónico?

—No, bueno... esto... sí, claro. La última estaba muy bien. Pero cerciórate de que ese viejo cabrón no te pille en el cuarto de baño con la cámara digital.

—Si no te veo pronto, puede que tenga que dejar que Quenton me haga lo que quiera.

—*Cállate y vete a la cama.*

—*Adiós, amor. Saluda a papá de mi parte.*

—*Adiós.*

Jacob aguarda a que la presencia de Lilith desaparezca antes de reorientar su mente.

—*¿Padre? Padre, por favor, contesta, ha pasado mucho tiempo desde nuestra última comunicación. Padre, por favor, hay cosas que necesito saber...*

—**Aquí estoy, Jacob. Aquí estoy.**

—*¡Por fin! ¿Dónde has estado? Llevo mucho tiempo intentando hablar contigo.*

—**El movimiento del espacio-tiempo afecta a nuestra capacidad de comunicarnos. Te he echado de menos, hijo.**

—*Yo también. Hay tantas cosas que quiero contarte... ¿Podemos hablar sin peligro?*

—**Sí. Siento una fuerza nueva en tu comunicación, así le resultará más difícil a la Abominación detectar nuestros pensamientos. ¿Qué edad tienes ahora?**

—Catorce.

—**Catorce. Dios mío. ¿Cómo está tu madre?**

—*No muy bien. El paso del tiempo está haciendo que pierda la fe. Duda que sea ella la Primera Madre.*

—**El viaje le está costando trabajo. ¿No le has hablado de mí?**

—*No. No podría soportarlo.*

—**¿Y tu hermano?**

—*Manny sigue sin mostrar signos de convertirse en un Hunahpú.*

—**Tendrás que ser fuerte por ellos dos.**

—*Padre, quiero que hablemos un poco más del destino de la humanidad. Necesito que me instruyas más acerca del viaje que debo realizar.*

—**Imagina el tiempo como un conjunto de autopistas de energía de múltiples capas. Como seres tridimensionales que somos, nosotros sólo podemos movernos hacia delante** *dentro de nuestro nivel particular de velocidad sublumínica, el cual decimos que es el presente. Al aumentar nuestra velocidad por encima de la de la luz, podemos recorrer más distancia viajando por esa autopista en comparación con nuestros amigos que viajan a velocidad sublumínica, pero no podemos movernos hacia atrás en el tiempo a no ser que tomemos una rampa de salida que nos lleve de vuelta a la autopista de la que partimos. Los agujeros de gusano son esas autopistas, conductos gravitacionales alimentados por el gigantesco agujero negro que se encuentra en el centro de nuestra galaxia. Los agujeros de gusano nos proporcionan el medio para dar un salto atrás o adelante en el continuo espacio-tiempo.*

»En algún momento de tu futuro cercano, la humanidad se verá recorriendo un tramo de autopista que dividirá a nuestra especie. Los supervivientes serán transportados por un agujero de gusano que actuará de rampa de salida y saltará a un tiempo sublumínico. El resto de la humanidad seguirá ciegamente un tramo de carretera que conduce a un callejón sin salida: el fin de nuestra especie.

—*El mito de la creación que se cuenta en el* Popol Vuh *de los mayas habla de la presencia de los Héroes Gemelos en Xibalba, un suceso que ya ha tenido lugar.*

—Correcto.

—*Padre, si ya ha tenido lugar, ¿por qué estamos viviéndolo otra vez?*

—*El* Popol Vuh *nos dice lo que esperamos que llegue a suceder, pero el mito no es exacto. La verdad es que tu hermano y tú fracasasteis en vuestro primer intento.*

—*¿Fracasamos?*

—Sí. *Por suerte, a la humanidad le fue concedida una segunda oportunidad cuando el Guardián hizo volver a la Balam a través del agujero de gusano y terminó en la Tierra hace 65 millones de años.*

—*¿Y qué va a impedir que fracasemos de nuevo? Manny ni siquiera es Hunahpú. No veo cómo podemos vencer a esa tal Abominación.*

—Esta vez venceréis porque yo voy a ayudaros. Puedo ser vuestros ojos y os aconsejaré qué camino tomar. Puedo prepararos de manera muy similar a como el Guardián intentó prepararme a mí.

—Entonces hazlo, ¡enséñame! Dime qué te ocurrió cuando entraste en la boca de la serpiente y desapareciste.

—No desaparecí, Jacob. Entré en la vaina del Guardián y viajé a una velocidad superior a la de la luz. A medida que las estrellas iban pasando por mi lado semejantes a bengalas, comprendí la realidad de mi decisión. Lo que a mí me parecían segundos serían décadas para los habitantes de la Tierra. Tú, tu hermano, tu madre... todos los que pertenecíais a mi era llevaríais mucho tiempo muertos para cuando yo llegara a Xibalba, dondequiera que se encontrase ese mundo infernal.

»Me invadió el pánico. Empecé a gritar. Ordené al Guardián que me devolviera a la Tierra. Pero ya era demasiado tarde. La autopista por la que estaba viajando sólo podía moverse hacia delante, y era un camino muy negro el que conducía al origen del mal del hombre. El Guardián me prometió que jamás me abandonarían. Ésas fueron las últimas palabras que recordé antes de perder el conocimiento.

»Cuando desperté, me quedé muy sorprendido de verme a bordo de un transbordador espacial terrestre, camino de Marte.

—No lo entiendo. ¿Estabas contemplando esa escena por videncia remota, todavía inconsciente dentro de la vaina de transporte del Guardián, o era algo real?

—Estaba sucediendo de verdad, sólo que yo lo estaba viviendo con otra personalidad, con la personalidad de alguien de mi pasado pero de vuestro futuro. Deja que te cuente la historia, y lo entenderás.

»Lo que me dio la pista acerca del período de tiempo en que me encontraba fue el vehículo espacial en sí. No era un transbordador como los que la NASA diseñó y utilizó durante los años de mi adolescencia; este vehículo era infinitamente más grande y disponía de dependencias privadas para alojar a cincuenta y dos pasajeros y víveres para todo un año. Y tampoco estábamos solos en nuestro viaje: había otros once transbordadores que nos acompañaban, así que en total éramos doce, como las tribus de Israel, todos atravesando el gran desierto del espacio en nuestro viaje hacia la Tierra Prometida... Marte.

—¿Formabas parte de una expedición científica?

—No, yo diría más bien que era una peregrinación. Acababa de abatirse sobre la humanidad el gran holocausto del que te hablé, habían perecido miles de millones de personas, y había miles de millones más destinados a morir. En la Tierra había sucedido algo horrible... un cataclismo que había tomado a la población general totalmente por sorpresa. Pero los peldaños superiores del gobierno sabían lo que se avecinaba, y por eso se embarcaron en esos transbordadores espaciales.

—¿Lo guardaron en secreto?

—Un secreto compartido tan sólo por unos cuantos privilegiados. Dentro de unos años, en tu tiempo presente, se descubrirán señales de la llegada de ese cataclismo. Pero le serán ocultadas al público. Tan sólo las conocerán quienes estén en el poder, y éstos harán un pacto secreto, en esencia, un plan de evacuación de la Tierra escondido detrás de un agresivo programa de colonización de Marte. La humanidad, al menos determinado segmento privilegiado de ella, siguió adelante. Ya habían llegado varios miles al Planeta Rojo. Nuestros doce transbordadores serían los últimos en sumarse a nuestros compañeros supervivientes.

»Cuando iniciamos nuestro peligroso viaje de cuatro meses de duración y la Tierra desapareció de las ventanas de nuestras naves, lloramos y rezamos, y después lloramos un poco más. Nuestra salvación era la colonia establecida en Marte, pero no íbamos a llegar jamás, ya que lo que nos esperaba era una rampa de salida: la entrada de un agujero de gusano.

»No hubo manera de eludirlo, nuestros pilotos no tuvieron forma alguna de verlo siguiera. Los detectores de ondas de gravedad experimentaron un súbito incremento, y al momento siguiente estábamos ya deslizándonos a toda velocidad por aquel embudo de energía, una distorsión del tiempo y del espacio que fue como nuestra versión particular de una madriguera de conejo.

»Imagina lo que es caer de un precipicio de trescientos metros sabiendo que tu vida está a punto de extinguirse y viendo que tus gritos son ahogados por la longitud de la caída. En esos minutos finales todo se vuelve claro y uno se da cuenta de todo el tiempo que ha desperdiciado en minucias.

»A pesar de lo aterrorizado que estaba, no pude despegarme de la ventana, pues lo que veía me tenía hipnotizado. Atravesamos nubes interestelares de gas de color gris cuyo resplandor cósmico se traducía en luz visible y nos bañaba en un sinfín de matices rojos, amarillos y azules antes de dar paso a un campo de hidrógeno de un rosa fluorescente.

»En el interior de la oscurecida cabina se oían voces que lloraban, pues algunos identificaban aquella nube de gas con la nebulosa de Orión. Si no me equivoco en mis cálculos, desde que partimos de la Tierra habíamos recorrido unos mil quinientos años luz en un abrir y cerrar de ojos. Y entonces la presión de la cabina aumentó, la nave espacial se sacudió violentamente, y yo cerré los ojos y me preparé para morir.

»No puedo decir cuánto tiempo transcurrió, pero cuando desperté aún estaba a bordo del transbordador, sólo que las estrellas habían dejado de moverse. Habíamos pasado por el agujero de gusano, las doce naves, y de alguna manera habíamos sobrevivido.

»Hablo en plural, pero seguía sin tener ni idea de quién era yo ni de qué estaba haciendo a bordo de aquella nave; pero la inmensa felicidad por el mero hecho de estar vivo era demasiado abrumadora para cuestionarme nada.

»A lo lejos vi una supergigante roja, una estrella tan grande, que si hubiera sido el Sol de la Tierra su perímetro *habría invadido el sistema solar y habría rebasado la órbita de Marte. En las proximidades de aquel monstruo había una nebulosa planetaria cuyo anillo de gases, parecido a un tubo fluorescente, brillaba en diferentes matices de violeta y azul.*

»*Oí voces en la oscuridad que discutían cuál podía ser aquella supergigante roja, y por consenso se acordó que se trataba de Betelgeuse, una estrella cuyo diámetro es más de trescientas veces el de nuestro Sol y diez mil veces más luminosa. Si no me equivoco, habíamos sido transportados a otra parte del brazo de Orión, de la galaxia.*

»*Y entonces uno de mis compañeros de cabina se volvió y se dirigió hacia mí llamándome Bill. Así que ahora tenía una identidad. La conciencia que antes había sido Michael Gabriel se había metido en el cuerpo y la mente de William C. Raby. Yo, o más bien debería decir nosotros dos, éramos un genetista marino seleccionado para la colonia de Marte, no por méritos sino por las extensas negociaciones de los bancos privados internacionales que habían ayudado a financiar el viaje.*

»*Al igual que muchos de los otros pasajeros, Bill Raby conocía a las personas apropiadas a las que sobornar y contaba con los medios y la influencia política necesarios para salvarse.*

—Pero en realidad no eras ese tal Bill Raby, ¿verdad?

—Ésa es la cuestión, hijo, en todos los sentidos me había convertido en él. Mi conciencia dominaba a la suya, percibía sus miedos como si fueran míos. Tenía sus recuerdos y su abrumador sentimiento de culpa, porque, al igual que yo, Bill Raby también había dejado a un ser querido en la Tierra y eso le estaba desgarrando las entrañas.

»*La desesperación de nuestra situación se propagó rápidamente por toda la cabina. Nuestro viaje a través del túnel espacial había destruido la mayor parte de nuestros instrumentos electrónicos y había causado desperfectos en nuestro casco exterior y en nuestros motores. Al igual que el resto de la flota, volábamos por el espacio sin control alguno, arrastrados por potentes fuerzas gravitatorias que nuestros sensores averiados no podían identificar.*

—*¿Otro agujero de gusano?*

—*No, era un planeta con una atmósfera de color bermellón y en muchos aspectos similar a Marte, aunque más parecido a la Tierra en tamaño. Al igual que el Planeta Rojo, aquel mundo alienígena poseía dos lunas desiertas, una del tamaño del solitario satélite de la Tierra, la otra en forma de patata y con un diámetro de quizá veintidós kilómetros.*

»*Cundió el pánico cuando nuestras doce naves se precipitaron a través de la atmósfera de aquel mundo alienígena. Con el escudo térmico dañado, nuestra cabina comenzó a calentarse como un horno. Los niños chillaban, los pasajeros se cogían de las manos, esperanzados y rezando para que sucediera otro milagro que todos nosotros, en el fondo de nuestro corazón, sabíamos que no merecíamos.*

»*Pero efectivamente sucedió otro milagro, esta vez por obra de nuestra galante tripulación, que consiguió inclinar el ángulo de descenso de la nave justo lo suficiente para poder atravesar la ardiente atmósfera sin convertirnos en cenizas. Un estallido colectivo de vítores inundó la cabina cuando la negrura del espacio se transformó en un magnífico horizonte de un rojo vivo. La aerodinámica asumió el control de la situación cuando nuestra nave alada planeó como un avión sobrevolando un paisaje desconocido. A medida que descendíamos, fuimos distinguiendo una geología compuesta por estéril roca volcánica salpicada de parches de musgo.*

»*El miedo retornó momentos más tarde, cuando continuamos perdiendo altitud y cayendo a toda velocidad sin tener a la vista ningún lugar apropiado para aterrizar. De pronto, con una sacudida enfermiza, la cola de nuestra nave tocó* terra incognita. *El transbordador derrapó, la cabina giró sobre sí misma, y una vez más todo se volvió negro...*

MÁXIMO SECRETO/MAJESTIC-12

ADVERTENCIA: *Todo intento de acceder a este documento o verlo sin las debidas autorizaciones tendrá como consecuencia prisión permanente o una sanción mediante el uso autorizado de la fuerza letal.*

INFORME SOBRE LA MARCHA
DEL PROGRAMA ESPECIAL DE ACCESO
<u>VELLOCINO DE ORO</u>

24 de octubre de 2027

<u>NAVE ESPACIAL: *BALAM*</u>

1. El doctor David Mohr y el equipo del programa VELLOCINO DE ORO se han mostrado reacios a especular sobre el sistema de propulsión de la Balam desde que ésta llegó al Hangar 13 hace cuatro años. Ello se debe fundamentalmente a que el equipo no ha podido hasta ahora acceder al interior de la misma. Sin embargo, una nueva teoría y los peligros que lleva aparejados han llevado a la conclusión unánime de que dicho asunto debe ponerse en conocimiento del presidente de la nación.

2. En anteriores informes de MAJESTIC se ha afirmado que, con toda probabilidad, el crucero estelar Balam atravesó la atmósfera de la Tierra planeando sobre ella y «cabalgando» las enormes ondas de choque de la misma, maniobrando a bajas velocidades o bien manteniéndose suspendida en el aire mediante una avanzada forma de dinámica magnetoaeroelectrónica. De ese modo, el pulido casco de oro de la nave se convierte en el motor. Las olas de electrones con carga negativa, empotradas en las frecuencias portadoras de las ondas electromagnéticas, «empujan» la nave a través de la masa de aire.

3. *Actualmente se cree que existe un segundo método de propulsión, infinitamente más rápido. Situadas debajo y entre las dos estructuras en forma de góndola de la popa hay unas boquillas de escape de celdas múltiples. Tras efectuar un examen más concienzudo, el equipo del doctor Mohr ha llegado a un consenso y ha propuesto la teoría de que dichas boquillas quizá hayan sido diseñadas para canalizar unas partículas de energía denominadas taquiones, lo cual ha llevado a los científicos a la opinión común de que la Balam es capaz de propulsarse a una velocidad superior a la de la luz. Dicho método de propulsión es denominado por los científicos de NASA-BPP «Distorsión del espacio-tiempo».*

4. *Una cuarta teoría propuesta por NASA-BPP se refiere a la capacidad de la Balam para crear un campo de fuerza de «materia exótica» que, teóricamente, le permitiría penetrar en un vórtice gravimétrico (véase AGUJEROS DE GUSANO).*

APLICACIONES PERTINENTES

5. *El equipo del programa VELLOCINO DE ORO propone la teoría de que la potencia producida para activar la «Distorsión del espacio-tiempo» de la Balam sería suficiente para iluminar y calentar todas las ciudades de la Tierra de forma simultánea y continua durante más de cien mil años. Los teravatios de potencia producidos cada picosegundo por los núcleos del reactor interno de la Balam son los que hipotéticamente se necesitarían para realizar viajes hiperdimensionales a velocidades superlumínicas.*

ADVERTENCIA DE SEGURIDAD/PROBLEMAS DE SEGURIDAD

6. *En la opinión de los miembros más antiguos de MAJESTIC y también del doctor Mohr, este sistema de pro-*

pulsión representa un peligro extremo para la seguridad física de la Tierra, pues es posible que la activación accidental de dicho sistema afectase a las centrales eléctricas o a la ecología de continentes enteros.

7. Los físicos de gravedad cuántica han expresado inmediatamente su preocupación de que si se activasen los motores de Distorsión del espacio-tiempo de la Balam se crearía un agujero de gusano. Han afirmado que si se colapsaran los campos magnéticos de contención que «embotellan» la singularidad cuántica, el micro-agujero de gusano podría potencialmente expandirse y consumir la nave en su totalidad, y quizá porciones enteras del planeta mismo.

8. La capacidad para crear agujeros de gusano y navegar por ellos es la capacidad de atravesar las fronteras del espacio-tiempo. Según las directrices establecidas de MAJESTIC, los viajes en el tiempo constituyen una amenaza incontrolable para la seguridad de la especie humana, debido al teórico efecto de la «paradoja» (véase TEORÍA ESPECIAL DE LA RELATIVIDAD DE EINSTEIN).

GOLFO DE MÉXICO/CRÁTER DE CHICXULUB

9. El 18 de diciembre de 2012, Michael Gabriel confirmó que la nave del Guardián (Balam) entró en el espacio terrestre persiguiendo al objeto alienígena que se estrelló en nuestro planeta hace 65 millones de años. Si la Balam es capaz de alcanzar la velocidad superlumínica, debemos suponer que la nave transporte enemiga a la que perseguía también era capaz de propulsarse mediante la distorsión del espacio-tiempo.

10. Un extenso y repetido examen del cráter de impacto de Chicxulub situado en el golfo de México revela una

anomalía del campo gravitatorio/magnético. Los recientes descubrimientos de anomalías del campo magnético tanto en el espacio interior como en el exterior han llevado a los físicos cuánticos a la conclusión teórica de que los agujeros de gusano pueden efectivamente atravesar la trayectoria de nuestro planeta. Es posible que estas «PUERTAS AL HIPE-RESPACIO» sean la causa de las desviaciones gravitaciona-les/magnéticas experimentadas en una zona que cruza el cráter de impacto de Chicxulub y se extiende hacia fuera, desde el golfo de México hacia el mar Caribe, para formar una región de inestabilidad magnética más conocida como el «Triángulo de las Bermudas».

11. Se han descubierto dentro del «Triángulo de las Bermudas» una serie de cuevas submarinas pequeñas, muy profundas y muy anómalas, conocidas como «agujeros azu-les». Robert Palmer, ex director del Centro de Investigación de los Agujeros Azules de las Bahamas, desapareció miste-riosamente cuando buceaba en el interior de una de dichas anomalías. Palmer había propuesto la teoría de que esas anomalías submarinas son creadas por el continuo entrar y salir de microagujeros de gusano.

12. El doctor Mohr está convencido de que la gran anomalía magnética que se originó bajo el cráter de impacto de Chicxulub sufre la influencia de un agujero de gusano, pero no un microagujero, sino uno más grande que quizá esté formándose o aproximándose al espacio de la Tierra pro-veniente de un lugar situado en otro espacio-tiempo o en otra sección de nuestra galaxia. Si eso es cierto, podría ser que es-tuviéramos presenciando la formación de una puerta que diera paso a otra dimensión.

13. *Los jefes del equipo MAJESTIC son de la opinión de que el ex presidente Ennis Chaney se precipitó un poco al limitar el acceso de VELLOCINO DE ORO a los gemelos Gabriel. Es posible que ambos muchachos, que ahora tienen catorce años, posean la «llave mental» capaz de revelar los secretos de la Balam y de la anomalía del campo magnético presente en el golfo de México.*

CONCLUSIONES

Se recomienda que se «convenza» a Dominique Gabriel (madre de los gemelos y tutora legal de los mismos) de que, en interés de su familia, debe permitir que sus hijos se incorporen al equipo de VELLOCINO DE ORO. Se ha de guardar como reserva el recurrir a narcoterapias, hipnoterapias, implantes de microvoltios en el cerebro y hasta el control de acceso a los niños, por si fuera necesario forzar dicha conformidad. Las amenazas y el uso de cierta presión también deben mantenerse en reserva por si fueran necesarios.

Presentado por:
W. Louis McDonald
VELLOCINO DE ORO
24 de octubre de 2027

14

27 de octubre de 2027
Complejo Gabriel
Longboat Key, Florida
3.02 de la madrugada

Un cielo subterráneo teñido de color rojo sangre. Un viento abrasador. Nubarrones negros que se arremolinan a una velocidad surrealista.

Abajo, un lago alienígena que se agita y cuya superficie espejada termina en una costa amenazante.

Jacob se aproxima al árbol de alabastro y a su tronco, ancho como el de una secuoya.

Una niebla gélida anuncia a la Abominación. La bruma forma remolinos alrededor del tronco del árbol, y de pronto un par de ojos centelleantes de un azul intenso le devuelven la mirada.

—Acércate más, primo. Déjame lamerte las heridas.

Con un chillido capaz de helar la sangre, Jacob Gabriel salta de la cama y se lanza como una exhalación hacia el pasillo.

Dominique abre de golpe la puerta de su dormitorio.

—Ay, Dios, ¿otra pesadilla?

Se abre también la puerta situada enfrente de la habitación de Jacob. Immanuel se queda mirando fijamente a su hermano y mueve la cabeza en un gesto negativo.

—¿Otra vez?

Jacob, jadeante, intenta recuperar la voz:

—Espera y verás, algún día estos te pasará a ti también.

—Lo dudo. Pero hasta que llegue ese día, ¿por qué no trasladas tu cama al centro de entrenamiento?

Dominique se vuelve hacia el gemelo de pelo moreno.

—Manny, vuelve a la cama.

Immanuel cierra de un portazo y echa el pestillo por dentro.

Dominique se acerca a Jacob para consolarlo, pero él la aparta de sí.

—Jacob...

—No. Tengo que permanecer fuerte... por todos nosotros.

—¿Quién te ha dicho eso?

—No importa. Voy a dar un paseo para despejarme la cabeza.

—Son las tres de la madrugada. Jacob Gabriel, no se te ocurra ignorarme.

La puerta de atrás se abre y se cierra otra vez.

A Dominique se le llenan los ojos de lágrimas. Se siente herida por el hijo que se niega siempre a abrazar a su madre, desde que tenía siete años.

Una ráfaga de aire tropical recibe a Jacob cuando baja corriendo a la playa. Sobre las aguas del golfo baila el resplandor de la Luna, en cuarto creciente, iluminando las crestas de las olas que rompen en la orilla.

Jacob cae de rodillas sobre la arena mojada. Cierra los ojos. Intenta meditar, desesperado por comunicarse de nuevo con su padre. Durante breves momentos respira con calma, pero de repente su pecho se encoge y su cuerpo empieza a agitarse debido a los sollozos. Por fin se derrumba de bruces contra la arena con las lágrimas rodándole por la cara.

«¡Basta! ¡Tienes que ser fuerte!»

De pronto, el viento amaina y deja espacio a un eco lejano.

Jacob se limpia la cara y mira alrededor, buscando el origen de dicho sonido.

Es un agudo lamento que procede del norte. Sigue la costa con la mirada otros cuatrocientos metros, y entonces las ve.

Ballenas por todas partes, en fila a lo largo de la playa a modo de troncos gigantescos. Grises y jorobadas, francas, azules, individuos adultos y sus crías... todas muertas o moribundas.

Jacob se acerca al ejemplar más grande de todos los varados en la playa, una ballena azul cuya cabeza, del tamaño de un camión, se halla medio cubierta de arena y que tiene el resto del cuerpo, de ciento cinco toneladas de peso, invisible bajo las aguas del golfo.

El adolescente levanta una mano para limpiar de arena el ojo de la ballena hembra, y da un respingo cuando éste se abre de improviso.

Se oye un potente bramido cuando la ballena agonizante expele un chorro de aire por el orificio del lomo.

Transcurre un momento mientras el niño y la bestia se contemplan el uno al otro. «Es como si quisiera comunicarse. ¿Podrá?» Jacob Gabriel cierra los ojos y penetra en el nexo.

En su visión, la noche se tiñe de un verde oliva. Todos los músculos de su cuerpo de un metro ochenta de estatura y ochenta y tres kilos de peso parecen tensarse de pronto, todos los vasos sanguíneos de su organismo vibran rebosantes de sangre y de adrenalina, todas las sensaciones se amplifican. Al mirar hacia arriba, ve que las estrellas cruzan el cielo a toda velocidad, que el cosmos ha cobrado vida.

La ballena gime otra vez, y su lamento agonizante reverbera en el cerebro de Jacob.

Se inclina hacia delante y apoya ambas manos contra el carnoso torso de la ballena. Registra unos ecos profundos, intensos, sus manos se transforman en un estetoscopio vivo. El pulso del mamífero lo acerca más y más, y una neblina blanca envuelve su cerebro...

...y da paso a otra visión.

Un amenazante cielo escarlata proyecta su luz surrealista sobre un embalse construido por el hombre cuyas aguas parecen mercurio líquido.

Las exóticas aguas se agitan, y de su superficie emerge la parte superior del tronco de una criatura semejante a una serpiente, ancha y larga como un tren. Los ojos de ese ser horripilante observan a Jacob a través de unas ranuras verticales de color dorado rodeadas por unas córneas de un rojo incandescente, más cibernéticas que orgánicas. De pronto abre las fauces y deja ver varias hileras de dientes ebúrneos, afilados como escalpelos.

Un potente resoplido hace que Jacob retroceda dando un brinco, al tiempo que la serpiente exhala un aliento pestilente a través de sus fosas nasales sintéticas.

Jacob abre los ojos. La visión ha terminado.

La ballena azul está muerta.

Belle Glade, Florida
28 de octubre de 2027

Lilith Eve Robinson, de catorce años de edad, posee unos pómulos altos y unos brillantes y azules ojos Hunahpú, acentuados por su cutis del color del cacao y su ondulada melena negra, que le llega hasta la cintura. Su atlética figura es flexible y alargada, sus bien formados pechos son firmes y están mucho más desarrollados que los de la mayoría de las jovencitas de su clase.

Esta belleza adolescente regresa sola a casa, en autobús, y siempre ocupa el mismo asiento junto al pasillo central. Todos los chicos adolescentes heterosexuales se imaginan en compañía de Lilith, pero ninguno le pide salir, pues se sienten demasiado asustados por las animadas conversaciones que tiene con sus amigos invisibles.

Con el rostro vuelto hacia la ventana, Lilith le dice a Brandy con un encogimiento de hombros:

—Es por la estúpida madre de Jacob. Si ella o Jacob llegaran a enterarse de cuándo nací en realidad, no volverían a hablarme nunca más.

«Eso es una tontería. Tú quieres a Jacob, y Jacob te quiere a ti. ¿Estás convencida de que vuestro destino es estar juntos?»

—Sí.

«Pues entonces olvídate de la madre de Jacob y da los pasos necesarios. Ya has llegado a tu parada. Hasta mañana.»

El autobús del colegio se acerca al bordillo y se detiene. Lilith se apea del mismo y acto seguido echa a andar hacia la casa de Quenton. No participa en las actividades extraescolares, pero nunca tiene prisa por volver a casa y ver a su tutor.

Se le acerca Regina Johnson.

—¡Eh, Robinson, espera!

Lilith sigue caminando.

Regina la alcanza.

—¿Con quién ibas hablando en el autobús?

—Con Brandy.

—¿Qué Brandy?

Lilith aprieta el paso.

—Eh, espera. Tengo un poco de hierba. ¿Te apetece colocarte?

—¿Qué es lo que quieres, Regina?

—Venga, anímate, sólo pretendo conocerte mejor.

—¿Por qué?

La rubia sonríe.

—¿Vas a ir con alguien a la fiesta de Brett?

—No.

—¿Por qué no vienes conmigo? —Regina desliza la punta de los dedos por las nalgas en movimiento de Lilith.

Lilith se para en seco.

—No me van las chicas.

—No es eso lo que me han dicho.

—Ah, ¿no? ¿Y qué es lo que te han dicho?

—No sé. Es que… bueno, como eres tan guapa y nunca te veo con chicos…

—No te creas todo lo que te digan. Tengo novio, sólo que no vive por aquí.

—Oh. Bueno, ¿pero no sientes un poquito de curiosidad doble?

—Tengo que irme.

—Espera. Acompáñame por el parque y nos fumamos un porro a medias, ya sabes, como amigas. A no ser que tengas prisa por volver a casa.

Regina echa a andar en dirección al parque, seguida por Lilith.

Longboat Key, Florida

Immanuel Gabriel se encuentra a solas en el laboratorio del SOSUS cuando su tía Evelyn da unos golpecitos en la puerta abierta.

—¿Te importa que te acompañe?

El gemelo de pelo oscuro no se molesta en levantar la vista.

—Jacob no está.

—La verdad es que quería hablar contigo.

—¿Para qué?

Evelyn se acerca apoyándose en un bastón como ayuda para su cadera artrítica.

—¿En qué estás trabajando?

—Estoy trazando el gráfico de una nueva pauta migratoria de las ballenas.

—¿Me dejas escuchar un poco?

Immanuel enchufa unos auriculares y luego se los pasa a su tía.

—Son muchas. Qué criaturas más divinas.

—Yo no soy como él, ¿sabes?

—Lo sé.

—Jacob me pone furioso.

—En ocasiones tu hermano puede ser… intenso.

—Es un chiflado. ¿Por qué le consientes?

—Puede que yo también sea una chiflada.

Immanuel sonríe.

—Oye, ¿quieres ver una cosa genial? —Evelyn aguarda pacientemente mientras el muchacho trae a la pantalla la imagen de un animal de cuatro patas enorme, parecido a una rata—. ¿Ves esta criatura? Se llama paquicétido. En realidad es una ballena prehistórica.

—¿Eso es una ballena?

—Bueno, es el antepasado de las ballenas. Por motivos desconocidos, los paquicétidos volvieron a vivir en el mar hace unos cincuenta millones de años. Con el tiempo perdieron el pelo, que fue reemplazado por unas gruesas capas de carne que los aislaban del frío. La naturaleza incluso cambió la posición de las fosas nasales y las situó en la parte superior de la cabeza para que pudieran respirar con más facilidad.

Evelyn sonríe al adolescente.

—Les tienes mucho cariño a las ballenas, ¿verdad?

—Supongo. —Hace avanzar la página—. Fíjate. Éste es un rodocetus, la primera especie de ballena que tuvo una cola y un orificio para respirar.

—Es increíble. La verdad es que las ballenas han recorrido un camino muy largo, ¿no es así?

—Sí. —Immanuel continúa avanzando—. Los cetáceos modernos terminaron dividiéndose en dos subórdenes diferentes. Las grandes ballenas barbadas, al igual que las azules y las jorobadas, no tienen dientes. Las que sí los tienen, como los cachalotes y las orcas, continuaron siendo depredadores y desarrollaron un sentido llamado localización mediante el eco.

—¿Mediante el eco? ¿A eso se deben esos chasquidos agudos que emiten?

—Exacto. Mi abuela dice que los chasquidos permiten a las ballenas con dientes ver las cosas empleando sonidos. Al escuchar el eco, pueden navegar por su entorno viendo cosas que nosotros jamás podríamos localizar con los ojos.

—Como una especie de sonar incorporado, ¿no?

—Eso es. La localización mediante el eco proporciona a las ballenas una visión de rayos X. Mi abuela dice que un delfín o una ballena son capaces de detectar a un tiburón a varios centenares de metros y valerse de su sentido de localización para saber si ha comido recientemente.

—¿Sabe tu abuela por qué hay tantas ballenas que migran hacia el golfo de México?

—Es por la anomalía.

—¿Una anomalía? ¿Qué anomalía?

—La que detectó en el cráter de Chicxulub. Está alterando la orientación de las ballenas.

—No entiendo.

—Las ballenas tienen dentro del cerebro unas cosas que se llaman cristales magnéticos. Navegan sintonizándolos con los campos magnéticos de la Tierra. Es como llevar una brújula incorporada. Pero la anomalía magnética del golfo está volviendo locas dichas brújulas, con lo cual se confunden. Por eso están llegando tantas a las playas. Mi abuelo Julius también sabía mucho de ballenas.

—¿Y cómo sabes tú eso?

—Porque está en su diario.

Immanuel teclea otro comando y en la pantalla se abre una nueva página.

EL DIARIO DE JULIUS GABRIEL

—¿Son las memorias de tu abuelo?

—Así es. Jacob lo pasó todo a un disco de audio. Ordenador, recita la entrada 722 del diario.

ENTRADA 722 DEL DIARIO
GRABADA EN LA MESETA DE NAZCA, PERÚ
17 DE ENERO DE 1993

La voz computerizada del fallecido Julius Gabriel comienza a crepitar en los altavoces:

«De todos los dibujos de animales inscritos en la pampa del desierto, tal vez los más extraños de todos sean los de las tres ballenas, cada una de ellas claramente distinta de las demás.

Empezaré por la más antigua de las tres, un espécimen de diez metros dotado de una cola enorme y cuatro apéndices semejantes a patas. Aunque varios colegas míos opinan que la adición de esos extraños apéndices constituye una "licencia artística", yo no estoy de acuerdo, y por el contrario estoy convencido de que nuestro ancestral artista tenía algo distinto en mente.

Los paleontólogos han determinado que las ballenas modernas descienden de un mamífero terrestre ya extinto, un roedor gigante llamado Paquicétido. Misteriosamente, esta criatura terrestre regresó al mar caminando a cuatro patas algún tiempo después de que cayera el asteroide que provocó la extinción de los dinosaurios. En los veinticinco millones de años siguientes, la evolución consiguió transformar ese mamífero terrestre en un habitante del océano.

Igual de misterioso es un extraño objeto que fue dibujado debajo de la mandíbula inferior de este antiguo cetáceo. La mayor parte de mis colegas han identificado dicho rasgo como el orificio de respiración. En este punto discrepo enérgicamente; según la anatomía, el orificio de respiración de una ballena se encuentra situado en la superficie del dorso, y en cambio ese objeto aparece claramente dibujado bajo la mandíbula inferior del animal. El hecho de que mis colegas refuten este hecho indiscutible obedece simplemente al deseo de quitarle importancia al asunto y considerarlo un error cometido por el artista. (AR 1)

¿Un error? Los antiguos dibujos y figuras geométricas de Nazca poseen una precisión impropia de seres humanos. ¿Era el creador de dichos dibujos capaz de cometer un error tan grave? Yo opino que no.

Mi teoría, por improbable que parezca, es que ese objeto circular representa una forma de comunicación. Estoy convencido de que el creador de los dibujos de Nazca logró comunicarse con esas ballenas antiguas, y está claro que el artista quería que lo supiéramos nosotros.»

—Ordenador, fin del programa.

Immanuel mira a su tía.

—¿Y bien?

—Y bien, ¿qué?

—¿Crees que el Guardián se comunicaba con las ballenas?

—Sinceramente, no tengo ni idea.

—Jacob cree que sí. Anoche estuvo en la playa y... Bueno, no importa. Es una bobada.

—¿Qué es una bobada?

—Nada. Tengo que irme.

—Espera, Manny. Antes de que te vayas quiero preguntarte una cosa.

—¿Sólo una?

—¿Eres feliz?

—¿Y tú?

—Procuro serlo.

Immanuel desvía la mirada.

—Odio estar aquí. Es como estar en la cárcel. Mamá está paranoica, nunca me deja salir, y Jacob es un idiota, siempre está actuando como un maldito sargento. Lo único que le importa son esas estúpidas fantasías.

—Debe de resultarte difícil.

—Más difícil es para mi madre. Jacob la trata fatal.

—¿Por qué dices eso? Nunca le he visto perder los nervios con ella.

—La trata con indiferencia, como si le diera miedo quererla, o querer a quien sea, ya puestos. Mi hermano es totalmente cerebral.

—¿Tú te crees alguna de las historias que cuenta? Ya sabes, lo de los mitos mayas acerca de los Héroes Gemelos.

—No estarás hablando en serio…

—Verás, yo creo que en realidad quieres mucho a Jacob. Y también creo que los dos os parecéis mucho más de lo que dais a entender.

—No digas eso. ¿Crees que quiero terminar como él?

—No, pero pienso que tienes buen corazón, Manny. —Le toca el pecho con la palma de la mano—. Permite que él sea la luz que te guíe.

Belle Glade, Florida
28 de octubre de 2027
11.17 de la noche

Desde una manzana de distancia les llega el retumbar de los graves en unos potentes altavoces.

—No te pongas nerviosa —dice Regina—, tú déjate llevar.

Lilith se tironea nerviosamente de la ceñida camiseta de color violeta intentando disimular el bulto de los pezones.

—Preferiría que me hubieras permitido esperar a Brandy.

—Por una noche olvídate de Brandy. Esta noche estás conmigo.

—Si Quenton me viera vestida así… en fin…

—Relájate. Tu abuelo está durmiendo.

—Querrás decir que está durmiendo la mona.

Regina la toma de la mano.

—Tú no te separes de mí.

Cuando llegan a la fiesta, ésta se encuentra en pleno auge. Hay coches aparcados por todas partes: en el camino de entrada, en la calle y hasta encima del césped. Una mezcla multirracial de jóvenes que entran y salen sin cesar de la casa de dos plantas de piedra y estuco. En el aire flota un fuerte olor a cerveza y marihuana.

Todos los ojos se clavan en Lilith cuando acompaña a Regina al interior de la vivienda.

Dentro la esperan luces estroboscópicas y música *heavy-metal*, además de una pared de cuerpos en movimiento.

—¡Regina... eh, me alegro de que lo hayas conseguido! —grita Brett Longley abriéndose paso hacia ellas.

—Hola, Brett. A Lilith ya la conoces.

—Sí, claro, la he visto por el colegio. Hola, Lilith.

—Hola.

—Venga, vamos a colocarnos. —Regina se pone una pastilla blanca en la lengua y después se vuelve hacia Lilith.

Brett observa a las dos chicas mientras ellas se dan un beso con lengua.

—Oye, oye, guardadme un poco a mí.

29 de octubre de 2027
2.15 de la madrugada

Lilith está entumecida.

El entumecimiento es muy cómodo, no requiere sentir, ni pensar, sino tan sólo respirar de vez en cuando. No hay más que abrir la boca de par en par a la lengua de alguien y enseguida llega el entumecimiento.

«Soy un objeto popular...»

Lilith está tumbada en el sofá, entre Regina y Ron Ley.

Ron es alto. Ron es mayor. Ron juega al baloncesto en la universidad y también corre.

Ron es blanco. Ron es guay.

Ron está cachondo. Lilith nota su erección cada vez que él se inclina para robarle un beso.

—Lilith, termínate mi cerveza.

«No quiero más cerveza. Si bebo más, vomitaré, y si vomito me volverá a doler la cabeza.»

Lilith coge el vaso de cerveza que le ofrece Ron y lo apura del todo.

«A Ron le gusto. Ron piensa que soy guay. Jacob va a ponerse celoso.»

Regina se instala sobre las rodillas de Lilith.

Al otro extremo de la habitación cargada de humo se encuentra Dante Adams, terminándose su cerveza. Dante lleva horas con el ojo puesto en Lilith.

Dante está cachondo.

Dante es un depredador.

Ron besa otra vez a Lilith. Le estruja los pechos un poco demasiado fuerte, luego le coge la mano y se la lleva al dormitorio que está más cerca.

«¡No hagas esto, Lilith!» Ella intenta soltarse, pero ha desaparecido toda su resistencia.

«Así que estás entumecida. Pues sigue entumecida. Por lo menos, eres guay.»

Dante va tras ellos.

—Quita...

—Vamos, nena...

—No... Ron, por favor, no...

—No me gusta que se burlen de mí.

—No me estoy burlando.

—Vale. Si no quieres que te la meta, por lo menos chúpamela.

De pronto aparece Brandy por detrás de Ron. «Hazlo, es más fácil que luchar contra él.»

Lilith abre la boca. Inhala una ráfaga de la virilidad de Ron. Reprime el reflejo de una náusea y a continuación vomita de lleno sobre las zapatillas de baloncesto de Ron.

—Ajj... ¡serás estúpida!

Ron le propina una fuerte bofetada.

Demasiado agotada para sentir ningún dolor y demasiado atontada para encontrar el nexo, Lilith cierra los ojos con fuerza y se lame la sangre que le ha brotado del labio.

Dante se acerca un poco más.

—Ya me encargo yo de abrirle las piernas. Tú primero... después voy yo.

6.15 de la madrugada

Lilith vuelve a casa tambaleándose, poco antes de amanecer. Tiene el labio inferior hinchado y un hematoma en la mejilla. Lleva un desgarrón en la camiseta y ha perdido los zapatos.

Lilith ya no está entumecida.

Lilith está sobria.

Lilith quiere morirse.

Se cuela por la parte de atrás y entra por la puerta de la cocina. Oye roncar a Quenton.

Sin hacer ruido, introduce una mano en un cajón de la cocina y localiza el cuchillo de la carne.

Entra en el dormitorio de Quenton y ve que el viejo yace inconsciente en el suelo. Entra en el cuarto de baño principal. Observa fijamente la bañera y las cuchillas de afeitar colocadas sobre la jabonera. Reflexiona. Decide no abrir el grifo para no despertar a su abuelo.

Entra en el vestidor. Tira de la cadena que pende del techo y que baja la escalerilla para subir al desván. Sube al estrecho espacio buscando soledad.

Lilith odia el desván. Cuando tenía cuatro años, le tenía miedo.

Esta mañana el desván es un refugio, un punto sin retorno.

El alba se filtra por el vidrio roto del ventanuco de forma hexagonal.

Lilith se mira fijamente las venas de los brazos. No le da miedo morir, pero sí el dolor. El dolor significa ruido, y el ruido podría despertar a Quenton.

Mira alrededor en busca de una toalla o una camiseta, algo que meterse en la boca y morder mientras se abre las venas.

Se sienta, y al hacerlo se le escapa una mueca de dolor al sentir una fuerte punzada en el inflamado recto. Piensa en ponerse en contacto con Jacob, pero le da demasiada vergüenza. «Pensará que soy una furcia.»

Sus ojos azules recorren el desván y se posan en una caja de cartón que no le suena de nada. Extiende una mano y la abre.

La curiosidad se apodera de ella. Son los efectos personales de su madre.

Saca el polvoriento álbum de fotos y abre la maltrecha tapa, y al hacerlo se le cae accidentalmente la mitad del contenido, que estaba suelto.

Una fotografía amarillenta en blanco y negro de su madre y su padre en la ceremonia de la boda.

Un documento jurídico que certifica que Madelina Aurelia ha sido adoptada por sus nuevos padres, los Morehead.

La cartilla de notas de segundo curso de Madelina... todo sobresalientes.

Unas cuantas acuarelas, perturbadoras. Varias fotos más de su madre cuando era una adolescente.

Pasa el dedo por el sobre cerrado de papel manila. Rompe la cinta amarilla, busca en su interior y extrae varios recortes viejos de periódico y una fotografía en blanco y negro de un anciano de aspecto aterrador.

En el dorso de la foto hay un nombre escrito: El tío Alejandro.

Desdobla los ajados recortes de periódico. En todos se menciona a su tío-abuelo, el cual, por lo visto, era un *nagual*, un poderoso brujo mexicano.

Lilith lee los recortes, y su mente esquizofrénica va absorbiendo la información igual que una esponja.

15

31 de octubre de 2027
Instituto de Belle Glade
Belle Glade, Florida

Los alumnos pululan sin cesar por el desconchado asfalto del patio, esperando a que suene el timbre que marca el sexto período. Decenas de ellos forman corrillos y fuman junto a la valla metálica de dos metros y medio de altura. Otros están entretenidos con sus juegos informáticos del tamaño de la palma de la mano. Otros, sin camisa, juegan al baloncesto en la cancha de manera informal.

Lilith se arrodilla detrás de una de las canastas de baloncesto y se gira hacia Brandy.

—Bueno, pues aquí estamos. Y ahora, ¿qué?

«Haz lo que te he dicho.»

—Me harán daño.

«Esta vez no. Prepárate.»

Los luminiscentes ojos azules de Lilith siguen el desarrollo del partido.

Dante Adams se pasa el balón entre las piernas y acto seguido lo lanza con fuerza hacia el aro contrario. Ron Ley recoge el rebote defensivo y se lleva el balón a la otra mitad de la cancha. Tras eludir a un defensa con un pase cruzado, se planta delante de Brett Longley sobre la línea de tres puntos y lanza.

Se oye un susurro.

Lilith salta a la cancha y se hace con el balón antes de que toque el suelo, y después echa a correr.

—¡Eh! ¡Estás loca, tía, vuelve aquí!

Lilith corre como una exhalación, recta hacia la valla de dos metros y medio… y la salta.

Todo el mundo se queda con la boca abierta. Los chicos gritan juramentos y observan sin poder hacer nada cómo Lilith sortea el tráfico y desaparece detrás de un restaurante de comida rápida.

—¡Vamos!

Ron, Dante y Brett escalan la valla. A continuación, los tres cruzan la calle y atajan siguiendo una fila de setos que bordean la parte de atrás de la hamburguesería.

Lilith los está esperando sentada encima de un cubo de basura metálico y con la tapa abierta, rodeado por una deslucida cerca de madera.

—Ahí está —susurra Dante con rabia teñida de lujuria.

—¿Sabéis una cosa? Me parece que está jugando con nosotros —dice Ron—. El viernes por la noche te lo pasaste bien, ¿no, tía? Así que quieres un poco más.

—Vamos a tirárnosla aquí mismo —propone Dante. Levanta las manos y agarra a Lilith por los tobillos.

—¡Suéltame! —Se pone a dar patadas a Dante y a Ron mientras éstos la arrastran hasta el suelo y la inmovilizan.

—Eh, tranquilos, tíos. —Brett retrocede, pero es incapaz de apartar los ojos cuando Dante le sube las faldas a Lilith y le busca las bragas.

Pero esta vez Lilith está completamente sobria, y se desliza al interior del nexo.

Inmediatamente se pone en pie de un brinco y se eleva a través de invisibles olas de energía. A Dante y Ron les cambia el semblante y ponen cara de incredulidad cuando Lilith se abalanza sobre ellos, los agarra por el pelo y hace chocar sus cráneos con todas sus fuerzas.

La violenta colisión provoca una rociada a cámara lenta de sangre y huesos rotos a través de ondas de energía como de gelatina.

Lilith contempla un instante el duelo de chorros carmesí y después centra su atención en Brett.

El muchacho ha dado media vuelta y está intentando huir.

Pero Lilith le propina una patada en las nalgas que lo arroja de cabeza contra el costado del cubo de basura.

El joven se derrumba en el suelo, magullado. Sangrando y apenas consciente, hace un esfuerzo por huir gateando a cuatro patas.

—Remátalo.

Lilith, sorprendida, se vuelve y ve que de pronto el nexo se ha llenado de una aura gélida.

El anciano es alto y de cabellos grises, y muy apuesto. Posee una nariz larga y aguileña, como la de una rapaz, que domina su rostro mesoamericano surcado de arrugas. El ojo izquierdo es de un azul intenso y penetrante, el derecho tiene un color avellana y expresión vaga, siempre mira de lado. Su cuerpo enjuto está cubierto por unas vestiduras sueltas y sedosas, de color blanco.

—¿Quién es usted?

—Ya sabes quién soy.

—¿Tío Alejandro? ¿Qué haces aquí?

—He venido para guiarte. Date prisa en rematar a ése antes de que te vea alguien.

—No… no puedo. —Lilith se dobla sobre sí misma a causa del dolor insoportable que le produce la acumulación de ácido láctico.

Don Alejandro Rafael se aproxima dando la impresión de flotar en medio de ondas invisibles de energía.

—No puedes rematarlo porque eres débil. Apártate y aprende.

Don Alejandro se inclina sobre Brett, toma el cráneo del chico entre los huesudos dedos de su mano derecha y lo retuerce. Las vértebras cervicales quedan destrozadas y la espina dorsal seccionada.

Brett se desmorona de bruces... muerto.

Seguidamente, don Alejandro se vuelve hacia Ron y Dante y hace una inspiración profunda para «catar» su disminuida fuerza vital.

—Lo has hecho bien, estos dos están a punto de morir. Ayúdame a meterlos en el cubo de basura.

Lilith obedece.

El camión de la basura llegará tres horas después. Al caer la noche, los restos de los tres adolescentes, junto con los demás desechos, serán depositados en un vertedero situado en la cima de una montaña formada por basura que se encuentra treinta kilómetros al sur del lago Okeechobee.

8.10 de la tarde

El empleado del motel se acaricia la perilla mientras Lilith va poniendo sobre el mostrador de recepción, salpicado de manchas de café, los cinco billetes de un dólar arrugados que le ha robado a Quenton de la cartera.

—Esto bastará para pagar la habitación de mi tío durante toda la semana.

El empleado recoge el dinero y le entrega a Lilith una llave deteniéndose un segundo de más al rozarle la mano.

—Si hay alguna otra cosa que pueda hacer por usted...

Ella ignora la insinuación libidinosa y sale del motel.

Don Alejandro Rafael aparece de detrás de un coche aparcado y la acompaña a la habitación 113.

El cuarto huele a cerrado y a moho. Lilith conecta el aire acondicionado, un aparato anticuado que se pone en marcha con un gruñido.

—Muy bien, tío Alejandro, ya he hecho todo lo que me has dicho, ahora quiero saber cómo has dado conmigo.

Don Alejandro Rafael se tumba en una de las dos camas gemelas y la mira fijamente.

—Nunca te he perdido la pista, ni siquiera cuando tus padres intentaron escapar de mí huyendo a Estados Unidos. Fui yo el que arregló que se casaran tus padres.

—¿Por qué?

—Por su linaje de sangre. Cada uno de nosotros posee una fuerza vital, Lilith, algo que el mundo occidental denomina, de forma muy distorsionada, alma. En el interior de tus genes viven dos potentes fuerzas. La primera fue creada hace mucho tiempo por la unión de dos antiguos linajes: uno maya, que se remonta a la época de Kukulcán, y otro azteca, el de Quetzalcoatl. Pero es esta segunda fuerza vital, la línea de sangre nuestra, la que nos permite aprovechar las fuerzas siniestras del universo. Es esa fuerza siniestra la que te persigue por la Tierra como un viento helado. Es espiritual en su forma, pero en cambio posee la capacidad de manipular a la otra.

—No lo entiendo. ¿Dónde está esa fuerza siniestra? ¿De dónde proviene?

—De otro lugar y otro tiempo. Percibirás su presencia cuando se acerques a nuestra tierra natal y al golfo de México. La fuerza siniestra es muy potente, llega a envolverte por completo. Es lo que me ha hecho venir desde Morelos para guiarte.

Los ojos azules de Lilith se agrandan.

—Quiero ese poder. ¡Enséñamelo!

El anciano sonríe.

—Para eso estoy aquí.

Cuando Lilith Robinson se tropezó por casualidad con las pertenencias de sus padres, descubrió un tesoro de objetos que le sirvieron para conocer un poco de la vida de su tío abuelo Alejandro Rafael, un hombre cuyas raíces se remontaban a la Francia del siglo catorce y a su antepasado Grégor Rafael.

Grégor Rafael nació en 1397 a las afueras de París. Siguiendo las huellas de su padre, se hizo militar de carrera y sirvió como guardia especial bajo el mando de Gilles de Rais. Valiente y capaz, Grégor fue asignado a la guardia de

Juana de Arco y libró varias batallas a su lado, un baño de sangre tras otro.

En 1429, tras la liberación de Orléans, Grégor, que a la sazón contaba treinta y dos años, regresó a casa, con su familia, trastornado por todo lo que había visto. Al cabo de unos meses volvió a la religión y se convirtió a la doctrina albigense.

Los albigenses (que tomaron el nombre de la ciudad de Albi, al sur de Francia) eran una rama del popular sistema dualista maniqueo, el cual creía en la existencia de un dios del bien y un dios del mal. Para los albigenses, el dios del bien era Cristo, el cual, durante su estancia en la Tierra, se convirtió en un ángel dotado de un cuerpo fantasma que le permitía adoptar la apariencia de un hombre. El dios del mal era Satanás, el responsable de haber encarcelado al alma en el interior del cuerpo humano.

Los albigenses creían que si una persona llevaba una buena vida podía ganarse la liberación de su alma tras la muerte. Si uno no llevaba una vida virtuosa, el alma volvía a nacer otra vez como ser humano, o incluso en forma de animal. Todo lo material, incluida la riqueza, la comida y hasta el cuerpo humano en sí, se consideraba malvado y aborrecible. Así pues, dicha secta afirmaba que la iglesia cristiana tradicional, con su clero corrupto y sus inmensas riquezas materiales, era un agente del Diablo.

A su vez, la iglesia cristiana consideraba que la existencia de los albigenses era la herejía más importante de la Edad Media. Cuando fracasaron los intentos pacíficos de convertir a este grupo, el papa Inocencio III lanzó la Cruzada Albigense. Para 1230, la mayoría de los albigenses habían sido eliminados de manera brutal, lo cual dejó el sur de Francia desolado durante los dos siglos siguientes.

La secta secreta de los albigenses a la que perteneció Grégor Rafael se dividió en dos grupos: los simples creyentes y los «perfectos», nombre derivado de la palabra *kazaroi*, del griego, que significa «puros». Los perfectos eran extremistas que habían renunciado a toda posesión y vivían sólo de los donativos que les procuraban los otros miembros. Tenían prohibido hacer juramentos, comer carne, huevos o queso, así como tener relaciones sexuales. Atormentado por la sangre que le manchaba las manos, Grégor buscó la «perfección», una decisión que hizo la vida sumamente difícil a su esposa Fanette y a su hijo adolescente André.

André, de catorce años, se negó a respetar la orden de celibato que le dio su padre y se marchó de casa. Buscó refugio en el antiguo comandante de su padre, Gilles de Rais, un hombre cuyas extensas riquezas y gran poder marcaban un fuerte contraste con las creencias del padre del chico.

La conversión de Grégor Rafael a los albigenses fue como una bofetada a la Iglesia. Al cabo de una semana de la fuga de André del hogar, su padre fue detenido por la Inquisición acusado de herejía. Los trece años que le quedaban de vida los pasó en la cárcel, el entorno ideal para quien buscaba la «perfección».

En cuanto a André, su destino siguió un camino diferente.

Gilles de Rais había acompañado a Juana de Arco a Reims para la consagración de Carlos VII, donde fue nombrado Mariscal de Francia. Permaneció al lado de la santa hasta que ésta fue capturada, momento en el que se retiró a sus posesiones de Bretaña.

Gilles era un hombre acaudalado que había heredado amplios dominios tanto de su padre como de su abuelo materno. Además, recientemente había contraído nupcias con Catalina de Thouars, una rica heredera. Tan bien le iba a Gilles, que se ganó la fama de mantener una corte más suntuosa que la del rey.

Gilles adoptó a su cargo al joven André y lo hizo heraldo, pero la personalidad del muchacho cautivó a Gilles, el cual pronto lo convirtió en persona de su confianza.

En julio de 1435, la familia Rais obtuvo un decreto real por el cual se impedía a Gilles vender o hipotecar el resto de sus propiedades. Este obstáculo económico hizo que Gilles, desesperado, recurriera a la alquimia, lo que terminó suscitando en él un inusitado interés por Satanás. Gilles había perdido una buena parte de sus riquezas y esperaba recuperarlas mediante el conocimiento y el poder del Diablo. A lo largo de los cinco años siguientes, André y él se sumergieron en la brujería y el ocultismo y adoraron a Satanás en ceremonias que más tarde dieron en llamarse «Misas Negras».

En una Misa Negra, los celebrantes utilizaban vestiduras similares a las de los sacerdotes cristianos, con la excepción de que la casulla llevaba además la figura de una cabra, un animal asociado con el Diablo. Otras parodias de la Iglesia eran, por ejemplo, suspender una cruz boca abajo, invertir las oraciones cristianas, bendecir con agua sucia, practicar sacrificios de animales y utilizar como altar el abdomen de una mujer desnuda. La Misa Negra culminaba en una orgía ritual y ocasionalmente en... un sacrificio humano.

Fue André Rafael, uno de los sumos sacerdotes de aquel culto, el que introdujo esa nueva blasfemia en la ceremonia.

En septiembre de 1440, Gilles de Rais fue detenido y llevado ante la justicia en Nantes. Allí fue condenado por herejía y por secuestrar, torturar y asesinar a más de ciento cuarenta niños.

André Rafael huyó de Francia y se escondió en las montañas Harz, en Alemania. Allí firmó pactos secretos que formalizaron las tradiciones sobrenaturales de la adoración del Diablo, la brujería y el Sabat Negro. Años después, viajó a África, donde aprendió todo lo referente a comer de los cráneos de los muertos para robarles el alma.

André tuvo doce hijos de tres esposas, y vivió para ver nacer a siete nietos y dos bisnietos. Tras su muerte, la influencia de su clan se extendió hasta el otro lado del océano cuando su bisnieto Etienne Rafael se embarcó en una nave de mercancías con rumbo a Nueva España (México).

La historia de los pueblos de Centroamérica se remonta a mucho antes de la llegada de los primeros europeos. Los primeros mexicanos «auténticos» eran tribus seminómadas que aparecieron por primera vez en Mesoamérica alrededor del 4000 a. C. Con el tiempo se asentaron y se hicieron agricultores. Cultivaban aguacates, tomates, calabazas y maíz: un híbrido del teosinte.

Entonces, alrededor del 1500 a. C., llegó *él*.

Él era un individuo caucásico de rostro alargado y cabellos y barba blancos. Los mesoamericanos no habían visto jamás una persona de raza banca, y mucho menos una con barba (los mayas carecen, por genética, de la capacidad de que les crezca barba en la cara). Pero aquel desconocido era singular también en otras cosas, pues poseía una sabiduría mucho mayor que la de nadie que los mayas hubieran conocido. Aquel anciano caucásico se convirtió rápidamente en su caudillo y pronto fue reverenciando como rey-dios.

No existen documentos que nos digan su nombre ni cómo se llamaba su pueblo, pero los nativos de esa baja región del golfo de México terminaron siendo conocidos como los olmecas, la cultura madre de toda Mesoamérica. Bajo la tutela de su maestro, los olmecas unificaron la zona del golfo, y sus adelantos en astronomía, matemáticas y arquitectura influyeron en los zapotecas, toltecas, mayas y aztecas, culturas que vinieron después, a lo largo de los dos mil años siguientes.

Casi de la noche a la mañana, dio la sensación de que los olmecas, habitantes de la jungla, pasaron de ser simples agricultores a convertirse en los arquitectos de la sociedad moderna. Establecieron estructuras complejas y amplios centros ceremoniales. Fueron los primeros de toda Mesoamérica en registrar acontecimientos por escrito. Ellos inventaron el antiguo juego de pelota y crearon grandiosas obras de arte, entre ellas las famosas cabezas olmecas, cráneos monolíticos de basalto, muchos de los cuales pesan casi treinta toneladas.

La presencia del individuo barbado pronto se dio a conocer por toda la región. Para los mayas y los toltecas era el gran maestro Kukulcán; para los aztecas era Quetzalcoatl, la serpiente emplumada. Y aunque prometió a su pueblo que un día regresaría, la partida definitiva del rey-dios, que tuvo lugar alrededor del año 1000 de nuestra era, dejó Mesoamérica sumida en el caos. Muchos pueblos, como el maya, recurrieron a los sacrificios humanos con la esperanza de aplacar a Kukulcán e incitarlo a que volviera del gran más allá.

Quinientos años después llegarían a Centroamérica los primeros caucásicos «oficiales», procedentes de Europa, los cuales trajeron consigo la tiranía y la muerte, y también algo más...

...el Diablo.

Hernán Cortés era un español que se había labrado una reputación tanto de explorador como de conquistador. En 1519, el gobernador de Cuba, Diego de Velázquez, encargó a Cortés que, junto a sus fuerzas, invadiera y conquistara el imperio azteca de Moctezuma. Provisto de once naves y quinientos hombres, Cortés zarpó hacia la península del Yucatán, la tierra de los mayas. Siguió la costa del golfo en dirección norte y fundó el primer asentamiento de españoles, la Villa Rica de Vera Cruz (la moderna Veracruz). Cuando sus hombres se dieron cuenta de la aterradora situación a la que se enfrentaban, Cortés, temiendo la deserción, ordenó que quemaran las naves. Los españoles, muy superados en número, tendrían que ganar la batalla o morir en el intento.

Lo que Cortés no llegó a sospechar nunca fue que el resultado de dicha guerra iba a decidirlo algo completamente distinto: un caso de confusión de identidad.

Cuando Moctezuma, el rey azteca, recibió la noticia de que había llegado un hombre blanco y barbudo procedente del mar, tuvo la convicción de que Cortés no podía ser otro que Quetzalcoatl, que había regresado de la tumba, tal como había prometido. Haciendo caso omiso de una serie de siniestros presagios de sus *naguales* (hechiceros), el rey azteca envió varios emisarios para escoltar al español y a su ejército y llevarlos directamente a la capital, Tenochitlán, una isla casi inexpugnable situada en medio del lago Texcoco. Los atónitos españoles, impresionados por el tamaño de aquella ciudad y por sus numerosos templos y canales, fueron tratados como dioses. Cortés, fingiendo amistad, aguardó a que llegara el momento oportuno y entonces ordenó a su ejército que atacara. La sangrienta matanza que siguió supuso el primer golpe de una guerra sin cuartel que duraría más de dos años.

Cortés terminó ganando Mesoamérica para España, pero los sacerdotes españoles tardaron mucho más tiempo en «conquistar» a los pueblos de Centroamérica. Para los españoles, los maya y los aztecas eran paganos impíos que adoraban a deidades que sólo podían ser aliadas del Demonio. Los códices de Kukulcán (y sus advertencias respecto al inminente día del juicio) se echaron a las llamas y sus seguidores fueron convertidos al cristianismo… so pena de ser torturados.

En realidad, la dicotomía entre el bien y el mal, Dios y el Diablo les era totalmente ajena a los indios mesoamericanos. Antes de la invasión de los españoles, el ser divino que más podía compararse con Satanás era Tezcatilpoca, considerado el dios de la noche y el patrón de los hechiceros. El «espejo que despide humo» era el señor del pecado y del sufrimiento y el inventor del fuego, pero no era el Diablo.

Por lo menos, hasta que llegaron los sacerdotes españoles.

Para propagar el cristianismo por Mesoamérica, los sacerdotes tuvieron que enseñar a sus «alumnos ignorantes» que el universo estaba dividido entre las fuerzas del bien (Dios) y las fuerzas del mal (Satanás). Toda acción conceptuada como inaceptable se consideraba que era el mal. Las personas que hacían el mal y que por lo tanto se pensaba que habían conspirado con el Diablo eran tachadas de brujos, y en Nueva España no se toleraba la brujería.

Rápidamente se estableció en Nueva España el Santo Oficio de la Inquisición, y poco después se empezó a llevar ante la justicia del mismo a miembros de las tribus mesoamericanas y a condenarlos por practicar la brujería.

Al conceder tanta importancia al Diablo y a la brujería, los católicos, sin darse cuenta, contribuyeron a su florecimiento. Comenzaron a formarse sociedades secretas entre los mesoamericanos conquistados, y las ciudades más grandes se convirtieron en centros de sexo y pecado. Satanás (que se representaba en forma de una cabra) hacía de anfitrión en los aquelarres. Se hicieron pactos con el demonio y se introdujo la magia negra, que fue pasando de una generación a otra.

Donde en otro tiempo hubo inocencia, ahora florecía la hechicería. Gracias a los blancos invasores, el miedo al Diablo se había transformado en algo real.

Etienne Rafael llegó a México en el otoño de 1533 con una misión: esparcir la semilla de las «fuerzas siniestras» por todo el Nuevo Mundo. Sus viajes lo llevaron a Tecospa, una aldea de indios nahuatl situada al otro lado de las montañas de Morelos. Allí conoció a un jefe azteca llamado Motecuma, cuyos antepasados maternos eran descendientes directos de Quetzalcoatl, un miembro de la hermandad del Guardián.

Etienne se enamoró de la hija mayor de Motecuma, Quetzali, una belleza de intensos ojos azules perteneciente al linaje Hunahpú del Guardián. La pareja tuvo ocho hijos, a los cuales crió en la parte más al sur del Valle de México, una tierra en otro tiempo dominada por los poderosos aztecas.

Al igual que su padre, Quetzali era una hechicera o *nagual*. Los hechiceros mesoamericanos tenían mil años de antigüedad. Habían sido consejeros de los reyes y sabían predecir acontecimientos. Se decía que un nagual podía causar una enfermedad chupando la sangre de su víctima o echándole el «mal de ojo». Se creía que los hechiceros más poderosos eran incluso capaces de capturar el alma de un hombre.

Veintisiete generaciones después de que se iniciara el linaje Rafael-Quetzalcoatl, nació Alejandro Rafael. Al igual que su antepasado André, Alejandro buscó un camino diferente en la vida.

Los aldeanos de Morelos despreciaban y temían a Alejandro. Decían que su «ojo» le hacía poderoso, que sus *K'az-al t'an-ob* (maldiciones) provocaban enfermedades graves y dolorosas.

Dotado de una gran inteligencia y de una insaciable sed de poder, Alejandro decidió que su vocación en la vida era aprender la verdad que subyacía tras el poder de los naguales. A diferencia de los supersticiosos aldeanos, él sabía que los brujos obtenían sus conocimientos no de hechizos y encantamientos, sino de su linaje. Los olmecas, aztecas, toltecas y mayas habían ascendido al poder bajo la tutela de dos grandes naguales: Kukulcán y Quetzalcoatl. Alejandro sabía que aquellos hombres habían engendrado decenas de hijos y que las capacidades espirituales de su propia familia se remontaban hasta el mismo Quetzalcoatl. Lo que necesitaba para incrementar el poder de su linaje era un descendiente de la línea de sangre de Kukulcán.

Hallaría su vínculo genético en Cecilia Meztli, una mujer de origen maya cuyos antepasados maternos habían vivido en la ciudad de Chichén Itzá y habían sido engendrados por el gran Kukulcán en persona.

Demasiado viejo ya para tener hijos, Alejandro escogió como marido de Cecilia al hijo de su hermana, Miguel Aurelia Rafael. El curandero advirtió a la familia de la muchacha que no se acercase a don Alejandro, pero los Meztli le debían dinero, y el matrimonio arreglado serviría para saldar la deuda.

Diecisiete meses después nació Madelina Aurelia, una niña de ojos intensamente azules, y don Alejandro consiguió el lacayo que llevaba tanto tiempo buscando. El nagual conspiró contra los padres de la pequeña, empeñado en criarla él mismo. Tras una serie de tragedias, la familia huyó en secreto de Morelos y se digirió a Estados Unidos.

Diecisiete años después, la preciada aprendiz de Alejandro Rafael murió al dar a luz a Lilith Eve Robinson.

Lilith está terminando de cortar el césped del patio trasero de la casa cuando Quenton vuelve de la iglesia. Al oírlo entrar en la casa, con el corazón acelerado, se apresura a colocar de nuevo en su sitio la gastada tumbona para que quede de cara al sol. Se quita la parte superior del biquini tal como le ha indicado don Alejandro y acto seguido se tiende en la tumbona y se unta de aceite el pecho desnudo lanzando al mismo tiempo gemidos lo bastante fuertes como para que los oiga su tutor legal.

Quenton está orinando en el cuarto de baño. Al oír los gemidos, se asoma entre las cortinas de la ventana abierta y contempla a la adolescente semidesnuda.

—Santo cielo…

Con el paso de los años, Quenton Morehead se ha convencido a sí mismo de que los abusos sexuales cometidos contra Lilith constituían una parte necesaria del «exorcismo» de la pequeña. Ya había rogado a Jesús que lo perdonase, de manera que seguro que Lilith lo perdonará también. Ahora que ya cuenta sesenta y muchos años, ha ido reduciendo la frecuencia de los «tratamientos», temiendo que la muchacha, envalentonada, pueda contárselo a alguien.

Pero Quenton todavía tiene sus necesidades, y la incipiente adolescencia de Lilith lo atormenta provocando deseos que ni siquiera la oración logra apaciguar. En cambio, esta exhibición de desnudez en público… esto ya es algo completamente distinto. La muchacha se está burlando de él, está cargándole de electricidad por dentro.

Lilith gime más fuerte al pasarse los dedos por debajo de la braguita del biquini, proporcionándose placer a sí misma.

Eso ya es más de lo que puede soportar Quenton. Sale del cuarto de baño y se encamina al exterior de la casa.

Al notar su presencia, Lilith abre los ojos.

—¿Querías algo?

Quenton la agarra por el brazo y la obliga a ponerse de pie.

—¿Quieres ser una chica mala? Ya voy a enseñarte yo lo que hacemos con las chicas malas…

Lilith se desliza al interior del nexo.

Un momento después, Quenton Morehead se encuentra tumbado de espaldas sobre el césped recién cortado, con la mirada fija en el azul del cielo y en el azul surrealista de los ojos de su nieta.

Pero entonces el puño de Lilith le tapa la vista al tiempo que le propina un capirotazo en la nariz.

—Ay… Dios… ¡maldita seas, puta! —Le brota sangre de ambas fosas nasales.

—¿Puta? A las putas les pagan, Quenton.

—¡Y yo te he pagado! Te he dado de comer, te he vestido y te he dado un techo durante catorce años. ¡Estás en deuda conmigo!

Todavía sentada a horcajadas sobre él, Lilith se acaricia los pechos.

—¿Quieres esto, Quenton? Ven a cogerlo.

Quenton extiende las manos hacia ella, pero Lilith lo golpea de nuevo, un puñetazo rabioso e increíblemente rápido que le deja unos cuantos dientes bailando.

Lilith se pone en pie y, dando vueltas en el dedo a la parte inferior del biquini, se dirige contoneándose hacia el interior de la casa, desnuda.

—No te olvides de recoger la cortadora de césped antes de entrar.

Quenton rueda sobre un costado y escupe dos dientes ensangrentados. «Lo único que pienso hacer es arrearte una paliza que te vas a enterar, a ver si después sigues caminando de esa manera.»

16

1 de noviembre de 2027
Instituto Correccional Federal
Miami, Florida

—…diecinueve… veinte… veintiuno…

El interno Pierre Robert Borgia, de ochenta y dos años, toma aire con los dientes apretados, el rostro congestionado y los músculos temblorosos, mientras lleva a cabo su régimen cotidiano de flexiones.

—…veintidós… veintitrés… veinticuatro…

Han pasado casi quince años desde que el antiguo secretario de estado fue encarcelado por ordenar el asesinato de Michael Gabriel.

—…veinticinco… veintiséis… veintisiete…

Borgia es un preso modelo. Ha ayudado a enseñar a los reclusos participantes en un programa de alfabetización. Ha dirigido grupos para rezar los domingos.

—…veintiocho… veintinueve… treinta…

Los vídeos que le envían por correo a diario lo han mantenido al tanto de los esfuerzos que hace su familia por reducir la condena. Sabe que la libertad bajo fianza está a la vuelta de la esquina.

—…treinta y uno… treinta y dos… treinta y tres…

El ejercicio lo ha ayudado a controlar su presión arterial. La meditación diaria ha preservado su cordura.

La idea de vengarse es la que lo mantiene vivo.

—...treinta y cuatro... treinta y cinco... treinta y seis...

En otro tiempo, la rabia de Borgia únicamente iba dirigida al hijo de su archienemigo, un hombre que tres décadas atrás lo había agredido físicamente en un escenario, agresión que le costó el ojo derecho.

Pero ahora que Michael Gabriel estaba muerto, la rabia de Borgia se ha reorientado hacia otra persona.

—...treinta y siete... treinta y... ocho... treinta... y nueve... ¡cuarenta!

Borgia se tiende en el frío suelo de linóleo de su celda de un metro y medio por dos y recupera el resuello mirando fijamente la proyección de una costa tropical sobre la pared.

—Ordenador, activa la CNN.

El océano holográfico desaparece y es sustituido por un muro de ladrillos de ceniza. Al cabo de unos instantes comienza la emisión del boletín informativo.

«...tras la muerte la semana pasada de la mujer de nacionalidad jordana Ann Katras, hoy mismo el ex presidente de Estados Unidos Ennis Chaney ha sido nombrado secretario general del Consejo de Seguridad de las Naciones Unidas.»

—¡Aaah! —Borgia da una patada a la pared y el rostro de Chaney se distorsiona bajo su bota.

«...En otras noticias, la Asociación Mundial de Baloncesto ha sumado otros dos equipos europeos a su Conferencia Oriental...»

—¡Ordenador, para el informativo!

La transmisión se interrumpe.

Borgia tiene el pulso disparado y la tensión arterial por las nubes. Hace una inspiración profunda y luego deja escapar el aire lentamente. Repite el ejercicio hasta que el pulso deja de retumbarle en los oídos, a continuación vuelve a ponerse de rodillas en el suelo y reanuda el entrenamiento.

—Uno... dos... tres... cuatro...

Hay una persona a la que Borgia desprecia más que a ningún otro ser humano, una persona cuyo mero nombre ya provoca que le hierva la sangre y que le sangre la úlcera...

—...cinco... seis... siete... ocho...

Ya queda menos para la condicional.

Pierre Borgia está contando los días.

Longboat Key, Florida
2.35 de la tarde

—Vamos, Manny. ¡Aplica la fórmula y después calcula la respuesta!

Immanuel Gabriel está mirando fijamente su Vision-Station, un monitor de ordenador curvo y de alta resolución, de metro y medio de alto y dos de ancho, que abarca todo su campo visual.

—Ya se lo he dicho, señor Hopper, no sé hacerlo.

—Claro que sabes —insiste el tutor—. Observa y aprende. —Scott Hopper se inclina sobre el muchacho y teclea una ecuación diseñada para calcular fuerzas G y la velocidad de la luz—. Ya está, ya te he introducido los valores, ahora realiza tú las operaciones.

—¿De qué sirve todo esto? No tengo ningún interés en ser astronauta, voy a hacerme deportista profesional.

—Claro que sí. Pero ahora aplica la maldita fórmula para que podamos terminar la lección.

—Quiero terminar aquí.

—Siéntate, por favor...

—No. Quiero lanzar unos cuantos balones antes de cenar.

—Hasta que termines todos los problemas, no. Tu hermano los terminó hace una hora, y está estudiando física cuántica.

—Pues mira qué bien.

—¡Siéntate!

—Déjeme en paz.

Hopper se traga una réplica. En ese preciso momento entra Jacob en la habitación.

—Jacob, a ver si tú eres capaz de meterle un poco de sensatez a tu hermano en la cabeza. No quiere hacer caso de nada de lo que le digo.

El instructor se va.

Immanuel se besa el dedo medio y se lo enseña a Scott Hopper, de espaldas a él.

—Tengo que hablar contigo, Manny. He vuelto a comunicarme con nuestro padre.

—Y yo he estado charlando con el Ratoncito Pérez. Dice que te echa de menos…

De pronto, en una maniobra fulgurante, Jacob agarra a su hermano por las caderas y lo levanta en vilo del suelo.

—Suéltame…

—Ya estoy harto de ti, Manny. Vas muy rezagado en los estudios y…

Immanuel propina una patada a su hermano en el pecho, con tanta fuerza que los dos hermanos ruedan por el suelo.

El gemelo de cabello oscuro se pone en pie de un salto.

—Yo también estoy harto de ti, idiota. Estoy harto de tus estúpidas fantasías y de que siempre estés dándome órdenes. Sobre todo, estoy asqueado de vivir en este campo de prisioneros.

—Es por nuestro propio bien. Ahí fuera hay mucha gente loca que…

—¡Aquí sí que hay locos! —Immanuel recoge su silla con un gesto de frustración y la estrella contra la pantalla del ordenador provocando una lluvia de pedazos rotos que vuelan en todas direcciones.

—¡Basta! ¿Tienes idea de cuánto cuesta eso?

—A mí no me cuesta nada en absoluto. —Immanuel hace ademán de ir a coger otra silla.

Pero Jacob lo intercepta sujetándolo con una fuerte llave.

—Basta ya, Manny. No quiero hacerte daño.

—¿Hacerme daño? —Sus ojos color ébano se llenan de lágrimas—. Me estás matando.

—¿Cómo voy a estar matándote? ¡Contesta!

—Suéltame…

Jacob lo suelta.

—Vivimos en el paraíso. Tienes todo lo que jamás podrías desear o necesitar.

—Y una mierda. Lo que necesito es libertad. Necesito amigos de mi edad. Estoy cansado de jugar al baloncesto con los guardias. Quiero competir en equipos de verdad. Y también quiero conocer chicas. Chicas, Jacob, personas del otro sexo, ¿o es que ese gen Hunahpú que tienes te ha cortado los huevos?

—Yo también siento deseo sexual, hasta tengo una novia.

—Ah, ¿sí? ¿Quién? ¿Tu propia manita y sus cinco amiguitos?

—Se llama Lilith. Hablamos… por Internet. Ella quiere que estemos juntos, pero yo no puedo.

—Oye, eso es precisamente a lo que me refiero. ¡Queda con ella! Búscate la vida.

—No funciona así. La quiero, por eso tengo que romper con ella.

—¿Cómo?

—Está convirtiéndose en una distracción.

—¿Una distracción? ¿De qué?

—Sigues sin entenderlo, ¿no? Sigues negándote a aceptar quiénes somos y lo que está en juego.

—Ay, Dios, ya empezamos otra vez…

—Se está agotando el tiempo, Manny, sólo nos quedan seis años.

Immanuel abre mucho los ojos.

—¿Qué va a ocurrir dentro de seis años?

Jacob sacude la cabeza negativamente y se vuelve hacia la puerta.

—Oye, gilipollas, te he preguntado qué va a ocurrir dentro de seis años.

—Tú entrénate, Manny. Entrénate como si te fuera la vida en ello.

Los puntos de intenso color azul brillan a través de la neblina blanca del nexo.

—Jacob, lo he hecho. ¡Lo he hecho por fin! Quenton intentó violarme, pero esta vez me deslicé al interior del nexo... ¡y le di de puñetazos!

—Me alegro.

—Pues no lo parece.

—Perdona.

—Me sentí fenomenal al pegarle, me sentí poderosa. Fue incluso mejor que cuando pegué a los chicos esos.

—¿Qué chicos?

—No importa.

—Lilith, ¿qué chicos?

—Unos gilipollas que conocí en una fiesta. Ya no volverán a molestarme nunca más.

—Lilith, no puedes ir por ahí pegando a la gente.

—Disculpa, pero haré lo que tenga que hacer para sobrevivir.

—¿Pero qué estás diciendo? No pareces tú en absoluto.

—Es mi nueva personalidad. Mi tío Alejandro está enseñándome a usar mis poderes.

—¿Tu tío Alejandro?

—Un pariente lejano que ha venido a verme.

—¿Él es... Hunahpú?

—Sí. ¿Jacob?

—Lilith, en este momento no puedo hablar contigo. Necesito... tengo que hablar con mi padre.

—Y yo necesito sentir tus brazos alrededor de mi cuerpo.

—Ya te digo que en este momento no puedo verte.

—Y yo estoy harta de esas excusas. Necesito tu calor. En mi vida no hay calor, Jacob, y tampoco lo hay ya en tus palabras. Te has vuelto frío y calculador, y eso no me gusta.

—Lo siento, pero es que están sucediendo cosas. Yo no pedí la vida que me ha tocado vivir, como tú tampoco pediste la tuya.

—¿Por qué no pruebas a aplicarte tus propios consejos y cambiar las cosas?

—Voy a hacerlo. A partir de ahora mismo.

—¿Qué quieres decir con eso?

—Que no puedo verte fuera del nexo. Y tampoco dentro.

—Yo pensaba que me querías.

—Y te quiero... pero no puedo comunicarme contigo mientras estés en contacto con otro Hunahpú.

—Es mi tío.

—No importa. Mi destino... No puedo correr riesgos.

—Al cuerno con la tontería esa de los mayas, nuestro destino es estar juntos.

—No es ninguna tontería. Mi padre me ha advertido de que...

—¡Al cuerno con tu padre, tu padre está muerto!

—No digas eso.

—Piensa, Jacob. Los nigromantes como nosotros sólo podemos hablar con los muertos.

—Te equivocas.

—¡No me dejes, Jacob! ¡Eres lo único que tengo!

—Mira, no deseo hacerte daño, pero están sucediendo cosas... Hay cosas más importantes en juego.

—¿Qué es más importante que el amor?

—Lilith...

—¡Contéstame! ¿Qué es más importante que el amor?

—Lo siento.

Jacob siente un estremecimiento cuando lo alcanza una ráfaga de la energía venenosa de Lilith.

—¡Vete al Infierno, Jacob Gabriel! ¡Vete directo al Infierno!

—Lilith...

El súbito vacío del nexo se cierra sobre él.

—El Infierno. Exactamente allí es adonde voy a ir.

—¡Padre, te necesito!

—Aquí estoy, Jacob. Dime, ¿qué ocurre?

—*Me siento muy solo. Manny sigue sin ser Hunah-pú, al menos no es como yo.*

—*Dale tiempo.*

—*No sé. Él desea una vida normal.*

—*Al final, Manny cumplirá su destino.*

—*Odia su vocación, lo único que quiere es vivir su vida. Quiere enamorarse.*

—*¿Y qué le has dicho tú?*

—*Que el amor es una distracción, que debilita a los hombres. ¿No estás de acuerdo?*

—*Jacob, el amor es la fuerza más poderosa del universo. El amor que siento yo por tu madre ha impedido que me rinda. Y ha sido tu amor hacia mí lo que me ha salvado.*

—*Te falta mucho para estar salvado. Cuando Immanuel y yo te encontremos y te rescatemos, entonces sí estarás salvado. Hasta ese momento, no tengo tiempo para esas tonterías del amor. Por lo menos ahora no.*

—*Has encontrado una chica, ¿verdad? Una persona especial.*

—*Sí.*

—*¿Y la amas?*

—*A veces no puedo dejar de pensar en ella.*

—*Lo mismo me ocurría a mí con tu madre. Había ocasiones en las que el amor que sentía parecía consumir todos los momentos que permanecía despierto.*

—*Por eso precisamente he tenido que romper. Me estaba descentrando, interfiriendo con mi entrenamiento.*

—*Jacob...*

—*¿Para qué prolongar el sufrimiento? Dentro de seis años habré salido de aquí, ¿no es así? Tú, más que nadie, deberías entender por qué he hecho lo que he hecho. Después de todo lo que me has dicho sobre ese bucle en el espacio-tiempo, sobre el fracaso del primer intento...*

—*Puede que no haya hecho bien en permitir esta comunicación.*

—Estás preparándome para lo que me espera.

—O condenándote a ello. Si sólo estuviera en juego mi existencia, me habría dado por vencido hace mucho tiempo, no habría permitido que hablases conmigo.

—No pasa nada.

—¡Sí que pasa! ¡Me pone furioso! ¿Por qué tiene que sufrir mi familia de este modo? ¿Por qué mis hijos y su madre tienen que pasar por todo este infierno?

—Papá, cálmate... la Abominación podría detectar tu rabia.

—¡Pues que la detecte, y que también la detecte Dios! ¿Me oyes, Dios? Sé que estás escuchándome. ¿Qué clase de dios es el que permite que las personas sufran de este modo? ¿Por qué el mal sale impune tantas veces? ¿Dónde está la justicia en tu universo?

—Papá...

—¡Te odio, Dios! ¿Me oyes? ¡Te odio tanto como me odio a mí mismo!

—Papá, por favor, me estás asustando. ¿Papá? ¿Papá?

—Lo... siento, Jacob. Lamento todo esto. Si hubiera sido más fuerte... si hubiera sido más sensato, jamás habría dejado que el Guardián me manipulase y me engañase como me engañó.

—¿Qué? ¿El Guardián te engañó? ¿¡Qué hicieron!? Padre, dímelo, necesito saberlo.

—Lo siento... me cuesta mucho trabajo concentrarme sintiendo tanta rabia. Me ciega... dispersa mis ideas.

—Entonces ve más despacio. Vuelve a pensar en el viaje que hiciste, en el viaje de Bill Raby. Se llamaba así, ¿no? El viajero del espacio que logró escapar del holocausto inminente.

—Bill Raby... sí... sí, me había convertido en Bill Raby.

—Y el transporte. Cuéntame qué sucedió después de que os estrellarais en Xibalba.

—Ahora lo recuerdo. Recuerdo que pensé que debía de haberme desmayado, porque cuando desperté la cabina estaba negra como el carbón y la gente no paraba de gritar.

—¿Por qué gritaban?

—El aterrizaje... el impacto provocó un incendio. Debió de ser bastante grave. Murieron una decena de colonos y otros muchos resultaron heridos.

—¿Pero tú estabas bien?

—No, creo que no. Ocurrió algo, pero no a Bill, sino a Michael Gabriel. Todos mis pensamientos y mis recuerdos de Michael habían desaparecido. A partir de aquel momento fui Bill Raby, genetista marino, abandonado en un mundo alienígena. Era como si Mick no hubiera existido nunca.

—De acuerdo, ¿y qué pasó después? Intenta acordarte.

—Estábamos rodeados por la oscuridad y todavía dábamos tumbos por la cabina privada de electricidad, cuando de repente oímos unos ruidos en el exterior de la nave, como de alguien que raspaba. Pegué la cara al portillo y recorrí el terreno con la vista en busca del origen de dichos ruidos. Hacía varias horas que se había puesto el sol. Como no podía ver en la oscuridad, busqué unos prismáticos de visión nocturna y me los acerqué a los ojos. Los objetivos surcaron la noche tiñéndolo todo de un color verde aceituna... y revelaron que allí fuera se movía algo.

»Se contaban por millones, escarabajos enormes, como de cincuenta centímetros de largo y tal vez diez o doce kilos de peso, porque sabe Dios cómo sería la gravedad en aquel desolado mundo. Surgían de las fisuras volcánicas a centenares, a millares, y el grotesco caparazón negro que les cubría el cuerpo se veía marcado por ocasionales destellos luminosos que cortaban la noche como diminutas luces estroboscópicas. Tras tragarme la bilis que me generó el pánico, mi primer pensamiento fue que aquello era una forma de comunicación... que aquellas luces eran una especie de lenguaje alienígena, parecido al de las luciérnagas de la Tierra, sólo que mucho más inteligente. Pero al ver cómo se amontonaban unos encima de otros y subían por el cristal del portillo para probar su grosor con sus cuernos en forma de trípodes y sus afiladas garras, comprendí que aquellos seres se parecían más a las horribles hordas de hormigas soldado que causan tanta destrucción en África y que actúan de manera colectiva devorando y reduciendo a la nada la vegetación y todo lo que encuentran a su paso.

»Todos contemplamos, aterrorizados e impotentes, cómo se extendían por el terreno cubierto de musgo en forma de oleadas de color negro. Taparon la nave, y durante varias horas terroríficas todos temimos que pudieran penetrar a través de las placas de acero. Tras una noche entera en tensión, los primeros rayos del amanecer los enviaron de vuelta a sus madrigueras subterráneas.

»Cuando se vio claramente que la marabunta no iba a aventurarse a la luz del día, los jefes de nuestro transbordador organizaron un equipo de exploración. Varios hombres me pidieron a mí que me reuniera con ellos en el exterior. Cuarenta minutos después, una docena de nosotros, todos vestidos con trajes espaciales, salimos de la cámara de presurización del transbordador para sumarnos a los jefes y los científicos de las otras once naves. Armados con instrumentos de medición, procedimos a examinar el suelo y el aire.

»Cuanto más íbamos descubriendo, más temor nos iba entrando. La atmósfera de aquel planeta contenía elevados niveles de monóxido de carbono, metano y amoníaco. Al igual que Marte, su cielo escarlata carecía de una capa de ozono, pero a diferencia del Planeta Rojo situado en nuestro extremo de la galaxia, en aquel mundo desolado no había más refugio que nuestras naves averiadas, y ninguna materia prima a la que acceder para lograr establecernos.

»Al cabo de tres horas, nuestros equipos regresaron a sus respectivas naves, pues la realidad de nuestra situación resultaba demasiado abrumadora. Nos encontrábamos aislados en un mundo que carecía de agua dulce, vegetación y aire respirable. No había capa de ozono que nos protegiera de los rayos ultravioletas de su sol, y los víveres que llevábamos en las na-

ves se agotarían en un plazo de cinco meses... suponiendo que no nos devorasen antes aquellos carroñeros nocturnos.

»Hace dos millones de años, nuestros antepasados se las arreglaron para sobrevivir a sus duros comienzos en las selvas del este de África. Los primeros humanos emigraron a territorios nuevos y se enfrentaron a desafíos que pusieron su vida en peligro. Buscaron refugio en cuevas y fabricaron herramientas para poder cazar. Aprendieron a utilizar el fuego y a cultivar la tierra, y crearon civilizaciones que prosperaron. Con el tiempo, el hombre, siempre explorador, construyó grandes naves para atravesar mares peligrosos con el fin de satisfacer tanto su necesidad de mejorar su vida como su sentido de la curiosidad.

»Y ahora, en cierto sentido, eso mismo habíamos hecho nosotros. Cuando era Michael Gabriel, en cierta ocasión tuve una visión remota de un miembro de la tripulación de Cristóbal Colón. Al compartir la conciencia de Bill Raby pude por fin experimentar lo que debieron de sentir aquellos valientes exploradores cuando en su travesía por el Atlántico empezó a cundir la desesperación.

»La desesperanza.

»El miedo.

»Las discusiones constantes.

»Doce naves de la Tierra se habían estrellado en un medio ambiente tóxico. Doce naves que contaban con unas reservas limitadas de aire, comida y agua.

»Doce naves. Más de seiscientas opiniones distintas.

»Mucho antes de partir de la Tierra, la colonia de Marte y sus diez mil habitantes, previamente seleccionados, habían sido preorganizados en cinco distritos. Habíamos nombrado representantes y hasta un presidente recién elegido. Aquel sistema multipartido había sido creado para atender las necesidades de aquel momento, pero estaba previsto que en el Planeta Rojo rigiera la democracia, la misma que había dado forma a Estados Unidos, con una Constitución nueva y una Declaración de Derechos.

»Pero nada de aquello servía para resolver nuestro dilema. Éramos náufragos separados para siempre de la colectividad. En el espacio, la que mandaba era la tripulación, pero ahora que las naves habían quedado inservibles, reinaba la anarquía.

»Si hubiéramos sido una colonia de hormigas, habríamos trabajado codo con codo antes de que amaneciera un nuevo día; si hubiéramos sido una colmena de abejas, no habría habido duda alguna acerca de la autoridad. Pero éramos hombres modernos, dominados por nuestro ego y llenos de orgullo. Así que antes de empezar a buscar comida y agua dulce, antes de empezar a diseñar refugios, antes de procurar satisfacer nuestras necesidades más básicas... antes, debíamos decidir quién mandaba.

»Imagínate doce estrechos vehículos espaciales, repletos de varios cientos de pasajeros emocionalmente trastornados y un número limitado de trajes espaciales. Fueron necesarias tres horas de negociaciones a través de los comunicadores entre una nave y otra sólo para determinar dónde iba a tener lugar la primera reunión del consejo y quién iba a asistir a ella.

»Los meteorólogos querían hacerse oír. Y también los geólogos, los horticultores, el personal médico, los ingenieros, los arquitectos... De hecho, todo el mundo quería expresar una opinión. Formábamos una maraña de conversaciones interminables, empeoradas por lo desesperado de nuestra situación. Por fin un hombre se alzó por encima de la refriega para poner orden en el caos... el único que era capaz de hacerlo. Devlin Mabus.

—¿Mabus? Padre, ¿guardaba alguna relación con Peter Mabus, el multimillonario?

—Era su nieto. La empresa de Devlin, llamada MTI, había financiado una tercera parte de la colonia de Marte. Su equipo había seleccionado a más de la mitad de los supervivientes que había en nuestros vehículos espaciales. Ya había sido nombrado vicepresidente del nuevo gabinete del presidente y era, sin lugar a dudas, la persona de más alto rango de Marte presente en aquel momento.

»Más importante todavía: Devlin había embarcado en un transbordador propiedad suya junto con dos docenas de guardaespaldas fuertemente armados, todos ellos leales al influyente multimillonario y a su venenosa madre. Devlin decidió que cada nave eligiera a tres representantes que servirían de enlaces para comunicarse con el consejo recién formado, del cual él sería presidente. Aquella jerarquía funcionó bastante bien... hasta el día en que uno de los representantes expresó abiertamente su discrepancia, lo cual ocasionó desavenencias entre ellos. Devlin se tomó las cosas con calma y ordenó que el disidente fuera devuelto a la nave de él para que ambos pudieran «tomar una decisión política en nombre de la colonia».

El disidente cambió de opinión. Dos días más tarde, salió a dar un «paseo».Dicho «paseo» consistía en una vuelta fuera de la nave sin el traje de protección. Dicho «paseo» era un suicidio.

—Por lo que parece, ese tal Devlin se parecía mucho a su abuelo.

—No me cabe la menor duda de que era incluso peor, después de haber conocido a su madre, una mujer capaz de manipular a una nación pequeña con su belleza y aplastarla en su perverso abrazo. Era tan seductora y letal como una trampa para moscas, y además era la mejor amiga y única confidente de Devlin. Ambos hacían muy buena pareja, y sin embargo, por más que yo les temiera, nuestra colonia sobrevivió en virtud de la unión de fuerzas entre los dos.

»Cada día que pasaba, nuestra situación se hacía más desesperada. Los equipos de exploración partían cada amanecer en busca de comida y agua, pero nunca podían aventurarse demasiado lejos porque se veían obligados a regresar antes de que los escarabajos gigantes salieran al caer la noche.

»Se instalaron trampas para capturar unos cuantos especímenes. Descubrimos que aquellos insectos eran ciegos y que se alimentaban de microbios que vivían en el interior de la roca volcánica y del musgo. Por desgracia, aquellos insectos alienígenas no eran comestibles.

»A medida que iban muriendo nuestras esperanzas, fueron aumentando los paseos suicidas. A veces era una sola persona, otras veces una familia entera. La depresión se extendió como una plaga. El hecho de que hubiera un número limitado de trajes protectores hacía que la mayoría de los civiles se quedaran confinados en sus naves, lo cual incrementaba nuestra sensación de aislamiento.

»Con todo, nuestra colonia contaba con algunas de las mejores mentes que podía ofrecer nuestra especie. Empleando piezas de repuesto, los ingenieros lograron mejorar técnicamente un vehículo aéreo no tripulado que había traído a bordo uno de los niños. Todas las mañanas, nuestro vehículo salía a explorar el entorno como si fuera la paloma de Noé, buscando la salvación.

»Y de pronto, la tarde de nuestro 43.º día en aquel planeta, la encontramos...

17

La luz se va apagando, y con ella todo mi miedo,
la atmósfera se electriza, la siento cercana,
siento su aliento en mi piel, su tacto en mi alma,
el hechizo ha sido lanzado, ella posee el control total.

El súcubo viene a mí,
me visita de noche,
arranca de mí el amor,
nuestras almas unidas se inflaman.

ODA AL SÚCUBO
Max Rael, *Historia de las armas de fuego*

2 de noviembre de 2027
Belle Glade, Florida

Quenton Morehead se encuentra a solas con Lilith en su iglesia, constituida por una única sala; ambos están dando una mano de pintura a los bancos. En los dos últimos días no se ha acercado a la muchacha, pues la repentina seguridad en sí misma y el exhibicionismo que ha mostrado lo tienen sorprendido y excitado a la vez.

Ahora es necesario adoptar un método nuevo, uno que esté a la altura de la nueva personalidad de su nieta.

—Lilith, ¿alguna vez hemos hablado del Súcubo?

—¿El Súcubo? No, nunca lo has mencionado. —Sintiendo la mirada de Quenton sobre ella, deja que sus pechos se agiten bajo el ceñido jersey de punto mientras maneja vigorosamente la brocha.

Quenton lucha por reprimir el impulso de arrastrarla hasta el entarimado y violarla.

—La Biblia nos dice que el Súcubo era un demonio hembra que visitaba a los hombres y los seducía mientras dormían.

—¿Y por qué iba a interesarme a mí ese Súcubo?

—Por un lado, se llamaba Lilith y tenía un enorme poder.

Lilith deja de pintar. Don Alejandro no le ha hablado de eso.

—Háblame de ella.

—Lilith fue la primera esposa de Adán, creada del barro mucho antes de que apareciera Eva. La Biblia dice que el Súcubo poseía una belleza tentadora, como tú, y que se negó a someterse sexualmente a Adán.

—No estarás equiparándote tú con Adán.

—De lo que se trata es de que Dios creó a Lilith para que proporcionara placer a Adán, pero ella se resistió a su misión. Abandonó el Paraíso y con el tiempo se quedó embarazada. Fueron las hijas de Lilith las que se unieron a Caín y Abel.

—Bien hecho.

—El Súcubo tenía mucho poder.

Lilith levanta la vista.

—¿Cómo es eso?

—Se acercaba a sus víctimas amparada en la noche en forma de un demonio del viento y se servía del sexo para controlar su voluntad. El Súcubo era capaz de controlar hasta al más fuerte de los hombres. Se dice que el hombre que caía en las redes del Súcubo nunca jamás despertaba de su hechizo.

Lilith deja que uno de los tirantes del mono que lleva puesto le resbale del hombro.

Quenton muerde el anzuelo y se le acerca un poco más.

La adolescente siente que su piel de color cacao se eriza al notar su proximidad.

—Noto el olor de tu lujuria, Quenton. Si vuelves a intentar algo, te haré todavía más daño.

—Estás en deuda conmigo. Podría haberme deshecho de ti hace mucho tiempo, pero no lo hice.

—Ojalá lo hubieras hecho. A lo mejor entonces no maldeciría mi propia existencia.

—Igual que maldigo yo el día en que mi esposa y yo acogimos a tu madre en nuestra casa. —Quenton avanza unos centímetros más—. Mira, sé perfectamente quién eres. Ya no puedes seguir engañándome.

—¿Y quién soy?

—La concubina de Lucifer, Lilith el Súcubo, reencarnada.

—¿Y eso te asusta o te excita, Quenton?

—Cierra la boca, impía.

—¿La impía soy yo? —Lilith se vuelve hacia él—. ¿Cómo te atreves, tú, que has pasado tanto tiempo violando mi inocencia?

—Lo que hice, lo hice para exorcizar al Diablo.

—¿Y quién es el Diablo para amenazar a un hombre de Dios, un hombre virtuoso? ¿Por qué habrías de temer tú a ese ángel caído, reverendo hipócrita? Ah, tal vez no sea miedo, sino celos, lo que alimenta tu odio; al fin y al cabo, Lucifer es el ángel del placer.

Quenton mira fijamente a la muchacha, con el cuerpo agitado.

—¿Te gustaría un poco de placer, Quenton?

De la boca abierta del anciano comienza a caer un hilo de saliva.

—Contéstame, reverendo pecaminoso. ¿Te gustaría follarme?

—¡Sí!

Quenton se abalanza sobre ella, pero Lilith levanta los puños y lo mantiene a raya.

Quenton se muerde el labio inferior.

—¿Por qué juegas conmigo?

—Todo placer tiene un precio. ¿Cuál es el precio de Lilith, el Súcubo? Dilo, reverendo esclavo.

Quenton, con los ojos muy abiertos, comprende que de pronto su víctima se ha vuelto contra él.

—¡Dilo!

—¿Mi testamento?

—Exacto. —Lilith le coge la mano y empieza a lamerle las yemas de los dedos; de pronto se mete uno de ellos en la boca, lo cual excita todavía más a Quenton—. Di mi nombre.

—Lilith.

—¿Quién soy yo?

—El... el Súcubo.

Los dedos humedecidos de Lilith rozan de manera casual el bulto que tiene Quenton en los pantalones.

Quenton deja caer la brocha y trata de abrazarla.

—¡No! —Lilith lo aparta de sí—. ¿Quién manda aquí?

—Tú.

—Así es, esclavo. Mando yo. Se acabaron los exorcismos, se acabaron los sermones acerca de Jesucristo y de Dios. Odio a Dios. Dios me abandonó la noche en que se llevó a mi madre y me dejó con un tipejo como tú. Dios se sentó tranquilamente a contemplar cómo tú me violabas y te permitió continuar a tu antojo. Dios me convirtió en víctima tuya. ¡Ahora mandan en mí las fuerzas de la oscuridad, igual que yo mando en ti!

Sus ojos azules llamean al exclamar en voz alta:

—¡Di... mi... nombre!

—Lilith.

—¿Quién soy yo?

A Quenton le ruedan las lágrimas por las mejillas.

—Que Dios me ayude...

—Dios no puede ayudarte, Quenton. Dios es un espectador en el juego de la vida. Dios nos contempla desde su percha dorada mientras niños inocentes sufren abusos sexuales por parte de monstruos como tú. Ahora tan sólo puedo ayudarte yo, porque tan sólo yo puedo darte lo que necesitas.

Acto seguido le desabrocha el pantalón y obtiene una reacción inmediata.

—Sí… por favor.

—Deja de gimotear y túmbate.

Jadeando como un animal, Quenton se tiende de espaldas sobre el suelo de madera, abierto de brazos y piernas.

—Mis condiciones son las siguientes, Quenton. Esta noche voy a proporcionarte placer. Mañana irás a tu banco y retirarás todo lo que posees, hasta el último céntimo. Después cambiarás tu testamento para que yo sea la única beneficiaria del mismo.

—¿Por qué?

—Porque así lo quiero yo, y porque tendrás que complacerme si quieres tenerme mañana por la noche, y a la noche siguiente, y a la siguiente. —Se quita el jersey y se lame los pezones—. ¿Me deseas?

—¡Sí!

—¿Y cómo vas a complacerme?

—¡Yendo al banco!

Lilith se quita el mono y se yergue sobre el ministro en ropa interior. Por primera vez en su vida se siente segura, con el control total.

—Quítate los calzoncillos, esclavo.

—¡Sí, Súcubo! —Quenton se quita a toda prisa la prenda y se queda semidesnudo.

Lilith contempla su sexo, ahora completamente erecto.

—¿Quién soy yo?

—¡El Súcubo!

—Escúchame con atención, esclavo. Vas a recibir un placer exquisito, pero sólo con las condiciones que ponga yo. Acudiré a ti, sí, pero única y exclusivamente cuando a mí me plazca, ¿entendido?

—¡Sí, Súcubo, sí!

—Tú nunca acudirás a mí, a no ser que yo te dé permiso. Jamás me tocarás otra vez ni volverás borracho a casa. ¿Entendido?

—Sí, Súcubo.

—A partir de ahora, el control lo tengo yo. Dormiré en tu cama, y tú dormirás en el sofá. Ya no me contarás más historias sobre Jesucristo ni sobre Dios. El Súcubo está harto de oír hablar de Jesucristo y de Dios.

—Desde luego, Súcubo.

—El Súcubo odia a Dios, ¿entiendes? Repite conmigo: Yo… odio… a Dios.

Quenton titubea.

Lilith se quita las bragas y se acaricia.

—Esto es lo que quieres, ¿no, esclavo?

—¡Oh, sí, sí!

—Nosotros odiamos a Dios, ¿no, Quenton? —Se acaricia de nuevo—. ¡Dilo!

—Odiamos… a… Dios.

—¡Otra vez!

—¡Odiamos a Dios!

Lilith se agacha en cuclillas por encima de su tutor, sumido en el delirio.

—Mantén las manos a los costados. No intentes tocarme, no muevas un solo músculo. Yo te tocaré a ti.

—¡Por supuesto, Súcubo, lo que tú quieras!

En eso, aparece el rostro de una niña en la puerta de la iglesia.

—Vete, Brandy, ya no te necesitamos más. ¡El Súcubo no necesita a nadie!

La fantasía se desvanece en la noche.

—¿Con quién hablas, Súcubo?

—Cállate, necio.

Lilith desciende sobre Quenton y lo guía hacia el interior de su cuerpo.

Quenton cierra los ojos y gime de placer.

Fría, desprovista de toda emoción y sin sentir nada, Lilith restriega la pelvis contra su tutor contemplando fijamente el crucifijo que hay colgado detrás del púlpito.

«¿Me estás viendo, Jesús? ¿Me oyes, Jacob? Gilipollas los dos, ¿os gusta lo que habéis creado?»

Longboat Key, Florida

Jacob se desmaya en su trance, su mente hace caso omiso del grito angustioso de Lilith y se concentra en las palabras de su padre.

—*Estoy escuchando, padre. ¿Qué encontró el vehículo de exploración?*

—*Algo inmenso, una plataforma artificial que flotaba trescientos sesenta y cinco metros por encima del terreno volcánico... tan vasta que no dejaba ver el cielo de aquel planeta en una extensión de varios miles de kilómetros cuadrados. De la cara inferior de aquella monstruosa estructura sobresalían innumerables filas de objetos de hierro en forma de muelles de un tamaño gigantesco, que colgaban como si fueran un racimo de estalactitas metálicas. Las lecturas de los sensores del vehículo nos advirtieron de la presencia de un intenso campo magnético que emanaba de aquellos objetos, que quizá alcanzaban el número de un millón. Si nuestro vehículo no tripulado hubiera atravesado dicho campo, no habría sobrevivido a la interferencia de su electrónica.*

»*Dimos instrucciones al vehículo de que volara más alto, con la esperanza de captar una vista superior de aquella increíble plataforma antigravitatoria. Lo que vimos, Jacob... mis pensamientos, las palabras... simplemente no le hacen justicia.*

»*En lo alto de aquella estructura flotante del tamaño del estado de Texas había infinidad de cúpulas teñidas de color cobre, miles de ellas, cada una con una envergadura diez veces superior a la de la Supercúpula de Nueva Orleans, y en cambio conectadas todas entre sí, como el fondo de un cartón para huevos.*

»Ante nuestros ojos, se retrajo una parte de una de las cúpulas y permitió que entrara nuestro vehículo. Dentro había una ciudad entera, cuyo alcance sólo podría concebirse en una fantasía.

»Imagínate Manhattan, sólo que cien mil años en el futuro, la isla entera elevada al cielo y encapsulada. Imagínate unos majestuosos edificios de silicio, tan altos que a su lado la torre Sears de Chicago parecería enana. Imagínate pasarelas comunicadas entre sí y pabellones flotantes, todo entrelazado en un perfil deslumbrante, un complejo entramado salpicado de exuberantes jardines tropicales y lagos de aguas azules. Había ríos y arroyos serpenteantes, cascadas imponentes, y más allá, junto al perímetro exterior, algo que parecían ser contenedores flotantes destinados a diversos cultivos.

»Era Shangri-La y el Edén en uno solo, una colmena de intelecto que, en una escala evolutiva, nos dejaba a nosotros al mismo nivel en que dejamos nosotros a los neandertales. La tecnología necesaria para construir aquel mundo era sencillamente demasiado formidable para imaginarla siquiera, y sin embargo... estaba desierto, no se apreciaba ni el menor signo de vida.

»¿Quién había construido aquel magnífico hábitat flotante? ¿Por qué lo habían abandonado? ¿Serían seres como nosotros? ¿Tenían previsto regresar?

»Debimos de sentirnos igual que los primeros exploradores españoles que se tropezaron con Chichén Itzá después de que los mayas hubieran abandonado dicha ciudad.

»En cambio, en nuestro caso esas preguntas se olvidaron rápidamente cuando las lecturas que efectuó el vehículo de la atmósfera indicaron que había aire dentro de aquella ciudad abovedada. Se trataba de un aire con mayor contenido de oxígeno que el de la Tierra y carecía de todos nuestros contaminantes químicos, pero de todos modos era bastante respirable.

»Nuestra agonizante comunidad había descubierto un oasis que nos había regalado Dios mismo, y tomamos la firme decisión de ocuparlo. Antes, naturalmente, teníamos que llegar a él. El límite más próximo de aquella estructura se encontraba 675 kilómetros al sur del lugar en que nos habíamos estrellado. Dado que los insectos nocturnos del planeta descartaban la opción de trasladarnos hasta allí a pie, nuestra única esperanza estribaba en reparar todas las naves averiadas que nos fuera posible para realizar un vuelo limitado antes de que se agotaran las provisiones.

»Esperanza. ¿Cuánto tiempo hacía que ninguno de nosotros se atrevía a pronunciar aquella palabra? Tardamos noventa y seis días en conseguir que tres de nuestros doce transbordadores quedaran operativos para efectuar un despegue en vertical y un plan de vuelo con ciertas restricciones. Durante ese tiempo, continuamos enviando vehículos a la ciudad, trazando mapas, identificando puntos de referencia importantes, ponderando una miríada de edificios distintos. Jamás nos topamos con ninguna forma de vida.

»Y por fin llegó el día de nuestra partida. Tras desechar todo el equipaje personal y los objetos que no fueran esenciales, los 572 supervivientes nos apretujamos a bordo de las tres naves y volamos hacia la Tierra Prometida.

»Por espacio de veinte minutos, nuestra nave surcó descontroladamente la densa atmósfera causando náuseas a todos salvo a nuestros astronautas más curtidos. Después, pasamos por encima de las cúpulas de cobre y penetramos en aquel mundo alienígena.

»Un lugar de lo más asombroso.

»Yo, con la personalidad de Bill Raby, me sentí renacido, infundido de un vigor nuevo, emocionado de estar vivo.

»Si hubiera sabido lo que nos esperaba...

18

No existe en el Infierno una furia semejante
a la de una mujer despreciada...

4 de noviembre de 2027
Belle Glade, Florida

Durante catorce años, Lilith Robinson había sido una víctima. Su vida fue una lucha constante por conservar un cierto grado de cordura en un entorno que carecía de ella. Jacob había sido su timón, su fuerza en medio de un mar turbulento.

Y ahora la había abandonado.

Cuando el reverendo Morehead acusó a su nieta de ser el Súcubo, sin saberlo proporcionó a Lilith una brújula nueva, un personaje al cual su esquizofrenia podría moldear como si fuera arcilla.

El Súcubo no era una víctima. El Súcubo tenía poder.

Por primera vez en su vida, la desgraciada existencia de Lilith empezaba a cobrar sentido. Mientras que Dios y sus seguidores la habían rechazado, Lucifer había tendido una mano para protegerla. Lucifer tenía planes para ella, y aunque Lilith no tenía ni idea de cuáles podían ser, estaba segura de que su nuevo compañero, Alejandro Rafael, iba a guiarla por el camino oscuro que conducía a su destino.

Lilith entra en la habitación de hotel de su tío y deja la mochila en el suelo.

Don Alejandro está tumbado en una de las dos camas, sin nada más encima que una bata de seda.

—En el colegio, todo el mundo habla de los chicos desaparecidos.

—¿Te han interrogado?

—La policía me ha preguntado si los he visto. Yo les he dicho que lancé la pelota de baloncesto a los arbustos y me fui corriendo a casa.

—Bien.

—¿Cuándo nos vamos a México?

—Pronto. ¿Te suena de algo el Día de los Muertos?

—Una vez leí algo al respecto en el colegio.

—En la sociedad mexicana, la muerte es una fijación. Todos los años, en los primeros días de noviembre, los espíritus de los muertos van de visita a su casa. La muerte siempre ha ocupado un lugar especial en nuestros rituales antiguos. Entre los aztecas, se consideraba una bendición morir de parto, en la batalla o en un sacrificio humano, pues cualquiera de esas cosas era garantía de un destino deseable en la otra vida. ¿Te da miedo morir, Lilith?

—Hay cosas peores que la muerte. Quiero saber más acerca del Súcubo.

—El Súcubo es tu otro yo. Tú eres la reencarnación de Lilith, la reina diabla, la reina de los súcubos. Originariamente, fuiste creada por Dios para ser la sumisa esposa de Adán, en cambio tú, nacida del barro pero dotada de una voluntad independiente, te negaste a ser otra que no fuera su igual. Cuando Adán se excitó sexualmente, tú lo rechazaste y huiste del Edén con el viento, decidida a satisfacer tu erotismo con los ángeles caídos de Dios. Junto al Mar Rojo engendraste una familia de demonios llamados Lilim. Tres de los ángeles de Dios intentaron obligarte a volver al Edén, pero tú te negaste. Como castigo, los ángeles mataron salvajemente a tus hijos.

—¿Y qué hice yo?

—Juraste vengarte. Los ángeles de Yaveh consiguieron proteger de ti a las madres y a sus hijos, pero no a los hombres. Así que tú te dedicaste a seducirlos mientras dormían y a provocarles emisiones nocturnas. El Talmud advirtió a los hombres de que no debían dormir en una casa como únicos ocupantes de la misma, por miedo a tu presencia. Cuando nazcas de nuevo, poseerás la capacidad de controlar la voluntad de los hombres y agotar su fuerza vital.

—¿Y cómo voy a nacer de nuevo?

—No muy lejos del pueblo de Bolonchén hay una caverna que forma parte de una red subterránea de pasadizos conocidos como las Grutas de Xtacumbilxunaan, o cuevas de la Mujer Escondida.

—He visto ese nombre en tus papeles. ¿Qué hay dentro de la caverna?

—Un poder inmenso… un poder que encenderá tu linaje y te proporcionará el don de la vista. Pero he de advertirte: si no eres fuerte, esa energía te llevará a la locura.

Lilith mira fijamente al anciano.

—Quenton me ha dicho que mi madre estaba loca.

—¿No será que él la llevó a la locura? No importa. Tú eres más fuerte de lo que nunca fue ella, y tu amo, Lucifer, te protegerá.

—Quenton rezó para que Dios me protegiera si lo aceptaba en mi vida.

—¿Quién va a aceptar en su corazón a un Dios tan vengativo, un Dios que coexiste con campos de exterminio, que infecta nuestra especie con enfermedades, que es adorado como un ser todopoderoso y en cambio, no sabemos por qué, se muestra indiferente ante nuestro sufrimiento? ¿Te ayudó Dios cuando Quenton abusaba de ti?

—No.

—Los que vamos por el camino de la izquierda nos negamos a arrastrarnos ante deidades de cruces con la esperanza de obtener el favor de un Dios así. En lugar de eso, preferimos alzarnos por encima de la masa de ignorantes y mirarle directamente a los ojos. Nos regodeamos en nuestra humanidad y

asumimos la plena responsabilidad de nuestros actos. Busca-
mos a Lucifer no para adorarlo, sino para trabajar codo con
codo junto a él y sus demonios. Puede que Dios nos haya dado
los órganos sexuales, pero ha sido Lucifer el que nos ha hecho
conscientes de ellos. Él nos ha permitido ver, explorar, recrear-
nos en nuestros instintos más carnales para poder florecer.

—¿Y qué pasa con el bien y el mal?

—Es un concepto inútil, inculcado por sacerdotes que
sólo se sirven a sí mismos, hipócritas, como tu Quenton, que
pretenden obtener placeres terrenales invocando el nombre
de Dios para provocar el miedo. Si hacer el bien es servir a
Dios, es una pérdida de tiempo. El mal es el camino que conduce al poder. Los que seguimos el camino de la izquierda nos
negamos a vivir con miedo; sentimos amor y compasión porque somos humanos, pero seguimos una senda oscura que alberga una fuerza oculta y que nos lleva a un mundo que la
mayoría de los hombres no quieren entender.

—Quenton no me ha querido nunca. Jacob sí, pero su
madre y esa anciana no nos han permitido estar juntos.

—¿Qué anciana? Háblame de ella.

Longboat Key, Florida
3.12 de la tarde

El Canard Dragonfly de Boeing, con su casco estiliza-
do, su rotor-ala y sus estabilizadores fijos tanto en el morro
como en la cola, es un cruce entre un helicóptero y un avión.
Cuando está en «modo helicóptero» es capaz de efectuar des-
pegues en vertical, quedarse suspendido en el aire y aterrizar.
En «modo avión» el rotor-ala se queda fijo en una posición
estacionaria y entran en acción sus reactores, que lo impulsan
a velocidades de crucero.

Dominique saluda a Ennis Chaney, que acaba de apearse
de la nave con una expresión adusta de lo más elocuente.

—¿Qué ocurre?

—Dentro. —El ex presidente la acompaña al interior del edificio principal—. Lo siento. Últimamente hay demasiados dispositivos de escucha por todas partes.

—Pareces agotado.

—Estoy haciéndome viejo, y todavía me quedan muchos molinos de viento contra los que luchar antes de morirme. ¿Dónde están los chicos?

—Manny está en el gimnasio, Jacob meditando. Vamos, cuéntame.

—VELLOCINO DE ORO ha perdido la paciencia. Quieren tener acceso a los gemelos, o de lo contrario cerrarán el complejo.

—Cabrones. ¿Pueden hacerlo?

—Por desgracia, hacen lo que quieren. Hoy, VELLOCINO DE ORO se limita a rogar; mañana será una afirmación. Estos tipos no aceptan un no por respuesta.

—Al cuerno con ellos. Nos vamos.

—¿Y adónde vais a ir? Vayáis adonde vayáis, terminarán por encontraros.

—Mierda. —Dominique se sienta en el borde de la mesa de centro de piedra, pellizcándose las cejas para aliviar la tensión—. Manny huirá. Puede que Jacob se trague todas esas chorradas del MAJESTIC, pero Manny las odia.

—Lo sé.

—¿Sabías que el doctor Stechman está tratándolo contra la depresión?

—Tendrá que hacer frente al asunto lo mejor que pueda.

—¡No me jodas, Ennis! Estamos hablando de la vida de mi hijo.

—A mí tampoco me hace ninguna gracia todo esto.

Dominique coge las llaves del coche y las sandalias.

—Dominique, espera, ¿adónde vas?

—A dar un paseo. ¿Quieres detenerme?

Sale por el garaje cerrando de un portazo.

Chaney oye cómo arranca con un suave gemido el motor de celda de combustible hidrógeno del vehículo y después un chirrido de ruedas como protesta, cuando Dominique acelera para salir del complejo.

«Que se vaya, necesita desahogarse un poco.»

El ex presidente va hasta el frigorífico y saca una botella de agua. Cambia de idea y busca en el mueble bar. Se sirve un vaso de whisky.

—Mi madre tiene razón. Manny no soporta nada bien este aislamiento.

Chaney levanta la vista y ve a Jacob entrar en la cocina.

—Aquí no soy yo el que manda, chaval. Ya no.

Jacob asiente.

—Creo que ha llegado el momento de que empiece a mandar yo.

St. Augustine, Florida

Para cuando Dominique aparca el coche frente a la casa de Evelyn Strongin, ya se ha hecho de noche. El paseo en coche no ha hecho mucho por calmar sus nervios destrozados. Lo que necesita ahora es un consejo.

Sube por el viejo sendero de ladrillos rojos que lleva hasta la entrada y enseña la palma de la mano al panel de seguridad.

Dominique lleva en la mano un microchip implantado quirúrgicamente, no más grande que un grano de arroz, que la identifica. Al reconocer su «llave», salta el cierre electrónico.

Dominique penetra en la casa. Ve la palmera volcada y el revistero por el suelo. Siente un hormigueo en la piel.

—¿Evelyn?

La puerta de la biblioteca está cerrada. Dominique se acerca y pega el oído. Oye un leve gorgoteo. Flexiona el bíceps del brazo derecho para activar el disparador neurológico del cañón de dolor.

Abre la puerta de una patada.

—¡Evelyn! Oh, Dios mío…

La anciana está muerta, con el rostro lívido y su figura inerte y maltrecha balanceándose de un lazo casero anudado al ventilador del techo.

19

2 de noviembre de 2027
Miami, Florida (Mensaje enviado por Internet)

Hoy ha sido puesto en libertad de una penitenciaría federal de Miami el ex secretario de estado Pierre Robert Borgia, tras haber cumplido una condena de casi quince años. Borgia, que en otro tiempo fue considerado un fuerte candidato republicano al cargo de presidente, fue condenado por conspirar para cometer un homicidio cuando ordenó el asesinato de Michael Gabriel, el enfermo mental encarcelado que falleció misteriosamente tras ayudar a evitar un holocausto nuclear en el mes de diciembre de 2012. «Soy un hombre inocente que sirvió a su país y fue acusado injustamente», dijo Borgia a la prensa momentos después de ser puesto en libertad. «Lo único que deseo ahora es vivir en paz lo que me quede de vida.»

4 de noviembre de 2027
Mansión Mabus
Manalapan, Florida
4.17 de la tarde

Pierre Borgia contempla su rostro reflejado en el espejo inteligente del cuarto de baño. La vida en la cárcel ha restado dieciocho kilos a su físico, en otro tiempo corpulento. Tiene la cara notablemente más delgada, casi demacrada, y se ha afeitado la cabeza del todo para ocultar las canas. El vendaje que le cubre la cuenca del ojo derecho es nuevo, resultado de una reciente agresión por parte de un recluso en el último mes que ha pasado en la penitenciaría federal.

—Deberíamos llevarte a que te vieran ese ojo —comenta Lucien Mabus entrando desde el dormitorio—. Cuando te haya bajado la inflamación, te pondremos una de esas prótesis modernas.

—Es una pérdida de tiempo y de dinero. Mi vida está acabada. —Borgia se vuelve hacia el grifo y se lava la cara.

—No digas eso. Mi padre siempre dijo que el partido te necesita.

—¿Dónde coño estaba el partido cuando Chaney me enjauló como si fuera un animal? Ese negro de mierda tiene a las Naciones Unidas bailando al son que él les toca. Y además, fue él quien mató a tu padre.

Lucien, de diecinueve años, hace un gesto de asentimiento.

—Ya. ¿Qué vamos a hacer al respecto?

—Tengo unas cuantas ideas. Vístete, nos vemos abajo.

Borgia coge un cepillo de dientes sensorial y se lava la boca. A una señal, aparece un gráfico médico en el espejo inteligente, justo enfrente de él:

TEMPERATURA:	37,0
PULSO:	118
PRESIÓN ARTERIAL:	158/94
COLESTEROL:	343
ELECTROLITOS:	NORMAL
2 CAVIDADES EXISTENTES	
GINGIVITIS EN ESTADO:	2

LA PRESIÓN ARTERIAL Y EL COLESTEROL SON ELEVADOS. EL ANÁLISIS DE SALIVA INDICA ÚLCERA SANGRANTE. REQUIERE ATENCIÓN MÉDICA INMEDIATA. QUE TENGA UN BUEN DÍA.

—Malditos ordenadores sabelotodo.

Borgia se seca la cara y a continuación vuelve a examinar el parche del ojo en el espejo del baño.

Longboat Key, Florida
4.17 de la tarde

Jacob contempla con los ojos muy abiertos su rostro reflejado en el espejo inteligente del cuarto de baño, una imagen que se disipa cuando su mente se incorpora de pronto a la longitud de onda de otra persona.

Cara demacrada.

Cabeza afeitada.

Parche en el ojo… que tapa una herida causada hace veintisiete años por su padre.

Es Borgia… ¡Estoy viendo por visión remota a Pierre Borgia!

La sesión se interrumpe tan bruscamente como había empezado.

Parpadea con fuerza, con la mirada fija en su propio rostro bronceado y su cabello blanco como la nieve.

«Estás tramando algo, Borgia. Percibo tu ira… la inquietud de tu alma.»

Belle Glade, Florida
6.40 de la tarde

El Orion Suburban descapotable aminora y se detiene delante de la casa de Quenton con las baterías casi agotadas. Lilith saluda a su tío con un gesto de cabeza y después se encamina hacia la puerta principal.

El reverendo está aguardándola dentro. Lleva puesto un albornoz, pantalón corto y calcetines negros.

—¿Por qué me has robado el coche?

—Lo necesitaba un amigo. Además, técnicamente, ahora el coche es mío. ¿Lo has solucionado todo en el banco?

Quenton le enseña un sobre de papel manila.

—Está todo aquí, firmado y sellado, pero no recibirás nada hasta que yo muera.

—Dame los papeles.

—No. Los papeles volverán al despacho de mi abogado mañana por la mañana. Siempre que me complazcas, mi Testamento y Últimas Voluntades no cambiarán. —Los ojos de Quenton relampaguean—. Quiero hacerlo todas las noches. A partir de este momento, eres mi puta privada.

Una punzada de pánico. «El Súcubo no es una puta. El Súcubo tiene poder. El Súcubo controla…»

—Quítate la ropa, puta.

Lilith mira a Quenton y lo atrae con su sonrisa.

—Muy bien. Si quieres una puta privada, la tendrás. Pero antes vamos a asegurarnos de que das la talla. —Se mete una mano en el bolsillo y saca tres píldoras—. Mastícalas bien. Estas pastillas te ayudarán a aguantar toda la noche.

Quenton obedece. Mastica las píldoras y se la traga.

—Desnúdate, puta. Me debes siete años.

Longboat Key, Florida
7.22 de la tarde

—*Continúa, padre, termina de contármelo. Dime qué sucedió cuando vuestros transbordadores llegaron a la ciudad abovedada de aquel mundo alienígena.*

—*Se replegó una sección de la cúpula para dejarnos entrar, igual que había hecho con nuestro vehículo de exploración. Una vez dentro, un campo de fuerza invisible, quizá un haz de luz, inmovilizó nuestras tres naves y las guió hasta una plataforma de aterrizaje ubicada en lo alto de uno de aquellos edificios de más de tres mil quinientos metros de altura.*

»*Nos apeamos de los transbordadores y respiramos el aire alienígena. Sentíamos tal alivio por habernos salvado, que literalmente nos quedamos de pie en la cima de aquella torre y nos pusimos a lanzar vítores. Juntamos las manos y dimos gracias a Dios. Y entonces nos dimos cuenta de que estábamos atrapados.*

—¿Atrapados?

—Tres mil quinientos metros por encima del nivel del suelo. El único punto de acceso que descubrimos para poder penetrar en el interior de aquel rascacielos abovedado era una puerta octogonal, que parecía estar compuesta por una película increíblemente fina pero impenetrable de fibra de nanocarbono. No había manilla ni panel numérico, ni ninguna instrucción para entrar.

»Se puso el sol y todavía seguíamos atrapados en la azotea del rascacielos. Cayó la noche, y por primera vez contemplamos el cielo de aquel planeta, que sencillamente era demasiado impresionante para describirlo. Había una gran luna que despedía un brillo amarillo intenso, y también otro satélite más pequeño, con forma de patata, que se veía como un punto de color violeta que se movía con gran rapidez. A lo lejos se divisaba una nebulosa y una brillante estrella azul.

»Pasamos dos largos días en lo alto de aquella torre, esperando con impaciencia a que nuestros ingenieros desarrollaran algún ingenio que nos permitiera descender por la pared de rascacielos. Por fin, tras un descenso espeluznante, logramos tocar el suelo.

»El hombre de Neandertal había llegado al Nuevo Manhattan. El paisaje urbano integraba en su diseño la frondosidad del trópico y cursos de agua artificiales. En el nivel del suelo la humedad era elevada y el aire fresco. Cerca de allí discurría un arroyo, y recuerdo que me sentí contento de que nuestros científicos ya se hubieran puesto a analizar aquellas aguas de color plateado. Para nuestra consternación, dicho líquido contenía trazas microscópicas de varios elementos exóticos. ¿Sería tóxica el agua? No podíamos estar seguros, pero las pruebas que llevamos a cabo en los pocos ratones de laboratorio que habían sobrevivido demostraban que era potable... por lo menos a corto plazo.

»El agua es la vida. En nuestros transbordadores quedaba comida para dos meses más, pero agua para sólo unos días. Si el agua de aquel planeta era siquiera semicompatible con nuestro organismo, ¿qué otro remedio nos quedaba, más que beberla?

»De modo que ahora teníamos aire y agua, un suelo fértil en el que plantar nuestras semillas y un techo sobre la cabeza que nos protegía de los mortales rayos ultravioletas del sol. Pero seguíamos sin poder acceder a ninguno de los edificios.

»Comenzaron a esparcirse rumores descontrolados de que aquel lugar albergaba a una especie alienígena que esperaba a que nos durmiéramos para acabar con nosotros. Otros, como yo, creían que aquella ciudad había sido abandonada mucho tiempo antes y que lo único que pasaba era que no sabíamos cómo acceder al hábitat.

»Así pues, al pie de aquellas colosales estructuras futuristas, nos pusimos a talar árboles y construir cabañas de troncos. Plantamos las semillas e instalamos laboratorios científicos. Levantamos escuelas y hospitales, un palacio de justicia y un templo de oración. En nuestro nuevo mundo existía una paz y una sensación de bienestar que jamás habían existido en el viejo. Éramos un solo pueblo, una tribu de supervivientes. No habría ricos ni pobres, porque la igualdad era la norma.

»Al menos de momento.

»Por votación, pusimos a nuestra incipiente comunidad el nombre de Nuevo Edén. En honor a nuestro líder Devlin Mabus, a su madre se le otorgó el privilegio de escoger un nombre para nuestro planeta. Para sorpresa nuestra, eligió un antiguo nombre maya, derivado del mito de la creación que se recoge en el Popol Vuh.

»Xibalba.

—¿Así que Xibalba es realmente un planeta, no un Inframundo? ¿Y cómo voy a llegar yo a él? Y esa mujer que le puso el nombre, ¿quién era? ¿Y por qué escogió un nombre tan malvado para un planeta?

—Era una viuda. Su esposo, el multimillonario Lucien Mabus, había fallecido años atrás. Tenía cincuenta y pocos años pero parecía mucho más joven y aún poseía una belleza deslumbrante. Llevaba unas extrañas lentes de contacto de color violeta, tenía el cutis del color del cacao y lucía una melena negra, larga y ondulada. Al parecer, los antepasados maternos de Lilith procedían de Mesoamérica y...

—¡Lilith! ¿Dices que se llamaba Lilith?

—Lilith Eve Mabus.

—Es ella, es la persona con la que llevo comunicándome todos estos años a través del nexo.

—¿Tu novia es Hunahpú?

—Sí. ¿Padre? Padre, ¿sigues ahí?

—Jacob, Lilith Mabus es la que un día se convertirá en la Abominación.

—No... ¡No, eso es imposible! ¡Lilith no puede ser la Abominación, no nació el mismo día que nosotros, me ha enseñado su partida de nacimiento! ¡Papá, no es ella!

—Es ella, Jacob. Te ha engañado, y a través de ti se ha enterado de mi existencia. Tu comunicación con Lilith en tu presente es lo que le ha permitido estar prevenida. Ése es el motivo por el que la Abominación y su semilla demoníaca estaban aguardándome cuando llegué por fin a Xibalba siendo Michael Gabriel.

—...Todo ha sido culpa mía. Tengo que hacer algo. Tengo que detenerla ahora mismo.

—¡Jacob, espera! Si coartas las acciones de Lilith en tu tiempo presente, podrías afectar de manera adversa al futuro del hombre. Recuerda que es el agujero de gusano el que nos ofrece la oportunidad de cambiar las cosas, de salvar a la humanidad. Fue Lucien Mabus el que abrió el camino al turismo espacial, el que proporcionó las naves que hicieron posible el viaje a Marte. Si destruyes a Lilith en tu presente, es posible que no exista la opción de viajar a Marte, lo cual significa que el segundo holocausto barrerá a la humanidad de la faz de la Tierra. Se ha de preservar el bucle en el tiempo, y luego romperlo en el intervalo correcto, en mi tiempo, no en el tuyo.

—Y entonces, ¿qué se supone que debo hacer?

—No lo sé, pero tu hermano y tú debéis alejaros de Lilith a toda costa.

Belle Glade, Florida
7.40 de la tarde

Quenton Morehead yace desnudo en la cama, observando cómo la hechicera se saca un frasco de aceite aromático del bolsillo de la bata junto con varios metros de cuerda. Abre unos ojos como platos cuando ella se quita la ropa y se vierte el aceite sobre los pechos desnudos.

—Sí, puta, eso me gusta.

—Pues va a gustarte todavía más. —Toma la cuerda y ata los tobillos y las muñecas de Quenton a los postes de madera de la cama—. A las putas nos gusta tener al público cautivo.

Apaga las luces, y a continuación comienza a subir lentamente, como una serpiente, por el cuerpo del anciano.

Quenton, temblando de placer, deja escapar un gemido cuando ella desliza los dedos por el distendido vientre en dirección a la ingle. Le lame el cuello y juguetea brevemente con la lengua sobre la nuez, al tiempo que restriega la zona del pubis contra la pelvis de él.

—Tienes razón —lo arrulla—, la verdad es que tengo una gran deuda contigo. Ahora relájate y cierra los ojos.

—Pero quiero verte.

—Es mejor a oscuras. Acuérdate de cuando era una chiquilla y tú venías a mí en la oscuridad. Ahora soy yo la que te seduce a ti. Cierra los ojos.

El viejo obedece con una sonrisa serena en la cara…

…mientras Lilith toma la cuchilla de afeitar que lleva escondida detrás de la oreja y se la coloca entre los dientes.

A continuación se desliza sobre el frágil cuerpo del anciano acariciándole la cara interior del muslo, pellizcándolo y haciéndole cosquillas, rozando su piel oscura con los labios… cortando suavemente la piel.

Después regresa al cuello y, jugando, le abre la arteria carótida y le esparce sobre el pecho la sangre que brota cálida y a borbotones, mientras con la mano libre acaricia su miembro erecto.

Placer y dolor. Con cada gemido, más sangre. Con cada caricia, un nuevo corte.

Para cuando su boca llega a la ingle del reverendo, éste ya se ha transformado en un *collage* carmesí que todavía respira.

Quenton alcanza el clímax y seguidamente cae en un profundo sueño, efecto de la droga. El anciano no es consciente en ningún momento de que la humedad tibia que empapa las sábanas es su propia vida.

Longboat Key, Florida
11.08 de la noche

La arena está fría, el fuerte viento proveniente del golfo traspasa el jersey de Dominique y la obliga a subirse el cuello para taparse las orejas.

—Ya basta de juegos, Jacob. Sí o no, ¿sabes quién ha asesinado a tu tía Evelyn?

—Se llama Lilith. Llevamos comunicándonos desde que éramos pequeños.

Dominique, estupefacta, se lleva una mano a la boca.

—¿Comunicándoos, cómo?

—A través de un plano superior de existencia cuántica que denominamos el nexo.

—¿Ella es Hunahpú?

—Sí. Y también es la Abominación, o por lo menos puede que lo sea algún día.

Dominique siente que la sangre huye de su rostro.

—Todos estos años... todas mis advertencias, todas las advertencias de Evelyn, y no obstante tú has estado comunicándote precisamente con la persona que tortura a tu padre y que podría destruirnos a todos. ¿Cómo has podido estar tan ciego, precisamente tú?

—El amor es ciego.

—¿El amor? ¿Es que amas a esa… esa cosa?

—No es una cosa, madre, es un ser humano nacido en un huracán. Procede de un hogar roto, ha sufrido abusos físicos y sexuales. Necesitaba mi ayuda, y yo se la he prestado. Es una criatura de Dios tanto como tú o como yo.

—Y ahora es una criatura peligrosa. Ha asesinado a Evelyn.

—Está enfadada conmigo. Se ha vuelto psicótica.

—Yo diría que ya es algo más. ¿Y qué se supone que hemos de hacer ahora?

Jacob pasea por una duna mientras su cerebro piensa a toda velocidad.

—Lilith sabe dónde vivimos y quiénes somos. Podemos huir, pero ella se hace más fuerte cada día, y con el tiempo no tendrá ninguna dificultad en encontrarme valiéndose de sus capacidades Hunahpú. Y además, cuenta por lo menos con un aliado que también es Hunahpú.

—Nosotros también tenemos aliados. Enviaremos a *Sal* y a *Pimienta* a buscarla.

—No podemos hacer tal cosa. La presencia de Lilith en el futuro cercano está entrelazada con la supervivencia de la humanidad. Si la desviamos de su camino ahora, trastocaremos toda una cadena de acontecimientos. La clave radica en evitarla hasta que Manny y yo partamos para Xibalba.

—¿Es que sabes dónde está Xibalba?

Jacob señala el cielo.

—En algún lugar allá arriba. Según la profecía maya, Manny y yo no viajaremos a Xibalba hasta que cumplamos veinte años. Evitar a Lilith durante seis años va a resultar poco menos que imposible, a no ser que…

Sus ojos se agrandan cuando toma forma en su cerebro una opción que se le acaba de ocurrir.

Belle Glade, Florida
5 de noviembre de 2027
7.25 de la tarde

Lilith Eve Robinson está sentada a la mesa de la cocina, llorando, con unas pocas lágrimas de más gracias a la ayuda del jabón irritante.

El detective Teak Colson le pasa un pañuelo de papel.

—Ya sé que está muy alterada, pero necesito hacerle unas cuantas preguntas más. ¿Dice que llegó a casa a eso de las once?

—Sí, señor. Había ido a visitar a mi tío al hotel en que se hospeda. Cuando llegué aquí, encontré a mi abuelo tumbado en la cama.

—¿Alguna vez había visto a su abuelo tomando medicamentos?

—Pues... tomaba unas pastillas. Decía que eran para la artritis.

—Según el forense, esas pastillas eran de oxicontina. El forense ha hallado aproximadamente seiscientos miligramos de esa sustancia en su cuerpo, ingerida masticando. La oxicontina es un fármaco que se va liberando poco a poco, está preparado para tragar la píldora entera. Si se mastica, se liberan cantidades tóxicas de dicho fármaco.

—Oh, Dios mío... Y sin duda él sabía eso, ¿verdad?

—Creo que sí. Creo que su abuelo se ha suicidado.

—No... lo han asesinado. ¿No ve esas heridas? ¿Cómo se explica la pérdida de sangre?

—Se las habrá infligido él mismo. Habiendo tomado tanta cantidad de analgésico, lo más probable es que no sintiera nada. ¿Sabía usted que había cambiado su testamento?

—Ni siquiera sabía que hubiera hecho testamento.

—Lo modificó ayer. Encaja con el suicidio. Todo esto ha sido premeditado. Esta misma tarde, el abogado de su abuelo hablará con usted. —Colson consulta sus notas—. Bien, ese tío suyo... Alejandro Rafael. Necesito tomarle declaración.

—Por supuesto.

Colson mira más allá de Lilith y su semblante se oscurece de pronto.

—Oh, mierda... —Corre al salón a ver algo en la televisión.

Las imágenes son en directo y se emiten desde un helicóptero de la prensa que se encuentra suspendido por encima del puente Gandy, en la ciudad de Tampa. Hay varias lanchas de rescate describiendo círculos y unos cuantos buzos en el agua.

Colson sube el volumen.

«...la limusina del ex presidente sufrió el ataque cuando se acercaba a la zona de construcción del puente. El vehículo chocó contra la barrera provisional y cayó a la bahía.»

Las imágenes enfocan de cerca una lancha de rescate de los guardacostas.

«Brian, ¿qué ha ocurrido con el gemelo Gabriel desaparecido?»

Lilith se arrodilla junto a la pantalla con el corazón desbocado. «Por favor, que no sea Jacob...»

«Los buzos todavía están buscando, pero tengo que decirte que la cosa no pinta nada bien. Varios testigos presenciales han afirmado que la limusina se hundió hace diez minutos por lo menos.»

«Para aquellos de ustedes que acaben de incorporarse, lo que están viendo son imágenes en directo tomadas en el puente Gandy, en el que una limusina que transportaba al ex presidente Ennis Chaney y a uno de sus ahijados ha resultado embestida por un conductor que se ha dado a la fuga cuando se dirigía hacia el este, a la ciudad de Tampa. Chaney y su chófer han sido rescatados, pero el gemelo Gabriel, aún por identificar, continúa desaparecido.»

«Jennie, si no hemos entendido mal, Dan y Linda Boersma, los propietarios de Tampa Bay Bucaneers, habían invitado a Chaney y a su ahijado a ver el partido de fútbol de esta tarde... Espera un momento, Jennie, parece ser que los buzos han salido a la superficie.»

La cámara cambia de ángulo y enfoca la popa de la lancha de rescate de los guardacostas, que están sacando un cuerpo del agua.

Lilith contiene la respiración al ver el cadáver que sube a la superficie sostenido por un equipo de buceadores.

Es el gemelo de cabello oscuro, Immanuel.

20

Durante un instante de terror en la historia del hombre, el mundo pareció dejar de girar.

A lo largo de los años, los relatos acerca de los gemelos Gabriel habían crecido hasta alcanzar proporciones casi legendarias. La noticia del fallecimiento de Immanuel dejó aturdido al público, casi tanto como la muerte de John Lennon, la princesa Diana de Gales o John F. Kennedy junior. Pero fue en Mesoamérica, un lugar en el que los indios mayas habían venerado a los gemelos como si fueran dioses vivientes, donde la noticia resultó más difícil de asimilar.

Estallaron disturbios en Centroamérica. Varios fanáticos religiosos se lanzaron desde lo alto de las pirámides. Se cerraron escuelas y empresas. La gente se echó a las calles. En Estados Unidos, los periodistas se agolparon por centenares a las puertas del complejo de los Gabriel y obligaron a los militares a cerrar los puentes de acceso a Longboat Key.

Lo que quería el público era información, y lo que necesitaban los medios eran pruebas. Exigieron examinar el cadáver, que había sido trasladado nuevamente al complejo a fin de prepararlo para el enterramiento.

En su aflicción, Dominique cedió por fin, pues sabía que no hallaría la paz si no permitía una verificación. Se dejó entrar en el complejo a un grupo de médicos acompañados de un equipo de grabación de la CNN y dos testigos escogidos mediante sorteo.

Y el morboso acontecimiento fue transmitido al mundo entero.

Al cabo de treinta minutos, Dominique, fuertemente sedada, no pudo aguantar más. Se echó del complejo a todo el mundo excepto Ennis Chaney y los familiares más allegados.

Aquella misma tarde, el ex presidente habló al mundo proporcionando magros detalles acerca del accidente y diciendo solamente que el cadáver de Immanuel sería incinerado. Estaba programada una misa en público y un día internacional de luto para el lunes siguiente en Washington DC.

Belle Glade, Florida
5 de noviembre de 2027

El coche policía sin distintivos entra en el estacionamiento del motel Breakers de Belle Glade y aparca. Lilith se apea del asiento del pasajero y llama a la puerta de la habitación número 113.

—Abre, tío Alejandro. Soy yo… Lilith.

Se reúne con ella el detective Colson.

—¿Tiene llave?

—Sí. —Lilith introduce la llave magnética en la cerradura y abre la puerta.

La habitación se encuentra vacía.

—¿Y bien? ¿Dónde está?

——Pues… no lo sé. Se suponía que íbamos a vernos esta tarde.

—¿Ha visto a ese tío suyo alguno de los empleados de la recepción del motel?

—No. La habitación la he pagado yo. Mi tío no habla muy bien inglés.

Colson registra los cajones de la cómoda. Mira debajo de la cama. Entra en el cuarto de baño. Nada.

—Por lo visto, la ha dejado plantada. ¿Qué relación tenía con su abuelo?

—Pues… no tengo ni idea. Pero si está pensando que… detective, estoy segura de que no tardará en volver. Le ruego que no saque conclusiones precipitadas.

—Tenga mi tarjeta. Quiero que espere aquí y me llame en cuanto regrese su tío. Mientras tanto, yo voy a ponerme en contacto con Servicios Familiares. Si su tío no aparece antes de esta noche, usted irá con ellos.

—Sí, señor.

Colson se va. Lilith cierra la puerta con llave.

—Hijo de puta.

Lilith se da media vuelta, sorprendida de encontrarse con don Alejandro tumbado en la cama, abierto de pies y brazos.

—No te preocupes, le he echado el mal de ojo.

—¿Dónde estabas? ¿Cómo has conseguido… —Súbitamente lo entiende todo, y la impresión la hace caer de rodillas—. No… Eres… No eres real, ¿verdad?

La sonrisa de su tío deja al descubierto unas encías enfermas.

—Naturalmente que soy real. Los pensamientos son reales, ¿no?

—Pero…

—El poder del Súcubo es real.

—Pero tú estás sólo en mi mente, no estás aquí de verdad, en sentido físico.

Don Alejandro se incorpora y se acerca a ella. Lilith percibe el rancio olor a anciano que despide su aliento.

—Real es lo que la mente puede concebir y creer. Los pensamientos son cosas. Tu energía mental es tan real como la mía.

Lilith se siente desfallecer.

—Los chicos a los que mataste…

—Quieres decir los que mataste tú. Y también la anciana.

—¿Y Quenton?

—Desde luego. Yo te he instruido, te he proporcionado seguridad en ti misma, pero has sido tú la que ha llevado a

293

cabo la acción. Y todavía hay más cosas que hacer antes de que viajemos a México.

—¿Jacob?

Don Alejandro afirma con la cabeza.

—Acudirá a Washington al servicio religioso. Habrá un fuerte dispositivo de seguridad, pero estará al aire libre, donde nosotros podemos acceder a él por medio del nexo.

—No quiere volver a verme.

—Lo valioso de Jacob está en su semilla. Vuestra unión será la primera de dos Hunahpú casi puros. Tu hijo, Lilith, será un dios.

Parque del oeste del Potomac
Washington DC
7 de noviembre de 2027

Con sus ciento setenta metros de altura, el obelisco de mármol de alabastro conocido como Monumento a Washington se encuentra situado en el extremo oriental del parque Potomac, aproximadamente un kilómetro y medio al oeste del Capitolio. En la cima misma de esa estructura hueca hay un amplio mirador que permite a los visitantes disfrutar de una magnífica vista del estanque, el monumento erigido en memoria de los veteranos de Vietnam, el muro del 11-S, el monumento en recuerdo de la Guerra de Oriente Medio y el monumento a Lincoln.

El monumento a Lincoln consta de treinta y seis columnas, igual al número de estados que tenía la Unión en la época en que murió Lincoln, 1895. Dentro de ese imponente recinto se encuentra la gigantesca estatua en piedra del 16° presidente de los Estados Unidos, obra del escultor Daniel Chester French.

Ennis Chaney, el 46° presidente de los Estados Unidos, está escuchando la invocación inicial del rabino Steinberg al tiempo que contempla la ingente masa de personas congregadas alrededor del monumento y del estanque liso, alargado y rectangular del parque. El cielo gris del invierno se ve punteado de cámaras aéreas de diversas cadenas de televisión, cada una de ellas suspendida en el aire conforme a un plan de vuelo acordado previamente. Por todas partes se ven cámaras de seguridad escudriñando a la multitud, que ya ha sido registrada en busca de armas. Los congresistas y los dignatarios que han acudido al evento están sentados en los escalones del monumento a Lincoln. Varios de ellos se secan los ojos, pero son pocos los que están llorando de verdad.

Sentado a un costado del ex presidente se encuentra la presidenta Marion Rallo. Jacob Gabriel se halla a la izquierda de Chaney, vestido con un traje negro con corbata y con los ojos ocultos tras unas gafas oscuras y envolventes.

Escondida dentro de un sobre opaco que el joven tiene en la mano izquierda hay una foto del ex secretario de estado Pierre Borgia.

Todos los presentes inclinan la cabeza cuando el rabino Steinberg finaliza la invocación con una plegaria.

* * *

En el extremo oriental del parque, Pierre Robert Borgia, vestido con un uniforme negro de la brigada SWAT, entra en el monumento a Washington. Enseña brevemente su placa de identificación falsa a los dos guardias armados y les permite que escaneen su ojo postizo nuevo y su falso implante de retina.

—Puede usted subir, señor.

—Gracias.

Borgia lleva oculto dentro de su mochila un rifle de francotirador Browning, modelo Barrett M101-A, calibre 50, y su correspondiente bípode. Tras despedirse de los guardias con un gesto de la mano, toma el ascensor que lleva a la plataforma de observación, la cual debe permanecer cerrada hasta que concluya la ceremonia.

Ennis Chaney acompaña a la presidenta Rallo al podio. Una racha de viento invernal le provoca un escalofrío a pesar del grueso forro de su abrigo y de la ropa que lleva debajo. Se toca el oído derecho para reposicionar el dispositivo de comunicación que lleva en él, del tamaño de una moneda.

—Distinguidos invitados, miembros del Congreso, ciudadanos norteamericanos, ciudadanos del mundo: No resulta fácil tener fe. No resulta fácil en este siglo, el siglo veintiuno, como tampoco lo era en el siglo primero, en el que nuestros antepasados levantaban la vista hacia las estrellas y se preguntaban: «¿de dónde venimos? ¿Qué sentido tiene esta vida?»

Ahora los ojos de Chaney no paran de moverse, siguiendo el ritmo de sus palabras.

—Necesitamos fe, una fe que no esté basada en la fantasía. Y sin embargo, como seres formados y humanitarios que somos, debemos apoyarnos en la fe a la hora de superar momentos de confusión, momentos de sufrimiento y dolor...

Borgia sale del ascensor y sube al nivel del mirador. Pasa por delante de la réplica de George Washington y se dirige a las ventanas que dan al oeste, al monumento a Lincoln.

Saca el cortacristales. Lo pega al grueso vidrio ayudándose de las dos ventosas y coloca el dispositivo de modo que efectúe un corte en círculo de veinte centímetros de diámetro.

Mientras el aparato corta el cristal, Borgia procede a ensamblar el rifle de gran potencia y a montarlo sobre el bípode.

Chaney va leyendo el monitor TelePromPter de derecha a izquierda.

—Hace muchos años, se subió a estos mismos escalones otro afro-americano y se dirigió a su pueblo. Habló de libertad y de igualdad. Habló de salir de la oscuridad y del desolado valle de la segregación y entrar en el luminoso camino de la justicia racial. Compartió sus sueños con nosotros. Compartió su fe.

»Mi ahijado Immanuel era una alma buena. Al igual que su padre, Immanuel creía en la humanidad, pero le preocupaba nuestra supervivencia. En su último cumpleaños, compartió conmigo un pasaje que su hermano Jacob había transcrito de uno de los Manuscritos del Mar Muerto. Dicho pasaje describía algo denominado la *Batalla de los Hijos de la Luz contra los Hijos de las Tinieblas.* Manny me explicó que los Hijos de las Tinieblas son los asesinos en masa de los inocentes y todos aquellos que los apoyan. Son los fanáticos religiosos, que distorsionan las enseñanzas de la fe como excusa para cometer actos de violencia. Son los avariciosos, que fuerzan a la sociedad a avanzar por caminos que retardan el futuro de la humanidad, con el único y exclusivo propósito de permanecer ellos en el poder. «La batalla ya ha comenzado», me dijo mi ahijado, «y la humanidad ha de triunfar, o de lo contrario nuestra luz se extinguirá para siempre».

Detrás del ex presidente, Jacob Gabriel cierra los ojos y se vuelve hacia su interior, buscando mentalmente en el reino de lo psíquico la señal que necesita.

Borgia ajusta la altura del bípode de manera que el cañón del rifle sobresalga por el agujero practicado en la ventana. Introduce una carga explosiva de alta velocidad y calibre 50, y seguidamente mira por el visor de infrarrojos con el único ojo que le funciona.

Tarda treinta segundos enteros en fijar el objetivo.

* * *

Alcance del disparo...
El estanque... visto desde arriba.
El podio... no me apunta a mí, ¡quiere matar a Chaney!

Jacob abre los ojos de golpe y dice por el micrófono que lleva instalado en los gemelos de la camisa:

—¡Monumento a Washington... el mirador!

Hay 147 miembros del servicio secreto patrullando la zona, todos sintonizados con la frecuencia de radio de Jacob, pero es Dominique Vázquez-Gabriel, disfrazada de guardia de seguridad, la primera en reaccionar.

Sin perder de vista el TelePromPter, Borgia activa el láser de infrarrojos, invisible al ojo humano, y sitúa el círculo luminoso en el centro del pecho de Chaney. A continuación coloca el dedo índice de la mano derecha alrededor del gatillo. Hace una inspiración profunda.

Aprieta el gatillo.

—Martin Luther King dijo que lo que define a un hombre en última instancia es qué posición adopta en los momentos de dificultades y controversia. Mientras estamos aquí, unidos en el dolor, se está poniendo a prueba nuestra supervivencia. La Historia nos pide algo más que lágrimas, nos pide que hagamos frente al reto de nuestra propia mortalidad. Como seres inteligentes que somos, creados a imagen de Dios, tenemos la obligación de intentar alcanzar las estrellas y probar el cielo antes de morir, para que así podamos comprender cuál es nuestro auténtico lugar en esta Tierra…

Con la adrenalina a chorro, Jacob ordena a su mente que entre en el nexo.

De repente la zona se ilumina y todas las cosas que le rodean se ralentizan. La voz áspera de Chaney se convierte en un eco amortiguado.

Jacob no alcanza a ver la bala, pero sí ve las ondulaciones gelatinosas que va formado tras de sí al abrirse paso a través de ondas de energía, procedentes de la distante torre blanca.

Se pone en pie de un salto diseccionando el tiempo y la distancia con su mente Hunahpú…

—¡Jacob!

El corazón de Jacob da un vuelco. La ve de pie en la fila veinte, una arpía de ojos muy azules que viene hacia él y cuyos fluidos movimientos la hacen destacar del resto de la multitud.

—*¡Lilith… por favor… ahora no!*

—*¡Me has abandonado!*

Las ondas gelatinosas se ensanchan cuando aparece la bala.

—*He venido por ti, Jacob. Quiero ofrecerte una última oportunidad.*

Haciendo caso omiso de la tentadora presencia de Lilith, Jacob salta…

En el traje negro de Jacob Gabriel explota un mar carmesí al mismo tiempo que él y el ex presidente Ennis Chaney caen de costado a un lado del estrado.

Pierre Borgia sonríe, pero se gira súbitamente al oír el timbre del ascensor. Se mete la mano en el bolsillo e introduce otra carga explosiva calibre 50 en la recámara del fusil.

Dominique sale del ascensor.

—¿Tú? —Borgia mete la bala en su sitio y apoya el dedo en el gatillo—. ¡Debería haberte matado, a ti y a tu paciente psicótico, cuando tuve la ocasión!

—Lo intentaste. Ahora me toca a mí.

Borgia levanta el cañón del arma…

…y simultáneamente Dominique flexiona el bíceps del brazo derecho para dar la orden de disparar al cañón de dolor por microondas.

La andanada de intenso calor separa al asesino de su arma y lo lanza al suelo. Pierre Borgia se retuerce de dolor con los nervios abrasados.

* * *

Miles de gritos de desesperación surcan el frío aire de noviembre.

Los curiosos situados en el extremo occidental del parque se agachan para protegerse, todos a una. Los agentes del servicio secreto se llevan a la presidenta Rallo y la meten en un vehículo que la está aguardando. Los congresistas y los invitados se dispersan, algunos se refugian en sus limusinas, otros corren al interior del monumento a Lincoln, donde varios agentes secretos se apiñan sobre el cuerpo ensangrentado de Jacob Gabriel.

El rabino Richard Steinberg agarra con fuerza la mano sin vida del joven de cabellos blancos y reza mientras en lo alto una decena de cámaras de prensa se disputan el espacio aéreo.

Un médico aterrorizado se abre paso por entre la masa de gente y, con dedos temblorosos, desabotona suavemente la chaqueta del traje de Jacob. Aparece la ropa encharcada de sangre. Sacude la cabeza en un gesto negativo.

La multitud, horrorizada, deja paso a una ambulancia. Enseguida se esparce el rumor en medio del pánico: «¡Han disparado al otro gemelo Gabriel! ¡Jacob está muerto!»

Segundos después, la locura del momento se ve interrumpida por unos gritos procedentes del extremo oriental del parque, un ruido de cristales rotos de una ventana en lo alto del monumento a Washington y un cuerpo, el de Pierre Borgia, que sale volando por los aires para ir a estrellarse igual que un saco de harina contra la base de la estructura.

Una leve ráfaga de pensamiento en la conciencia de la existencia.

¿Jacob?
¿Dónde estás, hijo?
¿Dónde estás…?

SEXTA PARTE

EDAD ADULTA

El éxito no es nada, es un accidente.
Pero no sentir duda alguna acerca de uno mismo
es algo muy distinto: es el carácter.
Marie Lenéru

No existe seguridad en esta Tierra, esto es sólo oportunidad.
Douglas Macarthur

21
SEIS AÑOS DESPUÉS

19 de noviembre de 2033
sábado por la tarde
Estadio Naranja de Mabus Tech Industry
bahía de Biscayne
Miami, Florida

El pelícano se sostiene en equilibrio sobre un pilote de madera, esforzándose por arreglarse las plumas con el pico. Al igual que la mayoría de los otros carroñeros de la costa, éste ya no consigue el alimento cazando; las aguas poco profundas están vacías de peces, y las marismas hace tiempo que fueron pavimentadas. Ahora sobrevive a base de alimentos preparados, toda la basura que pueda ingerir.

El pelícano abre y cierra el pico de forma espasmódica, aspirando insuficientes bocanadas de un aire caliente repleto de lociones corporales, perfumes y el inconfundible olor del sudor humano. Se oye una estridente música Mau-Mau, una mezcla de calypso y *rap*, procedente de un centenar de altavoces situados alrededor del embarcadero de fibra de vidrio recubierto de teflón.

Una última inspiración, y el pelícano termina por caerse del pilote. Ocho metros más abajo su cuerpo sin vida produce un chapoteo en el oleaje de color verde aceituna y manchado de gasolina.

Otra sofocante tarde de sábado de finales de otoño… el puerto interior de la bahía de Biscayne transformado una vez más en una colmena de actividad humana.

Desde los embarcaderos se mueve hacia tierra un entramado de pasarelas inflables y puentes sostenidos por aire que se entrecruzan unos con otros y entran y salen de centenares de tiendas y restaurantes. Compradores y bañistas, familias y estudiantes, residentes y turistas; todos ellos representan un abanico de razas, religiones y colores que se dirigen en masa hacia las tiendas de moda.

En el año 2030, el color de la piel es algo que se puede escoger. El tatuaje, tan popular en otro tiempo, ahora ha sido sustituido por la «coloración corporal». Inventados por los dermatólogos como reacción al alarmante aumento de los cánceres de piel ocasionados por el continuo deterioro de la capa de ozono, los «dermoescudos» se diseñaron originalmente como cremas transparentes provistas de un protector cutáneo SPF-50 contra la radiación ultravioleta que desaparecían a los 90 o 120 días de su aplicación. Por desgracia, muy pocas personas menores de sesenta años hicieron uso de dicho tratamiento preventivo.

Seis meses después de su invención, un grupo empresarial de Australia añadió color a la fórmula, y la coloración corporal causó sensación de la noche a la mañana.

Por todas partes se abrieron clínicas. Los clientes podían escoger entre una gran variedad de tonos de piel, como caucásico, bronceado bohemio, chino, africano e indio americano. La dermatología se convirtió en una frase de moda, la discriminación racial pasó a ser algo «confuso». Mejor aún, las cuatro «coloraciones» anuales recomendadas fueron incluidas en los tres niveles que abarcaba la FMC (Cobertura Médica Federal).

Enseguida llegaron productos más radicales, diseñados para llamar la atención del codiciado sector del público de edades comprendidas entre los doce y los veinte. Las clínicas introdujeron los «escudos arco iris» y los colegios se vieron invadidos por una nueva raza de «adolescentes alienígenas» con la epidermis teñida de la cabeza a los pies con toda clase de verdes, azules, violetas, rojos y amarillos. Cuando esa moda dio lugar a un incremento de la violencia relacionada con las pandillas, los ayuntamientos y los estados instituyeron leyes que prohibieron las coloraciones arco iris a todos los menores de dieciocho años.

La música Mau-Mau da paso a una acústica del océano pregrabada. Una familia de afro-americanos teñidos de un tono bronceado bohemio se detiene un momento en una de las pasarelas para contemplar la actividad que bulle debajo de ellos.

Adolescentes subidos en precario equilibrio a un monopatín fluorescente amarillo y naranja que recorren pistas «rápidas», dotadas de unas almohadillas con micropropulsión de metano que permiten desafiar la gravedad... al menos en los dos o tres primeros metros del recorrido.

Junto al guardarraíl se ha juntado un pequeño grupo de gente con la esperanza de presenciar una hazaña increíble o una caída espectacular. Animados por los aplausos, varios de los patinadores más osados se enganchan del brazo y recorren a toda velocidad una ruta de calaveras y tibias cruzadas pintadas en el suelo, que conduce hasta una «colina suicida»: un bucle vertical de 360 grados y cuatro pisos de altura.

Los adolescentes, teñidos de color arándano, ascienden al unísono por la pared casi vertical y se quedan boca abajo. Los gritos de admiración del público se convierten rápidamente en exclamaciones de horror cuando los dedos invisibles de la gravedad tiran de dos de los chicos que están más cerca del centro. Suspendidos cabeza abajo, son separados del monopatín, y esa turbulencia provoca que el equipo entero se desplome de cabeza contra las esterillas que hay en el suelo, doce metros más abajo.

Obedeciendo a una alerta de proximidad por ultrasonidos, los trajes con colchón de aire se inflan un milisegundo antes de que el primero de los chicos toque el asfalto.

Durante largos instantes, los adolescentes, aturdidos, permanecen inmóviles en medio de una maraña de miembros teñidos de azul-morado y del equipo, pues los collarines protectores y los cascos les impiden todo movimiento. Poco a poco sus trajes se van deshinchando y van liberando los miembros, magullados pero intactos. Los atrevidos adolescentes son premiados por una salva de aplausos que los anima a reorganizarse e intentar una vez más el imposible asalto a la rampa.

Por encima de ellos, el luminoso cielo de Miami vibra a causa de un agudo silbido proveniente de una docena de VTOL, Vehículos de Despegue y Aterrizaje Vertical. Propulsadas por cuatro conductos de turbina fija que proporcionan el empuje necesario para despegar, estas aeronaves biplaza revolotean de un lado a otro por la bahía de Biscayne como si fueran un enjambre de gigantescas avispas de poliuretano. Otros VFV (Vehículos de Vuelo Vertical), monoplazas y menos maniobrables, provistos de dos hélices y alquilados por horas, permanecen suspendidos sobre los bañistas de South Beach.

Debajo de ellos, la superficie verde turquesa del agua es surcada en todas direcciones por una infinidad de veleros y goletas, tablas de *windsurf* y grandes yates, todos compitiendo por hacerse con espacio para maniobrar en el abarrotado puerto deportivo. De vez en cuando asoma el morro de fibra de vidrio de un submarino biplaza a echar un vistazo a esa zona de juegos acuática; unos argonautas que nunca tienen miedo de las palas de las hélices, a pesar de que son capaces de abrir grandes surcos en el techo de sus dominios bajo el agua, más privados que el resto.

En el centro de ese torbellino de actividad se encuentra la colmena en sí, el Estadio Naranja de MTI, una colosal estructura de acero y vidrio tintado que se eleva dieciséis pisos por encima del hervidero de actividad que es la playa y el puerto. Sede de los Hurricanes de la universidad de Miami, campeones de la PCAA de fútbol americano, el estadio vibra a causa de la energía que desprenden los 132.233 seguidores que caben en el mismo.

La variedad de parches de color anaranjado, lavanda y blanco de los torsos desnudos es indicativa de las diferentes hermandades de Miami que llenan las gradas. Los vítores que lanza un grupo provocan una reacción en los hinchas del equipo visitante, del estado de Florida, que llevan el cuerpo coloreado de un tono «rojo semínola», mientras que muchas mujeres de ambas universidades posan con el pecho desnudo para las cámaras aéreas exhibiendo su bronceado «calypso» y sus mamas agrandadas.

Al cabo de seis minutos de partido, el equipo de casa va perdiendo frente a su rival de la otra punta del estado, FSU, tres a cero, y los seguidores del Miami están de lo más nerviosos. Por todas las gradas de teflón almohadilladas resuenan los gritos de «Mulo, Mulo, Mulo» cargando el aire de electricidad cuando el jugador ofensivo de los Hurricanes salta al campo de juego por primera vez y toma posesión de la línea de las dieciséis yardas.

No se forman pelotones en los equipos. Todas las instrucciones son comunicadas por los entrenadores directamente a los cascos de los jugadores mediante microaltavoces encriptados.

Los Hurricanes, con uniforme anaranjado y blanco, se colocan en el campo de hierba artificial cuyas raíces han sido diseñadas para ceder al impacto. No hay árbitros humanos; en su lugar, las infracciones son detectadas por una docena de cámaras conectadas con unos macrodetectores de alta velocidad dispuestos en las bandas que analizan el campo buscando violaciones de las normas. Tampoco hay marcadores de los *first down*; debajo del césped verde esmeralda hay una rejilla electrónica conectada a sensores remotos incrustados dentro del balón. Unas líneas de láser amarillo fluorescente indican el emplazamiento exacto del balón, mientras que unos marcadores digitales ubicados en las bandas muestran tánto los intentos como las yardas necesarios para conseguir un *first down*. Existe un plano electromagnético orientado verticalmente que se extiende hacia arriba desde la línea de gol y que ha de romperse para marcar un tanto. Cuando eso ocurre, se enciende al instante un arco iris de luces láser y el espectáculo holográfico de efectos especiales del equipo que ha marcado.

Los propios postes de la portería son hologramas de color violeta que se activan para un gol o para intentos de obtener puntos extra. Si se golpea el «poste», el balón sale girando como loco y el resultado siempre queda a merced del azar.

Samuel Agler, apodado *el Mulo*, es una estrella del Miami de veinte años de edad que estudia segundo año y juega en la posición de *tailback*. Se sitúa en la parte posterior del campo detrás de su *quarterback* y mejor amigo, K.C. Renner, mientras el balón es colocado en el centro por Robo-Ref, un robot de medio metro de altura y con forma de cubo de basura.

En las bandas del Miami, Mike Lavoie, el coordinador de la ofensiva del equipo, selecciona una jugada en su entrenador portátil. Sam escucha en su oído izquierdo la molesta voz computerizada:

—«Sesenta y tres, corredor, lanzamiento a la derecha... en dos.»

Sam se aísla mentalmente del creciente griterío del público y ralentiza el pulso. Su mente se enfoca hacia dentro, dirigiendo su conciencia hacia lo que su psiquiatra deportivo denomina «la zona», un sereno remanso de la existencia situado en lo más recóndito de su cerebro.

El juez de línea Jerry Tucker se agacha en cuclillas sobre el balón, y sus enormes nalgas, en un cuerpo de ciento setenta kilos de peso, estiran al máximo las fibras de poliuretano y acero reforzadas de su pantalón. Cuando toca el balón, se interrumpen automáticamente todas las transmisiones entre el entrenador y el campo.

El reloj empieza a descontar partiendo de quince.

Ahora Sam se sumerge totalmente en la zona y acusa con una mueca de incomodidad las conocidas ondulaciones vibratorias que van intensificándose hasta transformarse en oleadas de dolor...

...y de repente el tiempo y el espacio parecen paralizarse y avanzar con una lentitud surrealista.

El estruendo de ruido se evapora y queda reducido a un apagado zumbido barítono. El balón se despega del césped a cámara lenta.

«Tranquilo... no te vayas fuera.» Sam espera impaciente, la quemazón que siente dentro del cuerpo se intensifica cuando el objeto desaparece momentáneamente entre los descomunales muslos de Tucker y reaparece una eternidad después en las manos de K.C. Renner. El *quarterback* finge arrojarse a la izquierda, y a continuación gira hacia la derecha arrancando con el zapato de tacos un parche de hierba artificial y arena que se eleva rotando, girando en el aire igual que un satélite anticuado en órbita.

Sam se fija en el terrón arrancado y durante unos instantes su atención queda prendida en los granos de plástico que van desprendiéndose como si fueran la cola de un cometa.

«¡Basta!»

Renner lanza el balón a la derecha de Sam. Sam atrapa el objeto flotante en medio del aire y se lo pone en el hueco del brazo derecho. Sus ojos oscuros se clavan en la pared de cuerpos en movimiento y su mente disecciona la fluctuante corriente de carne viva y materia inanimada.

El guardia derecho y el *tackle* del Miami se acercan, pero Ryan Ehrensberger, del estado de Florida, carga desde su posición de defensa, y el imponente Tucker es demasiado lento para detenerle. Ehrensberger se lanza a cámara lenta, con los ojos muy abiertos y la cara distorsionada en un gesto de alegría cuando consigue placar al que lleva el balón, igual que un niño el día de Navidad.

«Hoy no, amigo...»

El Mulo siente que sus cuádriceps están en llamas, el público que llena el estadio lanza una exclamación cuando el número 23 echa a correr para alejarse del defensa semínola a una velocidad casi inhumana.

Sam se zafa del placaje de Ehrensberger y se dirige al ángulo exterior, pero de pronto ve al receptor Rusty Bradford desplomarse a cámara lenta al fallar en su intento de bloquear al defensa de la FSU.

El ala defensivo se reúne con él y bloquea el ángulo del campo.

«Voy a tener que hacerlo a lo bestia…»

El Mulo, apoyándose en su pie derecho, cambia de dirección efectuando un giro brutal, como para romperse el tobillo, y echa a correr otra vez hacia los cuerpos que ahora se mueven en desorden por la línea de ataque. La expresión del defensa se desmorona al agitar los brazos impotente ante un borrón blanco y anaranjado que tan sólo unos segundos antes era el *tailback* de Miami.

Al frente lo aguarda un muro de cuerpos. *El Mulo* se dirige hacia Joe Mastrangelo, una estrella de la FSU de ciento setenta kilos de peso, y su potente «brazo rígido» se estrella contra el pecho del *tackle* defensivo igual que una lanza, un golpe que levanta en vilo al corpulento juez de línea y lo saca limpiamente de sus zapatos en triple E del número dieciocho, dejando el camino despejado.

Samuel Agler se cuela por el hueco y sale libre por el otro lado dejando atrás a media docena de defensas. Unas llamas invisibles de ácido láctico se le clavan en las entrañas cuando galopa sin hallar obstáculos hacia la zona de anotación.

Cruza la línea de treinta yardas… la de cuarenta…

—*¿Quién está ahí?*

La voz femenina lo sorprende, y a punto está de tropezar en mitad del campo.

—*Háblame, primo. Identifícate.*

Aterrorizado, Sam obliga a su mente a salir de la zona. Vuelve a oírse el estruendo de la multitud.

Sam cae dando tumbos contra las marcas interiores del lado derecho, con el pecho agitado y la mente instando a sus agotados músculos a que se muevan más deprisa.

—Está en mitad del campo… las cuarenta… las treinta… *el Mulo* se dirige a la zona de anotación y nadie va a detenerlo… ¡Y anota!

Todd Hoagland, el comentarista visual a todo color de los Hurricanes, está de pie chillando por sus auriculares a distancia al tiempo que el césped del MTI se ve bombardeado por sucesivas oleadas de histeria.

Samuel Agler, *el Mulo*, se desploma de rodillas en la zona de anotación inhalando grandes bocanadas de aire mientras sus compañeros de equipo corren como locos a abrazarlo.

4.17 de la tarde

Sam se recuesta contra el cubículo enmoquetado de los vestuarios de los Hurricanes con la urgente necesidad de recibir un masaje en los músculos. El aire acondicionado hace circular un leve olor a amoníaco mezclado con el tufo a sudor. Con un gesto de cansancio, se lleva a los labios un vaso de plástico que contiene un líquido frío y de sabor fuerte. Apura el brebaje dejando resbalar unas cuantas gotas por la barbilla. Se trata de una bebida muy proteínica cargada de aminoácidos y combustible biogénico, diseñada para estimular la reparación de los tejidos y ayudar a eliminar el ácido láctico del sistema.

Los medios informativos se abalanzan sobre él. Le acercan a la cara una docena de cámaras inalámbricas, que envían la transmisión a diversos ordenadores de todo el mundo.

—Sam, ya has batido el récord en carrera de la PCAA para un estudiante de primer año, y ahora, por lo visto, vas camino de hacer pedazos el récord en carrera de todos los tiempos en una única temporada. ¿Podemos suponer sin temor a equivocarnos que te vas a saltar el año siguiente y te vas a presentar candidato para el equipo de la GFL?

—Mire, hoy hemos perdido un partido difícil. No quiero hablar de mi futuro. Por Dios, ¿nunca se cansan de hacer las mismas preguntas?

—Dejaremos de preguntarte cuando tú empieces a darnos respuestas —replica Diane Tanner inclinándose sobre él, una rubia superatractiva vestida con una ajustada malla roja y gris de la cadena ESPN que deja ver más que la mayoría de los atletas sin toalla que observan alrededor—. Por ejemplo, ¿puedes confirmar los rumores de que has negociado un contrato para jugar al baloncesto con la GBA la próxima temporada?

Sam roba una mirada a K.C. Renner, que le está sacando la lengua, perforada con un *piercing*, desde el otro extremo del vestuario.

—Me han ofrecido una docena de contratos, pero no he firmado nada. Además, si alguna vez me hago profesional, será para jugar al fútbol americano. Aún falta mucho para la temporada de la GBA.

—Muchos de los propietarios de la GBA estarían dispuestos a firmar contigo sólo para las semifinales. La semana pasada, el propietario de los London Monarchs me dijo que incluso te permitiría usar su avión privado.

—¡Ya está bien! Pregúntenme por el partido de hoy, o hemos terminado.

—Yo tengo una pregunta. —Ethan McElwee, veterano redactor del *Sun Sentinel*, acerca un poco más su vídeo—. Miami sólo ha marcado un tanto, cuatro por debajo del promedio de esta temporada. ¿Tan dura era la defensa de la FSU?

—Algo tendrán para ser los primeros del país. Pegan fuerte, tan fuerte como cualquier otro equipo al que nos hayamos enfrentado.

La encargada de noticias deportivas de la CNN, Cal Kitson, se abre paso entre McElwee y Sam, ofreciendo a la estrella del fútbol una tentadora vista de su escote teñido de rojo indio.

—Mulo, en dos años no ha habido nadie que haya estado tan cerca de placarte detrás de la línea de ataque, y sin embargo, sólo en el tercer cuarto, Jesse Gordon, el extremo defensa izquierdo de la FSU, te ha atajado dos veces. ¿Cómo explicas eso?

—Gordon es rápido. Ha hecho un par de jugadas muy buenas.

—¿Y esos rumores de repartir los puntos?

—Ya basta. —El entrenador jefe Ted DeMaio se abre paso entre los periodistas—. Den un respiro al chico, hombre. Lleva marcando más de doscientas yardas como promedio desde que estaba en primer año, ¿acaso no tiene derecho a tener un partido malo?

—Entrenador DeMaio...

—¡He dicho que basta! Seguridad, saquen a estas sanguijuelas de mi vestuario.

Cuatro guardias de seguridad armados con pistolas aturdidoras empujan a la multitud de reporteros hacia la salida.

Sam está con la cabeza hundida.

Diane Tanner se queda un poco rezagada y se acerca lo bastante para que Sam aspire una oleada de su perfume, un nuevo afrodisíaco que ofrece una pizca de aroma a lilas y a fresas.

—¿Sí, Diane?

—¿No te olvidas de algo? Me prometiste una entrevista en privado después del partido de Penn State. Y me has dado plantón.

—Yo... lo siento, he estado muy ocupado.

—El deporte es un negocio, Sam. A vosotros os pagan con los ingresos que nosotros ayudamos a generar. El director de la cadena está cabreado, quiere una entrevista en directo en el estudio para el lunes, o de lo contrario cancelará la cobertura global del partido de la FAU que va a disputarse dentro de tres semanas.

—Está bien, está bien. ¿Qué tal mañana a primera hora de la tarde? Podemos hacerla aquí, en la Sala de Prensa.

—Mañana me viene bien, pero esta noche me viene todavía mejor. He pensado que podíamos vernos en la suite de mi hotel.

«Sí, no me cabe la menor duda...»

—Esto... la verdad es que no puedo.

Diane se acerca un poco más y le susurra al oído:

—Sí que puedes. De hecho, apuesto a que puedes toda la noche.

Diane se aparta al ver llegar a la línea ofensiva de los Hurricanes, que se apiña delante del cubículo de Sam. Unos jóvenes de segundo año, sucios y con coloración naranja, que no llevan encima nada más que una escueta toalla.

K.C. Renner se adelanta.

—¡Eh, putita, atenta a esta exclusiva!

—Puedes creerme, Renner, debajo de esa toalla no tienes nada que no haya visto antes.

Los seis jugadores dejan caer las toallas ceremoniosamente y dejan ver vello púbico, pero ningún pene.

Sam disimula una ancha sonrisa cuando K.C. hace una pose.

—Fue decisión del equipo. Nos ahorra ropa y la molestia de llevar suspensorios y demás.

Diane hace caso omiso de Renner y se vuelve de nuevo hacia Sam.

—Mañana a las tres. No vuelvas a darme plantón. —Después le susurra—: Llámame luego, y te ayudaré a olvidarte del partido de hoy.

Acto seguido, aparta a un lado a K.C. y se dirige a la salida mientras los compañeros de equipo de Sam, riendo histéricamente, se sacan el miembro sexual que habían escondido entre las piernas.

K. C. se fija en que Dave Goldsborough, estrella del Miami de ciento ochenta y dos kilos que juega en la posición de *tackle* izquierdo, hace esfuerzos por soltarse.

—Eh, monstruo, a lo mejor deberías pensar en recortártelo de verdad un poco. Te ayudaría a moverte más deprisa.

Como si lo estuviera pensando en serio, el juez de línea baja la vista, incapaz de ver más allá de su prominente barriga.

Sam levanta la cabeza cuando su mejor amigo le da una palmada en el hombro.

—Gracias, K.C. Lauren me daría de patadas en el culo si me pillara tonteando por ahí con la putita esa.

—No te preocupes. Si vuelve a tirarte los tejos, mándamela a mí. Me encantaría darle lo que anda buscando. —K.C. baja el tono de voz—: En serio, tío, ¿qué te ha pasado hoy? Excepto por ese primer tanto, nunca te había visto moverte tan lento. ¿Tienes algún contrato entre manos?

—Puede, no lo sé.

—¿No lo sabes? No estarás pactando con esas sanguijuelas, ¿no?

—Me conoces lo suficiente para saber que no.

—Claro, claro... —El *quarterback* lo acompaña a las duchas—. Bueno, mira, podrás devolverme el favor quedándote aquí lo bastante para que ganemos por lo menos otro campeonato más de la PCAA. No quiero enterarme por los periódicos de que la semana que viene te largas a algún equipo de rugby de Orlando.

Sam se da la vuelta y, jugando, atrapa a su amigo por el cuello en una llave de lucha libre.

—No te preocupes, colega, no pienso irme a ninguna parte.

7.42 de la tarde

El crepúsculo baña con su brillo dorado la cara oriental del terreno de juego.

Sam emerge del edificio dotado de aire acondicionado y siente en la piel el hormigueo del húmedo aire del sur de Florida. Se retira de la frente el cabello largo y negro y sus ojos oscuros escudriñan el mar de rostros que lo aguardan al otro lado de la verja de hierro. Samuel Agler tiene unos ojos negros como el carbón, tan negros que resulta imposible distinguir dónde termina el iris y dónde empieza la pupila. A veces parecen hervir e irradian inteligencia y una intensa fuerza interior.

Indica al guardia con un gesto de la cabeza que le abra la verja, y seguidamente se abre paso por entre la multitud procurando evitar los cuadernos computerizados que le acercan a la cara.

—Venga, *Mulo*, un autógrafo...

Sam ignora los cazadores de autógrafos, que sólo quieren enviar su firma por Internet. Se detiene un instante ante un padre y su hijo de ocho años y sonríe forzadamente cuando le muestran el cuaderno computerizado con su foto. Garabatea una firma...

...y de pronto levanta la vista al ver una limusina negra que aminora la velocidad y después pasa de largo.

A Sam se le acelera el pulso. Devuelve el cuaderno al niño sin perder de vista el coche.

K.C. Renner le envía un pitido desde su hydro-jeep.

Sam se sube de un salto al asiento vacío.

—¡Venga, tío, date prisa!

Las celdas de combustible se ponen en marcha y ambos salen disparados.

Campus principal, Universidad de Miami
Coral Gables, Florida
sábado por la tarde

Lauren Beckmeyer, de diecinueve años y estudiante de geología, pasa trotando por delante de las varias filas de palmeras que adornan el camino del campus. Lleva la melena de color castaño sujeta con una tensa cola de caballo que presta una imagen más angulosa si cabe a su alta figura, de un metro ochenta. Cuando corre, esta joven estrella del atletismo se desliza igual que un antílope, a zancadas largas y desarrollando una potencia explosiva que le proporciona una ventaja competitiva en el salto de longitud, los triples y el salto de altura.

Su entrenador la está presionando para que haga también vallas. Las vallas significan correr más para entrenarse, mucho más. Lauren odia correr; le está haciendo mella en las lumbares y en las rodillas, y consume demasiado tiempo. Entre ir a clase y estudiar, vigilar la clase de meteorología del doctor Gabeheart y seguir su régimen de entrenamiento físico, apenas le queda tiempo para ver a su novio.

«Otra vez me he perdido el partido. Sam va a matarme…»

De repente se oye restallar un trueno en el amenazante cielo del sur de Florida. Lauren aprieta el paso. «A la mierda. Ya tengo de sobra con tres disciplinas. A fin de cuentas, no tengo intención de ir a las Olimpiadas…»

Cruza la calle y pasa por delante del roboautobús, el vehículo activo las veinticuatro horas del día que funciona mediante los electroimanes de las pistas de inducción que van empotradas en el pavimento inteligente. Para cuando llega al cuadrángulo de dormitorios situado en el lado oeste del campus, ya caen sobre ella auténticas mantas de lluvia. Se limpia el sudor y la lluvia de la cara y levanta una mano para que el escáner de la cámara de seguridad «lea» el chip de identificación que lleva insertado en la palma.

El sensor la identifica, y simultáneamente la registra por si portara armas.

ENTRE, LAUREN BECKMEYER. QUE TENGA UN BUEN DÍA.

Se abren las puertas principales, y nada más penetrar en el entresuelo la recibe una familiar ráfaga de aire fresco que le pone la carne de gallina. Pasa por delante de un grupo de alumnos, unos sentados sobre cojines corporales, otros hibernando en el interior de sacos sensoriales, que están viendo una película en la pantalla gigante de vidrio inteligente. Durante el día, las ventanas multiuso ajustan su grado de tintura para bloquear la luz del sol; por la noche se vuelven opacas para procurar intimidad y se convierten en pantallas de cine.

Lauren saluda a una amiga con la mano. Localiza un turboascensor libre y lo toma para transportarse al séptimo piso. Un cartel holográfico avisa de que esta noche va a organizarse una «Juerga Lunar» en la cámara de realidad virtual de la residencia. Una advertencia federal reza: «Inmunízate y di NO A LA ADICCIÓN».

A principios de 2024, Estados Unidos, Canadá y México, siguiendo los pasos de la Unión Europea, iniciaron una campaña de inmunizaciones obligatorias para los niños pequeños contra el cannabis, la cocaína y la heroína. Esas «inyecciones inhibidoras» se diseñaron para evitar que el cerebro humano experimentara un «colocón», y así se eliminaba cualquier posibilidad de que en el futuro sintiera atracción hacia dicho narcótico.

Por desgracia, cuando se elimina un colocón ilegal enseguida viene otro. Los programas de inmunización contra drogas marginales como la metilenedioximetanfetamina (MDMA) resultaban caros, y la población estaba empezando a cansarse de tanta severidad por parte de un estado sobreprotector.

De manera que, en lugar de continuar luchando, en 2028 el gobierno federal decidió unir fuerzas con la industria farmacéutica y reclamar su parte en un mercado de quinientos mil millones de dólares al año en sustancias de placer. El objetivo de las empresas farmacéuticas había sido siempre el de librar al ser humano del dolor físico; pues bien, ahora iban a concentrarse en eliminar el dolor psicológico y al mismo tiempo incrementar la felicidad de las personas.

La primera droga «celestial» fue la denominada «felicidad», un cóctel codificado genéticamente y diseñado para liberar serotonina y estimular la producción de feniletilamina, una sustancia química que es segregada por el cerebro humano cuando se está enamorado (o, para algunos, cuando se come chocolate). Un año después, se desarrolló una segunda versión de «felicidad» para personas de la tercera edad, diseñada para restaurar las neuronas dopaminérgicas que van muriendo conforme envejecemos, lo cual conduce a una disminución del impulso sexual.

La felicidad y una libido con pilas nuevas… había renacido una antigua industria.

Los paraísos de diseño no creaban adicción física, y la acción retardada de esas sustancias no tóxicas que levantaban el ánimo provocaba una sensación de bienestar más gradual, lo que evitaba los altibajos emocionales bruscos que causaban las drogas como la heroína, el éxtasis y la cocaína. Cuando se utilizaba conjuntamente con una nueva gama de productos de software de realidad virtual, el efecto se multiplicaba por diez.

La biotecnología había creado una economía mundial totalmente nueva, basada en las sensaciones, que prácticamente sustituyó a las industrias del alcohol y de la nicotina.

Lauren abandona su momento de serenidad para salir a un pasillo vibrante de música tecno. A través de la puerta abierta de un dormitorio alcanza a ver un individuo con el torso desnudo y coloración múltiple.

Se trata de Kirk Peacock, un alumno de segundo año que estudia Dialectos de Oriente Medio. El muchacho le devuelve la mirada a Lauren a través de sus lentes de contacto sensibles al estado de ánimo, que en este momento tienen un color morado. La iluminación del techo se refleja en su cráneo rapado y en el símbolo chino del amor que lleva en un tatuaje permanente tatuado justo por encima de la frente.

—Lau-ra…

—Es Lauren.

—Laura, Lauren… no es más que un nombre, Lauren Beckman.

—Beckmeyer.

—Tú eres la herramienta del *Mulo*.

—¿Perdón?

—Su juguete, ya sabes, su chupete. Necesito que me consigas un balón firmado. Mi profesora de geografía me ha dicho que me subirá la nota si…

—¿Te gustan las experiencias nuevas, Kirk?

—Constituyen la base de mi existencia.

—Pues prueba a asistir en persona a unas cuantas clases este semestre. —Le examina el cuello—. ¿Qué es eso, una sanguijuela?

—Sí. —Kirk suelta una risita y tira del borde del objeto en forma de sanguijuela que lleva pegado en su escuálido cuello—. ¿Te apetece un chupetón? Todavía tiene jugo para veinte minutos más.

Las «sanguijuelas» son un sistema de inyección de drogas provisto de doscientas agujas huecas microscópicas diseñadas para liberar un híbrido de «narcóticos de placer» directamente en la arteria carótida del usuario. Combinada con un «paraíso de diseño», la sanguijuela provocaba oleadas de «euforia hiperorgásmica» por todo el cuerpo, sobre todo cuando se utilizaban dentro de una cámara de realidad virtual.

Lauren niega con la cabeza, incrédula.

—¿Alguna vez tienes la conciencia libre de drogas?

La amplia sonrisa de Kirk deja al descubierto dos dientes con funda de platino.

—La conciencia desaparece, y quien manda es el hedonismo psicológico. Si no es virtual, no es realidad… Lau-ra Beck-man. ¿Qué utilizas tú para liberar tus opioides endógenos? ¿El ejercicio? ¿El sexo? ¿La comida? ¿La música? Yo, ahora, cuando oigo música se me alegra el alma. Cuando hago el amor, me sigue temblando todo el cuerpo durante varias horas. Esta mañana tuve una relación sexual con un alienígena en una cámara de realidad virtual, y ni siquiera sé si era macho o hembra.

—Ya, bueno, a mí no me va nada hacérmelo con zombis ni con pandillas de alienígenas. Me quedo con mi Mulo, ya sabes lo que quiero decir.

—Sexo con un mulo. Ja. Ja-ja… Ah…

La sonrisa metálica se desvanece de pronto y el rostro coloreado de azul de Kirk adquiere una tonalidad violeta.

ADVERTENCIA: SE DETECTAN NIVELES TÓXICOS DE DEXTRO-
METORFANO. GLÁNDULAS SUDORÍPARAS CERRÁNDOSE. GOLPE DE
CALOR INMINENTE. SE HA SOLICITADO ATENCIÓN MÉDICA.

—¡Cállate! —Kirk mira a Lauren luchando por conservar el equilibrio en medio de un estado de ánimo que osci-
la como un péndulo—. Ese jodido ordenador comemierda lleva toda la tarde dándome la lata.

«¿Ordenador comemierda?» Lauren frunce el entrecejo buscando una interpretación adecuada a ese nuevo término. Toca la frente de Kirk.

—Estás ardiendo.

Kirk pone los ojos en blanco y se desploma de bruces.

Lauren se agacha y se lo echa sobre el hombro derecho,
al estilo de los bomberos. Después entra en el apartamento y
reprime una náusea al notar el fuerte olor reinante. Se abre
paso por entre las pilas de ropa sucia y basura.

Las luces no se encienden cuando entra en el cuarto de
baño.

—Ordenador, aumenta la iluminación.

**IMPOSIBLE CUMPLIR LA ORDEN. SE HA RETI-
RADO LA CELDA DE COMBUSTIBLE.**

—Luces de emergencia.

De pronto se encienden unos paneles en el techo y en
el suelo. El espejo inteligente del cuarto de baño ha sido pinta-
do de negro con un aerosol.

Lauren deposita a Kirk en el suelo de la ducha y le arranca la sanguijuela del cuello dejando una serie de puntitos rojos.

—Ordenador, abre la ducha, diez grados.

Al instante salen unos chorros de agua helada de las
dos boquillas. Los sensores incorporados en las mismas apun-
tan rectos al adolescente inconsciente.

Kirk deja escapar un gemido.

—Ordenador, te habla la Ayudante Residente Beckmeyer. ¿Cuál es el tiempo estimado para la llegada de la atención médica?

SEIS MINUTOS.

—Llama a la hermana de la residente para que se reúna con la residente en el centro de salud de alumnos.

RECIBIDO.

Lauren contempla a Kirk. El muchacho ha vuelto a abrir los ojos, sus lentes de contacto están negras, su piel congestionada va tornándose otra vez azul, a medida que se le va enfriando el cuerpo.

—Jo… jod… —Le castañetean los dientes al intentar incorporarse.

Pero Lauren le pone un pie sobre el pecho.

—¡Joddddida… hijjja de puta… Laureeen!

—Por lo menos ya lo pronuncias bien.

—Sssssuelta… sssuéltame…

—Lo siento, Kirk, pero si quieres suicidarte, suicídate en el piso de otro, no en el mío. Ahora vas a sentar tu culito arco iris en el suelo y vas a portarte como un hombre… o como un alienígena, lo que prefieras.

Cinco minutos después llega la ayuda médica.

Al cabo de ocho minutos, Lauren entra en su propio apartamento. El interior está arreglado e impoluto, decorado en serenos tonos grises con cojines de color violeta.

Se quita las zapatillas de correr.

BUENAS TARDES, LAUREN. SON LAS SIETE Y TREINTA Y SEIS. TIENES TRES MENSAJES.

—En el baño.

Lauren coge del frigorífico una botella de agua reciclada por ósmosis inversa y se dirige al cuarto de baño.

Las luces de dentro se encienden para recibirla.

Se sienta en el inodoro y orina.

Al instante, el inodoro «inteligente» analiza la orina y le toma el pulso en el muslo.

NO HAY ENFERMEDADES. NO ESTÁS EMBARAZADA.

—Gracias a Dios. Ordenador, pon el mensaje número uno.

En el espejo aparece la imagen de su padre, Mark.

—Hola, cariño. No es nada importante, sólo quería que supieras que estamos deseando veros a ti y a Sam el próximo fin de semana. Danos un toque cuando llegues a casa.

—Ordenador, borra el mensaje número uno. Pon el mensaje número dos.

Aparece en la pantalla Christopher Laubin, el profesor de vulcanismo de Lauren.

—Buenas tardes, señorita Beckmeyer. Sólo quería recordarle que nuestro comité de selección de becas se reunirá con usted el lunes por la mañana a las siete y media, en Clinton Hall, despacho 213. No se retrase.

—Nunca me retraso. Ordenador, contesta al mensaje número dos con un acuse de recibo. Pon el mensaje número tres.

Aparece el rostro de Sam, su novio, llamando desde un teléfono móvil.

—Hola, nena. Lamento haberme retrasado, pero es que mis compañeros y yo hemos tenido que cumplir con el ritual de después del partido. Me tendrás ahí dentro de unos veinte minutos, para acariciarte las tetas. Te quiero.

«Maldita sea…»

Lauren se pone de pie, se quita el mono de color anaranjado neón y se mete en la ducha. Siente cómo el agua templada le va empapando el cuerpo mientras la puerta se cierra sola.

ES EL MOMENTO DE EFECTUAR LA EXPLORACIÓN MENSUAL EN BUSCA DE MELANOMAS.

—Pues efectúala… qué ordenador más pesado.

Baja la vista mientras los sensores de la ducha le escanean el cuerpo. Tiene el vientre firme y las piernas duras como una roca de tanto trabajar en el centro de entrenamiento. Se pregunta si a Sam no le gustaría que tuviera los pechos un poco más grandes.

—Aumenta cuatro grados la temperatura.

El agua se calienta, y los cabezales pulsantes de la ducha le masajean los músculos para eliminar la tensión.

«¿Debería estar enfadada con Sam, o sólo decepcionada?» Al recordar su entrevista con la periodista de la ESPN tras el partido, llega a la conclusión de que lo más apropiado sería un poco de ambas cosas.

Los dos detectores de melanomas empotrados en las baldosas empiezan a parpadear. Lauren va girándose muy despacio para que el mecanismo le examine la piel en busca de un cáncer.

NO HAY MELANOMAS. EL ESCUDO DERMATOLÓGICO HA DE SUSTITUIRSE DENTRO DE VEINTIDÓS DÍAS.

En la ducha se proyecta un anuncio publicitario en tres dimensiones de una clínica especializada en escudos dermatológicos.

De pronto, el sonido se apaga.

ATENCIÓN. TIENES UN MENSAJE NUEVO DEL PARQUE YELLOWSTONE.

—Lo cojo en el dormitorio.

Lauren sale de la ducha y se seca con una toalla caliente.

El subdirector de departamento de Lauren, el profesor William Gabeheart, se encuentra en un año sabático, impartiendo un curso por correspondencia *in situ* titulado *Geología 434: Los efectos de la caldera de Yellowstone sobre los géiseres, las fumarolas y las fuentes termales.* Lauren es la ayudante de Gabeheart y coordinadora de sus clases.

Aunque el parque Yellowstone es conocido por sus magníficos géiseres, sus charcos de lodo y sus fuentes termales de agua hirviendo, para los científicos representa el emplazamiento de la caldera más grande y más peligrosa del mundo. Muy por debajo del manto del parque tiene su origen un «punto caliente», uno de las pocas decenas de ellos que existen en nuestro planeta. El magma y el tremendo calor que ascienden de este lugar volcánico afectan a la base de la placa norteamericana y al mismo tiempo dan lugar a los géiseres, las fuentes termales y las fumarolas del parque.

Tres de las erupciones volcánicas más violentas que ha habido en la historia de la Tierra han tenido lugar en Yellowstone; la primera sucedió hace 2,1 millones de años, la segunda hace 1,2 millones de años, y la tercera hace 630.000 años. Dichas erupciones han liberado entre las tres veinticinco mil kilómetros cúbicos de detritus, y la eyecciones de lava han hecho que se hunda la cima de los volcanes para formar inmensas calderas o depresiones. Dichas calderas permanecen enterradas bajo amplios ríos de roca volcánica resultantes de erupciones más pequeñas a lo largo de los últimos 150.000 años.

Al entrar en el dormitorio, Lauren se enrolla una toalla a la cintura y se pone por la cabeza una camiseta de la Universidad de Miami.

—Muy bien, ordenador, pásame esa llamada.

El monitor de la mesilla de noche cobra vida y muestra a Bill Gabeheart, de cuarenta y dos años, con su mata de pelo castaño recogida cuidadosamente debajo de una gorra con visera que dice Havana Sharks. Este ex oficial de inteligencia de la Marina tiene unos ojos color avellana que en las consolas informáticas del laboratorio portátil se iluminan de un brillo azulado.

—Hola, jefe. ¿Ha recibido los exámenes de mitad de trimestre que le envié?

—No te preocupes ahora de eso. ¿Te encuentras protegida por un cortafuegos seguro?

La pregunta la sorprende.

—Pues… no…

—Pues hazte con uno.

Lauren se baja de la cama y corre a su mesa.

—Ordenador, transfiere la llamada al PC.

RECIBIDO.

El ordenador arranca. Lauren toca el teclado para activar así su código seguro de acceso.

—Adelante, profesor.

—Anoche recibí datos de los tres receptores Trimble 5000Ssi que desplegamos en nuestras nuevas estaciones de control por GPS.

—¿Y bien? ¿Es muy grave el hundimiento?

—Según el USGS, todo parece estable, pero, como decía mi abuelo, «hay algo que no es *kosher*». Las lecturas que hemos recibido parecen idénticas a los datos que recogí hace tres años. Entre tú y yo, no me fío de la nueva directora del USGS.

—¿De Alyssa Popov? Pensaba que le caía bien.

—Una cosa es que me caiga bien, y otra muy distinta que me fíe de ella, y no tengo tiempo para uno de tus sermones feministas. Aquí, en Yellowstone, están ocurriendo cosas a espaldas de todos. Hay factores en juego que no vemos, pactos secretos entre la Casa Blanca y otras facciones de fuera del gobierno. Anoche, ya tarde, el profesor Danielak y yo decidimos tomar nosotros mismos lecturas de movimientos en vertical, y también lecturas de las temperaturas de las fuentes termales en las zonas preseleccionadas de la caldera de Yellowstone.

Lauren oye que Sam está entrando en el apartamento.

—¿Qué necesita que haga?

—Quiero que analices los resultados. Lo cargaremos todo directamente en tu ordenador del laboratorio.

—Pero...

—No te preocupes, estamos codificándolo y reenviándolo a través de otra docena de servidores. Cuando empieces a recibir datos, quiero que lleves a cabo un análisis completo de la varianza y compares el hundimiento con los resultados que tomamos en otoño del 2030.

—Eh, Lauren, ¿dónde estás? —Sam irrumpe en el dormitorio.

Lauren fulmina a su novio con una mirada asesina.

—Más vale que se dé prisa en enviarme los datos. El huracán Kenneth ha aumentado de intensidad y se ha transformado oficialmente en una tormenta de fuerza cinco hace dos horas.

Se esperan vientos que para el martes por la tarde alcanzarán proporciones de superhuracán. Si la red para el tiempo atmosférico no consigue aminorar su velocidad, es posible que tengamos que evacuar la ciudad ya el fin de semana próximo.

—¿Dónde está el ojo?

Lauren pulsa CONTROL-6 en su teclado. La pantalla se divide en dos. La mitad derecha muestra imágenes por satélite en directo del Océano Atlántico. Con ayuda del ratón, pincha el centro de un remolino blanco, el ojo de la tormenta, claramente definido.

—Kenneth se encuentra 650 kilómetros al este de Antigua.

—Todavía está bastante lejos. ¿Dónde está la red atmosférica?

Lauren tecla otro comando. Aparece una serie de puntos carmesí frente a la costa de Cuba.

—En ruta hacia el puerto de La Habana para repostar.

—Lo cual quiere decir que no estarán en posición hasta el miércoles. Tienes razón, andamos muy justos de tiempo.

Sam se tumba a los pies de Lauren e introduce una mano juguetona por debajo de la toalla.

Pero ella lo aparta con el pie.

—¿Hay alguna otra célula desarrollándose en el Atlántico?

Lauren escruta la pantalla.

—Ninguna.

—Analiza esos datos. Te llamaré cuando pueda. Ah, Lauren, no menciones esto a nadie.

—Entendido.

—Gabeheart desconectando.

—Espere… ¿qué pasa con mi beca? Mañana tengo la reunión con el comité.

—Ya sabes que cuentas con todo mi apoyo, ahora más que nunca. No nos vendría nada mal aprovechar tu inteligencia.

Sam hace un gesto obsceno con la lengua.

—Buena suerte el martes. Gabeheart desconectando.

22

19 de noviembre de 2033
Mabus Plaza Hotel y Casino
South Beach, Florida
sábado por la noche

El Mabus Plaza Hotel y Casino es una monstruosidad
en forma de L cubierta de cristales negros tintados e iluminada con luces de neón de color rojo sangre que ocupa cinco
manzanas enteras de Ocean Drive, el panorámico paseo que
discurre junto a la playa. Las seis plantas superiores, de las
treinta y tres que tiene ese edificio, son lujosos apartamentos
alquilados todo el año a estrellas del cine, políticos, banqueros
y dignatarios extranjeros. Para quienes se puedan permitir
los cinco millones de dólares que cuestan, existe una lista de
espera de siete años. Para los que no puedan, las reservas de
hotel para alojarse en las plantas de la siete a la veintisiete deben realizarse con una antelación de dieciocho meses, y para
ellas se exige un depósito de cinco mil dólares a fondo perdido. ¿Que sigue estando fuera de su alcance? Siempre se puede
alquilar una habitación por horas. En las plantas de la cuarta a
la sexta hay doscientos estudios de una sola habitación, a disposición las veinticuatro horas del día para clientes del Mabus
Bordello, un burdel con licencia del estado que ocupa la mayor parte de la quinta planta. Las ofertas para hombres de negocios se aplican todos los días entre las once de la mañana y

las seis de la tarde. Los lunes «con dolor de huevos» tienen un diez por ciento de descuento, los martes se aplica la oferta *menage à trois*, los miércoles son los «días del culito», y la semana laboral se redondea con los «jueves de fantasía» (del viernes al domingo los estudios están reservados para los miembros con condón de platino).

Los tres primeros pisos del complejo Mabus están dedicados estrictamente al juego. Los Niveles Uno y Dos son a los que acude el público en general a perder el dinero. El Nivel Tres es más privado, y está rigurosamente reservado para los muy ricos y para los VIP, exclusivamente mediante invitación.

En este «Escondrijo de los Ricos y Decadentes» no hay ninguna de las llamativas luces y brillos de los casinos al estilo de la antigua Las Vegas. La luz está apagada, reina la oscuridad. Las paredes y los suelos del Nivel Tres están decorados con sedas carmesí y terciopelos negros, el techo está forrado de espejos ahumados. La mitad de las doscientas mesas de dados y blackjack están colocadas a modo de islas metidas en unos *jacuzzi* gigantes. Unas carísimas «damas rosas de la noche», calzadas con zapatos de tacón alto (y poco más), venden bebidas, drogas y en última instancia a sí mismas, porque todos esos bellezones teñidos de tono rojo suave pueden «alquilarse» por horas o por «servicio» (lo que «arroje» resultados más rápidos). Los jugadores de bacarrá, que han de apostar un mínimo de cien mil dólares, a menudo reciben favores sexuales mientras se juegan el dinero, con los genitales al aire por debajo de los manteles de satén de las mesas.

Bienvenido al Mabus Plaza Hotel y Casino, un antro de iniquidad que recauda la cantidad estimada de un millón de dólares a la hora, la joya favorita del próspero imperio económico de Lucien Mabus.

Para los recién casados Danny Díaz y su esposa Sia, dicho antro se ha convertido en su infierno particular.

Esta joven pareja de Cocoa Beach ha adelantado ocho meses la fecha de su boda para poder ir de luna de miel al complejo Mabus. El primer día la «Dama de la Suerte» los recibió en forma de aguacero vespertino, lo cual los obligó a abandonar la «Decadencia del emperador Nerón en la playa» y cambiarlo por una jornada en el casino. Se pusieron unos albornoces de satén (que les proporcionó gratis el hotel) y pasaron las siguientes siete horas y pico disfrutando de una racha increíble a la ruleta. Sia ganó más de 30.000 dólares, y Danny se embolsó otros 21.400. Locos de alegría, volvieron a su habitación para hacer un breve descanso a base de sexo y unos bocadillos, y regresaron a toda prisa al casino con la cabeza llena de fantasías y haciéndose ya ilusiones de pagar la entrada de la casa de sus sueños, en la costa y con cuatro dormitorios.

Pero la Suerte puede resultar una arpía, y para el sábado por la mañana los recién casados habían dilapidado todas sus ganancias, más los 7.200 dólares que tenían para las vacaciones, un adelanto de 12.000 dólares contra la tarjeta de crédito de Danny y los 10.000 que le había dado a Sia su madre como regalo de boda. Peor aún, Danny había hecho lo impensable: recurrir a la cuenta de gastos de su departamento y tomar otros 7.300.

Su único consuelo fue que recibieron una elegante invitación del director del hotel para visitar el Nivel Tres en su última noche en el Mabus.

Danny agarra con fuerza la palma sudorosa de Sia y la guía hacia un hueco que hay en la mesa de la ruleta. En el bolsillo derecho del pantalón le arden los cinco mil seiscientos dólares que le han dado por empeñar el anillo de compromiso. En el humeante *jacuzzi* de al lado hay un individuo obeso y de mediana edad jugando al póquer, con la espalda toda sonrosada y una mata de pelo denso y negro. Danny se detiene un momento a mirarlo con envidia cuando el hombre en cuestión coloca sobre la mesa una torre de fichas de diez mil dólares.

—Maldita sea… Esto… bueno… cariño, ¿qué prefieres? ¿La ruleta o los dados?

Sia recorre la sala con la mirada y observa a las famosas semidesnudas y a los invitados que pululan alrededor de las mesas como buitres. Está sudando copiosamente a pesar del aire acondicionado.

—Mira, ¿ésa de ahí no es Tonja Davidson, la estrella de los culebrones? Fíjate qué tetas. Dios, me pone enferma.

—Cariño, por favor, ¿la ruleta o los dados? Tengo que devolver estos fondos a la cuenta del departamento antes de las siete.

—Está bien, está bien... la ruleta. —Y conduce a su marido hacia la mesa más cercana.

—Fichas, por favor. —Danny le entrega el dinero al *croupier* con la mirada perdida momentáneamente en esas tetas de la talla ciento diez. Aprieta la mano de Sia para preguntarle—: ¿Al rojo?

Ella afirma con la cabeza.

—Y al 23, el número de la suerte. Vamos a recuperarlo todo en la primera tirada.

—Eso es. Venga, rápido, bésame para darme suerte.

Sus labios se juntan y sus lenguas esparcen saliva y vodka al tiempo que gira la rueda.

Dos plantas más arriba, Benjamin Merchant, ayudante personal del presidente y máximo ejecutivo del casino, da una profunda chupada a su pipa de agua mientras contempla la escena en su monitor de pulsera. Los ojos porcinos de Merchant, de un tono gris ardilla, permanecen entrecerrados detrás de sus gafas de diseño coloreadas de rosa. Un hilillo de saliva resbala de la boquilla de la pipa y por el labio inferior hasta perderse entre los pliegues de su camisa bordada de color blanco marfil.

Ben Merchant no sabe nada de Danny y Sia Díaz, pero en cambio los conoce muy bien. En los tres últimos días ha sido su ángel de la buena suerte y su nube negra. Tras seducirlos con cada vuelta de la rueda de la ruleta, los ha tentado con breves muestras de éxito al tiempo que los animaba a saquear cada vez más sus mermadas ganancias. Ha hecho de banquero al firmar personalmente sus operaciones en la casa de empeños del hotel; ha hecho de «chef» aderezando sus comidas con una potente forma de éxtasis.

Y ahora está representando su papel favorito: el de abogado del Diablo, acercándolos cada vez más a la bancarrota.

Merchant sostiene en su acicalada mano un pequeño dispositivo de control remoto conectado a las ruedas de las ruletas del casino. Teclea el número de la mesa, pulsa un botón, y a continuación da otra chupada a su pipa de agua.

—Seis, negro.

La frente de Sia choca contra el hombro de su marido.

—¡Mierda! ¿Dónde está mi puto vaso? ¿Es que aquí no se bebe?

Al instante se le acerca una camarera núbil de piel color salmón que lleva en los pezones unos aros que lanzan destellos bajo las luces del techo. Empleando un inglés inducido por las drogas y adornado con acento de Jersey, consigue decir:

—Un *Calígula* con un chorrito, ¿no es eso, cielo?

Sia se bebe de un trago el líquido color crema y resiste a duras penas la llamarada que le provoca en el fondo del estómago vacío. Sia Cabella-Díaz lleva treinta y una horas sin comer ni dormir.

—¿Sia?

—Otra vez al rojo, Danny. Pon todo lo que tenemos.

—¿Estás segura?

—Tú hazlo.

Danny empuja el montón de fichas por el tapete verde esmeralda.

Dos plantas más arriba, Ben Merchant pulsa de nuevo la tecla NEGRO de su control remoto.

A Sia le retumba el corazón igual que un tambor. Observa cómo salta la bola por las casillas de plástico de la ruleta, cómo va frenando cerca del rojo, y cómo se detiene en el…

—Diecinueve, negro.

—¡Hija de puta! —Esta vez, la frente de la joven de veintiséis años choca contra la almohadilla que recubre el borde de la mesa.

Danny se cae de la silla, pues la sala entera ha empezado a girar a su alrededor como si fuera un tiovivo.

—Oh, Dios, Sia, ¿qué vamos a hacer? Soy hombre muerto. Voy a perder mi empleo, seguro. Incluso podrían expulsarme…

Al otro lado de la mesa hay un jefe de sala escuchando con atención las órdenes que le está susurrando Ben Merchant por el auricular del oído.

—Odio este sitio, Danny. Ya te dije el viernes que deberíamos habernos marchado.

—¿Cómo dices? Pero si fuiste tú la que…

—¿Señor y señora Díaz?

Sia levanta la cabeza y mira al jefe de sala con los ojos inyectados en sangre.

—¿Qué demonios quiere usted? ¿Es que sus vampiros no nos han chupado bastante la sangre en una noche?

—Mi jefe quisiera hablar un momento con ustedes. En privado.

—¿Para qué?

—Creo que tiene que ver con la factura de su habitación. Si tienen la amabilidad de acompañarme…

Danny dirige a su mujer una mirada de preocupación. Ella se encoge de hombros, demasiado débil para protestar.

—¿Qué pueden hacernos?

Siguiendo al jefe de sala, atraviesan la sala del casino en dirección a una puerta privada oculta entre las cortinas de satén color bermellón.

La puerta hidráulica se abre con un siseo.

—Suban la escalera, por favor.

—¿Qué hay arriba?

—Mi jefe. Haga el favor, señora…

Se ven las luces parpadeantes de una escalera de caracol metálica. Primero sube Sia, luego la sigue su esposo cargando en sus hombros todo el peso del mundo.

Ben Merchant los está esperando en el rellano con una sonrisa de oreja a oreja que parte su pastoso cutis en dos.

—Bien, buenas noches, señor y señora Díaz. —Su fuerte acento de Luisiana es tan jovial como falso.

—En cuanto a la factura de la habitación… ¿podrían enviárnosla? Le prometo que…

—Nada, nada… todos los gastos de la habitación están pagados.

Sia mira a Danny, y otra vez a Merchant.

—Tienen ustedes suerte, mucha suerte, la verdad. Por lo visto, hay alguien aquí al que le caen bien. —Merchant señala con un dedo de cuidada manicura hacia el techo—. Un ángel de la guarda.

—No entiendo —dice Sia—. ¿Quién es usted?

—Me llamo Merchant, Benjamin Merchant, pero usted, querida, puede llamarme Ben. Llevo mucho tiempo siendo el secretario particular y confidente personal de la señora de Lucien Mabus, pero esta noche seré el acompañante en exclusiva de ustedes cuando se aventuren en el Paraíso Perdido.

—¿Disculpe?

—El Paraíso Perdido, querida. Un lugar maravilloso, situado justo al norte del cielo. Vengan, amigos míos, su carro alado los aguarda. —Merchant los conduce por un corto pasillo hasta un ascensor de cristal privado—. Este ascensor los llevará directamente al ático. La señora Mabus los está esperando.

—¿La señora Mabus quiere vernos?

—No tiene nada que temer, querido muchacho. Como les digo, hoy es su día de suerte. Todos sus problemas económicos están a punto de esfumarse.

Danny mira a Sia, y después otra vez a Merchant, que sostiene abierta la puerta del ascensor y los invita a entrar en él. La pareja accede.

—*Bon voyage.*

Las puertas se cierran teniendo como fondo la sonrisa de Merchant, y los sumergen en la oscuridad.

—Danny... —Sia se agarra de su brazo al tiempo que el ascensor sale disparado hacia el cielo.

Y se detiene antes de que puedan expulsar el aire. Se abren las puertas.

Ante ellos se extiende todo Miami, un tapiz de rascacielos de espejos que brillan en un arco iris de neón bajo un despejado cielo de otoño. Hipnotizados, ponen un pie sobre el pulido suelo de mármol color ónice.

La puerta del ascensor se cierra a su espalda con un suave siseo.

—¿Hola?

Inseguros, dejan atrás el vestíbulo y pasan a un salón con una lujosa moqueta color arena, sofás de cuero y una barra de bar redonda y tapizada en diversos tonos rojos, todo rodeado por unos inmensos ventanales que abarcan 360 grados.

—Soy Lilith.

Danny se vuelve y ve a una mujer detrás de la barra, sirviendo unas bebidas. Tiene la piel del color del chocolate y una melena azabache, larga y ondulada, que le cae por la espalda.

—Lucien lamenta no estar aquí para saludaros, pero es que últimamente está un poco enfermo, el pobrecillo.

Danny abre unos ojos como platos cuando Lilith sale de detrás del bar y les entrega un vaso a cada uno. Va vestida con un finísimo camisón transparente y pegado al cuerpo que deja ver sus pechos oscuros y su pubis afeitado. Les indica el sofá con un gesto.

—¿Así que estáis recién casados?

—Esto... sí. Nos casamos hace tres días.

—Cuatro. —Sia le propina un codazo que le hace desviar la mirada un instante—. ¿Cuánto tiempo llevan casados usted y el señor Mabus?

—Lo suficiente para desear verlo muerto. —Lanza una carcajada aguda y penetrante y después clava su mirada saciópata en Sia—. Gracias a Satanás que existen los vibradores, ¿verdad, pequeña?

Danny tiene la atención fija en el oscuro pezón de Lilith y comienza a babear igual que un ratón ofuscado a la vista del queso.

—Se hace tarde —balbucea Sia, sintiéndose fuera de su elemento.

—La noche es joven —ronronea Lilith—, pero hay algo que os preocupa.

—Hemos perdido mucho dinero. Danny ha sacado fondos prestados de su cuenta de gastos.

—¡Sia!

—Oh, vamos, vamos, en el Mabus somos todos familia. Dime, Daniel, ¿cuanto has perdido esta noche en nuestro pequeño antro de iniquidad?

Danny interrumpe el contacto visual.

—No sé. Todo lo que nos quedaba.

—¿También el anillo de compromiso de Sia?

Danny asiente y sus emociones afloran a la superficie.

—¿Y todos vuestros ahorros?

La buena de Lilith Mabus, tan atenta ella, como un sacerdote en confesión.

—La tarjeta de crédito, incluso los regalos de boda. —Danny se limpia las lágrimas de los ojos, enrojecidos por la falta de sueño.

Sia fulmina con la mirada a Lilith cuando ésta da la vuelta a la mesa de centro para sentarse junto a su marido.

—Daniel, acércate y pon la mano sobre el panel de acceso de la mesa.

Danny obedece. Sus fosas nasales se llenan con el perfume de Lilith y se pregunta qué haría si no estuviera presente Sia.

—Ordenador, accede a la cuenta del señor Daniel Díaz.

Encima de la mesa de peltre aparece un holograma que muestra un libro de cuentas. Danny abre mucho los ojos, en un gesto de incredulidad.

El saldo, iluminado en un brillante tono azul neón, indica un ingreso reciente de 200.000 dólares.

—Calculo que eso cubrirá de sobra vuestras pérdidas.

—Lilith se recuesta contra el sofá.

—Esto es... de locos —dice Danny—. No lo entiendo.

Lilith sonríe, y su dentadura recién blanqueada resplandece haciendo vivo contraste con su cutis mesoamericano-afroamericano.

—Es un regalo, Daniel. De alguien que lo tiene todo... para alguien que lo necesita.

El semblante de Danny se viene abajo a causa de la emoción. Alegría. Llanto. Alivio. Agotamiento.

—No sé qué decir...

—Sólo di gracias.

—¡Gracias! Gracias, gracias, gracias...

—¿Dónde está la trampa? —pregunta Sia.

Lilith sonríe.

—Puede que simplemente intente ganarme el Cielo.

—Lo dudo.

—¡Sia!

—No pasa nada, Daniel. Tu mujer hace bien en cuestionar mis motivos. He oído decir que el pecado es hijo del Diablo. ¿Sabes qué es peor aún?

—No.

—El miedo. —Lilith se pone de pie y permite que su mano roce como por casualidad el cabello de Sia al pasar junto a ella—. Yo me crié rodeada por el miedo. Desde que yo recuerdo, el miedo dominó mis sueños y todos mis pensamientos mientras estaba despierta. Me robó la infancia, me robó la inocencia y me convirtió en víctima suya. Miedo a la muerte. Miedo a los abusos sexuales. Miedo a ser abandonada, a estar sola. Miedo a perder el amor.

Se acomoda en el sofá que está enfrente de Daniel.

—¿Sabes qué es lo peor del miedo? Que nos impide reconocer el único poder que tenemos de verdad: que todos nosotros poseemos libre albedrío. El miedo me mantuvo a mí a raya durante catorce años, se nutrió de mí, hasta el punto de llevarme al borde del suicidio. Y entonces fue cuando me enfurecí. La rabia me movilizó para asumir riesgos. A partir de aquel momento, dejé de ser una víctima de la vida y aprendí a hacer uso de los poderes de la carne para conseguir lo que deseo. —Hace gestos con las manos.

Danny afirma con la cabeza, hipnotizado por sus palabras y por el éxtasis que lleva su cóctel.

—Usted se ha casado con la riqueza —afirma Sia—. ¿Qué riesgos ha asumido en su vida?

Lilith abre ligeramente las piernas y le hace un guiño a Danny, ofreciéndole una tentadora visión de su sexo.

—Para casarse con la riqueza hace falta talento, Sia, sobre todo cuando uno viene de no tener nada. A la riqueza hay que seducirla... engañarla. El poder requiere confianza, y la confianza... engaño. Fíjate en Daniel. Ha corrido el riesgo de hacer uso de los fondos de su empresa, sin duda seducido por tu avaricia y tu ambición. Yo admiro eso. La capacidad de seducir nos hace poderosos, ¿no estás de acuerdo?

—Gracias a Dios —replica Danny, un tanto mareado.

—Puede que Dios nos haya dado los órganos sexuales, Daniel, pero fue Lucifer el que nos enseñó a utilizarlos. A ver, muéstrame los tuyos.

—¿Qué?

—Mi presencia pone celosa a tu mujer. Utiliza eso como una ventaja.

A Danny se le acelera el pulso.

—No... no entiendo...

—Muéstrame al nuevo Daniel Díaz, el hombre que siempre has soñado ser. Ya tienes tu dinero, ahora asume el control de la situación. Ordena a Sia que practique sexo oral.

—Usted está loca, señora. —Sia se levanta con la intención de marcharse—. Quédese con su maldito dinero, yo no soy la puta de nadie.

—Todas somos putas, hermana. Fíjate en mí, voy a enseñarte cómo se hace…

—¡No! —Sia aparta a Lilith de un empujón. Temblando de furia y de adrenalina, rodea la mesa de centro para plantarse delante de su marido—. Quítate los pantalones.

—Sia…

—Cállate y obedece. Ya que ha pagado para tener un espectáculo, se lo daremos.

Danny deja escapar un gemido cuando su mujer toma las riendas y hunde la cara en su ingle.

Lilith se acerca un poco más.

—El poder lo es todo, ¿verdad, hermana? Quién controla a quién. —De pronto agarra a Sia por el pelo y la obliga a retirar la cara antes de que Danny pueda alcanzar el clímax.

—Eh…

Lilith tiene una cajita en su mano libre. Sia la abre.

Dentro está su anillo de compromiso.

—Algo entre hermanas.

Sia se siente aturdida, desorientada, como si estuviera viviendo ese momento desde la perspectiva de otra persona. Observa cómo Lilith pone la boca sobre el órgano erecto de su esposo.

Danny echa la cabeza hacia atrás y cierra los ojos.

Para Daniel Díaz, ingeniero de estructuras del proyecto de máximo secreto de la NASA denominado VELLOCINO DE ORO, ciertamente la noche sigue siendo joven.

Fraternity Row
Universidad de Miami

Lauren se abraza con fuerza a la cintura de Sam mientras éste conduce la *Harley-Davidson* HY-1200 por College Avenue a más de ciento cincuenta por hora. El viento le silba en el casco, la esbelta motocicleta negra y cromada, alimentada por hidrógeno, va perforando un agujero a través del aire húmedo de últimas horas de la tarde.

Sam vira pronunciadamente y dirige su monstruo hacia el aparcamiento de estudiantes, aunque apenas se le pueda llamar así. Busca la mano de Lauren, pero ella la retira.

—Vamos, ¿todavía estás enfadada?

—¿Por qué tiene que ser con esa tal Tanner? ¿No puede entrevistarte otra persona?

—Forma parte de mis obligaciones para con la PCAA, Lauren. ¿Qué se supone que he de hacer, insistir en que sea un hombre?

—¡Sí!

—Bueno, pues no puedo, ¿vale? Así que déjalo ya.

—Muy bien. —Ambos echan a andar por el paseo Fraternity Row en silencio—. Sabes, Sam, opino que ha llegado el momento de que nos veamos con otras personas.

—Venga, Lauren.

—No, lo digo en serio. Llevamos juntos desde noveno curso. No es sano.

—¿Quién dice eso? ¿Tu amiga Tierney? Eso es porque tiene celos.

—Puede ser... pero algo de razón sí que tiene. Necesitamos darnos un respiro antes de casarnos. Tú deberías tratar con otras personas.

—Lauren...

—Hablo en serio. Si me conceden esa beca de investigación, estaré cuatro semanas fuera. Emplea ese tiempo para buscar otro hueso que roer, para salirte un poco de tu esquema. Si no lo haces ahora, nuestro matrimonio no durará.

—¿Y tú? ¿Tienes pensado «exprimir» a algún vigilante del parque mientras observas el géiser Old Faithful?

—A lo mejor.

—No me lo creo. —Sam la vuelve hacia él, y entonces ve que está llorando—. Lauren, no quiero tirarme a otras mujeres. —Sonríe—. Sólo te quiero a ti.

—Está bien. Pero te juro que si me entero de que has estado con esa...

Sam la besa para interrumpir su perorata.

Lauren le devuelve el beso. La pasión sustituye al miedo cuando se roza la pelvis contra la pelvis de él, acercándolo más a su cuerpo.

—¿Por qué... no... nos saltamos... la fiesta?

—No puedo.

—Sí que puedes. —Lauren continúa besándolo y frotándole la entrepierna con la mano.

—No puedo... Vale, quizá... no, espera. Espera, para, Lauren, para. Tengo que hacer acto de presencia. Sólo un par de minutos, ¿de acuerdo?

—¿Por qué?

—Porque son mis compañeros de equipo.

Lauren deja de incitarlo.

—Compañeros de equipo. Si me preguntas...

—Lo cual no he hecho...

—Di más bien que son tus empleados. Lo único que les importa es la bonificación de las eliminatorias. Tú tienes que mirar por ti. Deberías haberte hecho profesional el año pasado.

—Bueno, pues no fue así. Ven, nos quedamos una hora, y ya terminaremos esto en tu apartamento.

—Nada de eso. —Lauren lo aparta de un empujón—. Luego ya no estaré de humor.

—Bueno. —Sam la toma de la mano y tira de ella hacia el edificio de la hermandad de alumnos—. En ese caso, puede que busque otro hueso que roer...

Hace una mueca de dolor cuando Lauren le propina un cachete.

El edificio de estuco blanco y naranja, de dos plantas y con forma de herradura, cariñosamente conocido como el «pabellón de los cachas», es una mansión al aire libre y de estilo hacienda que cuenta en su interior con una piscina en forma de campo de fútbol, *jacuzzi* y, para esos molestos días de lluvia, una azotea retráctil. Tiene camas para 112 personas y una plantilla a jornada completa de cocineros, entrenadores, criados y tutores, y al igual que la Harley de Sam, todo se costea con el presupuesto para deportes de la PCAA.

La Asociación Profesional para el Deporte en Organizaciones Colegiales (PCAA) se creó en 2008, cuando el antiguo organismo rector de deportes intercolegiales «amateur», la Asociación Nacional para el Deporte en Organizaciones Colegiales (NCAA), perdió un pleito que se había presentado en nombre de cinco mil estudiantes atletas que acusaron a ésta última de no tener derecho alguno a impedir que recibieran fondos no relacionados con el deporte mientras estuvieran estudiando. Al enfrentarse a la realidad de finalmente tener que pagar a quienes les daban de comer, la Asociación Nacional votó reorganizarse en un organismo aparte e independiente dedicado única y exclusivamente al deporte colegiado «profesional». La nueva Asociación Profesional para el Deporte en Organizaciones Colegiales (PCAA), que abarcaba el fútbol americano masculino de la División I-A y el baloncesto de la División I tanto en modalidad masculina como femenina, estableció una escala estándar de salarios y programas de beneficios para aquéllos de sus participantes que generasen ingresos. Esto incluía las clases, alojamiento y manutención, material escolar, un estipendio mensual (en función del estatus del alumno) y un programa de bonificaciones que premiaba las calificaciones medias obtenidas así como la participación en encuentros de postemporada. Para seguir siendo elegible, un estudiante-atleta de la PCAA tenía que asistir a clase (en persona) y demostrar que iba progresando satisfactoriamente hacia su meta final de hacer una carrera de cinco años. Cualquier atleta podía, en cualquier momento, probar suerte en las ligas profesionales y aun así volver a los estudios, siempre que todavía no hubiera aceptado una bonificación por firmar como profesional (que por lo general se mantenía en depósito hasta después de las finales) ni hubiera jugado un solo minuto en un partido de la temporada normal. Todo atleta de la PCAA que se hiciera profesional antes de graduarse debía reembolsar, de inmediato, todos los estipendios de la bonificación obtenida por firmar el contrato recibidos mientras estaba estudiando. Los atletas que escogían continuar estudiando hasta terminar la carrera obtenían una «bonificación por diploma», una figura basada en el récord de partidos ganados y perdidos por el equipo durante los años de participación.

Para el 2017, las eliminatorias de fútbol americano de la PCAA estaban generando ingresos que superaban a los de la Liga Nacional de Fútbol y la Asociación Nacional de Baloncesto.

* * *

Lauren y Sam pasan por el arco de seguridad *Art Deco* que conduce a la entrada principal. Sam pone la mano sobre el panel de identificación.

Aparece un holograma: una rubia bien dotada y con el torso desnudo que lleva un minúsculo tanga. El rostro computerizado de la modelo ha sido sustituido por el del entrenador DeMaio, y la voz es ahora la de la jovencísima cantante de pop Lacy Wong.

—Buenas tardes, Samuel Agler. Eres el amante más caliente de los Hurricanes. Por favor, penétrame para que pueda complacerte.

—Esto, gracias... entrenador.

Pasan por el detector de armas con su rayo indicador de color violeta. Las puertas dobles se deslizan para dejarlos pasar a un amplio recinto de altos techos, inundado de estridente música tecno, criaturas holográficas de neón, luces centelleantes y hordas de cuerpos en su mayoría desnudos.

Lauren se inclina hacia delante para gritar:

—Es como si los últimos días del Imperio Romano se encontraran con la música disco.

K.C. Renner, que va vestido con una camiseta de tela de aluminio y pantalón corto, es el primero en saludarlos.

—Mi chico de oro, choca esos cinco. —Renner y Sam se chocan los nudillos.

—Buenas tardes, Lauren. —El tono de Renner suena sospechosamente a sarcasmo—. Me alegro mucho de que hayas podido venir. —El *quarterback* le estrecha la mano y a continuación le pasa la lengua por ella.

—Das asco.

—Gracias. Hay comida por todas partes, cosas de lo más raro que... Oh, lo siento. Mi casa es su casa.

El ritmo machacón del bajo, procedente de unos altavoces estratégicamente situados debajo de los porosos tablones del suelo, envía oleadas de música que literalmente les vibran a través del cuerpo.

—¿No está un poco fuerte? —vocifera Lauren.

—Sí, el ambiente es de muerte. Eh, todo el mundo está en la piscina. Venid.

Renner los guía por entre la multitud que abarrota el recinto. A su paso van surgiendo manos teñidas de amarillo y azul que intentan tocarlos.

Por fin llegan a unas puertas de plexiglás insonorizadas que se abren y les permiten escapar del ruido y acceder a una sala de cine holográfico en casa. Las puertas se cierran tras ellos con un siseo y dejan fuera el estruendo del vestíbulo.

La sala es toda negra, iluminada de forma indirecta por dos columnas gemelas de lámparas que van del suelo al techo y por el resplandor de la película holográfica en tres dimensiones que se está proyectando enfrente de la pared del fondo.

A medida que los ojos de Lauren van adaptándose a la oscuridad, percibe que algo se mueve a lo largo del suelo... son parejas haciéndoselo dentro de sacos sensoriales.

K.C. los hace pasar por una segunda puerta insonorizada. Dejan atrás la sala donde se prepara la comida y salen al patio.

Les da de lleno en la cara la humedad y el fuerte olor del sistema de filtración por ozono de la piscina. De unas palmeras plantadas en la periferia llegan las sensuales notas calypso de Elian, el ídolo cubano de moda.

Animadoras, fans y prostitutas, la mayoría de ellas desnudas, se reparten en corrillos el espacio que rodea la piscina en forma de campo de fútbol. Una docena de compañeros del equipo de Sam pululan de un grupo a otro. Lauren descubre en el *jacuzzi* a Jerry Tucker, un enorme juez de línea atrapado entre dos asiáticas con el pecho al aire y teñidas de jamaicanas. También ve a otro miembro del equipo tumbado en el suelo detrás de él, inconsciente sobre un charco de vómito.

Sacude la cabeza en un gesto negativo.

—Guerreros del fútbol de Miami saqueando la aldea antes de su siguiente conquista.

Ken Hudak, un tipo todo músculos y teñido de color verde pino que juega de central medio en el equipo, se acerca a ellos pavoneándose y tirando de su ligue, una chica haitiana que no lleva más que una banda alrededor de la cintura. Lauren se queda mirando los tatuajes complementarios que llevan ambos en la cadera, y que, cuando hacen el amor con la chica encima, dan la impresión de dos perros haciéndolo al estilo perro.

—*Mulo*, tenemos que hablar, tío.

Antes de que Lauren pueda objetar algo, Hudak le echa el brazo a su prometido y se lo lleva.

K.C. se encoge de hombros.

—Sam es un tipo muy popular.

—Demasiado popular.

La haitiana se acerca a K.C. y le roza la cadera con la ingle desnuda.

—Estoy cansada de jugar en posición de defensa. ¿Qué te parece si me enseñas a jugar un poco a la ofensiva?

K.C. guiña un ojo a Lauren.

—Enseguida vuelvo.

—Sí, vete a follar hasta que se te salgan los sesos. — Observa cómo se aleja con la muchacha.

Lauren se pone a buscar a Sam con la mirada. Lo localiza al lado del *jacuzzi*, rodeado de la mayor parte de los corredores defensivos del equipo, todos teñidos del mismo tono de verde Miami.

«A la mierda con esto...»

Y se da media vuelta para regresar al interior del edificio.

—¿Estás acusándome de estar perdiendo forma? —Sam niega con la cabeza, sin poder creérselo.

Hudak se inclina sobre él y le escupe con su aliento a ajo.

—Hemos perdido. No hay forma humana de que perdamos contra esos gilipollas semínolas del culo si tú corres como corres siempre.

—Tenía ya recorridas 104 yardas, y me quedaban otras 54. Marqué un tanto.

—No nos insultes, *Mulo* —interviene Keith Plourde, el co-capitán de los Hurricanes—. Desde que estabas en primaria nunca has corrido menos de doscientas yardas.

—Necesito la bonificación de las eliminatorias, *Mulo* —se queja Brian Mundt—. Sin ella estoy jodido.

—A lo mejor no estarías tan jodido si supieras placar mejor —replica Sam quitándose de encima de la cara al exterior defensivo.

—Me he enterado de que hay un montón de gente que ha palmado dinero por el punto que hemos perdido hoy —afirma Keith Plourde en tono acusador—. A lo mejor tú tienes algo que ver en ello, ¿qué dices?

Sam se abalanza sobre Plourde y lo empuja de espaldas contra una palmera.

Hudak y Mundt interceden antes de que alguien lance el primer puñetazo.

—¡Basta ya! —Hudak tiene las venas del cuello abultadas como serpientes—. Sabemos que *el Mulo* no es capaz de hacer una cosa así, K.P. Lo que no sabemos es si nuestro hermano va a hacerse profesional.

—En esta temporada, no.

—Ya, ¿pero que pasa con la del año que viene? —pregunta Jeff Larsen, apodado *Bubba*, central del lado fuerte del

Miami, un metro ochenta y siete de estatura y ciento treinta y seis kilos de peso.

—No lo sé. —Sam mira fijamente a Larsen con el corazón retumbando a causa de la adrenalina—. No lo he decidido.

—¡Joder! —Esta vez es Larsen el que tiene ganas de aporrearle—. Si te vas este año, nos jodes a todos. Entre estipendios y bonificaciones, estamos hablando de ciento cuarenta pavos por barba.

—Ciento cuarenta y cinco —corrige Mundt.

—La mayor parte de nosotros no tenemos esperándonos ahí fuera un contrato con la GFL de doscientos millones de dólares —ruge Matt Eterginio, el profundo libre del equipo.

—No lo tenemos ninguno —corrige Sam—. Y tú, Matt, se supone que vas a graduarte en lengua. Naturalmente, también se supone que tienes que jugar de profundo libre, pero eso no ha sido obstáculo para que la FSU se haya pasado la tarde anotando puntos a tu costa.

—Está bien, que se calme todo el mundo —ordena Hudak—. Mira, *Mulo*, somos tus compañeros de equipo. Tus hermanos. Y los hermanos permanecen juntos.

«Los hermanos permanecen juntos...», esas palabras reverberan en su cerebro.

—¿Vas a quedarte con nosotros, *Mulo*?

Todos rodean a Sam creando una pared de carne color verde pino.

Lauren examina la mesa alargada, repleta de comida y drogas, que han colocado en el comedor. El sushi y las costillas chinas parecen apetitosos, pero pasa. La última vez que se le ocurrió comer en una de las fiestas de K.C., terminó jugando desnuda al balón-volea en el césped del decano.

Oye vítores. Aburrida, sigue la dirección del sonido hasta la sala de cine.

Hay una docena de jugadores tumbados sobre cojines, bebiendo cerveza y viendo una reposición holográfica en tres dimensiones del partido Miami-FSU. Lauren coge una bolsa de zumo del árbol refrigerador y se sienta en el suelo.

La proyección está reproduciendo en ese momento el saque de apertura de Miami. Una cámara aérea de vídeo esférico situada en la zona de anotación enfoca directamente a K.C. Renner, que está haciendo algún gesto incomprensible con los labios; la reproducción es a cámara superlenta. El *quarterback* recibe el pase y lanza el balón a Sam, el cual gira hacia su derecha, donde lo están esperando varios jugadores Semínolas.

Se oye que el público grita «*Mulo… Mulo… Mulo…*» cuando Sam ejecuta una pirueta alucinante, de nuevo echa a correr hacia la línea de ataque y por fin pasa con los brazos extendidos a los lados a través de un muro de defensas igual que un toro enloquecido, abriéndose un pasillo propio.

Lauren siente que el vello se le pone de punta y se permite una sonrisa. «Puede que esta noche no esté tan cansada…»

La cámara toma un primer plano del rostro de Sam.

Lauren deja de sonreír.

Lauren Beckmeyer conoce a Samuel Agler desde que ambos estaban en noveno curso, y en todo ese tiempo jamás ha visto nada parecido a la expresión que ha surgido ahora en el semblante de su novio.

Miedo.

23

20 de noviembre de 2033
Manalapan, Florida
domingo por la tarde

La palaciega mansión que poseen en el sur de Florida el multimillonario Lucien J. Mabus y su esposa Lilith se extiende doscientos cuarenta metros a lo largo de una inmaculada playa privada de Manalapan, una pequeña isla situada al norte de Boynton Beach. Dicha mansión, de treinta y una habitaciones distribuidas en tres plantas y cuya construcción original en 1997 costó 21,3 millones de dólares, cuenta además con una piscina a la orilla del mar provista de una cascada y un bar en el agua, dos pistas de tenis, un gimnasio, un gran salón de ciento diez metros cuadrados iluminado por una lámpara araña de cristal de dos mil setecientos kilos de peso importada de un castillo francés del siglo diecinueve, un observatorio astronómico y un garaje con ocho plazas de aparcamiento. Los suelos son todos de mármol de Saturnia. Cada uno de los seis dormitorios-suites cuenta con terraza propia que da al Atlántico. Todas las ventanas de la casa se limpian solas, pues han sido tratadas con una fina capa de óxido metálico electrificado que ayuda a que el agua de lluvia arrastre las partículas sueltas.

El personal de servicio está compuesto por dos amas de llaves, un chef, un piloto que también hace las veces de chófer, seis guardias de seguridad fuertemente armados y un mecánico. Hay unos robots cortacésped y podadores que perpetuamente están cuidando de la hierba y los arbustos para dejarlos perfectos. Todos los ordenadores y puntos de control de la mansión están conectados a una estación generadora de reserva alimentada por una celda de combustible ubicada en la cara norte del recinto. En el tejado hay tres antenas parabólicas.

Y todo esto para sólo dos adultos y la visita ocasional de algún socio comercial.

Lucien Mabus, de veintiséis años, hijo del ya desaparecido Peter Mabus, abre sus ojos castaños y bordeados de rojo y se mira en el espejo del techo. Se ve la cara de un tono gris ceniciento y los labios... blancos como el alabastro. Tiene los ojos hundidos y rodeados por unas pronunciadas ojeras.

—No es más que la gripe —le ha asegurado su médico personal—. Eres demasiado joven y rico para dejarnos tan pronto, Lucien.

Esto sucedió hace dieciséis días y trece kilos. Su médico personal quería llevarlo al hospital a que le hicieran unas pruebas, pero Lilith se opuso.

—Esos hospitales te matarán, cariño. Estoy segura de que no es más que una desafortunada intoxicación por algo que has comido. No dejo de advertirte que tomas demasiado marisco. He mandado a los cocineros a casa. A partir de ahora, me voy a encargar yo personalmente de hacerte la comida, por lo menos hasta que te encuentres mejor.

Lucien vuelve la vista hacia la mesilla de noche que tiene a su derecha. Medicamentos recetados por el médico, pañuelos de papel y un cubo de plástico por si acaso tiene que vomitar otra vez. Sobre una bandeja descansa un cuenco de sopa de pollo a medio comer. Sólo con verlo se le revuelve el estómago. «Sopa de pollo... ¿Es que no sabe hacer nada más que sopa de pollo?»

El multimillonario se da la vuelta y se sube la manta hasta el hombro. «¿De qué sirve todo el dinero del mundo si estoy demasiado enfermo para disfrutar de él?»

Los escalofríos ceden el paso a un fuerte sofoco, y con él a las temidas náuseas.

Lucien coge el cubo y vomita.

El pulso le late en la cabeza. Le escuece la garganta, los espasmos del estómago no cesan. Se deja resbalar hasta el suelo y se agarra la cabeza entre las manos, rezando para que pase el dolor.

«Dios… ¿qué es lo que quieres de mí? ¿Obras de caridad? ¿Otra ala más en algún hospital del tercer mundo? Dímelo de una vez, y pon fin a este sufrimiento.»

Haciendo acopio de fuerzas, tira de sí para incorporarse, pero la sensación de vértigo hace que el dormitorio gire a su alrededor. Avanza unos pasos tambaleantes en dirección al cuarto de baño… y de pronto se detiene y se mira los pies descalzos.

Tiene los dedos insensibles.

—Dios… ¿qué me está pasando? ¿Lilith? ¡Lilith!

Dando tumbos, abre la puerta del dormitorio principal y sale al pasillo.

—¿Lilith?

No hay esposa. Ni criados. «¿Dónde diablos estarán todos?»

Recorre el pasillo a trompicones, sintiendo que la sensación de entumecimiento se le extiende por los pies y por los tobillos. Hace una pausa ante la puerta abierta de uno de los dormitorios de invitados, pues ha oído voces.

—¿Lilith? Lilith… ¿estás ahí?

Lucien entra en el dormitorio.

Estirada sobre la gigantesca cama de agua, contemplando su imagen reflejada en el espejo del techo, se encuentra su joven esposa.

—Lilith, ayúdame… —Lucien cae de rodillas, experimentando un dolor insoportable en el vientre. La insensibilidad ya le está subiendo por las caderas—. Llama a Gill. Llévame al hospital. ¡Creo que es el corazón!

—No tienes de qué preocuparte, cielo, a tu corazón no le ocurre nada.

—¿Cómo… cómo lo sabes?

—Cariño, sólo es el veneno que he estado poniéndote en la comida.

A Lucien se le hiela la sangre en las venas.

—Ahora muere como un buen niño rico, y no manches la alfombra.

Lucien, con la sensación de entumecimiento ya más arriba del pecho, se desmorona de bruces sobre la lujosa alfombra color crema. El silbido que le perfora los oídos es insuficiente para silenciar la sonora carcajada que sale de los labios de su voluptuosa y asesina esposa.

Universidad de Miami

El pabellón de deportes Jerome Brown Memorial se encuentra situado en el lado norte del campus de la universidad de Miami, y es adyacente a la cancha de baloncesto de MTI. Además de su pista cubierta, su piscina, su sala de gimnasia y su material de entrenamiento, dicho pabellón de deportes cuenta con una sala de prensa y medios de comunicación provistos de conexión vía satélite. En el corazón del edificio hay una sala circular para transmisiones, dotada de paredes de cristales inteligentes tintados, a fin de ocultar la miríada de cámaras y luces, micrófonos, mesas de efectos especiales y técnicos.

Diane Tanner entra en la sala de entrevistas vestida con su habitual malla de la cadena ESPN, de una sola pieza y ajustada al cuerpo. Rubia y voluptuosa, toma asiento frente a Samuel en una silla de terciopelo idéntica a la de él y se coloca el escote.

—¿Nervioso?

—¿Debo estarlo?

—Es una entrevista en directo.

—No es la primera vez.

—Yo te pongo nervioso, ¿no es así?

—¿Siempre se insinúa con los deportistas a los que entrevista?

Ella sonríe.

—Sólo con los guapos.

—Prevenida, Diane —dice la voz procedente de un micrófono oculto—. Cinco... cuatro... tres...

Diane adopta de pronto una sonrisa más profesional.

—Bienvenidos a «Semana de Deportes». Soy su presentadora, Diane Tanner, y hoy tengo conmigo a la estrella del equipo de la universidad de Miami, Samuel Agler, apodado *el Mulo*. Sam, gracias por dedicarme un poco de tu tiempo.

—Le guiña un ojo.

—Esto... es un placer.

—Sam, los ojeadores de profesionales ya te han nombrado el corredor más prolífico que ha habido en toda la historia de los deportistas profesionales. Antes de empezar a hablar de tus proezas en el terreno de juego, he pensado que podríamos charlar un poco sobre tu vida privada. Naciste en Chads Ford, Pensilvania, si no me equivoco.

—Así reza en la partida de nacimiento.

—Tu madre falleció cuando tenías tres años. ¿Qué ocurrió?

—Por culpa de un conductor que había bebido. Fue antes de que se aplicaran los nuevos protocolos de seguridad.

—Por supuesto. Así que tu padre, Gene, se mudó contigo a Hollywood Beach, Florida, para empezar una vida nueva. ¿Por qué Florida?

—Lo trasladaron en el trabajo. Al puesto de director del instituto Pompano.

—¿Cuántos años tenías cuando empezaste a jugar al fútbol?

—Cinco o seis.

—Y lo demás, como dicen, es historia. Corredor estrella en tu primer año en el instituto. El primero del país durante cuatro años consecutivos en puntos anotados y distancia total. El deportista de la PCAA más contratado de la historia. Obtuviste un perfecto mil seiscientos en los exámenes de acceso. Con esos récords y esas notas, podrías haber aceptado una beca de estudios para entrar en Harvard.

—Supongo. Pero quería quedarme cerca de casa.

—Porque te enamoraste de tu novia del instituto. Qué romántico. —Diane deja que cale el sarcasmo.

—Es ella la que me mantiene activo.

—Seguro que sí. No bebes ni tomas «felicidad». Regalas tu tiempo para lanzar mensajes contra las drogas. Por Dios, *Mulo*, eres el chico con el que sueñan todas las madres de América.

—Algunos hemos sido educados como Dios manda.

—Hum, ¿cómo era esa canción… «sólo los buenos mueren jóvenes»? En fin, hablemos de fútbol. Dinos qué se siente cuando uno salta al campo y oye a 120.000 fans enloquecidos que corean su nombre.

Sam esboza una media sonrisa.

—Uno se siente bastante bien.

—¿Bien? Yo diría que tiene que ser increíble, inconcebible. Cuando anotaste aquel tanto contra la FSU… Menudo subidón, ¿eh?

—Sí. Fue genial.

—¿En serio? —Diane se reclina en su silla. Ya tiene la mosca en su tela de araña—. Vamos a verlo.

Las luces se atenúan y el cristal inteligente se transforma en una pared circular de pantallas de proyección. En todos los paneles se ve la imagen de Sam.

Sam recoge el pase de su *quarterback*…

vira hacia su derecha…

da media vuelta hacia la línea… va eludiendo a los jugadores que intentan placarlo… se abre camino hacia la luz del día…

Las cámaras lo enfocan desde una docena de ángulos diferentes…

…centrándose en la expresión de su cara mientras corre a toda velocidad por la banda lateral.

La imagen se congela. Las luces se encienden de nuevo.

—Sam, la verdad es que a mí eso no me parece que sea una expresión de placer. Yo diría, en fin, más bien parece miedo. ¿Tenías miedo de algo?

—Pues…

—Pareces un tanto preocupado, como si acabaras de cometer un error gravísimo. ¿Cómo podías haberte equivocado anotando un tanto?

—Me faltaba el aliento…

—Debió de costarte recuperar el aliento, porque durante el resto del partido sólo avanzaste sesenta y dos yardas del terreno de juego.

—Cosas que pasan. La FSU tenía nueve defensas en el campo. No había huecos.

Diane sonríe tímidamente.

—¿Desde cuándo necesita *el Mulo* un hueco?

—¿Adónde quiere llegar?

—Éste era el partido más importante de todo el año. Se habían apostado miles de millones de dólares en la quiniela semanal de fútbol americano del gobierno federal. Los Hurricanes eran favoritos por seis puntos. La puntuación final fue FSU 16, Miami 10. El partido fue un bombazo que generó nada menos que dos mil trescientos millones para nuestros amigos de Washington DC.

—¿Me está acusando de haber perdido el partido a propósito?

—No, naturalmente que no, don perfecto. Pero hipotéticamente hablando, ¿cuánto tendría que pagarte alguien, pongamos el gobernador de Florida, Ryan Wismer, para que te hicieras el tullido?

—¡Es usted una auténtica hija de puta! —Samuel se pone en pie.

Las cámaras siguen grabando. Tanner no ha terminado, ni mucho menos.

—¿Hay algo de verdad en el rumor de que la PCAA piensa abrir una investigación por su cuenta?

—Se acabó, hemos terminado. —Sam busca en vano una salida.

—Sammy, querido, antes de que te vayas tan deprisa, explica a los espectadores por qué te saliste fuera de límites en aquel tercer cuarto. Samuel Agler, *el Mulo*, nunca se sale fuera de límites.

Sam toma como objetivo uno de los paneles de espejo. Salta del escenario, gira en medio del aire y ejecuta una devastadora patada lateral estrellando el talón del pie derecho contra el cristal inteligente igual que si fuera un mazo de hierro. El vidrio estalla en un millar de fragmentos.

Diane se agacha, sin poder evitar la lluvia de metralla.

—Soy... eh... Diane Tanner, y esto es «Semana de Deportes».

Sam pasa como una exhalación por delante de los asombrados técnicos y desaparece por la puerta.

Campus principal de la universidad de Miami
Coral Gables, Florida

21 de noviembre de 2033
7.18 de la mañana

Lauren Beckmeyer está de pie en el estrado, repasando por tercera vez sus notas y sus discos para la presentación. Sentados frente a ella se encuentran cuatro de los cinco miembros del comité asignados al consejo de becas de investigación de la universidad. «Literatura inglesa, Estudios asiáticos, Física, Historia... han venido todos excepto mi profesor de Geología...»

En ese momento llega corriendo por el pasillo el profesor Christopher Laubin, el quinto miembro del consejo.

—Siento llegar tarde. —El jefe del departamento de Geología saluda con la cabeza a los demás miembros del comité, se acomoda en uno de los sillones de respaldo alto y tapicería dorada y presta atención a Lauren—. ¿Está preparada para proceder, señorita Beckmeyer?

«Ya llevo un buen rato preparada, pedazo de…»

—Sí, señor.

Inserta un disco para activar la primera serie de imágenes: una secuencia de fotos móviles de la erupción del monte Santa Elena.

—El 18 de mayo de 1980, a las 8.32 de la mañana, el monte Santa Elena fue sacudido por un terremoto de una intensidad de 5,1. Al cabo de quince o veinte segundos, el volcán y su cima se deslizaron formando una avalancha descomunal. Dicha avalancha despresurizó el sistema de magma del volcán, lo cual dio lugar a potentes explosiones que fragmentaron el alud de escombros. Se lanzaron al espacio rocas, gas volcánico, ceniza y vapor a velocidades superiores a 500 kilómetros por hora. La nube de ceniza recorrió 27 kilómetros hacia el norte, y su onda expansiva produjo una columna de gas y cenizas que se elevó en la atmósfera hasta más de 24 kilómetros de altura en menos de quince minutos. A lo largo del día, los vientos predominantes desplazaron 520 millones de toneladas de ceniza hacia el este, atravesando Estados Unidos, y provocaron una oscuridad total en Spokane, Washington, a 400 kilómetros del volcán.

Aparece una diapositiva que muestra la devastación.

—Las erupciones volcánicas no son inusuales. Incluso hace cincuenta años los científicos lograron predecir la erupción del volcán Santa Elena con tiempo de sobra para advertir a la población. —Lauren hace una pausa para establecer contacto visual con el comité—. Ahora imaginemos un volcán cuya erupción no se pueda predecir y que tenga la fuerza del Santa Elena multiplicada por diez mil. Imaginemos una explosión que lance suficientes cenizas a la atmósfera como para cubrir la mitad de Estados Unidos en unos pocos minutos de pavor. En resumen, imaginemos una explosión comparable a la del impacto de un asteroide, uno que fuera capaz de sumir al planeta Tierra en un invierno inacabable de varios millones de años.

La imagen cambia. Ahora, el comité observa la foto de satélite de un cráter cuya superficie hierve en tonos azules y verdes.

—La pesadilla que acabo de describir se llama supervolcán. A diferencia de un volcán normal, éste no tiene cono. Esencialmente, existe en forma de una gigantesca bolsa de magma subterránea, o caldera. Una caldera es una depresión formada por el hundimiento del suelo tras una explosión volcánica de una gran cantidad de magma acumulado. Lo que están viendo es una fotografía térmica de la más joven de las tres calderas del parque nacional de Yellowstone. Este monstruo acecha ocho kilómetros por debajo de la superficie. Mide 179 kilómetros de largo por 77 de ancho, y abarca casi el parque entero.

Lauren levanta la vista y queda complacida al ver expresiones de asombro en cuatro miembros del comité. «Hacen bien en asombrarse, sólo estamos hablando del fin de la civilización…»

Lauren cambia la imagen por una foto aérea de una isla ubicada dentro de un gran lago formado en un cráter.

—El hombre moderno no ha presenciado nunca la erupción de un supervolcán, pero sí conocemos la devastación que produce. Éste es el lago Toba, situado al norte de Sumatra, Indonesia. Se formó a causa de un supervolcán que entró en erupción hace 74.000 años. Tengan en cuenta que la caldera del lago Toba es más pequeña en comparación con la bolsa de magma de Yellowstone, pero las pruebas que tenemos de su última erupción deberían darles una idea del grado de devastación del que estamos hablando.

La fotografía del lago es reemplazada por una diapositiva de organismos microscópicos.

—Para comprender cómo afectó a la humanidad el lago Toba, hemos de acudir al ADN del *Homo sapiens*. Si bien la mayor parte del ADN de nuestra especie está concentrada en los núcleos de nuestras células, también se puede encontrar una pequeña parte en las mitocondrias, las células en forma de bastón responsables de producir energía. Lo que tienen de singular las mitocondrias es que su ADN se transmite sólo de madre a hijo. Esta característica permite a los genetistas seguir el linaje natural y la diversidad de nuestra población centrándose en las mutaciones presentes en nuestro genoma. Analizando la tasa y la distribución de dichas mutaciones, los científicos consiguen detectar patrones en el crecimiento de la población a lo largo de la historia de la humanidad.

»Habiendo en el planeta siete mil millones de habitantes, los científicos esperaban hallar una amplia diversidad genética. En cambio, lo que encontraron fue algo totalmente inesperado: un cuello de botella, o un súbito descenso en la población.

En ese momento, el afro-americano que ocupa el puesto de jefe del departamento de Física levanta una mano.

—¿Se refiere usted a una catástrofe de grandes dimensiones?

—Sí, señor. En la historia del *Homo sapiens* sucedió algo que diezmó nuestra especie entera y redujo el número de seres humanos de todo el planeta, por increíble que parezca, a tan sólo unos pocos miles. La realidad, simple y aterradora, es que el ADN de todo hombre, mujer y niño que vive en la actualidad se remonta a esos pocos miles de supervivientes. A causa de que las mutaciones en el ADN humano tienen lugar con la regularidad de un reloj, los científicos lograron aproximarse a la fecha en que se produjo dicho cambio repentino. —Calla unos instantes para dar mas efecto—. El cuello de botella tuvo lugar hace 74.000 años, justo después de la explosión que formó el lago Toba.

La representante de Literatura Inglesa está pálida.

—¿Está diciendo que ese… supervolcán estuvo a punto de barrer a todos los seres humanos de la faz de la Tierra?

—Sí, señora. Y tenga en cuenta que la caldera del lago Toba no era, ni con mucho, tan grande como la monstruosidad que hay en Yellowstone.

—¿El de Yellowstone se encuentra en estado de letargo? ¿Ha entrado en erupción alguna vez?

Lauren pasa a la siguiente imagen: un fósil incrustado en tierra y ceniza.

—Las pruebas geológicas demuestran que el punto caliente de Yellowstone ha sido el responsable de tres erupciones. La primera se produjo hace 2,1 millones de años, la segunda hace 1,2 millones, y la más reciente hace 630.000 años. Los científicos están de acuerdo en que es probable que continúe esta periodicidad de erupciones, lo cual quiere decir que la próxima podría tener lugar dentro de 100.000 años... o, como temen algunos geólogos... —no hace caso del gesto del profesor Laubin de poner los ojos en blanco— muy pronto.

La foto desaparece y es sustituida por un esquema que muestra una sección transversal subterránea de Yellowstone. Por encima del suelo, a lo largo de la parte norte, y directamente debajo de la bolsa de magma, se ve un bulto colosal, del tamaño de una colina.

—Este bulto está ascendiendo por encima de la caldera de Yellowstone desde que se llevó a cabo el primer estudio geológico del parque, a finales de la década de 1920. La primera vez que se alarmaron los científicos fue hace unos treinta años, cuando dicho bulto comenzó a levantar el extremo norte del lago Yellowstone e hizo que sus aguas se derramasen en el bosque que se extiende por su orilla sur. Como pueden ver, actualmente el bosque está inundado por completo.

»Este bulto tan revelador indica que la presión interior de la bolsa de magma está aumentando, y en algún momento ésta explotará. Cuando suceda, la devastación afectará a todo el planeta. Como las palabras no bastan para contar la historia, he pensado que a lo mejor les interesaría ver una breve animación.

La imagen del ordenador ofrece ahora una foto por satélite de Estados Unidos. De repente aparece una nube oscura sobre Wyoming.

—Cuando la caldera de Yellowstone entre en erupción, la nube piroclástica matará al instante a las decenas de miles de personas que vivan en esa área. La nube de cenizas resultante ascenderá a la atmósfera y cubrirá la mayor parte de Estados Unidos, aunque sobre todo afectará a las Grandes Llanuras, el granero del país. Las cosechas se perderán de la noche a la mañana. La nube de ceniza terminará por cubrir todo el globo y bloqueará los rayos del sol, lo que dará paso a un invierno supervolcánico.

El profesor Laubin lanza una mirada al monitor digital del estrado.

—Noventa segundos, señorita Beckmeyer. Le sugiero que emplee el tiempo que le queda en explicar qué es el GEOTER.

—Sí, señor.

Aparece una última imagen: un esquema de lo que parece ser un robot UAV.

—Una manera de enfriar potencialmente el flujo de magma y retrasar en lo posible una erupción importante consiste en inundar la caldera justo antes de que explote con el agua del lago Yellowstone. Mi padre, Mark Beckmeyer, es ingeniero y trabaja en Broward Robotics. Los dos hemos diseñado el GEOTER, una forma abreviada de llamar al Observatorio Geotérmico de Pirólisis y Liberación de Intercambio de Calor. La pirólisis es un cambio químico causado por la acción del calor. Sirviéndonos del GEOTER, pretendemos construir un serie de canales que vayan desde el lago Yellowstone hasta ciertas secciones clave de la caldera y crear así un sistema de ventilación. Ya he hablado con las autoridades del parque, y están de acuerdo en que dicho sistema podría reducir de modo significativo la temperatura del magma y posiblemente evitar o suavizar los efectos de una erupción de gran intensidad.

El profesor de historia está haciendo unos cálculos rápidos en su ordenador de bolsillo.

—Setecientos mil dólares es una beca bastante considerable, señorita Beckmeyer.

—En efecto, señor, pero supone un precio muy pequeño por salvar la civilización. Y además, la universidad compartiría todos los derechos de propiedad.

—Se ha acabado el tiempo —anuncia el profesor Laubin.

El profesor asiático parece nervioso.

—Señorita Beckmeyer, tenga la bondad de esperar fuera.

Lauren recoge sus pertenencias y sale de la cámara. Encuentra un banco vacío en el pasillo. «Setecientos mil dólares... Eso es lo que se gastan en renovar el asfalto de sus malditos aparcamientos para los profesores. A lo mejor podría convencer a Sam de que se hiciera profesional; con su bonificación podríamos comprarnos cien GEOTER...»

El profesor Laubin acude a su encuentro en el pasillo.

—Señorita Beckmeyer, ¿de verdad creía que iba a funcionarle esa táctica?

—No puedo evitar que los datos causen terror.

—Sí, la verdad es que posee usted cierto talento para el teatro. —Sonríe de oreja a oreja y le tiende la mano—. Y también posee una beca de investigación. Enhorabuena.

Lauren se pone en pie de un brinco y se le abraza al cuello.

—Está bien, está bien. Ahora, vaya a salvar al mundo.

Belle Glade, Florida

Virgil Robinson se remete la camisa blanca nueva en los pantalones, también nuevos, y se calza unos zapatos de ante marrón de segunda mano, sin calcetines.

—¿Listo, Virge?

—Llevo veinte malditos años listo.

Virgil, detrás del guardia armado, deja atrás el corredor lleno de celdas, que parece interminable, tras saludar con la cabeza a unos cuantos que le desean suerte, evitando todo contacto visual.

El corazón le late más deprisa cuando salen del bloque de celdas.

—Antes de veinticuatro horas debes presentarte ante el funcionario que vigila tu libertad condicional.

—Sí, señor.

—Abra.

La puerta del bloque de celdas se abre, y un segundo guardia se suma a ellos.

—Mientras estés en libertad condicional no puedes salir del estado de Florida. ¿Lo has entendido?

—Sí, señor.

—Mientras estés con la condicional, debes someterte todos los meses a un análisis de orina aleatorio, y superarlo con éxito.

—Sí, señor.

Se acercan a una puerta de acero macizo.

—Abra.

Virgil entorna los ojos bajo el sol de la tarde que penetra entre el afilado alambre y la valla que rodea la prisión. Un supervisor le entrega dos sobres: uno contiene un cheque de trescientos dólares, el otro una bolsa de plástico con sus efectos personales.

Virgil sigue a los dos guardias y al supervisor hasta el exterior. Lo hacen recorrer cincuenta metros de acera vallada por ambos lados que desemboca en otra puerta.

—Preso liberado. Abra la puerta.

La hoja de acero se desliza y se abre.

—Recluso F-344278-B, el Sistema Correccional del Estado de Florida le ha concedido la libertad condicional. ¿Tiene a alguien esperándolo?

—Sí, señor.

—Muy bien. Pórtese bien.

—Sí, señor.

«Gilipollas...»

Virgil abandona la sombra de la penitenciaría y sale a la luz.

La limusina blanca está aparcada a un lado de la carretera. De pronto se abre la portezuela trasera.

Se apea un barrigudo individuo de raza caucásica tocado con unas gafas coloreadas de rosa y vestido con una camisa de seda tropical y pantalón color crema.

—¿Virgil Robinson? —Esa voz... Un fuerte acento de Luisiana.

—¿Sí?

—Mi nombre es Ben Merchant. Trabajo para su hija. ¿Ha recibido la carta?

—La tengo aquí mismo. —Virgil se toca el bolsillo. Ya tiene la camisa manchada de corros de sudor.

—Vamos, socio, venga a quitarse el calor.

La limusina gira hacia el sur por la Autopista Inteligente 95.

—Bueno, esto...

—Llámeme Ben.

—De acuerdo. Bueno, Ben, ¿dice que el tal Mabus murió ayer?

—Tan joven. El médico ha dicho que ha sido el corazón.

—Y mi Lilith...

—Lo ha heredado todo. Emocionante, ¿verdad? Pensar que su niñita, la hija que usted abandonó de pequeña, es multimillonaria. —Ben le obsequia con su sonrisa de oreja a oreja—. Es como que a uno le toque la lotería sin jugar.

Virgil mira por la ventanilla de lunas tintadas y reprime una sonrisa.

La limusina vuelve a girar hacia el sur para tomar la ruta panorámica A-1-A, una zona boscosa cuajada de pinos. A la derecha se ven barrios millonarios, a la izquierda mansiones increíbles que disfrutan de vistas del Atlántico al precio de veinte millones de dólares.

Dejan atrás un cartel que dice «Bienvenido a Manalapan». Momentos después, la limusina entra en un camino vallado que conduce a la mansión Mabus.

Virgil se baja del coche.

—¿Todo esto es una sola casa?

—Sí, señor. Vamos a ir hasta la parte de atrás para ver a su hija.

Ben Merchant lo guía por un sendero de piedra que discurre bajo las copas de los árboles, hasta que surgen ante ellos las aguas azul turquesa del océano.

La parte posterior de la mansión Mabus es un centro turístico privado. Pistas de tenis, bar en la piscina, sauna, bañera de hidromasaje, vestuario, un patio cubierto que da a una playa inmaculada y desierta... hasta un helipuerto.

Virgil se queda boquiabierto. «Mi niña tiene dinero para dar y tomar...»

Una escalera de caracol construida de piedra conduce a la terraza principal. Ante ellos se extiende una piscina con forma de estanque, adornada en cada extremo con cascadas y vegetación tropical.

Tendida en una tumbona, tomando el sol completamente desnuda, se encuentra Lilith Robinson-Mabus.

Durante largos instantes, Virgil se limita a contemplarla con la emoción oscilando entre la lujuria y la avaricia.

—Lilith, querida, éste es Virgil Robinson... tu padre biológico.

Lilith se levanta y lo abraza, manchándole la camisa blanca e impoluta con aceite para bebés.

—Bueno, llevo toda la vida esperando para conocerte. ¿Debo llamarte Virgil o papá?

—Pues... papá está bien. Joder, niña... ¿siempre vas por ahí sin llevar ropa encima?

—Quería que nuestro primer encuentro fuera memorable. Sé que hace veinte años que no ves a una mujer.

Virgil se muerde el labio.

—Sí. Bueno, esto... siento mucho lo de tu marido.

Lilith ríe suavemente y vuelve a la tumbona.

—Siéntate, papá. Ponte delante de mí, donde pueda verte.

Merchant acerca otra tumbona.

—Oiga, ¿qué le parece si le traigo algo frío de beber? Creo que Lucille acaba de preparar su famosa limonada. ¿Virgil?

—Eh... claro.

Virgil se sienta sobre el vinilo caliente, no muy seguro de adónde mirar.

—Bueno, papá, cuéntame, ¿te ha violado alguien mientras has estado en la cárcel?

—¿Cómo has dicho?

—Ya sabes, ¿te han metido la salchicha por el culo?

—Diablos, no. Al primer hijo de puta que intente hacerme algo, me lo cargo.

—Más o menos como te cargaste a mi madre, ¿no?

—Mira, ya sé que eso estuvo mal, y he pagado con la cárcel. Pero ahora soy un hombre distinto. He encontrado a Jesús.

—¡No me digas! ¿Pasa Jesús mucho tiempo en la cárcel?

—No te burles de tu padre. Estoy aquí porque quiero recuperar el tiempo perdido.

—Qué noble por tu parte. Perdóname, me he equivocado completamente al juzgarte.

—No pasa nada.

—Oye, papá, ¿prefieres a la mujeres afeitadas?

—¿Qué?

Lilith se abre de piernas.

—Mi difunto marido insistía siempre en que me afeitase el pubis. Me decía: «Lilith, odio esa mata de pelo negro». ¿Qué opinas tú?

—Ha llegado el momento de la limonada —entona Merchant para romper la tensión. Entrega a Virgil un vaso de limonada helada goteando por la fuerte condensación.

Virgil se lo bebe de un solo trago.

—Bueno, papá, ahora que ya has saldado tu deuda con la sociedad, ¿dónde vas a vivir?

—No lo sé.

—A Belle Glade no puedes ir, lo incendié yo y no quedó nada.

—Podría quedarse aquí —sugiere Ben—. Tenemos espacio de sobra.

Virgil se limpia el sudor de los ojos, sintiéndose un poco mareado.

—Me encantaría quedarme, entiéndeme, pero sólo si tú quieres que me quede.

—Bueno, no sé —contesta Lilith, jugando con él—. ¿Qué podrías hacer aquí? ¿Entiendes de jardinería?

—Pues… supongo.

—Ya tenemos jardinero —le recuerda Merchant.

—Ben tiene razón. Y también tenemos cocinero y chófer, hasta un piloto de helicóptero. ¿Pero sabes qué es lo que no tenemos? No tenemos un hombre.

—¿Un hombre?

—Ya sabes, alguien que pueda utilizar yo para el sexo cuando me aburro del vibrador. ¿Crees que tú podrías satisfacerme, papá?

A Virgil le retumba el corazón en los oídos.

Ben asiente.

—Siempre que sea posible, su hija siempre prefiere que todo quede dentro de la familia.

—Bueno, ¿qué dices, papá? ¿Das la talla, y perdona la expresión, para desempeñar ese trabajo?

Virgil logra articular a duras penas una respuesta gutural:

—Sí.

—¿Oyes eso, Ben? Mi padre acaba de salir de la cárcel por asesinar a mi madre, pero está dispuesto a tirarse a su hijita a cambio de tener pensión completa gratis. Y tú decías que esto no iba a funcionar.

Merchant lanza una risotada cuyo eco retumba de modo extraño en la cabeza de Virgil.

La terraza se distorsiona hacia un lado. Un dolor sordo invade el ojo izquierdo de Virgil. El vaso de limonada vacío se le cae de la mano y se hace añicos al estrellarse contra el suelo.

Por fin Virgil Robinson se desploma de costado sobre la tumbona, inconsciente.

Despierta, papá...

Virgil abre los ojos... y vomita.

Está en un barco... no, no está exactamente a bordo del barco, sino colgando por encima del espejo de popa de una embarcación, con los brazos y las piernas atados a un objeto con forma de cruz que ejerce una fuerte presión contra sus hombros y su columna vertebral.

Levanta la vista y ve una gruesa maroma de nailon unida a la cruz, que forma parte de un enorme molinete que sirve para izar y arriar el pequeño esquife del yate.

Deja escapar un gemido al sentir que se acerca una nueva náusea.

El agua, con una profundidad de un metro, le llega a la altura de los tobillos. Sus pies descalzos, ahora bajo el agua, los nota insensibles, como si llevaran ya un tiempo sumergidos.

Lilith, con un bikini negro, se inclina sobre la barandilla y le lame la nuca.

—Hum... Sabes a miedo. No tengas miedo, papá.

—¿Qué... qué vas a...?

—Voy a poner fin a tus problemas.

—¿Qué? ¡Estás loca!

—Una pasión que he heredado de mi madre. ¿Te acuerdas de ella? Una muchacha mesoamericana muy guapa, con los ojos muy azules. Tengo entendido que tú se los arrancaste la noche en que nací yo.

Virgil intenta moverse, pero la maroma mojada se le clava en los antebrazos. De pronto llega una ola de dos metros que le moja todo el pecho y le hace tragar agua de mar.

—No… no sé nadar —boquea.

—No te preocupes, papá, no voy a permitir que te ahogues.

—Me duelen los pies. ¿Qué me pasa en los pies?

Ben enciende un porro y se inclina sobre la barandilla.

—A tus pies no les pasa nada, socio, el problema lo tienes en los dedos.

Virgil mira hacia abajo. Cuando el barco se eleva llevado por otra ola, los pies salen del agua… y se ven unos muñones sanguinolentos donde antes estaban los dedos.

—Dios mío… ¡ayúdame!

—¿Y para qué iba a perder Dios el tiempo en ayudar a un hijo de puta asesino como tú?

—He pagado el precio… he cumplido mi condena…

—Y supongo que con eso ya está todo arreglado, ¿verdad? Lees un versito de la Biblia, te dices a ti mismo que ya estás salvado, y hala, has vuelto a nacer, borrón y cuenta nueva.

Desesperado, Virgil busca algún otro barco en el horizonte.

—Tengo… tengo que presentarme ante el funcionario que vigila mi condicional.

Lilith y Ben se echan a reír.

—Papá, mira: ¿es ése?

Virgil abre unos ojos como platos al ver media docena de aletas grises que trazan círculos bajo sus tobillos.

—Dios, por favor…

—Para ti, Dios está muerto, papá.

El barco cabecea. El mar se llena de espumarajos color carmesí.

—Dios está muerto para ambos.

Virgil chilla como un descosido.

El barco se eleva de nuevo y deja al descubierto un tiburón de dos metros arrancando lo que queda de la rodilla izquierda de Virgil, que chorrea sangre.

—¡Zorra! ¡Espero que… ardas en el Infierno!

—Ya he estado en el Infierno, papá. Tú mismo me enviaste allí la noche en que nací.

Una enorme aleta marrón surca la superficie del agua, una segunda dorsal que avanza junto al ancho lomo de la criatura.

—Oh. ¿Ves ese tiburón, papá? Me parece que ese grandullón es un tiburón toro. Ésos, una vez que dan un bocado, ya no lo sueltan.

—Más o menos como tú, Lilith querida —comenta Ben dando otra calada al porro.

El tiburón toro traza dos círculos más, se lanza contra el barco y en el último segundo se da media vuelta.

Virgil está con los ojos desorbitados y la nariz goteando.

—¿Por qué no ataca? —pregunta Ben.

—Ya atacará —responde Lilith, fascinada por la escena—. Pero quiere asegurarse. Siempre es mejor asegurarse antes de actuar.

—Hay que ver cuánto tenemos que aprender de los tiburones. Son unos depredadores magníficos.

—Sí, la naturaleza es el maestro perfecto.

El barco sube y baja de nuevo, y sumerge a Virgil hasta el cuello.

Lilith, totalmente serena, observa cómo el tiburón toro, de casi tres metros de largo, hunde el morro en su víctima y desgarra con sus dientes en sierra la carne y los intestinos provocando un chorro de espuma escarlata…

…y arranca la vida de las entrañas de su padre.

24

21 de noviembre de 2033
Universidad de Miami
campo de entrenamiento de fútbol americano
Coral Gables, Florida
3.50 de la tarde

K.C. Renner coloca a los defensas del primer equipo a lo largo de la línea de veinte yardas, examina la alineación de la defensa de la segunda tanda de los Hurricanes, y acto seguido ladra varias indicaciones:

—Azul-veintiséis, azul-veintiséis... ¡Vamos, vamos, vamos!

El balón vuela por los aires. K.C. finge pasárselo a su *halfback* y en cambio se lo lanza a Samuel Agler, que se ha separado de su bloque y ha echado a correr desde el cuadro ofensivo hacia la izquierda.

Sam recibe el pase...

...y es interceptado inmediatamente por Alec Parodi, un corredor de reserva, a falta de tres yardas.

El entrenador DeMaio da una patada al césped y toca el silbato.

—¡*Mulo*, conmigo!

Veintiún pares de ojos siguen al corredor estrella cuando se acerca trotando a la banda lateral.

—¿Sí, entrenador?

—¿Estás herido, hijo?

—No, señor.

—¿Algún problema de faldas?

—No, entrenador. ¿Por qué?

—Pues tiene que pasarte algo, porque no estás corriendo como *el Mulo* que yo conozco.

—Entrenador, estoy dando el cien por cien. Simplemente, Parodi ha hecho una buena jugada.

—Parodi no sería capaz de placarte a campo abierto ni el día en que esté más inspirado. —DeMaio baja el tono de voz—. Mira, me han llegado rumores. ¿Es un asunto de dinero?

—Entrenador, le juro que...

—Está bien, está bien. Tenía que preguntártelo. Es que estoy preocupado por ti. Dentro de tres semanas tenemos un partido muy importante en Gainesville, y después viene la primera ronda del Jubileo de enero. Necesito saber que mi mejor jugador está en plena forma.

—Lo estoy.

—Diablos, no me lo digas, hijo, demuéstramelo. Entrenador Lavoie, vuelva a alinearlos.

—Sí, entrenador. —El coordinador de la ofensiva, Mike Lavoie, grita un par de órdenes a los dos pelotones—. ¡Muy bien, señoritas, quiero veros a todos en posición!

K.C. Renner se abrocha la correa en la barbilla escuchando mientras el ordenador de Lavoie le comunica la misma jugada.

Sam se sitúa en el cuadro ofensivo, detrás del *fullback* Doug Parrish. Enfoca la mente hacia el interior de sí mismo, con la adrenalina a tope, y busca la entrada a «la zona».

Renner coge el balón. Finge lanzárselo a Parrish.

Sam se desliza al interior del nexo.

El campo de juego se ilumina y la acción comienza a transcurrir a cámara lenta.

Sam nota el intenso escozor de sus cuádriceps al atravesar densas ondas de energía. Bloquea al profundo fuerte que viene cargando contra él y le propina un furioso empujón con el antebrazo en pleno pecho. Luego levanta la vista hacia el balón que le ha lanzado Renner, que se acerca flotando igual que un globo.

Al mirar hacia arriba, el sol se funde en una balsámica luz blanca.

—*¿Quién eres, primo?*

Una voz femenina, arrulladora.

—*Entra en la luz y habla conmigo.*

La luz se intensifica conforma va ensanchándose, y termina por eclipsar el balón y el cielo entero.

Sam sale bruscamente del nexo…

…cuando el balón lo golpea en el casco y Alec Parodi lo aplasta bajo su peso igual que una apisonadora.

El olor del amoníaco saca a Sam de su estado de inconsciencia. Abre los ojos y ve el rostro borroso del médico del equipo.

—¿Te encuentras bien, hijo?

—No lo sé. ¿Sigo teniendo la cabeza pegada al cuerpo?

—Vamos a examinarte rápidamente el cerebro. —El doctor Meth coloca el escáner de IRM portátil encima del casco de Sam—. No te muevas, esto sólo lleva diez segundos.

El escáner se activa y comienza a examinar el cerebro de Sam.

Paciente: Samuel Agler

Diagnóstico: Conmoción de tercer grado.

Protocolo C-3: Hielo, medicación anticonmoción/antiinflamatoria, reposo monitorizado.

Regreso a la actividad: Tres días como mínimo.

Ejercicios de no-contacto durante cinco días.

—Ya está, hijo, ya hemos terminado. —El doctor Meth y sus dos ayudantes lo ayudan a incorporarse.

Entrenadores y jugadores observan en medio de un silencio acusador cómo Sam se va cojeando hacia los vestuarios.

7.16 de la tarde

Después de tres horas, una ducha y siete entrevistas, Samuel Agler emerge del edificio de entrenamiento dotado de aire acondicionado y sale al fresco aire vespertino del mes de noviembre.

Indica al guarda con una seña que le abra la verja, y se abre paso por entre el público que suele asistir a los entrenamientos. Firma una docena de autógrafos, y entonces se fija en la limusina negra del gobierno que está aparcada en la acera.

«Joder… precisamente hoy.»

Se abre la portezuela del conductor y se apea un corpulento individuo afro-americano.

Sam cruza la calle, todavía rodeado por una multitud que no deja de acercarle a la cara libretas para que se las firme.

Se aproxima Ryan Beck.

—¡Apártense!

El gentío retrocede.

—Hola, tío. Veo que sigues teniendo un pico de oro. ¿Cómo te va?

—Tirando. Tienes una pinta horrible. —Beck abre la puerta de atrás.

—Sí, yo también me alegro de verte.

Sam se sube al asiento trasero y se acomoda enfrente de su madre. La portezuela se cierra nada más entrar él.

Dominique Gabriel se quita las gafas de sol oscuras y envolventes. Aunque tiene cuarenta y nueve años, la mayoría de la gente le hubiera echado unos treinta. Continúa llevando el cabello largo y con raya en medio, todavía negro como el ébano aunque con un toque de gris aquí y allá. Tiene los pechos firmes y mantiene una figura perfecta, gracias a una dieta estricta y a un régimen diario de pesas y ejercicios cardiovasculares. Los únicos signos de envejecimiento son las patas de gallo que arrugan sus ojos color chocolate.

Sam la mira de arriba abajo.

—Para ser una carroza, estás estupenda.

—¿Así saludas a tu madre?

Él se inclina hacia delante y le planta un beso en la mejilla.

—No te esperaba. Ya sabes que no me gustan las sorpresas.

—Pareces cansado, Manny.

—¡Sam! Llámame Sam.

—Para mí siempre serás mi Manny.

—¿Podemos ir al grano?

—Tu hermano quiere verte.

—Olvídalo. Hicimos un pacto.

—Así es. Tú deseabas el anonimato total, y te lo concedimos. Un nombre nuevo, una identidad nueva, otros padres... todo. Pero lo que estás haciendo ahora es sumamente peligroso. En lugar de vivir oculto a la vista del público, te has convertido en el centro de atención. Tu cara aparece en todas las páginas de Internet y en todas las publicaciones de Norteamérica. ¿Cuánto tiempo crees que va a pasar hasta que algún periodista de altos vuelos vea más allá de los archivos manipulados y de la partida de nacimiento falsa y descubra quién eres en realidad?

—Immanuel Gabriel está muerto, madre. Se ahogó hace seis años. Nadie va a sumar dos y dos.

—Pues Jacob opina lo contrario, y por eso necesita verte.

—Jacob es un pirado.

La bofetada lo deja aturdido y le provoca sucesivas ondas de choque que cruzan por su maltrecho cerebro.

—Ese pirado, como tú le llamas, te ha proporcionado una vida nueva. Si no fuera por tu hermano, todavía estarías viviendo en el complejo... o algo peor.

—¿Cuánto tiempo vas a continuar con esta farsa, madre? Llevas toda la vida rindiéndote a Jacob.

—No es cierto.

—No, es peor todavía. Le has dado alas al creerte todas esas chorradas del héroe maya. Mírate. ¿Cuándo vas a vivir tu propia vida?

—¡Ya tengo una vida!

—Sí, ya, claro. Yo soy el que tiene una vida. Tú trabajas para Jacob. —Sacude la cabeza en un gesto negativo—. En fin, dime cuánto tiempo.

—Unos días. Dice que necesita hablar contigo de cosas que sólo tú eres capaz de entender.

—Maldita sea, madre, por última vez, ¡yo no soy Hunahpú! —Cierra los ojos para reprimir las lágrimas de frustración—. Vosotros dos ya no formáis parte de mi vida. No sabéis nada de mí. Me he partido el culo... llevo años entrenándome. Cada vez que salgo a ese campo me doy una paliza. Yo no soy... como él.

—Tienes razón. Por muy frío e insensible que pueda ser Jacob, él no es egocéntrico. Pero tú estás dominado por el ego.

—Adiós. —Se acerca a la puerta.

—¡Espera! —Dominique lo agarra del brazo—. Perdona. No lo he dicho en serio.

—Sí lo has dicho en serio.

—Manny, estoy muy orgullosa de ti, orgullosa de tus logros en los estudios, orgullosa de la vida que has conseguido construir. Y me gusta todo lo que he oído acerca de Lauren. Pienso que es una chica buena para ti. ¿Por lo menos me la presentarás antes de casarte con ella?

—Ni soñarlo.

Dominique sonríe.

—Cuánto te pareces a mí. Eres terco como un mulo.

Él esboza una media sonrisa al oír mencionar su apodo. Consulta el cronómetro digital que lleva cosido a la manga.

—Tengo que irme. Voy a cenar en casa de mi padre.

—Tu padre sustituto.

—Lo que tú digas.

—Vendré a recogerte mañana a las nueve. Prepara equipaje para pasar una noche.

—Se supone que voy a pasar las vacaciones con la familia de Lauren.

—Pues discúlpate. Ella lo entenderá.

—Nada de eso. Ni siquiera lo entiendo yo. ¿Qué se supone que voy a decirle?

—Ya se te ocurrirá algo.

—¿No podemos hacer esto en otra ocasión?

—No, tiene que ser ahora.

—¿Por qué?

—Mañana por la mañana, Immanuel. Después, te dejaré en paz para siempre.

Se apea del coche sin pronunciar una palabra más.

Jacob Gabriel siempre había «percibido» que había enemigos a su alrededor, desde el día en que aprendió a leer el Código de la Biblia, desde su primera sesión de visión remota. Pero no fue hasta su última comunicación con su padre cuando comprendió hasta qué punto había permitido acercarse a su verdadero enemigo.

Desde siempre sabía que Lilith era Hunahpú, su prima genética y su igual. Jamás había sospechado que fuera la Abominación.

Jacob sabía que sólo había dos maneras de desbaratar los planes de dicha Hunahpú: o matar a su único amor verdadero o convencerla de que Manny y él estaban muertos.

Fingir el ahogamiento de su hermano había sido coser y cantar. La colisión en el puente se organizó sin dificultad alguna, y el pelo teñido de negro y las lentes de contacto engañaron fácilmente a los medios de comunicación y les hicieron creer que la víctima había sido Manny. Jacob se sumergió en el nexo, y así atenuó sus constantes vitales el tiempo suficiente para convencer a la CNN y a otros testigos escogidos al azar.

Su propia muerte resultó un poco más complicada de coreografiar.

Jacob sabía que Pierre Borgia estaba empeñado en vengarse, y que su aparición en público empujaría a su presa a terreno abierto. Lo que no sabía era que el verdadero objetivo del ex secretario de estado era Ennis Chaney, ni que Lilith iba a presentarse en el funeral de Manny. Por suerte, el nexo le dio la oportunidad de interceptar la bala, su chaleco blindado de nanofibra de Kevlar absorbió el impacto del proyectil, y las bolsas de sangre que llevaba escondidas debajo de la chaqueta reventaron engañando a todo el mundo, incluso al rabino Steinberg y al médico, que estaban metidos en el ajo.

Incluso a Lilith.

Una vez que ambos gemelos estuvieron a salvo «muertos», Jacob pudo avanzar un poco más en su preparación con el equipo VELLOCINO DE ORO mientras Manny desaparecía en el anonimato que siempre había anhelado.

El rabino Steinberg era amigo íntimo de una joven pareja de su antigua congregación de Filadelfia. Gene y Sylvia Agler eran buenas personas que nunca habían sido bendecidas con hijos propios. Al cabo de varias reuniones, aceptaron «adoptar» a Immanuel y cumplir con las estrictas normas del pacto secreto.

VELLOCINO DE ORO se encargó de falsificar la partida de nacimiento y el libro escolar. Sus miembros se inventaron una infancia complicada, premios en deportes y mudanzas varias. Gene Agler fue nombrado director de un colegio en otro estado y la pareja recibió una casa nueva.

La que más sufrió el cambio fue Dominique. Después de perder a su alma gemela, Mick, ahora se le pedía que se separase del resto de su familia.

De modo que realizó el sacrificio supremo, a fin de que Manny pudiera ser libre.

Hollywood Beach, Florida
9.17 de la noche

Unas pequeñas olas besan incansablemente la playa desierta, haciendo cosquillas a Samuel Agler en los pies. Contempla el océano oscuro y las crestas de las olas iluminadas por el reflejo de la luna en cuarto creciente.

El murmullo del oleaje actúa como un bálsamo para su alma inquieta.

—Imaginaba que te encontraría aquí fuera.

Sam se vuelve hacia su padre sustituto. Gene Agler está al final de la cincuentena, tiene un cabello negro y rizado que comienza a blanquearse alrededor de las orejas, mide un metro ochenta y camina con los hombros ligeramente encorvados.

—¿Te importa que te acompañe?

Sam palmea la arena, a su lado.

—¿Te encuentras bien?

—Supongo.

—¿Va todo bien entre tú y Lauren?

—Perfecto. —Sam observa un cangrejo ermitaño que avanza playa arriba—. Mi verdadera madre… está aquí. Quiere que me vaya mañana con ella.

—Ya lo sé. Me llamó la semana pasada.

—¿Y por qué no me has dicho nada?

—Porque no me correspondía a mí.

—No está bien lo que hace, presentarse así de sopetón y poner mi vida patas arriba.

Gene coge un trozo de concha y lo arroja a una ola que llega.

—Procura entenderlo, esto es muy duro para ella. Lleva una vida solitaria.

Sam se recuesta apoyado en los codos y oye el murmullo de las olas un poco más amortiguado.

—Papá… Estoy pensando en dejar el fútbol.

—Vaya, eso sí que es una decisión de peso. ¿Por qué te ha dado por ahí?

—Por mis compañeros del equipo. Piensan que estoy jugando mal a propósito.

—A lo mejor los has acostumbrado mal.

—Son unos egoístas... Lo único que les importa es ellos mismos. Y eso que se supone que son amigos míos.

—Hay amigos de todas clases. Algunos nos vacunan contra el dolor, otros se largan en cuanto surge un problema. Eso no quiere decir necesariamente que sean mala gente, sólo que seguramente no eran buenos amigos de verdad.

Sam contempla las estrellas y no dice nada.

—¿Estás pensando en hacerte profesional, o tu intención es dejar el fútbol para siempre?

—Dejarlo para siempre, supongo. —Ve las estrellas borrosas. Se pellizca para contener las lágrimas—. Es... complicado. No... no creo que pueda seguir compitiendo al mismo nivel.

—¿Por culpa de un solo partido?

—Papá, no puedo... simplemente no puedo seguir haciéndolo.

—Bueno, ¿sabes una cosa? Me alegro.

—¿En serio?

—Claro. Para ser una persona que está en la cima del mundo, no se te nota muy feliz.

—Van a considerarme un rajado.

—¿Y qué más da? Mientras tú sepas que no es verdad...

—Se va a enfadar mucha gente.

—Sí, ciertamente el mundo se sentirá desilusionado, pero seguirá saliendo el sol, y los pájaros seguirán cantando, así que no será tan malo.

—Tengo la sensación de estar decepcionando a todo el mundo. ¿No debería aguantarme y hacer frente a la situación?

—A lo mejor ha llegado el momento de que te preguntes a ti mismo por qué juegas al fútbol.

Sam se vuelve hacia él.

—¿Qué quieres decir?

—¿Te acuerdas del sermón del rabino Steinberg sobre *Tikkun Olam* y *Tikkun Midot*?

—La verdad es que no. —Sam sonríe de oreja a oreja—. Perdona. Imagino que tampoco sería muy buen judío, ¿eh?

Gene no hace caso de dicha observación.

—*Tikkun Olam* significa reparar el mundo exterior. *Tikkun Midot* se refiere a los actos de curación interior. *Tikkun Midot* es la conciencia de uno mismo que permite ir más allá de lo natural y lo instintivo, más allá de las reacciones automáticas y los actos reflejos, con el fin de perfeccionar el alma. Significa que hemos reconocido la necesidad de guiar nuestra vida en una dirección mejor.

—Yo pensaba que iba en la dirección correcta.

—El éxito y la prosperidad no equivalen necesariamente a vivir bien. Resulta obvio que hay algo que te inquieta acerca de tu futuro. Si decides jugar al fútbol o no es una decisión que te corresponde tomar a ti, no a tus compañeros. No puedes permitir que tus amigos conviertan la agenda de ellos en agenda tuya. Phillip Roth lo expresó muy bien cuando escribió que «la mancha humana que toca todo lo que hacemos es ineludible». ¿Lo entiendes?

—Todo menos la última parte.

—Lo que decía Roth es que depositar mucha fe en los seres humanos no sólo es imposible, sino una completa necedad. Todo lo que tocamos como humanos queda manchado. Roth veía que el hombre moderno estaba cayendo en el mismo error que Abraham: crear dioses menores y servirles, falsos ídolos que ni nos redimen ni nos salvan.

—¿Y qué tiene que ver conmigo todo eso?

—Piénsalo, Samuel. Observa en qué te has convertido. Naciste siendo un ídolo falso, un gemelo mítico adorado por las masas. Lograste huir y adoptar una identidad distinta, pero, igual que un inseguro actor de Hollywood, sigues codiciando la luz de los focos. Es como si te diera miedo soltarte, como si temieras decepcionar. Toda esta atención que te dispensan no es real, hijo. La fama es efímera. Lo único que cuenta es lo que hay dentro.

Gene contempla la luna.

—Jamás olvidaré la noche en que nacisteis tu hermano y tú. Qué momento aquél. Sylvia y yo lo vimos todo por televisión. Debía de haber como diez mil personas alrededor del hospital. El rabino Steinberg me contó que el aire parecía literalmente cargado de electricidad. Y todos los que estaban dentro, los médicos y las enfermeras, el presidente Chaney, todos aquellos periodistas entrometidos, los guardias armados... todos estaban deseando ver aquel asombroso milagro. Tu pobre madre estaba agotada y sufriendo, pero aguantó y no quiso tomar ningún calmante, por miedo a que pudiera afectar al parto. Sea como fuere, al final tuvo lugar el bendito evento, y por fin tomaron imágenes de tu madre contigo en brazos. Recuerdo que te miré, tan inocente, envuelto en aquella manta tan pequeña, y pensé para mis adentros: Éste es un niño especial, un regalo de Dios, pero a partir de ahora va a ir siempre cuesta abajo. Porque ¿cómo puede cualquier niño, o ya puestos, cualquier adulto, estar a la altura de las expectativas que la humanidad parecía haber puesto sobre tu hermano y sobre ti?

Sam se incorpora.

—Jacob siempre ha tenido eso dentro de la cabeza, todas esas expectativas absurdas. Yo creo que intentaba convertirse en lo que todo el mundo quería que fuera. Y creo que en algún punto del camino perdió la chaveta.

—¿Y no era ésa la razón por la que tú quisiste salir de aquella vida, huir de todas esas cosas absurdas?

—Sí.

—Pues a mí me da la impresión de que saliste del fuego para caer en las brasas. Samuel Agler, el *Mulo*, el héroe americano de todos. Hacer *Tikkun Midot* significa superar nuestros instintos menos dignos, no sucumbir a la presión de los demás.

Gene Agler se pone en pie y se limpia la arena.

—Cuando yo tenía once años, dos chicos del colegio me dieron una paliza sólo porque era judío. Recuerdo que, después de aquello, pasé mucho tiempo sintiendo vergüenza de ser quien era. Un día, mi padre me dio una tarjeta que llevaba un poema escrito dentro:

«*Sé tu propia alma, aprende a vivir;*
si algunos te odian, no debes oír;
si algunos te insultan, no te dejes herir.
Sueña tu sueño, canta tu canción,
espera tu esperanza, reza tu oración.»
»Decidas lo que decidas, Samuel, haz lo que sea mejor para ti. Haz lo que sea mejor... para tu alma.

Una leve ráfaga de pensamiento en la conciencia de la existencia.

¿Jacob? ¿Estás ahí, hijo? Si estás, no tengo forma de saberlo. La Abominación ha cegado mis sentidos y me ha privado de tu energía mental. Aunque no puedo oírte, rezo para que tú aún me oigas a mí, con la esperanza de que mis experiencias en Xibalba sirvan para protegerte.

En cierta ocasión hablamos de amor. Es importante que entiendas el poder que tiene esa emoción y hasta qué punto la ausencia de ella puede contaminar el alma.

Cuando era Michael Gabriel, viví una existencia carente de felicidad: una niñez solitaria seguida por una amarga adolescencia. Fui una víctima de la vida, mis últimos años los pasé confinado en un psiquiátrico. Incluso los pocos y preciados momentos que pasé junto a tu madre fueron fugaces, y el dolor que me causó su pérdida me llenó de una angustia que no soy capaz de describir con palabras ni con pensamientos.

¿Fue una mera coincidencia que el Guardián hubiera organizado una existencia compartida con el colono de Marte, Bill Raby, un hombre que también sufría un vacío interior tan intenso como el mío, si no más? No, ya he dejado de creer en las coincidencias.

Pero Bill Raby no era el único que experimentaba aquel vacío en el alma; casi todos los colonos perdidos en Xibalba compartían un mismo sentimiento sin expresarlo en voz alta. Era un sentimiento de vergüenza, de culpabilidad del superviviente, mucho más grande de lo que alcanza la desesperación del ser humano.

Siete mil millones de personas habían perecido en la Tierra para que unos cuantos elegidos pudieran sobrevivir. Muchos de nosotros habíamos «conspirado con el Diablo», lo cual quería decir que habíamos sido seleccionados para la colonia de Marte no por sorteo o por méritos, sino por afiliación política, por favoritismo y por origen étnico. Habíamos sobrevivido por las personas a las que conocíamos y por el dinero que teníamos para poder manipular el proceso de selección.

Ahora, abandonados en Xibalba, lo inmoral de nuestras intrigas nos estaba destrozando por dentro. Pero no a todos, debería decir. Tu prima Lilith y su hijo Devlin, junto con su «camarilla» de amigos, parecían estar muy contentos con nuestra extraña situación.

Sin embargo, el resto de nosotros nos revolcábamos en nuestro sufrimiento. «Vivir por los que han muerto» se convirtió en nuestro credo. De modo que fingimos ser dichosos y aparentar que todo lo que había sucedido en la Tierra no era más que una prueba de supervivencia.

Feliz, feliz, feliz, la vida es sólo un sueño.

¿Sería la existencia de Bill Raby nada más que un sueño? ¿Y la de Michael Gabriel? ¿Puede uno existir de verdad sin amor? Sí, pero es un infierno que uno se impone a sí mismo.

Tu amor ha sido lo que me ha salvado, Jacob, pero temo que, en tu altruista empeño de liberarme, hayas condenado tu alma al mismo purgatorio y al mismo destino final.

No puedes limitarte a ser Hunahpú, debes conservar tu humanidad. Sal a la verdadera luz. Concédete a ti mismo amar de nuevo, o de lo contrario te verás caminando por el mismo camino que tu prima Lilith.

Y ahora que ya he dicho lo que necesitaba decir, voy a regresar otra vez a mi viaje a Xibalba.

Cada uno de los días de aquel planeta alienígena se dividía en tres turnos: trabajo para la colectividad, tiempo personal y más trabajo, porque para nuestra existencia era esencial que nuestros primeros cultivos produjeran una cosecha abundante.

Durante los seis primeros meses, a mí me asignaron un hábitat compartido por setenta y ocho hombres y mujeres solteros. Fue allí donde conocí a Jude.

Judith Fields era una experta en genética cuya especialidad era la agricultura. Haciendo uso de las porciones que habían sobrevivido de nuestro banco de genes, ella y sus colegas habían iniciado el proceso de clonar ganado de las granjas de Nuevo Edén.

Jude era una joven del campo, natural de Idaho, con melena castaña, ojos color avellana y un estupendo sentido del humor. Fue Jude quien consiguió que yo sintiera de nuevo, y con el paso de los meses nuestro amor recién nacido creció y se transformó en una fuerte unión. Me sorprendía a mí mismo, o debía de ser Bill, pensando en ella a todas horas. Fuera cual fuera mi verdadero yo, el tiempo que pasamos juntos fue una época de gran felicidad que, al menos de momento, endulzaba nuestras almas.

Jude me presentó a Tan Rashid, un astrónomo originario de Inglaterra que nos entretenía con sus «teorías» acerca de la ubicación de nuestro nuevo hogar. A pesar de sus ordenadores y sus mapas estelares, a pesar de los infinitos conocimientos que poseía del cielo, simplemente no lograba discernir el punto en que se encontraba nuestro planeta. ¿Estaría junto a la lejana supergigante roja Betelgeuse? Si fuera así, las demás constelaciones no resultaban conocidas. Buscando respuestas, él y los otros astrónomos se pusieron a trabajar en la construcción del primer telescopio de Xibalba.

En cuanto a mí, mi alter ego, Bill, era genetista marino. Como había poca cosa que pudiéramos aportar nosotros en un planeta desprovisto de océanos, fuimos asignados al departamento de geología.

Los vehículos de exploración nos ofrecían la posibilidad de trazar un mapa de la totalidad del paisaje que se extendía bajo la cúpula de Nuevo Edén y que abarcaba más de siete millones de kilómetros cuadrados, lo que equivalía más o menos a la superficie de Australia. Los ingenieros determinaron que nuestro continente flotante había sido construido por partes a lo largo de eones. Con sus sistemas de control de la temperatura y sus recintos para cultivos, a los que aún no podíamos acceder, calcularon que Nuevo Edén tenía capacidad para alojar y dar de comer a más de dos mil millones de seres humanos.

Seis metros por debajo del rico suelo del hábitat había una cámara subterránea inaccesible, forrada de una extraña fibra de carbono hecha de la misma composición de materiales empleados en las torres. En el interior de dicho nivel sellado, según nuestra teoría, tenían que encontrarse los sistemas medioambientales que purificaban perpetuamente el aire y el agua de la ciudad nube, fertilizaban las plantas y controlaban el mecanismo de escudo de la cúpula.

La primera cosecha fue muy abundante, y el futuro de nuestra colonia y de nuestra especie parecía garantizado. Dos semanas después, sobrevino la primera plaga.

El cuerpo humano es una máquina asombrosa y compleja. El genoma humano consta de más de cien mil genes diferentes, y un único gen puede contener más de dos millones de nucleótidos. Nuestro armazón óseo consta de 206 huesos, la mayoría de los cuales se encuentran en las manos y en los pies. El corazón y los pulmones son los impulsores de un sistema circulatorio que suministra a los músculos y a los órganos sangre, oxígeno y nutrientes, y simultáneamente elimina el dióxido de carbono y otros productos de desecho. Nuestro sistema nervioso y hormonal controla las funciones del organismo. Los sistemas digestivo y reproductor son maravillas de ingeniería, el cerebro es más complicado que cualquier ordenador. De hecho, el cuerpo humano es similar a un motor de combustión, pues produce la misma cantidad de energía que una bombilla de cien vatios.

Sin embargo, pese a su complejidad a escala subatómica y su sofisticado metabolismo, el cuerpo humano está compuesto en un setenta por ciento por agua.

Por espacio de dieciocho meses, nuestra colonia había consumido el agua de Nuevo Edén. Cocinábamos con ella, nos bañábamos en ella y comíamos alimentos cultivados con ella.

Lo que no sabíamos era que nos estaba afectando... nos cambiaba, alteraba nuestro código genético.

Como Bill Raby, yo fui una de las primeras víctimas de la plaga.

Recuerdo que era un día nublado. Unas nubes de un verde grisáceo pasaban por encima de las cúpulas protectoras de Nuevo Edén. Jude y yo nos encontrábamos en un período de tiempo personal, paseando junto a uno de los lagos artificiales y admirando la labor realizada por nuestros benefactores alienígenas, cuando de repente yo me vi asaltado por un intenso dolor de cabeza, como si el cerebro me echara fuego. Caí al suelo doblado por el dolor, pidiendo a Jude a gritos que me ayudase.

Misericordiosamente, perdí el conocimiento.

Desperté tres días después en una sala médica, en cuarentena con otros que estaban igual que yo.

El cerebro humano flota en una especie de útero aislado, rodeado y lleno de una sustancia acuosa denominada fluido cerebroespinal. Los médicos me informaron de que la presión existente en dicha cavidad había aumentado de manera peligrosa y había hecho que una parte de mi cerebro empujara contra el interior de mi cráneo. Aquella extraña forma de hidrocefalia había atacado a otros cincuenta y siete habitantes de Nuevo Edén además de a mí, y cada día aparecían nuevos casos.

Los fármacos no servían de nada, y la presión que soportaba mi cerebro se incrementaba con el paso de las horas. A no ser que se aliviara, perdería el conocimiento y moriría en el plazo de tres días.

En efecto, era una sentencia de muerte.

¿Cómo se toma uno semejante declaración? Jude se derrumbó. La conciencia de Bill Raby lloraba por dentro, mientras que yo... bueno, yo simplemente me puse furioso.

«Extirpen el tumor», exigí.

«No es un tumor», replicó el cirujano residente.

«Su cerebro está hinchándose. la presión intracraneal ha aumentado de 210 mm a 270, y sigue subiendo. Sencillamente, dentro de su cráneo no hay bastante espacio para que crezca más.»

Al cabo de unas horas, entré en coma.

El cerebro del Homo sapiens es un órgano increíble y singular, pues posee un diseño electroquímico muy distinto del resto del cuerpo. Está protegido del contacto directo con la sangre y contiene cien mil millones de células activas llamadas neuronas, que forman entre sí más de mil billones de conexiones. Puede que este órgano sea el ordenador más complejo del universo, y sin embargo, a pesar de toda la inteligencia que nos ha dado Dios, nuestra especie todavía no es capaz de usar más que el diez por ciento del cerebro, pues carece de la programación genética para hacer nada más.

El cerebro humano consta también de varias capas muy singulares que son reflejo del progreso gradual de nuestra evolución. En vez de desechar las capas anticuadas, la naturaleza simplemente construyó encima de ellas, preservando así nuestra historia evolutiva... y quizá nuestra tendencia a la violencia.

La más antigua y más profunda de esas capas, bautizada como el «chasis neuronal», consta del cerebro medio, el tronco cerebral (medulla y pons) y la médula espinal, y controla las funciones vitales básicas, como los latidos del corazón, la circulación de la sangre y la respiración. Alrededor de esa capa se encuentra el complejo R, llamado «cerebro reptiliano» porque controla nuestro comportamiento agresivo, la jerarquía social y la territorialidad. Está formado por el globus pallidus, el corpus striatum y el olfactostriatum.

Alrededor del complejo R está el sistema límbico, una capa que se desarrolló durante nuestra evolución como mamíferos. Comprende el tálamo, el hipotálamo, la amígdala, la pituitaria y el hipocampo, y controla el comportamiento social, las emociones y las relaciones complejas necesarias para vivir en grupos con cohesión.

La capa más exterior del cerebro es una superficie del tamaño de un mantel plegada como un paracaídas. Controla la razón, la percepción espacial y el lenguaje. Conocida como el neocórtex, los anatomistas la dividen en lóbulos: frontal, parietal, temporal y occipital. Mientras que la capa exterior del cerebro de otros animales es lisa, la nuestra está arrugada, con lo cual se incrementa la superficie del córtex.

Te he aburrido con estos datos anatómicos porque mientras estuve en coma soñé que caminaba a través de aquel laberinto de materia gris, perdido en los cañones de mi neocórtex. Llegué a un precipicio, y al mirar hacia abajo vi los oscuros recesos de la existencia humana.

Y entonces lo vi todo. El nacimiento de nuestro universo. La formación de las galaxias. La evolución de la vida en la antigua Tierra. De los insectívoros a los primates, desde el primer homínido hasta el hombre moderno. Y de pronto, como si alguien hubiera levantado un telón, lo entendí.

Los futuristas de mi época habían definido tres categorías de evolución para la civilización humana. Las civilizaciones del tipo I son las que dominan todas las formas de recursos energéticos de nuestro mundo. Ello incluye todo, desde perforar los océanos para explotar el núcleo del planeta hasta modificar el clima del mismo. Una civilización del tipo I es lo bastante madura para elevarse por encima de los conflictos menores de la política, la raza, la religión y la cultura para desarrollar una economía planetaria unificada. Aunque todavía es susceptible de sufrir ciertas catástrofes medioambientales y cósmicas, la civilización del tipo I ha iniciado el proceso que conduce a la colonización de planetas cercanos.

El paso siguiente en la escala evolutiva son las civilizaciones del tipo II, capaces de aprovechar la energía única y exclusivamente por medio del sol. Han colonizado otros planetas y han empezado a explorar y posiblemente colonizar sistemas solares cercanos. Capaces de manipular su medioambiente, ya no corren el peligro de enfrentarse a la extinción a causa de una glaciación o del impacto de un asteroide, pero todavía son vulnerables a las supernovas, cuyas explosiones podrían alcanzar a los planetas que se encuentren en las inmediaciones.

Las civilizaciones del tipo III constituyen la culminación de las sociedades avanzadas. Han agotado la producción de energía de sus soles y han de recurrir a otros sistemas estelares de la galaxia. Sus naves espaciales viajan a una velocidad próxima a la de la luz, y quizá incluso han dominado la «energía de Planck», la energía necesaria para violar el tejido mismo del espacio y el tiempo.

Dicho de otro modo, Jacob, pueden manipular los agujeros de gusano.

Cuando yo abandoné la Tierra en 2012, nuestra especie aún era una civilización del tipo 0 en pleno esfuerzo. Nuestra gente estaba dividida sin remedio, enredada en cuestiones menores como la igualdad, la religión y la política. Nuestra tecnología tenía como finalidad la guerra, y en nuestra obcecación por el ego casi estuvimos a punto de autodestruirnos. La civilizaciones del tipo 0 siempre tienen tendencia al desastre, ya sea éste autoinducido o, como aprendieron nuestros predecesores, debido a la furia de la madre naturaleza.

Lo que los científicos no habían incluido en la ecuación era la evolución de los homínidos. El Homo sapiens no era el último peldaño de la escala evolutiva; era meramente el primero... y nuestra clave para la supervivencia era el amor.

Cuando me fue impartido este conocimiento, me sorprendí a mí mismo contemplando mi propio genoma. La espiral de ADN estaba cambiando, prosiguiendo con una increíble metamorfosis que se había iniciado en el momento en que rebasaron mis labios las primeras gotas de agua alienígena.

Y aunque estaba soñando, supe que aquella visión era real, que estaba cambiando de verdad, evolucionando hacia algo más eficiente... algo superior. Otra capa de tejido cerebral, un hipercórtex, estaba creciendo encima de mi neocórtex.

Estaba haciéndome... transhumano.

La escuela del transhumanismo surgió por primera vez a principios de siglo veinte, cuando la ciencia ficción dio paso al futurismo en serio. El término transhumano implica que nuestra especie es transicional, que el Homo sapiens no representa el final de nuestra evolución, sino más bien el auténtico principio de la misma. Mediante los grandes logros en biotecnología y los avances técnicos en ingeniería nanoscópica que hicieran posible el aumento de los telómeros, la proliferación de los nanoimplantes, la edición del genoma y la preservación genética de las mitocondrias, determinados humanos podrían prepararse como transhumanos para alcanzar nuestro objetivo final como especie: el posthumanismo.

Se imaginaba a un posthumano como una persona dotada de un supercerebro de mayor tamaño que ya había dejado de ser humana. Se creía que los posthumanos podrían terminar siendo organismos sintéticos en su totalidad que vivieran más allá de las limitaciones del cuerpo humano o, como algunos imaginaron, como una conciencia extracorpórea programada en el interior de algún ordenador bioquímico futurista.

Mientras observaba cómo iba evolucionando mi genoma, mi alucinación me enseñó muchas cosas. Me mostró cómo estaba creciendo mi cerebro, me enseñó a programar mis propias trayectorias neurológicas simplemente haciendo uso de corrientes de pensamiento consciente. Mi sueño me guió para que entendiera cómo funcionaban mis procesos biológicos y cómo podían manipularse.

Transcurrirían más de siete meses enteros antes de que lograse salir del coma. Cuando desperté, me di cuenta de que había evolucionado y me había transformado en una subespecie de Homo sapiens.

Empezando por mi apariencia física, que era estrafalaria, rayando en lo grotesco. Mi cráneo se había deformado completamente y se había alargado para poder albergar una mayor masa cerebral. También se me había alargado el cuerpo, a fin de alimentar mejor a mi cerebro. Mis músculos eran más fuertes, y no sólo eran capaces de levantar pesos mayores sino también de actuar más deprisa, como si las conexiones neuronales de Bill Raby hubieran duplicado su velocidad.

Mis procesos mentales eran más nítidos. De pronto, mi mente era capaz de recordar documentos que había leído años atrás... palabra por palabra. Mi cerebro poseía una memoria fotográfica, pero con una asociatividad muy ampliada; catalogaba conceptos clave, examinaba océanos de información en un milisegundo de pensamiento preconsciente.

La colonia entera estaba sufriendo una metamorfosis idéntica a la mía.

Mientras Jude se encontraba todavía en coma, decidí salir del hospital, pues mi nuevo intelecto estaba empeñado en desvelar los secretos de Nuevo Edén. Mi primer destino fue una colosal estructura que se elevaba hasta setenta y ocho pisos y abarcaba cuatrocientas hectáreas. Lo que me atrajo hacia aquel edificio alienígena fue su superficie externa, de un tono gris plomizo, adornada con dibujos de líneas y glifos que cambiaban constantemente y que irradiaban todos los colores del espectro.

La magnífica entrada se hallaba delineada por una imponente arcada de diez metros. Al aproximarme a la puerta sellada, cerré los ojos, concentré mis pensamientos en mi interior, e imaginé que las puertas rompían el sello y me franqueaban el paso.

De inmediato me envolvió una extraña sensación de zumbido, como si mi cerebro estuviera expulsando voltios de electricidad. Caí de rodillas, abrumado por el vértigo. Cuando cesó el zumbido, abrí los ojos. El portal se había abierto.

25

22 de noviembre de 2033
Manalapan, Florida
7.35 de la mañana

Ken Becker introduce las coordenadas del destino en el piloto automático del helicóptero-avión con cabida para cuatro pasajeros mientras su jefa, en uno de los asientos de atrás, se abrocha el cinturón de seguridad.

—No me despierte hasta que lleguemos a Washington —ordena Lilith. Se pone el pelo por detrás de las orejas, se coloca en la cabeza el casco de realidad virtual y cierra los ojos.

—Sí, señora.

Becker pone en marcha el rotor de tres palas de la nave en modo helicóptero e inicia la maniobra de despegue en vertical. Al alcanzar los mil trescientos pies, cambia a modo avión. Las alas, retraídas debajo de la nave, se extienden en horizontal al tiempo que se encienden los motores y se pliegan y se retraen los rotores y la cola de helicóptero.

El helicóptero-avión se lanza hacia delante con rumbo norte, directo hacia la capital de la nación.

Creyendo muerto a Jacob Gabriel, Lilith Eve Robinson sabía que había llegado el momento de que ella también diera un paso en pos de su propia vocación superior. Guiada por su nuevo mentor, Alejandro Rafael, producto de su propia esquizofrenia, la joven, con quince años, partió de Estados Unidos en el otoño de 2028 y aprovechó la herencia de Quenton para viajar a la tierra de sus antepasados: Mesoamérica, el hogar de los aztecas y los mayas.

En la península del Yucatán no hay ríos. El agua dulce que abastece a la población procede de un vasto sistema de cuevas y pozos subterráneos conocidos como cenotes (para los mayas, *dzonot*). Se cree que en todo el Yucatán habrá unos cuatro mil cenotes y varios cientos de miles de cuevas, todos originados por los destrozos que causó el impacto sufrido hace 65 millones de años, cuando un objeto similar a un asteroide penetró la atmósfera de la Tierra y chocó contra el lecho marino del golfo de México, que aún se encontraba en proceso de formación.

A lo largo de decenas de millones de años, a medida que la península del Yucatán fue elevándose del mar y el agua de lluvia y las corrientes fueron excavando grietas en la fracturada piedra caliza, ésta absorbió dióxido de carbono y formó ácido carbónico. Dicho ácido, a su vez, erosionó la roca y horadó vastos laberintos que se convirtieron en cavernas y ríos subterráneos por debajo de toda la península y Mesoamérica entera.

Durante la última glaciación, descendió el nivel del agua y se vaciaron las cuevas. Ello permitió que se crearan en el interior de esa geología cárstica gran cantidad de estalactitas, estalagmitas y otras formaciones de carbonato cálcico. Con el tiempo, el hielo se fundió y el mar volvió a elevarse y a inundar de nuevo aquellos espacios subterráneos.

Las cuevas de la Mujer Escondida, o Grutas de Xtacumbilxunaan, se hallan situadas a las afueras de Bolonchén, México. Una noche después de su llegada a dicho pueblo, Lilith Robinson, armada con linternas, cuerda, un mapa y material de espeleología, siguió a su imaginario tío por un camino rara vez transitado que atravesaba la selva mesoamericana, hasta llegar a una ladera de roca. Escondida entre la vegetación, encontró la entrada de una cueva.

—¿Qué hay dentro? —preguntó Lilith a don Alejandro.

—Tu destino.

Con la linterna sujeta entre los dientes, Lilith se puso a cuatro patas y se metió por la boca de la cueva.

El resplandor de la linterna reveló un claustrofóbico túnel de piedra caliza, de un diámetro no mayor que el de la tapa de una alcantarilla. Por espacio de media hora, la joven continuó avanzando a gatas, abriéndose camino poco a poco por aquella oscuridad húmeda, hasta que el túnel dio paso a una caverna del tamaño del gimnasio de una escuela de niños pequeños.

Las paredes de aquella cámara despedían un color rosa carne al iluminarlas con la linterna. En el aire helado resonaba el sonido fantasmagórico de gotas de agua: estalactitas y estalagmitas que goteaban una agua saturada de calcio.

Se dio media vuelta al ver surgir a don Alejandro a su espalda.

—¿Dónde estamos, tío?

—En *Xibalba Be*, el camino que lleva al Mundo Inferior. Debemos descender cinco niveles para llegar a la cámara de Lucifer, éste es sólo el primero.

Lilith apuntó el haz de la linterna hacia abajo, hacia una tortuosa repisa que conducía directamente a las entrañas de la tierra.

—¿Ahí abajo?

—Ahí es donde está esperando.

Lilith ató un extremo de una cuerda de nailon a una estalagmita y comenzó a bajar por la pendiente. Sus botas resbalaban sobre aquel suelo de caliza, a su izquierda la pared de la cueva resplandecía en varios matices de violeta y carmesí a la luz de la linterna.

Continuó descendiendo hacia el corazón de la montaña, y llegó un momento en que la salida desapareció allá en lo alto y, salvo por el haz de la linterna, quedó sumida en una negrura asfixiante.

A los treinta y tres metros, la fuerte pendiente se niveló. La envolvió una intensa oscuridad. Le caían en la cabeza y en los hombros unos goterones del tamaño de una moneda. Por encima de ella comenzaron a oírse unos suaves murmullos.

Lilith dirigió el haz de luz hacia el origen de aquel ruido. Murciélagos. Decenas de miles.

—No nos harán nada —la tranquilizó don Alejandro.

De modo que Lilith prosiguió su descenso, sintiendo un hormigueo en el cuero cabelludo a causa de las deposiciones húmedas de los murciélagos y con el estómago revuelto a causa del fuerte olor a amoníaco.

Los doscientos metros siguientes constituían un terreno pisado por el hombre por última vez más de once siglos antes. Por fin llegó a la boca del pozo, de nueve metros de una anchura, cuyas profundidades se perdían en la oscuridad.

Hace mucho tiempo, los habitantes de aquellas cuevas habían atado una escala de bambú a las paredes casi verticales del pozo. Su superficie parecía centellear a la luz de la linterna, y aquel mundo subterráneo de piedra caliza se transformaba en cristal de cuarzo.

De la boca del pozo subieron unas ráfagas de aire frío que le congelaron la cara.

—Tío… tengo miedo.

—Los agujeros de la tierra no pueden hacerte ningún daño. Una vez que te abrace tu verdadero padre, como me abrazó a mí, nada volverá a asustarte nunca. Te conocerás a ti misma íntimamente y verás el universo de una forma que jamás habrías soñado.

—¿Nuestro Ángel Caído va a hablar conmigo?

—Sí. Sentirás su presencia cuando se introduzca en tu mente, registrarás la reverberación de su poder cuando toque tu alma impartiendo su sabiduría, guiándote como me ha guiado a mí.

—Llévame hasta él. Necesito sentir su amor.

Con la linterna firmemente sujeta entre los dientes, fue bajando por la escala, seguida por su mentor en la densa oscuridad.

Dieciocho metros... Veinte.

Lilith dio un traspié cuando el suelo reapareció súbitamente, sin previo aviso.

Estaba en el fondo del pozo, de pie sobre los restos de un antiguo sacrificio humano. Bajo sus pies crujían un montón de huesos rotos. Cráneos humanos y vértebras retorcidas yacían mezclados con los restos de joyas de jade y vestiduras ceremoniales.

Mil años atrás, aquel pozo había sido un cenote de agua dulce. Dicha agua se había vaciado con el paso del tiempo y había dejado al descubierto aquellos restos humanos, a disposición de las ratas.

Lilith se giró hacia don Alejandro.

—¿Quiénes eran estas personas?

—Seguidores del culto de Tezcatilpoca. ¿Ves? Su espíritu te indica el camino.

La linterna de Lilith reveló un estrecho pasadizo, un desagüe para el agua del cenote. Haciendo acopio de fuerzas, Lilith siguió adelante.

Al cabo de cuarenta y cinco minutos de difícil descenso, el serpenteante túnel dio paso a otra cámara, esta vez de mayor tamaño, como una cancha deportiva cubierta, cuyas paredes curvas reflejaban las aguas de un lago subterráneo.

Don Alejandro señaló.

—El quinto nivel. Ya has llegado.

—Tío, las paredes... ¿Por qué brillan así?

—Toda esta cámara está compuesta por cristal de cuarzo. El cristal es un organismo vivo y posee energía eléctrica atrapada en su interior. Las paredes brillan de puro conocimiento.

Lilith lo acompañó hasta el borde del lago. La superficie del agua se veía transparente como el cristal, y la capa salina que tapizaba el fondo aparecía envuelta en una bruma.

—Las aguas escondidas del cenote sagrado —dijo don Alejandro—. No estamos lejos del mar. Quítate la ropa, ha llegado el momento de que recibas el bautismo.

Lilith se desnudó. Temblando de frío, se metió en el lago y se hundió, pues calculó mal la capa traslúcida y brumosa que separaba el agua dulce de la capa salina del fondo.

Salió a la superficie tosiendo.

—¡Está helada!

—Nada hasta el centro. Encontrarás una piedra plana a la que subirte.

Lilith nadó hacia la oscuridad. Sus jadeos se mezclaban con el nítido chapoteo del agua que levantaba eco por toda la caverna. Al alcanzar el punto del centro, sus manos buscaron a tientas la piedra invisible, y se subió encima de ella, una superficie caliza y resbaladiza, con los dientes castañeteando y la cabeza repentinamente cargada de electricidad.

Rodeada por oscuridad y roca, se puso a esperar, mirando hacia atrás, hacia la orilla iluminada por la linterna, en busca de alguna indicación.

La sombra alargada de don Alejandro bailaba a la luz fantasmal y canturreaba: ¡Rey de los Caídos, Comandante de los Infiernos, te he traído a tu esposa Lilith, la Reina Diabla, que reina sobre todos los Súcubos, para que reine sobre tus hijos, en este mundo… y en el Más Allá!

En su demencia, Lilith vio encenderse un fuego en la orilla. Y junto a las llamas surgió un aquelarre de adoradores de Satanás, desnudos excepto por las máscaras de cara que llevaban.

—¡Saludamos al Súcubo renacido! ¡Saludamos a Lilith, la Reina Diabla!

—Habla con tu amo, Lilith, pídele que te tome.

—Ángel Caído… soy yo, tu esposa, descendiente de la Reina Dragón de la creación, la que te pide que vengas de los fuegos del Infierno. Revélate a mí, deja que perciba tu existencia. ¡Guíame para que algún día un hijo mío pueda abrir las puertas de la Gehenna y liberarte!

El cerebro humano funciona transmitiendo señales eléctricas de una célula nerviosa a otra. Esas ondas cerebrales electrostáticas tienen ritmos que pueden clasificarse en cuatro categorías distintas:

Las ondas beta, que viajan a 13-40 ciclos por segundo, son las más rápidas y dominantes de las cuatro, y suelen asociarse con la ansiedad, el estado de alerta y la concentración. Cuando nos relajamos, el cerebro cambia a ondas alfa. De frecuencia más baja (8-13 Hz), están relacionadas más estrechamente con los estados de meditación.

Cuando la calma y la relajación pasan a convertirse en sueño, el cerebro adopta el ritmo más lento (4-8 Hz), el de las ondas zeta. Este estado se asocia con los recuerdos de la infancia, la comprensión súbita y la creatividad. Es también el estado en el que entra el cerebro durante los accesos de clarividencia y las visiones proféticas, así como en los sueños lúcidos y en las fantasías.

El estado más lento de todos, las ondas delta, es el que adoptamos cuando estamos dormidos o inconscientes.

Las ondas electromagnéticas están siempre presentes en la atmósfera. La resonancia normal de la Tierra alcanza por término medio los 7,8 Hz. Las desviaciones electrostáticas, tales como los cables de alta tensión, pueden exponer el cerebro a frecuencias superiores a los 60 Hz. Una exposición más prolongada a dichos campos magnéticos puede conducir a problemas biofísicos de salud originados en el nivel subcelular.

En el interior de aquella cueva mexicana había un intenso campo electrostático, una desviación que tenía su origen en los restos del objeto que se había estrellado 65 millones de años antes contra el fondo marino del golfo de México. Sin saberlo Lilith, sus sonoros cánticos y el eco producido por éstos habían alterado la energía eléctrica acumulada entre las paredes de cristal de cuarzo de aquella cámara y habían amplificado su intensidad electrostática. El efecto interfirió con los impulsos eléctricos del cerebro de Lilith y alteró su estado de ondas zeta.

Mientras gritaba en medio de aquella oscuridad subterránea, sus ondas cerebrales cayeron súbitamente por debajo de los 6 Hz. Un crepitar eléctrico invadió sus oídos. El ácido de su estómago subió hasta sus fosas nasales y salió por ellas en forma de humo, semejante al de una pira funeraria.

Contra aquel telón de fondo, imaginó una voz que le susurraba en la mente:

Soy todo lo que eres tú. Soy todo lo que serás. Juntos destruiremos a nuestros enemigos y destronaremos al tiránico Yaveh.

—Instrúyeme... Padre.

Una presencia glacial la impulsó a abrir los ojos. En su delirio de esquizofrenia, vio una neblina del color del barro que la envolvía y la empequeñecía a medida que iba tomando forma.

Unos ojos rojo carmesí.

Unas orejas demoníacas, ahusadas como las de un murciélago.

Un torno musculoso, dotado de cuatro miembros, girando alrededor de ella dentro de la niebla.

La bestia demoníaca parecía inhalar su aroma, tenía una lengua gélida que extendió para probar el sabor de su piel.

Lilith se vio invadida por las ondas delta, que la arrastraron a la inconsciencia al tiempo que el aliento rancio del demonio vertía excrementos sobre su demencia febril.

Yo te guiaré, Lilith.

Yo te guiaré hacia Xibalba...

26

El transbordador espacial es el instrumento más eficaz
que se conoce para quemar dinero.

congresista Dana Rohrabacher

22 de noviembre de 2033
campus principal de la Universidad de Miami
Coral Gables, Florida
8.56 de la mañana

La limusina negra está esperándole a la puerta del campo de entrenamiento.

Samuel Agler echa un rápido vistazo a su alrededor. Al no ver ningún miembro de los medios de comunicación, se echa la bolsa al hombro y se sube al asiento de atrás del coche...

...sin percatarse del Chevy Corvette L-9 coupé marrón estacionado al final da la manzana.

Al volante del esbelto deportivo se encuentra Lauren Beckmeyer, observando cómo la limusina se une al tráfico.

—Una emergencia familiar, y una mierda. Vamos a averiguar adónde vas de verdad... ¡y con quién!

Activa el arranque y al instante cobran vida las grandes celdas de combustible hidrógeno del deportivo.

—Bueno, ¿adónde vamos? —Sam mira a su madre, que lleva un traje de una sola pieza, ajustado y de color crema, fabricado con un tejido transpirable de última generación.

—A Cabo Cañaveral.

—¿VELLOCINO DE ORO? —Siente un escalofrío que le baja por la columna vertebral—. ¿De verdad es necesario?

—A efectos de seguridad, sí.

En el asiento delantero, Mitchell Kurtz está terminando de programar el sistema de navegación a bordo que lleva incorporado la limusina, y seguidamente ajusta su asiento en posición reclinada y cierra los ojos. Ryan Beck está a su lado, en el asiento del pasajero, enfrascado en un juego de Entrenamiento Situacional para el Combate, nivel 4.

Kurtz abre los ojos.

—Oye, *Pimienta*, necesito dormir.

—Qué pesado eres. —Sin perder detalle del juego, Beck extiende su musculoso brazo y activa una barrera a prueba de ruidos que aísla la cabina delantera de la limusina.

Al igual que todos los vehículos aprobados para las nuevas autopistas superinteligentes de Estados Unidos, la limusina va equipada con un piloto automático, el cual forma parte de un «programa telemático» que consta de sensores de navegación incrustados en el pavimento y conectados mediante Satélites de Localización Global. Diseñadas y aprobadas en 2017, y con el primer millón de kilómetros ya utilizable en 2019, las nuevas autopistas computerizadas regulan los patrones del tráfico y la velocidad, previenen accidentes y reducen la tasa de infracciones otorgando a los agentes de la ley capacidad para inmovilizar a cualquier vehículo sospechoso o robado que viaje por dichas autopistas. Como a todos los niños se les inserta un microchip al nacer, los secuestros son ya cosa del pasado, porque la «red contra el delito» es capaz de localizar a un niño desaparecido de forma instantánea y al mismo tiempo dejar inmovilizado el vehículo del secuestrador.

Para el otoño de 2023, ya se exigía que todos los vehículos matriculados llevasen a bordo celda de combustible hidrógeno y piloto automático, pues ambas tecnologías se consideraban la solución en última instancia para la congestión que sufrían las carreteras y para el perturbador aumento de los accidentes de tráfico en los que intervenían el alcohol y las drogas, así como la dependencia de Estados Unidos de la OPEP.

La limusina toma la rampa de entrada a la SH-95, y el piloto automático la sitúa en el carril más a la izquierda antes de acelerar a 200 km/h. Las velocidades de cada carril vienen determinadas por los destinos reservados previamente y la densidad actual del tráfico.

Viajando en una franja horaria que no coincida con la hora punta, el trayecto de 335 kilómetros que hay hasta Cabo Cañaveral se cubre en noventa y seis minutos.

Dominique se gira hacia su hijo en un intento de aliviar la tensión.

—¿Qué tal ha ido hoy el entrenamiento?

—La verdad es que no estoy de humor para hablar.

Ella le dirige una mirada dolida y a continuación introduce una mano por debajo del asiento para coger los auriculares de privación sensorial. Se coloca el visor delante de los ojos y los oídos y activa el programa. La música clásica sustituye al ronroneo de la limusina, y al instante su consciencia es transportada a una laguna de un azul intenso rodeada por una exuberante selva tropical. Una brisa fresca agita las palmeras. Dominique se sube a un colchón de espuma, se recuesta y comienza a flotar.

Sam observa su semblante y ve que las arrugas de estrés desaparecen poco a poco.

Si bien la realidad virtual ha reemplazado a todas las demás formas de entretenimiento, muchos detractores afirman que son unos aparatos más adictivos que la heroína. Actualmente se exigen nuevas prestaciones de apagado automático por seguridad, después de los centenares de adictos a la realidad virtual que literalmente han muerto de hambre mientras utilizaban dichos aparatos.

Sam pulsa el botón que sirve para reclinar su asiento y cierra los ojos pensando en Lauren…

...sin saber que su novia está siguiéndolo menos de diez coches por detrás.

Situadas en un terreno de 56.000 hectáreas de reserva natural al noreste de Cocoa Beach, Florida, hay dos islas barrera en las que se encuentran las puertas que dan paso al espacio.

La isla más pequeña, la situada al este del río Banana bordeando el Océano Atlántico, es la de Cabo Cañaveral, antigua sede de la Estación Aérea Cabo Cañaveral y de sus lanzamientos de naves no tripuladas. Al oeste del cabo se encuentra la isla Merritt, entre el río Banana y el Indian. Esta masa de tierra, de mayor tamaño que la otra, pertenece al Centro Espacial Kennedy (KSC), el cual incluye las instalaciones de la NASA y su organización hermana, la 3M-P (Misión Tripulada a Marte).

Los orígenes del KSC y del programa espacial de Estados Unidos se remontan a la primera Guerra Fría, cuando el conflicto de ideologías entre Estados Unidos y la Unión Soviética dio como fruto una carrera espacial en toda regla. En el intento de mantenerse a la altura de los rusos, Estados Unidos formó el Comité Consultivo Nacional para la Aeronáutica (NACA) y ordenó al departamento de Defensa y a los demás organismos nacionales «rivales» que avanzaran en sus investigaciones en el campo de los cohetes y de las ciencias de las capas altas de la atmósfera. Desgraciadamente, la falta de un programa unificado y las típicas discusiones internas entre las Fuerzas Armadas supusieron un serio obstáculo para la consecución de su principal objetivo: los vuelos tripulados al espacio.

Estados Unidos recibiría el toque de atención el 4 de octubre de 1957, cuando la Unión Soviética logró lanzar al espacio al Sputnik 1. Como reacción a una carrera que era obvio que Estados Unidos estaba perdiendo, el presidente Dwight D. Eisenhower creó la Administración Nacional para la Aeronáutica y el Espacio (NASA), la cual asumiría el control del espacio con independencia de las Fuerzas Armadas y absorbería todos los centros de investigaciones existentes hasta la fecha.

La NASA empezó concentrando la mayor parte de su presupuesto anual de cien millones de dólares en el Proyecto Mercurio, una serie de lanzamientos y experimentos cuya finalidad era evaluar si los seres humanos podrían sobrevivir en órbita. Treinta y un meses más tarde, Alan Shepard Jr. se convirtió en el primer norteamericano que voló al espacio. El éxito del Proyecto Mercurio dio lugar al Proyecto Géminis, una ampliación del programa de vuelos tripulados que utilizó una nave espacial construida para dos astronautas.

El presidente John F. Kennedy comprometió de nuevo a la nación con el espacio en 1961, anunciando su propósito de depositar a un hombre en la Luna y traerlo de vuelta sano y salvo antes de que finalizara la década. Era un propósito concreto, exactamente lo que necesitaba la NASA, y dio pie al Proyecto Apolo. El 20 de julio de 1969, después de ocho años, once misiones y 25.400 millones de dólares, el astronauta Neil Armstrong pronunció su famosa frase: «Es un paso pequeño para un hombre, pero un paso de gigante para la humanidad».

La humanidad daría un gigantesco paso atrás en 1967, cuando, una vez más, la política interfirió con la ciencia.

El Tratado sobre el Espacio Exterior fue un documento que inició, negoció e hizo pasar por el Congreso un grupo.... de funcionarios del departamento de Seguridad y Estado cuyo único deseo era el de servirse del miedo para suspender el programa espacial y así reasignar el dinero a la Guerra de Vietnam. En sólo cuatro años, la financiación para el espacio había disminuido nada menos que un cuarenta y cinco por ciento.

Si eso no hubiera sucedido, el impulso del programa Apolo tal vez habría conducido al establecimiento de una base lunar en la década de 1980 y a una colonia en Marte antes del año 2010, lo cual habría unido a las superpotencias globales e impedido la guerra nuclear de 2012.

Aún habrían de seguir más decisiones políticas devastadoras.

En 1969 se creó una fuerza especial para que propusiera tres opciones espaciales de largo alcance. Eran las siguientes: una expedición tripulada a Marte; una estación espacial en la órbita lunar con una estación de cincuenta personas en la órbita terrestre atendida por un transbordador reutilizable; o el Transbordador Espacial, un vehículo diseñado para despegar como un cohete y regresar a la Tierra planeando como un avión sin motor.

El presidente Nixon optó por el Transbordador Espacial.

El 12 de abril de 1981, despegó del centro de operaciones de lanzamiento de la NASA, rebautizado como Centro Espacial Kennedy, la primera misión del transbordador, la STS-1. Durante los siguientes seis años y medio, la flota de la STS fue todo un éxito y su tripulación llevó a cabo una amplia variedad de experimentos científicos y técnicos en el espacio.

El lanzamiento de un transbordador espacial cuesta aproximadamente 600 millones de dólares, y sin embargo ese extraordinario precio tiene poco que ver con las leyes de la física y con la ingeniería. Dicho de manera sencilla, el negocio del espacio nunca ha sufrido restricciones de costes ni competencia, y ha dejado al zorro al cuidado del gallinero.

Como ejemplo, Lockheed Martin, el contratista aeroespacial más grande del mundo, rara vez aceptaba contratos de aparatos con un coste fijo. En lugar de eso, «sugería» lo que podría costar un vehículo espacial y después añadía un diez por ciento de beneficio. Una vez firmado el contrato, se sumaban una miríada de directivos y planificadores, lo cual aumentaba el coste del vehículo… junto con el margen de beneficio de Lockheed Martin.

Además de hacer que el espacio resultara extraordinariamente caro, esta táctica creó una mentalidad de «amiguismo» que estancó el avance de la tecnología espacial y dio como resultado que no hubiera nuevos sistemas de lanzamiento norteamericanos en desarrollo. De modo que la NASA continuó utilizando un vehículo anticuado, equipado con una electrónica anterior al Pentium y por lo tanto inferior a la mayoría de los videojuegos, y con unas frágiles losetas de cerámica para disipar el calor que habían sido diseñadas antes de los grandes avances de la ciencia de los materiales.

Los costes excesivos y los recortes por parte de la Casa Blanca dieron lugar a negligencias todavía más graves.

Tras los desastres del *Challenger* y del *Columbia*, y una vez que el público se dio cuenta de que el desarrollo de la Estación Espacial Internacional no tenía un propósito científico, las administraciones de Bush y de Maller obligaron a «reorganizar» el programa espacial y a centrar las estrategias del mismo no en la exploración del espacio, sino en sistemas de defensa con misiles apoyados por la política del miedo. Después de seis años y 120.000 millones de dólares, el único logro importante de la Iniciativa de Defensa Estratégica era iniciar la segunda Guerra Fría.

Y una vez más el futuro de la humanidad se tambaleó.

De lo que carecía el programa espacial era de visión y una serie de objetivos claros. Aterrizar sondas en Marte era importante sólo si llevaba a la colonización del Planeta Rojo en un futuro previsible. En el fondo, lo que quería el público era el turismo espacial. ¿Qué había ocurrido con todas las promesas de la era de Buck Rogers, el astronauta de los cómics? El espacio, como la política, se había convertido en la frontera de la élite, y cada misión resultaba más prosaica. A los contribuyentes les importaba un pimiento a qué temperatura se oxida el aluminio en el vacío; querían formar parte de la acción. El invento de los hermanos Wright había llevado al advenimiento de las líneas aéreas comerciales. El espacio había llevado a la venta de ordenadores personales.

¿Cuándo se le daría al ciudadano de a pie la misma oportunidad de llevar a su familia al espacio?

Los rusos serían los primeros en impulsar el turismo espacial, financiando el avión espacial Cosmopolis-XXI (C-21), una aeronave diseñada para ir a lomos de un avión y soltarse a una altitud de 56.000 pies. A partir de ese momento, el motor cohete de combustible sólido del avión espacial lo impulsaría hasta una altitud de 96 kilómetros durante tres minutos de ingravidez.

Al precio de 98.000 dólares (o 540 dólares por segundo), a duras penas podía ser una ganga, y además el avión espacial estaba plagado de numerosos problemas mecánicos.

El «visionario» discurso que pronunció el presidente Chaney momentos antes del asesinato de Jacob Gabriel se convirtió en un llamamiento que comprometió de nuevo al público norteamericano con el programa espacial. Dos meses después de la muerte del gemelo Gabriel, la presidenta Marion Rallo y un nuevo equipo de la NASA anunciaron su Misión Tripulada a Marte (3M-P), un ambicioso proyecto con un coste de 143.000 millones de dólares cuyo fin era establecer una serie de burbujas habitables en la superficie del Planeta Rojo antes de 2049.

Marte es, aparte de la Tierra, el único planeta de nuestro sistema solar dotado de los recursos naturales necesarios para la civilización humana. Su suelo contiene carbono, hidrógeno, oxígeno y nitrógeno, además de agua congelada en forma de hielo (*permafrost*). Su atmósfera es lo bastante densa para proteger a sus habitantes de la radiación solar, y dispone de suficiente luz para instalar invernaderos.

La misión del 3M-P se basaba en una aproximación exploratoria desarrollada en 1990 por Robert Zubrin, por aquel entonces ingeniero veterano de Lockheed Martin. La clave del plan «Marte Directo» consistía en viajar tan ligero de equipaje como fuera posible, y además las tripulaciones, que irían rotando, establecerían hábitats que les permitieran vivir sin tener contacto con la superficie. El suelo de Marte proporcionaría alimentos, agua, materiales y combustible para los cohetes.

Para el mes de septiembre de 2029, el ERV (Vehículo de Retorno a la Tierra), un nuevo cohete de etapas múltiples que se había construido usando piezas de otras naves, se encontraba ya en posición de lanzamiento en Cabo Cañaveral, listo para el despegue.

Pero al cabo de seis semanas cambió todo, cuando se hizo cargo del asunto el sector privado.

El Proyecto HOPE[2] (siglas en inglés de *Humanos para un Único Planeta Tierra*) fue concebido en 2016 por un grupo de ex astronautas, ingenieros y científicos de cohetes que habían abandonado la NASA varios años antes a causa de la política de amiguismo imperante en la misma. A diferencia de otras empresas de cohetes privadas, a ellos no les interesaba lanzar satélites. A HOPE le interesaba el espacio como recreo para el público.

La clave para el futuro de HOPE estaba en diseñar un nuevo avión espacial que fuera capaz de despegar en horizontal igual que un reactor, ascender hasta la altitud máxima que le permitieran sus turbinas, y después utilizar los cohetes para lanzar a sus pasajeros hacia el espacio. Una vez que estuviera en órbita, el público de pago disfrutaría de doce horas de gravedad cero y recuerdos para toda una vida.

Lo único que necesitaba HOPE era un inversor importante, uno que pudiera proporcionar fábricas y respaldo financiero para poner la empresa en marcha.

Aquí es cuando entra Lucien Mabus, presidente ejecutivo de Mabus Tech Industries.

Lucien había heredado MTI, pero estaba aburrido de dirigir la empresa de su padre. Lo que necesitaba era un reto, algo que pudiera considerar suyo.

A instancias de su embriagadora novia, Lilith, Mabus formó una sociedad con los directores de HOPE. Catorce meses después, el Proyecto HOPE se hizo público, con lo cual ofrecía a los inversores una oportunidad para obtener beneficios en el futuro.

La reacción del mercado global fue increíble. Las acciones abrieron a 22 dólares, y cerraron el primer día de cotización a 106 dólares. Al finalizar la semana ya se habían dividido dos veces y continuaban subiendo al precio de 162 dólares la acción, lo cual convirtió a Lucien Mabus, accionista mayo-

2-La palabra HOPE en inglés significa «esperanza». (N. de la T.)

ritario y presidente ejecutivo de HOPE, en el primer *billonario* del mundo.

En Washington las actitudes cambiaron de la noche a la mañana. La Estación Aérea de cabo Cañaveral, que controlaba la isla barrera y todas las instalaciones de lanzamiento al este del río Banana, ofreció trasladar la Cuarenta y Cinco Ala Espacial de las Fuerzas Aéreas a cambio de un contrato de alquiler a largo plazo con HOPE. Lucien Mabus los rechazó, pues prefirió levantar un complejo nuevo en la ciudad de Cocoa Beach por la mitad del coste.

El 15 de diciembre de 2029 despegó el primer «autobús espacial» de HOPE de su nueva pista de cuatro kilómetros y medio de largo. A bordo viajaban ciento veinte pasajeros, entre ellos varios accionistas, dignatarios de la política, una docena de miembros de los medios de comunicación y una tripulación compuesta por doce personas.

Nada real ni imaginado podía haber preparado a aquellos civiles para la magia del espacio. El vuelo, que duró dieciséis horas, transcurrió sin tropiezos, el servicio fue de primera clase (el mero hecho de comer en circunstancias de gravedad cero ya supuso toda una experiencia en sí mismo), y la vista… bueno, la vista resultó espiritual y anonadante al mismo tiempo.

En cuestión de dos meses, HOPE estaba ya lanzando cuatro autobuses espaciales por semana, al precio de 100.000 dólares por billete. Incluso con ese precio tan alto, había una lista de espera de catorce meses.

Para abril de 2032 se habían sumado tres autobuses más a la flota, y el precio de los billetes había bajado a 39.000 dólares. Para 2033 ya habían orbitado el planeta más de ocho mil personas, representativas de todas las naciones.

El impacto residual que sufrió la humanidad fue profundo. El lema «Un planeta, un pueblo» se convirtió en el mantra de HOPE. Muchos opinaban que no era casualidad que el último gobierno opresor se convirtiera a la democracia durante el reinado del autobús espacial. Se suavizaron las tensiones religiosas y raciales. La economía global se disparó cuando la tecnología compitió por estar a la altura de la explotación del espacio, y la explotación del espacio creó nuevas tecnologías en la Tierra.

Al concentrar sus energías en los cielos, la humanidad logró por fin superar su pueril adolescencia.

Pronto se desarrollaron planes para el Puerto Espacial 1, el primer andén-hotel espacial diseñado para alojar al público que había pagado el viaje. Cuando quedase terminado, dicho puerto espacial contendría tres estructuras principales, cada una de ellas configurada en forma de una rueda de bicicleta. La rueda superior, conocida como el «cubo», albergaría un restaurante, un bar, un gimnasio y, en el extremo más alejado de la estructura, un mirador de gravedad cero no giratorio. Debajo del cubo, conectada por el eje de un ascensor principal rodeado de pasillos a modo de radios, se encontraba la rueda del centro, o «Espaciotel». La más grande de esas tres estructuras, la zona destinada a las habitaciones, consistente en un área en forma de rosquilla de quinientos noventa metros de largo que giraba a una revolución por minuto, ofrecía a sus huéspedes un tercio de la gravedad terrestre. Debajo de esa gigantesca rueda, unidas con el «Espaciotel» mediante un eje de acceso, estaban la sala de control, la enfermería, las dependencias de la tripulación y del personal y la estación de embarque del puerto espacial.

Había setenta y cinco módulos para huéspedes particulares que proporcionaban cinco días en el espacio repletos de diversión. No se había reparado en atracciones. Todas las suites estaban equipadas con videoteléfono, conexión a Internet, servicio de habitaciones las veinticuatro horas del día y ventanas privadas. Entre las actividades que se ofrecían se encontraban paseos espaciales, visitas guiadas al centro de mando y a la sala de motores y ejercicio físico sin gravedad para todo el cuerpo en el gimnasio. Por otros 30.000 dólares, unos pocos afortunados podían incluso subirse a un transbordador lunar para realizar una excursión de dos días alrededor de la Luna.

El mercado global ya estaba inundado de publicidad: *PUERTO ESPACIAL 1. Apúntese al club de las 220 millas.* El paquete vacacional completo (que incluía todas las comidas a bordo) costaba sólo 120.000 dólares por persona.

Seis meses después de que se desvelasen sus planes, la lista de reservas para el puerto espacial (para la cual se exigía un depósito de un quince por ciento no reembolsable) ya era de dos años, y había otras tres cadenas hoteleras negociando con HOPE la construcción de un «Espaciotel» en la Luna.

Sin desanimarse, el programa 3M-P de la NASA continuó avanzando hacia la construcción de la base en Marte. Ahora que la economía global marchaba viento en popa y la humanidad estaba concentrada en el espacio, el Congreso de Estados Unidos aumentó el presupuesto del programa espacial hasta los niveles que había alcanzado previamente con el departamento de Defensa, lo cual permitió diseñar y construir una base en la Luna y un observatorio/radiotelescopio lunar.

Ni corto ni perezoso, el joven Lucien Mabus y su reciente esposa anunciaron que HOPE iba camino de completar el diseño definitivo de su propia colonia en Marte. Los primeros transbordadores a Marte cargados con ingenieros y suministros llegarían a dicho planeta en el invierno de 2047, dos años enteros antes que la NASA.

En la NASA estaban indignados. Estaba muy claro que los planes de Lucien Mabus estaban forzando los límites de la seguridad y de la ciencia, y todo en nombre del beneficio económico.

Los Mabus se burlaban. La NASA llevaba sesenta años teniendo la exclusiva de la exploración del espacio. Si el programa hubiera avanzado de modo eficiente tras el Programa Apolo, el hombre ya estaría viviendo en Marte. Dado el calendario de la NASA y su propensión a excederse con los análisis, se podría tardar otras seis décadas en conseguir que los primeros civiles experimentaran las maravillas del Planeta Rojo. Tanto si nos gustaba como si no, la humanidad estaba evolucionando, buscando experiencias sensoriales nuevas en el espacio, y él, Lucien Mabus, pionero cósmico y heredero de la fortuna Mabus, era el que conducía el rebaño.

Pero sin saberlo Mabus ni la Casa Blanca, la frontera del espacio estaba a punto de adquirir un significado completamente nuevo.

Una leve ráfaga de pensamiento en la conciencia de la existencia

En mi personalidad del transhumano Bill Raby, había conseguido servirme de la telepatía para abrir la bóveda sellada de nuestros anfitriones alienígenas. Con el corazón retumbando, traspuse la entrada de aquel antiguo multicine, una oscura antecámara que se iluminó al instante con unas penetrantes luces violeta proyectadas desde diversos ángulos.

Me estaban identificando. Aquella antecámara conducía a un enorme salón, y no sé cómo, pero tuve la seguridad de que todo lo que el hombre había conocido jamás acerca de su existencia estaba a punto de cambiar.

Estaban por todas partes, apilados verticalmente a lo largo de invisibles repisas de energía. Millones de receptáculos de cristal criogénicos, de dos metros y medio de alto y uno y medio de ancho... Especímenes de una biblioteca de animales cubiertos por una fina capa de escarcha.

Me acerqué al que tenía más cerca y limpié un poco el hielo del vidrio para ver qué había dentro. Era un humanoide bípedo y desgarbado, de dos metros de altura, flotando en un gel líquido y transparente. Tenía un cráneo desprovisto de cabello y alargado como el mío, sólo que los vasos sanguíneos que lo surcaban eran infinitamente más pronunciados. La piel tenía un tono gris, y parecía más silicio que carne viva. De su boca sin labios salía un grueso tubo traqueal unido a un panel de control que se hallaba situado en algún lugar de la base del recipiente de vidrio.

Las fosas nasales estaban taponadas, al igual que los oídos. Los ojos estaban muy abiertos, las pupilas tenían el doble de tamaño que las nuestras e irradiaban un tono azul intenso y luminiscente.

En la coronilla de aquel cráneo alargado, en el centro de la frente y en la base de la garganta había unos electrodos en forma de estrella que lanzaban destellos de color violeta.

Me arrodillé y limpié un poco más de escarcha del cristal con la esperanza de ver el resto del cuerpo. Aquel ser estaba desnudo y carecía de vello, y sin embargo no se le distinguían órganos sexuales. Los cinco dedos de cada mano eran largos y ligeramente palmeados. Desde el lugar en que me encontraba no alcanzaba a ver los dedos de los pies.

Distinguí más electrodos con forma de estrella repartidos por el plexo solar, el corazón, el sacro y los pies. Reparé en que aquellos lugares eran puntos chakra, los centros de energía del cuerpo. Los hindúes creían desde la antigüedad que los puntos chakra del cuerpo canalizaban la energía espiritual.

Calculé que habría un millón de humanoides como aquél en animación suspendida criogénica, unos encima de otros en el interior de campos de energía invisibles. Resultaba imposible saber cuántos podía haber, porque las filas desaparecían allá en lo alto, en la oscuridad, y daban la vuelta a todo el interior del edificio.

Yo sabía que estaban vivos, y también sabía lo que eran, porque de alguna manera me sentía observado por la presencia conjunta de todos ellos.

Eran posthumanos. Vivos pero no vivos, unidos y sin embargo solos... sin poder tocar ni sentir. Sin poder amar.

En los meses caóticos que siguieron, todos los miembros de nuestra colonia finalizaron la metamorfosis transhumana. Al salir del coma, todos éramos como niños pequeños que de repente toman conciencia de su cuerpo, pues cada día *nos traía descubrimientos nuevos y maravillosos acerca de nuestra transformación genética. Además del evidente salto en inteligencia y fuerza corporal, descubrimos que podíamos comunicar conceptos telepáticamente.*

Más asombrosa aún era nuestra capacidad para aumentar la esperanza de vida. Existen numerosos factores que causan el envejecimiento y la muerte en el Homo sapiens. Uno es la telomerasa, una enzima que alarga los extremos de los cromosomas. Cada vez que se divide una célula, la telomerasa se encoge. Cuando su longitud disminuye por debajo de un determinado umbral, las células del Homo sapiens dejan de dividirse y se hace más evidente la mortalidad. Hay otras proteínas, como la apolipoproteína E, que pueden retrasar el envejecimiento, pero están presentes en cantidades limitadas, al contrario de lo que ocurre con los radicales libres, esas moléculas oxidantes y sumamente destructivas que produce el organismo y que llevan a la senectud y la enfermedad.

Tras recibir el don de controlar las funciones de nuestras células, descubrimos que ahora podíamos aislar los radicales libres y eliminarlos de nuestro organismo y al mismo tiempo incrementar la producción de apolipoproteína E y glutationa. Es más, podíamos reducir la pérdida de telómeros y así multiplicar por diez la esperanza de vida. Puede que más.

Pero nuestros descubrimientos no iban dirigidos solamente al interior de nosotros mismos; la telepatía nos permitió acceder a la totalidad de Nuevo Edén, incluida su historia documentada, y pronto descubrimos que aquella sociedad de alienígenas había supuesto una verdadera dicotomía.

Mucho antes de que llegáramos nosotros, el mundo que llamamos Xibalba había sido un planeta influido por dos culturas claramente distintas. La primera fue la raza transhumana responsable de la construcción de la ciudad flotante. Los edificios, los paisajes, los invernaderos y los controles del medio ambiente, todo fue diseñado para aquellos seres. Poco se conocía de su origen, pero era obvio que habían cultivado su mundo a lo largo de miles, tal vez millones de años. Viajaban al espacio, dominaban la genética y eran muy superiores a nosotros en todos los sentidos.

En cierto momento de la historia de Xibalba, tuvo lugar un fantástico descubrimiento científico que permitió a aquellos transhumanos devorados por la curiosidad trascender su mundo físico tridimensional y entrar en el reino de lo espiritual. La decisión de perseguir o prohibir dicha ciencia dividió en dos facciones a la raza que habitaba Xibalba. El grupo que se rebeló contra aquel descubrimiento abandonó el planeta y viajó a Dios sabe dónde, mientras que el otro grupo se quedó donde estaba, resuelto a evolucionar más allá de su forma física para seguir la sombra de Dios.

El grupo que se quedó, programado a sí mismo, inmortal y dotado de un poder sin límites, evolucionó y se convirtió en posthumano. Los seres que flotaban en el interior de aquellos recipientes criogénicos eran los restos físicos de dicha raza.

Son los vestigios de ADN posthumano, Jacob, lo que te convierte en Hunahpú.

* * *

El profesor Ian Bobinac era el genetista más experto de la colonia. En la Tierra había sido pionero en el uso de GV, genes vacuna, es decir, células manipuladas genéticamente que se utilizaban para producir sustancias antibacterianas, antivíricas y anticancerígenas directamente en el interior del cuerpo humano. En Marte, sus trabajos en manipulación genética habrían servido para alterar las pautas reproductivas en animales clonados.

Bobinac era un genio ya antes de que su cerebro se viera afectado por la metamorfosis a transhumano. Una vez «evolucionado», pasaba la mayor parte del tiempo viviendo dentro de su brillante cerebro. Lo que lo sacó finalmente de su ensimismamiento fue el misterio que rodeaba las centelleantes líneas y glifos que adornaban el exterior del gran edificio.

Bobinac descubrió enseguida una comunicación que manaba de aquella estructura, una comunicación audible, transmitida y renovada a una velocidad de 267.000 ciclos por segundo. En comparación, la palabra hablada se transmite tan sólo a 16-20 ciclos.

Lo que había descubierto el profesor Bobinac era un lenguaje posthumano compuesto por 212 grafemas distintos (en inglés se utilizan sólo 46 fonemas). Más extraño todavía era el hecho de que la mente colectiva de los posthumanos seguía dispersando su comunicación por todo el planeta. ¿Pero a quién iba dirigida?

Nada más enterarme de aquel descubrimiento, solicité ser trasladado al equipo de Bobinac. Como Bill Raby era genetista marino, inmediatamente reconocí aquel ciclo de 267.000 armónicos: era el que utilizaban unas criaturas marinas de la Tierra... las ballenas.

Aunque los efectos de nuestra metamorfosis genética eran universales, nuestros poderes recién estrenados nos afectaban de modo diferente a cada uno de nosotros y ampliaban los rasgos personales que nos distinguían de los demás.

Lilith Mabus y su hijo Devlin ansiaban el poder. Conforme iba pasando el tiempo, aquel Adonis de piel olivácea se volvía cada vez más belicoso, y sus tendencias sociópatas, combinadas con la influencia de su madre, lo empujaron a llevar la vida de un Calígula de nuestros días.

Se difundieron por nuestra pequeña comunidad rumores de historias descabelladas. Algunos hablaban de reuniones privadas, organizadas por Devlin, en un edificio transhumano del que se había apoderado y al que denominaba «mansión del presidente». Corrían rumores de morbosas orgías y rituales satánicos dirigidos por la hechizante Lilith, si bien no se pudo probar nada.

Lo cierto era que la mayoría de nosotros estábamos demasiado ocupados en adaptarnos a ser «seres superiores» para dedicar el tiempo necesario a investigar tales habladurías.

Pero cuando se fue acercando el cuarto aniversario de nuestra llegada a Xibalba, empezó a cobrar fuerza un movimiento para expulsar del planeta a aquel individuo que se había nombrado a sí mismo líder y a su malvada madre.

Pero Devlin y Lilith tenían otros planes.

Antes de abandonar el planeta para perseguir al transporte de Xibalba en el espacio terrestre, el Guardián había tomado muestras del ADN de sujetos posthumanos. Diez mil años antes, en nuestro pasado, había introducido ese superelixir diluido en el Homo sapiens y así había alterado genéticamente nuestra especie para darnos un empujón hacia arriba en la escala evolutiva.

Sin que lo supiera el resto de los colonos, los dos progenitores biológicos de Devlin habían poseído ADN Hunahpú. Como humano frío y calculador que era, a Devlin su evolución a transhumano le proporcionó una capacidad extraordinaria para descifrar y manipular rasgos poligénicos de su propio ADN.

Dicho de forma resumida, Devlin Mabus era capaz de hacerse evolucionar a sí mismo.

La evolución se remonta a la primera bacteria que cobró vida en la sopa primordial de la Tierra. En el interior de nuestro ADN están registradas todas las fases de nuestra evolución, desde los habitantes de los océanos hasta los reptiles, desde los primeros mamíferos insectívoros hasta nuestros primos los primates.

Tras permanecer aislado durante varias semanas, Devlin alteró su código genético y manipuló un gen maestro que iba a ayudarlo a reconstruir la totalidad de su ser.

En la mañana de nuestro cuarto aniversario, los colonos de Nuevo Edén nos reunimos en el lugar que habíamos adoptado como plaza pública.

Fue Lilith la que salió de las sombras de la cabina presidencial para dirigirse a todos los presentes.

«Santo, santo, santo es el Señor de los Anfitriones, que ha recorrido el cosmos para salvar a sus Elegidos de la muerte.

Él nos ha conducido al Nuevo Mundo y nos ha bendecido con sus maravillas. Él nos ha dado una muestra de su sabiduría y nos ha transformado a cada uno de nosotros en algo mejor de lo que éramos. Y ahora ha oído el lamento de sus hijos. ¿Quién de entre vosotros ha pecado? ¿Quién de entre vosotros sufre en su interior? ¿Quién de entre vosotros está consumido por la culpa? ¡Levantad la mano y haceos responsables!»

Todos alzamos la mano al mismo tiempo, muchos de nosotros llorando por el recuerdo de los seres queridos fallecidos que habíamos dejado en la Tierra.

«¿Queréis la salvación? Decidlo en voz alta.»

Para ser un grupo tan pequeño de gente, nuestros gritos resultaron ensordecedores.

«Nos encontramos hoy aquí a causa de un milagro. Hace mucho tiempo, a mi hijo Devlin le fue concedida una visión. En ella vio cómo la Tierra que sirvió de incubadora a la humanidad la expulsaba de su seno. Como un moderno Noé, recibió la orden de construir una flota de naves espaciales, arcas cósmicas, en las cuales transportaría a los pocos elegidos a la salvación. Mirad a vuestro alrededor y decidme si es así o no. Fue la visión de Devlin lo que nos condujo a este renacimiento. Si estamos aquí hoy, ha sido gracias a que nuestro verdadero creador lo tocó a él. Y ahora se ha obrado otro milagro más. Respondiendo a vuestras plegarias para obtener la salvación, el único creador verdadero nos ha enviado un arcángel. ¡He aquí mi hijo Devlin, el Serafín!»

Jude y yo nos cogimos de la mano y contuvimos el aliento cuando Devlin salió de las sombras de la cabina presidencial a la vista de todos. Un manto de silencio se abatió sobre todos los presentes al contemplar boquiabiertos la obra del creador.

Estaba completamente desnudo, de pie ante nosotros como una escultura renacentista de David que hubiera cobrado vida. De su fuerte espalda y su columna vertebral, alteradas genéticamente, sobresalían unas impresionantes alas de color carne, cuya envergadura era por lo menos de seis metros de punta a punta.

Devlin se había valido de su conciencia Hunahpú y sus poderes transhumanos para manipular el conjunto de genes maestros responsables del desarrollo y la evolución de los mamíferos voladores. Se había transformado en una Quimera, una criatura alterada genéticamente y compuesta por piezas incongruentes entre sí.

Era un Serafín. Ante nuestros propios ojos, sus alas se movieron y captaron una columna de aire ascendente que salía de un tubo de ventilación oculto. Al igual que un cóndor, Devlin extendió las alas y se elevó, torpemente al principio, pero luego con majestuosidad, semejante a una gigantesca ave rapaz.

Qué espectáculo tan impresionante. Los colonos cayeron de rodillas con los ojos llenos de lágrimas, mientras el «ángel nombrado por Dios» volaba por encima de nuestras cabezas y nos «bendecía» con su chorro de orina.

¿Y cómo no íbamos a hincarnos de rodillas y adorarlo? Al igual que aquellos antiguos hebreos, nosotros nos considerábamos los «Elegidos», seleccionados por Dios para sobrevivir. Cada día que pasábamos en Xibalba era un milagro. Cuando estábamos al borde de la extinción, nuestro Salvador nos había otorgado el don del transhumanismo. Habíamos superado los estragos de la edad y de la enfermedad, habíamos trascendido la condición humana. Éramos creyentes, estábamos tan exaltados como debieron de estarlo los Hijos de Israel cuando Moisés dividió el Mar Rojo.

Pero los científicos que había entre nosotros, incluido yo mismo, no nos dejamos convencer tan fácilmente.

Jude, que era cristiana devota, sostenía discusiones interminables conmigo a este respecto, y juraba que había sido la intervención divina la que nos había rescatado del olvido.

Pero Devlin Mabus... ¿un ángel? El diablo encarnado, habría que decir más bien.

Haciendo uso de su nuevo poder político, Devlin «ordenó» que a partir de aquel momento el tiempo personal de cada día se dedicara única y exclusivamente al culto. Se proclamó una orden religiosa, la «Iglesia de Mabus», y se mandó que todos los colonos asistieran a los oficios religiosos.

Aquéllos de nosotros que dudábamos de aquella deidad que se había nombrado a sí misma notamos que la democracia y la libertad estaban desapareciendo rápidamente y estaban siendo reemplazadas por una nueva teocracia, a la que enseguida siguió una Inquisición propia.

Había que hacer algo. Con cuidado y mucha discreción, comencé a reclutar miembros de la élite científica que sabía que abrigaban los mismos recelos respecto de Mabus y su madre. Con el correr de los meses, nuestro grupo fue creciendo y abarcó también a varias decenas de ingenieros y astrónomos, científicos de cohetes y matemáticos, todos personas que buscaban verse libres de una sociedad que sospechábamos que pronto recurriría a la persecución «divina».

Así nació la hermandad del Guardián. Nuestra secta era secreta, porque si se descubría que nos oponíamos a Devlin y a Lilith, seríamos despedazados por sus seguidores. Como nuestros pensamientos podían ser «manipulados» telepáticamente, cada miembro de la hermandad era nombrado por su apodo.

Decidimos utilizar nombres históricos. Como fundador de la hermandad, yo me adjudiqué el apodo de Osiris. No me cabe la menor duda de que la identidad de Michael Gabriel hubiera protestado a gritos desde el abismo de la mente de Bill Raby.

Lo que deseaba la nueva hermandad del Guardián era disponer de un remanso a salvo de Devlin y de sus discípulos, cada vez más numerosos. Teníamos dos opciones: trasladarnos a otra parte de Nuevo Edén o habitar una de las dos lunas del planeta. Quedarnos en Nuevo Edén era, en el mejor de los casos, sólo una solución provisional. De manera que escogimos la más grande de las dos lunas y trazamos planes para robar un transbordador.

Un antiguo científico de cohetes de la NASA, que nosotros conocíamos sólo por el nombre de Kukulcán, estaba convencido de poder apartar combustible suficiente para llevarnos a nuestro destino. Otro científico inventó un dispositivo para la cabeza que interceptara las ondas electromagnéticas de nuestro cerebro, a fin de impedir que nos espiaran otros colonos. Aunque eso nos garantizó al menos cierto asomo de intimidad mientras preparábamos la huida, el nuevo decreto religioso de Devlin ordenaba que teníamos que trabajar durante los turnos de «sueño».

Los tres transbordadores que nos habían llevado hasta Nuevo Edén llevaban años abandonados en lo alto de uno de los edificios de transhumanos. Mientras el científico del Guardián, Kukulcán, trabajaba en preparar uno de los transbordadores para el vuelo espacial, los demás nos dedicamos a reconfigurar los trajes medioambientales de las naves para adaptarlos a nuestros cráneos alargados. En secreto hicimos acopio de invernaderos y subimos a bordo suficientes suministros médicos.

A medida que iba aproximándose el día de la partida, nos sentíamos preparados para cualquier cosa...

...en ningún momento sospechamos que entre nosotros había un Judas...

27

22 de noviembre de 2033
Centro Espacial Kennedy
Cabo Cañaveral, Florida
10.03 de la mañana

La limusina negra circula por la NASA Parkway este, deja atrás Merritt Island y cruza el río Banana por el puente que conduce a Cabo Cañaveral.

Mitchell Kurtz ordena al vehículo que se detenga en un control de seguridad. Un cartel luminoso les ordena que se apeen del coche.

Immanuel Gabriel, también conocido como Samuel Agler, su madre y los dos guardaespaldas se bajan de la limusina y permiten que los dos guardias fuertemente armados comprueben sus credenciales. Un sensor robot hace un barrido del exterior del coche.

Dominique coloca la palma de la mano sobre el escáner de ADN portátil y su identidad falsa aparece en la pantalla.

Sujeto identificado: Yolanda Rodríguez.
El sujeto posee autorización de VELLOCINO DE ORO.
Que tenga un buen día.

Kurtz se deja escanear por si llevara armas. Suena una alarma que perfora el aire húmedo de la noche y hace que los dos guardias de la NASA apunten sus fusiles.

—¡Manos arriba y brazos separados! ¡Muévase!

Kurtz mira a *Pimienta*, el cual pone los ojos en blanco.

—Novatos.

Sale de la estación un teniente con el arma aturdidora en alto.

—¿Hay algún problema?

—Porta un arma eléctrica de alta energía, señor.

El teniente reconoce la limusina y los pasajeros de la misma.

—Watkins, ¿se ha tomado la molestia de comprobar la autorización de estas personas?

El guardia baja la vista hacia su ordenador.

—Joder, si es de MAJESTIC-12.

—Lo cual quiere decir que puedo entrar en la maldita Casa Blanca portando cualquier arma, excepto una bomba de neutrones —replica Kurtz—. Ahora quíteme ese juguete de la cara antes de que se me ocurra volatilizarlo.

—Sí, señor. Lo siento, señor.

El otro guardia se acerca a Sam con el escáner de ADN portátil.

—Ponga la palma de la mano sobre el escáner, por favor.

—Se equivoca —lo interrumpe Beck interponiéndose entre ambos—. El chico está exento del protocolo de ADN.

—Perdone, amigo —dice el teniente—. Nadie está exento del protocolo de ADN, ni siquiera el presidente Zwawa.

—Vuelva a examinar sus órdenes, teniente. —El impresionante afro-americano se le acerca y lo fulmina con la mirada.

—En mis órdenes no hay nada que hable de personas exentas del protocolo ADN. —El teniente manosea nervioso su pistola aturdidora, no muy seguro de qué otra cosa, aparte de una situación de muerte, podría detener a ese individuo grande como un oso.

Dominique ve la expresión que tiene Kurtz en la cara y comprende que está a un pelo de activar su arma eléctrica.

—¡*Sal*, espera! Teniente, póngase en contacto con el doctor David Mohr, que se encuentra en el Hangar 13. Él lo verificará todo.

El teniente duda, pero al fin toca el botón comunicador que lleva en el antebrazo.

—Perdone que le moleste, doctor Mohr, pero tengo cuatro personas en la entrada, una tal Yolanda Rodríguez, dos guardaespaldas y un adolescente que se niega a someterse al escáner de ADN.

En la diminuta pantalla aparece el rostro del doctor Mohr.

—Déjelos pasar, teniente.

—Pero, señor...

—De inmediato, teniente. Cierro.

—Sí, señor.

El Hangar 13, denominado por el personal de la NASA «la fortaleza», es una estructura de acero y hormigón de una altura equivalente a veintidós pisos, situada en la punta más al sur de Cabo Cañaveral. Con la misma anchura y longitud que tres campos de fútbol, dicho edificio contiene dos monstruosas puertas, cada una de noventa metros de altura. Dentro del complejo (la tercera estructura más grande del mundo) hay treinta y una grúas, dos puentes grúa de 227 toneladas métricas y veintitrés modernísimos ascensores por suspensión. Refrigerada por 19.000 toneladas métricas de aire acondicionado, dicha estructura cuenta con una central eléctrica, cafetería y personal de seguridad propios. El exterior está rodeado por una serie de amortiguadores electromagnéticos y electrostáticos que la convierten en la cámara Faraday más grande del mundo. Además, está protegida alrededor por una valla electrificada de doce metros de altura y torretas de disparo emplazadas en cada esquina, otras dos junto a la playa adyacente y una más en la orilla del río Banana.

Nadie entra ni sale del Hangar 13 a no ser que posea una autorización.

La limusina atraviesa un puente de doble carril que conduce al complejo de la isla y después gira a la izquierda para entrar en un aparcamiento. Aparecen otros tres guardias armados que proceden a escoltar al séquito de Dominique hasta la entrada de la fachada principal, que carece de ventanas. *Sal* y *Pimienta* se dirigen a la cafetería mientras que Sam y su madre son conducidos por un lujoso vestíbulo enmoquetado de color magenta, pasan otro control, y salen a un amplio recinto enclaustrado que desemboca en una inmensa puerta de titanio acorazada.

Aparece un guardia de seguridad holográfico.

—Buenas tardes, señora Rodríguez. Puede pasar al interior del edificio cuando esté preparada.

En el mamparo de acero se encienden unas luces de aviso. A continuación se abre hacia dentro la inexpugnable puerta acorazada y les permite el paso a un túnel largo y muy iluminado.

Sam sigue a su madre por ese pasillo desnudo y detecta el cambio en la presión del aire cuando la puerta acorazada se cierra a su espalda.

—Muy bien, madre. ¿De qué va todo esto? ¿Adónde demonios me llevas?

—Chist. Reserva las preguntas para cuando estemos dentro.

—¿Dentro? ¿Quieres decir que esto no es dentro? ¿Pues qué lugar es éste?

—Calla y ten paciencia.

Bajan por el corredor insonorizado de suelo de hormigón y paredes de yeso hasta unas puertas dobles de acero. Éstas se abren al acercarse ellos y les permiten acceder a una cámara blanca y estéril, de paredes circulares y techo abovedado. No hay ventanas ni puertas.

En el centro de la sala aparece un holograma de una secretaria de facciones orientales.

—Buenas tardes, señora Gabriel. Haga el favor de pasar al Hábitat-2. Enseguida se reunirá con usted el doctor Mohr.

—Gracias, Rammeka.

Desaparece el camuflaje de paredes blancas y surge una puerta de acero y un teclado. Dominique aprieta la palma de la mano contra el escáner.

Ante ellos se abre otro pasillo más. Dominique se vuelve hacia su hijo.

—Cada vez más dentro de la madriguera del conejo, ¿eh, Manny?

—Genial.

Salen de la cámara de seguridad holográfica y entran en un estrecho corredor de paredes y techo abombados y hechos de un vidrio transparente Luxon, un nuevo policarbonato con base de diamante.

—Me siento igual que un maldito hámster. Uf...

Sam dobla el recodo y se para en seco. El suelo ha desaparecido bajo el cristal.

Se encuentran seis pisos por encima del suelo de un hangar subterráneo. Por debajo de ellos se mueve lentamente un ascensor por suspensión que transporta en su enorme plataforma un intrincado equipo, posiblemente un módulo del motor de un cohete. Allá delante empiezan a abrirse unas puertas dobles de cuatrocientos cincuenta metros de altura, la misma que la Estatua de la Libertad.

Sam pega el rostro al grueso cristal para ver mejor.

Dominique lo agarra del brazo.

—Ven, que vamos a llegar tarde.

—Espera, quiero ver qué hay ahí dentro.

—Luego. Nos está esperando el doctor Mohr.

El corredor de cristal tuerce hacia la izquierda, y al frente aparece otra puerta más.

—¿Y quién es ese tal doctor Mohr?

—El director de VELLOCINO DE ORO.

Se abre la puerta del corredor. Para sorpresa de Sam, se encuentran en un agradable vestíbulo, más propio de un refugio de montaña que de un centro espacial. Las paredes y el suelo están forrados de madera de teca; el techo, que se eleva seis pisos por encima de ellos, termina en una cúpula de cristal tintado. Hay una estación de control rodeada por lujosos sofás tapizados en tonos violeta y morado.

Detrás de la consola redondeada se encuentra sentada la mujer asiática que había aparecido en el último holograma, sólo que esta vez en carne y hueso.

La mujer se queda mirando a Sam como si estuviera viendo a un fantasma.

—Notable...

—Rameeka Ellepola, éste es mi hijo.

La mujer, de ojos oscuros y cutis tostado, natural de Sri Lanka, se levanta de su asiento y le tiende la mano.

—Es un verdadero honor.

Sam le estrecha la mano.

—Imagino que es usted aficionada al fútbol americano.

—¿Fútbol? —La asiática mira a Dominique con expresión interrogante.

—Ya te lo explicaré más tarde —replica Dominique—. ¿Dónde está el doctor Mohr?

—Observando la sesión de entrenamiento. Ha rogado que acuda a verlo al entresuelo.

Sam acompaña a su madre hasta un turboascensor que está aguardando. La asiática no le quita los ojos de encima ni un momento. Sam espera hasta que se cierra la puerta del ascensor.

—Está bien, ¿de qué iba todo eso?

Antes de que Dominique pueda contestar, se abre de nuevo la puerta del ascensor.

Salen a un entresuelo medio a oscuras. Delante de ellos tienen una pared de cristal desde el cielo hasta el techo que da a un enorme estadio cubierto bañado en una luz violeta. A este lado del cristal hay doce estaciones de control y una docena de técnicos, hombres y mujeres, sentados ante unos grandes monitores de plasma. Todos visten una malla de color plateado provista de enlaces sensoriales unidos a los controles, y llevan en la cabeza unos visores sensoriales que les tapan el rostro.

Detrás de los monitores surge un hombre de raza caucásica y constitución menuda, vestido con una bata de laboratorio. Se acerca a ellos, pero antes hace una pausa para que la luz del techo le ilumine la cara.

—Hola, hola. —El científico besa a Dominique en la mejilla y acto seguido se vuelve hacia su hijo—. Oh, Dios santo, te agradezco enormemente que hayas venido. He esperado mucho tiempo para conocerte.

—¿Quién demonios es usted?

—Mohr, David Mohr. Por favor, llámame Dave. Soy el encargado de esta monstruosidad.

El científico mide quince centímetros menos que Manny y posee un cabello de color marrón chocolate que empieza a platearse ligeramente en las sienes. Su cutis es claro y tiene unos ojos castaños, hundidos y chispeantes que absorben todo lo que ven.

Immanuel mira fijamente la mano que le ofrece el doctor antes de estrechársela.

—Samuel Agler.

Mohr esboza una sonrisa.

—Samuel Agler. Ah, me encanta. Ven conmigo, Samuel Agler, hay una cosa que quiero que veas. ¿Dominique?

—Vayan, ya sabe que no puedo soportar verlo.

—Entendido. —Mohr conduce a Manny hacia la barrera de cristal—. Sabes, Sam, tu madre me ha hablado mucho de ti. ¿Habías estado antes en Cabo Cañaveral?

—Una vez, cuando estaba en el instituto. Aguarde un segundo, no será usted el doctor Mohr de la red atmosférica, ¿no? El premio Nobel.

—El mismo. Últimamente trabajo en cosas infinitamente más interesantes. Deja que te lo enseñe. —Señala el vasto recinto, cuyos detalles continúan ocultos en la oscuridad.

—¿Qué es esto, una sala holográfica?

—La verdad es que sí. La utilizamos para entrenamiento. Nos permite monitorizar todos los niveles del combate.

—¿Qué combate?

Mohr esboza una sonrisa juvenil.

—Has llegado justo a tiempo para la sesión matinal. —El científico se gira hacia sus dos ayudantes—. Ya estamos listos, señoras. Inicien la secuencia uno.

El interior se ilumina con unas luces amarillas situadas en el techo y aparece una réplica de un antiguo juego de pelota mesoamericano. Dicha cancha tiene unos ciento cincuenta metros de largo y es ligeramente más estrecha a lo ancho. El rectángulo de hierba que la forma está aprisionado por cuatro paredes construidas con bloques de piedra caliza. Los lados este y oeste, más largos, están bordeados de terraplenes de piedra que se alzan cuatro metros y medio, inclinados y adornados con antiguos relieves que representan el juego de pelota. En lo alto del terraplén este, enfrente en línea recta de la partición de cristal y la sala de control, hay una réplica del Templo del Jaguar de Chichén Itzá, de ocho metros de altura.

Anclados a las dos paredes perpendiculares al cristal, a modo de rosquillas gigantes, hay sendos aros de piedra cuyo orificio central tendrá unos cincuenta centímetros de diámetro.

—¿Han duplicado el Juego de Pelota de los mayas? ¿Por qué?

—Ya lo verás.

—La inscripción maya que se ve en el terraplén, ¿qué dice?

—Esta cancha en particular era conocida entre los mayas como el «agujero negro», para indicar que se encontraba ubicada a la entrada del Mundo Inferior, o Xibalba. Se decía que los protagonistas del juego habían descendido a Xibalba para conquistar la muerte. Mira, aquí vienen los aspirantes.

Mohr señala abajo y a su izquierda.

Por el lado sur de la cancha están entrando una docena de guerreros de piel oscura con el rostro cubierto por máscaras mayas de la muerte. Demasiado corpulentos para ser de descendencia maya, tienen la misma estatura y musculatura que Ryan Beck. Cada uno de ellos porta un objeto parecido a un bate de béisbol que tiene el mango en forma de cabeza de serpiente.

Los doce técnicos trabajan furiosamente en sus puestos de control, cada uno manipulando al guerrero que le corresponde.

Los mayas se colocan en formación, hombro con hombro, debajo de la zona de gol del lado este.

En el lado norte aparecen dos hombres. En fuerte contraste con los guerreros, estos atletas van vestidos de pies a cabeza con el moderno atuendo de combate de Operaciones Especiales, uno todo de negro, el otro de blanco.

—¿Qué llevan puesto?

—Un tipo avanzado de exoesqueleto. La capa exterior es de una cerámica resistente a las balas, forrada de un nanotubo de carbono de peso ligero. Es un tejido tan fuerte como el acero y tan ligero como el algodón. Cada soldado lleva en la cadera un sistema de confort térmico alimentado por una minicelda de combustible, que lo enfría o lo calienta. Unas microturbinas alimentadas por hidrógeno líquido proporcionan al blindaje del cuerpo diez kilovatios de potencia. Esos cascos en forma de lágrima llevan sistemas de comunicación integrados y una óptica de realidad aumentada provista de pantallas de visión nocturna. Además, llevan atado a la espalda un delgado depósito de agua presurizado que va unido a un tubo montado en el interior del casco.

—Me arrepiento de haber preguntado.

Uno junto a otro, los dos guerreros modernos salen al trote hacia la pared oeste, con los bates en la mano y la cara oculta tras el escudo facial tintado.

Dos de los guerreros de piel oscura dan un paso adelante y balancean sus mazas como si estuvieran calentando para un partido de *cricket*.

De repente el silencio es surcado por un bramido capaz de helar la sangre en las venas, que hace que a Manny se le erice el vello de la nuca.

Los dos hombres protegidos por el blindaje moderno dan un paso al frente para aceptar el desafío.

En la cima del Templo del Jaguar aparece de pronto un rey maya. Lleva el rostro oculto tras una máscara en forma de cabeza de serpiente con la boca abierta y una cola de plumas verdes que le cae por la espalda. En una mano sujeta un cuchillo de obsidiana, y en la otra... un objeto redondo que gotea sangre. El rey levanta los brazos en un gesto ceremonial y empieza a entonar un cántico en una lengua antigua.

—*Itz'-am-na, Kit Bol-on Tun, Ah-au Cham-ah-ez...*

—El rey está invocando a los dioses —susurra Mohr.

Manny se fija en el objeto goteante que tiene el rey en la mano y se asombra al ver que se trata de la cabeza cercenada de un muchacho.

—El juego de pelota —dice Mohr con los ojos chispeantes—. ¿Conoces el juego del *tlachtli*?

—Más o menos. Tienen que lanzar el cráneo... esto, la pelota a través del aro.

—Correcto. Pueden ayudarse con las mazas, las rodillas y los pies, pero no pueden tocarlo con las manos. En modo de combate, pueden competir dos jugadores por equipo cada vez. Como vas a ver, aquí vale todo.

El rey prosigue con su cántico. En un momento dado, agarra la ensangrentada cabeza del chico por el pelo, hace un movimiento de vaivén con el brazo describiendo un amplio círculo y la lanza hacia el centro del campo de juego.

Los cuatro combatientes cargan hacia delante, el soldado de blanco es el primero en alcanzar la «pelota». Cuando trata de golpearla, uno de los enmascarados se abalanza sobre él e intenta atizarle con el mazo. El blanco se escabulle hacia su derecha con una elegante pirueta y lanza un tremendo puñetazo de revés que acierta a su agresor de lleno en la garganta y lo hace caer de rodillas...

...al tiempo que un segundo guerrero levanta su maza con toda la intención de clavarla de punta en la espalda del soldado.

Pero el de blanco es demasiado hábil y mucho más rápido. Sin mirar siquiera por encima del hombro, le propina al guerrero una patada hacia atrás que le destroza la máscara y le separa el cuello del cuerpo.

El aspirante a asesino se derrumba, muerto antes de tocar el suelo.

Immanuel siente náuseas al contemplar cómo el hombre de blanco se pone de pie sobre sus contrincantes muertos y da una patada al cráneo para lanzárselo a su compañero de equipo, vestido de negro.

El doctor Mohr señala otros dos guerreros que se separan de la fila para salir al encuentro de sus rivales, que ya están empujando rápidamente el cráneo hacia la portería este.

—Ésta no es la manera en que jugaban los mayas, pero sí es la manera en que desafiaron los Señores del Mundo Inferior de Xibalba a los Héroes Gemelos.

Manny siente que toda la sangre le huye del rostro.

El de blanco lanza el objeto al negro de un mazazo. El cráneo sale volando por encima del pie del soldado. El de negro se gira para recuperarlo, pero es interceptado por uno de los jugadores de repuesto, una masa de ciento dieciocho kilos que lleva una máscara demoníaca de color rojo. Tras saltar por encima del hombre de negro, el guerrero de piel morena envía el cráneo de una patada a su compañero, el cual echa a correr descalzo por la cancha en dirección al aro del lado oeste… y la portería montada debajo de la ventana de observación.

El de blanco, con diferencia el mejor atleta que había en la cancha, adelanta al maya y le pone la zancadilla por detrás, justo en el momento en que el guerrero golpea la pelota.

Manny y el doctor Mohr se agachan instintivamente cuando el cráneo volante choca contra el cristal produciendo un ruido sordo y el destrozado rostro deja una huella de sangre en el cristal.

El de blanco recoge el lanzamiento y dirige de nuevo en sentido contrario controlando el bamboleante cráneo con los pies y el mazo. Elude el cuchillo de otro contrincante y gira en dirección a la pared este y su aro de piedra.

En ese momento, otros dos guerreros se separan de la fila para cortarle el paso, cada uno de ellos blandiendo un mazo provisto de una pica de obsidiana de sesenta centímetros de longitud.

Manny cierra los puños con fuerza, midiendo la velocidad y la distancia. «Ya está... no tiene forma de escapar de esos dos.»

En un movimiento increíble que es una mezcla de fútbol europeo, kung-fu y gimnasia, el de blanco lanza el cráneo por encima de las cabezas de los guerreros que se le acercan y acto seguido da un salto y ejecuta en el aire una asombrosa patada lateral doble con las piernas extendidas a un lado y a otro, cuyo poderoso impacto con el talón en la cara de cada agresor les hace añicos el hueso temporal y lo convierte en un millar de fragmentos afilados como cuchillos.

—Dios santo...

El de blanco aterriza, da tres zancadas hacia delante y, en un solo movimiento fluido, propina una patada a la pelota que la envía girando en el aire hacia el aro de piedra.

Con un impacto enfermizo, la cabeza cercenada rebota en la pared este y pasa por el aro...

...y al instante transforma la cancha en algo completamente distinto.

El Juego de Pelota maya ha desaparecido. En su lugar ha surgido un valle de un inframundo infernal, con un horizonte montañoso bañado en un resplandor bermellón que procede de un techo subterráneo de carbón volcánico. Por debajo de ese techo semejante a un ascua se ven volutas de humo marrón, que proyectan sombras en movimiento por todo el terreno.

A Manny los miembros se le vuelven de gelatina, y tiene que apoyarse contra el cristal en busca de apoyo.

En el centro del valle hay un enorme lago formado en un cráter, cuya superficie, semejante al metal fundido, despide un brillo plateado. En la orilla opuesta se alza un gran árbol de alabastro dotado de una maraña de raíces de color marfil, gruesas y nudosas, y un tronco del tamaño de una secuoya del que rezuma un líquido blanco.

Las ramas desnudas de ese árbol monstruoso se extienden en todas direcciones retorciéndose en el viento tórrido como si tuvieran vida propia.

De un nudo situado en el centro del tronco hay algo suspendido…

…un cráneo humano.

El doctor Mohr lo señala con la mano. De pronto aparece algo… los dos soldados, todavía llevando puesto su blindaje de combate blanco y negro, respectivamente. Caminan a toda velocidad, aproximándose al lago desde el este, el de blanco armado esta vez con una espada de doble filo.

El centro del lago empieza a burbujear al acercarse ellos.

Immanuel se aferra a la fría barandilla de hierro y cierra sus manos sudorosas en torno a ella, incapaz de moverse… incapaz de respirar.

Algo de gran tamaño está surgiendo de las profundidades del lago. Caen unos gruesos goterones de líquido plateado… y dejan al descubierto una criatura alienígena, alta y bípeda.

Una piel de color gris plomo, parecido al del silicio. Dos brazos y piernas muy segmentados, como si estuvieran adornados por una armadura. El cráneo, en forma de yunque, es desproporcionadamente grande, como el de una hormiga monstruosa. En vez de estar colocado encima de los hombros, de tres jorobas, se extiende en sentido horizontal por delante del pecho, como el cuello de una tortuga, lo cual da la impresión de que la criatura está erguida pero al mismo tiempo agachada. No hay rasgos faciales, aparte de una ranura que hace las veces de boca y dos ojos carentes de pupilas que emiten un brillo amarillo opaco que forma un vivo contraste con el tono oscuro de la piel.

El ser, de dos metros y medio de altura, continúa emergiendo del lago plateado, mostrando un cuerpo grotesco y anguloso totalmente desprovisto de vello y vestidura alguna. El poderoso tórax tiene forma de V, el abdomen es esbelto y está unido a dos piernas flexionadas, de diseño humanoide salvo porque son el doble de gruesas por debajo de la rodilla que por encima.

La parte superior de los brazos es densa y potente, y cuelga rígida de la amplia estructura de los hombros. Los codos tienen una articulación esférica que permite a los fuertes antebrazos una rotación de 360 grados.

Lo más terrorífico de todo son las manos. Enormes y semejantes a garras, cuentan con cuatro dedos delgados y afilados como escalpelos, el triple de largos que la palma y muy separados entre sí, lo que casi da a la mano el aspecto de una araña.

Una vez totalmente fuera, el ser avanza flotando sobre la espejada superficie del lago en dirección a la orilla este.

Los dos soldados echan a correr, a fin de llegar al árbol de alabastro antes que la criatura.

—*Diez segundos para entrar en el nexo.* —La voz computerizada sobresalta a Manny.

—*Nueve... ocho... siete...*

El doctor Mohr se acerca un poco más al cristal. Su semblante muestra un súbito interés.

—Vamos, vamos, esta vez puedes.

La criatura alienígena se acerca al árbol de gruesas raíces y alza una mano hacia el cráneo.

—*Tres... dos... uno...*

Dos relámpagos de luz azul hielo... un destello cegador de un rojo intenso... y después la nada.

Vuelven a encenderse las luces violeta.

El lago ha desaparecido, al igual que el ser alienígena, el árbol y todo el inframundo infernal. En su lugar ha vuelto a aparecer el vacío estéril y gris de una inmensa cámara holográfica.

Se ve una figura agachada sobre una rodilla, agarrándose la cabeza con las manos: el guerrero de blanco. Su compañero de negro ha desaparecido.

El doctor Mohr aguarda un momento y después toca el enlace de comunicaciones que lleva en el cuello de la camisa.

—¿Todo bien?

El soldado asiente débilmente.

—¿Ha habido éxito?

El hombre de blanco niega con la cabeza.

Mohr se pellizca el puente de la nariz, obviamente decepcionado.

—Ha venido Dominique. Ha traído a su hijo.

El hombre de blanco se pone en pie. Avanza cojeando hasta la partición de cristal y mira hacia arriba. Introduce una mano en su blindaje en busca de las sujeciones ocultas. Se quita lentamente el casco.

Immanuel pega la cara al cristal.

Lleva el cabello blanco más largo, pero los ojos siguen siendo de un azul penetrante, fríos y calculadores.

«Jacob…»

28

22 de noviembre de 2033
la Casa Blanca
Washington DC
11.34 de la mañana

Es la dirección más prestigiosa y más poderosa del mundo entero, una villa política rebosante de historia, situada en un espacio de siete hectáreas. Ocupada por primera vez por el presidente John Adams el 1 de noviembre de 1800, estuvo a punto de desaparecer en un incendio catorce años después, a manos de las tropas británicas. Fue reconstruida y amueblada de nuevo, y se le añadieron columnas y más espacio para oficinas tanto en el ala este como en la oeste. Aunque más adelante se excavaría por debajo del edificio un centro de control subterráneo, la mansión en sí, de 132 habitaciones, lleva más de dos siglos prácticamente sin sufrir cambios.

La Casa Blanca, núcleo de la democracia de Estados Unidos y sede del poder mundial. Dentro de sus paredes de 233 años de antigüedad se habla rutinariamente del futuro de la humanidad… y de su destino.

Lilith Robinson-Mabus, recientemente coronada reina de Mabus Tech Industries, se pasea junto a la gran chimenea victoriana del Comedor de Estado y se detiene un momento a leer la inscripción que figura en la repisa:

«RUEGO AL CIELO QUE DERRAME LA MEJOR DE SUS BENDICIO-
NES SOBRE ESTA CASA Y SOBRE TODOS CUANTOS LA HABITEN DES-
PUÉS DE MÍ. QUE SIEMPRE SEAN HOMBRES PRUDENTES Y HONRADOS
LOS QUE GOBIERNEN BAJO ESTE TECHO.»
PRESIDENTE JOHN ADAMS

Lilith suelta una risita burlona.

—Machista idiota. Si las que mandaban aquí hubieran sido mujeres, el mundo estaría mucho menos jodido de
lo que está.

En eso entra en la sala un ayudante, uno de los asisten-
tes personales del presidente John Zwawa.

—Señora Mabus, en nombre de todo el personal de la
Casa Blanca, permítame que le ofrezca mis más sinceras con-
dolencias…

—No se moleste. ¿A qué hora es mi cita?

—El presidente dice que puede verla de inmediato. Si
tiene la bondad de seguirme.

El descenso de Lilith Eve Robinson a la cueva de México expuso su cerebro esquizofrénico a un campo eléctrico de
baja frecuencia y sumamente potente. Como si fuera un diapasón electrostático, dicho efecto sirvió para poner de nuevo
en fase sus ondas cerebrales, ya desequilibradas de por sí.

El pensamiento es algo análogo a la energía. Se transmite en microsegundos y no tiene límites, ni siquiera los del
tiempo y el espacio. Trascendiendo en cierto modo los principios de la teoría de propagación de las ondas de radio, la energía del pensamiento puede ser detectada por las personas que
poseen visión remota y que están muy sintonizadas con dicho
fenómeno físico.

El fenómeno de revivir un acontecimiento ya visto o
experimentado (memoria) es un ejemplo de que la energía del
pensamiento presente interactúa con el pasado de la persona.
Aunque el encuentro suele ser breve, la reproducción mental,
o *déjà vu*, resulta bastante real.

Al exponerse a la amplificación electromagnética en la cueva, la mente patológica de Lilith consiguió acceder al reino de lo psíquico. Poco después de bajar a la cueva empezó a oír otra voz, una muy diferente de las de sus compañeros anteriores, inventados por ella misma.

—Oigo susurros —le dijo a don Alejandro—. Es una voz que me habla cuando me quedo dormida.

—Es telepatía. Una comunicación cuya finalidad es guiarte.

—¿Pero quién es? ¿Cómo me conocen?

—Esos susurros tienen su origen tanto en el futuro cercano como en el pasado lejano.

—¿Por qué me hablas con acertijos? Dime simplemente quién me está hablando.

El viejo sonrió.

—Estás en comunicación… contigo misma.

Tres años después de su «descenso» al Mundo Inferior de los mayas, la hermosa joven de diecisiete años, que ahora viajaba usando el nombre de Lilith Aurelia, se presentó en la Junta de la Asociación Mundial de Empresarios celebrada en Miami en 2030 en busca de pareja. A modo de anzuelo, se puso un ajustadísimo vestido de noche color cacao sin hombreras que hacía juego con el color de su piel y que apenas bastaba para contener sus senos. Llevaba la melena suelta, una cascada de color ébano que le caía en ondas por el provocativo escote y le llegaba hasta el estómago al aire, por el que asomaba el ombligo perforado por un arete dorado.

Aquella devoradora de hombres bebía su martini a sorbos lentos mientras recorría con la mirada la multitud de los presentes como si tal cosa. «No hay nada más que peones, y unos cuantos alfiles con canas. He aquí a la Reina de los Súcubos, ¿pero dónde está mi rey?»

Mientras ella miraba, su escolta, Ben Merchant, activista de la Asociación Nacional del Rifle, se trabajaba la sala. Este individuo de mediana edad defensor de la Segunda Enmienda, vestido con un esmoquin de Armani, llevaba una rosa negra prendida en el ojal de la solapa y una Beretta escondida en la funda del tobillo. A Lilith le gustaba aquel homosexual al que había conocido un año antes en Ciudad de México. Era avariento y superficial, o sea, fácil de conocer, un tipo con la debilidad que a ella le gustaba explotar. El constante goteo de nombres resultaba fastidioso, pero de todas formas era un tipo leal y, al parecer, eficaz.

—Disculpe, ¿nos conocemos?

Lilith se giró hacia su derecha y lanzó una mirada de arriba abajo al escuálido hispano que le había hablado, un hombre de cincuenta y muchos años.

—¿Y usted es…?

—Ayudante del alcalde Raúl Hernández, para servirla. ¿Es usted… esto… de por aquí, o…?

—¿Ayudante del alcalde? ¿Es un cargo al que uno se presenta voluntario, o lleva incluido que le regalen entradas para el teatro?

—¿Perdone?

Los intensos ojos azules de Lilith adquirieron un brillo violeta conforme iba montando en cólera.

—Lárgate, pequeñajo, antes de que te coma.

Hernández se puso rojo como la grana, reprimió una réplica y a continuación, al percatarse de la expresión casi de maníaca que tenía Lilith en los ojos, decidió que lo mejor era marcharse.

Entonces se le acercó Ben Merchant sorbiendo de un dedal de diseño un rápido chute de «felicidad» aderezada con cocaína.

—Bueno, querida, ¿qué opinas?

—Chulos y peones. Aquí no hay nadie que nos interese. Necesito un pez gordo de verdad, alguien que tenga agallas, alguien al que no tenga que manipular constantemente como una marioneta. Poderoso y rico, Benjamin. Asquerosamente rico.

Merchant sonrió de oreja a oreja.

—Conozco al tipo indicado.

El apuesto miembro de la jet-set de coleta negra como el petróleo no se daba ninguna prisa en recoger con la lengua la aceituna del superescote de la pelirroja, al tiempo que dejaba que su mano derecha palpara el terreno por debajo la minifalda.

Con sólo veintitrés años, Lucien Mabus, hijo del finado multimillonario Peter Mabus Jr., ya era más rico y más temido que su difunto padre. Tenía más dinero del que era capaz de gastar en tres vidas enteras, y conocía a más mujeres de las que podía llevarse a la cama, y ya estaba aburrido.

Lo que anhelaba Lucien Mabus era un reto.

Aquel yonqui de la adrenalina siguió con los ojos a Ben Merchant, que se le acercaba desde el otro extremo de la sala. El defensor de las armas de fuego llevaba del brazo a la mujer más cautivadora con la que se había cruzado en toda su vida.

—Lucien, querido muchacho, no imaginaba que iba a encontrarme contigo aquí.

Lucien retiró la mano de debajo de la minifalda de la chica.—Corta el rollo, Merchant. Llevo toda la semana con el yate amarrado aquí. Preséntame a la dama.

—Perdona… Lucien Mabus, ésta es Lilith Aurelia. Lilith, Lucien Mabus, presidente ejecutivo de Mabus Tech Industries.

Lucien le tendió la mano.

Lilith se la estrechó y a continuación se la olfateó.

—Vaya con cuidado, su amiguita está ovulando.

La carcajada que soltó Lucien se oyó por todo el recinto. Acto seguido se volvió hacia la avergonzada pelirroja, le metió un billete de cien dólares por el escote y le gritó:

—¡Lárgate de una vez!

La pelirroja se marchó hecha una furia.

Lucien obsequió a Lilith con una sonrisa tímida.

—Me gusta usted. ¿Alguna vez se ha subido a un yate?

—No.

—Acompáñeme a tomar una copa. A Merchant no le importará, ¿verdad?

—En absoluto. De todas formas, mañana tengo el día muy ocupado. Ten cuidado con este tipo, Lilith, es muy travieso.

—Hum... eso espero.

Despacho Oval, la Casa Blanca
11.43 de la mañana

John Zwawa, el presidente número 47 de Estados Unidos, ha hecho varios sacrificios para llegar al puesto más alto del país. El hecho de entrar en política después de pasar varios años siendo un activista de los derechos humanos y rockero del *heavy metal* lo ha obligado a cortarse el pelo, que antes llevaba a la altura del hombro, y que antiguamente era rubio pero ahora es casi todo gris. También se ha quitado la fina perilla y las patillas. La única prueba física que queda de sus años de músico son sus tatuajes. En el bíceps derecho lleva el dibujo de un león rampante que sostiene dos palillos de tambor; y en el izquierdo, un gran halcón aferrando entre las garras una pancarta que lleva escritos los nombres de sus hijos.

El presidente entra en el Despacho Oval y encuentra a Lilith Mabus de pie junto a Alyssa Popov, la nueva directora del Programa de Estados Unidos de Estudios Geológicos y Riesgo de Terremotos.

—Lilith, lamento mucho lo de Lucien.

—Gracias, John. Lucien era joven, pero ya hacía mucho tiempo que las drogas le habían pasado factura.

Ladea la cabeza para aceptar el beso formal en la mejilla de un hombre con el que se ha acostado más de una docena de veces, en dos ocasiones acompañada además por su difunto esposo.

—Señora Popov, tengo entendido que ha estado usted bastante ocupada en el parque Yellowstone.

—En efecto, señor.

—Deduzco que ustedes dos ya se conocen.

—Íntimamente —contesta Lilith con un guiño, regocijándose en el sonrojo del presidente.

—¿Y bien? ¿Cuál es la finalidad de esta entrevista? ¿Las elecciones del año que viene?

—No, John. Se trata del fin del mundo y de la supervivencia de la humanidad.

La sonrisa de Zwawa permanece congelada en su rostro.

—Lilith, no tengo tiempo para estas…

—Enséñaselo, Alyssa.

—Ordenador, reproduce el programa Popov Uno.

En la pared del fondo desaparece la imagen holográfica de la librería y la chimenea y aparece una gran pantalla inteligente que se extiende desde el suelo hasta el techo.

Durante los treinta minutos siguientes, el presidente de Estados Unidos permanece absorto en los detalles de un informe UMBRA de máximo secreto.

—Ordenador, finaliza el programa. Destruye el Popov Uno y todas las actas de esta reunión.

Conmocionado, John Zwawa se sienta a su escritorio con todo el peso del mundo sobre los hombros y susurra:

—¿Cómo puede estar sucediendo esto? ¿Por qué no se me ha informado?

Alyssa sacude la cabeza en un gesto negativo.

—Con todo lo que ha sufrido la civilización en estas tres últimas décadas, lo de Yellowstone no pasaba de suscitar un interés escaso. Tan sólo gracias a los avances recientes que nos permiten medir los cambios geotérmicos nos hemos enterado de lo inminente de esa erupción.

—¿Cuándo tendrá lugar?

—Dentro de una década, dos a lo sumo.

El presidente se afloja el cuello de la camisa.

—No… no puedo respirar…

—Cálmate, John.

—¿Será muy grave?

—Peor de lo que se puede imaginar —responde Alyssa—. Las explosiones liberarán diez mil veces más escombros que la erupción del monte Santa Elena, y matarán instantáneamente a la población circundante. Los estados del Medio Oeste quedarán totalmente arrasados y nos dejarán sin cultivos. En cuestión de pocos días las cenizas de la atmósfera ocultarán el sol.

—Y entonces, John —lo arrulla Lilith— será cuando las cosas se pondrán feas de verdad. Nos enfrentamos a un invierno volcánico, las temperaturas globales descenderán nada menos que 37 grados. Fallarán las redes de suministro eléctrico, quedarán aisladas poblaciones enteras, la economía dará tumbos y se estancará. Millones de personas perecerán durante las primeras semanas sólo a causa del frío. Las carreteras quedarán impracticables. Al cabo de uno o dos meses, los que no hayan muerto de frío morirán de hambre.

—Por desgracia, Lilith tiene razón, señor. Estamos hablando de una era glacial en toda regla, no hay duda de ello. Será el fin de la civilización en este mundo, por lo menos durante mucho tiempo.

—¿Y dice que esto va a suceder dentro de una o dos décadas?

—Puede que antes. Cuando suceda, tendremos un margen escaso o nulo.

—Tiene que haber algo que puedan hacer los científicos.

—Tenemos equipos trabajando en ello, señor. Pero de momento no hay nada que resulte prometedor. Estamos hablando de un punto caliente muy importante. La última vez que hizo erupción una de esas calderas, barrió del planeta a casi todos los seres humanos que había en él.

—¿Quién más está enterado de esto?

—La gente de Lilith y un puñado de científicos, por ahora eso es todo.

—Y así debe seguir —tercia Lilith traspasándolo con sus ojos azules—. Nos queda una sola oportunidad para salvar nuestra especie, John, y sólo si actuamos ahora. Hay que guardar el secreto a toda costa, o de lo contrario moriremos todos.

El presidente Zwawa rebusca en el último cajón del escritorio y saca una botella y un vaso de papel. Con manos temblorosas, procede a servirse una copa.

—Están ustedes hablando de la colonia de Marte.

—Así es, señor. Marte posee agua, y si hay agua, hay vida.

—Sí, pero ¿qué clase de vida? ¿Qué futuro nos espera en un planeta tan desolado?

—Señor, el proyecto HOPE y nuestros propios científicos han preparado un extenso plan para la colonización de Marte. En este preciso instante hay varios geólogos de la NASA trabajando con HOPE para diseñar una máquina denominada AGM, o Máquina Invernadero Automática. Estas fábricas móviles, propulsadas por reactores nucleares, producirán vastas cantidades de perfluorocarbonos, es decir, compuestos simples de carbono y fluoruro. En su combinación adecuada, estas moléculas son mil veces más eficaces a la hora de atrapar el calor que el dióxido de carbono. Con sólo unas pocas partes por millón de prefluorocarbonos en el aire de Marte, podemos producir un calentamiento suficiente para liberar grandes cantidades de CO_2 de los casquetes polares y el suelo de Marte. La densificación de la atmósfera retendrá más calor y liberará más gas todavía. Aumentando la temperatura del planeta en sólo veinte o treinta grados, iniciaremos un arrollador efecto invernadero.

—¿Van a terraformar Marte? —El presidente se recuesta en su sillón, aturdido—. ¿Cuándo?

Alyssa Popov se encoge de hombros.

—Con los recursos de HOPE, podemos tener funcionando la primera de esas AGM en un plazo de tres años. Dentro de una década tendremos centenares, las suficientes para producir los gases necesarios para crear una atmósfera marciana. Parte de los minerales de la colonia pueden extraerse de las dos lunas del planeta; nuestras sondas han detectado concentraciones utilizables de iridio y aluminio a escasa distancia debajo de la superficie de Fobos. Si todo va bien, para 2070 los habitantes de nuestra colonia incluso podrían estar ya respirando aire marciano sin necesidad de usar trajes presurizados.

Zwawa se levanta y empieza a pasear.

—¿Cuántos? ¿Cuántas vidas podemos salvar antes de que llegue el día del juicio final?

Alyssa mira a Lilith y de nuevo al presidente.

—Con el descubrimiento de un segundo acuífero en Marte, la colonia puede acoger a diez mil personas.

—¿Diez mil? ¿Diez mil de entre siete mil millones? ¿Y quién decide quién va a ir? ¿Usted, señora Popov? ¿Tú, Lilith?

—La verdad es que sí. —Los intensos ojos azules de Lilith relampaguean con un color violeta bajo la luz.

—Esto es una barbarie.

—Es lo que es. Hay que enfrentarse a los hechos, John. Este planeta lleva varias décadas soportando una población excesiva. En cierto modo, una era glacial es una manera que tiene la Tierra de depurarse a sí misma. Si la historia nos ha enseñado algo, es que los que son capaces de adaptarse sobreviven, pero los débiles perecen. Así es la naturaleza.

—¿Cómo puede tener esa frialdad?

—Señor, los elegidos serán miembros de la Nueva Tierra. Científicos y agricultores de alta tecnología, ingenieros, médicos y operarios cualificados. Haremos nacer de nuevo a la humanidad empleando a los mejores de los mejores...

—Y a los más ricos, por supuesto —interrumpe Lilith—. Poner esto en marcha requiere grandes sumas de dinero, un dinero que no puede ser gestionado y asignado por el Congreso, a no ser que quiera que estalle la anarquía en todo el planeta. Ya he iniciado las conversaciones con los presidentes ejecutivos de las cien empresas más fuertes y con una docena de dueños de la banca privada, y todos se mueren, y disculpe el juego de palabras, por invertir en la colonia de Marte de HOPE.

Zwawa vuelve a sentarse en su sillón, pálido como la cal.

—Si no necesitan financiación del gobierno federal, ¿para qué han venido a verme?

—En primer lugar —dice Alyssa—, porque necesitamos su apoyo para echar el cierre al puñado de organismos gubernamentales y privados que podrían tropezar accidentalmente con la verdad. Se ha de cerrar Yellowstone a todo personal que no sea esencial. Tenemos en mente una serie de posibles situaciones de emergencia, como una fuga de azufre tóxico, cosas así.

—Y en segundo lugar —continúa Lilith—, porque HOPE requiere información y acceso que sólo puedes proporcionar tú.

—Estoy escuchando.

—Señor, construir la colonia de Marte va a exigir cientos de misiones de suministro. En el momento presente, la NASA todavía necesita seis meses enteros y una barbaridad de combustible para llegar a Marte. Pero si pudiéramos emplear una fuente de combustible distinta, digamos… energía del punto cero…

—…entonces —termina Lilith— podríamos recortar los costes y el tiempo de viaje considerablemente.

—¿Energía del punto cero? No sé nada de eso…

—Naturalmente que sí, señor ex vicepresidente. —Lilith se desliza detrás del escritorio y empieza a frotarle las sienes, notando el sudor frío que le humedece la línea de nacimiento del cabello—. Lo que necesito de ti es total acceso y control del proyecto VELLOCINO DE ORO… ah, y lo necesito ya.

29

22 de noviembre de 2033
Hangar 13
Centro Espacial Kennedy
Cabo Cañaveral, Florida
1.14 de la tarde

Están sentados en una terraza de la segunda planta que da a un jardín japonés, el doctor Mohr, su madre, Immanuel Gabriel y el gemelo que llevaba seis años sin ver.

Los surrealistas ojos azules de Jacob están clavados en él, sin pestañear.

—Por Dios, ¿quieres dejar de mirarme fijamente?

—Te he echado de menos.

—Quieres decir que has echado de menos manipularme.

—Eres mi hermano gemelo. Lo natural es que estemos juntos.

—Supéralo. Después de todos estos años, no puedes volver a arrastrarme a tus fantasías. Ahora soy Samuel Agler. ¡Tengo una vida!

El doctor Mohr lo interrumpe.

—Que se tranquilice todo el mundo. Nadie va a obligar a nadie a hacer nada. Manny... quiero decir, Sam, te hemos traído aquí porque tu hermano estaba preocupado por ti.

—Has estado utilizando el nexo —dice Jacob— para mejorar tu rendimiento en los deportes.

—No sé de qué me estás hablando.

—Es peligroso, Manny. Existen más personas como nosotros, otros individuos que comparten este gen Hunahpú. Cada vez que entras en el nexo, les das a conocer tu presencia.

—¿Cuántos más?

—No lo sé, uno, cien, mil...

—¿Hay otros mil pirados como tú por ahí? Lo dudo.

Jacob hace caso omiso de la observación.

—Hace once mil años, el Guardián inició un programa de cruce de razas con el hombre de la antigüedad. El Guardián es el eslabón perdido de la humanidad. En el proceso de mezclar su ADN con el nuestro, crearon una especie de bomba genética de relojería, con la esperanza de que uno de estos Hunahpú diese con su nave espacial en el año 2012. Los Hunahpú serían capaces de servirse de su tarjeta de presentación genética para acceder a dicha nave y a su sistema de armamento, sabiendo que la especie humana los iba a necesitar en la fecha de 4 *Ahau*, 3 *Kankin*, una fecha profetizada en el calendario maya que equivale al solsticio de invierno de 2012. Nuestro padre biológico, Michael Gabriel, era Hunahpú. No era el único «elegido», sólo resultó ser el pobre bobo que consiguió cruzar el primero la línea de meta.

—Y menos mal que lo consiguió —agrega Dominique—. Tu padre salvó a la humanidad.

Immanuel responde a su madre negando con la cabeza.

—Ya veo que todavía te crees todo eso.

Jacob advierte dolor en los ojos de Dominique.

—Madre, doctor, necesito hablar con Manny a solas.

El doctor Mohr asiente y se lleva a Dominique al interior cerrando la puerta de la terraza tras él.

—Eso ha sido un golpe bajo, Manny.

—¡Mira quién fue a hablar! Mamá aún llora por nuestro padre, y tú se lo recuerdas todos los días.

—No te he hecho venir para pelearnos. Ahí fuera hay otra Hunahpú como yo. Ella es la que me da miedo.

Immanuel desvía la mirada.

Jacob abre unos ojos como platos.

—¿Has hablado con ella?

—No.

—Estás mintiendo.

—A lo mejor ella ha hablado conmigo.

—¿A lo mejor?

—Mira, pienso quedarme fuera de la zona. De todas maneras, ya tenía decidido dejar el fútbol.

—Manny, esto es mucho más importante que tu carrera en el fútbol. De lo que se trata es de que aceptes de una vez quiénes y qué somos en realidad.

—Ya empezamos otra vez.

Jacob pierde los nervios, y en sus ojos aparece un tono violeta. Agarra una silla vacía y la arroja por la barandilla de la terraza.

Manny abre enormemente los ojos.

—Vaya, vaya, ¿qué ha pasado con Don Meditación Trascendental?

—Immanuel, por una vez, ¿te importaría cerrar la boca y escuchar? —Jacob cierra los ojos, aminora su pulso y recupera la compostura—. ¿Alguna vez has experimentado un *déjà vu*, esa extraña sensación de haber vivido ya una escena o una situación en particular?

—Ya sé lo que es un *déjà vu*.

—¿Y si en efecto hubieras vivido ese momento? ¿Y si los conceptos del tiempo y del espacio no fueran más que meros subproductos de nuestra existencia tridimensional, que nos ata, que nos... ancla, por así decirlo, al mundo físico?

—Te escucho.

—Hay muchas cosas que desconocemos de la existencia. ¿Qué ocurre en realidad cuando morimos? ¿De verdad existe la otra vida? ¿Poseemos una alma? ¿Existe Dios? las respuestas a estas preguntas no están a nuestro alcance porque se encuentran en otra dimensión, en un reino de eternidad en el que no existe el concepto del tiempo, sino tan sólo la fuerza vital en estado puro, la existencia pura, el hiperespacio.

»Existe a nuestro alrededor un nivel fundamental de existencia cuántica. A la mayoría de la gente le resulta difícil reconocer ese campo de energía. Algunas personas, por ejemplo los monjes budistas, saben entrenar su mente para indagar en lo más profundo del alma. Tú y yo nacimos con esa capacidad, una capacidad que otros pasan la vida entera esperando adquirir.

—¿Y qué quieres decir con eso? ¿Que puedes ver a los muertos?

Jacob niega con la cabeza.

—Olvida todo lo que crees saber acerca de la vida y la muerte. Nuestros cuerpos físicos no son nada más que un traje de carne y hueso habitado por el alma, la cual, esencialmente, es energía cuántica. Puede que muramos físicamente, pero espiritualmente nuestras almas siguen existiendo. Lo que nos separa a ti y a mí del resto de la humanidad es que tenemos la capacidad genética de movernos adelante y atrás en el interior del nexo, tanto física como mentalmente, sin tener que morir.

—No lo entiendo.

—El nexo es una existencia que sirve de puente entre el mundo físico y el espiritual, el «éter» que han descrito tradicionalmente los que han viajado fuera del cuerpo. Decenas de personas lo han atravesado y han regresado para contárnoslo. Muere una persona; ve una luz brillante y se siente atraída hacia su dulce abrazo. Tal vez es acompañada a través de la luz por un ser querido que ha muerto, y que le ha sido adjudicado para servirle de guía. Y entonces, zas, el muerto revive de forma milagrosa y lo único que queda son sus recuerdos del viaje y una sensación duradera de que jamás volverá a temer a lo desconocido.

—¿Como Evelyn Strongin?

—Sí, como Evelyn Strongin.

Manny hace un gesto afirmativo.

—Lo único que sucede cuando yo accedo a la zona es que todo parece ralentizarse de pronto. Veo la luz, pero nunca entro en ella.

—Eso es porque no puedes, por lo menos todavía no. Mis capacidades Hunahpú están más definidas que las tuyas, y eso me permite profundizar más en el nexo, en el reino más espiritual de ese pasillo. Ahí fue donde encontré por primera vez a Lilith.

—¿La mujer Hunahpú?

Jacob asiente.

—Evelyn me advirtió de que no me acercara a ella. De alguna manera percibía que Lilith estaba viéndose expuesta a las influencias de las luces menores. Así que Lilith la mató.

—¿Fue ella la que mató a tía Evelyn?

Jacob afirma con la cabeza.

—¿Qué tiene que ver todo esto con ese montaje de la NASA en el que andas metido?

Jacob se inclina hacia delante.

—¿Y si te dijera que nuestro mundo físico tridimensional está atrapado en lo que podría describirse como un bucle del tiempo y del espacio? El doctor Mohr lo llamaría distorsión cuatridimensional, que causa un efecto temporal de «bumerán». Lo esencial de dicho efecto es que los acontecimientos importantes que tienen lugar en nuestro planeta de hecho han sucedido antes y sucederán de nuevo, a menos que nosotros hagamos algo al respecto. Puede que cambien variables concretas, con quién nos casamos, qué trabajos vamos a tener, qué decisiones tomamos a diario. La teoría del caos abunda en el nivel infinitesimal, pero el marco general sigue siendo el mismo, nuestra historia como especie continúa repitiéndose una y otra vez.

—¿Cómo es posible eso?

—El bucle temporal tuvo su origen en lo que tú llamarías el futuro lejano, cuando la nave del Guardián, la *Balam*, perseguía un transporte semejante a un asteroide a través de un agujero de gusano de 65 millones de años en nuestro pasado. Y ese bucle termina, o se repite a sí mismo, en algún momento del futuro cercano. Va a tener lugar un cataclismo de proporciones monstruosas, tan devastador que destruirá casi todas las formas de vida que hay en nuestro planeta. Sólo sobrevivirá un puñado de humanos, gracias al establecimiento de una colonia en Marte. Una fracción de dichos supervivientes viajará a través de otro agujero de gusano hasta otra sección de nuestra galaxia, y sin darse cuenta creará un bucle cerrado en el espacio-tiempo.

Manny se echa a reír, una risa histérica, producto del agotamiento nervioso y del cansancio.

—Has leído demasiada ciencia ficción. Ese cerebro tan brillante que tienes es el que está hecho un bucle. Así que un bucle cerrado en el tiempo. —Se seca las lágrimas de los ojos—. ¿Cómo sabes tú todo eso?

Jacob sacude la cabeza negativamente.

—No vas a creerme.

—No te creo ya ahora.

—La existencia es energía, Manny, y eso hace que sea posible la comunicación transdimensional. He estado en contacto con una persona del otro lado, una persona que ha estado... aconsejándome.

—¿Quién?

—No se lo digas a mamá.

—¿Quién?

—Nuestro padre.

Immanuel se cubre la cabeza con las manos.

—*Oy vey*...

—¿Qué significa eso?

—*Oy vey* significa que los tipos de bata blanca van a venir a por ti enseguida.

—Manny...

—Mick está muerto, Jacob. Lleva muerto veinte años. Jamás volverás a ver a nuestro lunático y desaparecido padre. Jamás. Así que déjalo ya.

—No era ningún lunático, y te equivocas. Nuestro padre cumplió su destino, y nosotros también vamos a cumplirlo. Bajo la guía espiritual del Guardián, Mick hizo el sacrificio supremo: regresar a Xibalba para salvar las almas de los Nephilim.

—¿Los Nephilim?

—Los Caídos, los que el Guardián se vio obligado a dejar atrás cuando vino a la Tierra. Los Nephilim están siendo torturados. Nuestro padre fue elegido para ser su mesías, sólo que fracasó, tal como el Guardián sabía que iba a ocurrir, tal como está escrito en el *Popol Vuh* maya. Ahora, rescatarlo depende de ti y de mí. Necesitamos salvar su alma y las de los Nephilim. Abre los ojos, Manny. Acepta nuestro destino para que yo pueda prepararte.

—A lo mejor es tu destino, no el mío. Yo no voy a ir a ninguna parte.

—Ah, ya lo creo que sí, ya fuiste hace mucho tiempo. Tú eres el Yin de mi Yang. Tan sólo estando juntos podemos esperar tener éxito.

—Vale, chalado, ya no aguanto más, me largo de aquí.

Immanuel intenta apartar a Jacob a un lado para pasar, pero el hermano de cabellos blancos es demasiado fuerte. En un solo movimiento, gira alrededor de su hermano y lo sujeta desde atrás en una llave asfixiante.

—Te quiero, Manny. Te he concedido seis años, pero ya ha llegado el momento de que te unas a mí. ¿De verdad creías que Dios te había dado esas capacidades para que pudieras marcar tantos en el fútbol? Cuanto antes te enfrentes a tu destino, mejor preparado estarás para lo que nos espera en Xibalba.

Una leve ráfaga de pensamiento en la conciencia de la existencia

Nuestro secreto grupo de científicos tardó ocho semanas en escamotear suministros para un año entero y preparar para el espacio uno de los tres transbordadores de Marte.

Nuestro clan Guardián contaba ya con treinta y siete miembros: veinte hombres, doce mujeres y cinco niños, tres de los cuales eran ya vástagos de la primera generación de cráneo alargado. Mediante la manipulación genética, las mujeres de Nuevo Edén podían controlar su ovulación y el momento de la concepción. Podían seleccionar niño o niña, y hasta tener gemelos o mellizos. Lo más importante de todo: la madre podía influir en los cromosomas del niño antes del nacimiento, cuando todavía estaba dentro del útero, a fin de prevenir enfermedades e incluso alterar determinados atributos, incluido el tamaño y la forma del cráneo del recién nacido.

Este tipo de manipulación genética parecía propia de aficionados en comparación con las cosas tan alucinantes que habíamos descubierto el profesor Bobinac y yo en la superficie del planeta. Debajo de la ciudad flotante había un enorme complejo de genética, levantado a la orilla de un mar artificial. Dentro de dicho complejo, los transhumanos habían dejado pruebas de una avanzada técnica de división genética que combinaba la cibernética con los avances en inteligencia artificial sintética para producir unos organismos biomiméticos-biomemnéticos. Esos seres, llamados Tezcatlipoca por sus amos transhumanos, habían sido alimentados con los exóticos líquidos plateados que contenía aquel mar artificial.

Los archivos holográficos demostraron que los Tezcatlipoca habían crecido hasta transformarse en inmensas serpientes cibernéticas; cada una de aquellas monstruosidades de tejido formado por silicio era tan grande como un tren, y tenía dieciséis nodos distribuidos a lo largo de su terrorífica columna vertebral. Cosa increíble, dichos nodos eran celosías de cristal diseñadas para amplificar y concentrar las ondas C y los flujos gravitatorios en energía del punto cero, una divina fuente de poder que los científicos de la Tierra no habían sido capaces de ver. Por lo visto, aquellas celosías de cristal proporcionaban una forma de sinergia o armonías necesarias para canalizar esas energías tan increíbles.

¿Pero con qué fin? Por insondable que pareciera, el profesor Bobinac y yo propusimos la teoría de que los transhumanos habían descubierto una manera de manipular los agujeros de gusano mediante el uso de los hipersonidos. Las criaturas Tezcatilpoca creaban «botellas magnéticas» que salvaban la distancia existente entre nuestra dimensión física y otros reinos de la existencia más elevados.

A medida que se acercaba el día de nuestra partida en secreto, comprendí que tenía que abandonar mis fascinantes estudios. Devlin y su madre estaban creando una religión nueva que bordeaba el culto a Satanás, y los colonos, con excepción de los miembros del Guardián, estaban convirtiéndose en discípulos ciegos.

Mi mayor preocupación en aquel momento era Jude. Como fundador de la hermandad del Guardián, yo había establecido estrictas normas en lo referente al secreto, y cada nuevo miembro debía superar una serie de pruebas de «lealtad» antes de ser aceptado. Aunque llevaba meses «probándola», Jude seguía siendo una firme adoradora de Devlin y se negaba a hacer caso de lo que yo le decía.

Su negativa a escuchar iba a dar lugar a una importante brecha entre las conciencias compartidas de Michael Gabriel y Bill Raby. Bill Raby amaba a Jude igual que yo había amado a tu madre, y sus sentimientos servían para suavizar el vacío existente en nuestra alma colectiva. Cuando se fue acercando el momento de partir, su conciencia se volvió más fuerte, pues temía perder a la mujer a la que adoraba.

Para complicar las cosas, dos días antes del día en cuestión Jude nos dijo que estaba embarazada.

Desesperados, nuestra mente compartida empezó a trabajar más con ella.

«Jude, hoy me ha llegado el rumor de que los guardias de Devlin han despedazado a otro habitante de Nuevo Edén. Si eso es cierto, hace el sexto en los dos últimos meses. ¿No te causa preocupación?»

«Nuestro Creador habla por boca de Devlin. Si entre nosotros hay no creyentes y mentirosos, es preciso deshacerse de los traidores.»

«¿A quién traicionan?»

«A nuestro Creador, naturalmente. El que nos trajo aquí. El que nos salvó de nosotros mismos en la Tierra.»

«¿Entonces tú crees que la muerte de miles de millones de personas fue algo planeado?»

«Por supuesto. Lee la Biblia. ¿Acaso no estaba planeado el Diluvio Universal de Noé?»

«No puedo aceptar eso. Y creo que tú y los demás lo aceptáis porque pesa sobre todos nosotros el sentimiento de culpabilidad del superviviente.»

«Bill, jamás serás feliz a no ser que abras tu corazón al Creador para que él pueda mostrarte el camino. Ven conmigo esta noche al oficio que se celebra en la casa de nuestro ángel. Escucha la verdad, querido, y la verdad te hará libre.»

El lavado de cerebro de Jude era profundo, pero en cambio yo no podía soportar la idea de marcharme sin ella. Cuando comprendí que la única posibilidad que tenía de apartarla de todo aquello era obtener más información acerca de su «ángel», accedí a asistir al servicio ofrecido por Devlin.

La Casa Mabus de Adoración era un inmenso edificio transhumano provisto de arcos y contrafuertes voladizos que le daban la impresión de un Notre Dame futurista. En el interior había miles de receptáculos suspendidos en el aire, es decir, unos bancos de iglesia antigravitatorios que formaban un anillo en torno al púlpito de Devlin. En el centro de dicho anillo se habían colocado dos «tronos». En uno de ellos estaba sentado Devlin, con una corona de hojas doradas en lo alto de su cabellera negra y rizada, y con las alas plegadas a la espalda. A su derecha se encontraba su madre, Lilith, vestida con una «túnica sacerdotal» tan transparente que constituía una descarada blasfemia contra los valores judeo-cristianos con los que se habían criado tanto Bill como Michael Gabriel.

Subió al entarimado un varón transhumano con cara de querubín, que contempló a la multitud que llenaba el recinto a través de unas gafas falsas coloreadas de rosa.

En vez de servirse de la ya popular telepatía, habló en voz alta con un acento de Luisiana que sonó extraño en aquel entorno tan alienígena.

«Y la verdad, queridos hermanos y hermanas, os hará libres. Sí, éstos son tiempos asombrosos, pero una nube negra ha invadido el cielo azul de nuestro señor. Unos falsos profetas se han infiltrado en Nuevo Edén, amigos míos, y están propagando su destructiva herejía terrestre entre vosotros, con la intención de infectar nuestro Nuevo Mundo y volveros en contra de nuestro arcángel, Devlin, cuya generosidad y sabiduría nos trajeron a nuestro oasis cósmico. En la envidia que los corroe, nuestros enemigos urden inteligentes mentiras esperando desviaros de vuestro camino. Pero no temáis, almas devotas, porque Dios los condenó hace mucho, y pronto sufrirán un fin rápido y terrible.»

Se oyó un coro de «Amén».

Sentí que la conciencia de Bill iba tornándose gélida por debajo de la mía.

«Porque nuestro Creador y su arcángel no perdonan a nadie cuando se trata de blasfemia y pecado, igual que Dios perdonó sólo a Noé y a los siete miembros de su familia del Diluvio Universal en la Tierra, igual que el Creador perdonó sólo a nuestro rebaño de la devastación y la era glacial que consumieron a los siete mil millones de almas poco después de nuestra huida. Estos falsos maestros son criaturas irreflexivas, nacidas para ser capturadas y eliminadas. No tengáis compasión, porque su destrucción es una justa retribución por el daño que han causado. Constituyen una desgracia y una mancha entre vosotros, y su arrogancia lleva a la risa.»

Y acto seguido, aquel hombre regordete se quitó sus teatrales gafas coloreadas y me miró fijamente.

Sentí sobre mí las miradas de toda la congregación.

Entonces Devlin se puso de pie con las alas extendidas, semejante a un halcón a punto de atacar, y en un tono sereno, casi amoroso, dijo: «Capturadlo y despedazadlo».

Un centenar de manos se lanzaron sobre mí y me sacaron a rastras de mi banco flotante. Me desnudaron y me estiraron en el suelo, una presa fácil para el serafín, Devlin, que se cernía en lo alto blandiendo un par de garras plateadas en las manos, de tres pinchos cada una.

La adrenalina me inundó todo el cuerpo mientras mi mente intentaba asimilar la horrible muerte que me aguardaba.

Lo que vino después, querido Jacob, fue verdaderamente un milagro.

En medio de mi terror, de repente todo mi ser se vio invadido por una sensación extraña y sin embargo familiar, una sensación de profunda calma. Era la misma que había experimentado en mi infancia, cuando era Michael Gabriel, cuando aquel traicionero T'quan me sujetó al borde de aquel pozo del Yucatán.

Era la misma sensación que experimentaba cada vez que tenía una visión remota.

Dejé de forcejear y permití que mi mente penetrara el vacío. La catedral pareció iluminarse. Allá arriba, el Devlin alado pareció congelarse, y su inmutable expresión se me antojó una máscara de rabia.

El corazón me latía en los oídos, y sentí que mis músculos se volvían más fuertes. En un movimiento fluido, solté los brazos de las personas que me sujetaban y me incorporé de un salto. Devlin me observó con los ojos entrecerrados y la boca fruncida a medio pronunciar una frase. Por un instante fugaz, sentí el impulso de dar un salto en el aire y arrancarle aquellas alas de la espalda, desgarrarle la garganta...

...hasta que percibí la presencia glacial de otro par de ojos fijos en mí.

Era Lilith.

No llegó a mover la boca, pero su voz telepática hizo que me estremeciera.

«Te siento, Hun-Hunahpú. Llevo mucho tiempo esperando tu llegada.»

Sus palabras parecieron perforarme el alma, y me inocularon un miedo tan intenso que a punto estuve de morirme de puro pavor. Todavía desnudo, me abrí camino por entre ondas invisibles de energía y salí a toda prisa de aquel templo alienígena, con todos los músculos del cuerpo ardiendo a causa del ácido láctico y oyendo la tentadora voz del Súcubo procedente del vacío...

...mientras la conciencia de Bill Raby protestaba a gritos por haber abandonado a Jude.

Salí corriendo de aquella impía capilla y recorrí las calles de Nuevo Edén a una velocidad inhumana. No me detuve hasta que llegué a la casa de Christopher Coburn, un íntimo amigo y científico agrónomo conocido en los círculos privados del Guardián como Viracocha. Salí del vacío de un salto y llamé a su puerta, con los músculos agotados debido al ácido láctico.

Chris me arrastró al interior y envió un mensaje codificado de advertencia a través de la cadena secreta de comunicación del Guardián mientras yo me vestía a toda prisa. Después huimos de su hogar y nos encaminamos a la nave espacial.

La gente de Devlin estaba peinando la ciudad, buscándonos como si fuéramos alimañas. Los que resultaron capturados fueron eviscerados y crucificados en público, los niños fueron enviados a campos de trabajo para ser «formados de nuevo».

Sólo veinticuatro miembros del Guardián consiguieron salir vivos de Nuevo Edén.

La omnipotencia en las manos de un sociópata es una cosa peligrosa. Una vez que se superan los retos, sobreviene el aburrimiento. Con el tiempo, hasta las orgías privadas y los sacrificios humanos terminan siendo algo trivial.

Supongo que siempre supe lo que estaba planeando Devlin, desde el día en que descubrí por primera vez aquel estadio posthumano. Mabus y su madre codiciaban la inmortalidad, y los poderes divinos de los reinos superiores constituían una tentación demasiado fuerte para eludirla.

No iban a detenerse ante nada, hasta que lograran ubicar el portal que conducía al inframundo de los posthumanos.

Ahora tengo la certeza de que ésa fue la razón por la que se dividió la sociedad de Xibalba. Mientras que algunos transhumanos buscaban la inmortalidad en el reino espiritual, otros debieron de creer que quedaban descubrimientos que era mejor dejar para Dios.

Habiendo escapado a duras penas de la ciudad abovedada, dirigimos nuestra torpe nave espacial hacia la órbita del planeta y aterrizamos en la cara opuesta de la mayor de las dos lunas, con la esperanza de que la masa de dicho satélite bloqueara la corriente telepática de nuestro enemigo.

Aquella luna era una roca sin vida que flotaba en el espacio. No había agua ni suelo que cultivar. Incluso con nuestros «cerebros ilustrados», ¿cuánto tiempo íbamos a poder sobrevivir en aquel lugar?

Imagina la impresión que nos llevamos cuando descubrimos la estación lunar que habían dejado abandonada los transhumanos.

Era más pequeña que Nuevo Edén, pero de todas formas constituía un hábitat de proporciones inmensas y una tecnología increíble. Aquel hábitat abandonado, situado en el interior de un enorme cráter cubierto por una cúpula, contenía plantas que procesaban agua y oxígeno, invernaderos para cultivos y reactores propulsados por energía solar. La periferia del cráter estaba dominada por varias hectáreas de paneles solares fotovoltaicos, a modo de sábanas gigantescas que se extendían hasta una altura de siete pisos.

La estructura más impresionante de todas se había levantado en el corazón mismo de la cúpula. Era una pirámide monstruosa, una copia de la que se encuentra en Giza, en Egipto, sólo que con el triple de tamaño. Las caras estaban compuestas por unos espejos dorados y translúcidos, que en realidad eran conductos para canalizar cantidades enormes de energía al interior de la estructura...

...como si aquella pirámide fuera una gigantesca incubadora cibernética.

Dentro de aquella fortaleza lunar, descubrimos inteligencia artificial... disfrazada con la firma de una nave espacial en forma de dardo y toda cubierta de un revestimiento dorado.

La Balam.

La visión de aquella nave caló hasta lo más hondo de mi existencia...

30

22 de noviembre de 2033
Hangar 13
Centro Espacial Kennedy
Cabo Cañaveral, Florida
3.26 de la tarde

—Lo siento, señorita, pero no puedo facilitar esa información.

Lauren Beckmeyer se queda mirando al guardia armado, todavía con la presión arterial por las nubes a causa de las tres horas de espera.

—Se lo he dicho cien veces, sé que está aquí dentro. Dígale que ha venido su prometida. Seguro que sale.

—Y yo le he dicho que aunque su novio esté en el Hangar 13, sigue siendo una zona restringida y usted no tiene autorización. Ahora, haga el favor de volverse a su Corvette y marcharse de aquí como una buena chica, o de lo contrario mandaré que la detengan.

Lauren lanza al guardia una mirada asesina. Se sube a su coche, arranca el motor, y el deportivo, levantando un montón de gravilla con los neumáticos traseros, sale disparado y vuelve a enfilar la calle.

—Si queremos tener éxito en Xibalba, debes aprender cuál es tu papel —instruye Jacob—. Nuestro ataque ha de ser sincronizado. Toda acción, todo pensamiento deben ensayarse una y otra vez.

Están de pie en el interior de la cámara holográfica, que ahora ha sido programada para reproducir el antiguo Juego de Pelota maya. Jacob lleva puesto su traje blanco de entrenamiento, Sam lleva otro igual negro. Tres pisos más arriba, Dominique, el doctor Mohr y su personal observan atentamente desde el otro lado del grueso cristal Luxon.

—Me siento ridículo —se queja Sam, aún cansado de las dos horas de intenso combate de realidad virtual—. ¿Por qué tenemos que llevar estos estúpidos trajes?

—Ya te lo he dicho, la atmósfera de Xibalba es rica en dióxido de carbono. Las máscaras nos permiten respirar, y el blindaje para el cuerpo nos protege. En el campo de entrenamiento, los trajes están conectados a nuestro sistema nervioso. Si te golpea un guerrero holográfico, lo notarás.

—Maravilloso.

—Abandona esa actitud, Manny, necesito que te tomes esto en serio. Puede que en este campo no te sientas amenazado, pero si en Xibalba cometes un error, te prometo que tendrás una muerte muy dolorosa.

Immanuel da una patada a la superficie de piedra caliza sintética. Durante los catorce primeros años de su vida, el gemelo moreno no dejó de recibir órdenes de su apabullante hermano. Programas de combate por realidad virtual, filosofía oriental, entrenamiento todas las horas del día y de la noche... Todo centrado alrededor de unas historias de pesadilla acerca de un infierno maya llamado Xibalba.

Immanuel Gabriel pasó dos tercios de su vida intentando escapar de las fantasías de su abrumador hermano; y ahora que ya es adulto, vuelve a verse otra vez inmerso en ellas.

«¡Basta!»

—Ya está bien, Jacob, estoy harto de estos juegos.

—¿Juegos?

—Juegos, neurosis, como quieras llamarlos. Puede que a Manny Gabriel fueras capaz de asustarlo, pero Samuel

Agler no quiere tener nada que ver con esto… ni contigo. —Se quita el casco y lo arroja al suelo.

—Immanuel…

—Es posible que este gen Hunahpú nos permita replegarnos hacia nuestro interior más fácilmente que a otras personas, pero a ti te está sorbiendo el seso. Ya me advirtió mamá hace años de que podía conducir a la esquizofrenia paranoide, ¡y está bien claro que tú la has pillado de lleno!

Jacob levanta la vista hacia Dominique, que se aparta del cristal.

—Nuestra madre no tiene ni idea de con qué está tratando.

—Yo creí que sí. Nuestro padre estuvo encerrado en un psiquiátrico, diagnosticado de esquizofrenia paranoide, y mamá era la psiquiatra que le asignaron.

—Nuestro padre no estaba esquizofrénico. La condena que cumplió en aquel manicomio estaba basada en acusaciones falsas.

—Cree lo que te haga feliz. Sigue con tus juegos de combates, pero sin mí. Mira, Samuel Agler tiene una vida propia, y no es ésta.

Se quita el traje de protección y se encamina hacia la salida.

—Ordenador, luces. —El campo pierde el tono violeta—. Manny, mira a tu alrededor. ¿Sinceramente crees que la NASA iba a invertir millones de dólares en unas instalaciones como éstas sólo para complacerme a mí? ¿De verdad piensas que todo esto forma parte de una fantasía esquizofrénica?

—Jacob, tú vives en una instalación del gobierno, igual que cuando estábamos en Longboat Key. Te entrenas en una sala holográfica empleando un programa que diseñaste según lo que cuenta el *Popol Vuh*. Eso no significa que sea real, y tampoco me impresiona. Ah, deberías ver las instalaciones que tenemos en la Universidad de Miami. A su lado, ésta parecería una mierda.

—Manny…

—Todas esas chorradas del Mundo Inferior maya, todo eso empezó con nuestro abuelo y su estúpido diario. Hace mucho que se murió, lo mismo que Mick. Mick era un esquizoide. Mamá sufre una depresión grave, yo vivo con una identidad falsa, y tú… bueno, tú eres el más chiflado de todos. Te tengo cariño, tío, pero me largo. Que tengas una vida feliz.

Jacob sacude la cabeza en un gesto de incredulidad y después mira al doctor Mohr.

—Esto va por mal camino. Voy a tener que enseñárselo.

La voz de Mohr adquiere un deje metálico por el altavoz:

—Jacob, ya hemos hablado de esto. Tu hermano no tiene autorización.

—Es mi hermano. Tiene más derecho que nadie de esta base a ver el VELLOCINO DE ORO. —Jacob se apresura a salir de la sala para llegar al pasillo—. Manny… esto, Sam, antes de que te vayas, quiero enseñarte una última cosa.

—Déjalo ya, Jacob.

—No voy a entretenerte mucho, te lo prometo. Dame el capricho por última vez.

Jacob lo toma del brazo y lo conduce por un largo pasillo subterráneo. Se detienen frente a una puerta de acero guardada por dos soldados fuertemente armados.

—Buenos días, señor.

—Deseo enseñar el VELLOCINO DE ORO a mi hermano.

Los guardias miran a Immanuel y luego se miran el uno al otro, inseguros. El guardia de la izquierda dice:

—Señor, su… esto… su hermano no tiene autorización.

—Póngase en contacto con el doctor Mohr. Él lo aprobará.

—Olvídalo, Jacob —dice Manny—. Sea lo que sea, ya lo veré en otra…

—Llame a Mohr. Ahora mismo, por favor.

El guardia activa su enlace de comunicaciones.

—Disculpe, doctor Mohr, pero Jacob insiste en que dejemos pasar a su hermano a ver el VELLOCINO DE ORO.

—Permiso denegado. Acompañen inmediatamente a Jacob y a su invitado a mi despacho.

El guardia mira a Jacob.

—Lo siento, muchacho.

De pronto, con un movimiento más rápido que el ojo, Jacob lanza dos violentos golpes de kárate que alcanzan a cada guardia en la arteria carótida.

Los dos hombres se desploman sin sentido en el suelo.

—Maldita sea, Jacob, ¿es que pretendes matarlos?

—No les pasará nada. Vamos —replica Jacob poniendo la mano sobre el panel de identificación.

La pesada puerta de acero se abre.

Jacob agarra del brazo a su renuente hermano y se lo lleva adentro.

—Eh, tío, eso no ha estado nada guay. Esto es la NASA, no me conviene tener problemas con la PCAA.

—Treinta segundos.

Jacob tira de él hacia un breve rellano que da paso a un local inmenso.

—Echa un vistazo rápido a lo que hay dentro, y luego te dejaré en paz otros seis años.

—No es eso lo que yo… oh… oh… mierda.

Se encuentran en la entrada de una nave industrial gigantesca, de veinte pisos de alto y tan ancha como seis campos de fútbol. Pero lo que hace que a Immanuel Gabriel se le acelere el corazón y los músculos se le vuelvan de gelatina es el objeto que ocupa el centro de dicho espacio.

Se trata de una enorme nave espacial en forma de daga, de doscientos veinte metros de longitud, con un casco del tamaño de un barco de guerra compuesto por relucientes paneles de oro que parecen espejos. La monstruosa quilla se halla situada a seis metros del suelo, apoyada sobre una serie de soportes de acero y hormigón protegidos con caucho.

Manny respira haciendo inspiraciones lentas, obligándose a sí mismo a no hiperventilar. «Ni hablar… esto no es real. No puede serlo…»

Los dos tercios delanteros de la nave, semejantes a la «hoja» de una espada, van encajados en el tercio posterior, que forma la «empuñadura». En él se aprecian dos módulos de tamaño colosal montados uno a cada lado de la sección de cola de la nave y cuya estructura bulbosa es tan grande y alta como un edificio de tres pisos. Hay varios técnicos de bata blanca trabajando dentro del motor alienígena, y sus luces dejan ver una maraña de cámaras chamuscadas, en forma de dispositivos de poscombustión, cada orificio de un diámetro no inferior a nueve metros.

—Ésta es la Balam, la nave espacial en la que llegó el Guardián a la Tierra hace 65 millones de años. *Balam* era una deidad maya, representada por el jaguar, que protegía a la comunidad de amenazas externas. Esta nave fue recuperada hace años de una cámara subterránea ubicada en Chichén Itzá. El gran maestro Kukulcán, que de hecho fue el último de los supervivientes del Guardián, ordenó a los mayas que construyeran allí mismo una pirámide que llevara su nombre…

Immanuel nota que la sala le da vueltas.

—…y además, la nave está equipada con un cañón de iones. Nuestro padre se sirvió de esa arma para derrotar a Tezcatilpoca en el solsticio de invierno de 2012.

Immanuel cae sobre una rodilla, luchando por insuflar aire en sus pulmones. Se tumba sobre la fría superficie de hormigón y se queda mirando al techo, que parece encontrarse a un kilómetro de distancia. «Dios, te lo ruego, esto no puede ser real…»

—¿Manny?

Immanuel cierra los ojos con fuerza. «Venga, Mulo, despierta, despierta de una jodida vez…»

Jacob tira de él para incorporarlo.

—No te hagas el esquizoide conmigo, tío. A nuestra madre, tan deprimida, no le gustaría nada.

—Jacob... No puedo con esto... no estoy preparado...

—Sí que lo estás. Vamos, voy a hacerte una visita guiada. —Jacob rodea la cintura de Immanuel con el brazo para estabilizarlo y lo acerca hacia un pequeño pórtico situado a mitad de altura del costado de babor de la nave. Baja el tono de voz—. La razón de que el gobierno haya invertido tanto dinero en mi supuesta demencia es esta nave. Les importa un carajo Xibalba y las profecías mayas. El proyecto VELLOCINO DE ORO tiene que ver nada más con averiguar la tecnología de esta nave espacial para ver de qué modo extrae energía de nuestro planeta y del espacio profundo.

—No... Esto no es real...

—Nosotros éramos muy pequeños cuando la NASA desenterró por fin esta nave y la transportó, bastante en secreto, hasta Kennedy. El problema era que no tenían modo de acceder a ella, por lo menos hasta que aparecí yo.

—¿De qué me estás hablando?

—El Guardián diseñó las entradas a la nave con un código genético. Tú y yo somos los únicos que podemos entrar en la nave y comandarla. La NASA se vio obligada a proporcionarme carta blanca a cambio de que yo cooperase.

Llegan al pórtico y se suben a un pequeño ascensor abierto que sube cinco pisos hasta un panel de oro marcado con un extraño candelabro de tres brazos, una insignia que resplandece en un tono rojo carmesí.

—El Tridente de Paracas —susurra Manny—. Lo recuerdo del diario de Julius.

—El signo del Guardián. —Jacob señala una placa de acceso de dos metros y medio de altura.

—Adelante, cierra los ojos y ordénale que se abra.

—¿Cómo?

—Simplemente, imagina que se abre el panel.

Immanuel cierra los ojos y se concentra.

No ocurre nada.

—¡Concéntrate!

—¡Eso hago, gilipollas!

—Ya, observa.

Jacob cierra los ojos. Un segundo después, el panel se retrae con un silbido de aire comprimido y deja al descubierto un pasadizo.

—Ya lo conseguirás con un poco de práctica. Vamos.

—Jacob conduce a su hermano al interior.

Dentro está oscuro y el aire es tibio, el techo arqueado del pasadizo se encuentra por lo menos nueve metros por encima de ellos. Las paredes, curvas, se ven vacías y lisas, compuestas por un polímero muy pulido, negro y translúcido. Detrás de la superficie tintada de ese material parecido al vidrio, Manny alcanza a distinguir complicados circuitos y maquinaria.

—La nave está dividida en diferentes niveles. Ahora nos encontramos en la sección superior frontal, y nos dirigimos hacia el puente. Estas paredes curvadas son en realidad paneles de interfaz conectados con un ordenador central de mando, el cual, a su vez, es sensible a la frecuencia de las pautas de nuestra energía de pensamiento Hunahpú.

—¿Esta cosa tiene cuarto de baño?

Jacob sonríe.

—Tiene de todo. Pero lo más increíble es que esta nave no es sólo una nave espacial, sino una especie de organismo-máquina vivo.

—¿Un qué?

—Es inteligencia artificial. En el centro de la nave se encuentra su cerebro, un órgano biológico cristalino situado en una pecera del tamaño de un camión. Del tallo de dicho cerebro parten miles de millones de microcircuitos y conductos de metales exóticos que se distribuyen por la nave, como si fueran vasos sanguíneos, hasta llegar al último centímetro cuadrado de la misma. Esta nave no sólo me lee el pensamiento, a veces pienso que me habla a su vez.

—¿Y todo esto lo creó el Guardián?

—No. Esta nave fue puesta a su disposición, pero no tengo ni idea de por quién o por qué.

El final del corredor se abre para dar paso a una enorme cámara de control con forma de cebolla. Sus paredes redondeadas irradian un débil resplandor azul. En el centro mismo del techo, abovedado y del estilo del de una catedral, se abre un pasadizo de un metro y medio de ancho que asciende en vertical como una chimenea.

—¿Esta nave... está operativa? ¿Jacob?

Jacob está de pie en el centro de la cámara, con los ojos cerrados.

De pronto, en lo alto, por encima de su cabeza, parpadea un rayo de luz láser azul, delgado como un lápiz, que le toca brevemente el cabello blanco.

Manny da un salto atrás cuando la cámara cobra vida de repente. Detrás de las paredes tintadas y los paneles del suelo se iluminan unos LED azules que revelan una miríada de conductos y circuitos alienígenas, maquinaria y ductos bioquímicos de plasma.

—Escucha y aprende. A esta primera lección vamos a llamarla Astronomía del Guardián 101.

Una proyección volumétrica toma forma a escasa distancia del pulimentado suelo. Muestra la imagen de una galaxia en espiral que gira como una rueda cósmica luminiscente en la inmensidad del espacio, arrastrando consigo más de quinientos mil millones de puntos de luz que dan vueltas lentamente alrededor del vórtice central.

—Bienvenido a la Vía Láctea. —Jacob señala la masa de la galaxia, una nube rotatoria de brillante polvo cósmico—. Ordenador, amplía el centro de la galaxia diez a la sexta potencia.

A una velocidad vertiginosa, la masa de puntos se extiende hasta ocupar la sala entera.

Immanuel se encuentra dentro de la proyección, contemplando una bruma de estrellas tridimensionales del tamaño de una moneda, algunas de un intenso color oro, otras anaranjadas, todas agrupadas alrededor del núcleo de ese inmenso remolino.

En el centro mismo de la galaxia hay un agujero negro. De igual manera que el lento eje de una rueda, da la impresión de que dicho agujero negro hace girar a toda la galaxia, y con mucha frecuencia inhala una de las estrellas diminutas en sus monstruosas fauces del color del ónice.

—El agujero negro es el motor de nuestra galaxia. Como si fuera el núcleo de un átomo enorme, su tirón gravitatorio es el pegamento que proporciona masa a este cúmulo de estrellas. Pero más allá de lo que alcanza el ojo humano, más allá de la tercera dimensión, el agujero negro nos presta un servicio aún más maravilloso. Ordenador, invierte.

Al instante las estrellas se apagan de golpe, y su resplandor deja paso a un tono morado oscuro, como si estuvieran iluminadas por una luz ultravioleta.

Manny se queda mirando el agujero negro, que ahora irradia una luz verde esmeralda. Desde el interior de su lento remolino de gravedad brotan unos conductos minúsculos, venas de energía que se diseminan por todo el oscuro cielo de la galaxia a modo de túneles de metro cósmicos.

De esas venas gravitacionales surgen otros capilares, que relucen en un brillante tono carmesí. A diferencia de las venas, grandes y gruesas, estos delgados hilos parecidos a espagueti se diría que flotan por sí solos en medio de la materia oscura del espacio, retorciendo sus extremos libres y rotando alrededor de la rueda cósmica igual que briznas de hierba cayendo por un desagüe.

—Lo que estás viendo ahora es la galaxia tal como aparece en el nexo. Los agujeros negros que se forman en el centro de las galaxias fueron creados en los primeros días del universo. Si pudiéramos sobrevivir al hecho de atravesar su vórtice, entraríamos en un universo paralelo, una dimensión superior de energía espiritual en la que ya no existe el tiempo. Cuando morimos físicamente, nuestra alma atraviesa esas dimensiones superiores y entra en...

—¿En el Cielo?

—Algo así. —Jacob señala las ramas retorcidas que parten del pozo gravitatorio del agujero negro—. La masa del agujero negro es tan potente, que su garganta, llamada horizonte de los sucesos, no puede sostener tanta energía. Los conductos para desahogar la presión que se reparten por toda la galaxia se llaman agujeros blancos. Los agujeros blancos lanzan materia al espacio violentamente. Estas líneas rojas y sinuosas que se mueven en la proximidad de la materia lanzada al espacio son agujeros de gusano. Fíjate que cada agujero de gusano tiene dos bocas, situadas en partes diferentes de la galaxia. La Balam posee un campo antigravitatorio lo bastante potente para contrarrestar los efectos de un agujero de gusano, lo cual le permite servirse de él como un atajo a través de la Vía Láctea.

—¿Y así es como tienes pensado viajar hasta Xibalba? ¿A través de un agujero de gusano?

—Ya lo vas entendiendo.

—Pero todo esta moviéndose constantemente. Es como... como subirse de un salto a un tiovivo cósmico. ¿Cómo saber siquiera dónde y cuándo van a aparecer la entrada y la salida?

—Las posiciones de los agujeros de gusano cambian en relación con la rotación de la galaxia. Cada pasillo está representado con toda precisión en un mapa. La Balam sabe cuándo ha llegado el momento de partir.

Manny se pellizca el puente de la nariz, intentando asimilar toda esa información.

—¿Dónde estamos nosotros? ¿Dónde está la Tierra? ¿Dónde está Xibalba?

Jacob cierra los ojos. La astrofotografía recupera su apariencia volumétrica original.

—Ordenador, amplía el borde de Orión diez a la novena potencia.

Al momento salta hacia delante una sección de uno de los brazos exteriores de la Vía Láctea, y la proyección ampliada vuelve a envolverlos a ambos. Debajo y a la derecha de Jacob aparece un punto amarillo. Manny observa cómo la zona se agranda y revela el sol de la Tierra y sus planetas.

Jacob indica un punto situado por encima de sus cabezas en el que se ven tres brillantes puntos luminosos dispuestos en una secuencia familiar, idéntica a la de las tres pirámides de Giza.

—Al Nitak, Al Nilam y Mintaka, las tres estrellas que forman el cinturón de la constelación de Orión. Fíjate justo debajo de ellas. ¿Ves ese diminuto planeta rojo y plateado? Según el Guardián, ése es Xibalba. Ahora, observa.

Jacob señala a su derecha. En medio del cosmos tridimensional se aprecia un finísimo hilo de luz láser escarlata, curvo y delgado como papel de fumar, que discurre de norte a sur cruzando el brazo de Orión.

—Aquí tenemos nuestro agujero de gusano. Su orificio proximal pasará entre la Tierra y Marte dentro de siete días, y el distal girará a tiempo para depositarnos en las inmediaciones de Xibalba. La última vez que un agujero de gusano interceptó de esta manera nuestro sistema solar fue el 4 *Ahau*, 3 *Kankin*, el día del solsticio de invierno de 2012, el último día del calendario maya. La vez anterior a ésa fue hace 65 millones de años.

—Espera… ¿dices que esa cosa va a llegar dentro de siete días?

—No, he dicho que dentro de siete días pasará cerca de Marte la boca más próxima del agujero de gusano. Para acudir puntuales a esa cita tendremos que partir de la Tierra dentro de noventa y ocho horas.

Immanuel se traga la bilis que le sube a la garganta.

—Ni hablar… ¡Ni de coña, Jacob!

—Manny…

—¡No! —El gemelo de cabello oscuro sale disparado de la sala de control y echa a correr por el pasillo en busca de la salida camuflada—. ¡Abre, maldita sea! ¡Jacob, déjame salir! ¡No puedo respirar!

Se retrae un panel revelando el pórtico y el interior del almacén. Al mirar abajo ve que el ascensor sube lentamente hacia él.

Desesperado por escapar, da un salto y se agarra con fuerza a una de las vigas horizontales de sujeción de la torre de aluminio y la utiliza como si fuera una barra de ésas que usan los bomberos para descender rápidamente hasta el piso de hormigón...

...pero cuando toca el suelo los guardias armados ya están en posición.

Laboratorio de Meteorología
Universidad de Miami
martes por la tarde

El Centro de Meteorología del campus principal de la universidad de Miami es el más nuevo de una moderna línea de ESD (Diseños de Escudos contra el Medio Ambiente) que han surgido a lo largo del litoral oriental de Estados Unidos. El edificio cuenta con una segunda fachada exterior que consta de una cubierta en forma de cúpula de hormigón armado y acero, diseñada para soportar vientos huracanados de hasta 350 kilómetros por hora. Al otro lado de esa barrera se encuentra el edificio principal, dotado de puertas y ventanas con persianas de acero replegables que se sellan automáticamente con sólo tocar un interruptor. Unos generadores de reserva situados en la primera planta son suficientes para abastecer las mil habitaciones del edificio durante dos semanas, y los relés por satélite conectados directamente con el tejado curvo proporcionan una amplia recepción para las líneas de comunicación.

Además de la misión que cumple como centro de enseñanza, el Centro Meteorológico también es la sede en la región sureste de Estados Unidos de la Agencia para la Gestión de Sistemas Terrestres (AGST), una organización que evalúa, predice y vigila todas las catástrofes medioambientales que tienen lugar en el planeta.

Bruce Doyle se frota los ojos, cansados por la falta de sueño, y después apura lo que queda del café, ya frío. Aunque los efectos del calentamiento global se habían notado cada vez más ya a finales de la década de 1980, la respuesta del gobierno de Estados Unidos a dicho problema fue demasiado escasa y llegó demasiado tarde. Doyle, director regional de la AGST, suele comparar el retraso del público con meter la mano en un recipiente de agua fría colocado al fuego de la cocina. Como los cambios en la temperatura se producen de forma tan gradual, la víctima no llega a ser consciente del peligro hasta que se le empieza a separar la carne del hueso.

Doyle sacude la cabeza en un gesto de incredulidad tras echar un vistazo al Informe Trimestral Invierno 2033 de la AGST. Inviernos más fríos y veranos más cálidos, ésa viene siendo la pauta de los treinta últimos años, y al parecer, los efectos en todo el planeta están incrementándose. Cada año se funden más de cien mil millones de toneladas de agua de la capa de hielo de Groenlandia, el doble de rápido que en las dos décadas anteriores, y ello ha hecho subir diez centímetros el nivel del mar. Millones de personas que viven en tierras bajas se han visto desplazadas, desde Bangladesh hasta Egipto. Cada temporada, los brotes de malaria, dengue y fiebre amarilla continúan avanzando hacia el norte. Las tormentas y las inundaciones han arrasado cosechas enteras. Las sequías y los incendios destruyen más de diez millones de hectáreas de bosques cada año. Las olas de calor en verano han causado la muerte a miles de personas, y además han llevado al borde de la extinción a miles de especies de plantas y animales.

De acuerdo con el Informe Trimestral, las cosas están empeorando.

La capa de hielo del oeste de la Antártida sigue fundiéndose a una velocidad alarmante. Dicha capa de hielo, que descansa sobre un lecho situado muy por debajo del nivel del mar, contiene más de ocho millones de kilómetros cúbicos de hielo. Actualmente los científicos saben que todas las placas de hielo del mar vienen fundiéndose a lo largo de los últimos veinte mil años. Si desapareciese la placa del oeste de la Antártida, se elevaría el nivel de los océanos, y no sólo unos pocos centímetros, sino más de seis metros.

Existen otras pautas climáticas más severas que también están cobrándose su precio. Los tifones y los huracanes no sólo están apareciendo con más retraso dentro de su temporada, sino que además el ascenso de la temperatura del mar ha incrementado su intensidad, sobre todo en el Atlántico Norte.

El motor de los sistemas de tormentas de nuestro planeta son los océanos, que proporcionan energía tanto mediante transferencia directa de calor desde su superficie como mediante evaporación del agua. La génesis de los ciclones tropicales tiene lugar cuando la atmósfera absorbe calor y humedad de la superficie caliente del agua (al menos 27 grados centígrados hasta profundidades de unos cuarenta y cinco metros). Cuando el mar libera calor latente en forma de vapor de agua, los vientos ciclónicos del huracán hacen que dicho vapor de agua comience a girar en espiral en el sentido contrario al reloj (en sentido horario en el hemisferio sur). A medida que el sistema de la tormenta va fortaleciéndose y se van alcanzando vientos huracanados, el aire que se mueve hacia dentro va desplazándose hacia arriba y hacia fuera, creando un ojo, un centro de calma que normalmente tiene un diámetro de entre treinta y sesenta kilómetros. La energía calorífica generada por el proceso de evaporación se almacena en forma de vapor de agua, el cual asciende en un anillo de nubes cumulonimbos alrededor del ojo del ciclón. El ojo en sí está formado por un flujo de aire caliente que va descendiendo despacio, mientras que la pared del ojo está compuesta por un intenso flujo de aire ascendente creado por la convergencia de aire entre moderada y fuerte en los niveles bajos.

Un huracán de tamaño mediano libera en un solo día tanta energía como la explosión simultánea de cuatrocientas bombas de hidrógeno de veinte megatones cada una, es decir, más de la mitad de la energía eléctrica que gasta la población de Estados Unidos en un año entero. Los huracanes (ciclones que se forman en el Atlántico) se clasifican mediante la escala de Saffir-Simpson, que los cataloga según la intensidad del viento sostenido de superficie que los acompaña. Una tormenta tropical se clasifica oficialmente en la categoría 1 cuando sus vientos son de 118-152 kilómetros por hora. Una tormenta de categoría 5 tiene vientos de más de 250 kilómetros por hora.

A finales de la década de 1990, los efectos del calentamiento global se hicieron obvios en veranos más calurosos e inviernos más fríos y en una intensificación del sistema climático de todo el planeta. Los efectos iniciales sobre los huracanes se vieron atemperados por la llegada de un ciclo de El Niño, un fenómeno circulatorio en el que la acumulación de calor en la superficie del mar y la presión atmosférica originados en el oeste del Pacífico atraviesan diez mil millas de océano yendo y viniendo. Aunque El Niño provocó un aumento de las lluvias en todo el sur de Estados Unidos, sus fuertes vientos arrastraron consigo parte de las capas más septentrionales de los huracanes, si bien perdonaron a la costa este.

Desde mediados de los setenta hasta 1998, El Niño dominó el clima de toda Norteamérica. No fue hasta principios de la década del 2000 cuando empezaron a ser alarmantes los primeros efectos reales del calentamiento global.

El Niño, que tiene lugar en el hemisferio sur, tiene su fenómeno contrario en La Niña. Muchos meteorólogos clasifican de «suceso frío» el cambio que se produce cuando La Niña enfría la temperatura del mar de la costa oeste de Estados Unidos. El efecto de este fenómeno sobre la circulación de las ondas largas es la creación de una corriente de aire en las capas altas sobre el centro de Estados Unidos, más un flujo de aire del sur sobre la costa este, lo cual alimenta prácticamente todos los sistemas de bajas presiones procedentes del Atlántico.

A finales del mes de agosto de 2007, el huracán *Susan* pasó de categoría 4 a categoría 5 al aproximarse al continente. Mientras la nación observaba estupefacta e impotente, los vientos sostenidos de la tormenta alcanzaron los 300 kilómetros por hora momentos antes de que el ojo del huracán barriera la ciudad de Savannah, en Georgia. Las advertencias de la AGST contribuyeron a que el número de muertos ocasionados por *Susan* fuera inferior a una docena, pero los vientos asesinos (que generaron siete tornados) causaron pérdidas materiales por valor de más de cuatro mil millones de dólares.

Tan potente fue *Susan*, que obligó a la AGST a sumar otra categoría más a la escala Saffir-Simpson. Los huracanes de categoría 6 (o superhuracanes) pasaron a ser los similares a La Niña, con vientos de intensidad superior a 280 kilómetros por hora.

Menos de un año después, el superhuracán *Abigail*, el primero en ser clasificado en la categoría 6, tocó tierra en Vero Beach, Florida. El grueso de la tormenta provocó olas de hasta diez metros por encima del nivel del mar que inundaron las zonas costeras desde West Palm Beach hasta Daytona y luego continuaron barriendo el interior de Florida.

Para 2015, el litoral este de Estados Unidos estaba ya convirtiéndose en un lugar muy peligroso para vivir. En el Atlántico se habían formado siete superhuracanes, y dos de ellos habían alcanzado la costa. El peor de todos fue *Pamela*, cuyo doble ojo se desplomó finalmente sobre Wilmington, Carolina del Norte, y azotó la ciudad, ya evacuada, con vientos de velocidades cercanas a los 320 kilómetros por hora y dos docenas de tornados.

La naturaleza estaba cobrándose venganza contra el hombre moderno, y había que hacer algo para apaciguarla.

El primer intento de modificar los vientos de los huracanes se remonta hasta 1947 y el Proyecto CIRRUS. El calentamiento del agua del mar y la alta concentración de humedad en la atmósfera producen una bajada de presión en la superficie. Los vientos horizontales cercanos a la superficie reaccionan a dicha bajada de presión soplando más deprisa hacia dentro. Cuanto más desciende la presión en la superficie, más fuerte se hace el viento. Cuando el aire de las capas bajas se desplaza hacia dentro desde una distancia mayor, este proceso se intensifica y se va acumulando alrededor del ojo de la tormenta. Los científicos del Proyecto CIRRUS intentaron enfriar la «chimenea» del ciclón descargando hielo seco en la pared interior de la tormenta, a fin de alterar el diferencial de presión.

Por desgracia, las aeronaves de CIRRUS no iban equipadas para controlar los cambios dinámicos y estructurales de un ciclón. Peor aún: el primer huracán que intentaron enfriar cambió bruscamente de dirección y se abatió sobre Georgia, lo cual dio lugar a fuertes protestas de orden político. El CIRRUS fue anulado y se impusieron nuevas y serias limitaciones a todos los experimentos futuros de rociar las nubes.

Dichas limitaciones afectaron drásticamente al Proyecto STORMFURY, un ambicioso plan para modificar huracanes dirigido desde 1962 hasta 1983 por el Departamento para la Atmósfera (que más tarde se convertiría en el NOAA), el Departamento de Defensa y la Fundación Nacional para la Ciencia. La idea en la que se basaba STORMFURY consistía en calentar la atmósfera a una distancia mayor del ojo del huracán y reducir el gradiente de presión cerca del mismo, con lo cual se reduciría la velocidad del viento. A tal fin, los científicos rociaron las nubes alejadas del centro de la tormenta con cristales de yoduro de plata (AgI), que son sumamente eficaces a la hora de congelar los núcleos, y por lo tanto hacen que las gotas de agua superenfriada se conviertan en cristales de hielo. Al inducir la congelación del agua superenfriada contenida en las nubes altas y alejadas del ojo del huracán, se podría liberar una cantidad suficiente de calor latente para reducir de manera apreciable el gradiente de presión en la superficie.

El 19 de agosto de 1963, se formó al este de las Antillas Menores el huracán *Beulah*. Para el 24 de agosto, la tormenta se había rociado ya dos veces, y sus vientos máximos amainaron en más de treinta nudos. La pared del ojo del ciclón se disipó y luego volvió a formarse a dieciséis kilómetros de distancia de su centro. Por desgracia, no se pudo establecer una relación causal y STORMFURY, estrangulado por las nuevas restricciones, terminó perdiendo toda la financiación.

No fue hasta el año 2016 cuando el presidente Ennis Chaney restableció la financiación de estos experimentos tan vitales. Años después, tres científicos se unirían para dar un paso más en los experimentos con STORMFURY.

En esencia, un huracán se alimenta del calor latente liberado por la condensación de vapor de agua en forma de gotas de agua líquida en las nubes. Los científicos de STORMFURY decidieron apartar el calor latente del huracán del ojo del mismo, con la esperanza de desbaratar el remolino esparciendo su energía a lo largo de una distancia mayor. El doctor Lowell Krawitz, meteorólogo del MIT, quería atacar al motor del ciclón en su origen enfriando la pared interior del ojo, inhibiendo así la condensación y la convección. Su sistema de rociado sería la anticuada flota de submarinos nucleares Trident de la Marina. El plan de Krawitz consistía en reconvertir los silos verticales de misiles que en otro tiempo habían servido para albergar misiles nucleares Trident D-5 y transformarlos en sistemas de eyección a presión, alimentados por los reactores nucleares del submarino. Al subir por dentro del ojo de un superhuracán que todavía se encontrase sobre el mar, el misil podría inyectar un agente refrigerante directamente en la pared del ojo. Aunque no era viable detener un huracán, al reducir la velocidad del viento de 320 kilómetros por hora a doscientos se reduciría su energía en más de un cincuenta por ciento, y eso podría salvar incontables vidas y miles de millones de dólares si el ciclón llegara a tocar tierra.

Lo que necesitaba el doctor Krawitz era un compuesto que enfriara y se expandiera a la vez.

Entonces fue cuando entraron en escena el doctor David Mohr y su colega Barry Perlman, dos científicos que llevaban veinte años trabajando en motores de cohetes de hidrógeno líquido y oxígeno líquido. Juntos habían desarrollado diversas variantes del gas nitrógeno criogénico que se empleaba para enfriar combustibles. Un encuentro casual con el doctor Krawitz los llevó a experimentar con un gas híbrido del nitrógeno, el cual, cuando se introducía en una región de bajas presiones, se expandía de modo exponencial conforme iba enfriándose.

El 10 de agosto de 2023, se desplazaron ocho submarinos SSBN Trident reconvertidos para interceptar al superhuracán *Carol*, cuyos vientos de 309 kilómetros por hora estaban avanzando hacia el oeste a través del Atlántico, en dirección a Haití y a la costa sureste de Estados Unidos. La flota de submarinos emergió en el interior del ojo y, manteniendo el rumbo y la velocidad, procedió a lanzar gas MPK (las iniciales de los nombres de los tres científicos) directamente a la pared sureste de la tormenta.

Mientras el huracán continuaba describiendo su trayectoria hacia el noroeste, la pared del ojo inhaló el gas MPK, el cual se expandió a medida que iba cristalizándose. En cuestión de minutos, el gas criogénico rompió la convección vertical del interior de las nubes que formaban la pared del ciclón y con ello redujo la cantidad de vapor de agua que estaba condensándose, y también la liberación de calor latente. Al cabo de una hora, los vientos sostenidos habían caído de 309 kilómetros por hora a 251 en el centro de la tormenta, una disminución sustancial.

El éxito del experimento les valió el premio Nobel a los tres científicos y rejuveneció la anticuada flota de submarinos nucleares de la Marina. Se creó una nueva subfuerza, conocida como la «red atmosférica» y se establecieron puntos de reabastecimiento en el Atlántico Norte, el Pacífico Norte y la zona occidental del Pacífico Norte. Tras ser relegada a cuestiones más esporádicas gracias al advenimiento de los sistemas de defensa espaciales, de pronto la Marina volvía al servicio activo con la misión de «cazar ciclones».

Bruce Doyle reprime otro bostezo mientras observa el

poderoso torbellino del superhuracán *Kenneth*, que se encuentra próximo a las Islas Vírgenes. Doyle está agotado, pues lleva sin dormir noventa y siete horas, desde que se originó este ciclón tropical.

Y *Kenneth* está convirtiéndose en un verdadero monstruo, más enorme incluso que el superhuracán *Pamela*. Para empeorar todavía más las cosas, se ha declarado un incendio en el almacén de la red atmosférica de Haití que ha obligado a la Marina a organizar los envíos de urgencia de gas nitrógeno criogénico MPK desde el puerto de Miami. El retraso de tres días para adquirir un anticuado buque cisterna para transporte ha permitido que se intensifique un huracán de categoría 6, ya peligroso de por sí.

El director de la AGST examina la última información que ha llegado del Laboratorio Aéreo No Tripulado de Ciclones. Similares a un dardo de acero de cuatro patas con alas, estos cazahuracanes entran y salen volando del ciclón al tiempo que van transmitiendo datos.

SUPERHURACÁN KENNETH

0400 GMT MARTES 22/11/33

UBICACIÓN:	18°3'N 53°7'W
VELOCIDAD MÁXIMA DEL VIENTO:	318 km/h
RACHAS:	40 km/h
RUMBO Y VELOCIDAD DE DESPLAZAMIENTO:	NW a 22,4 km/h
PRESIÓN:	941 mb
SE PREVÉ QUE ALCANCE LA COSTA:	SÁBADO 26/11/33 13:40 H
DESTINO:	SURESTE DE FLORIDA

—Dios santo… —Bruce Doyle toca la tecla de marcación rápida de su teléfono móvil—. Sharon, soy yo. Ponte en contacto con las líneas aéreas. Quiero que te vayas con los niños a Philly antes de mañana por la tarde. No discutas, limítate a hacer planes para quedarte con tu madre por lo menos una semana.

31

22 de noviembre de 2033
Hangar 13
Centro Espacial Kennedy
Cabo Cañaveral, Florida
martes por la noche

Manny cruza el jardín interior japonés detrás de su hermano, con la cabeza todavía embotada por el inhibidor que le ha aplicado el médico. A través de la cúpula de plexiglás del patio se cuelan rayos de luna que iluminan el sendero de gravilla y un pequeño arroyuelo que discurre por debajo de un puentecito de madera que hay más adelante.

—¿Estás bien? —inquiere Jacob.

—No. ¿Qué sitio es éste?

—Yo lo llamo mi refugio, es el único lugar en que me encuentro a salvo. Todo este complejo está aislado de las ondas electrostáticas, lo denominamos zona silenciosa. Protege mi presencia de Lilith y de cualquier otro Hunahpú que pudiera andar por ahí fuera.

Más adelante aparece una casa japonesa hecha de troncos.

—A ti te gusta todo este rollo oriental, ¿verdad? —pregunta Immanuel.

—El concepto se llama *Wabi* y *Sabi*... sencilla quietud, elegante simplicidad. A mí me resulta espiritualmente liberador.

Justo antes de la entrada, tirada en medio del sendero, hay una piedra del tamaño de un pomelo, envuelta en cáñamo. Jacob la coge y se la enseña a su hermano.

—La piedra envuelta simboliza la entrada en un mundo diferente. Ahora vas a entrar en el mío.

Immanuel cruza el puente con su hermano y prosigue hacia la entrada formal de la casa, que está abierta.

—Verás, Manny, en el hogar japonés tradicional no existe una separación nítida entre el exterior y el interior. En vez de eso, hay una estructura intermedia formada por una entrada formal, una terraza, una salita y un patio, todo separado por varios biombos diseñados para llevar la naturaleza al interior y al mismo tiempo proteger a los habitantes de la intemperie. —Jacob se detiene un momento en la plataforma elevada para quitarse los zapatos—. Por favor.

Immanuel se quita las deportivas de una patada, sintiéndose ridículo.

No hay puertas ni paredes convencionales, sino tan sólo un estor de madera abierto. Los suelos del interior de la casa son de bambú pulimentado, y están cubiertos aquí y allá por alfombras tatamis. Hay un pequeño pasillo que conduce a una salita de techo alto y en forma de A, en cuyo centro hay cuatro cómodas sillas de cuero dispuestas alrededor de una mesa baja de piedra. La cocina se ve inmaculada, provista de los electrodomésticos más modernos discretamente ocultos detrás de un bar de madera. Tras bajar un escalón se accede al hundido comedor, una estancia con el suelo cubierto por un tatami de color violeta y amueblada con unos bancos de bambú tapizados del mismo color. Las paredes son enteras de *shoji*, puertas correderas de papel. A través de una de ellas, abierta, Immanuel ve otro jardín formal. Oye el murmullo tranquilizador del agua, el arroyo que pasa por debajo de las tablas del suelo para cruzar el patio central de la casa.

—¿Tienes hambre? —pregunta Jacob.

—Sólo sueño.

—A la habitación de invitados se va por aquí. —Jacob empuja un *shoji* y aparece una estancia pequeña en cuyo centro hay una cama de tatami—. Es mejor que te acuestes. Mañana será un día muy largo.

—Jacob, ¿a qué te referías cuando dijiste que yo soy el Yin de tu Yang?

—El Yin y el Yang son las dos fuerzas fundamentales que forman el Tao, una energía primigenia y misteriosa que simplemente quiere decir «El Camino» o «El Uno». De «El Uno» proviene «El Dos», el Yin y el Yang, dos poderosas fuerzas contrarias entre sí, como el polo positivo y el negativo de una pila. Ninguna de las dos domina del todo, ambas están en un cambio constante y dinámico de tira y afloja, activando y pacificando.

»Existe un dicho: Todas las cosas surgen del Tao, se hacen de materia y el entorno les da forma. Esta casa, por ejemplo. Tú eres el Yin, la casa en sí y la tierra en que se apoya. Ambos estáis hechos de materia. La casa está rodeada de energía, el Yang, en constante movimiento, desplegando las fronteras del tiempo y del espacio. Durante seis años nuestra casa ha estado cerrada, y nuestras dos energías aisladas. Ahora la casa está abierta, y nuestras dos energías interactuarán una vez más, conformadas por nuestro entorno, reaccionando a las fuerzas que actúan en el universo.

—Todo eso del Xibalba de los mayas... ¿de verdad estás convencido de que es nuestro destino?

—Es el viaje que, de acuerdo con nuestra programación genética, hemos de realizar.

—Ya, vale. Pero también has dicho que la humanidad está atrapada en un bucle del tiempo. Y has mencionado que nosotros ya hemos hecho ese viaje antes.

—En efecto, ya hemos estado allí.

—Entonces, si ya hemos estado, ¿por qué seguimos atrapados en ese bucle?

Jacob se sienta en el borde de la cama de tatami.

—Nuestro último intento fracasó. No estoy seguro de cuál fue el motivo, pero creo que nuestro ataque no estuvo debidamente… coordinado.

—Al decir que fracasó, ¿debo entender que morimos?

—No te preocupes, esta vez todo es diferente. Esta vez nuestro padre ha tendido una mano para prepararme a mí. Y además, llevo seis años leyendo planes de batalla en la cámara holográfica. He recreado y analizado todos los ataques posibles. Lo entenderás cuando empieces con tu entrenamiento.

—Quiero entenderlo ahora.

—Es muy tarde, Manny. Acuéstate, ya mañana te…

—¡Ahora, Jacob!

Jacob cierra los ojos, debatiendo en su interior.

—Ordenador, activa la pantalla de la habitación de invitados.

De una tabla del suelo de bambú sale un panel de cristal inteligente transparente.

—Ordenador, carga la última situación de combate. Empieza la reproducción cinco mil fotogramas antes del contacto en el nexo.

En la cara del cristal inteligente se ilumina una escena. Aparece el paisaje del Mundo Inferior. Dos guerreros, Jacob vestido de blanco e Immanuel, simulado por el ordenador, de negro, se aproximan al lago de metal fundido y al árbol blanco de alabastro.

—El árbol de la calabaza es un conducto vivo del nexo. La Abominación lo está utilizando para mantener a nuestro padre en una especie de animación suspendida. El árbol irradia un resplandor blanco porque ésa es el aura de nuestro padre en el Mundo Inferior. El guerrero de negro que te representa a ti es un robot VR, programado para reaccionar siguiendo un patrón fijo de movimientos de combate. Lo que no sabe hacer es pensar y reaccionar como un guerrero Hunahpú. Ten eso en cuenta.

Jacob señala los gemelos, que corren en dirección al lago.

—La Abominación puede percibir nuestra presencia mientras estamos en el nexo, y por eso permanecemos todo el tiempo posible en la tercera dimensión.

Immanuel observa fijamente el lago. Aparece un leve oleaje, lo cual indica que el alienígena va a emerger del líquido plateado.

—El alienígena es un demonio espiritual, un centinela cuya misión es vigilar a nuestro padre. La piel de silicio le da forma y sustancia en la dimensión física. Su rasgo más letal son sus garras, que liberan una toxina de acción rápida. Nuestra genética Hunahpú es capaz de resistir ese veneno en pequeñas dosis, pero algo más que un ligero rasguño resultaría fatal.

—Encantador.

Una brillante explosión de luz verde esmeralda ilumina el horizonte.

—Ordenador, pausa.

La imagen que se encuentra en la pantalla se congela en el momento en que los dos guerreros corren hacia el árbol de alabastro.

—Acabamos de entrar en el nexo. Lo que viene a continuación va a reproducirse a menos de un tres por ciento de su velocidad real.

—¿Un tres por ciento? Yo no puedo moverme tan deprisa.

Jacob esboza una sonrisa.

—Todavía. Ordenador, reanuda la reproducción a la velocidad del nexo.

La escena continúa, fotograma a fotograma. El gemelo de blanco corre por la orilla del lago casi volando, sus pies apenas tocan el suelo. Alcanza el árbol al mismo tiempo que el demonio centinela. Seguidamente, desenvaina lo que parece ser una espada y asesta un golpe a la terrorífica criatura que logra mantenerla a raya.

A cada mandoble, la hoja de la espada reluce con un azul más intenso.

—En el nexo no funcionan los láseres y las pistolas. Esa espada está hecha de una aleación de acero nanofabricada. A cada movimiento, los motores macromoleculares que se encuentran en la hoja expanden y calientan el filo de la misma, amenazando con rasgar la piel exterior de silicio del demonio centinela. La sangre es azul al carecer de hemoglobina, porque en Xibalba no hay oxígeno, sino solamente CO_2.

El guerrero de blanco es un torbellino de movimiento, parando y asestando mandobles, atacando y retrocediendo, logrando a duras penas mantenerse fuera del alcance del largo brazo del centinela.

Immanuel niega con la cabeza.

—¿Cómo eres capaz de aguantar así? Yo me hubiera derrumbado hace rato.

—Entrenamiento. Ahora observa con atención.

El guerrero de negro que representa a Immanuel ha llegado al árbol. Cuando intenta liberar al robot que representa a su padre, el demonio centinela se arroja de repente hacia el tronco con la intención de atacar con su garra izquierda al Immanuel de realidad virtual.

Pero Jacob es demasiado rápido. Habiendo a todas luces previsto ese movimiento, se lanza hacia delante y descarga su espada, que ahora brilla con un rojo encendido, sobre el brazo derecho del alienígena y se lo secciona a la altura del codo...

...al mismo tiempo que el guerrero de negro ataca con su propia espada y decapita al atónito centinela de un solo tajo.

El cráneo del monstruo choca con un golpe sordo contra la superficie de la roca, y tras él cae también el cuerpo desmadejado.

—¡Bien! —exclama Manny en pie, incapaz de contener el aliento—. Hemos ganado... ¿verdad?

Jacob niega con la cabeza y señala.

El robot que representa a Michael Gabriel está recostado contra los relucientes restos del árbol de la calabaza, y de su abdomen mana copiosamente sangre azul.

—Ordenador, rebobina seis mil fotogramas y haz pausa.

La imagen regresa al momento en que el demonio centinela se abalanza sobre el árbol.

—Fíjate bien. La garra izquierda es un señuelo. Olvídate de ella y concéntrate en la derecha. Ordenador, reanuda al uno por ciento de la velocidad en el nexo.

Immanuel observa el brazo derecho del demonio, que está parcialmente oculto debajo de su cuerpo. Incluso a velocidad muy ralentizada, dicho miembro es un mero borrón cuando se extiende hacia Michael Gabriel, el cual ha tomado forma en el tronco del árbol blanco y goteante.

Dos de las garras del centinela, afiladas como escalpelos, se clavan en el vientre de Mick, lo atraviesan de parte a parte y vuelven a salir por la espalda antes de que dicho apéndice se retraiga para intentar parar la espada de Jacob.

—Dios santo… lo ha… destripado.

Jacob asiente.

—Podemos ganar, pero será necesario que estemos los dos. Mañana tenemos un largo día por delante, procura dormir un poco.

—¿Dormir? ¿Sinceramente crees que voy a poder dormir después de ver eso?

—Si no puedes dormir, pide al ordenador que te prepare un sedante de té verde. —Jacob sale por el *shoji* abierto, y al llegar se da la vuelta—. Mañana es un gran día, Manny. Tenemos que hacerte volver al camino que has escogido.

Immanuel se tumba en la cama dura e incómoda y contempla el techo.

«Puede que sea el camino que has escogido tú, hermano, pero no el que he escogido yo.»

Laboratorio de Geología
Universidad de Miami
Coral Gables, Florida

Lauren Beckmeyer está en el despacho de Bill Gabeheart, con los pies descalzos y apoyados en la mesa. Lleva dos horas en el laboratorio, esperando a que el ordenador termine una búsqueda de datos que confirme que la información descargada desde el parque Yellowstone es idéntica a los datos que recibió en el pasado.

Análisis finalizado. Se han hallado datos repetidos entre las lecturas de la caldera de Yellowstone el 16 de abril de 2030 y el 19 de noviembre de 2033.

—¿Datos repetidos? Ordenador, ¿cuál es el grado de similitud entre ambas lecturas?

No se ha hallado variación. Los datos son idénticos.

«Gabeheart tenía razón. Esos cabrones federales están ocultando algo.» Teclea el código de acceso de Gabeheart en su ordenador portátil.

En la pantalla aparece la imagen pregrabada del profesor.

—Hola, lamento decepcionarte, pero éste no soy yo. Como lo más probable es que esté fuera, viendo el géiser Old Faithful, tómate la libertad de dejarme un mensaje.

—Doc, soy Lauren. He encontrado algo. Póngase en contacto conmigo tan pronto como...

De pronto desaparece la imagen pregrabada y es reemplazada por la de Paxton J. Walther, el coordinador regional de Bill Gabeheart en Yellowstone.

—¿Señorita Beckmeyer?

—Sí, señor.

«¿Qué está haciendo éste en el enlace privado de Gabeheart?»

—Señor, ¿dónde está el profesor Gabeheart? Necesito hablar con él.

Paxton niega tristemente con la cabeza.

—Lo lamento mucho...

Lauren contrae los músculos a causa del pánico.

—Ha habido un accidente. Bill... ha fallecido esta mañana.

—¿Qué?

—Estaba midiendo la temperatura en una de las fuentes termales cuando de pronto hubo un temblor y Bill se cayó dentro. Para cuando conseguimos rescatarle... eran quemaduras de tercer grado... había muerto.

—Oh, Dios... Oh, Dios mío...

—Lo siento mucho.

—No puedo... Pero si estuve hablando con él el otro día.

La cámara se enfoca sobre los ojos de Paxton.

—¿El sábado?

Laura siente un ligero vértigo al notar que la sangre huye de su rostro.

—Pues... esto... no lo sé. Puede que haya sido...

—Lauren, ¿Bill te envió algo?

—No, quiero decir sí, eran los trabajos trimestrales. Yo... tenía que entregarlos antes de las vacaciones de Acción de Gracias. ¿Ha informado de esto a la familia de Gabeheart?

—Aún no. Lauren, lamento ser yo el que te haya dado esta noticia a bocajarro. Sé que tú y el profesor teníais una estrecha relación. ¿Dónde puedo encontrarte... para ponerte al corriente de los preparativos del funeral?

«No se lo digas... no digas ni una palabra...»

—Pues... la verdad, no lo sé.

—¿Vas a marcharte de vacaciones?

—No... estoy segura.

«Corta ya, antes de que te vayas de la lengua.»

—Tengo que cortar, lo siento.

—Lauren, espera...

Lauren desconecta el enlace de comunicaciones. «Oh Dios, Oh Dios mío... esos cabrones... ¡le han matado!» Se tapa la cara con las manos y rompe a llorar, con un nudo en la garganta a causa del miedo y la pena. «Si creen que sé algo, también vendrán a por mí.»

—¡Basta! Sé fuerte y piensa. Primer paso: borrar todos los datos. —Se gira hacia el terminal del ordenador principal—. Ordenador, borra todas las comunicaciones recibidas la semana pasada, a excepción de la última llamada saliente.

RECIBIDO.

A Lauren le tiemblan las manos. «Muy bien, no puedes irte a casa… y tampoco puedes quedarte aquí… ¿A quién se lo puedo contar? ¿Quién va a creerme?»

En eso se oye un ruido… fuera del laboratorio.

—Ordenador, sella las puertas exteriores del laboratorio.

RECIBIDO.

Se oye un golpe en la puerta.

Lauren susurra:

—Ordenador, ¿quién es?

SEGURIDAD DEL CAMPUS.

—Chist. Reduce el volumen al ochenta por ciento y realiza un examen de los antecedentes de la persona que está detrás de la puerta. Quiero el nombre y el tiempo que lleva en ese empleo.

COLLIN SHELBY. TRANSFERIDO A LA PATRULLA DEL CAMPUS EL 19 DE NOVIEMBRE DE 2033.

«El 19 de noviembre… hace sólo tres días. Dios… sí que se mueven deprisa estos tipos.»

Más golpes en la puerta, esta vez con insistencia.

—¿Oiga? Sea quien sea usted, ¿le importaría abrir las puertas de seguridad, por favor?

Unas gotas de sudor frío resbalan por la cara de Lauren.

—Ordenador, apaga y bloquea todos los terminales, código de acceso Beckmeyer Tango-Zulú-8659.

RECIBIDO.

«Tengo que darme prisa en desaparecer, antes de que ese tipo anule el bloqueo.»

Mira a su alrededor, desesperada, y entonces repara en el anticuado abrecartas.

* * *

Al otro lado de la puerta del laboratorio, Collin Shelby pasa su tarjeta falsa de identificación por el sello magnético.

—Ordenador, anula el bloqueo. Seguridad, Shelby 26497-M.

La puerta se abre con un siseo. Shelby entra en el laboratorio, pistola aturdidora en mano.

—¿Señorita Beckmeyer?

No contesta nadie. No se ve a nadie.

El guardia recorre la estancia con la mirada y luego examina el despacho privado de Gabeheart.

Vacío.

—Ordenador, localiza a Lauren Beckmeyer, microchip de identificación 341124876-FL-USA.

LAUREN BECKMEYER ESTÁ DESCONECTADA.

—¿Desconectada?

Shelby mira alrededor y ve el abrecartas manchado de sangre encima de la mesa de Gabeheart. Localiza en la papelera los restos inutilizados del implante del microchip.

—Muy lista.

Shelby se saca de la chaqueta un dispositivo del tamaño de la palma de la mano y lo acopla al ordenador de Gabeheart para anular el mecanismo de bloqueo.

—Ordenador, accede a todos los mensajes de correo y a todos los documentos que haya en el disco duro y bórralos.

Miles de datos pasan a toda velocidad por la pantalla en un instante.

Collin Shelby es miembro de UMBRA, una organización subcontratista mercenaria que funciona en situaciones de sanción extrema para la DIA, la CIA y la NSA y tiene relaciones con el personal de niveles superiores del FBI. Antiguamente denominada «Pozo de talentos», la misión principal de fachada de esta organización clandestina es la prevención de actividades terroristas.

Shelby no tiene idea de por qué se le ha ordenado asesinar a Lauren Beckmeyer, y tampoco le importa; un desagradable producto secundario de la nueva Internet global y del sistema monetario unificado es que ahora las organizaciones terroristas pueden reclutar a jóvenes y viejos, hombres y mujeres, de cualquier país y cualquier ámbito. «El ataque del mes pasado con armas biológicas en el monumento conmemorativo del 11-S acabó con la vida de más de sesenta civiles. Si la muerte de una sola universitaria confusa puede impedir más derramamiento de sangre...»

LOS MENSAJES DE CORREO Y LOS DOCUMENTOS DEL DISCO DURO HAN SIDO ELIMINADOS.

Shelby retira el enlace remoto y mira en derredor.

A escasos milímetros de la suela de sus botas, escondida debajo de los paneles de rejilla del suelo del laboratorio, se encuentra Lauren Beckmeyer, aterrorizada. Está hecha un ovillo en un estrecho espacio que contiene cables de ordenador y placas de circuitos, y se ha metido la palma de la mano ensangrentada en la boca para que no se la oiga respirar agitadamente.

El guardia toca el enlace de comunicación que lleva en el antebrazo.

—Aquí Shelby. La chica no está.

—¿Ha borrado los datos de Gabeheart?

—Sí, señor. ¿Adónde quiere que vaya ahora?

—Ya tenemos cubierto el edificio dormitorio. Reúnase con Bates en casa de su novia.

—Sí, señor.

El guardia mira a su alrededor una vez más y después de va.

Lauren permanece escondida, con el pulso latiéndole con fuerza en los oídos.

32

23 de noviembre de 2033
Hangar 13
Centro Espacial Kennedy
Cabo Cañaveral, Florida
amanecer del miércoles

El sonido de un arroyo que discurre por debajo de la estructura de madera.

El gorjeo de un pájaro en algún lugar del jardín.

Immanuel Gabriel abre los ojos y se sorprende de ver en la entrada del abierto *shoji* a un hombre asiático y de constitución menuda, vestido con el hábito anaranjado de los monjes.

—*Ni hao.* —El hombre le sonríe.

—¿Ni qué?

—He dicho «buenos días». ¿Te he sobresaltado?

—Últimamente me sobresalto por todo. Supongo que usted estará buscando a mi hermano.

—*Bu shi.*

—¿Ha dicho «pues sí»?

—*Bu shi* quiere decir «no es correcto». Vengo a recogerte a ti, para acompañarte a ver a tu hermano. Te he estado observando mientras dormías. Tu alma no está en paz.

—*No bu shi.* —Immanuel se incorpora y le tiende la mano al asiático—. Samuel Agler.

—Chong Xiong.

Estrecha la mano del monje tibetano y se da cuenta de la gran energía que hay en dicho gesto de su menudo compañero.

—Supongo que usted será uno de los maestros de mi hermano.

Chong sonríe.

—En el cuarto de baño hay una túnica. Te ruego que te vistas y me sigas, tu hermano está esperando.

Immanuel se dirige al cuarto de baño. El estómago le va haciendo ruidos. «Que me vista y le siga. ¿Quién se creerá que es?» Cierra el *shoji* al entrar, orina, se lava la cara y después se pone la túnica blanca de kung fu.

Al salir del baño se va directo hacia la cocina.

—Eh, señor Chong, ¿le apetece desayunar?

—No vamos a comer en este momento. —Chong señala el exterior de la casa—. Por favor.

—Pero es que tengo hambre.

—Domina tu apetito.

—¿Y cómo voy a hacer eso?

—Imagínate una rata muerta y sus intestinos aún calientes encima de una tostada infestada de moscas.

Immanuel se traga la bilis que le ha subido a la garganta.

La sonrisa de Chong permanece inmutable.

—No te calces, por favor.

Momentos después, Immanuel, descalzo e impaciente, corre por el sendero de piedra que conduce al exterior del patio.

—Así que es usted un monje tibetano, ¿eh?

—¿Conoces la historia del Shaolín?

—Sólo de ver películas antiguas de kung fu.

Chong deja de correr y adopta un paso vivo.

—El kung fu es sólo una parte de nuestro entrenamiento. Entender el Shaolín significa regresar a la historia de China, que se remonta al 2600 a. C., a la época de los Cinco Regentes. Durante dos mil años, China estuvo dividida y a merced de los hunos invasores y los mongoles nómadas.

—Por eso sus antepasados construyeron la Gran Muralla, ¿no?

—La Gran Muralla que se ve hoy es resultado del turismo. La estructura original era una mera colección de barreras pequeñas. Como no era continua, los invasores mongoles no tuvieron dificultad para rodearla. No fue hasta el año 221 a. C. cuando por fin el emperador Chin hizo grandes progresos en unificar China como una sola nación. Setecientos años después, llegó a China un monje budista de nombre Ba Tao para enseñar el budismo. El emperador lo mandó llamar a su palacio, y quedó tan impresionado por su sabiduría que le ofreció el palacio mismo para que continuara allí sus enseñanzas. Pero Ba Tao declinó su oferta y en cambio solicitó que le concediera una extensión grande de tierra lejos de la civilización, donde pudiera construir un monasterio. El emperador se lo concedió, y le ofreció una tierra en la provincia de Henan, en la ladera del monte Sung San. Aquel distrito se llamaba «Colina Boscosa», que en chino mandarín se dice *shaolin*. Así fue como nació el primer templo Shaolín.

»En el año 539 de nuestra era, hubo un hombre santo llamado Bodhidharma que salió de su monasterio de la India para difundir las enseñanzas del budismo Ch'an, lo que los occidentales llamáis Zen. A Bodhidharma lo describieron como un sabio con barba y penetrantes ojos azules.

—¿Era un Guardián?

Chong sólo sonríe.

—Se dice que Bodhidharma recorrió cientos de kilómetros para llegar a China, cruzó las montañas del Himalaya y el río Yangtzé hasta que llegó al templo Shaolín. Por desgracia, el abad, Fang Chang, le negó la entrada, así que Bodhidharma buscó una cueva cerca de allí. Está escrito que el sabio se sentó a meditar de cara a una pared de piedra hasta que sus penetrantes ojos azules perforaron un agujero en la roca. Los monjes que le visitaban para llevarle comida y agua se quedaron tan impresionados con la profundidad de sus conocimientos que le invitaron a entrar en el templo Shaolín.

»Al entrar en Shaolín, Bodhidharma, llamado Ta Mo por los chinos, observó que los monjes estaban demasiado débiles para meditar. Les enseñó tres series de ejercicios, los cuales marcaron el comienzo del kung fu del templo Shaolín, que significa «trabajo duro y perfección». Posteriormente, esas técnicas se refinaron y se transformaron en métodos de lucha para repeler los ataques de los bandidos. Con el tiempo se construyeron más templos, todos dirigidos por Maestros Shaolín, expertos en entrenar el cuerpo, la mente y el espíritu.

—¿Usted es un Maestro?

—Gran Maestro. Comencé mi entrenamiento de pequeño, en el templo Shaolín del monte Sung San, y más tarde, al cumplir los veinte años, empecé a aprender kung fu Pak Mei en el templo Gwong How. Nuestro estilo comprende tanto las prácticas Shaolín como las del taoísmo, lo cual permite que el guerrero pase de un movimiento relajado a una explosión de gran potencia.

—¿Cuánto tiempo lleva enseñando a Jacob?

—Cinco años. Ahora es él quien me enseña a mí.

Bajan por un corredor subterráneo y giran hacia la derecha para entrar en un reducido espacio. Hay una puerta de acero que se abre al acercarse ellos y deja ver un estrecho tramo de escaleras de piedra que siguen bajando.

Immanuel desciende por la escalera en espiral detrás del pequeño asiático, alumbrados tan sólo por alguna que otra lámpara de aceite colgada de la pared de roca caliza.

—La decoración ha sido idea de tu hermano —comenta el monje—. Crea el ambiente adecuado.

Bajan dos pisos. La temperatura del pozo ha disminuido de forma considerable. Immanuel se frota la carne de gallina de los brazos.

—La factura del aire acondicionado debe de ser de muerte. Uf…

De repente la escalera se interrumpe y los deposita en lo alto de una montaña nevada en la cima. Por todas direcciones asoman las cumbres de los Himalayas, hasta el infinito. Cuando Immanuel levanta el pie del último peldaño y lo posa en un montón de nieve de un metro de altura, el corredor de piedra que tiene a su espalda desaparece y camufla la entrada de la inmensa sala holográfica subterránea.

—Dios, qué frío hace aquí. —A través del lagrimeo, Immanuel ve su propia respiración—. Vale, ¿y ahora qué? Espero que hayan fabricado cerca de aquí un refugio de montaña, porque se me están congelando los huevos.

Haciendo caso omiso, Chong echa a andar por la cima de la montaña con la nieve hasta las rodillas.

Immanuel echa a andar tras él, jadeando y con los pies, todavía descalzos, totalmente entumecidos. Al cabo de unos minutos llegan a la entrada de una cueva.

Frente a la cueva, en la nieve, con las piernas cruzadas en la postura del loto, está Jacob. Tiene el torso desnudo, y la única vestimenta que lleva encima es el pantalón del atuendo de kung fu negro. Tiene los ojos cerrados, y la piel que recubre sus cincelados músculos muestra un saludable tono sonrosado.

—Está loco… no importa, ya lo sabía. —A Immanuel le castañetean los dientes—. Despiértelo antes de que se muera de frío. Ahí fuera… digo, aquí dentro, tenemos que estar a bajo cero.

—Con el viento helado, la temperatura es de -27 grados centígrados. Tócale la piel.

Immanuel extiende la mano y aferra a su hermano por el hombro. Se queda asombrado al encontrarlo tibio, casi caliente.

—¡Está ardiendo de fiebre!

—No es fiebre, por lo menos no la fiebre generada por la enfermedad.

—No entiendo. ¿Cuánto tiempo lleva así?

—Poco menos de cuatro horas.

—¿Cuatro horas? ¿Pero cómo…?

—Es una forma de meditación que denominamos Ta Moo. Nos la enseñó nuestro sabio Shaolín. Haciendo uso de la fuerza vital, el Chi, podemos manipular nuestras funciones internas, anular las ondas beta del cerebro y redirigirlo con ondas alfa. Jacob ha elevado la temperatura interna de su cuerpo para compensar el frío extremo. Ahora mira a ver si le encuentras el pulso.

El gemelo de cabello oscuro toca el cuello de su hermano, pero no siente nada. Entonces se agacha y pega su oreja medio congelada al pecho desnudo de Jacob, y siente en la mejilla el calor que irradia su piel sonrosada.

—No hay latido. Está en el nexo, ¿verdad?

—No. Esta parte de su entrenamiento lo prepara para el nexo. Le permite comunicarse con vuestro padre.

—¿Esto se lo ha enseñado usted?

—Sí, pero ni siquiera mi propio maestro poseía tanta habilidad. Cuando Jacob está concentrado de esta manera, sus ondas alfa se salen del gráfico.

A Immanuel el frío le hace farfullar.

—¿Y qué pasa… conmigo?

—Vamos a averiguarlo. Quítate la túnica y siéntate enfrente de tu hermano.

Immanuel, titubeante, se quita la parte de arriba y adopta la postura del loto. A modo de respuesta, la cumbre de la montaña holográfica es barrida por una ráfaga de viento gélido que se le clava en la piel desnuda.

—¡Maldición!

—Ignora el frío y cierra los ojos. Imagina que tienes unos tubitos que atraviesan tu caja torácica. Esos tubitos están al rojo vivo. Míralos con tu mente. Siente el calor que esparcen por el interior de tu pecho, nota cómo va extendiéndose por los brazos y las piernas, las muñecas y los tobillos, los dedos de las manos y de los pies. Respira lentamente por la nariz… y exhala suavemente por la boca. Cada respiración aviva las ascuas encendidas que caldean los tubos. Relájate y siente su calor.

Immanuel se sumerge en la fantasía. La tensión de sus músculos se alivia. Ya no tiembla.

—Bien. Muy bien. Ahora voy a echarte una sábana por los hombros. La notarás mojada. Quiero que te concentres en el calor de los tubos que recorre todo tu cuerpo y lo pases a la sábana mojada.

El tibetano entra en la cueva. Dentro hay un barril de madera lleno de agua helada. Introduce en él una mano y extrae una sábana empapada, la escurre y a continuación se la extiende a Immanuel sobre los hombros.

Manny abre los ojos de golpe, pero vuelve a cerrarlos enseguida, obligándose a volver al trance.

—Concéntrate en el calor de los tubos, hazlo pasar por tu pecho, tus hombros y tu espalda y viértelo sobre la sábana. Aspira por la nariz, espira por la boca. Con cada respiración avivas las ascuas...

Immanuel ralentiza su pulso, y su respiración casi desaparece. Siente un ardor en el estómago, sólo que esta vez es un calor agradable, no el del ácido láctico que experimenta cuando juega al fútbol.

Su mente comienza a divagar y lo hace adentrarse más en los pliegues de la oscuridad, hasta que oye algo:

Debe de resultar aburrido ser Dios... omnipotente e inmortal, sin conocer nunca la ambición ni el deseo, el triunfo ni la pérdida. ¿Por eso nos creaste a nosotros, Señor? ¿Para entretenerte? ¿Por eso nos «bendijiste» con nuestras inseguridades, nos envenenaste con el ego, nos esclavizaste con la avaricia y la lujuria, el poder y la venganza? ¿Para ti la especie humana es una gran pelea de gallos? ¿Te diviertes con las crueldades que nos infligimos los unos a los otros?

¿Eso te entretiene?

¿O acaso tú, nuestro dios padre, simplemente te has rendido? ¿En qué punto, me pregunto yo, por fin nos hemos pasado de la raya? No fue durante nuestra infancia, cuando tú nos instruiste por medio de Noé y Abraham, Jacob y Moisés. ¿Fue después de que Cristo fuera crucificado? ¿De verdad nos perdonaste? Tal vez fue durante la adolescencia de la humanidad, esos terribles años en que la mayoría de los padres

tienen la sensación de estar abandonando a su hijo. ¿Fue en-
tonces, Señor? ¿Fue el Holocausto lo que hizo que menees
la cabeza avergonzado? ¿Hiroshima? ¿Corea? ¿Vietnam? ¿El
11 de septiembre? ¿El conflicto de 2012? ¿Las atrocidades co-
metidas en África? ¿El eterno conflicto de Oriente Medio?

¿En qué momento dijiste: «Al cuerno con ellos»?

Egoístas y necios, violentos y destructivos, miopes y
crueles. Tus hijos te pisan el pie cuando son jóvenes, y luego,
cuando crecen, te pisan el alma.

Todo el mundo se equivoca, Dios. ¿Dónde te has equi-
vocado tú?

¿O es que todo esto formaba parte de tu plan magistral?

Perdona esta diatriba, hijo mío, pero desde que salis-
te de mi alma estoy tan lleno de rabia, tan lleno de odio, tan
lleno de blasfemia, que a veces tengo la sensación de que
voy a reventar...

Los ojos color ébano de Immanuel se abren de golpe
para lanzar un chillido capaz de helar la sangre en las venas, y
se pone en pie arrojando a un lado la sábana, ya seca, que le
cubre los hombros.

Jacob lo sujeta de los hombros con fuerza.

—Manny, ¿qué te ocurre?

Immanuel se rodea a sí mismo con los brazos y se pone
a pasear de un lado al otro por la nieve, temblando de frío.

—¡Ordenador, finaliza el programa!

Desaparecen la montaña y la nieve y dejan ver la cámara sensorial forrada de azulejos de ónice. También ha cesa-
do el intenso frío, que ha sido sustituido por oleadas de calor.

Jacob se inclina sobre su hermano, que está arrodillado
en el suelo húmedo para intentar recuperar el calor.

—Lo has oído, ¿verdad, Manny? ¡Has oído a nuestro
padre!

Immanuel levanta la cabeza, todavía temblando de
arriba abajo.

—No he oído nada. Haz el favor de sacarme de aquí.

33

**24 de noviembre de 2033
Health South Doctor's Hospital
Coral Gables, Florida
jueves por la mañana**

Lauren Beckmeyer está agotada.

No es la clase de agotamiento que por lo general resulta tan agradable después del entrenamiento físico; esto es algo que no ha experimentado nunca, esa fatiga abrumadora que se siente al ser un fugitivo. Le causa un cansancio permanente y no le permite dar un descanso a su cerebro ni a sus nervios en tensión.

Es un agotamiento basado en el miedo a la muerte.

Esta estrella de la pista de atletismo lleva treinta y seis horas escondiéndose por callejuelas y callejones, agazapándose en las sombras, es decir, evitando a la gente. No puede ir a su apartamento; no puede ponerse en contacto con parientes ni amigos, por temor a que los hombres que han asesinado al profesor Gabeheart vayan a por ellos igual que la persiguen a ella en este momento. No ha comido nada, dado que comprar comida requiere pasar por un escáner de identificación, y la suya acaba de ser extirpada.

Lauren no sabe quién es el enemigo, pero tiene sus sospechas. La noche pasada, mientras estaba sola en la playa, su mente por fin se aquietó lo suficiente para unir las piezas del rompecabezas.

«El que quería silenciar a Gabeheart temía que el profesor se enterase de la verdad acerca de la caldera de Yellowstone. El hecho de que haya recurrido al asesinato significa que el sistema de esa caldera debe de estar acumulando presión, lo cual significa a su vez que se acerca una erupción. La última erupción que hubo en Yellowstone dio lugar a una era glacial. A poco que se le parezca la que se avecina ahora… ¡Oh, Dios mío!»

Lauren no durmió, pues la amenaza que flotaba sobre su vida de pronto se vio eclipsada por la idea de enfrentarse a un invierno provocado por un supervolcán. Tenía que encontrar el modo de advertir al público. Tenía que encontrar el modo de lograr que el mundo la escuchara mientras aún quedara tiempo para hacer algo… suponiendo que aún quedara tiempo y que hubiera algo más que hacer.

¿Pero quién iba a escucharla? Ella no era nadie, era una persona a la que se podía quitar de en medio con toda facilidad antes de que se pudiera encender la primera cámara de televisión. ¿Y qué pruebas tenía en realidad?

Lauren necesitaba encontrar a Sam.

* * *

Lauren observa la entrada lateral del Centro Médico de Alumnos desde su escondite, detrás de una hilera de arbustos. Se ha peinado el pelo hacia atrás con agua y se lo ha metido debajo de una gorra de béisbol.

Cruza la calle y se mezcla con una familia que entra en ese momento en el edificio. Toma por un pasillo atestado de gente y hace cola para acceder a un puesto de socorro automatizado del hospital.

Pulsa el botón DIRECTORIO DE PACIENTES.

—Habitación de Kirk Peacock.

KIRK PEACOCK ESTÁ UBICADO EN LA HABITACIÓN 310, CAMA B. QUE TENGA UN BUEN DÍA.

Mira a su alrededor y descarta el ascensor para subir por las escaleras.

Kirk Peacock está en cama, con la boca abierta y babeante y los ojos ocultos tras un dispositivo de realidad virtual. Lauren toma asiento junto a la cama y desvía la mirada cuando una roboenfermera entra a cambiarle el gotero.

—Kirk. ¡Eh, Kirk! —Da unos golpecitos en el casco de realidad virtual y a continuación se lo arranca de la cabeza.

—¿Pero qué cojones…? ¿Lauren? Vaya… ¿qué haces tú aquí?

—He venido a verte. ¿Te encuentras bien?

—Pues no, joder. Tengo agujas y tubos metidos por todas partes, hasta en el culo. Y llevo días sin ponerme una sanguijuela. Me han quitado las lentillas y los *piercings*, me está creciendo el vello encima del tatuaje, y mi padre me va a obligar a renovarme el pigmento corporal en color carne. La vida es una mierda.

—Sí. Kirk, necesito un favor. Necesito escaparme unos días. Te cambio mi coche por tu Anfibio.

—¿Tu Corvette? No estarás tomando medicamentos…

—Sólo unos días. Te prometo que te lo cuidaré muy bien.

—Por lo que a mí respecta, puedes hundirlo si quieres. Es de mi viejo.

—¿Cuál es tu código de acceso?

—El código de acceso… maldito…. ah, sí.

Levanta un pie descalzo. En el talón lleva tatuado el número KP-3757-D.

Lauren memoriza el código.

—Gracias, Kirk, te debo una. ¿Cuándo te mandan a casa?

—Ese cabrón hijoputa sabelotodo, el médico ese de hojalata, ha pedido que me vuelvan a hacer un lavado de sangre. Le he dicho a ese cubo de mierda que me puede chupar la sangre sólo si luego vuelve a metérmela bien cargada de «felicidad». Ja, ja… eh, Lauren no sé qué, ¿adónde vas?

Hangar 13
Centro Espacial Kennedy
Cabo Cañaveral, Florida
jueves por la tarde

Immanuel Gabriel pierde el hilo de lo que estaba pensando al contemplar los ojos del psiquiatra, viendo cómo cambian de marrones a verdes bajo las luces del techo. El hombre tiene el cabello castaño y puntiagudo, y el labio partido y las cicatrices de la mandíbula revelan que se ha sometido recientemente a una operación de cirugía reconstructiva.

—La verdad es que no tiene usted pinta de psiquiatra.

Mike Snyder sonríe.

—¿Y qué pinta debe tener un psiquiatra?

—No sé... más de erudito, supongo. ¿Qué le ha pasado en la cara?

—Cicatrices de combate. Trabajo haciendo de compañero de lucha de tu hermano. O trabajaba. Últimamente nos supera a todos los que hacemos de enemigos suyos, meros mortales.

Immanuel se incorpora en el diván, con la cabeza todavía atontada por el sedante.

—¿Así que usted es el psiquiatra de Jacob? Seguro que practica trucos mentales con usted.

—Continuamente, nada más. De vez en cuando se le escapa algo, pero por lo general sólo se confía al doctor Mohr o al Gran Maestro Chong. Jacob está muy seguro de sí mismo. Incluso cuando tenía catorce años siempre se expresaba como si supiera exactamente quién era y lo que necesitaba en la vida. Y no es de los que pierden la sangre fría.

—Al contrario que yo.

El doctor Snyder sonríe.

—No seas tan duro contigo mismo. Si a mí me dijeran que iba a embarcarme en esa nave espacial con rumbo a Dios sabe dónde, también me habría metido un montón de pastillas. Lo que no puedes hacer es dejarte arrastrar por la psicosis de tu hermano.

—¿Psicosis? —Immanuel se reanima—. Entonces, ¿usted no se cree todo eso del héroe maya?

—¿Quieres saber si creo que tu hermano y tú sois unas personas singulares? Por supuesto. ¿Que si creo que los dos sois los protagonistas de un cuento mesoamericano escrito hace quinientos años? No.

—Pero Jacob sí lo cree.

—La mente de Jacob lo absorbe todo, igual que una esponja. Por desgracia, eso de la mitología de los mayas lo tiene profundamente arraigado en su psique desde que nació. Ha pasado a formar parte de su demencia y de su personalidad, y ahora es imposible separar ambas cosas.

—Pero… yo oí la voz de mi padre.

—Piénsalo, Manny. ¿Dónde estabas en aquel momento?

—En una sala holográfica… ¡programada por mi hermano, el muy gilipollas! Pero un momento, la nave espacial del Guardián… eso no se puede negar.

—¿Y quién lo niega? Se trata de una antigua nave espacial alienígena encontrada en México. Por lo que me han dicho, llevaba enterrada por lo menos diez mil años. ¿Que es uno de los descubrimientos más importantes, si no el más importante de todos, de la corta historia de la humanidad? Claro que sí. ¿Su existencia tiene algo que ver con tu difunto padre? Es probable, dado que fue él quien la descubrió.

—¿Entonces usted no cree que Jacob y yo estamos destinados a subirnos a esa nave y abandonar la órbita de la Tierra dentro de cuatro días?

—¿En esa nave? —El doctor Snyder deja escapar una risita—. Mira, el doctor Mohr se cree esas bobadas de los mayas tanto como Jacob, pero hasta él te dirá que esos motores llevan miles de años sin encenderse, y fíate de mí, no es que la NASA no lo haya intentado. La única manera de que esa vieja cafetera abandone la órbita de este planeta será si nosotros la amarramos a uno de nuestros nuevos transportes para Marte y la lanzamos al espacio.

En el semblante de Immanuel se dibuja una ancha sonrisa, y los ojos se le llenan de lágrimas de alivio.

—Doc, me están entrando ganas de darle un beso.

—Resérvalo para tu madre. Ella es la que lo necesita.

—¿Qué quiere decir?

—Puede que Jacob muestre sangre fría en lo que se refiere a sus sentimientos, pero tu madre está destrozada por dentro. Imagina lo que debe ser pasar veinte años de tu vida aferrado a la más tenue esperanza de que la única persona a la que has amado, un hombre que desapareció ante tus propios ojos, aún pueda estar vivo. Es como decirle a la esposa de un prisionero de guerra que no rehaga su vida porque su marido desaparecido podría volver. Fíjate en la vida que ha llevado tu madre. Aislada del público, sin poder ver a un hijo y con el otro inmerso en su propio mundo, sin tener vida social de la que poder hablar. Como no sabía qué pensar de la muerte de Mick, tu madre se negó el derecho de iniciar otra relación, por no hablar de que siempre ha estado pendiente de Jacob y de todos sus caprichos.

—Siempre ha sido así. Imagino que Jacob la tiene convencida de que dentro de cuatro días vamos a viajar a Xibalba.

—Eso quiere decir que dentro de cuatro días tu hermano se enfrentará de pronto a la realidad de su psicosis, y eso va a destrozarlo. Tu madre sabe lo que se avecina, y está muerta de miedo.

Manny contiene las lágrimas.

—¿Dónde está? Quiero verla.

Arena blanda y rosada.

Una laguna tranquila, surcada por unas olas pequeñas y serenas que le besan los tobillos.

Dominique está cogida de la mano de Mick. Contempla con cariño su rostro bronceado, los rayos dorados del sol poniente que bailan en sus ojos negros.

—¿Madre?

Mick la mira a ella con una sonrisa triste. «Tienes que irte.»

—Madre, ¿podemos hablar?

Dominique se quita el dispositivo de realidad virtual y parpadea al notar la luz del pasillo.

—Perdona —dice Manny—. ¿Te interrumpo?

—Ordenador, luces. —Se encienden gradualmente las luces del techo. Dominique se incorpora en el sofá y apaga el programa de realidad virtual—. ¿Qué tal te sientes? Estábamos todos preocupados por ti.

—Estoy bien.

—Lamento que Jacob te esté volviendo loco. No debería haber dejado que me convenciera para traerte aquí. Lo único que yo deseaba para ti era que llevaras una vida normal.

—Mamá, no pasa nada. —Manny se sienta a su lado—. La que me preocupa eres tú.

Ella esboza una falsa sonrisa.

—¿Desde cuándo?

Manny se traga el nudo que tiene en la garganta.

—Me doy cuenta de lo difícil que ha sido para ti... ya sabes, estar sin Mick y ver a tu familia separada. Cuando te presioné para que me dejaras irme no hice más que empeorar las cosas.

—Tu instinto era acertado. Lo que hice... lo que permití que hiciera Jacob fue un error.

—Jacob te manipuló, igual que me ha manipulado a mí siempre.

—No fue sólo Jacob. Yo también me lo creí. Quiero decir, ¿cómo no iba a creérmelo, con todo lo que había sucedido? Cuando tu padre me abandonó, estaba sinceramente convencida de que seguía vivo. No sé describir lo que sentí, pero de alguna manera sabía que seguía estando presente, notaba una presión tremenda en el corazón. Pero a medida que fueron pasando los años esa sensación fue cediendo. Tu padre está muerto, Manny. Al final he llegado a aceptarlo.

—¿Y todo el entrenamiento de Jacob, todas esas tonterías sobre hacer un viaje?

—Todo ha sido culpa mía. Estaba confusa… Jamás debería haber permitido que leyera el diario de tu abuelo Julius. Se ha convertido en la base de su psicosis. Cuando comprendí lo que había hecho, ya era demasiado tarde.

—Estoy seguro de que VELLOCINO DE ORO ha empeorado aún más las cosas. Esos científicos están valiéndose de las fantasías de Jacob para obtener lo que quieren. ¿Por qué les has seguido el juego?

—¿Que por qué? Porque no he tenido más remedio. Vosotros dos siempre habéis sido enemigos. Unas semanas antes de que fingiéramos vuestras respectivas muertes, el FBI capturó a una célula terrorista que estaba planeando lanzar un arma biológica contra nuestra casa. Al vivir en aquel complejo… éramos presas fáciles. El doctor Mohr apoyó que Jacob fuera entrenado a cambio de que colaborase, y eso les permitió acceder a la nave espacial. Aquí Jacob se siente seguro. Ha dicho que en Longboat nunca se sintió a salvo. ¿Cómo iba yo a negarle eso?

—Jacob afirma que sabe manejar la Balam.

—Puede acceder a ella y manipular unos cuantos de los programas de astrofotografía. Aparte de eso, tu hermano no posee mayor control ni conocimiento de esa nave que tú o yo.

—Ese cabrón de pelo blanco… ha vuelto a jugármela.

—Ésa es la razón por la que el doctor Mohr no quería que tú vieras la nave. Sabía que Jacob se serviría de ello para manipularte.

—¿Y por qué no me contaste todo esto antes de llegar aquí? No importa, si me lo hubieras contado entonces, no habría venido nunca.

—Manny, la culpa no es de Jacob. Está enfermo. Aunque eso le permita concentrarse en su mente, le provoca una conducta psicótica y le roba la capacidad de aprehender la realidad.

—¿Y yo? ¿Voy a hacerme como él?

—No creo. Aunque el gen Hunahpú se hiciera dominante de pronto, tú ya tienes los pies en el suelo. Jacob nació con esa demencia, y es demasiado terco e inteligente para que sus médicos puedan coaccionarle con terapia. Todo el mundo estuvo de acuerdo en que nuestra única alternativa residía en dejar que todo esto siguiera su curso. Dentro de cuatro días, cuando descubra que está atrapado en este planeta igual que lo estamos los demás, a lo mejor abre su mente lo suficiente para permitirnos que le ayudemos. Pero existen otras complicaciones. El doctor Mohr acaba de enterarse de que todo el proyecto VELLOCINO DE ORO va a ser absorbido por HOPE.

—¿Y qué va a pasar con Jacob?

Dominique desvía la mirada.

—Mamá, ahora estoy yo aquí. Vuelvo a ser parte de la familia. Tienes que decírmelo. ¿Qué le va a pasar a Jacob a partir del sábado?

—Que será recluido… en un psiquiátrico privado.

jueves por la tarde
4.55 de la tarde

Immanuel entra con su hermano y el doctor Mohr en el edificio protegido que guarda la Balam. La sala se encuentra desierta, porque los técnicos de VELLOCINO DE ORO ya se han marchado a celebrar el puente de cuatro días de Acción de Gracias.

El casco de paneles dorados de la inmensa nave espacial reluce bajo las luces del techo.

El doctor Mohr se detiene junto a uno de los imponentes motores de la nave y le sonríe a Jacob de oreja a oreja.

—Muy bien, estoy listo para probar otra vez con esto.

Jacob se estira, fingiendo aburrimiento.

—Adelante, doc, pero explique las cosas para que Manny las entienda. Recuerde que ha estudiado Educación Física, no es experto en física cuántica.

Immanuel le propina un codazo en las costillas.

—Muy bien, Manny… esto, Sam. Lo que necesitas entender acerca de los viajes por el espacio es que el universo es grande. Lo más rápido que conocemos es la luz, que viaja en el vacío a una velocidad de 299.792 kilómetros por segundo. Incluso a esa velocidad, la luz tardaría cuatro años enteros en alcanzar la estrella que tenemos más cerca. Según el mapa estelar al que ha podido acceder tu hermano, esta nave procede de algún punto del Cinturón de Orión, lo cual quiere decir que es capaz de superar la velocidad de la luz. Con esa cuña de información, los científicos de VELLOCINO DE ORO han venido intentando aplicar un proceso de retroingeniería a estos motores para averiguar cómo diablos funcionan. Ahora sabemos que la nave no utiliza cohetes convencionales…

—¿Y cómo saben eso? —inquiere Immanuel—. Parecen motores normales.

Mohr sonríe.

—Los cohetes están bien para viajar a la Luna o a Marte, pero no se pueden utilizar para los viajes interestelares. El problema radica en el combustible de los cohetes, o propelente. A diferencia de un avión, que se mueve apoyándose contra el aire, en el vacío del espacio una nave espacial no tiene ninguna masa contra la que hacer fuerza. Por lo tanto, las naves impulsadas por cohetes deben transportar consigo toda la masa que van a necesitar empujar para poder moverse. Pongamos que queremos usar uno de nuestros novísimos transportes a Marte para llegar a Proxima Centauri, la estrella más cercana a nuestro sol. Olvidemos el hecho de que tardaríamos novecientos años en alcanzarla. Hablando sólo del propelente, en todo el universo no hay suficiente masa que nos pueda transportar hasta allí. Si se utiliza un cohete de fusión nuclear, algo en lo que ya están trabajando varias organizaciones, todavía se necesitarían un millar de camiones cisterna de propelente. Por supuesto, si se quiere llegar antes, harán falta cantidades todavía más grandes de combustible.

—He visto un programa sobre los nuevos cargueros que van a ir a Marte. Van a emplear láseres situados en la luna para empujar unas velas de luz.

—Correcto, pero esa tecnología aún no es viable en el caso de grandes distancias. Digamos que te encuentras a un año luz de la Tierra y que quieres hacer un cambio de rumbo. Harían falta dos años sólo para que las nuevas órdenes llegaran por radio al control en tierra, fueran recibidas y luego devueltas a ti.

—Entonces, ¿cuál es la solución?

—La solución es doble. Primero, encontrar una fuente de energía que ya se encuentre en el vacío del espacio; segundo, descubrir el medio de manipular el acoplamiento o conexión entre la masa y el espacio-tiempo.

»En 1948, un físico holandés que se llamaba Henry Casimir llevó a cabo un experimento usando dos placas metálicas. Cuando acercaba lo suficiente la una a la otra, las placas se atraían entre sí, lo cual revelaba la presencia de energía en el vacío. El efecto Casimir, como se denominó más tarde, fue definido energía del punto cero, o sea, las oscilaciones electromagnéticas que quedan en el vacío después de que se ha extraído toda la otra energía.

»Se desconoce cuánta energía exactamente reside en el espacio, pero actualmente muchos científicos están convencidos de que antes del Big Bang las circunstancias del universo eran muy similares a las del interior de un agujero negro. A -273 grados Celsius, el cero absoluto, cesa el movimiento de las moléculas. Pero la energía del punto cero no cesa; de hecho, puede ser tan intensa como para haber desatado el Big Bang y creado el universo tal como lo conocemos ahora. Aunque no podamos verla, en realidad el espacio es un mar de energía del punto cero, llamada así porque está por todas partes y se encuentra equilibrada con el cero aparente. Si pusiéramos un vaso de cristal en un vacío, la energía lo haría oscilar, pero impediría que se cayera, porque la energía correría hacia él desde todas direcciones y neutralizaría los efectos. Si efectivamente la energía del punto cero existe, y nosotros creemos que sí, entonces hay energía más que suficiente en el volumen de una taza de café para evaporar todos los océanos de la Tierra.

—Menuda taza de café.

El doctor Mohr sonríe.

—Desde luego. El desafío al que nos enfrentamos consiste en organizar simultáneamente esos espectros multidimensionales de energías. Según la teoría de la relatividad de Einstein, la velocidad de la luz es la velocidad límite para todas las partículas de la materia ordinaria. Los tardiones, unas partículas que en reposo poseen una masa propia mayor que cero, son capaces de acercarse a la velocidad de la luz pero sin alcanzarla nunca, de lo contrario su masa se volvería infinita. Al mismo tiempo, los luxones, partículas con masa cero en reposo, como los fotones y los neutrinos, siempre han de viajar a la velocidad de la luz en el vacío.

El científico de cohetes señala los motores de la nave espacial.

—Los opuestos de los tardiones son los taquiones, unas partículas subatómicas teóricas que sólo pueden viajar a velocidades superiores a la de la luz. Lo que yo creo que estamos viendo aquí es un tipo de sistema de hiperpropulsión que canaliza la energía de los taquiones. —Mohr se vuelve hacia Jacob—. ¿Y bien, profesor Gabriel? ¿Me equivoco?

Jacob muestra una ancha sonrisa.

—Había una vez una señorita llamada Brillante, cuya velocidad era superior a la de la luz. Un día salió de casa, relativamente, y regresó la noche anterior.

—¿Y qué se supone que quiere decir eso?

—Lo que quiere decir tu hermano es que si uno puede moverse más deprisa que la luz, teóricamente se podría viajar atrás en el tiempo, y por lo tanto dar lugar a toda clase de paradojas.

Immanuel se gira hacia su hermano.

—¿Como en un… bucle en el tiempo?

—Calla, no interrumpas —replica Jacob—. Muy bien, doctor, no lo está haciendo mal. Ahora veamos si puede contarme cómo funciona ese concepto suyo de la hiperpropulsión.

El doctor Mohr señala la maraña de cámaras quemadas, en forma de dispositivos de poscombustión, cada orificio de un diámetro no inferior a nueve metros.

—Una vez que la nave se encuentra en órbita, esas cámaras se abren para dejar que pase por ellos un chorro de taquiones. El ordenador de la Balam regula el rumbo y la velocidad ensanchando o cerrando las aberturas en combinaciones diversas. Cuanto más baja es la energía de la corriente de taquiones, más deprisa viajaría la nave. —El científico sonríe—. ¿Qué? ¿He aprobado?

De repente los interrumpe el comunicador de Jacob, que ha empezado a parpadear.

Es Dominique.

—Jacob, ya está lista la cena. Haced el favor de venir a casa tu hermano y tú. Y dile al doctor Mohr que ha llamado su esposa y que más le vale que mueva el culo.

El doctor Mohr consulta su reloj.

—Huy, aborten, aborten. Hasta mañana por la mañana, chicos.

Immanuel contempla cómo el fibroso científico corre hacia la salida.

—Por lo visto, sabe muchísimo de esta nave espacial.

—Ya puede —contesta Jacob—. Al fin y al cabo, la ha pilotado en una ocasión.

—¿Qué?

Jacob se gira hacia él y sus penetrantes ojos azules se vuelven serios de pronto.

—El bucle en el tiempo, Manny. Cuando la Tierra sufra el cataclismo, el doctor Mohr será uno de los científicos seleccionados para la colonia de Marte. Sólo que no llegará a dicho planeta, porque su nave y otras más se verán atrapadas en las fuerzas gravitatorias del agujero de gusano.

—¿El doctor Mohr ha estado en Xibalba?

—Sí. Afortunadamente, él y otros pocos miembros de la hermandad lograron escapar antes de que la Abominación asumiera el mando de todo.

—Uf, aguarda un minuto. ¿Estás diciéndome que el doctor Mohr era un... un Guardián?

—Lo era, y lo será de nuevo, a no ser que nosotros regresemos a Xibalba y tengamos éxito. Él no se acuerda, pero en otro tiempo fue el gran sabio maya Kukulcán.

South Beach, Florida

El sol poniente ha teñido el Océano Atlántico de un profundo tono magenta.

Lauren permanece otros cinco minutos escondida en las sombras de un callejón y después cruza la A-1-A para dirigirse a la fila de garajes particulares que hay junto a la playa. Localiza enseguida el que pertenece a la familia Peacock e introduce el código de acceso.

Se abre el panel de aluminio y aparecen esquís acuáticos motorizados, tumbonas y una moto de color amarillo canario, de tres ruedas, para circular por las dunas, cuyo casco de fibra le da más la pinta de un bote que de un vehículo.

Lauren se sube a la cabina abierta del Anfibio, que tiene capacidad para dos pasajeros. Enciende el motor y sale del garaje, y a continuación se dirige en línea recta hacia el mar, dando botes por las dunas de hierba y por la arena.

Las olas arrastran el vehículo flotando y lo alejan de la playa. Entonces, las ruedas se retraen y sale un esquí por debajo de la punta de la proa al tiempo que en la popa desciende una hélice de palas.

Lauren enciende los motores. Toma rumbo norte sintiendo el viento que le silba en los oídos y rebotando en la superficie del agua a ochenta kilómetros por hora, recto hacia Cabo Cañaveral.

Hangar 13
Centro Espacial Kennedy
Cabo Cañaveral, Florida

Pavo asado. Con relleno. Boniatos. Pan recién horneado.

Immanuel sí que está lleno. Apoya la cabeza contra el tapizado de color violeta y suelta un eructo.

—Qué agradable.

—Lo siento, mamá, pero es que ha sido la mejor comida que he tomado en mucho tiempo. ¿Cuánto has tardado en sintetizarla?

Ella le lanza una mirada severa.

—La he cocinado. El pavo era auténtico, no esa porquería de soja sintética a la que le añaden potenciadores del sabor y sustancias químicas. Si se quiere comer comida de verdad, hay que tomarla al estilo antiguo.

En ese momento entra el Gran maestro Chong, con cara de preocupación.

—Jacob, ven, por favor. Y también tu hermano.

Dominique siente que la sangre huye de su rostro.

—¿Qué sucede?

El monje niega con la cabeza.

—Tenemos invitados.

Océano Atlántico
8.56 de la tarde

Lauren afloja el mando acelerador del Anfibio y enfila hacia la costa permitiendo que la embarcación se aquiete en el oleaje.

Se incorpora en la abierta cabina y se estira, porque nota las nalgas entumecidas. Lleva tres horas siguiendo la costa de Florida. Está agotada, dolorida y muerta de frío, y no ha dejado de cuestionarse su propia cordura a lo largo de casi todo el viaje.

Observa el panel de control y verifica rápidamente su posición en la pantalla LED del ordenador.

El antiguo faro de Cabo Cañaveral se encuentra media milla al norte. Justo delante de ella se alza el inmenso edificio que ha visto hace tan sólo unos días desde la carretera de la NASA.

«¿Días? A mí me parecen más bien años. Vale, si de verdad quieres hacer esto, pues hazlo…»

Acelera yendo detrás de la cresta de una ola y la cabalga hasta llegar a la playa, donde se activa el conmutador anfibio.

En el instante en que el esquí toca la arena, surgen tres neumáticos por debajo del chasis y al momento la embarcación se convierte en un vehículo de tierra.

Lauren estaciona la moto de tres ruedas en la arena seca, con la mirada puesta en la valla perimetral de doce metros de altura que discurre paralela a la playa.

AVISO: VALLA ELECTRIFICADA. PROHIBIDO EL PASO
POR ORDEN DEL GOBIERNO DE LOS ESTADOS UNIDOS.

Lauren lanza un fragmento de concha contra la valla.

¡Zap!

«Vale, listilla, ¿y ahora qué?»

De pronto se agacha de forma instintiva al ver los faros de un coche. Ve una limusina blanca y alargada que está aparcando enfrente de la entrada principal.

Se sienta y se rasca la cabeza, intentando comprender la súbita sensación de *déjà vu* que acaba de experimentar.

* * *

El Gran Maestro Chong, Dominique, Jacob e Immanuel están delante del panel de observación bidireccional, contemplando a los ocupantes de la sala contigua.

Sentado a la cabecera de una mesa de reuniones de madera de roble simulada se encuentra el presidente John Zwawa. A su izquierda se halla Alyssa Popov, y a su derecha un hispano miembro de VELLOCINO DE ORO.

—Danny Díaz —murmura Jacob—, la mano derecha de Dave Mohr. Al parecer, el muy cabrón nos ha vendido.

Entra en la sala de reuniones el doctor Mohr, con aire desaliñado, seguido de la mujer más despampanante que Gabriel ha visto en toda su vida. Es joven, como de su misma edad, pero tiene un porte más sofisticado. Y un cutis color moca. Tiene unos pómulos altos y acentuados por una melena negra y ondulada que le cae por la espalda, dura y firme, hasta la perfecta línea de la cintura. Sus labios son carnosos y tentadores, y las gafas de sol que lleva, oscuras y envolventes, le aportan un toque de misterio. Recorre la sala contoneándose en su pequeño mundo, con un pijama de seda color hueso que amenaza con deslizársele del cuerpo.

Manny la observa caminar, con los ojos muy abiertos.

—¿Quién es ésa?

Jacob está mirándola fijamente, como si estuviera viendo un fantasma.

—Problemas.

Se oye la voz del doctor Mohr emanando de los altavoces de la sala, que está insonorizada.

—Señora Mabus, sinceramente, no estoy muy seguro de lo que pretende usted. Al fin y al cabo, ya llevamos más de una década intentando aplicar la retroingeniería a esta nave, y…

—Se lo ruego, doctor Mohr, no empecemos nuestra relación con mentiras. —Su tono de voz es suave, pero indica que es mejor no discutir con ella—. ¿Daniel?

Danny Díaz activa una pantalla volumétrica plegada, que se eleva para mostrar la imagen tridimensional de la nave del Guardián girando por encima de la mesa.

—Hemos logrado acceder al programa de astrofotografía de la Balam. Y también hemos localizado la fuente de la
configuración electromagnética que esencialmente evitó que
nos aniquilásemos unos a otros en el año 2012.

Lilith da unos pasos por la sala como flotando, y se detiene bruscamente para contemplar su propia imagen reflejada en
el espejo bidireccional, a escasos centímetros de Jacob y Manny.

—¿Quién es, Jacob? —susurra Dominique.

De pronto Lilith sonríe igual que una hechicera y se levanta lentamente la blusa de seda para enseñar al espejo sus
pechos bronceados y del tamaño de dos pomelos.

Immanuel sonríe.

A Jacob casi se le para el corazón.

Y acto seguido, Lilith se quita las gafas y deja al descubierto la intensidad sociopática de sus ojos azul brillante.

Jacob agarra a su hermano gemelo del brazo y lo saca a
rastras de la habitación.

—Jacob, para…

—¡No! ¡Tienes que salir de aquí ahora mismo!

—Jacob, esos ojos… ¿Eran…?

—Sí. Ahora escúchame con mucha atención…

Bajan a toda prisa por un corredor hasta una puerta
con un rótulo que dice EQUIPO. Jacob teclea un código en el
panel, abre la puerta…

…y aparece una escalera que desciende y se pierde en
la oscuridad.

—Esta escalera lleva a la playa. Dame dos minutos
para que pueda desconectar la valla electrificada. Afuera está
tu novia.

—¿Está aquí Lauren? ¿Cómo lo sabes tú…?

—No hables, limítate a escuchar. Dirígete al sur. Procura
que no te vean en público. Busca a Frank Stansbury, es un amigo de la familia. Vive en Delray Beach, en los Western States.

—¿Y tú?

Jacob abraza a su hermano.

—¡No preguntes y corre! Acuérdate, Frank Stansbury. Y no entres en el nexo, porque la Hunahpú detectará tu presencia. ¡Vete ya!

Immanuel echa a correr escaleras abajo. Abre de una patada la oxidada puerta de acero y sale corriendo a la playa sintiendo el viento y el agua del mar que le salpica en la cara.

A su espada y a su izquierda se activan los reflectores de seguridad. Entonces se lanza de bruces al suelo y llega rodando hasta la base de la valla electrificada.

Los detectores de movimiento de los focos lo localizan. Lanza un puñado de arena a la valla, la cual chisporrotea debido a la estática. «¡Vamos, Jacob, desconéctala!»

Toma varias bocanadas de aire, mira en derredor, y luego lanza otro puñado de arena.

Esta vez no hay reacción eléctrica.

Se incorpora de un brinco, se agarra a la valla y comienza a escalar esa barrera de doce metros igual que una lagartija. Luego da un salto hacia la noche, cae, y aterriza de pie…

…en el preciso momento en que ve una figura conocida que corre huyendo de él, en dirección al océano.

Lauren, corredora de primer orden, cruza la playa a toda velocidad para huir de las sirenas y de los reflectores, con el viento silbándole en los oídos, intentando llegar al Anfibio.

—¡Lauren, espera!

«¿Sam?»

Deja de correr. Su novio viene dando tumbos y termina chocando con ella de costado.

—¿Lauren? —Sam la mira sin poder creérselo—. ¡Dios mío, eres tú!

Ella se arroja en sus brazos sollozando.

—Sam, estoy metida en un lío tremendo…

—Estamos metidos los dos. —Sam mira hacia atrás y descubre a los guardias de seguridad, armados—. Vamos, hay que moverse.

Mano con mano, ambos echan a correr playa abajo.

—¡No, por aquí! —Lauren tira de él en dirección al agua.

Sam descubre el Anfibio, y entonces vuelve a mirar atrás y ve que uno de los guardias está activando la pistola eléctrica.

«¡No!»

Sin hacer caso de la advertencia de su hermano, se introduce en el nexo…

…y el tiempo se ralentiza y empieza a avanzar a cámara lenta.

Detrás de él, abriéndose paso por entre ondas cuatridimensionales transparentes que parecen de gelatina, ve el brillante círculo de energía violeta disparado por la pistola eléctrica. Expandiéndose rápidamente por la playa, el anillo de luz paralizante intenta alcanzarlos…

…pero en eso, Manny aferra a Lauren por la cintura y se sube de un salto a la cabina del Anfibio.

—*Siento tu presencia, primo. ¿Por qué corres? ¿De qué tienes miedo?*

Manny acciona el motor, convierte el vehículo de tierra en una embarcación y acto seguido conecta el piloto automático y pone rumbo a Miami…

…al tiempo que la ola de energía se estrella contra ellos desde atrás y los deja inconscientes a los dos.

34

25 de noviembre de 2033
Buque *Pennsylvania*
Océano Atlántico
297 millas náuticas al este de Miami
viernes por la mañana

El capitán Robert Wilkins, Comandante de Operaciones de la Red Atmosférica-Fuerza del Atlántico, observa fijamente la imagen por satélite en tiempo real del superhuracán *Kenneth* proyectada en el gran monitor de la sala de control. Esta tormenta de categoría 6 se ha transformado en un verdadero monstruo de la naturaleza, con su ojo claramente definido sesenta millas náuticas al noreste de la isla Eleuthera y su remolino ya engullendo las Bahamas y azotando esas islas, evacuadas a toda prisa, con vientos superiores a 312 kilómetros por hora.

Wilkins se siente tan frustrado como preocupado. La entrega del gas MPK en el puerto de Miami no sólo se ha retrasado, sino que además ha sido escaso, ya que apenas llevaba suficiente nitrógeno criogénico a presión para llenar la mitad de los silos verticales. Los superhuracanes de categoría 6 exigen un mínimo de ocho barcos a plena carga. Wilkins tiene seis, apurando mucho, y *Kenneth* no es precisamente una tormenta corriente.

Se le acerca el oficial ejecutivo David Sutera para entregarle un papel impreso.

—Capitán, acabamos de recibir este GMT de última hora.

SUPERHURACÁN *KENNETH*

0400 GMT VIERNES 25/11/33

UBICACIÓN:	26°1'N 75°8'W
VELOCIDAD MÁXIMA DEL VIENTO:	315 km/h
RACHAS:	333 km/h
RUMBO Y VELOCIDAD DE DESPLAZAMIENTO:	W a 25,6 km/h
PRESIÓN:	941 mb
SE PREVÉ QUE ALCANCE LA COSTA:	SÁBADO 26/11/33 09:20 H
DESTINO:	MIAMI

—Dios santo, ha aumentado de velocidad.

—Se acaba de emitir una orden de evacuación obligatoria. Desde el norte de Cayo Oeste hasta el oeste de Palm Beach.

—Capitán, estamos en el ojo.

—Muy bien. Oficial de Cubierta, acérquenos. Marque rumbo dos, siete, cero, constante a cuatro nudos.

—Sí, señor, acercando. Marco rumbo dos, siete, cero, constante a cuatro nudos.

—Llévenos a profundidad de periscopio.

—Sí, señor, situando en profundidad de periscopio. Estable a sesenta pies.

Sutera pega la cara al periscopio y realiza un rápido barrido de 360 grados de la superficie.

—Confirmado, capitán, estamos en el ojo.

—¿Está la flota en posición?

—Señor, aún estamos esperando al *Wyoming* y al *Kentucky*. Cuatro minutos para el ETA. Todos los demás submarinos se encuentran aquí y en posición de espera.

Wilkins se da la vuelta a la gorra y mira por el periscopio.

El sol se refleja en un mar verde oliva de aspecto amenazador, con olas de nueve metros.

«Un oasis de calma en el interior del remolino…»

El capitán gira el periscopio al oeste y lo enfoca en la pared del ojo, que se va acercando. Es como si estuviera mirando hacia fuera desde el núcleo de un tornado. Se ve una pared de nubes de color morado que giran, se retuercen y cada pocos segundos se iluminan a causa de los relámpagos. La tormenta es un ser vivo, una bestia rabiosa.

—Señor, ya están todos los submarinos en posición.

Wilkins se retira del periscopio y se coloca bien la gorra.

—Muy bien. Oficial de Cubierta, llévenos arriba. Aumente la velocidad a dieciséis nudos.

—Sí, señor, subiendo a superficie. Aumentando velocidad a dieciséis nudos.

—Deme dos toques por debajo de la posición de la flota.

—Sí, señor, dos toques.

Suenan dos profundos gongs que se propagan por el mar para alertar a los otros submarinos Trident, que se han desplegado en abanico por la pared este del ojo del huracán.

—Oficial de la Red Atmosférica, le habla el capitán. Empiece a lanzar el gas MPK.

—Sí, señor, lanzando el gas MPK.

Situados entre los submarinos, dispuestos por parejas como si fueran árboles de acero, se encuentran los veinticuatro silos verticales de misiles, cada uno de los cuales alcanza a una altura equivalente a más de tres pisos. Originariamente diseñados para lanzar misiles balísticos nucleares Trident D-5 II, de sesenta y cinco toneladas, dichos silos han sido reconvertidos para albergar unos recipientes llenos de gas nitrógeno criogénico presurizado a los que se ha dado un tamaño compatible con el espacio disponible.

El oficial de la Red Atmosférica Matt Winegar activa el reloj digital de su tablero de control y pulsa EJECT-1 Y EJECT-2.

Al instante se abren las escotillas exteriores situadas en la parte superior del submarino. Segundos después, se expele a presión un chorro transparente de gas a través de unos tubos Venturi. Conforme el gas MPK va mezclándose con la atmósfera de baja presión y alto grado de humedad, se expande y se cristaliza formando una densa niebla que es succionada rápidamente hacia la pared del ciclón, que se halla cada vez más cerca.

Unas inmensas olas levantan el submarino y lo dejan caer de nuevo, haciendo que varios marineros desocupados echen a correr hacia la proa.

El oficial Winegar hace todo lo posible por ignorar el malestar cada vez más acentuado que siente en el estómago y se concentra en mirar su reloj. Cada cisterna de MPK debe vaciarse de forma programada para lanzarla hacia la tormenta; si se lanza demasiado gas de una sola vez, el ciclón se ahogará.

A los cuatro minutos comienza a parpadear una luz verde, la cual indica a Winegar que debe soltar los dos tubos siguientes.

La tormenta prosigue su avance hacia el este sin dejar de aumentar de tamaño. Su ojo occidental absorbe el gas al interior del remolino y lo dispersa por entre la masa de nubes turbulentas.

Allá en lo alto, entrando y saliendo de las nubes del huracán a modo de halcones de acero, se encuentran los Laboratorios Aéreos de Ciclones No Tripulados de la AGST. Estos dardos alados de metro y medio de largo cruzan las paredes del ojo del huracán recopilando datos de gran valor.

Los oficiales y la tripulación del *Pennsylvania* se agarran fuerte y observan los datos que aparecen en la pantalla, enviados por los vehículos de la AGST.

SUPERHURACÁN KENNETH: VIENTOS SOSTENIDOS DE 309 KM/H

Los vientos continúan disminuyendo. 291 km/h... 289 km/h... 286 km/h...

—Aquí el oficial de la Red Atmosférica. Todos los silos vaciados, capitán.

—Oficial de Cubierta, llévenos abajo. Marque profundidad cien pies.

—Sí, señor, descendiendo. Marco profundidad cien pies.

El capitán Wilkins se queda mirando los números de los vehículos de la AGST, animándolos a que disminuyan más deprisa. Sabe por experiencia que el gas MPK ha de reducir los vientos sostenidos por debajo de los 224 km/h para que el ciclo de retroalimentación de la tormenta se altere de forma significativa.

269 km/h... 267 km/h... 265 km/h... 267 km/h...

La tripulación deja escapar un quejido.

Wilkins aprieta los dientes. «No ha sido suficiente... ni de coña.» Lanza un resoplido de frustración.

—Puente de mando a radio. Contacten con la sede de la AGST. Adviértanles de que la red atmosférica no ha conseguido frenar el huracán.

South Beach, Florida
viernes por la tarde

Las olas rompen con suavidad contra un tramo de playa desierto. El sol castiga la cima de un cocotero, y una ráfaga de aire tropical hace caer un coco a la arena. Los pequeños cangrejos se hunden y luego salen disparados en dirección a tierra firme.

Immanuel Gabriel abre los ojos.

Está sujeto con el cinturón de seguridad al asiento del Anfibio, que ha varado por sí solo en la orilla. Se suelta el arnés y se gira para mirar a Lauren, que está detrás de él, también atada a su asiento.

—¿Lauren? Lauren, despiértate.

Ella abre los ojos y escupe un mechón de pelo que tenía metido en la boca.

—Aaah, tengo la cabeza…. ¿qué ha pasado?

—Nos han agredido con una pistola eléctrica. Pero antes conseguí activar el piloto automático. Por lo que parece, hemos logrado llegar a Miami.

Se apea despacio de la cabina y a continuación ayuda a Lauren a hacer lo mismo.

Ella se le abraza y apoya la cabeza en su pecho con un gesto de cansancio.

—¿Qué estabas haciendo en la NASA?

—Dios, no preguntes. Era algo así como… no sé, digamos que un compromiso familiar. Ya te lo contaré más tarde. ¿Qué estás haciendo tú aquí?

Lauren se aparta.

—Estoy metida en un buen lío. Han matado al profesor Gabeheart, ¡y sé que ahora vienen a por mí!

—A ver, cálmate. ¿Quién te persigue?

—Unos matones del gobierno. En Yellowstone está pasando algo, tenemos que darlo a conocer al público…

—ATENCIÓN.

Ambos levantan la vista, sobresaltados.

Se trata de un SAAP (Sistema Aéreo de Advertencia al Público), un vehículo volador manejado por la AGST para ayudar en la evacuación de zonas pobladas antes de la llegada de un huracán.

—ESTA ÁREA HA SIDO ACOTADA POR ORDEN DE LA AGST. EVACUEN LA ZONA Y ACUDAN INMEDIATAMENTE A UN REFUGIO PARA TORMENTAS, O DE LO CONTRARIO SERÁN DETENIDOS.

—El superhuracán *Kenneth*. Se me había olvidado por completo.

—Vamos.

Sam vuelve a subirse al Anfibio y prueba a poner el motor en marcha.

Nada.

—Jodida chatarra.

—¿NECESITAN ASISTENCIA?

—No, no, estábamos esperando a recargar la batería. — Lauren activa el cargador de la batería y seguidamente saca a Sam de la embarcación. Los dos se apresuran a salir de la playa.

El SAAP les sigue los pasos desde una altura de seis metros.

Lauren susurra frenética al oído de Sam:

—Están vigilando tu apartamento y el mío.

—¿Quién?

—¡Ellos! Los tipos que han matado a Gabeheart! —Le clava las uñas en el brazo—. Uno de ellos vino a buscarme al laboratorio. Me escondí debajo del suelo de la sala de informática y le oí decir que habían puesto vigilancia en los dormitorios. Si me encuentran, estoy muerta.

Salen de la playa y cruzan la avenida Collins. South Beach está desierto. No hay tráfico, y no se ve un solo coche ni un puesto de venta callejero.

—Esto pone un poco los pelos de punta.

—¡Sam!

—Vale, vale… —Mira a un lado y a otro, y acto seguido se esconde con Lauren debajo de una pasarela flotante—. Muy bien, empieza por el principio.

Lauren se lo cuenta todo y le enseña la cicatriz de la mano.

Al terminar el relato, Sam se recuesta contra una farola y se frota la frente.

—Por Dios, Lauren, ¿cómo te has metido en este embrollo?

—No lo sé.

—¿Y crees de verdad que esa gente está relacionada con alguien del gobierno?

—¡Sí! ¿Es que no me has escuchado?

—Está bien, está bien.

—Sam, ese SAAP dará la voz de alarma a los policías. Tenemos que largarnos de aquí.

Sam recuerda las últimas palabras de Jacob.

—Creo saber adónde podemos ir.

Hangar 13
viernes por la tarde

El aparcamiento del Hangar 13 está lleno hasta los topes.

Los empleados de HOPE van llegando en coche y en autobús, y los miembros del consejo en aviohelicópteros particulares. Forman un ejército invasor de técnicos y científicos, ingenieros y socios, todos esperando su turno para ver la nave espacial alienígena que se encuentra en el hangar principal.

Dentro del complejo, lejos de la acción, aparecen cuatro personas que se hallaban escondidas debajo del edificio japonés en forma de A.

Los dos guardaespaldas, *Sal* y *Pimienta*, montan guardia en el porche delantero. Ambos llevan un traje de aluminio EMP, diseñado para proteger su sistema nervioso de los efectos de las armas que disparan descargas eléctricas. Dominique está dentro del hogar de Jacob, aguardando ansiosa a que su hijo termine de trabajar en el ordenador.

Mitchell Kurtz examina el patio con ayuda de sus gafas inteligentes.

—Allá vamos. Entrada norte. Veo cuatro guardias, todos con pistolas aturdidoras.

—Son tuyos —contesta Pimienta—. Yo me encargo de Dom y del chico.

Jacob termina de enviar la información desde su terminal.

—Ordenador, termina de enviar la información al ordenador central y después borra todos los datos... Contraseña: Gabriel Alfa-Zulu-Delta-4 Ahau, 8 Cumku.

DATOS ENVIADOS. TODOS LOS DATOS SE HAN ELIMINADO.

—¿Jacob?

—Madre, escúchame con atención. Vete con *Sal* y *Pi-*

mienta, ellos te sacarán de aquí. Recoge a Eve Mohr y luego reúnete conmigo en el punto de encuentro.

—¿Y Manny?

—No le va a pasar nada. —Esboza una sonrisa forzada y a continuación la abraza con fuerza—. Recuerda que has de hacer exactamente lo que hemos acordado, y que te veré enseguida.

Pimienta abre de un tirón los paneles de *shoji*, con tal fuerza que los arranca literalmente del marco.

—¡Tenemos que marcharnos ya mismo!

Agarra a Dominique del brazo y la saca medio en volandas por la destrozada entrada.

Ella mira atrás.

Jacob ya no está.

Mitchell Kurtz levanta la vista con expresión serena cuando cuatro guardias de seguridad de Mabus, fuertemente armados, se le acercan tras cruzar el puente.

—Buenas tardes, amigos.

—No se mueva. Ni siquiera pestañee.

Kurtz sonríe. En un milisegundo, su energía de pensamiento es procesada y enviada a través de la derivación neural conectada a su bíceps, y acciona la pistola eléctrica que lleva sujeta al antebrazo.

Los cuatro guardias se desmoronan igual que un castillo de naipes.

Jacob está en el jardín central de su casa, sentado en la postura del loto. Al detectar el cambio de temperatura, abre los ojos.

Lilith lo está mirando fijamente desde el *shoji* abierto.

—¿Jacob?

Jacob la observa a su vez como si estuviera viendo una cobra que se le acerca. La sonrisa de Lilith le provoca un intenso hormigueo en la ingle.

—Siempre he sospechado que seguías vivo... siempre he sentido la sombra de tu presencia. —Sus ojos relampaguean en un tono violeta—. ¡Me abandonaste!

—No debería haberlo hecho. Perdona.

—¿Perdona? ¿Esto es todo lo que se te ocurre decir? Eras el único amigo que tenía, la única persona que me quería. Todas esas promesas... eran mentiras.

—Sí que te quería, Lilith, y te sigo queriendo.

—Cabrón.

Lilith empieza a girar alrededor de él, le roza el pecho y el cuello con la punta de los dedos, acerca los labios a escasos centímetros de su boca, el intenso resplandor azul de los ojos de ambos se refleja en las mejillas de uno y otro.

Lilith se acerca un poco más y permite que su cadera se roce ligeramente contra la ingle de él.

—Te doy miedo. ¿Por qué me tienes tanto miedo, Jacob?

Jacob siente el aroma de Lilith en las fosas nasales, mezclado con su sangre.

—Tengo miedo... de mis sentimientos.

—Falso. Tienes miedo de lo que voy a ser. Pero, igual que tú, yo soy simplemente producto de mi entorno. Lo cual quiere decir que tú has contribuido a crearme, del mismo modo que yo te he creado a ti.

Sonríe. Se aproxima. Se detiene. Le lame los labios.

Jacob siente que lo inunda una oleada de locura cuando su boca se estrella contra la boca de Lilith y ambos se funden en un estrecho abrazo... dos víctimas de la sociedad, dos polos opuestos, dos almas solitarias que comparten un prometido instante de pasión.

Lilith le jadea en el oído al tiempo que sus dedos luchan por desabrocharle la hebilla del pantalón...

...y la mano de Jacob se desliza por la piel de seda de ella en busca de la humedad de la zona púbica, mientras su conciencia le grita sin cesar: «¡No, Jacob, detente, Jacob, detente, basta... basta... BASTA YA!».

Saca la mano de golpe y aparta de sí a Lilith.

—No puedo… ¡no puedo hacer esto!

Los ojos azules de Lilith están rebosantes de lujuria, sus labios se ven enrojecidos e inflamados por el beso.

—Nuestro destino es estar juntos.

—No… es demasiado peligroso.

—Yo te deseo, Jacob. —Se quita la prenda de arriba y deja al descubierto los pechos—. Deseo sentirte dentro de mí, y no pienso aceptar una negativa.

Y de repente se coloca encima de él y lo viola desde del interior del nexo. La mente de Jacob se zambulle dentro del vacío para acudir a su encuentro. El torso desnudo de Lilith se restriega arriba y abajo contra la pelvis de él, y la intensidad del momento se ve multiplicada por cien dentro de ese pasillo sobrenatural.

Y en su único momento de debilidad, Jacob explota dentro de Lilith y planta su semilla Hunahpú en lo más profundo del útero, ya preparado para recibirla.

Agotadas y vaciadas, las mentes de ambos salen del nexo. Lilith se derrumba sobre el pecho de Jacob.

—Eres mi alma gemela, siempre lo serás.

Jacob Gabriel la rodea con sus brazos y rompe a llorar.

Sal y *Pimienta*, escoltando a Dominique, cruzan la puerta abovedada y salen al corredor principal.

—¡Un momento! —Los dos guardias de seguridad de MTI apostados al final del pasillo levantan sus armas—. Nadie puede salir del edificio sin el permiso de la señora Mabus. Deténganse o disparamos.

Los tres continúan corriendo hacia ellos.

El guardia principal abre fuego…

…pero la descarga eléctrica es inmediatamente absorbida por los trajes.

—Maldita sea…

Ryan Beck es el primero en alcanzarlos. Agarra a cada guardia por la nuca y les estampa la cabeza contra la puerta de acero. Ambos pierden el conocimiento.

Delray Beach, Florida

El chalé que se alza al final de la calle sin salida es similar a las otras mansiones que hay en esa urbanización, muy privada y enteramente vallada, de West Delray. Al igual que otros chalés, da a un lago situado en un terreno que abarca 1,2 hectáreas. Cuenta con pista de tenis, cancha de baloncesto y piscina, pero rara vez se usan dichas instalaciones, como no sea cuando vienen de visita los nietos. De hecho, lo único que usa el propietario últimamente son las antenas parabólicas y, por supuesto, el personal de seguridad privada, que vive en la propia casa.

Unas nubes de tormenta han nublado el cielo para cuando el Anfibio de color amarillo canario se detiene derrapando delante de la cabina de portero automático que hay a la entrada de la urbanización.

Immanuel Gabriel se apea y pulsa el panel de identificación.

—PERMANEZCA JUNTO A SU VEHÍCULO, SEÑOR. ¿QUÉ DESEA?

—Soy Samuel Agler y vengo a ver a Frank Stansbury.

—NO SE RETIRE.

Unos goterones de lluvia se estrellan contra el pavimento multicolor. «Vamos...»

—AGUARDE UN MOMENTO. EL VEHÍCULO DE SEGURIDAD DEL SEÑOR STANSBURY LO ACOMPAÑARÁ HASTA LA CASA. QUE TENGA UN BUEN DÍA.

Para cuando el vehículo de seguridad llega a la entrada, las gotas de lluvia se han transformado en un aguacero. Del asiento de atrás se baja un guardia armado y les hace una seña a Immanuel y a Lauren para que entren.

Mientras la verja se cierra y ellos se internan en el complejo, llega un remolque para llevarse al Anfibio.

Dentro del coche, el conductor no pronuncia palabra. Immanuel se da cuenta de que a Lauren le está temblando la mano y le da un apretón.

El vehículo penetra en el camino de entrada de una mansión y se detiene delante de una enorme puerta cochera cuyo tejadillo les protege de la lluvia.

El conductor se gira hacia ellos.

—Pueden salir. El señor Stansbury los está esperando dentro.

Se apean del vehículo. Manny da unos golpecitos en la imponente puerta de roble de doble hoja.

Se abre la puerta y deja salir un aroma a jamón glaseado.

El afro-americano tiene una postura encorvada. Sus ojos se ven hundidos y chispeantes detrás de unas gafas pasadas de moda. El pelo que le queda es de color gris.

En cambio la sonrisa de búho es genuina, y la voz resulta familiar.

—Hola, Manny. Te estaba esperando.

Ennis Chaney, ex presidente de Estados Unidos, rescata de la intemperie a su asombrado ahijado.

35

25 de noviembre de 2033
Delray Beach, Florida
viernes por la noche

Manny está sentado solo en el sofá que hay enfrente del escritorio de caoba de Ennis Chaney, sintiéndose perdido en el tiempo.

—¿Jacob le ha dicho que yo iba a venir?

—Hace años. La capacidad de tu hermano para predecir determinados sucesos me convenció hace ya mucho de que debía hacerle caso.

—¿Y qué pasa ahora?

—No lo sé. Jacob me dijo que debía esperar tu visita, nada más. Así que vamos a hablar de tu novia. Una joven encantadora. ¿Por qué no le has dicho quién eres en realidad?

—¿Cómo voy a decírselo? ¿Cómo se le dice a la persona que uno ama que ha estado viviendo una mentira, que no es la persona que afirmaba ser?

—Se merece saberlo. ¿Qué pasa si tenéis hijos? Podrían volverse iguales que Jacob.

—Ya lo sé.

—Pues díselo.

—Se lo diré.

—¿Cuándo?

—Pronto.

—Esta noche.

Immanuel mira a su padrino.

—¿Por qué esta noche? ¿Qué prisa hay?

—Tú díselo esta noche. —Se reclina en su sillón—. Venga, dile que venga, a ver si yo puedo ayudarla a salir del lío en que se ha metido.

Immanuel la encuentra en una de las habitaciones de invitados, poniéndose ropa seca.

—Lauren, acabo de hablar con Chaney. Quiere ayudar.

—Gracias a Dios. —Lauren abraza a su prometido y después lo acompaña de vuelta al despacho.

Chaney se recuesta en su sillón y reflexiona unos instantes.

—Muy bien, joven, digamos que está usted en lo cierto. Digamos que el profesor Gabeheart ha sido asesinado porque sospechaba algo que otras personas deseaban mantener en secreto. ¿Cómo lo demostramos? ¿Dónde están las pruebas?

—La prueba está en Yellowstone —replica Lauren—. La prueba se halla oculta debajo de las fuentes termales y de la caldera.

—Suponiendo que la situación sea tan grave como dice usted, que la caldera está preparándose para entrar en erupción, ¿quién iba a querer mantenerlo en secreto? ¿Y cómo iban a hacerlo?

—Cerrando el parque. Desean mantenerlo en secreto para evitar que cunda el pánico.

—Señor... esto, presidente, necesitamos que usted saque a la luz el asesinato de Gabeheart y el asunto entero. Al hacerlo, esas personas ya no necesitarán hacer callar a Lauren.

Chaney hace un gesto de asentimiento.

—Está bien, considéralo hecho. Para el domingo por la mañana, esa información estará ya en poder de todos los medios de comunicación del mundo entero. Y sólo entonces haremos entrar en acción al FBI. ¿Os parece un buen plan?

—Oh, Dios, muchas gracias. —Lauren se enjuga unas lágrimas de gratitud—. Se lo agradezco mucho. Y gracias a Dios que es usted hincha del Miami. —Se vuelve hacia Immanuel—. Sam, no tenía idea que tu padre tuviera amigos tan influyentes.

Manny se encoge de hombros.

Chaney muestra una ancha sonrisa.

—Por ahora, los dos os quedaréis conmigo. Se acerca una buena tormenta, pero no tiene por qué ocurrirnos nada. —Se levanta y se dirige a la puerta del despacho tambaleándose igual que un veterano de guerra—. Venid, mi mujer ha preparado un banquete de Acción de Gracias. Y ya podéis coméroslo todo, porque si no me quedarán sobras hasta después de Navidad.

Hangar 13
Centro Espacial Kennedy
Cabo Cañaveral, Florida

Lilith y Jacob se encuentran de pie, cogidos de la mano, frente a la entrada sellada de la Balam.

—Increíble —susurra ella—. ¿Y esta nave fue construida por tus antepasados Hunahpú?

—No —replica Jacob—. Su origen sigue siendo un misterio.

En ese momento se reúnen con ellos en la plataforma pórtico Danny Díaz, el doctor Mohr, Benjamin Merchant y dos guardias se seguridad grandes como dos gorilas.

Merchant sonríe.

—Cielos, querida Lilith, estás resplandeciente. Me siento profundamente celoso.

Jacob mira hacia abajo. Se han juntado más de seiscientos técnicos de MTI, científicos y VIPs, todos esperando visitar el interior de la estilizada nave de paneles de oro.

Lilith le ronronea al oído:

—Ábrela, amor mío.

—Por supuesto. —Jacob cierra los ojos.

La puerta sellada de la Balam se abre deslizándose suavemente.

Lilith da un paso adelante...

...y de pronto se ve arrojada por el borde de la barandilla y se precipita sobre la multitud que aguarda abajo.

Jacob Gabriel, convertido en una mancha borrosa, aferra al doctor Mohr por la muñeca y lo mete de un tirón en el interior de la nave.

Lilith aterriza encima de los presentes.

—¡Jacob! —Enseguida se incorpora—. Maldito seas, Jacob...

Y a continuación se desliza al interior del nexo.

Jacob ayuda a Dave Mohr a ponerse de pie.

—¿Se encuentra bien?

El científico afirma con la cabeza.

—¿Qué ha ocurrido?

—No hay tiempo para explicaciones, usted aguante.

* * *

Por todo el hangar se oye un retumbar en tono grave, como el de un generador, que rápidamente va aumentando de intensidad hasta convertirse en un zumbido sordo.

El pórtico se sacude, y al verlo la masa de visitantes echa a correr hacia las salidas más próximas.

Lilith sale lanzada del nexo cuando los motores de la Balam, aletargados durante tanto tiempo, se ponen en marcha. Por debajo del casco surge una ola invisible de energía electromagnética que hace que todo salga despedido: personas, equipos y diez años de polvo acumulado.

Apoyada en ese colchón de energía, la nave alienígena comienza a elevarse. Las placas dorsales rompen el techo y lo atraviesan. Las vigas metálicas y demás materiales se vienen abajo como si fueran ramas secas.

Lilith consigue salir de debajo del pórtico caído y contempla, chillando de rabia, cómo la nave espacial Balam desaparece entre las nubes grises de tormenta del superhuracán *Kenneth*.

Delray Beach, Florida
11.37 de la noche

Un viento racheado de 208 kilómetros por hora azota las calles desiertas de los condados de Dade, Broward y Palm Beach, anunciando la llegada de las capas más exteriores del superhuracán *Kenneth*. El mar, antes tan calmado, ahora se agita con olas de diez metros, y la tormenta sumerge la playa antes de descargar unos fenomenales muros de agua que inundan la carretera panorámica A-1-A. Las olas llegan hasta los escaparates de las tiendas. Un tremendo aguacero arranca hojas de palmera y escombros de todo tipo, y convierte la basura en una lluvia de misiles en miniatura.

Y eso que el ojo del huracán todavía se encuentra en el mar, a nueve horas de ahí.

Acurrucado bajo la manta, Immanuel Gabriel, desnudo, se enrosca al cuerpo de Lauren y le frota la nuca con la nariz, mientras fuera de la casa los fuertes vientos golpean con violencia las persianas de acero especiales para huracanes.

—En tus brazos me siento segura —susurra Lauren.

—Te echaba de menos.

—¿Qué hacías en el Cabo?

—Estaba… visitando a un familiar.

Ella se da la vuelta para mirarlo.

—¿A quién?

—A mi madre. Mi madre biológica.

—No entiendo.

—Lauren, soy adoptado. No te lo he dicho nunca porque, bueno, se puede decir que los borré de mi vida hace mucho tiempo.

Lauren se incorpora en la cama.

—¿Hay más?

—Tengo un hermano. Lo he visto por primera vez esta semana, en seis años. Tiene problemas, problemas mentales. Es posible que mi madre tenga que internarlo en un psiquiátrico. Por eso he tenido que ir al Cabo esta semana. Quería que lo viera antes de que lo encierren.

—No sé qué decir. ¿Tú te sientes bien con todo ese asunto?

—Supongo que estoy un poco molesto.

—¿Puedo conocerlos?

—Algún día.

Lauren apoya la cabeza en el pecho de Sam.

—Durante todo este tiempo he tenido la terrible premonición de que estabas pensando dejarme.

Immanuel traga el nudo que tiene en la garganta.

—No voy a dejarte.

—¿Lo prometes?

Afuera se oye el aullido del viento, e Immanuel la abraza con más fuerza.

—No voy a dejarte, Lauren. Te lo prometo.

Sala de Control de HOPE
Centro de Operaciones de MTÏ
Cocoa Beach, Florida
sábado
2.35 de la madrugada

Lilith Mabus se encuentra en el despacho privado de su difunto marido, sentada frente a una pared de pantallas de ordenador. Las dos filas superiores son enlaces en tiempo real emitidos por NATS (Nanosat Trailblazer® Spheres), racimos de satélites no más grandes que un balón de baloncesto. Hay miles de esferas como ésas orbitando la Tierra, escaneando cada centímetro cuadrado del planeta.

Pese a la amplia cobertura de los NATS, la nave espacial alienígena no aparece por ninguna parte.

—Ordenador, reproduce la secuencia de seguridad.

Se activa otra serie de monitores que muestran diferentes ángulos de la valla perimetral de seguridad que rodea el Hangar 13.

De pronto aparece en pantalla la figura de un hombre de cabello oscuro. Cruza el complejo y se encamina hacia la valla. Hace un alto, y después prácticamente salta por encima de la barrera de acero antes de perderse en la noche.

Los ojos azules de Lilith se abren como platos.

—Ordenador, rebobina y reproduce la secuencia a la mitad de velocidad.

La imagen se reinicia.

—Congela. Enfoca la cara del sujeto. Amplía a diez aumentos.

Un cuadrado azul enmarca el rostro del hombre, lo expande y lo enfoca.

En la pantalla aparece la imagen de Samuel Agler, congelada en el tiempo.

«El gemelo de Jacob… ¡El gemelo moreno está vivo!»

—Ordenador, identifica al sujeto.

SAMUEL AGLER, IDENTIFICACIÓN
13-9-23-FL-742-45-M.
EL SUJETO ES UN ATLETA DE LA
PCAA MATRICULADO
ACTUALMENTE EN LA UNIVERSIDAD DE MIAMI.

Lilith bate palmas, encantada.

—¿De modo que Samuel Agler *el Mulo* es Immanuel Gabriel? Ordenador, busca en todos los medios y enlaces de comunicación gubernamentales. Comprueba las identificaciones existentes en todos los refugios para huracanes y en todos los medios de transporte. Quiero encontrar a Samuel Agler antes de que amanezca.

Delray Beach, Florida
7.50 de la mañana

La furia del superhuracán Kenneth barre el territorio del sur de Florida igual que un toro desbocado, arrancando árboles de cuajo, llevándose tejados de tejas antiguos, engulléndolo todo en un torbellino de viento y agua.

Guiada por su piloto automático, la limusina negra va abriéndose paso a través de la tormenta, y por fin llega a la mansión a nombre de Frank Stansbury. El vehículo se aparca solo bajo la enorme puerta cochera y de él se baja una mujer que corre a toda prisa a la entrada principal de la casa.

Dominique se sacude el agua del pelo y da un abrazo a Ennis Chaney.

—¿Dónde está?

—En la ducha. También está aquí su prometida.

—¿Está aquí Lauren? ¿Se lo ha contado?

—Ha dicho que iba a contárselo.

En ese momento aparece Lauren en el vestíbulo vestida con un chándal.

—¿Que si me ha contado qué? ¿Quién es usted?

Dominique se apresura a sonreír.

—Soy la madre de Immanuel. Me alegro mucho de conocerte por fin.

Lauren parece un tanto confusa.

—¿Immanuel? ¿Quién es Immanuel?

—Yo —dice Manny saliendo del cuarto de baño.

—No entiendo nada.

—Lauren, ésta es mi madre verdadera, Dominique Gabriel.

—¿Gabriel? Immanuel Gabriel... —De repente establece la relación—. Oh, no... Oh, Dios mío...

—Lauren...

Ella empuja a Manny a un lado y después se tapa la boca con la mano, luchando por respirar.

—Pero si estás muerto... ¿Y Sam... quién es Sam?

—Cálmate y escucha...

—Me has mentido... todos estos años.

—No he tenido más remedio. ¿Entiendes que haya tenido que mentir? Si esto llegara a saberse...

—Tenemos que irnos —anuncia Chaney.

—¿Adónde? —preguntan Dominique y Lauren al unísono.

—Jacob me ha dado instrucciones muy explícitas. Iremos en tu limusina. Dominique, Manny, vámonos. Lauren, tú debes quedarte.

—Ni hablar. —Lauren se engancha del brazo de Immanuel—. Yo voy a donde vaya él.

—De eso, nada —afirma Chaney.

—O viene ella, o me quedo yo —dice Immanuel.

Chaney fulmina con la mirada a su ahijado, el cual le devuelve la misma expresión.

—Maldita sea, ya soy demasiado viejo para estas tonterías. —Mira a Lauren, que está desesperada—. ¡De acuerdo, todo el mundo al maldito coche!

Laboratorio de Meteorología
Universidad de Miami
7.50 de la mañana

El Centro de Meteorología es un hervidero de actividad. Decenas de técnicos de la Agencia de Gestión de Sistemas Terrestres siguen la trayectoria del superhuracán *Kenneth*, cuyo monstruoso ojo se encuentra a menos de veinte millas de la costa.

Bruce Doyle contempla la imagen del ciclón en su pantalla. «Santo cielo, va directo a Biscayne Bay...»

Dos pisos más abajo, el agente especial Collin Shelby bebe lentamente su café mientras espera el último despacho codificado de la sede de UMBRA en Virginia.

Veinte horas antes, el novio de Lauren Beckmeyer envió una comunicación no protegida desde Miami Beach. Los satélites espía localizaron de inmediato a los dos sujetos, que se habían dirigido hacia el norte y se habían refugiado en una casa de Delray Beach cuyo propietario era un piloto de aerolíneas jubilado de nombre Frank Stansbury. Ese último dato resultaba bastante desconcertante. «¿Y si se tratara de otro ataque biológico?»

De pronto empieza a vibrar el comunicador de Shelby. Se pone las gafas de sol y lee el mensaje encriptado que aparece en la cara interior de las lentes tintadas.

ALERTA: VEHÍCULO DEL SUJETO VIAJANDO AL SUR
POR LA SH-95, DIRECCIÓN MIAMI.
ZONA DE INUNDACIÓN.

Shelby se frota los ojos cansados por la falta de sueño. «Zona de inundación» es el término que emplea UMBRA para matar al sujeto y a todos los testigos. Sea cual sea el acto de terrorismo que están planeando Lauren Beckmeyer y sus cómplices, debe de tratarse de algo de grandes dimensiones.

El asesino del gobierno examina sus armas y acto seguido coge su impermeable y se encamina hacia la puerta.

Dentro de la limusina
Miami Beach, Florida
9.36 de la mañana

Immanuel da un ligero apretón a la temblorosa mano de Lauren.

Van sentados en el asiento trasero de la limusina, junto con su madre, Ennis Chaney y la esposa del doctor Mohr, Eve. Los dos guardaespaldas van sentados delante, rezando para que el piloto automático los guíe hasta su secreto destino antes de que el superhuracán *Kenneth* acabe con ellos de un plumazo.

El viento aúlla con tanta fuerza y la lluvia golpea el exterior con tal violencia, que la comunicación se hace imposible. Sólo el ex presidente sabe adónde se dirigen, y se niega a decirlo.

Al cabo de noventa minutos de conducción ininterrumpida, salen de la interestatal y empiezan a zigzaguear por calles anegadas por el mar y la lluvia.

Veinte minutos después, el vehículo se detiene bruscamente.

La lluvia ha amainado y el aullido del viento se ha aflojado hasta convertirse en un silbido agudo, como si hubieran estacionado en el interior de un túnel.

Immanuel pega el rostro a la ventanilla a prueba de balas. Al otro lado del cristal empañado ve una pared de ladrillo.

—Un momento... este sitio lo conozco.

Chaney consulta el reloj,

—Y tanto. Es uno de los pasajes de emergencia para vehículos del estadio MTI. —Toca a Kurtz en el hombro—. En cualquier momento pasará sobre nosotros el ojo del huracán. Cuando llegue, abra la entrada y llévenos recto al campo de juego.

—Sí, señor.

A Immanuel se le acelera el corazón. «Jacob está orquestando algo... ¿pero qué?»

Lauren lo mira como si acabaran de conocerse.

—Deberías habérmelo contado... Manny.

—No podía. Procura entenderlo, ocurrió hace una eternidad, no era el que soy ahora.

—Ya no sé quién eres. ¿Me quieres, por lo menos?

—Lauren...

De pronto el viento deja de silbar.

Ryan Beck se apea del vehículo, apunta su rifle láser y destroza de un tiro la cerradura de la entrada. Kurtz guía la limusina por la rampa de hormigón sirviéndose del parachoques reforzado para abrirse paso a través de las puertas de hierro sin bisagras.

La limusina remonta una riada de agua y después sale al inundado campo de juego.

Kurtz maniobra para llegar hasta la línea de las cincuenta yardas y se detiene. Al cabo de unos momentos deja de llover y cesa el viento. Unos retazos de cielo azul y de sol caldean el anegado césped.

Se encuentran en el ojo mismo del huracán.

Todo el mundo se baja del coche y se pone a andar con el agua a media pierna.

Lauren mira el cielo.

—¿Cómo es posible? ¿Cómo sabía que el ojo del ciclón iba a pasar precisamente por este punto?

Immanuel Gabriel está temblando como un flan. Su mente le pide a gritos que eche a correr, que se largue echando do leches de ese estadio mientras pueda.

—¡Miren! —Kurtz señala la pared occidental del ojo de la tormenta. Del inquietante torbellino gris plomo ha surgido un objeto. Tiene forma de daga y está cubierto por unos paneles dorados espejados que reflejan los rayos del sol.

«La Balam...»

Immanuel cae de rodillas, hiperventilando, y recuerda lo que le dijo Jacob: ...*dentro de siete días pasará cerca de Marte la boca más próxima del agujero de gusano. Para acudir puntuales a esa cita tendremos que partir de la Tierra dentro de noventa y ocho horas.*

La nave espacial del Guardián permanece unos instantes suspendida sobre el campo inundado, luego desciende y deposita su tren de aterrizaje en tierra con un colosal impacto, al tiempo que su campo de fuerza se disipa enviando ondas que se propagan en todas direcciones.

Ryan Beck sostiene a Dominique, que está a punto de desmayarse.

Lauren mira boquiabierta el objeto y luego se gira en redondo para decirle a su novio:

—El *Popol Vuh*... ¡la leyenda de los Héroes Gemelos! Todo este tiempo tú sabías esto... ¡sabías que ibas a dejarme!

—Es su destino —confirma Jacob descendiendo de una rampa situada debajo de la nave espacial, seguido del doctor Mohr. Al ver a su esposa, el científico de la NASA, con lágrimas en los ojos, corre hacia ella atravesando el césped encharcado y la abraza.

Jacob observa a Chaney con mirada severa, con sus ojos azules teñidos de violeta por efecto de la cólera.

—He sido muy concreto. Se suponía que la chica no debía estar aquí.

—No me eches la culpa a mí —replica con voz ronca el ex presidente—. Tu hermano ha insistido.

El gemelo de cabellos blancos se vuelve hacia su hermano.

—Despídete, Manny. Tenemos que embarcar en la Balam antes de que pase el ojo del huracán.

—Yo no voy —declara Immanuel.

—No tienes otra alternativa.

—Acaba de decir que no va —tercia Lauren, interponiéndose entre ellos.

Jacob no le hace caso.

—Manny, debes fiarte de mí, aquí no hay nada para ti. Aunque te quedaras, Lilith Mabus te perseguiría, y estaría todo perdido.

—No.

—En ese caso no me dejas otra opción.

Jacob se desliza al interior del nexo y aferra a su gemelo desde atrás para inmovilizarlo en una llave de lucha y obligarlo por la fuerza a subir a la nave.

Immanuel entra en la zona y comienza a forcejear para zafarse de su contrincante, más fuerte que él.

—Suéltame...

—¡Por una vez en tu vida, confía en mí!

—¡No!

—¡El futuro de la humanidad depende de que cumplas tu destino...!

—¡Te equivocas! ¡Mi destino no es irme! ¡Lauren me quiere!

—A Lauren la puedes dar por muerta.

—¿Qué? —Un tsunami de rabia inunda a Immanuel y le deja los músculos rebosantes de adrenalina. Gira sobre sí, agarra la cabeza de Jacob con ambas manos, hinca una rodilla en el suelo y voltea a su hermano por encima del hombro, el cual se estampa contra el césped empapado de agua.

Los dos Hunahpú salen a trompicones del nexo.

Dominique interviene en la pelea separando a sus dos hijos.

—¡Jacob, basta! Déjalo en paz! Manny... Dios mío, Manny, ¿qué tienes en los ojos?

Jacob se fija en su gemelo. Los iris de Immanuel irradian un azul luminoso y penetrante, igual que los suyos.

—Está ocurriendo. Está transformándose, convirtiéndose plenamente en un Hunahpú. Manny, muy pronto lo verás todo claro, pero si queremos tener alguna esperanza de rescatar a Mick, hemos de darnos prisa.

—¿Mick está vivo? —Dominique aferra a Jacob por los hombros—. ¿Cómo lo sabes? ¿Cómo puedes tener la certeza?

Immanuel se coge de la mano de Lauren.

—Jacob afirma que habla con él.

—¿Has estado hablando con tu padre? ¿Cómo? ¿Y por qué no me lo has dicho?

Jacob lanza una mirada hacia atrás, hacia la pared del ojo del huracán que se aproxima.

—No tenemos tiempo para esto, hemos de darnos prisa. El campo de fuerza de la Balam no va a poder manipular la tormenta mucho más tiempo.

—Vete tú. Yo no pienso ir a ninguna parte.

—¡Manny, nuestro destino se encuentra en Xibalba!

—El tuyo; el mío, no. Mi destino es quedarme. Piénsalo bien. La Balam debería haberse abierto para mí, pero no ocurrió.

—En aquel momento no eras plenamente Hunahpú.

—Ni tampoco lo era Mick, pero para él sí que se abrió.

—No tenemos tiempo para estas tonterías. —Jacob se vuelve hacia Kurtz—. ¡*Sal*, atúrdelo!

Kurtz niega con la cabeza.

—Manny ha dicho que desea quedarse. Él decide.

—*Pimienta*…

—No te inmiscuyas, Jacob. Déjale decidir a él.

Jacob se acerca a su hermano, cada vez más desesperado.

—Manny, escucha… por favor. Hacen falta dos personas para resucitar a nuestro padre y salvar a los Nephilim. No puedo hacerlo yo solo.

—Entonces llévame a mí —exige Dominique.

—Madre…

—¡Te digo que me lleves!

—Imposible.

—¿Imposible? ¡No me digas que es imposible! Llevo veinte años bajando la cabeza ante todos tus caprichos. Te he dedicado mi vida entera, a ti y a esto, a esta mitología maya, y siempre con la esperanza de volver a ver a Mick. ¡De modo que ahora vas a llevarme con él!

Collin Shelby cruza a la carrera un río de agua de lluvia que corre por el interior del túnel de hormigón en pendiente y permanece unos instantes pegado a la pared de ladrillo, oculto en las sombras, examinando el grupo de personas a través de la mirilla de su rifle de francotirador XE-29.

«Aislados en mitad del campo... esto va a ser como disparar a unos patos en un estanque. Oh, pero... ¿qué es eso?». Enfoca los trajes EMP que llevan puestos los dos guardaespaldas y una de las mujeres. «Voy a tener que usar los proyectiles de tungsteno.»

Shelby carga un dardo de tungsteno en la recámara de su rifle y acto seguido cambia el gatillo de la posición de disparo eléctrico a balas de explosión. A diferencia de las balas de antes, estos letales proyectiles contienen el moderno biocida tipo *nanoinvasión* EPI-46, un agente que se expande muy deprisa y que consume la carne humana. El más mínimo contacto constituye un golpe mortal.

El asesino de UMBRA toma posiciones y apunta la mira de su arma.

—Piénsalo bien, Jacob —suplica Immanuel—. Llevas seis años ideando estrategias para derrotar al centinela de Xibalba, y nunca has ganado. ¿No se te ha ocurrido pensar que ellos también saben que vamos a ir?

Jacob se queda mirando a su hermano, sopesando dicha idea.

—Dices que has estado comunicándote con nuestro padre. ¿Cómo sabes que Lilith no te ha escuchado a hurtadillas? A lo mejor es por eso por lo que perdimos la batalla la primera vez, porque Lilith estuvo escuchando a Mick.

—Sí... es posible.

Manny coge la mano de Lauren.

—En una ocasión me dijiste que Lilith era tu alma gemela. Bueno, pues Lauren es la mía, y no pienso dejarla.

Dominique hace un gesto de asentimiento.

—Voy yo contigo, Jacob. Caso cerrado.

Jacob se vuelve hacia ella.

—De acuerdo, madre. Despídete deprisa.

Dominique se acerca a Immanuel y lo abraza con todas sus fuerzas.

—Mamá… gracias. Te quiero.

—Yo también te quiero, Manny, yo también. —Después abraza a Lauren—. Cuida de él.

—Así lo haré.

Jacob entrega un microdisco al doctor Mohr.

—Esto le permitirá acceder a todo lo que necesite. No sé qué va a suceder a partir de este momento, pero sois todos fugitivos. Marchaos antes de que os encuentre Lilith. —Mira al corpulento guardaespaldas afro-americano—. Cuida de mi hermano, *Pimienta*. Lilith no descansará hasta dar con él.

Ryan Beck afirma con la cabeza.

—Haz aquello para lo que has nacido. Nosotros nos encargaremos de vigilarlos.

Jacob abraza a Manny y le susurra al oído:

—Acuérdate de la señorita Brillante, cuya velocidad era más rápida que la luz. Un día salió de casa, relativamente, y volvió la noche anterior.

—¿Por qué me dices esto?

—Porque lo que haces hoy creará una nueva bifurcación en la trayectoria del espacio-tiempo. De ti depende adónde te conduzca ese nuevo ramal. Espero que estés preparado para afrontar las consecuencias.

—Es lo que he escogido.

En ese momento el borde de la tormenta alcanza el estadio, con unos vientos de 313 kilómetros por hora que hacen que los asientos plegados se abran y se cierren ruidosamente, creando un estruendo que resuena por las gradas vacías como si fuera una bandada de gansos enfurecidos.

Immanuel señala la Balam con la cabeza.

—Ve a buscar a nuestro padre.

Jacob toma a Dominique del brazo y se la lleva al interior de la nave espacial. Una vez que han entrado ambos, el portal vuelve a sellarse.

En el campo inundado comienzan a formarse olas. El viento aúlla en los oídos de Immanuel al tiempo que se encienden los motores de la Balam. *Sal* sujeta a los Mohr, Beck agarra a Chaney.

—¡Muévanse! ¡Todo el mundo a la limusina!

Immanuel se gira hacia Lauren, que le está sonriendo con lágrimas en los ojos.

—Te quiero, Immanuel Gabriel.

—Y yo a ti. —Extiende una mano hacia ella...

...y de pronto tiene lugar una explosión escarlata que le salpica todo el rostro. Cae de bruces y Lauren se derrumba contra él igual que un saco.

Kurtz se da la vuelta y al momento escruta la línea de fuego con sus gafas inteligentes. Enfoca el objetivo, dispara, y el láser sale de su rifle y explota en el interior del túnel volatilizando a Collin Shelby en una nube de cenizas orgánicas.

Manny sostiene a Lauren, que está sangrando profusamente por el agujero escarlata que tiene en la cintura y que no deja de agrandarse.

—¡Lauren! ¡Lauren!

Ella lo mira incapaz de hablar, con el semblante pálido y demacrado.

—¡Oh, Dios, Lauren, no me dejes!

Los ojos color avellana se quedan vidriosos y fijos. El pulso del cuello cesa de latir.

—¡Oh, Dios! ¡Oh, Dios, socorro!

Kurtz escudriña el estadio con sus gafas inteligentes.

—Aquí en medio estamos totalmente al descubierto. *Pimienta*, coge a Manny.

Lo que queda de Lauren Beckmeyer continúa desintegrándose en grumos empapados de sangre. Immanuel suelta su cuerpo seccionado por la mitad y se pone de pie, en actitud rígida y desafiante, frente a la fuerte garra de Ryan Beck y el furioso viento, con los puños cerrados y los ojos intensamente azules arrasados de lágrimas, y grita:

—¡Jaaaa-cob!

La nave dorada prosigue su majestuoso ascenso hacia el turbulento cielo, hasta que por fin desaparece en el ojo azul del huracán, que va disminuyendo de tamaño...

...y lo deja a él en tierra.

Una leve ráfaga de pensamiento en la conciencia de la existencia

El emplazamiento de la nave de paneles dorados en aquella luna distante causó cierto efecto en mí.

La angustiada alma de Michael Gabriel parecía llorarme reclamando a tu madre, o quizá fuera el torturado corazón de Bill Raby, que se negaba a seguir adelante sin su Jude.

Fuera lo que fuera, ya no podía soportarlo más. Me apunté a la cabeza con una pistola eléctrica, apreté el gatillo...

...¡y desperté!

Bill Raby había desparecido. Volvía a ser otra vez Michael Gabriel, y todavía me encontraba dentro de la vaina del Guardián, sólo que ésta ya no viajaba por el espacio, sino que se hallaba suspendida sobre la luna alienígena.

Momentos después, la vaina aterrizó en la cámara subterránea abovedada. Tenía ante mí a los supervivientes del Guardián, y detrás de ellos estaba la Balam.

El agujero de gusano...

El bucle en el tiempo...

¿Estoy consciente, o todo esto es un sueño?

¿Soy Michael Gabriel o Bill Raby?

¿Dónde estoy? ¿En la superficie de una luna situada en algún lugar del Cinturón de Orión, o nuevamente confinado en solitario en mi celda de Massachusetts?

¿Michael Gabriel? ¿Hun-Hunahpú?

¿Bill Raby? ¿Osiris?

Jacob, ¿estás ahí? ¿Eres real, o formas parte de las fantasías?

¿Michael?

¿Dominique?

Dios, ¿por qué has de torturarme? ¿Por qué has de…?

¡La niebla blanca! Dos puntos luminosos… unos fieros ojos violeta me observan desde el interior de la bruma del nexo.

«Hun-Hunahpú…»

Aparece su sombra, su forma, que viene hacia aquí… piel del color del cacao… tan embriagadora. ¡Es la Abominación! ¿Cómo he podido bajar así la guardia?

«Acércate más, Hun-Hunahpú, para que pueda probar tu alma.»

«*No, por favor… ¡Dios! ¡Dios, ayúdame!*»

«*¿Dios? Dios es como la eternidad, su existencia es fría y solitaria. Báñate en mi calor, Michael, y deja que yo deshiele tu mente. Entra en mi útero, que yo envolveré todo tu ser. Inhala mi aliento mientras yo acaricio tu alma solitaria.*»

«*¡No! Yo soy Michael Gabriel. Soy Hun-Hunahpú. Soy yo el que tiene el control. Mi mente la controlo yo, no la Abominación. Mi mente es un refugio seguro.*»

«El Guardián te ha engañado, Michael. Yo no soy tu enemigo, soy tu salvación.»

…Me concentraré en los ecos de mi mente y no en el arrullo de la Abominación. Controlaré mi mente, y la Abominación no podrá causarme daño. Contaré mi historia a mis hijos y ocuparé mi pensamiento…

«Se acabaron los cuentos. Nuestro destino juntos empieza de nuevo mientras esperamos la llegada de tus hijos.»

«*Hijos míos, ¿me oís? ¿Jacob? ¡No te acerques! ¡La Abominación sabe que vais a venir!*»

«El cosmos ha hecho oídos sordos, Michael. Sólo quedamos tú y yo.»

«*¡No! También está Dios, Dios me ayudará!*»

«¿Dios? Dios está muerto, Michael… no es más que una leve ráfaga de pensamiento en la conciencia de la existencia…»

SÉPTIMA PARTE

LA OTRA VIDA

Dios nos está poniendo a prueba,
para ver si somos capaces de matar
al Satanás que llevamos dentro...

de *Night*, de Elie Wiesel

La oscuridad no puede expulsar a la oscuridad;
eso sólo puede hacerlo la luz.

Martin Luther King Jr.

Cada uno de nosotros fabrica su propia prisión,
y cada uno de nosotros posee la capacidad de salir de ella.

Julius Gabriel

Lo único que necesitas es amor...

The Beatles

36

A bordo de la Balam

El crucero interestelar de doscientos veinte metros de largo y de nombre Balam está dividido en dos cubiertas principales. En la cubierta inferior, ubicada del centro de la nave hacia la popa, se encuentran la cámara de propulsión y sus dos núcleos de potencia, además de numerosos módulos y circuitos de alimentación que parten de los mamparos y de la cubierta. En dicho compartimiento se halla también la gigantesca planta solar de la Balam, que está comunicada con el suministro de agua reciclada de la nave y sus destiladores, además de las placas de gravedad y una miríada de equipos responsables del campo de fuerza y del sistema de defensa de la nave.

En el corazón de la Balam se encuentra el córtex central de procesos y su inmenso cerebro bioquímico. Protegido dentro de una colosal cámara de líquido gelatinoso, este enjambre de nanocircuitos crepita de pura energía. Sus racimos neuronales lanzan destellos en la oscuridad como un millón de luciérnagas. De este órgano bioquímico salen unas ramas en forma de vacuolas sensoriales llenas de fluido que interconectan todos los centros de neuroprocesos de la nave.

El resto de la cubierta inferior está destinado al sistema de hiperpropulsión y al «cucharón» que captura los taquiones del espacio y los canaliza a través de unas branquias, del tipo de las que se usan para ventilación, situadas en las alas de la nave, y que esencialmente «tira» de la Balam a través del cosmos.

Todos los mamparos, techos y cubiertas llevan empotrados unos emisores de nódulos de gravedad, ajustados conforme a la gravedad normal de la Tierra. Unos amortiguadores de la inercia protegen a la tripulación de vuelo de posibles lesiones ocasionadas por una aceleración o deceleración súbita o por un cambio rápido de rumbo. Los controles por voz que hay en todas las estancias sirven para ajustar la luz ambiental, la humedad y la temperatura.

La cubierta superior tiene por objeto garantizar la comodidad y la supervivencia de los pasajeros. En un hangar ubicado en la popa hay cubetas hidropónicas, convertidores para tratamiento de residuos biológicos y contenedores para almacenar los productos químicos necesarios para los cultivos, además de cámaras almacén y una serie de receptáculos «automédicos» que parecen sarcófagos, algo que a Dominique le sigue resultando demasiado claustrofóbico para usarlo. También hay un corredor principal en dirección a la proa que conduce al «hábitat», situado en el centro de la nave, una estancia de setenta metros de largo que contiene una cocina, duchas, retretes, estaciones de trabajo, dispositivos de realidad virtual, zona de ejercicio y nichos para dormir.

El centro de control, con forma de cebolla, se halla situado en la parte delantera de la cubierta superior. Por toda la nave hay numerosos túneles de escape que llevan a pequeños receptáculos de aterrizaje y escape.

Dominique Gabriel abre los ojos. Las «cortinas» acolchadas que tapan las puertas de su nicho para dormir se han abierto para que la luz del sol filtrada ilumine el compartimiento. Pasa una mano al otro lado del cuerpo y desabrocha las tiras de velcro de su traje de dormir, que la mantienen pegada a la pared.

El difuso dolor de cabeza de antes regresa en cuanto empieza a flotar sin ataduras.

Dominique lleva viajando por el espacio dos días, veintidós horas y dieciocho minutos. Ha venido sufriendo repetidos ataques de náuseas y un dolor en la parte baja de la espalda, ansiedad, privación de sueño, incapacidad para concentrarse y una jaqueca casi constante.

La dieta a base de comida congelada en seco no ha hecho más que empeorar su ánimo, ya irritable.

—Ordenador, activa las placas de gravedad.

Experimenta una náusea momentánea al recuperar el peso de la Tierra y aterriza torpemente sobre ambos pies. Deja escapar un gemido al notar que vuelve el dolor menstrual.

—Ordenador, localiza a mi hijo.

JACOB GABRIEL ESTÁ DURMIENDO EN SU NICHO.

* * *

Dominique entra en el hábitat donde está durmiendo su hijo. Durante su primera «noche» en el espacio intentó dormir ella en un nicho similar, pero aquel receptáculo tan parecido a un ataúd se le hizo demasiado angosto.

De pronto oye un grito amortiguado, y corre hacia uno de los nichos, en el que su hijo está sufriendo una terrible pesadilla.

—¿Jacob? —Golpea la tapa de plástico tintado y luego intenta abrirla.

Dentro, Jacob se sacude violentamente, como si lo estuviera atacando un enjambre de abejas.

Dominique abre la tapa de un tirón y agarra a Jacob de las muñecas.

—Jacob... ¡despierta! ¡Jacob!

Los ojos azules se abren de golpe... con una expresión de profundo terror. Jacob aferra los brazos de su madre y cierra los dedos con tanta fuerza que llega a magullárselos.

—Jacob, no pasa nada... Jacob, me estás haciendo daño... ¡Jacob!

—¿Eh? —El muchacho mira a su madre y deja de forcejear.

Dominique lo ayuda a salir del nicho.

—¿Te encuentras bien?

Él afirma débilmente y a continuación se derrumba en una silla de «nutrición» montada sobre la cubierta.

—Ordenador, veinte centímetros cúbicos de suplemento 4-F.

Se mete el tubo de alimentación en la boca, cierra los ojos y chupa el líquido transparente que entra por la cánula presurizada de sesenta centímetros de largo.

—¿Otra pesadilla?

—Ha sido una visión. Una última advertencia de mi padre.

Dominique se arrodilla delante de él.

—Cuéntame.

Pero Jacob niega con la cabeza.

—Jacob... por favor.

El gemelo de cabellos blancos mira a su madre con ojos ojerosos.

—Estaba en lo más profundo del nexo, envuelto en una densa niebla blanca. Mi cuerpo físico parecía haberme abandonado, sólo existía mi mente. De pronto aparecieron dos puntos de color violeta, dos ojos que me observaban brillantes desde el otro lado de la neblina. Era Lilith. Me susurró mentalmente: «Jacob, estamos esperándote». Y entonces la vi.

»Era embriagadora, madre, como un veneno exquisito. «Ven a mí, Jacob», me dijo. Mi mente gritaba que no fuera, pero entonces sentí su tacto, y fue algo superior a cualquier éxtasis que pueda haber conocido en mi vida. Sentí su aliento en mi oído. Mis terminaciones nerviosas experimentaron un hormigueo cuando ella acarició los centros del placer de mi cerebro y derramó sobre mí su néctar, semejante a un bálsamo líquido.

»Podría haber seguido así para siempre. Podría haber dejado que me sorbiera por entero y habría muerto feliz. Pero entonces aparecieron otros dos puntos azules, un par de ojos Hunahpú que me observaban desde el otro lado de la niebla.

»Era mi padre. «Has dejado entrar a la serpiente en tu jardín», me dijo, «y una vez más has sido engañado». Entonces se disipó la bruma y vi a la Abominación tal como era en realidad.

»Era una criatura en parte humana y en parte demonio. Su piel había adquirido un color blanco como el de un espectro, y su cabello era largo, negro y nudoso. Las córneas de sus ojos tenían un color rojo violeta, y sus pupilas se asemejaban a las de una víbora. Pero fue su boca lo que me hizo estremecerme: una ranura vertical, como un agujero carnoso... como una vagina, madre, sólo que llena de cientos de esos dientes negros y repulsivos.

»Y la boca nauseabunda de ese monstruo estaba manchada de sangre... ¡sangre mía! Estaba allí de pie, obscena en su humanidad. De repente sus repugnantes labios se abrieron e inhalaron mi conciencia al interior de aquel orificio, y entonces comprendí que me encontraba en el Infierno.

»Y aunque carecía de cuerpo, todavía fui capaz de sentir cómo el calor de ese monstruo derretía la carne de mis huesos; y aunque no tenía nariz, aún fui capaz de oler el pútrido hedor de su vómito demoníaco; y aunque no tenía boca, mi mente torturada gritó hasta la saciedad cuando la Abominación enroscó sus miembros desnudos alrededor de mi mente y restregó su ingle rancia contra mí.

—Dios mío...

Jacob se seca las lágrimas de los ojos.

—Estaba ahogándome en su torbellino de azufre, gritando y aullando como si estuviera atrapado en un sumidero de lava, cuando de pronto me vi en un oasis de calma. No sé cómo, pero Mick me había tendido una mano y me había salvado para depositarme en un lugar seguro. Aún percibía la garra de la Abominación en la espalda, tentándome a mirarla. Y aunque acababa de escapar del Infierno, poco me faltó para darme la vuelta y regresar a él.

»Mi padre me tomó en brazos y me estrechó contra él susurrando que yo soy el verdadero Hunahpú, el mesías de los Nephilim, y que acudiría en mi ayuda cuando yo lo necesitara.

Dominique se enjuga una lágrima.

—¿Cómo estaba?

—Tenía aspecto de cansado. Y enseguida volvió a desaparecer en la luz blanca.

En ese momento suenan unos timbres de aviso que captan la atención de Jacob.

—Ordenador, informa.

SE HA DETECTADO UNA DISTORSIÓN EN EL ESPACIO, RUMBO DOS-CERO-TRES MARCA SEIS. TIEMPO PARA EL ENCUENTRO: CUATRO MINUTOS, VEINTE SEGUNDOS.

—¿Origen de la distorsión?

PERTURBACIÓN GRAVITATORIA.

—¿El agujero de gusano? —inquiere Dominique.

Jacob asiente.

—Ordenador, traza y ejecuta el rumbo para el encuentro.

Dominique entra detrás de Jacob en la sala de control.

—Ordenador, activa la pantalla frontal.

En la pared que tienen enfrente aparece una imagen tridimensional del espacio. En el ángulo superior derecho de la pantalla, aumentando de tamaño a medida que va viajando de este a oeste, se ve la terrorífica boca del agujero de gusano, indicada por un círculo escarlata.

Jacob observa fijamente el objeto.

—Opino que lo mejor es que te pongas el cinturón.

Dominique se sube a una de las sillas de piloto, la cual se adapta instantáneamente a su cuerpo.

La boca del agujero aparece ante ellos irradiando luz, semejante a una luna alienígena rojo-naranja en rotación.

ACTIVANDO BALIZAS DE MATERIA EXÓTICA.

La imagen del orificio escarlata se vuelve borrosa cuando la energía negativa del campo de fuerza de la materia exótica expelida por la nave excava un surco invisible ante ellos.

Jacob se sienta en su silla de mando al tiempo que la boca del agujero de gusano, crecida de tamaño, ocupa la pantalla en su totalidad.

—¡Agárrate!

La estilizada nave espacial cruza el umbral del agujero de gusano, y las intensas fuerzas gravitatorias de ese túnel cósmico la absorben de inmediato y la lanzan por el conducto a toda velocidad.

Dominique siente que los brazos se le pegan a la silla. Las intensas turbulencias gravitatorias zarandean la nave con tanta fuerza, que tiene la impresión de que se le van a saltar todas las muelas. Aprieta los dientes. Sus ojos consiguen a duras penas enfocarse en la pantalla que tiene delante.

Están cayendo por un embudo de un azul celeste iridiscente, orlado de un extraño tono rojo sangre. En el centro mismo de la imagen se ve un punto negro… que va haciéndose más grande… y más…

Y de pronto se ven flotando libres, volando por el espacio en un sector irreconocible de la galaxia.

Ante ellos… un planeta desconocido de color rojo metalizado.

Dominique susurra:

—Xibalba…

Jacob afirma con la cabeza.

—Ordenador, reactiva los motores principales. Traza un rumbo para ir a la mayor de esas dos lunas.

SE HAN LANZADO VARIAS SONDAS DESDE LA SUPERFICIE LUNAR QUE SE APROXIMAN A LA PERTURBACIÓN GRAVITATORIA.

—Activa la pantalla de popa.

Cambia la imagen del espacio. En la pantalla aparece la salida del agujero de gusano bañada de un verde esmeralda. Alrededor del perímetro de dicho orificio van situándose centenares de sondas del tamaño de un autobús, cada una de las cuales emite una baliza azul luminiscente.

Dominique contempla fijamente la imagen que se ve en la pantalla.

—¿Qué está pasando?

—Alguien está estabilizando el agujero de gusano, a fin de impedir que se hunda su campo gravitatorio.

—¿El Guardián?

—Esperemos que sí. Ordenador, establece la órbita alrededor de la luna más grande. Y prepara un vehículo de escape que nos lleve hasta la superficie de la misma.

37

A bordo del vehículo de escape de la Balam

El vehículo de escape, de ocho metros de longitud, traza varios círculos sobre la base lunar y seguidamente desciende sobre lo que parece ser un muelle de amarre.

Jacob se agarra la cabeza con las manos y cierra los ojos con fuerza.

—Jacob, ¿qué te ocurre?

—Voces… muchas voces… Están sondeándome telepáticamente…

En la pantalla principal del vehículo surge un mensaje escrito.

BIENVENIDO A CASA.

El vehículo aterriza con un suave siseo y la hidráulica lo hace rotar hasta colocarlo en posición.

Sin previo aviso, todo el tren de aterrizaje y el vehículo en sí se precipitan cientos de metros por debajo de la superficie.

Dominique se aferra a su asiento sintiendo que se le hunde el estómago a causa de la súbita caída. De pronto comienzan a aminorar y terminan frenando sobre un colchón de aire.

Se abre la escotilla exterior del vehículo y deja ver unas instalaciones subterráneas de proporciones gigantescas.

Frente a ellos, en absoluto silencio, descubren a cientos de humanoides. Todos tienen una estatura de más de dos metros y todos poseen una cabellera blanca y sedosa, ojos azules muy intensos y brillantes y cráneos alargados.

Jacob y su madre son escoltados por un pasillo hasta una cámara privada. Dentro de ella los aguardan tres ancianos de la hermandad del Guardián. Dos de ellos son varones, lucen cabellera blanca y barba también blanca. El cabello de la mujer también es de un blanco níveo, y sus ojos luminiscentes transmiten un gesto maternal. Los tres van vestidos con unos ajustados monos bioneumáticos, surcados de vasos bioquímicos semejantes a capilares sanguíneos que vibran de energía.

El mayor de los dos varones, vestido con un mono de color negro, comienza a hablar en voz alta, pero sólo dirigiéndose a Dominique.

—Represento al Primer Clan.

La mujer, vestida de gris, declara:

—Yo represento al Segundo Clan.

El varón más joven, con un mono blanco, da un paso adelante.

—Y yo represento al Tercer Clan. Es un honor conocerte, Primera Madre, aunque no esperábamos tu presencia.

—¿Quiénes sois?

El varón más joven levanta dos dedos. En la yema de cada uno tiene un dispositivo delgado como el papel y del tamaño de una moneda pequeña.

—Éstos son implantes bionéticos. Todo lo que desees saber será descargado.

Antes de que Dominique pueda protestar, el varón más joven le toca la sien izquierda con el dispositivo de su dedo...

...y al hacerlo inhala la conciencia de Dominique hacia la oscuridad.

—*¿Dónde está Immanuel?*

—*Se ha negado a acompañarme.*

—Eso resulta ilógico. Fue programado para estar aquí.
—Su gen Hunahpú permaneció demasiado tiempo aletargado. Y poseía libre albedrío.
—Tú no puedes tener éxito sin él.
—Mi padre me ayudará.
—Tu padre está perdido.

Dominique hace un esfuerzo por abrir los ojos.

Está tumbada en un sofá suspendido en el aire, y la habitación le da vueltas en la cabeza. Los tres extraños humanoides están de pie frente a Jacob, con los ojos cerrados, comunicándose con él de forma telepática.

—¡Hablad en voz alta!

Se giran lentamente para mirarla, con los ojos brillantes y abiertos.

—¿Quiénes...? —En el momento mismo en que sus labios se contraen para dar forma a las palabras de la primera pregunta, su mente se ve inundada por una oleada de información.

El Guardián... supervivientes del holocausto de la Tierra... destinados a la colonia de Marte... doce naves espaciales desviadas a través de un agujero de gusano... llegaron a Xibalba como Homo sapiens... evolucionaron y se transformaron en transhumanos mediante la manipulación de los retrotransposones...

Dominique se sujeta la cabeza entre las manos, tocándose los puntos en que le han incrustado los implantes neuronales.

—Basta —protesta Jacob—, estáis abrumándola.

La mujer transhumana parpadea, y con ello hace que cese la transmisión neuronal.

Jacob se arrodilla al lado de su madre.

—¿Estás bien?

Dominique hace un gesto de asentimiento.

—Nos comunicaremos en voz alta —ordena la mujer.

—Quiero ver a Mick. Llevadme con él.

—Hun-Hunahpú desapareció hace mucho tiempo -declara fríamente el varón de más edad—. Ahora nuestra preocupación se centra en los Nephilim.

Dominique se pone de pie.

—No os creo.

—Michael Gabriel fracasó —afirma el varón más joven.

—Ni siquiera sabéis dónde está, ¿no es así?

—Sí lo sabemos —replica el varón mayor.

—No… estáis mintiendo. ¡De hecho, toda vuestra hermandad no es más que un tremendo embuste! Esta base lunar, la Balam… nada de ello es vuestro, vosotros os limitasteis a heredar esta tecnología, pero en realidad no la entendéis. Sois como un puñado de niños manejando un televisor; podéis cambiar de programa y ajustar el volumen, pero no tenéis ni idea de cómo funciona en realidad, ¿me equivoco?

Jacob mira a los varones del Guardián y sonríe.

—Es posible que mi madre no sea Hunahpú, pero no debéis subestimarla, ni tampoco el vínculo que la une a mi padre. Contádselo todo.

—Lo que dices es cierto —admite la mujer del Guardián—. La Balam ya se encontraba aquí cuando llegamos nosotros, pero todavía desconocemos su origen.

El varón joven da un paso al frente.

—Al igual que tú, nosotros también hemos vivido en la Tierra como *Homo sapiens*. Pero nuestra especie se vio amenazada por un gran cataclismo, un supervolcán cuya inminente erupción iba a dar lugar a una era glacial que pondría fin a nuestra especie. Varios de nosotros fuimos elegidos para comenzar una vida nueva en Marte. Nuestro grupo fue el último que consiguió escapar de la Tierra antes de que explotase la caldera. En nuestro viaje hacia el Planeta Rojo, nuestras doce naves fueron capturadas por el agujero de gusano, el cual las depositó en este tiempo y este lugar.

Dominique se lleva una mano a la boca.

—Aguarda un minuto… ¿estás diciendo que todos los habitantes de la Tierra van a morir? ¿Cuándo va a suceder eso? ¿Cuánto falta?

—Menos de una década después del vigésimo cumpleaños de los Héroes Gemelos.

—Oh, Dios mío.

—El planeta alrededor del cual estamos orbitando ahora estuvo habitado en otro tiempo por una avanzada raza de seres humanos. Antes de que llegáramos nosotros, esa cultura transhumana consiguió un gran logro en la evolución humana. Sumando sus mentes para formar una conciencia colectiva, lograron crear una «supermente» de gran resonancia que les permitió trascender el mundo físico y pasar al espiritual. Ese descubrimiento terminó por dividir su cultura en dos bandos. Los que deseaban abandonar su cuerpo físico para ser iguales a Dios terminaron evolucionando hacia una especie de posthumanoides. Los que se opusieron a esa blasfemia de la evolución abandonaron el planeta.

A continuación se hace cargo la mujer.

—El reino físico y el espiritual están conectados entre sí mediante un nexo, una existencia transespacial que salva la brecha que hay entre nuestra dimensión física y los mundos espirituales. Al crear una mente colectiva, los transhumanos pudieron dejar a un lado la muerte física y penetrar en el reino espiritual usando armónicos psicotrónicos de alta frecuencia. Eso les permitió acceder al nexo, pero aún les impedía entrar en los reinos espirituales más elevados que ellos ansiaban. Para ello necesitaban otra forma de vida, una especie anfitrión, que fuese capaz de reproducir esos armónicos psicotrónicos dentro del nexo mismo. Los transhumanos echaron mano de catálogos genéticos y seleccionaron una especie que en otro tiempo había sido indígena del planeta. Sirviéndose de los avances en división genética y en cibernética, empezaron a clonar y a manipular genéticamente varias generaciones de esas criaturas biológicas para que atendieran a sus necesidades egoístas.

Ante ellos aparece una imagen volumétrica que muestra un mar en forma de cráter lleno de un líquido plateado, casi metálico. Apenas por debajo de la superficie del mismo se ven moverse unas inmensas criaturas parecidas a serpientes, cuyos anchos lomos provocan amplias ondulaciones en el líquido.

Dominique abre enormemente los ojos.

—Es la criatura, la que salió del golfo de México, la que destruyó Mick en Chichén Itzá.

—Tezcatlipoca —susurra Jacob—. La palabra maya que significa «espejo que despide humo».

—Es el espejo del alma —añade la mujer—. Estas bestias, inteligentes y dóciles, fueron alteradas genéticamente y mejoradas para que existieran a uno y otro lado del «espejo de la existencia». Sus armónicos fueron los que llamaron al agujero de gusano. Sus amos posthumanos se sirvieron de ellas para pasar a través del nexo y llegar al mundo espiritual. Nuestros compañeros náufragos, nuestros propios hermanos caídos, los siguieron por ese mismo camino negro. Ahora los vencidos nos suplican que los salvemos. Y deben ser salvados.

Jacob se acerca a la mujer y camina alrededor de ella.

—Los Nephilim, los Caídos. ¿Son ésos vuestros compañeros náufragos?

—Sí. Todos evolucionamos a transhumanos unos años después de empezar a consumir el agua del planeta.

Dominique lucha por conservar el control.

—¿Y qué tiene que ver todo esto con Mick y con mis hijos?

—Michael y tus hijos llevan el gen Hunahpú.

—¡Eso ya lo sé! Lo que no sé es qué diablos es un Hunahpú.

La mujer responde con una actitud maternal cuyo fin es apaciguar.

—Antes de que escaparan de Xibalba, los fundadores del Guardián tomaron muestras de ADN posthumano. Dichas muestras se llevaron a bordo de la Balam e iban en ella cuando viajó a través del agujero de gusano en persecución del transporte de Xibalba que contenía a la criatura. Los Hunahpú son un linaje de *Homo sapiens* mejorado genéticamente con ADN posthumano.

A continuación prosigue el varón de más edad:

—El plan de la Abominación consistía en enviar uno de los Tezcatilpocas en una nave de transporte de vuelta a la Tierra a través del agujero de gusano, y una vez allí la presencia de la criatura formaría un puente cósmico entre ambos mundos y períodos de tiempo. Temiendo que la Abominación intentara conducir a su gente a la antigua Tierra, el Guardián derribó la nave de transporte, sólo que no logró matar a la criatura.

—Afortunadamente —comenta Jacob—, mi padre, que tenía sangre Hunahpú, consiguió desbaratar su plan.

—No lo entiendo —dice Dominique mirando al varón de más edad—. ¿Cómo puede ser que Lilith sea Hunahpú? Creía que vuestro elegido era Mick.

—Michael Gabriel era tan sólo una de los varios centenares de posibles anomalías genéticas que el Guardián esperaba que evolucionaran a tiempo para activar el sistema de defensa de la Balam. El tío-abuelo de Lilith encontró una manera de manipular el linaje Hunahpú. Esa mutación causa una profunda esquizofrenia que le fue transmitida a Lilith.

—¿Y dónde está Mick? ¿Qué le ha ocurrido?

—Michael y nuestros compañeros colonos están atrapados en un inframundo, una burbuja de la existencia creada por Devlin Mabus.

—¿Devlin?

—El hijo de Lilith, un posthumano puro, muy poderoso, concebido por un padre y una madre Hunahpú.

Jacob se sienta, mareado de pronto.

—¿Y quién es el padre? —inquiere Dominique—. ¿Jacob?

—No lo sé, madre. Sí, es posible. Ya puestos, podría ser Manny u otro Hunahpú de nuestra época.

Los tres ancianos del Guardián guardan silencio mientras sus mentes intercambian pensamientos a la velocidad de la luz.

Dominique pierde la paciencia.

—Me importan un rábano ese tal Devlin o Lilith, he venido aquí para encontrar a Mick. Decidme qué le ha ocurrido y cómo puedo llegar hasta él.

El varón más joven es el primero en hablar.

—Michael Gabriel viajó al reino de Devlin para salvar a los Nephilim, pero Lilith y su hijo habían sido avisados de ello. Permanece atrapado en el inframundo. Lilith se sirve de la luz de Michael para controlar a sus seguidores y mantenerlos a raya. La luz de Michael los atrae como una polilla hacia una llama. Les proporciona esperanza, pero Michael no puede escapar. Ahora, tan sólo los Héroes Gemelos, uniendo sus fuerzas, pueden liberar a Hun-Hunahpú y a los Caídos.

El varón de más edad lanza una mirada severa a Jacob.

—Lo cual quiere decir que nuestra misión ha fracasado. Este viaje debería haberlo hecho tu hermano, no la Primera Madre.

Dominique hace caso omiso de esa observación.

—¿Cuántos años han transcurrido desde que llegó Michael?

—Algo más de un siglo xibalbiano —contesta la mujer—. Aproximadamente 114 años terrestres.

—Oh… Dios, ¿cómo es posible?

La mujer la toma de la mano.

—Dominique, Michael no ha envejecido en sentido físico. Su cuerpo se encuentra en animación suspendida. Es su mente la que está siendo torturada.

—¿Torturada?

—Por la Abominación. Es como una sanguijuela que le succiona el alma.

Jacob se levanta.

—He venido para salvar a mi padre y rescatar a los Nephilim. Decidme qué tengo que hacer.

—Puede que ya sea demasiado tarde. —El varón de más edad señala con el dedo.

Se activa una pantalla volumétrica. La proyección astrotopográfica recorre velozmente el espacio y se acerca a una estrella, una monstruosa bola de fuego que irradia un intenso color rojo. A medida que la supergigante roja va aproximándose, el tono de su superficie va suavizándose y transformándose en el de una bombilla...

...y entonces revela la presencia de una segunda estrella que se ocultaba detrás de la masa de la primera. Esta otra es más pequeña, una enana blanca, y sufre tremendas turbulencias que se aprecian en la manera en que bulle su superficie.

—La supergigante roja se convertirá en supernova dentro de treinta y una horas, diecisiete minutos. Cuando eso suceda, lanzará cantidades ingentes de radiación y de energía que se extenderán por este sector de la galaxia. Nada de lo que hay en esta luna ni en el planeta logrará sobrevivir.

—¿Y qué vais a hacer? —pregunta Dominique.

La imagen cambia: deja atrás Xibalba y se centra en la luna pequeña del planeta, que resulta ser una nave espacial inmensa, con forma de patata.

—Este transporte averiado fue abandonado por la cultura de transhumanos que evacuaron el planeta. Nuestros científicos han llevado a cabo algunas reparaciones. Ahora que el pasaje del agujero de gusano está fijo, podremos utilizar esa nave para escapar antes de que explote la estrella.

—Vamos a regresar a la Tierra —declara la mujer—. Viajaremos hacia atrás en el tiempo para salvar al *Homo sapiens* de la caldera.

Dominique dice con súbito interés:

—¿Podéis hacer eso? ¿Cambiar la historia?

—Se puede hacer —responde el varón más joven—. Por desgracia, no hay manera de que Jacob pueda derrotar a Lilith y a Devlin él solo.

—No va a estar solo —replica Dominique—. Lo acompañaré yo.

—¿Tú? —El varón más viejo sacude la cabeza en un gesto negativo—. Tú no eres Hunahpú. Ni siquiera eres transhumana. Devlin y sus discípulos te aplastarán como a un insecto.

La mujer Guardián alza una mano.

—No saquemos conclusiones precipitadas. Es posible que la presencia de la Primera Madre en el Mundo Inferior confunda a la Abominación y a su hijo, que todavía están esperando a los dos Héroes Gemelos. Cuando Dominique llegue al Camino Negro, su mente permanecerá cerrada a toda la telepatía transhumana. Puede que eso le suponga una ventaja.

—¿Una ventaja? —Los ojos del varón más viejo centellean al mirar a su camarada con una expresión de incredulidad—. Jamás conseguirán ir más allá del Camino Negro sin contar con Immanuel. ¿O es que has olvidado el tlachtli?

Dominique parece confusa.

El varón más joven se explica.

—La entrada que conduce al inframundo de Devlin está guardada por una banda de sociópatas. Lilith ha convencido a esos transhumanos de que son la reencarnación de unos caníbales que vivieron hace miles de años en la antigua Mesoamérica. Esos adoradores de Devlin existen solamente para servir a la Abominación y a su hijo. Para entrar en el inframundo de Devlin, antes debes derrotar a esos guerreros en un partido de tlachtli, y se trata de un combate a muerte.

Jacob se gira hacia su madre.

—El combate en el que me has visto entrenar durante estos siete últimos años.

—¿Y qué pasa con las armas? —inquiere Dominique—. ¿No podemos dispararles sin más con un cañón de iones, o algo así?

—Las armas modernas no funcionan en el reino espiritual —contesta la mujer—. Las leyes de la física tal como tú las conoces no existen en la Tierra de los Condenados.

—Una de nuestras naves de transporte os llevará hasta el lugar de la superficie en que están enjaulados los últimos Tezcatilpocas —dije el varón más joven—. Jacob, utiliza tus poderes

Hunahpú para convocar a la bestia. La criatura te permitirá pasar más allá del nexo y entrar en el inframundo de la Abominación. La hermandad del Guardián ha programado la serpiente para salvaguardar una arma, una que estamos convencidos de que es capaz de destruir a la Abominación y a su hijo.

—Mi espada —dice Jacob a su madre—. Todas estas cosas las he visto en mis visiones.

—Recuerda —le advierte la mujer— que sólo dispones de treinta horas antes del momento de partir a través del agujero de gusano. Si no has regresado para entonces, no te molestes. La radiación de la supernova te matará.

Dominique permite que la mujer Guardián la ayude a enfundarse un mono exoesqueleto de color negro con regulación de la temperatura.

—Este traje fue diseñado por los transhumanos para acceder al nexo. También te permitirá sobrevivir en el reino de Devlin. Con cada movimiento que hagas, la armadura de combate y sus conexiones neurales recogerán y reciclarán las secreciones de tu cuerpo y te proporcionarán agua. Bebe a través de este tubo de extracción. En la espalda llevas una botella de aire pequeña y flexible y un procesador de oxígeno que te suministrarán aire por medio de este tubo nasal. En el purgatorio no hay oxígeno; esta unidad fabrica tu suministro de aire extrayendo oxígeno del CO_2.

Dominique termina de vestirse y después se reúne con Jacob, que ya tiene puesta su armadura blanca.

A continuación, los miembros del Guardián los conducen hasta una cámara de lanzamiento.

Dispuestas en filas a lo largo del perímetro de la cámara hay varias decenas de naves de transporte biplaza con la proa introducida en unos tubos de lanzamiento colocados en un ángulo de cuarenta y cinco grados.

—Uno de nuestros transportes os llevará directamente al lugar donde se crean genéticamente los Tezcatilpocas —explica el varón más joven—. Que la suprema luz divina os ilumine a los dos.

—No hagamos esperar más a mi padre. —Jacob se sube al vehículo biplaza, una nave de forma plana y triangular que mide seis metros desde la punta del bulboso morro hasta el extremo de su sistema de propulsión.

Dominique se acomoda en el asiento de al lado y se abrocha el cinturón.

La entrada de la nave vuelve a sellarse y se activan los controles. Se conecta una pantalla delantera que les ofrece una imagen del exterior: el tubo de lanzamiento, semejante a un túnel, y más allá las estrellas y la negrura del espacio.

Se sueltan las sujeciones de amarre y se enciende el motor, con un zumbido grave que a Dominique le provoca un hormigueo en la piel.

Expulsando un fuerte chorro de energía, el transporte acelera por el tubo de lanzamiento y salta al espacio. Pasan por encima de la base lunar y sobrevuelan la superficie desolada de la luna hasta que la totalidad de la pantalla delantera se llena con el color rojo plateado de Xibalba.

No hay el menor rastro de la Balam.

Dominique siente que le retumba el corazón al contemplar la superficie de ese mundo alienígena. «Está ahí abajo, en alguna parte, sufriendo una eternidad de angustia mental. ¿Me reconocerá? ¿Será su mente capaz siquiera de concebir un pensamiento de cordura?»

ADVERTENCIA: ENTRANDO EN LA ATMÓSFERA DEL PLANETA.

El transporte se zambulle en unas nubes de tormenta de color magenta oscuro. Bajo el cielo cubierto aparece un suelo de roca volcánica cubierta de musgo. A lo lejos se divisa una masa del tamaño de un continente, flotando en el aire a varios cientos de metros del suelo.

—Nuevo Edén —dice Jacob—. El hábitat abandonado por la cultura transhumana original.

—Increíble… —susurra Dominique—. ¿Pero quiénes eran esos transhumanos? ¿Qué les ocurrió?

—No lo sé.

En el horizonte en sombras comienza a verse una extensión líquida de color plateado, del tamaño del lago Okeechobee de Florida. El transporte sigue la orilla artificial durante varios minutos y después aterriza al lado de un complejo del tamaño de un estadio.

La cúpula que forma el techo está destrozada, destruida tiempo atrás por una tremenda fuerza.

Jacob se gira hacia su madre.

—De esto puedo encargarme yo. Tú quédate aquí, a salvo.

Pero ella se desabrocha el cinturón.

—Voy contigo.

—De acuerdo. Por lo menos métete el tubo de aire en la nariz y ajusta el regulador. Recuerda que en Xibalba no hay oxígeno, sólo dióxido de carbono.

Una vez en su sitio los respiradores, salen de la nave y se encaminan hacia el borde del lago. Jacob señala con la mano un edificio abovedado que se alza a su derecha.

—El laboratorio de genética de los posthumanos.

—Sí, pero ¿qué le ha pasado?

—No lo sé, pero tengo la impresión de que hay muchas cosas que los miembros del Guardián prefieren que no sepamos. —Jacob se detiene ante la orilla del lago plateado y cierra los ojos.

Transcurren varios minutos y después, a un kilómetro y medio de distancia, la superficie, que hasta entonces estaba serena, comienza a rizarse.

Dominique observa una ola gigantesca que comienza a elevarse y va aumentando de tamaño conforme se acerca a la orilla.

—De acuerdo, encárgate tú.

Regresa corriendo al vehículo de transporte al tiempo que emerge la cabeza de un monstruoso ser alienígena con forma de víbora, de la que gotea un líquido color plata y que se yergue diez metros por encima de Jacob.

El ser creado genéticamente se asemeja a una serpiente monstruosa, ancha como un tren y dotada de un cráneo del tamaño de la tolva de una hormigonera. La bestia observa a Jacob con sus ojos cibernéticos, dos ranuras verticales doradas, rodeadas por unas córneas incandescentes de color carmesí.

Lanza un poderoso resoplido que hace retroceder a Jacob y al mismo tiempo expele un chorro de aliento hediondo a través de sus fosas nasales sintéticas. Después abre sus terroríficas fauces y deja ver varias filas de dientes negros y afilados como escalpelos.

Jacob sostiene la mirada de la criatura, negándose a ceder. Transcurre un momento surrealista cuando hombre y bestia se contemplan el uno al otro…

…y en ese instante el cerebro de Jacob se siente invadido por una abrumadora sensación de *déjà vu*.

La criatura, dócil de repente, baja la cabeza hacia el suelo manteniendo el ojo derecho fijo en el gemelo.

Jacob aguanta. Da un paso al frente y apoya las dos manos en las plumas verde esmeralda de la serpiente, oleosas y parecidas a escamas, y siente la reverberación profunda e intensa de su respiración…

…al tiempo que su mente se ve envuelta en una neblina blanca…

La conciencia de Jacob vuela a través del tiempo y del espacio.

Percibe por visión remota el río Nilo.

Se mueve por el interior de las cámaras secretas de la Gran Pirámide de Giza.

Penetra en la Cámara de la Reina.

Mira a través de un pasadizo inclinado en un ángulo de treinta y nueve grados que apunta exactamente a la estrella más brillante del cielo nocturno: Sirio.

—¡Jacob!

La súbita intrusión lo sobresalta. Siente un fuerte zumbido de energía en los oídos y abre los ojos.

Para su sorpresa, está tendido de espaldas. A su lado está su madre, y en el centro mismo del cielo alienígena, cuajado de estrellas, destaca la supergigante roja.

La gran cabeza de la serpiente permanece en la orilla, y el resto de sus treinta metros de cuerpo continúa sumergido en el exótico líquido plateado.

—Jacob, ¿qué te ha ocurrido? Has estado varias horas inconsciente. ¿Te encuentras bien?

Jacob se incorpora, todavía un tanto confuso. Dominique se da cuenta de que le tiembla todo el cuerpo.

—Dios mío… —Mira fijamente la criatura y sus ojos azules se llenan de lágrimas.

—¿Jacob? ¿Qué te ocurre?

—Esos cabrones… esos hijos de puta manipuladores… nos han mentido.

—¿Quién nos ha mentido? ¿El Guardián?

—Sí. Todo lo que le contaron a mi padre acerca de Xibalba, todo lo que programaron en las cartas astronómicas de la Balam… todo fue una mentira calculada. Este planeta no se encuentra en el Cinturón de Orión, y esa gigante roja de ahí no es Betelgeuse, sino Sirio. Y esa enana blanca… ¡es Sirio B!

—¿Y qué diferencia hay?

—¿No lo comprendes, madre? No estamos a cientos de años luz de la Tierra, ¡estamos en la Tierra misma!

—¿Qué?

—¡Xibalba es la Tierra, sólo que cientos de miles, quizá millones de años en el futuro!

—No… Jacob, ¿cómo puede ser eso? Mira el rojo del cielo…

—La atmósfera ha cambiado, las partículas de polvo dispersan la luz de modo distinto.

—Pero no hay mares.

—Deben de haberse evaporado. Puede que se deba a la pérdida de la capa de ozono, o quizá a un colosal efecto invernadero. Es posible que los mares existan todavía, congelados bajo la superficie del planeta... igual que le sucedió a Marte. —Se pone en pie y extiende un brazo para tocar la serpiente—. Y estas pobres criaturas... ¿sabes lo que fueron en otro tiempo?

Dominique, todavía conmocionada, niega con la cabeza.

—Eran ballenas, madre, ballenas que fueron clonadas y modificadas genéticamente para servir a sus amos posthumanos.

—No... no entiendo.

—Las ballenas con dientes evolucionaron hasta desarrollar la capacidad de localizar objetos mediante el eco. Los posthumanos se sirvieron de esa capacidad para entrar en el nexo. Esclavizaron a las ballenas... alteraron su patrón genético y después las conectaron de nuevo con implantes cibernéticos. La capacidad de comunicarse mediante armónicos permitió a los posthumanos rebasar el nexo y llegar al reino espiritual.

Dominique se frota la sien.

—Jacob, si esto es la Tierra, ¿quiénes fueron los transhumanos y los posthumanos?

—Somos nosotros. Somos los seres en que se convertirán los *Homo sapiens* dentro de un millón de años. Fueron ellos los que construyeron la ciudad flotante y ese laboratorio de genética y su lago. —Extiende los brazos—. Mira bien a tu alrededor, madre, éste es el futuro del difunto gran planeta Tierra.

—Un posible futuro —le recuerda ella—. Si la caldera ha sido la causante de esto, a lo mejor el Guardián puede impedirlo.

Jacob asiente.

—Padre dijo que sólo un Hunahpú podía evitar el segundo cataclismo.

Dominique observa a la bestia como si la viera por primera vez.

—Esta criatura da la impresión de conocerte.

—Ha accedido a mi mente, a mis recuerdos de la Tierra. Sabe que no tengo intención de causarle ningún daño. Está aquí para llevarnos hasta Mick. —Jacob ayuda a su madre a levantarse—. No tengas miedo.

—Pues lo tengo. Tú limítate a hacer lo que tengas que hacer.

Jacob afirma con la cabeza y seguidamente cierra los ojos para obligar a su mente a penetrar en el nexo, para así poder comunicarse con la bestia.

A Dominique le da un vuelco el corazón cuando la víbora agita la cabeza y su mandíbula se hiperextiende ante ellos y deja al descubierto sus horrendos colmillos negros, rodeados por centenares de dientes agudos como agujas.

Entonces aparece una segunda cabeza, idéntica pero más pequeña, que se extiende de forma telescópica para salir fuera de la primera boca.

Jacob y su madre retroceden al ver que de la boca de la segunda cabeza emerge una tercera y última, y por fin las tres quedan fijas en su sitio.

En el interior del orificio gira un cilindro de energía, un conducto cósmico del espacio-tiempo que parte de las fauces abiertas de la serpiente y continúa por su torso hasta hundirse en las aguas plateadas del lago artificial.

Jacob y Dominique, cogidos de la mano, ponen un pie en la primera hilera de dientes y penetran en la boca de la bestia.

38

Las fauces de la criatura se cierran tras ellos. La tercera cabeza se retrae al interior de la segunda y los deja sumidos en la oscuridad más absoluta.

Entonces aparece una niebla blanca y Jacob oye los pensamientos unificados del colectivo del Guardián.

JACOB, CUMPLE TU DESTINO.

La niebla parece cobrar vida. Comienza a resplandecer y se repliega sobre sí misma…

…para materializarse en una espada.

Jacob agarra la hoja de doble filo y de un metro de largo por su empuñadura.

—Es exactamente igual que en mis sueños.

Dominique experimenta una sensación de náusea, de algo que tira de sus órganos internos, como si le estuvieran desenrollando los intestinos. Cierra los ojos con todas sus fuerzas cuando el embudo de energía parece absorberlos de pronto y lanzarlos hacia delante, aunque en realidad no están moviéndose.

Al percibir la luz, vuelve a abrir los ojos.

La desagradable sensación ha desaparecido. Ya no están dentro de la boca de la serpiente.

Jacob y Dominique se encuentran en una especie de circo romano, una réplica de un antiguo juego de pelota maya. El campo, en forma de I mayúscula, está cubierto por un suelo arenoso de silicio de color gris plomo, y sus muros este y oeste están formados por placas metálicas que prestan a todo el complejo un efecto industrial, triste y futurista.

El cielo alienígena es de un bermellón semejante al metal fundido, oscurecido por unas nubes de color gris marengo que recuerdan al humo de un pozo de petróleo en llamas. A medida que sus ojos hechos agua se adaptan a la tremenda temperatura de 50 grados centígrados, se percatan de que el cielo no es el cielo, sino un reluciente techo subterráneo situado por lo menos un kilómetro y medio por encima de sus cabezas.

A su derecha, situado en la cima de la pared oriental, de doce metros de altura, a tres metros y medio del gigantesco aro de acero en posición vertical, se ve un pequeño templo. En un trono que mira al campo de juego hay un ser humano sentado, alto y de cabeza alargada, el jefe de la banda de sádicos asesinos de Lilith.

Su carne transhumana está cubierta de polvo de silicio gris, y su rostro queda oculto tras la máscara de una serpiente con la boca abierta. Por sus anchas espaldas cae una cascada de plumas verdes.

El jefe empieza a cantar en una lengua antigua, y sus palabras levantan eco por todo el circo de acero cubierto de polvo de silicio.

Jacob se da la vuelta al detectar un movimiento en el extremo más alejado del juego de pelota. La segunda boca de la serpiente aparece en la base de la estructura maya conocida como Templo del Hombre Barbudo.

De la boca abierta de la criatura sale a la arena… una tribu de guerreros transhumanos de piel grisácea.

A diferencia de los combatientes holográficos, Jacob sabe que estos seres son muy reales, muy imprevisibles, y mucho más peligrosos. Son de elevada estatura, cada uno mide más de dos metros, y poseen cráneos alargados y cuerpos musculosos que sobrepasan los ciento dieciocho kilos de peso.

Debajo de sus máscaras ceremoniales de muerte brillan unos ojos amarillentos y hundidos. Sus codos y rodillas están protegidos por pinchos de quince centímetros. Los guerreros portan diversas armas: lanzas y dagas de acero, bolas con pinchos que cuelgan de una cadena y protecciones para el cuerpo entre las que se encuentran unos agudos garfios sujetos a los nudillos de las manos.

Resoplando detrás de sus máscaras ceremoniales, se colocan en fila frente a Jacob, debajo del aro del muro oriental, y clavan sus miradas de odio en él.

Dominique respira con fuerza a través de los tubos nasales y el regulador, desesperada por despejarse la cabeza y con la esperanza de despertar de esa pesadilla.

Jacob recorre el campo con la mirada y se da cuenta de que su madre constituye el punto débil de su defensa. «Tengo que buscar un sitio en el que aislarla.»

Desde su trono en el templo, el jefe enmascarado alza un objeto redondo por encima de su cabeza.

Los guerreros lanzan un aullido y se ponen a bramar como animales.

El jefe arroja el objeto a la arena.

«Balón en juego...»

La cabeza cercenada choca contra el duro suelo igual que un coco, rebota dos veces y a continuación rueda torpemente antes de detenerse a los pies de Dominique.

Ella mira hacia abajo y grita.

Jacob la sostiene cuando ella se desmaya.

La cabeza es la de Mick.

Los guerreros chillan y abuchean, y sus risotadas resuenan por todo el recinto metálico que forma el juego de pelota.

Jacob se queda mirando la cabeza de su padre.

—Dios... no.

De repente los ojos de Mick se abren y giran con una expresión maníaca. Los labios se separan para hablar:

—¿Quién eres? ¿Quién está ahí?

Jacob oye su propia voz diciendo:

—Soy tu hijo Jacob.

—¿Jacob? —Un profundo gemido surge de la boca de Mick.

Antes de que el gemelo pueda reaccionar, dos de los guerreros de piel grisácea dan un paso al frente. Desde el otro lado de sus máscaras lanzan un bramido capaz de helar la sangre en las venas.

—No… no… no…

Jacob se quita el regulador del arnés del hombro para metérselo en la boca y hace una inspiración profunda. «¡Concéntrate! Acuérdate del relato de los Héroes Gemelos. El Dios de la Muerte y sus servidores intentarán engañarte. Éste no es tu padre, sino una aberración… ¡una treta!»

Con la punta de su bota, Jacob levanta la cabeza cortada un par de metros del suelo y después avanza igual que un jugador de fútbol y lo manda de una potente patada lo más lejos que puede.

Uno de los guerreros sale disparado a por ella. El otro echa a correr en dirección a Jacob y a su madre.

Jacob se echa a Dominique al hombro y corre hacia el fondo del muro oriental, donde sabe que hay una escalera que conduce hasta el templo del jefe. Sube los estrechos escalones de tres en tres, sujetando la espada en la mano derecha.

En la cima lo está esperando el jefe con su máscara de serpiente, armado con una bola de pinchos y una cadena.

Jacob suelta a su madre y salva los últimos escalones de un salto.

La bola de pinchos viene lanzada hacia él.

Jacob la esquiva y seguidamente lanza un mandoble con la espada que secciona el brazo del transhumano por debajo del codo.

El guerrero lanza un alarido contemplando conmocionado su brazo amputado y ardiente, sin ver la brillante hoja de la espada que se acerca y le siega la cabeza.

Jacob se arrodilla al lado de su madre. La zarandea para despertarla y escupe el respirador para poder hablar.

—¡Madre, no te muevas de aquí!

Luego coge la espada, vuelve a colocarse el regulador en la boca y desciende de nuevo por la estrecha escalinata.

Seis guerreros enmascarados arremeten contra él nada más regresar al terreno de juego.

Manejando la espada con ambas manos, Jacob asesta un golpe a la cabeza del hombre que tiene más cerca. A continuación se agacha sobre una rodilla y, con un potente movimiento del estilo del béisbol, barre un montón de rodillas cubiertas de silicio gris. La afilada hoja de la espada va calentándose a medida que cercena músculos y ligamentos igual que una hoz al rojo vivo, amputando las piernas de varios hombres en su continuo ir y venir.

Un sinfín de gritos y regueros de sangre azulada surcan el aire conforme los guerreros van desplomándose en el suelo uno tras otro.

De pronto una bola de acero viene volando hacia el rostro de Jacob. Éste se agacha y permite que el objeto, que está unido a una cadena, se estrelle contra la máscara demoníaca de otro guerrero y se le incruste en uno de los huesos occipitales.

Jacob gira sobre sí mismo y da un salto para lanzar una patada hacia delante a la garganta de un contrincante que se le acerca, y a duras penas consigue esquivar el golpe de su puño revestido de garfios de acero que surca el aire denso, caliente y cargado de dióxido de carbono. Vuelve a tocar tierra, para con la espada darle una puñalada en el corazón que pretendía asestarle otro guerrero y le propina una patada de costado en pleno cuello que le aplasta la tráquea.

«Seis menos, faltan otros seis…»

De repente la cabeza que hace las veces de balón pasa silbando junto a él.

Jacob se gira rápidamente y lanza una patada hacia atrás para hundir el tacón de su bota en la cara del enemigo que se le ha acercado por la espalda y dislocarle las vértebras cervicales.

«El balón… ¡no te olvides del juego!»

Jacob echa a correr en pos de la cabeza rodante y adelanta a otros dos guerreros que se la están pasando del uno al otro mientras se dirigen a la carrera hacia el aro del muro oriental.

Uno de los guerreros se da la vuelta para repeler el ataque de Jacob, mientras su compañero se prepara para lanzar.

Jacob da un brinco y se vale de su impulso para lanzar una patada doble. Las puntas de sus botas alcanzan al sorprendido guerrero en el plexo solar. Aterriza y levanta la vista justo a tiempo para ver cómo el balón rebota en el muro oriental…

…y está a punto de colarse por el aro.

En un solo movimiento, el lanzador se gira sobre sí mismo y arroja a Jacob una daga afilada como una aguja. El gemelo de cabello blanco, pillado con la guardia baja, se tambalea y retrocede cuando la hoja envenenada perfora su traje protector escasos centímetros por encima del corazón.

«No hay sangre. Has tenido suerte, la hoja no ha penetrado. ¡Ten más cuidado!»

Enfadado consigo mismo, Jacob se arranca el cuchillo y se lo arroja a su agresor. La daga lo alcanza de lleno y se le clava en el abdomen hasta la empuñadura.

El transhumano deja escapar un gruñido y después cae de rodillas con el vientre empapado de sangre azul.

—¡Ja… cob!

Jacob levanta la vista. «Maldita sea…»

Dominique está siendo obligada a retroceder hacia el borde del muro oriental por los tres guerreros que quedan en pie, los cuales han subido al templo y la están empujando desde arriba con sus lanzas. Por fin se suelta y cae más de tres metros, pero consigue aferrarse al aro sujeto a la pared.

Jacob corre hacia la base del muro y deja la espada.

—Madre, salta.

Ella mira hacia abajo y salta, y su hijo la recoge con ambos brazos.

—¿Estás bien?

Ella afirma con la cabeza, esforzándose por recuperar el aliento.

Jacob percibe que los tres guerreros están bajando la escalinata a toda velocidad.

—Ve a por el cráneo.

Dominique se niega.

—No puedo.

—No es la cabeza de Mick, madre. Vamos, cógela, date prisa.

Dominique echa a correr ignorando los gemidos de las víctimas agonizantes de su hijo, saltando por encima de sus miembros amputados.

Jacob se vuelve para enfrentarse a sus enemigos y acaba con ellos con una docena de golpes rápidos y bien asestados con su espada.

Dominique regresa trayendo el cráneo. Es alargado y tiene el rostro magullado y manchado de sangre, pero no es el de Michael Gabriel.

Es el rostro de un niño.

Asqueado, Jacob lo manda de una patada al aro del muro occidental. El cráneo atraviesa limpiamente el hueco, y al hacerlo acciona un mecanismo que se hallaba oculto en el mismo.

Jacob y su madre experimentan una nueva oleada de náuseas cuando las fauces abiertas de la segunda boca de la serpiente los succionan para transportarlos a otro reino.

Al abrir de nuevo los ojos, se ven al pie de una angosta sima que discurre serpenteando a través de una imponente y escarpada ladera.

Jacob agarra a su madre por el brazo y ambos emprenden la marcha por el Camino Negro que lleva a Xibalba.

39

—Jacob, ¿dónde estamos?

—Los mayas llamaban a esto *Xibalba Be*, el Camino Negro que conduce al Mundo Inferior. Sospecho que seguimos estando en la Tierra, en alguna parte del subsuelo.

Jacob se sujeta la espada entre el cinturón y el traje protector, toma de la mano a Dominique y se interna con ella en el precipicio. La sima, de dos metros y medio de ancho, zigzaguea entre las inmensas paredes verticales de la montaña, tan rectas y altas que casi eclipsan el cielo de color escarlata que pasa por encima de ellos.

Unas densas nubes de humo hacen bailar las sombras de ambos. La pared de caliza gris rezuma humedad. El suelo, del color del plomo, también está húmedo, como arena mojada, y provoca que los pies se les hundan a cada paso. A través del pasaje silba un viento que deposita una fina neblina gris sobre sus rostros y los trajes que los protegen.

Jacob se detiene un instante y mira hacia arriba.

Se oye un batir de alas que levanta eco por toda la cavidad.

Dominique aprieta la mano de su hijo con más fuerza y señala un punto al frente.

Sentado en el suelo con la espalda apoyada en la pared del cañón, hay un humanoide.

Es un transhumano… una transhumana. Su cráneo alargado y afeitado luce un tatuaje en forma de piel de jaguar que hace las veces de cabello. Está desnuda salvo por una tela delgada y raída que apenas basta para cubrir su exquisito torso. Su costado derecho, de cara al viento, presenta una fina capa aceitosa y gris.

La mujer se balancea adelante y atrás, sin cesar. Por su mirada, asustada y enrojecida, se ve que ha estado llorando.

Los dos se acercan, Jacob con una mano apoyada en la empuñadura de su espada.

Dominique se arrodilla junto a la mujer dominada por su instinto maternal.

—¡Madre, no! —Jacob se apresura a agarrarla del brazo y tirar de ella hacia atrás.

—Jacob, ten un poco de compasión. ¿No ves que está aterrorizada?

—No sabemos quién o qué es.

El batir de alas se hace más fuerte, retumbando por el estrecho pasaje igual que una antigua ametralladora.

La mujer también lo oye. Presa del pánico, se pone en pie de un salto y echa a correr por el desfiladero.

Dominique mira a su hijo y acto seguido sale corriendo en pos de la mujer.

—Madre, espera…

Jacob se lanza detrás de ella, pero se ve obligado a frenar, porque no puede correr con el estorbo que le supone la espada colgando de su cintura. Se la saca del cinturón y reanuda la carrera.

Llega al final del desfiladero, pero sigue oyendo las pisadas de Dominique más adelante. También oye un fuerte oleaje. Permanece en el borde de la montaña, se seca la humedad gris que le nubla los ojos y busca a su madre.

El desfiladero de montaña ha dado paso a la playa de una ciénaga. Unas olas plateadas vienen a morir a una orilla como sobrenatural, infestada de detritus parecidos a algas y grandes hojas de palmera podridas y cubiertas de polvo.

Descubre a su madre más allá, escondida en la grieta de una gran formación rocosa. Dominique le señala algo.

Alrededor de la playa hay unas grandes estacas de madera, gruesas como postes telefónicos. A cada una de ellas están amarradas varias decenas de mujeres transhumanas, sujetas por pesadas cadenas de hierro alrededor del cuello. Sus cuerpos desnudos y magullados muestran las marcas sanguinolentas y azuladas de las heridas causadas por unas garras de acero.

El batir de alas cobra intensidad a medida que va acercándose desde el cielo. Las prisioneras se encogen contra los postes igual que niñas asustadas.

Y entonces es cuando Jacob lo ve.

Es la figura oscura de un serafín reencarnado que vuela trazando círculos como un halcón, cerniéndose varias decenas de metros por encima de la playa. Su torso es musculoso, sus pintorescas alas de seis metros de envergadura sobresalen de su columna vertebral modificada genéticamente y de sus músculos dorsales.

«Devlin…»

Jacob y Dominique permanecen inmóviles y fuera de la vista.

El serafín alado detecta un movimiento proveniente de debajo de un montículo de algas. Se trata de la mujer fugada.

Entonces repliega sus alas y se lanza en picado tras ella, igual que un pelícano a la caza de un pez.

La mujer arroja su camuflaje a un lado y echa a correr en dirección al refugio que le ofrece el acantilado.

Jacob hace una seña a su madre para indicarle que no se mueva del sitio y acto seguido aferra la espada con ambas manos.

El serafín queda un instante suspendido en el aire sobre la playa de la ciénaga, luego se le acerca a la mujer por la espalda y clava en ella sus garras aprisionándola contra la arena de silicio.

Atrapada bajo el depredador, la presa intenta desesperadamente huir gateando.

Pero Devlin, sencillamente, es demasiado grande y fuerte. Como un león enfurecido que somete a una cebra, clava sus afiladas garras y se ensaña con la espalda de la muchacha, y le arranca a zarpazos la ropa y la piel hasta que ella deja de forcejear. Después, sujetándola boca abajo con el brazo izquierdo, le acaricia los pechos con la mano libre y le muerde las nalgas con unos incisivos en forma de colmillos.

La mujer chilla y jadea sin cesar mientras el serafín la monta por detrás con la intención de violarla...

...sin percatarse en ningún momento de la presencia de Jacob, que en ese instante descarga un potente mandoble con su espada sobre sus alas, todavía extendidas.

El golpe corta un pedazo del apéndice y Devlin, siempre alerta, se gira en redondo para encararse con su enemigo. Su rostro angelical muestra una demencial mueca de burla, y de su boca gotea sangre azul de la muchacha. Los ojos del sociópata irradian un brillo de color violeta y sus pupilas son rojo escarlata.

—*Bienvenido, padre. Te estábamos esperando.*

La voz... es telepática. Muy profunda, casi hipnótica.

«¿Padre?»

Cuando el serafín da un salto hacia Jacob, éste se desliza de inmediato al interior del nexo.

El techo carmesí se ilumina al momento, y el batir de alas del ángel aminora su velocidad hasta transformarse en un movimiento a cámara lenta.

Abriéndose paso a través de oleadas de energía, el gemelo de pelo blanco sale al encuentro del ataque del humanoide con la espada en alto, esta vez apuntando a la cabeza descubierta del mutante...

...sin hacer caso de la transhumana, que de pronto se lanza corriendo hacia él a una velocidad inusitada.

«¡Lilith!»

El Súcubo hunde las garras en la carne de la espalda de Jacob, al tiempo que su hijo hace presa en su antebrazo y desgarra músculos y tendones, obligándolo a soltar el arma.

Jacob pierde el conocimiento cuando la toxina adherida a las uñas de Lilith invade rápidamente su torrente sanguíneo.

El gemelo, paralizado, se derrumba y cae a la ciénaga.

Lilith recorre la orilla con la mirada y va escrutándola con sus sentidos depredadores.

—¿Dónde está el otro gemelo? ¿Lo ves tú?

—No. Y tampoco lo he sentido entrar en el nexo.

—Hum. Puede que sea más taimado que su hermano. —Observa a Jacob durante unos instantes y luego le susurra al oído—: Te he echado de menos, alma gemela.

Devlin mira más allá de la playa, hacia las paredes del desfiladero.

—Aquí somos vulnerables. Regresemos al portal con este gemelo. Seguro que el otro no tardará en presentarse.

Manipula su ala herida para probarla. Una vez satisfecho, permite que su madre le rodee el cuello con los brazos. Acto seguido se inclina y recoge a Jacob del suelo como si éste fuera un niño pequeño.

Y después, batiendo sus poderosas alas, el serafín levanta el vuelo y enfila hacia el norte.

Dominique aguarda cinco minutos más para salir de su escondite. Está furiosa y aterrorizada, y de repente se siente muy sola.

«Cálmate y piensa.» Toma la espada de Jacob, pero pesa tanto que tiene que acarrearla con las dos manos.

Las mujeres amarradas a los postes le suplican con chillidos animalescos que las libere de sus cadenas. Una de ellas, una transhumana de piel morena con marcadas cicatrices de garras en los senos y en la espalda, abre la boca para mostrar a Dominique que no tiene lengua.

Dominique señala el norte.

—¿Sabes adónde se han llevado a mi hijo?

La mujer asiente con la cabeza y señala la tierra firme. A lo lejos se divisa la figura amenazante de una montaña cuya escarpada cumbre se ve recortada contra el intenso rojo escarlata del cielo subterráneo.

—Si te dejo libre, ¿me llevarás allí?

La mujer afirma de nuevo.

Dominique examina el grillete metálico que rodea el cuello de la mujer. Un golpe no muy fuerte con el moderno filo de la espada, y la cadena queda rota.

Dominique tarda otros diez minutos en liberar al resto de las prisioneras.

40

En el mundo subterráneo existen dos colores, y los dos presentan toda una gama de matices distintos.

El gris es el color de la muerte. Es la desolada llanura por la que Dominique y su compañera transhumana llevan horas caminando, una superficie cuarteada y plomiza rasgada por profundas fisuras y grandes rocas teñidas de gris marengo. Es el gris pardo de las columnas de humo que se elevan de piras funerarias a lo lejos, ardientes como el humo tóxico de un pozo de petróleo en llamas. Es el gris enlodado de la ladera de la montaña que se yergue ante ellas, con sus escarpes desiertos y coloreados por la arcilla, lisos y sinuosos, como magma ya frío. Es el gris plomo de los caparazones de los gigantescos escarabajos que constantemente pululan entre sus botas como incansables alimañas.

El rojo es el color del calor. Es el tono rosado de la cuña de horizonte que asoma entre la cima de la montaña y el techo del hábitat subterráneo. Es el resplandor rojo anaranjado de las ascuas que titilan como estrellas por encima del techo cubierto de nubes.

El rojo no es el color de la sangre. En este mundo saturado de dióxido de carbono y olvidado de Dios, la sangre brota azul y se torna violeta al mezclarse con el matiz rosa del permanente crepúsculo.

Violeta es el tono de rojo que ve Dominique cada vez que cierra los ojos con fuerza. Violeta es el dolor sordo, persistente y enloquecedor que experimenta en la parte de atrás de los ojos; en los pies, que nota hinchados dentro de las botas; en la parte baja de la espalda, que todavía tiene dolorida tras un prolongado ciclo menstrual; en sus nervios destrozados, que se estremecen con el constante gorgoteo... el gorgoteo del agua reciclada al ser bombeada por los músculos de sus piernas a cada movimiento que hace dentro de los confines del traje protector.

Pero peor que el dolor, peor que los colores del Mundo Inferior es el terror que le consume el cerebro, la ansiedad de saber que su alma gemela está cerca, pero que su hijo corre un grave peligro.

Por fin llegan al pie de la montaña. Dominique contempla la pendiente de cuarenta y cinco grados y los escarpes, y ve sólo color violeta.

La transhumana muda le señala algo.

—Supongo que no es para tanto —miente Dominique, esforzándose por vislumbrar la cima—. Casi parece un volcán extinguido.

Decenas de escarabajos se esparcen por encima de las puntas de sus botas.

—¡Fuera de aquí! —Se libra de ellos a patadas, y a punto está de perder el equilibrio.

La transhumana inicia el ascenso por la falda de la montaña.

Dominique hace lo propio, ayudándose de la espada a modo de bastón. «Jacob es fuerte, no le ocurrirá nada. Si quisieran verlo muerto, ya lo habrían matado en la playa.»

Sus pensamientos se concentran en su otro hijo.

«Por lo menos Manny está a salvo...»

Y de repente se detiene con los ojos llenos de lágrimas al comprender finalmente la realidad de su situación. «¡Manny no está a salvo, Manny está muerto! Murió hace millones de años en este podrido infierno, junto con el resto de nuestra especie olvidada de Dios.»

Se apoya contra una roca y rompe a llorar incontrolablemente, sollozando contra el regulador.

Su compañera transhumana deja de andar. Baja hasta donde se encuentra ella y le coge la mano.

—*Ten… fe.*

El mensaje, enviado de forma telepática, no supone más que un leve susurro en el cerebro de Dominique, pero dice mucho.

Sí, se siente abandonada y desesperada, pero no está sola. Tiene a su otro hijo, y puede que también a Mick.

Y ahora… una amiga.

—*Si tienes que morir, que sea luchando. ¡Llévate contigo a esa bruja de Lilith!*

Dominique se pone en pie.

Las dos mujeres se abrazan y prosiguen el ascenso.

Pasan las horas.

La mujer transhumana llega a una meseta y deja de subir. Cuando Dominique se reúne con ella, las dos contemplan el reto que tienen por delante.

La meseta está separada de la cima de la montaña por una amplia grieta, una caída de trescientos metros en vertical que se pierde en la oscuridad. Incluso en su punto más estrecho, el hueco que queda sigue midiendo sus buenos seis metros de ancho.

La cara de la montaña que se encuentra en su lado de la fisura se curva hacia la izquierda, pero se trata de una pared lisa, imposible de rodear sin el equipo adecuado.

—No podemos subir y no podemos cruzar; ¿qué diablos hacemos ahora?

La transhumana señala una angosta cornisa rocosa, de veinte centímetros de ancho, que recorre la pared de la montaña y se curva en dirección a donde pretenden llegar ellas.

—¿Esa cornisa? Es demasiado estrecha para andar por ella.

La mujer hace señas con las manos indicando que no van a andar por ella, sino que van a colgarse de la cornisa y avanzar poco a poco por la superficie de la roca, una mano tras otra.

Dominique rompe a sudar, con lo que dispara el termostato de su traje, el cual reduce la temperatura interna en nueve grados y medio.

—Es un suicidio. Jamás lograremos… Ya sé, ya sé, debo tener fe.

La transhumana guía a Dominique hasta la cornisa y se señala los ojos para advertirla de que no debe mirar hacia abajo. A continuación, se tiende boca abajo y se descuelga por fuera de la cornisa con mucho cuidado, de forma que el peso de su cuerpo quede suspendido de las palmas de las manos y la cara interna de las muñecas.

Dominique muerde nerviosamente el caucho del regulador. Orina dentro del receptáculo que lleva el traje a tal efecto mientras espera a que su compañera avance un poco más por la pared del precipicio para después arrodillarse ella.

«Tú hazlo y ya está. Hay formas peores de morir.»

«¡Calla! ¡No vas a morir, vas a salir de ésta y encontrar a los tuyos! ¡Vamos, cuélgate ya de esa cornisa!»

Se descuelga de la repisa con grandes precauciones, con todos los músculos de los brazos en tensión y buscando con las botas algún punto de apoyo invisible. Poniendo una mano después de otra, empieza a avanzar siguiendo el estrecho saliente rocoso.

Manteniendo las muñecas firmes y buscando a tientas puntos de apoyo para los pies aquí y allá, descubre que realmente consigue ir avanzando. «Mano derecha, mano izquierda… mano derecha, mano izquierda…»

Hace caso omiso del intenso dolor que siente en los ligamentos de las muñecas y continúa pronunciando su mantra.

«Mano derecha, mano izquierda… mano derecha, mano izquierda… Sólo te quedan cinco metros más. Mano derecha, mano izquierda… no es para tanto; la vez que te metiste buceando en aquel cenote con Mick, eso sí que fue fuerte.»

Hace una pausa al reparar en que su compañera transhumana se ha detenido.

La mujer tiene los ojos vueltos hacia el cielo artificial, agrandados por el terror… como si alguien la estuviera reprendiendo telepáticamente.

—¿*Cómo has escapado, Teresa? ¿Te ha liberado el otro gemelo?*

—¡*Déjame en paz, bruja!*

—*Contéstame, o de lo contrario me daré un festín con tus padres.*

La transhumana sonríe.

—*Muérete en el Infierno.*

La mujer se separa de la cornisa con una patada y cae al vacío.

—¡Oh, Dios mío! —chilla Dominique cuando el cuerpo de su compañera desaparece en las sombras del abismo.

Un destello sobrenatural de luz blanca ilumina el precipicio durante un segundo y después desaparece.

Dominique se queda mirándolo fijamente, hiperventilando por el regulador. «¿Qué ha sido eso? ¿Qué ha ocurrido?»

Por espacio de largos instantes se limita a permanecer colgada, con la mente a punto de venirse abajo. Pero entonces se acuerda de Jacob.

«Está bien, vamos allá… busca fuerzas y termina. ¡Sigue adelante!»

Las yemas de los dedos de su mano derecha se aprietan contra la roca, los músculos de la zona lumbar de la espalda y de las nalgas se contraen para cambiar el peso de un lado al otro.

«Mano derecha, mano izquierda, mano derecha, mano izquierda… dos metros y medio… concéntrate en la cornisa… mano derecha, mano izquierda, mano derecha, mano izquierda… un metro… medio metro…»

En un arranque de adrenalina y fuerza de voluntad, Dominique obliga a su pie izquierdo a subir a la repisa al tiempo que conserva un delicado equilibrio. Levanta la rodilla, luego el muslo…

…y por fin el torso.

Rueda sobre la ancha superficie de la roca jadeando, llorando, riendo, todo a la vez, aspirando grandes bocanadas de aire del regulador.

«Limítate a respirar…»

Llegado el momento, se incorpora. Se pone de pie y va siguiendo la meseta hasta llegar a una fuerte pendiente, una cresta de sesenta metros de alto que rodea toda la cumbre y no le deja ver más allá.

Dominique está agotada. Le duelen todas las articulaciones, tiene las manos y las muñecas despellejadas, y los músculos de las piernas y de la espalda le arden a cada paso que da.

Por encima de su cabeza, el cielo piroclástico se mueve lentamente como si fuera lava.

«Venga, deja de pensar en ello y sube.»

Tragando grandes bocanadas de aire, tira de sí misma cuesta arriba, y termina recorriendo los últimos quince metros arrastrándose, hasta que por fin logra asomarse al borde.

Entonces mira hacia abajo.

Se encuentra en la boca de un volcán cuyo cráter llano descansa varias decenas de metros por debajo de ella.

En el interior de esa cuenca, semejante a una remota aldea tibetana, descubre un poblado.

El poblado de los Nephilim.

41

Es pestilencia urbana, una arquitectura caótica de edificios de una sola planta mal construidos, cubiertos de polvo y levantados sin orden ni concierto en hileras desiguales. Es un laberinto de tonos grises, una barriada peor que las peores partes de las zonas de chabolas de aluminio y cartón de Olongopo y Subic tras la erupción volcánica de las Filipinas.

Viviendas cubiertas de hollín en calles más cubiertas de hollín, que forman un embudo hasta el extremo del pueblo y la orilla de un inmenso lago cuya superficie se ve envuelta en una tupida niebla.

Dominique contiene la respiración cuando las densas nubes del techo subterráneo se abren y dejan ver un objeto monstruoso situado en la orilla cercana del lago. Tallado en la roca viva, inconmensurablemente viejo, se yergue hasta una altura de un edificio de diez pisos. Su mitad superior parece pulimentada, pero sus detalles se pierden cuando regresa la niebla.

Allá a lo lejos se oye el tañido de una campana, un sonido grave que resuena por todo el valle.

Como si alguien las hubiera llamado, las figuras grises de los habitantes comienzan a manar lentamente de las casas y se dirigen en masa a la orilla del lago.

Con mano temblorosa, Dominique saca los prismáticos inteligentes de la bolsa que lleva al cinto. Los ajusta para visión nocturna y enfoca de cerca a los aldeanos, todos cubiertos por el mismo polvo gris.

«Algo está pasando. Tengo que bajar...»

El pueblo está rodeado por un cenagal pantanoso de lodo marrón plateado, estancado de heces humanas, basura, huesos y restos de carne ceninienta y chamuscada, un festín del que dan buena cuenta unos escarabajos de seis centímetros que se cuentan por decenas de millares y que producen con sus mandíbulas un incesante crujir que rompe los nervios.

Dominique, aspirando con fuerza a través del regulador, camina deprisa por el lodo que le llega hasta las rodillas en busca de terreno más sólido. El suelo polvoriento que pisan sus pies ahora es una superficie esponjosa saturada del mismo líquido gris parduzco de la ciénaga, que rezuma de los poros de la tierra a cada paso.

Llega a la primera manzana de chabolas, que parecen de adobe y carecen de ventanas. Forman hileras de extrañas figuras que se inclinan en ese terreno pantanoso e inestable, hundiendo sus cimientos en la cloaca.

Dominique reprime una náusea y se ajusta de nuevo el aparato de la nariz, pues el hedor que la rodea le resulta casi insoportable, incluso a través del sistema de respiración.

Una vez recuperado el control, se dirige hacia el final de una fila de casas y se asoma al otro lado de un muro fracturado.

Las polvorientas calles aparecen desiertas.

De pronto se oye un ruido de aleteo que la impulsa a levantar la vista. En los tejados del otro lado de la calle hay cuatro criaturas parecidas a búhos, cada una de ellas del tamaño de un niño humano de doce años. Sus cabezas bulbosas y desplumadas están cubiertas de un polvo gris, y sus ojos redondos y sin pupilas están cegados por unas cataratas blancas. Las alas, plegadas e incapaces de volar, son escamosas y terminan en afiladas púas.

Las criaturas mutantes la observan con ojos fijos, respirando trabajosamente a través de sus bocas deformadas, en forma de pico de pato.

«¿Qué clase de maldad es la que crea semejantes mutaciones genéticas?»

Dominique vuelve a esconderse en las sombras y reflexiona. Su traje especial, que antes era negro, ya está cubierto de polvo gris. Toma unos puñados de tierra y se frota con ella la cara y el pelo para camuflarse lo mejor posible. Satisfecha, sale a la calle cubierta de mugre y se encamina hacia una avenida más ancha que espera que la conduzca hasta Jacob.

Se encuentra al siguiente habitante: una figura que sale cojeando por la entrada sin puerta de una chabola. El pobre desgraciado probablemente antes fue un varón; ahora camina apoyándose en las manos, porque la parte inferior de su torso ha sido seccionada por debajo de la cintura. Presenta unas grandes pústulas azules y purulentas que sangran a través de la capa de polvo que le cubre la piel. Pero el colmo de sus dolorosas deformidades es un bulto del tamaño de una bala de cañón y de un brillo color violeta que le ha sido implantado quirúrgicamente en la parte baja de la espalda. El torturado ser avanza entre gruñidos, apoyándose en sus encallecidas manos y arrastrando el borde de la túnica por el suelo. Con cada dolorosa exhalación, de sus dilatadas fosas nasales sale una fina bruma negra.

Dominique siente que la invade un sentimiento de miedo y compasión al observar cómo esa forma de vida se esfuerza por cargar con su peso artificial. Aguarda unos instantes más y después lo deja atrás rápidamente y se dirige a una calle central.

Es una avenida de los no muertos, una procesión de transhumanos gimientes e implorantes, mutilados, todos víctimas de alguna amputación. A algunos les faltan las piernas, a otros los brazos. Su piel está invadida por una fagobacteria que la va consumiendo lentamente, dolorosamente, acabando con la carne y los huesos.

«Los Nephilim…»

Como si su existencia no fuera ya suficiente tortura, a cada transhumano le ha sido implantada una prótesis en forma de globo que irradia diversos colores del espectro: rojos, amarillos, verdes, azules y violetas. Si dichos colores están ordenados siguiendo un código determinado, Dominique no alcanza a discernirlo.

Maniobrando entre esos desgraciados, Dominique consigue situarse a la cabecera de la procesión, al tiempo que el sonido del gong se hace más fuerte.

La avenida desemboca en un congestionado lugar de reunión junto a la orilla del lago. A la multitud se suman miles de bípedos más altos y desgarbados, que van vestidos con pesadas túnicas cubiertas de hollín y llevan su alargado cráneo oculto bajo una capucha. Su carne hace tiempo que ha desaparecido de la vista bajo las sucesivas capas de silicio gris, lo cual presta más definición a sus rostros. Tienen unas cejas tipo neandertal que protegen sus ojos, hundidos y oscuros. La nariz y el cartílago que la rodea han desaparecido, y tan sólo han quedado los conductos nasales abiertos. La boca, carente de labios, permanece con la mandíbula caída y deja al descubierto unos dientes cubiertos por el polvo del aire.

Como si fueran ganado, los Nephilim se empujan unos a otros a fin de acercarse un poco más al lago, siguiendo la orilla del mismo hacia algún destino desconocido.

Dominique evita la chusma y se esconde detrás de los restos de una chabola derrumbada de forma rectangular. Mira a su alrededor con gesto nervioso, mientras el profundo gong continúa con su lúgubre llamada.

La superficie plateada del lago reluce en un tono carmesí, reflejo del cielo rojo como una ascua. Pero es el altísimo objeto que se alza en la otra orilla del lago lo que ahora ocupa la atención de Dominique.

Es una estatua… una estatua de un humanoide monstruoso. La cara es demoníaca y aterradora, y en ella destacan una boca ancha y provista de colmillos y una nariz aquilina. Del cráneo alargado y en punta salen unos enormes cuernos de cabra, pulidos y de color negro. Detrás del torso desnudo, a modo de chal, se ven unas alas de murciélago plegadas, enormes y terminadas en afiladas púas. La parte inferior del cuerpo de la estatua tiene la forma de los cuartos traseros de una cabra, y cuenta con una larga cola terminada en punta.

Dominique se queda mirando la estatua, fascinada. «Es Lucifer. Están adorando al Diablo.»

La estatua proyecta una sombra amenazadora sobre el lago, y su mirada satánica refleja las llamas escarlatas del techo del Mundo Inferior, unas ascuas encendidas que distorsionan su boca en una mueca de maldad.

De repente el gong enmudece.

Dominique corre hacia otra casa para intentar ver mejor.

Y ahora ve dónde se ha congregado la procesión de los Nephilim.

Junto a la orilla más alejada se alza un inmenso árbol de la calabaza, viejo como el tiempo, grande como un baobab africano. Su tronco retorcido y nudoso y sus ramas desnudas son de un blanco alabastro, y su esponjosa corteza segrega una mucosidad de color marfil que hace las veces de savia.

Al pie del gigantesco tronco se encuentra una figura.

«Lilith»

La reina Hunahpú va vestida con un hábito de monje color bermellón, y esconde bajo la capucha su cráneo alargado y desprovisto de cabello y adornado con el extraño tatuaje del jaguar.

Cuando habla, su voz es amplificada por la acústica natural del lago.

—Y entonces sucedió que nuestro tiránico dios, Yaveh, sintió tanto temor y envidia de los seres que él mismo había creado, que arrojó al más hermoso de sus hijos, Lucifer, a las profundidades del Infierno. Tan egoísta era nuestro creador, que expulsó del Jardín del Edén al mayor logro de su creación, el hombre. Tan egocéntrico era el Dios Vengador, que impuso sacrificios de sangre entre sus seguidores más leales. Tan inflexible fue, que desató un gran diluvio y ahogó a su pueblo. Tan aterrorizado estaba nuestro paranoico dios de la inteligencia humana, que destruyó la Torre de Babel y dispersó a los supervivientes a los cuatro vientos, y los obligó a hablar distintas lenguas a fin de frenar nuestro ascenso como especie, con lo cual aseguró nuestra futura autodestrucción.

»No matarás, ordenó el Gran Hipócrita mientras nos castigaba igual que el que pesca peces en un barril y nos enseñaba a odiar.

»Pero ni siquiera el Gran Hipócrita pudo contener el amor de nuestro verdadero padre, nuestro bello Lucero del Alba, que desde el Infierno extendió su brazo para instruirnos. Fue Lucifer el que nos enseñó a saborear el fruto de la vid; fue él quien reemplazó la abstinencia con indulgencia, la ignorancia con curiosidad; fue Lucifer el que liberó nuestro espíritu y fomentó nuestro ascenso biológico, espiritual e intelectual y nos encaminó hacia las fuerzas ocultas de la naturaleza. Él es nuestra salvación, y nosotros le pertenecemos, porque ha llegado la hora de deshacer los errores del pasado y liberar a nuestro padre de sus impías ataduras.

La multitud lanza gruñidos y patea el suelo, haciendo que la tierra porosa se inunde. Al otro lado de la calle, los cuatro búhos siguen observando la escena fijamente, aspirando a duras penas grandes bocanadas de aire.

Dominique, temblorosa, acaricia la espada.

Lilith espera a que sus legiones guarden silencio.

—Y ahora, Yaveh ha enviado otro mensajero del dolor. Pero no temáis, porque la llegada de este Hunahpú no incrementará vuestra desesperación. Devlin, vuestro verdadero salvador, hará uso de los poderes del Hunahpú para romper el sello que cierra las Puertas del Infierno y liberar a nuestro padre, ¡el arcángel Lucifer!

Con más gruñidos y pataleos, los presentes se empujan unos a otros en su afán de acercarse un poco más.

Lilith impone silencio con un gesto.

—Paciencia. Pronto descenderá sobre vosotros la bendita resurrección. Hasta que llegue ese momento, podéis dar una vuelta alrededor de la luz de Lucifer antes de regresar a vuestras casas.

Dominique contempla aturdida la procesión de torturados que comienza a moverse lentamente alrededor del reluciente árbol de alabastro. Sus globos de colores absorben la energía del mismo y resplandecen con mayor intensidad, como si mamasen de la luz que les sirve de alimento.

Luego, la multitud se dispersa y todos emprenden el regreso a sus casas entre gruñidos y empellones, los bípedos empujando a los lentos amputados.

Dominique permanece en su escondite y utiliza los prismáticos inteligentes para enfocar otro objeto, uno que se encuentra muy próximo a una de las ramas bajas del árbol.

Es una cruz de madera, y en ella hay una figura crucificada.

La cabeza está oculta bajo una corona de espinas, y la sangre que mana es de color azul.

«Jacob...»

42

Dominique aguarda hasta que las calles quedan desiertas y luego espera diez minutos más.

Entonces sale de su escondite y echa a correr por la avenida que conduce al lago, resbalando en el cieno gris.

Lanza una mirada fugaz a su izquierda. La superficie lisa y de metal fundido del lago brilla con reflejos carmesí, espejo del cielo en ascuas.

«He de darme prisa... antes de que aparezca el demonio centinela del programa holográfico de Jacob.»

Aprieta el paso empuñando firmemente la espada de doble filo entre las manos, inundada por la adrenalina y el miedo, que distraen a su cerebro del dolor físico.

Veinte años de existencia, veinte años de pesadillas. Durante seis años ha visto cómo su hijo se preparaba para una guerra a librar en este mismo entorno infernal. Pero esto no es un programa holográfico, y ella no es Jacob.

«Dios, te lo ruego, que aún esté vivo.»

Pasa a toda prisa junto al árbol de alabastro y se dirige hacia la cruz y la víctima inconsciente que cuelga de ella.

—¿Jacob? ¡Jacob, cariño, soy yo!

Alarga la mano hacia la base de la cruz y contempla la figura crucificada...

...la cual abre muy despacio sus ojos iridiscentes al tiempo que aparece una sonrisa en su rostro angelical.

Dominique se quedó boquiabierta.

—Devlin...

El serafín extiende las alas y acto seguido se baja de la cruz de un salto. Sus pies se clavan en el pecho de Dominique y sus afiladas garras perforan el traje de protección.

Entonces deja de agitar las alas y se inclina sobre su víctima para observarla de cerca con una expresión interrogante.

—Tú no eres Immanuel. —Se sienta a horcajadas sobre su pecho y le olfatea el cuello para inhalar su aroma—. ¡Primera Madre! ¿Dónde está tu otro hijo? Dímelo, o de lo contrario mataré a Jacob.

—Te lo diré... pero antes... ¡quiero verle!

Devlin bate las alas en el aire y se despega del pecho de Dominique. Luego posa los pies en el suelo y la aferra por el pelo para arrastrarla hacia el árbol de la calabaza.

Jacob está tendido de espaldas, con la garganta y las extremidades aprisionadas bajo las gruesas y nudosas raíces del árbol.

—Habla ya, o morirá.

—Manny no ha realizado el viaje. Yo he ocupado su lugar.

Los ojos de Devlin se iluminan con un tono violeta.

—Imposible.

—Es... verdad.

—¡Arrrrggg!

Devlin le asesta un golpe en la nuca y Dominique se desploma en el grasiento suelo, inconsciente.

El serafín cierra los ojos para permitir que su mente se deslice al interior del nexo. Lilith está esperando a su conciencia dentro de la densa niebla blanca.

—*Immanuel no está aquí, madre. ¡Los gemelos han alterado el pasado!*

—*No importa, mientras el portal que conduce al Infierno sea abierto y Lucifer sea resucitado.*

—Pero para abrirlo es preciso contar con la presencia de los dos gemelos Hunahpú.

—Olvidas que aún tenemos a Hun-Hunahpú. Su presencia, sumada a la de Jacob, nos proveerá de toda la energía necesaria para abrir las puertas.

—Sí, pero no podemos hacer uso de su campo de energía mientras se encuentre dentro de su recinto protegido.

—Esta vez saldrá. Lo atraeremos valiéndonos de sus seres queridos.

El dolor despierta bruscamente a Dominique cuando Devlin la arrastra del cabello hacia el reluciente árbol blanco.

El serafín se planta delante del inmenso tronco, agitando las alas.

—Abre los ojos, Hun-Hunahpú. ¡Quiero que contemples el rostro de tu querida alma gemela mientras yo la violo ante tu Dios!

Devlin le propina a Dominique un puñetazo en la espalda, entre los omóplatos, tan fuerte que la hace caer de rodillas.

Siente cómo las uñas del serafín desgarran lo que queda del traje protector en la zona de la espalda, y deja escapar un chillido a través del regulador cuando él le baja la ropa interior y le deja al descubierto las nalgas.

Siente que se ahoga al notar unas manos poderosas que le levantan las caderas hacia su entrepierna.

—¡Abre el portal, Hun-Hunahpú, o te juro por Lucifer que la violaré y torturaré durante toda la eternidad!

En la savia blanca y rezumante aparecen dos puntos de color azul turquesa y comienza a perfilarse el contorno de una cara a escasos centímetros por debajo de la corteza del tronco.

En el lago surge una leve perturbación, y la superficie del mismo comienza a ondularse como si algo de gran tamaño estuviera removiéndose en sus profundidades.

Devlin observa el exótico líquido. «Está ocurriendo. ¡El portal está abriéndose!»

Jacob abre los ojos.

El cielo subterráneo ha cobrado vida, y ahora emite unas lenguas de fuego que se separan de las ascuas de su superficie semejando las llamaradas del Sol. Intenta incorporarse, pero se topa con un enorme peso que ejerce presión sobre su garganta y una mayor resistencia en la parte superior del torso y en los miembros, que lo aprisiona contra el suelo.

Oye llorar a su madre. Siente la presencia de su padre. Entonces cierra los ojos y se desliza al interior del nexo.

La mente de Jacob Gabriel se interna con miedo en la niebla gélida.

—*Ha transcurrido una eternidad, amor mío. ¿Me has echado de menos?*

El tenebroso susurro le cosquillea el oído. Percibe un aroma a jazmín y entonces ve los ojos de ella, irradiando un luminoso azul Hunahpú.

Su leve silueta sale de la niebla. Sus senos hinchados pugnan contra la gasa de un camisón de color bermellón. Su mirada se ve atraída hacia el brazo derecho de Jacob, que todavía muestra una herida abierta resultado del último ataque.

—*Acércate más, primo. Déjame lamerte las heridas.*

Jacob retrocede.

—*¿Todavía tienes miedo?*

—*Devlin, ese monstruo… ¿es hijo mío?*

—*Es hijo de Lucifer.*

—*No tenía por qué ser así, Lilith.*

—*Ah, pero es.* —Sus iris adquieren un color violeta bajo la luz sobrenatural—. *Yo nací en el Infierno y aquí moriré, no como víctima sino como su conquistadora. Abandonada por Dios, hube de recurrir a los únicos que quedaban para acogerme, los de las luces inferiores.*

—*No eran reales, Lilith. Eran voces que existían dentro de tu cabeza.*

—*¡Tú mismo eras una voz que existía dentro de mi cabeza, y aun así yo te amaba! Me abandonaste cuando es-*

taba necesitada, primero cuando ambos éramos adolescentes, después cuando te fuiste en la Balam. Tú has contribuido a sembrar la semilla de mi corrupción. Pues bien, ¡ahora puedes recoger la cosecha de tu egoísmo!

El cutis oscuro de Lilith palidece y se torna de un blanco fantasmal, las pupilas de sus ojos intensamente azules llamean en un rojo vivo. La boca, antes tan sensual, se deforma y se retuerce… hasta transformarse en una horripilante hendidura vertical. Los labios morados se ensanchan, la grotesca barbilla hiela la sangre de Jacob.

Entonces, el demonio hembra avanza hacia él dejando caer los tirantes de su camisón y termina por apartarlo a un lado con el pie para exhibir su vil sexo.

Jacob, sin poder enfocar la vista, pierde el conocimiento mientras el nexo gira sobre sí mismo en el interior de su cerebro.

Lilith se abalanza sobre él y lo trae de vuelta como si hubiera sido golpeado por una maza. Acto seguido, se sienta a horcajadas sobre su pecho y desgarra con las uñas lo que queda del traje protector mientras él lucha por recuperar el aliento. El orificio de la espeluznante boca de Lilith se aproxima poco a poco a su rostro, revelando múltiples filas de dientes negros y afilados como cuchillas.

Jacob sufre el espasmo de una náusea al aspirar el aliento a azufre de Lilith. Le aferra la garganta con la mano derecha, tratando de alejar de sí la cara invasora, mientras que con la izquierda lucha contra la garra que se le acerca a la ingle, en un intento desesperado de evitar la violación.

Desde su aislado remanso de paz, la conciencia de Michael Gabriel percibe la repentina perturbación que tiene lugar en el nexo. Lo invade una sensación de pánico cuando registra olas de energía y detecta la batalla que se está librando tan cerca de su territorio protegido.

Devlin abandona a Dominique moviéndose como si estuviera en trance hacia la orilla del lago, cuyas aguas ahora irradian un tinte esmeralda.

—Óyeme, padre. Envía a tu demonio centinela. ¡Vacía el foso de Babilonia y deja ver las Puertas del Infierno para que yo pueda liberarte!

Dominique se arrastra hacia donde yace Jacob, alejándose del serafín.

—¿Jacob? ¡Jacob, despierta!

Pero Jacob está aprisionado bajo las gruesas raíces del árbol de la calabaza, debatiéndose con desesperación, como si estuviera sufriendo una terrible pesadilla.

De repente se oye a lo lejos un fuerte gong.

El poblado de los Caídos se vacía, y sus miembros echan a andar nuevamente hacia la orilla del lago, que se encuentra en plena metamorfosis.

La mente de Jacob grita y forcejea, en un vano intento de mantener a raya al Súcubo.

El horripilante rostro de Lilith ya alcanza las proporciones de una Gorgona. De las aberturas porosas de su carne surgen lombrices gelatinosas que segregan un líquido pútrido y feromonas inhumanas.

Jacob sacude la cabeza a un lado y a otro, acosado por el hedor nauseabundo. Superado físicamente, mentalmente agotado y aprisionado contra el suelo, se encuentra abrumado por una presencia cuya férrea fuerza de voluntad amenaza con arrancarle hasta la conciencia misma.

De su garganta surge un alarido capaz de congelar la sangre cuando de los genitales desnudos de la Abominación gotea un hilo de mucosidad candente como un hierro.

—*Déjame morir, Dios mío, prefiero la muerte antes que...*

Jacob no puede desviar el rostro cuando el Súcubo presiona con más fuerza, un millar de agujas heladas que perforan el tejido mismo de su existencia mientras se debate en la espuma de azufre de Lilith y todas las células de su cuerpo gritan pidiendo clemencia.

Y entonces vislumbra una figura en sombra que ha aparecido en la periferia de la neblina y se mueve hacia ellos atravesando perturbaciones en las ondas.

—*Padre...*

Michael Gabriel agarra a la Abominación por el cuello y la lanza, sorprendida, contra la niebla y al exterior del nexo.

Jacob se incorpora sobre sus rodillas para abrazarse fuertemente a su padre.

Los dos Gabriel, exhaustos, el uno en los brazos del otro, se nutren recíprocamente de su energía y miran fijamente la niebla, por si regresara el demonio.

—*Padre... tenemos que salir del nexo.*

—*No puedo, hijo mío, hasta que los Nephilim hayan sido liberados.*

En eso se oye un bronco rugido.

Aparecen dos puntos escarlata que señalan los ojos, y el demonio hembra reaparece... sonriendo por su horrendo orificio vertical.

—*Hun-Hunahpú... por fin te hemos hecho salir de tu jaula. Tú y el aura de tu hijo prestarán a Devlin la fuerza necesaria para abrir las Puertas del Infierno.*

Y seguidamente desaparece en la niebla.

Jacob se siente mareado, como si acabara de saltar desde un precipicio.

—*Padre, ¿qué ha querido decir con eso? ¿De verdad va a venir Lucifer?*

Mick susurra en la conciencia de su hijo:

—*Lucifer no existe, Jacob, y tampoco existe el Infierno.*

—*Pero el mal...*

—*El Diablo es una creación del hombre, hijo mío, no de Dios. El mal es el residuo humano del libre albedrío. El Infierno es una prisión que nos hemos impuesto nosotros mismos en* el reino espiritual. Este purgatorio... nada de lo que hay aquí es real, todo ha sido creado por el enloquecido subconsciente de Devlin Mabus y de las mentes torturadas de los Nephilim. Mi propia rabia, el odio que siento hacia mí mismo, ha encarcelado mi alma contaminada dentro de sus paredes... hasta que sentí tu amor. Pero decidí quedarme... para ayudar a los Nephilim, para permitir que los rodeara mi calor.

—En ese caso, he de matar a Devlin y a Lilith.

—No puedes, Jacob, ya están muertos.

—¿Qué?

—Los maté yo hace mucho tiempo, en el año 2012, cuando intentaron servirse de Tezcatilpoca para regresar a la Tierra. Entré en el nexo de la serpiente para acudir a su encuentro. Probaron a engañarme, pero descubrí su estratagema y los maté a los dos.

—Pero...

—Dios no permitirá que el mal penetre en su reino espiritual. Lilith estaba tan furiosa con Dios, que se negó a aceptar sus condiciones. Ella y Devlin crearon su propio inframundo e hicieron caer en su trampa a las almas de los Nephilim, confusas y abrumadas por el sentimiento de culpa. Aquí pueden coaccionarlos y torturarlos, manteniéndolos alejados de la luz amorosa de Dios, mientras Devlin, sirviéndose de su linaje puro Hunahpú, se nutre de su energía para forjar su propia versión del Infierno.

—¿Por qué se sienten tan culpables los Nephilim?

—Porque sobrevivieron al holocausto de la Tierra cuando tantos otros murieron. Es mi aura la que reconforta sus almas, igual que tú reconfortaste la mía. Tu alma fue como un faro de amor, y el amor es la luz de Dios. Lilith debilita esa luz y se la da a los Nephilim en pequeñas dosis, y en cambio otorga su energía a Lucifer para mantenerlos bajo control.

—Entonces, los Nephilim... ¿también están muertos?

—Sí. Perecieron hace mucho tiempo, cuando intentaron pasar al reino espiritual.

—¿Saben siquiera que están muertos?

—No. Y tampoco lo saben Devlin ni su madre. Están absolutamente convencidos de que tienen la misión de resucitar a Lucifer. Ahora, tan sólo la verdad los hará libres.

—¿Pero por qué... por qué están tan convencidos de que van a poder abrir las Puertas del Infierno?

—Devlin percibe que se acerca una ola de energía, pero no se trata de la presencia de nosotros dos en el purgatorio.

—¿Es la supernova?

—Sí. Las capacidades Hunahpú de Devlin le permiten utilizar esas fuerzas. Incluso en este preciso momento su mente está canalizando energía, su subconsciente está dando vida a un demonio centinela.

—Padre, ¿qué sucederá cuando Sirio se convierta en una supernova?

—Que los niveles de energía se dispararán y la conciencia de Devlin hará nacer a Lucifer... al menos el concepto de Lucifer que tiene él, creado partiendo del tejido de su propia mente herida.

—Entonces, todo esto... ¿de hecho podría convertirse en una profecía autocumplida?

—No es una mera posibilidad, Jacob. Recuerda que la humanidad está atrapada en un bucle del tiempo. Ese hecho ya ha ocurrido.

—¿Estás diciendo que el concepto humano del Diablo procede del futuro?

—Que ha vuelto al pasado... una inquietante paradoja. Con cada viaje que se realiza a través del agujero de gusano, la ecuación se complica un poco más y la humanidad se aleja otro paso más de Dios.

—Entonces, el pasado... ¿volverá a repetirse?

—En el momento en que los miembros del Guardián entren de nuevo en el agujero de gusano, para lo cual se están preparando ahora mismo. Una vez más, el futuro del hombre llevará al Diablo al Jardín del Edén del hombre.

—Padre... todo esto es culpa mía... mi egoísmo apartó a Lilith, mi momento de debilidad dio vida a Devlin.

—No es culpa tuya. Igual que me ocurrió a mí, tú simplemente eres una víctima de las circunstancias.

—Y también lo es Lilith. Y Manny, y Evelyn, y los miles de millones de personas que perecieron en la antigua Tierra. Padre, tengo que detener esta locura... ¡tengo que ponerle fin de una vez por todas!

—¿Cómo?

—Derrotando a Devlin. Salvando a los Nephilim.

—No puedes derrotar a Devlin tú solo, y yo no puedo salir del nexo para ayudarte.

—Existe otra manera de conseguirlo, pero necesito tu ayuda. ¿Podrías distraer a Lilith... que no se acerque a mí?

—Lo intentaré. Pero en el caso del centinela, tendríamos que estar los dos para...

—Ya me encargo yo del centinela, tú preocúpate de Lilith.

Devlin está de pie a la orilla del lago, con sus alas de murciélago agitándose inquietas a los costados.

Las aguas plateadas comienzan a moverse y después a girar, formando un potente vórtice en sentido contrario a las agujas del reloj. Al cabo de unos segundos, el líquido antes plácido se ha transformado en un furioso remolino con un ojo en el centro que va absorbiendo el contenido para dejar al descubierto...

...un orificio gigantesco: la tercera boca de la serpiente.

—¡Es el portal, el portal del Infierno!

El subconsciente de Devlin atraviesa las dimensiones del tiempo y del espacio para servirse de la caótica energía de la supergigante roja y desatar una bola monstruosa de llamaradas carmesí que sube rápidamente por las mandíbulas hiperextendidas de la serpiente. La expulsión de energía es tal, que la orilla del lago retumba bajo los pies de Devlin y hace que los asustados Nephilim inclinen la cabeza, presas del pánico.

El revestimiento interior de la garganta de la serpiente irradia un brillo verde esmeralda a medida que se metamorfosea lentamente en un embudo de energía en rotación.

Padre e hijo aúnan sus mentes para convocar a Lilith, cuya horrenda presencia reaparece en la periferia de la niebla.

—*Te quiero, padre.*

—*Yo también te quiero, hijo. Vete ya.*

La mente de Jacob salta fuera del nexo.

Michael Gabriel se vuelve para mirar de frente a su eterno enemigo.

—*Ahora estamos solos tú y yo, prima. Mi hijo me ha prestado su fuerza, ¡y te prometo que ninguno de los que nacieron en la luz, de los que fueron engendrados en la luz, será vuestro!*

Jacob abre los ojos.

Está tendido de espaldas. Las raíces del árbol que lo aprisionaban se han aflojado alrededor de su cuello y sus extremidades. Se apresura a zafarse de ellas y se incorpora, fascinado por la sobrenatural luz verde esmeralda que surge del foso de la quinta dimensión.

El suelo poroso rezuma líquido bajo los pies de los discípulos de Devlin, que saltan y bailan a lo largo de la orilla.

Del orificio ha surgido, dejando caer grandes goterones de lodo plateado, el bípedo demoníaco de Devlin, el mismo contra el que él ha luchado en incontables ocasiones en la sala holográfica, el que tantas veces lo torturó en sus pesadillas infantiles. Unas poderosas extremidades, fuertemente segmentadas y lisas, impulsan su cuerpo anguloso y musculado a través de las aguas en recesión del lago.

Devlin acude al encuentro del centinela que su propia mente ha creado y lo envía hacia el árbol de la calabaza.

—Mátalos. ¡Mátalos a todos!

El demonio de silicio pone un pie en la orilla, y con sus poderosos brazos segmentados comienza a golpear a derecha e izquierda, seccionando con sus dedos afilados como escalpelos miembros y torsos de los despavoridos Nephilim.

Los desgraciados cubiertos de polvo gris gritan sin cesar mientras de sus heridas mana a borbotones una sangre teñida de azul. Presas del pánico, todos comienzan a empujarse unos a otros en un desesperado intento de apartarse de la trayectoria del arma letal.

—¡Jacob! —Dominique corre hacia él y le entrega la espada—. ¿Estás bien? ¿Dónde está Mick?

—Vigilando el nexo. —Por primera vez en catorce años, se abraza a ella con fuerza—. Te quiero, mamá. Lo siento mucho. Todos estos años… Nunca te he dado el amor que me has dado tú a mí.

—Calla… te quiero.

—Yo también te quiero. —Se le humedecen los ojos—. Quédate aquí… quédate cerca del árbol.

—Jacob, ¿qué vas a hacer?

—Cumplir mi destino.

Dominique hace ademán de ir a decir algo, pero de pronto se ahoga por efecto de los gases nocivos del centinela de Devlin, que le abrasan las mucosas. Se refugia detrás del árbol de alabastro y se aprieta con más fuerza el aparato que le protege las fosas nasales.

El demonio se enfrenta a Jacob taladrándolo con sus ojos sin pupilas, que relucen en un tono amarillo quemado. La cruel hendidura que tiene por boca parece esbozar una sonrisa triunfal, un gesto que permite que gotee un lodo negro de sus fauces antropomórficas.

Las garras envenenadas y en forma de hoz de la criatura rasgan el aire y apartan a Jacob del árbol. Jacob empuña la espada con más fuerza.

En eso, en una mancha borrosa de color gris… que se mueve hacia él con una rapidez inimaginable… la criatura lanza su ataque.

Jacob se agacha. Las afiladas garras del demonio le pasan rozando el cuero cabelludo, pero el guerrero Hunahpú rueda hacia delante y asesta un golpe en redondo y hacia abajo que atraviesa la cara posterior de una de las musculosas piernas de su enemigo.

La criatura grita de dolor y jura en una lengua incomprensible.

Jacob vuelve a aferrar la espada con ambas manos. Durante más de diez años ha estado luchando contra una simulación holográfica de esta criatura dentro del nexo; ahora, todos sus instintos le dicen que debe permanecer alejado de esa dimensión superior.

El demonio lo rodea lentamente, sin apresurarse. De su pierna herida brota un líquido amarillo mostaza mientras planifica su próxima embestida.

Otra mancha borrosa... y las cuchillas que tiene la criatura en las puntas de los dedos surcan el aire cargado de dióxido de carbono.

Jacob para el golpe con la hoja de la espada y acto seguido, ejecutando una pirueta perfecta, gira sobre sí mismo y atraviesa el brazo izquierdo de su contrincante, apenas por encima del codo.

El demonio herido lanza un aullido en su lengua nativa, retrocede y pierde el equilibrio al tiempo que el Hunahpú ataca a su vez. La espada corta el aire formando ochos en ondas desdibujadas, la ardiente hoja de doble filo acuchilla la carne de silicio, chorros de pus amarillo rocían a ambos combatientes. Jacob cercena sin piedad pedazos enteros de carne del torso y de los miembros.

Un batir de alas, seguido de un grito de alarma de Dominique.

Jacob gira en redondo y, agachándose sobre una rodilla, asesta una cuchillada hacia arriba que alcanza en el abdomen a Devlin, que se cernía en ese momento sobre él.

Devlin remonta otra vez el vuelo y aterriza con dificultades a varios metros del resplandeciente foso, agarrándose con una mano el costado herido.

—¡Jacob! —señala Dominique.

Jacob repara en la sangre de color azulado que resbala por debajo de su traje, en el lado izquierdo de su caja torácica, procedente de la profunda herida que le ha abierto el demonio con sus afiladas garras.

—¡No te acerques! —Jacob aspira varias bocanadas de aire de su regulador, en un vano intento de contrarrestar los efectos del veneno. Está cubierto de sangre, sudor y flema amarilla, y le tiemblan todos los músculos.

Sin apartar la vista de Devlin, se vuelve hacia el mutilado centinela que se arrastra a sus pies. Entonces, lanzando un gutural rugido guerrero, el Hunahpú alza su espada y, con un potente golpe asestado con las dos manos, separa la horrenda cabeza del demonio del cuerpo.

Devlin, al borde del foso, gruñe con rabia pero no ataca.

Los aterrados Nephilim continúan avanzando hacia el árbol de la calabaza por millares.

Jacob se desploma de rodillas, y Dominique se apresura a sostenerlo.

—Jacob, no... Oh, Dios, por favor... —Aprieta contra su pecho a su hijo moribundo—. Jacob, no me dejes.

Incapaz de hablar, Jacob señala débilmente el tronco del árbol.

La mente de Michael Gabriel se ahoga en un abismo de maldad, los ojos escarlata de la Abominación lo arrastran cada vez más hacia su alma helada. Su voz susurrante resuena en la conciencia de Michael.

—*La batalla ha terminado, primo. Voy a absorber tu fuerza vital, y después me llevaré el cadáver de la Primera Madre y cruzaré el umbral del Infierno.*

Una eternidad de emociones reprimidas explota en lo más recóndito de la desdichada alma de Mick taladrando las paredes de su recinto protector.

—¡Dominique!

* * *

Su nombre susurrado vibra intensamente en el interior del cerebro de Dominique igual que un diapasón.

Jacob dice con voz ronca, ahogándose en su propia sangre:

—Libéralo.

Ella deposita suavemente la cabeza de su hijo en el suelo y se incorpora. Agarra la espada con las dos manos y echa a andar con paso inseguro hacia el árbol de la calabaza, que está perdiendo brillo rápidamente…

…y entonces clava la hoja en el tronco con todas sus fuerzas.

El canto de sirena reverbera en el cerebro de Mick, y de repente se levanta la niebla.

Ve al Súcubo agarrándose el costado, de donde mana un líquido negro que parece petróleo. De pronto se gira y sus demoníacos ojos de color rojo perforan a Mick con una mirada de odio.

—*¡No! ¡Es imposible!*

Michael Gabriel sonríe triunfante.

—*Nunca hay que subestimar el poder del amor.*

De repente se abre otra herida, esta vez en la garganta. El Súcubo se desploma de espaldas, asfixiándose en su propio excremento…

…y en ese mismo instante el alma de Mick es liberada de los grilletes que la han aprisionado durante toda una eternidad.

El resplandor celestial del árbol de la calabaza aumenta de intensidad cuando su corteza blanca se derrite formando grumos de un líquido parecido a un denso moco.

Dentro de esa materia que se va licuando rápidamente aparecen dos figuras debatiéndose. Una es Lilith, de cuya carne pálida brota un excremento oleaginoso; la segunda es Michael Gabriel, sujeto desde detrás por las uñas del Súcubo que se clavan en su espalda.

—¡Quita las manos de mi hombre, zorra! —Dominique asesta un golpe con la espada y secciona los brazos de Lilith a la altura de los codos.

En lo alto está Devlin, trazando círculos, pero no quiere acercarse más al doloroso resplandor de la luz.

Dominique rescata la forma inerte de Mick del espeso líquido.

—¡Jacob, no respira!

Se quita el regulador y lo introduce a la fuerza entre los labios azulados de su alma gemela para metérselo en la boca.

—Vamos, Mick… ¡respira!

Lo zarandea unos instantes y después intenta el boca a boca, pero no consigue reanimarlo.

—Oh, Dios, no… después de todo esto…

Retira una botella de aire de repuesto de su exoesqueleto, la sujeta a la cara de Mick y comienza la maniobra de reanimación cardiopulmonar.

Justo en ese momento aparece detrás de ella una segunda luz blanca que emite un intenso calor. Dominique se da la vuelta y se queda boquiabierta dejando caer el regulador de la boca.

—¿Jacob?

La brillante fuerza luminosa de Jacob Gabriel se separa de su cuerpo físico irradiando un resplandor sobrenatural a través de toda la dimensión espiritual.

Los Nephilim, en masa, comienzan a gravitar hacia la fuente de luz.

—Igual que polillas atraídas por una llama… —susurra Dominique.

La energía del alma de Jacob baña la piel de los Caídos y lava milagrosamente la ceniza gris revitalizando su carne. Todos recuperan los miembros amputados, los globos que los torturan se desprenden de sus cuerpos, ahora rejuvenecidos.

Dominique se siente aturdida. En eso, retumban en su conciencia las palabras de Evelyn Strongin, pronunciadas hace tanto tiempo…

«Existe un infierno, Dominique, pero no es un lugar real. Los que entran en el más allá llevando energía negativa viven en un infierno que se han impuesto ellos mismos. Juzgar y culpar a los demás y sentirnos culpables puede distorsionar o destruir la visión que tenemos de nosotros mismos. A menos que permitamos que el amor purifique la oscuridad que hay en nuestra alma, el Infierno puede ser un lugar muy inhóspito.»

—El amor…

De los ojos de Dominique brotan lágrimas de alegría, de una en una, las almas perdidas de los colonos de Nuevo Edén, retenidas durante tanto tiempo en el purgatorio de vergüenza y culpa que ellos mismos se impusieron… Pero entonces sonríen, y a continuación desaparecen en un parpadeo de luz blanca celestial.

Devlin flota suspendido por encima de la masa, agitando las alas y chillando a todo lo que le dan de sí los pulmones.

—¡No! ¡Apartaos de él! ¡Dejadlo en paz!

El resto de los Nephilim empuja con más fuerza, desesperados por abrazar a su nuevo salvador.

De repente todos desaparecen, todos excepto Jacob, que avanza hacia ella bañándola en su luz amorosa.

El líquido color alabastro del árbol se derrite como la nieve al ser tocado por el resplandor angelical de Jacob, restaura la belleza terrenal de Lilith y cura sus heridas. Jacob se arrodilla junto a ella y le toca la cara. Lilith abre los ojos, que ahora tienen una expresión de inocencia infantil. Mira a Jacob y sonríe.

Jacob toma la mano de Lilith y se vuelve hacia su madre señalando a Mick, que ya respira sin ayuda.

—Sé feliz.

Dominique se ahoga con el nudo que se le ha formado en la garganta.

—Te quiero.

Jacob sonríe. Y un instante después desaparece con Lilith.

Mick deja escapar un gemido.

Dominique corre a su lado. Acaricia su tupida melena de cabello gris plateado y observa fijamente sus ojos, intensamente azules y brillantes, reconociendo la mirada de la esquizofrenia.

—Amor mío, ¿qué te han hecho?

En eso, el Mundo Inferior retumba como un trueno. De la boca abierta de la serpiente surgen llamas carmesí, una erupción de energía color esmeralda que continúa brotando del conducto de la quinta dimensión. El cielo subterráneo comienza a fragmentarse y deja ver retazos de una luz blanca y brillante.

Devlin le lanza un rugido a Dominique desde el borde del foso. Después, extiende las alas y se zambulle en el remolino.

Y entonces desaparece todo.

Dominique se encuentra arrodillada al borde del lago artificial, otra vez en la superficie del planeta. En sus oídos silban vientos huracanados que amenazan con levantarla del suelo. Mira en derredor, cegada por el polvo volcánico.

Mick está tumbado junto a ella, y a su espalda, como a unos seis metros, se balancea el vehículo de transporte del Guardián en forma de vaina.

Se inclina trabajosamente, se echa al hombro a Mick y se lo lleva, medio a rastras, hacia la nave espacial. Lo mete dentro y sella la escotilla.

—¡Ordenador, llévanos a bordo del transporte del Guardián lo más rápido que puedas!

La vaina lucha por elevarse en medio de las monstruosas corrientes de aire y escombros.

Dominique aguanta, incapaz de pensar nada en la locura del momento, mientras el vehículo es absorbido por dentro del vórtice del huracán. Cierra los ojos con fuerza, y su mente se llena de recuerdos al tiempo que el vehículo gira alrededor del ojo de la tormenta como si estuviera atrapado dentro de una lavadora.

Destello: Está otra vez en el psiquiátrico de Miami, sentada frente a su nuevo director, Antonio Foletta, hablando de su nuevo paciente.

—¿Por qué fue encarcelado el señor Gabriel?

—Mick perdió los nervios durante la conferencia de su padre. El tribunal le diagnosticó esquizofrenia paranoide y lo condenó a ingresar en el Centro de Salud Mental del Estado de Massachusetts, en el que yo fui su psiquiatra clínico.

—¿Sufre las mismas fantasías que su padre?

—Y que su madre. Julius y Maria Gabriel, ambos arqueólogos, estaban convencidos de que va a tener lugar una terrible calamidad que barrerá a la humanidad de la faz del planeta. Mick sufre también de las habituales fantasías paranoides persecutorias, la mayor parte de ellas a consecuencia de la muerte de su padre y de su propia encarcelación. Afirma que existe una conspiración por parte del gobierno que es la que lo ha mantenido encerrado todos estos años. En su mente, él es la víctima en su máxima definición, un inocente que intenta salvar al mundo...

Destello: Su primera visita a Mick. El apuesto esquizofrénico paranoide de ojos color ébano se le acerca para aspirar su aroma.

—Le juro por el alma de mi madre que no le haré ningún daño.

Destello: Se encuentra en el golfo de México, a bordo de un barco en compañía de Mick, después de haberlo ayudado a escapar.

—Mick, ¿te acuerdas de que en el psiquiátrico me preguntaste si creía en el mal? ¿A qué te referías?

—También te pregunté si creías en Dios... si creías en un poder superior.

—Creo en que hay alguien que nos ve, que toca nuestras almas en algún plano de la existencia más elevado. Estoy segura de que una parte de mí lo cree porque necesito creerlo, porque supone un consuelo. ¿Qué piensas tú?

—Yo creo que poseemos una energía espiritual que existe en una dimensión diferente. Creo que existe un poder superior en ese nivel, al que sólo podemos acceder después de la muerte.

—*No creo haber oído a nadie describirlo de esa mane-ra. ¿Y el mal?*

—*Todo Yin tiene su Yang.*

—*¿Estás diciendo que crees en el Diablo?*

—*El Diablo, Satanás, Belcebú, Lucifer, ¿qué importa el nombre?*

Destello: De nuevo en Chichén Itzá, el día del solsticio de invierno de 2012, el día del juicio final según la profecía. Ennis Chaney la tiene sujeta por la muñeca y no quiere soltarla, mientras Mick avanza con decisión hacia la boca abierta de la serpiente alienígena muerta, la entrada al nexo.

—*¡Suélteme! Mick, qué estás haciendo…*

—*Lo siento, Dominique. Te quiero…*

Mick pasa por encima de las primeras filas de dientes y penetra en la boca de la serpiente… abandonándola para siempre…

Para siempre…

—*Te quiero, Dominique…*

Para siempre…

—*Mamá… gracias. Te quiero.*

—*Y yo a ti, Manny.*

Para siempre…

—*Sé feliz.*

Para siempre…

De pronto abre los ojos de golpe y grita:

—¡Jacob!

La nave de transporte se despega por fin del remolino de color verdoso, asciende a través de la atmósfera y sale disparado hacia el espacio.

Los ojos de Mick se abren de golpe al recuperar el conocimiento.

—No… ¡no!

Dominique se abraza a él con fuerza mientras la nave continúa ascendiendo a toda velocidad.

—Calla… no pasa nada…

—¡No! ¡Yo soy Hun-Hunahpú! ¡Soy Hun-Hunahpú!

—Mick, soy yo, Dominique…

—La Abominación… intenta matarme… se filtra en mi mente… yo soy Hun-Hunahpú… tengo el control… mi mente la controlo yo, no la Abominación —balbucea tirándose del cabello—. ¡Oh, Dios, Dios, Dios! ¡Oh, Dios mío!

Dominique se esfuerza por sujetarlo mientras unas manos invisibles guían la nave hacia la luna con forma de patata.

Mick forcejea violentamente, su rabia le aporta una fuerza sobrehumana.

—Mi mente… es un remanso seguro. Mi mente… me protege… es una cueva. ¡Oh, Dios, déjame morir! ¡Quiero morir! Quiero morir, quiero morir…

En la pantalla aparece la nave en forma de luna, un colosal crucero de iridio de 29 kilómetros de largo y 19 de ancho, con el casco mellado por varias marcas y una abolladura enorme, del tamaño de un cráter.

—¡Abominación! ¡Abominación! ¡Me concentraré en las paredes de la cueva y no en la salida, y así la Abominación no podrá hacerme daño!

—¡Mick, basta, soy yo! ¡Soy Dominique!

Un haz de tracción se apodera del vehículo en que viajan y lo guía hasta el interior de una plataforma de aterrizaje. La nave se detiene con una sacudida. Se abre la escotilla y aparecen los tres ancianos del Guardián.

Mick está gritando y forcejeando con su arnés.

La mujer Guardián se acerca y le toca la frente con la mano.

—Duerme.

Mick pone los ojos en blanco y se desvanece.

El varón más joven lo agarra de la muñeca y lo saca de la nave sin esfuerzo alguno. Luego se echa su cuerpo inerte al hombro como si cargase con un niño pequeño.

La mujer procede a ayudar a Dominique. Pero ella le aparta la mano.

—Nos habéis mentido. ¿Por qué no nos dijisteis que esto era la Tierra? ¿Por qué no nos dijisteis que los Nephilim estaban muertos?

La mujer le ofrece una mirada maternal... y al mismo tiempo le toca la frente.

Dominique pierde el conocimiento.

* * *

Una laguna de un intenso azul, rodeada por una exuberante selva tropical. Una brisa fresca mece las hojas de las palmeras.

Dominique se sube al colchón de espuma, se recuesta y flota.

—¿Dominique? Dominique, querida, es hora de despertarse.

Abre los ojos y se queda mirando el rostro de la mujer.

—¿Dónde...?

—A salvo. A bordo del transporte.

Dominique se incorpora sintiéndose un tanto mareada. La mujer Guardián la ayuda a bajarse de una mesa médica flotante y después le indica una pared sólida.

Un portillo de observación proyecta una imagen sobre la superficie metálica. Dicha imagen revela que están viajando por el espacio exterior y que el mundo rojo plateado va haciéndose cada vez más pequeño a lo lejos.

«Jacob...»

Dominique se vuelve hacia la mujer.

—Jacob ha muerto. ¿Por qué ha tenido que morir? ¿Para salvar a un puñado de personas malvadas?

—Los Nephilim no eran malvados, querida, eran ovejas extraviadas, almas engañadas. Era la voluntad de Dios que fueran salvadas. El sacrificio de Jacob ha salvado su alma y las de ellos.

—¿Y Devlin?

—De él no sé nada.

Dominique se frota los ojos, meditando acerca de todo lo ocurrido.

—¿Y qué va a pasar ahora?

—La Tierra que conocíamos ha desaparecido hace mucho. Regresando a través del agujero de gusano al pasado, es posible que aún podamos impedir el holocausto que destruye la civilización humana.

De repente la mujer vuelve su atención hacia dentro, escuchando un mensaje telepático entrante.

—Ven. Michael te necesita.

Dominique la sigue por un breve pasillo que conduce al compartimiento principal de la nave de transporte transhumana. Mira a su alrededor sin poder creerlo.

Hay cerca de un millón… receptáculos criogénicos de dos metros y medio de altura, dispuestos en innumerables hileras y múltiples niveles a lo largo de los veintinueve kilómetros que mide la nave.

Dominique mira a través del cristal escarchado la figura desgarbada que hay en su interior.

—¿Son los posthumanos?

La mujer afirma con la cabeza.

—Por fin sus almas están en paz.

Conduce a Dominique hasta una inmensa puerta acorazada que hay en el corazón mismo de la nave. A una orden telepática suya, la puerta se abre y deja ver el interior de una cámara esférica.

Las dos mujeres penetran en ella.

—Esta cámara es un habitáculo seguro, su fuente de alimentación y sus sistemas de soporte vital son independientes del resto de la nave. Sus paredes crean ruido blanco, el cual sirve para proteger a sus ocupantes de la comunicación telepática y, esencialmente, convertir este recinto en una zona de silencio.

En el centro de la cámara hay dos receptáculos criogénicos secos. De cada uno de ellos salen una miríada de tubos y cables que van al suelo y lo conectan con una serie de dispositivos de lo más enigmático situados en una de las paredes de la sala.

En el interior de uno de los receptáculos criogénicos de cristal se encuentra Michael Gabriel. Está inconsciente y desnudo. Sobre él se halla inclinado el varón Guardián de más edad, fijando varios electrodos en forma de estrella a diferentes puntos de su cuero cabelludo, la coronilla, la frente, el plexo solar, el corazón, el sacro y los pies.

Dominique se acerca a él.

—¿Qué le estás haciendo?

—La experiencia de haber pasado tanto tiempo luchando contra la Abominación ha causado daños en la mente de Hun-Hunahpú. La única manera de devolverle la cordura consiste en reconstruir sus recuerdos.

La mujer toma a Dominique de la mano.

—La tecnología de los posthumanos nos ofrece la capacidad de manipular la mente de Michael, de colocarlo en un entorno virtual seguro y curativo que nos permitirá nutrirlo y devolverle la cordura. Pero esta terapia requiere un guía práctico, alguien que conozca íntimamente a Hun-Hunahpú... alguien en quien él confíe.

Dominique observa fijamente el receptáculo criogénico vacío.

—¿Qué tengo que hacer?

El varón Guardián toma la palabra:

—Os pondremos a los dos un anestésico suave y a continuación uniremos tu mente a la de Hun-Hunahpú utilizando el aparato de realidad virtual de los posthumanos. Tu conciencia seguirá teniendo un control completo de ese dispositivo y te permitirá acceder a los pensamientos de Hun-Huanhpú. De ese modo podrás guiarlo en su rehabilitación.

—¿Y para qué es la anestesia?

El varón la mira con sus penetrantes ojos azules.

—El dispositivo de realidad virtual no se activará hasta que tú entres en la fase de sueño REM. La anestesia sirve de ayuda para alcanzar dicho fin. Dado que serán necesarias muchas sesiones para que Hun-Hunahpú empiece a mostrar progresos, sugiero que empecemos la terapia inmediatamente.

—Terapia. —Dominique suelta una risa nerviosa—. Así fue como nos conocimos.

La mujer sonríe.

—Él te ama, querida. La terapia no sólo va a sanar su mente herida, sino que además os permitirá estar juntos. Una vez dentro del receptáculo, ya no podréis distinguir vuestra existencia virtual conjunta del mundo real.

Dominique está muy cansada, experimenta un dolor constante en todo el cuerpo.

—Creo que no me vendrá mal desconectar un rato del mundo real.

—Quítate la ropa.

Dominique se desnuda y acto seguido deja que el varón la ayude a meterse en el receptáculo. Conecta los enlaces neurales en los siete chakras y seguidamente aplica un parche anestésico en la cara posterior del brazo de Dominique.

—Esto te ayudará a dormir.

Dominique experimenta un sabor amargo y metálico en el fondo de la garganta. Mira al varón Guardián y traga saliva.

—Tengo frío.

—Dentro de unos instantes te sentirás más cómoda.

La mujer se inclina sobre ella y sonríe.

—Felices sueños, querida…

Querida…

Querida…

Querida…

El varón examina los signos vitales de Dominique.

—*Se encuentra estable. Hemos de darnos prisa antes de que la estrella se convierta en supernova.*

El varón Guardián se apresura a conectar a Michael y a Dominique un tubo intratraqueal, tubos intravenosos y tubos de eliminación, mientras la mujer introduce otros tantos en las fosas nasales y los canales auditivos de Dominique.

—*¿De verdad es necesaria la suspensión criogénica?*

—*Todo esto ya está hablado. La mente de Hun-Hunahpú se encuentra sumida en el caos, pero continúa siendo bastante fuerte, y todavía tiene acceso al nexo. Si la dejamos con la rienda suelta, podría afectar a la trayectoria de la nave a través del agujero de gusano. Ponerlo en suspensión criogénica es el único modo de proteger su mente de las dimensiones superiores.*

—*Me refería a la Primera Madre. No me gusta mentirle.*

—*Si le hubiéramos contado todo, habría opuesto resistencia. Habría retrasado la terapia, con lo cual podría poner en peligro la vida de Hun-Hunahpú.*

—*No estoy de acuerdo en eso.*

—*Estás en tu derecho. Ordenador, sella los dos receptáculos. Inicia el proceso de conservación.*

Un líquido transparente y similar a un gel comienza a fluir del fondo de cada receptáculo y va levantando los dos cuerpos inertes a medida que va llenando el espacio. Llegado el momento, el plexiglás se escarcha y después se cristaliza.

El anciano varón entra en la sala de control de la nave y al momento su mente se actualiza telepáticamente con múltiples informes de estado que le envían los cuatro ancianos del Guardián que se encuentran en ella.

—*¿La Balam?*

—*Hace tiempo que no está. Desapareció en el agujero de gusano hace varias horas.*

—*Eso es muy de lamentar.*

—*¿Es posible que Hun-Hunahpú la esté controlando?*

—*Resulta imposible saberlo. Los orígenes de la Balam siguen siendo un misterio.*

—*Nos preparamos para entrar en el agujero de gusano.*

En el ventanal frontal aparece el orificio central del agujero de gusano, brillando en un tono verde esmeralda, atrayéndolos hacia él.

El descomunal transporte oblongo acelera y penetra en el conducto del espacio-tiempo.

Un instante después, Sirio B se convierte en supernova en una titánica explosión que hace vibrar el tiempo y el espacio con la energía de cien millones de soles.

Una voz masculina… sus gritos levantan eco en el sótano húmedo, semejante a una mazmorra.

La conciencia de Dominique se mueve por el anticuado pasillo de bloques de hormigón del psiquiátrico de Massachusetts siguiendo los sonidos guturales, que la guían hasta una fila de puertas de celdas. Se detiene ante una marcada con el rótulo de CONFINAMIENTO EN SOLITARIO y prueba a abrirla.

Está cerrada con llave.

«Recuerda que el control lo tienes tú.»

—Ábrete, por favor.

El cerrojo se abre y la puerta gira hacia dentro.

Al otro lado hay una celda de dos metros y medio por tres, con un áspero suelo de cemento y unas paredes húmedas y cubiertas de moho. Un inodoro roto y un lavabo. Una bombilla desnuda. No hay ventanas.

En la pared del fondo hay un mapa del mundo y media docena de puntos marcados con una equis de sangre seca.

Mick se encuentra hecho un ovillo encima de un delgadísimo colchón colocado directamente en el suelo. Vuelve la cabeza para mirar a Dominique con unos ojos tan oscuros que resulta difícil distinguir dónde empiezan los iris.

—¿Quién… quién es usted?

Ella sonríe.

—Una amiga.

Mick se incorpora.

—El doctor Foletta no me permite recibir visitas.

—El doctor Foletta ha sido trasladado. Ahora la que manda soy yo. —Le tiende una mano—. Me llamo Dominique, y estoy aquí para ayudarte.

El transporte viaja a toda velocidad a través del agujero de gusano igual que una piedrecilla por el interior de una manguera de jardín. Los efectos de la supernova retuercen y distorsionan las corrientes de energía hasta que la imponente nave espacial es escupida violentamente por el otro extremo.

Regresa la negrura del espacio.

Ahora vuelan en dirección a un sol amarillo y unas constelaciones que les resultan familiares. Allá en lo alto se ve un resplandeciente mundo de color azul.

El hogar.

El transporte del tamaño de un asteroide aminora la velocidad y establece una órbita alrededor de ese planeta acuoso.

El varón del Guardián pasea por el puente de mando sintiendo cómo hierve su sangre transhumana.

—*¿Qué ha sucedido? ¡Se habían previsto todos los cálculos!*

—*Al parecer, todos no.* —El mensaje telepático del varón más joven chamusca la mente de su superior—. *La Balam entró antes que nosotros en el agujero de gusano. Parece ser que su presencia ha alterado la trayectoria del agujero.*

La mujer, ubicada dentro de una estación de enlace de comunicaciones, abre los ojos.

—*La cartografía confirma que hemos rebasado las coordenadas de la tercera dimensión y de la cuarta.* —Activa la visión exterior y aparece la imagen del mundo azul alrededor del cual están girando—. *El planeta que estamos orbitando no es la Tierra, sino Marte. El Marte antiguo. El ordenador ha identificado esa luna sin margen de error como el satélite Deimos.*

—*Marte tiene dos lunas, no una. ¿Dónde está Fobos?*

—*Me parece que Fobos somos nosotros.*

El varón de más edad le dirige una mirada seria.

—*¿A qué momento de nuestro pasado hemos viajado?*

Ella le devuelve la mirada.

—*El período corresponde a 127 millones de años antes de la época de Osiris.*

—*¿Y el agujero de gusano?*

—*Ha desaparecido. Nos hemos quedado atrapados en este período de tiempo.*

De pronto se disparan por toda la nave unas luces de aviso y una sirena telepática.

ATENCIÓN: SOBRECALENTAMIENTO EN EL IMPULSOR DE TAQUIONES. LOS SISTEMAS DE REFRIGERACIÓN PRIMARIO Y SECUNDARIO NO RESPONDEN. EXPLOSIÓN INMINENTE.

La mujer se afana con los mandos.

—*¡Los motores de la nave se han bloqueado, y también nuestros escudos!*

La descomunal explosión interna viola el casco y provoca una instantánea llamarada que recorre toda la nave consumiendo todo lo que encuentra a su paso. Varias secciones de la infraestructura se funden y se vienen abajo. Los miembros del Guardián lanzan gritos de dolor mientras el intensísimo calor hace explotar en llamas sus cráneos alargados, les derrite los ojos y les despega la piel quemada de los huesos.

Los pasillos se llenan de vapor cuando las hileras de receptáculos criogénicos comienzan a fundirse. El cristal se fractura, y de los receptáculos destrozados brota un torrente de gel que se desparrama por las rejillas del suelo.

Todo acaba casi tan rápidamente como empezó. En cuestión de segundos, el vacío del espacio succiona todo el suministro de aire de la nave, apagando el fuego y dejando un rastro de muerte y destrucción tras de sí.

El maltrecho satélite de iridio y hierro continúa orbitando Marte, ya sin albergar vida alguna dentro de su casco...

...a excepción de dos almas aisladas.

Una laguna de un azul intenso rodeada por una exuberante selva tropical. Una brisa fresca mece las hojas de las palmeras.

Dominique yace desnuda sobre la arena fresca y rosada, contemplando con interés cómo Mick sube hasta lo alto de una cascada de seis metros de altura.

—¡Dom, mírame!

—Ya te estoy mirando, pero más te vale que te agarres a lo que tú ya sabes.

Con encanto juvenil, Mick salta de la roca y ejecuta torpemente un salto mortal y medio.

Dominique aguarda hasta verlo salir a la superficie antes de aplaudir.

—Eso ha estado verdaderamente... fatal.

—Gracias. —*Mick se acerca nadando, su bronceado cuerpo tan desnudo como el de ella*—. Ven aquí.

Dominique se mete en la laguna caminando por el agua poco profunda en dirección a los brazos de Mick.

—¿Sabes cuánto te he echado de menos? —*susurra él.*

—Sí.

Los dos se abrazan... Adán y Eva en el Edén, las dos únicas personas que hay en el mundo, ajenas a todo y libres de preocupaciones en su propia felicidad, eterna e ininterrumpida...

...hasta ese fatídico día en que una serpiente entre de nuevo en su jardín.

EPÍLOGO

27 de diciembre de 2033
Departamento de Arqueología de Cambridge

El norteamericano camina con decisión por el pasillo vacío. El ruido de sus pisadas es recogido por los monitores acústicos, los cuales activan la imagen holográfica del guardia del punto de seguridad.

—Buenas tardes, señor. Autorización, por favor.

El norteamericano le muestra el pasaporte falsificado y la palma de la mano. El haz de infrarrojos escanea el chip de identificación.

Dos plantas más arriba, la información es enviada de forma instantánea al Departamento de Arqueología de Cambridge. Momentos después desaparece el rostro del guardia y aparece el de un caballero de más edad.

—Se ha dado prisa en venir, profesor Rosen.

—Daba la casualidad de que me encontraba en el país. ¿Cuándo se han encontrado los papeles?

—Hace dos días. Unos obreros de la construcción descubrieron la cámara acorazada cuando empezaron a derribar la antigua biblioteca. Ninguno de los jefes del departamento recuerda que existiera. Debió de construirse a principios de la década de 1940.

—Los papeles... ¿puede entregármelos, por favor? Tengo un poco de prisa.

—¿Y quién no la tiene, en los tiempos en que vivimos? Permítame unos instantes.

El norteamericano observa fijamente el reloj digital. Se seca el sudor de la frente.

Los minutos transcurren como si fueran horas.

Por fin el profesor británico se presenta en persona, con una caja de seguridad metálica y oxidada en la mano.

—Está todo aquí dentro, profesor Rosen, tal como lo hemos encontrado. No estoy muy seguro del motivo por el que desea usted verlo, para serle sincero. A nosotros nos ha causado bastante risa leerlo.

El norteamericano coge la caja reprimiendo la emoción. La abre y saca un texto cubierto de polvo:

LOS PAPELES FINALES
DE JULIUS GABRIEL

Guardados en la cámara acorazada
de la Universidad de Cambridge
21 de agosto de 2001

Los ojos intensamente azules relampaguean detrás de las lentes de contacto de color avellana, y el norteamericano de cabello oscuro se esfuerza en sonreír.

—Sí, estoy seguro de que vamos a reírnos mucho con esto en los Estados Unidos.

—¿De qué parte de Estados Unidos es usted?

—Esto… de Florida.

—¡No me diga! Mi esposa y yo vamos a ir allí el mes que viene. Acabamos de reservar un billete para el avión espacial, va a ser nuestro primer viaje. Por nuestro vigésimo aniversario, y eso. ¿Usted lo ha probado alguna vez?

—Aún no.

—Nosotros hemos tardado cuatro años en encontrar billete. Debería hacer la reserva lo antes posible, A propósito, puede quedarse los papeles. Por aquí a nadie le importan un condenado pito.

«Pintoresca forma de hablar, la de estos británicos…»

El norteamericano se despide con la mano y acto seguido da media vuelta y se va. Sale del edificio y se sube a la parte de atrás de un taxi que lo está aguardando.

El corpulento afroamericano que está en el asiento delantero lo mira por el espejo retrovisor.

—¿Y bien?

Immanuel Gabriel levanta en alto la caja de seguridad que contiene los papeles de su abuelo paterno.

El guardaespaldas se gira hacia su compañero de raza caucásica.

—Sácanos de aquí, *Sal*, antes de que la bruja malvada se dé cuenta de que acabamos de robarle la escoba.

El taxi se introduce en el tráfico y acelera hasta perderse en la noche.

La resurrección maya
de Steve Alten
Esta obra se terminó de imprimir en noviembre del 2009
en Litográfica Ingramex, S.A. de C.V.
Centeno 162-1 Col. Granjas Esmeralda
México, D.F. 09810